新潮日本古典集成

狭衣物語

上

鈴木一雄　校注

新潮社版

目次

凡例

一、本文は旧東京教育大学国語国文学研究室蔵『狭衣』春夏秋冬四冊本を底本とした。同写本は流布本系統の比較的善本で、室町時代末頃の書写にかかり、元和九年（一六二三）開板の古活字本に最も近く、それよりやや前に位置する。

一、本文は底本をできるだけ忠実に活字化することに努めたが、変体仮名を普通の仮名に、仮名づかいを歴史的かなづかいに統一したほか、適宜に段落を分けて改行し、仮名に適宜漢字を宛てたり、句読点や会話符号を付するなど、底本の表記を読みやすく改めてある。

一、底本の明らかな誤写と考えられる個所は、他本などによりこれを改めたところがあるが、できるかぎり底本本文を尊重した。やむを得ない訂正は、これを「校訂付記」のかたちで示した。

一、傍注（色刷り）は主として現代語訳を、頭注は主として説明および和歌の解釈を示したが、スペースなどの関係で便宜に従ったところも多い。傍注において、本文にない言葉を補った場合は〔　〕印を、会話の話者や心中思惟の当該人物を示す場合は（　）印を付した。なお頭注で紹介した和歌のうち作者名を記してないものは読人知らずの作である。

一、傍注の現代語訳や頭注の和歌の解釈は、原文の表現性を過不足なく伝えるとともに的確な現代語訳であることを念願し、かつ努めた。

一、頭注欄に、比較的小刻みに色刷りの小見出しを掲げた。これに添って検すれば梗概が辿れるよう工夫したつもりである。

一、巻末の解説は、『狭衣物語』のおもしろさや物語文学としての性格、文学史上の位置などが理解できるよう心がけた。作者についても言及している。

一、本書は、上下二冊に分冊したが、上冊には底本の「春」「夏」を通行の巻一、巻二としてこれを収め、下冊には底本の「秋」「冬」を巻三、巻四として収めた。付載の「狭衣物語系図」は上冊用のものである。

狭衣物語　上

巻一

[一]少年の春は惜しめどもとどまらぬものなりければ、[二]三月の二十日あまりにもなりぬ。御前の木立何となく青みわたりて木暗きなかに、中島の藤は、[三]松にとのみ思はず咲きかかりて、[四]山ほととぎす待ち顔なるに、[五]池の水際の八重山吹は、[六]井手のわたりにことならず見渡さるる夕映えのをかしさを、ひとり見たまふも飽かねば、[八]侍童のをかしげなるして、一枝折らせたまひて、[九]源氏の宮の御方に持て参りたまへれば、御前には、中納言、中将などやうの人々候はせたまひて宮は御手習ひ、絵などかきすさびて添ひ臥させたまへるに、「この花の夕映えこそ、常よりもをかしく侍れ。[一〇]春宮の、『盛りにはかならず見せよ』とのたまはするものを」とて、うち置きたまふを、宮、

少年期の春は　いくら惜しんでも　〔今年も〕　どの木となく一帯に青々と茂って　池の中島の　松はもとより他の木々にも懸って花房を咲き垂れて　山ほととぎすの訪れを　あの山吹の名所井手の辺りに負けぬくらい見事に見渡される夕映えの風情を　〔狭衣中将は〕[七]　物足りないので　ご殿の方にも　中納言・中将などといった女房たちを伺候させなさって　〔狭衣〕　に熱中なさって脇息にもたれ　花が夕陽に映えている風情こそ　普段より趣があります　花盛りの折には　見せてくれよ　仰せになるほどですのに

一　白楽天の詩句を引く起筆。春の推移を述べ、主人公の青春をも暗示。「燭ヲ背ケテハ共ニ憐レブ深夜ノ月　花ヲ踏ンデハ同ジク惜シム少年ノ春」（『白氏文集』巻十三。『和漢朗詠集』『千載佳句』）。六条斎院宣旨に「惜しむにもとまらぬものと知りながら心砕くは春の暮かな」（天喜四年閏三月『六条斎院家歌合』題、暮の春）の詠がある。

冒頭――いきなり一場面を置く　恋慕憂悶の主人公を描き、主題を指示

二　「三月の二十日あまり」以下、『源氏物語』胡蝶巻頭、また『和泉式部日記』冒頭の行文に類似。

三　「夏にこそ咲きかかりけれ藤の花松にとのみも思ひけるかな」（『拾遺集』夏、源重之）を引く。

四　「わが宿の池の藤波咲きにけり山ほととぎすいつか来鳴かむ」（『古今集』夏）を踏む。

五　祐子内親王家小弁に「いひやらむ方のなきかな池水の水際に咲ける八重の山吹」（『夫木抄』巻六）。

六　山城国綴喜郡。山吹の名所で古来和歌に詠まれる。「蛙なく井手の山吹散りにけり花の盛りにあはましものを」（『古今集』春下）など。

七　紹介のないまま、主人公はすでに思惟し行動を起している。印象的な描出。

八　近習の少年で愛らしい子に命じて。

九　女主人公。この一場面の後に改めて紹介される。

一〇　東宮。皇太子。主人公は東宮と親しいらしい。

すこし起きあがりて、見おこせたまへる御まみ、つらつきなどのうつくしさ、花のにほひ藤のしなひにもこよなくまさりて見えたまふを、例の、胸ふたがりまさりて、つくづくとまぼられたまふに、「花こそ花の」ととりわきたまひて、山吹を手まさぐりしたまへる御手つきの、いとどもてはやされて、世に知らずうつくしげなるを、人目も知らず我が身に引き添へまほしくおぼさるるぞ、いみじきや。「くちなしにしも咲きそめけむ契りこそ、口惜しけれ。心のうち、いかに苦しかるらむ」とのたまへば、中納言の君、「さるは、ことのはは多く侍るものを」と言ふ。

（こちらにお向けになったお目もとや お顔だちなど 愛らしさは 山吹の花の艶やかな美しさや藤の花房のしなやかさにも格段とまさって 〔狭衣は〕一 いつものように 胸がいっぱいになって 思わず見とれておられると （源氏の宮）二 三 お選び分けになって お手にして興じておられる 山吹の花にいっそうひきたてられて かわいらしく見えるのを はた目も構わず 引きよせたくお思いになるのは なんともはげしい胸の内の思いよ （狭衣）四 よりによって口無し色に宿命づけられたこの花の不運が 口惜しい 五 六 その実口無し（山吹）を詠んだ言の葉（和歌）は数多くございますのに）

（狭衣）七 いかにせむ言はぬ色なる花なれば
心のうちを知る人ぞなき

と思ひ続けられたまへど、げに人も知らざりけり。「立つをだまきの」とうち嘆かれて、母屋（もや）の柱に寄り居たまへる御かたちぞ、なほ類（たぐひ）なく見えたまふに、よしなしごとにより、さばか

（ほんに狭衣の胸の思いを知る者は誰もなかった 八 思わず嘆息をつかれて 九 狭衣のお顔だちは つまらない恋心のせいで）

一 「例の」の語に、主人公の源氏の宮恋慕の日常がうかがえる。
二 引歌があるらしいが不詳。藤原定家「匂ふより春は暮れゆく山吹の花こそ花の中につらけれ」（『続古今集』春下）は時代がくだる。
三 前文に山吹一枝を持参とあったが、実際には藤の花などをも取り合せて差しあげたものか。
四 梔子（くちなし）はアカネ科の常緑低木。秋、黄色の実をつけるが、熟しても口を開かぬところからこの名がある。古来黄色の染料に用いられ、くちなし色という。山吹色に同じ。和歌では「口無し」に掛けて多く詠まれる。「山吹の花色衣主（ぬし）や誰問（たれ）へど答へずロ無しにして」（『古今集』誹諧歌、素性（そせい））など。
五 源氏の宮恋慕を打ち明け得ない主人公の心が籠められている。
六 主人公の内心を知らぬ中納言の君の、それなりに気の利いた応答。花に比して葉が多い――「口無し」にしては「言葉」（和歌）が多いと洒落（しゃれ）たのである。「さるは」は逆接の接続詞。だが、しかし、そのくせ。
七 どうしたらよいものか、山吹の花同様、思うことも口に出せぬくちなし色のわが身なので、私の心を知ってくれる人もないことだ。
八 定家の引く古歌「奥山に立つをだまきのゆふだすきかけて思はぬ時の間ぞなき」（『僻案抄（へきあんしょう）』）を当てれば、恋い焦がれて思わぬ時とてない、の気持。
九 主人公は、すでに自室に戻っているのである。

一〇 恋心を伝えるべくもない嘆きを言う。「いかでかは思ひありとも知らすべき室の八島の煙ならでは」(『実方集』。『詞花集』恋上にも)を引く。下野国の総社、室六所大明神の社前の池に八つの島があり、池中から常に煙があがるところから「室の八島の煙」と和歌に詠まれるようになったと言われる。

「ひとつ妹背」と育った源氏の宮への恋——主人公の憂悶の内実

一一 前の引歌を承けた表現。
一二 同じ家の、実の兄妹と。「おきて」は「掟つ」の連用形、思い定めて、取り決めて、の意。
一三 私は私だ。「ひとつ妹背」では収まらず、異性として恋うる心を言う。「君は君我は我とも隔てねば心ごころにあらむものかは」(『和泉式部日記』)。
一四 源氏の宮は何の隔ても置かず、自分を兄として親しんでおられたのに。以下、主人公の心中思惟。まず源氏の宮の心を推し量り、更に両親や世間の思惑に思いが及ぶ。「……と、……と」と心中思惟が断続するところに、思い悩む主人公の心が示される。
一五 父殿。父母ともに後文で改めて紹介される。
一六 「心ざし」は、愛情の意に多く用いられる。
一七 理性と感情との葛藤。自制すればするほど、源氏の宮への思いがつのるあやにくさ。

りめでたき御身を、「[一〇]室(むろ)の八島の煙(けぶり)ならでは」とおぼしこがるるさまぞ(打ち明けるすべもなく恋い焦がれておられる様は)、いと心苦しきや。

さるは(と言っても)、[一一]その煙のたたずまひ、知らせたてまつらむことも及びなく(焦がれくすぶる恋心を「源氏の宮に」お知らせ申しあげるには全くの身分違いとか)、いかならむ便りにてなど(どのような手蔓で伝えたものかなどと)、おぼしわづらふにはあらず(思い悩まれるのではなくて)、ただ、二葉より露ばかりへだつることなく(幼少の頃からほんの少しの隔てもなく一つ邸に)生(お)ひたちたまひて(ご成長なさって)、親たちをはじめたてまつり、よその人々(世間の人々も)、帝(みかど)、春宮も、[一二]ひとつ妹背(いもせ)とおぼしめしおきてたるに(お思いになりお扱いになっていたのに)、[一三]我は我と、かかる心の付きそめて(心一つに恋慕の思いにかられ始めて)、思ひわび(思い悩み)、ほのめかしてもかひなきものから(源氏の宮にそれとなく打ち明けたところで甲斐のないことながら)、「[一四]あはれに思ひかはしたまへるに、思はずなる心のありけると(心外ないやらしい気持があったのだと)、おぼしうとまれこそせめ(嫌われてしまうのが落ちだろう)」と、「[一五]大殿(おほとの)、宮なども(母堀川の上)、類(たぐひ)なき[一六]御心ざし(御愛情)といひながら、この御事は(妹に対するこの思いだけは)、『さらば、さてもあれ(それでもかまわない)』ともよにまかせたまはじ(決してお許しにならないだろう)。世の人の聞き思はむことも、ゆかしげなくけしからずもあるべきかな(かんばしい筈もなく悪評を受けるに違いないよ)」と、とざまかうざまに(どう考えてみても)世のもどきなるべきことなれば(世間の非難をこうむるに違いないことなので)、[一七]あるまじきことに深くおぼしとるにしもぞ(あってはならぬことと強く反省なさるにつけても)、あやにくに心はくだけまさりつつ(意地悪くも狭衣の執心はいよいよ乱れつのって)、「つひにいかなるさま(最後にはどのように)

にか、身をもなし果てむ」と心細く[一]。今はじめたることにはあらね[二]ど、なほ世の中にさらでもありぬべかりけることは〔三 どう考えても家庭内でそうしないほうが無事と思われることは〕、あまりよろづ〔何から何まで〕すぐれたまへらむ女の御あたり〔優れておられるような女性のおそばには〕には、まことの御兄人ならざらむ男〔実兄ならともかくそうでない男性をば〕は、いみじうとも〔どんなに立派な人柄であっても〕むつまじう〔御一緒に〕こそ生ほし立て[四]たまふまじきわざなりけれ〔お育てになってはいけないということであったよ〕。

堀川関白と一家の紹介——主人公の両親の紹介に始まるのは物語の約束

このころ[五]、堀川[六]の大臣と聞こえて〔世に申しあげて〕関白したまふは、一条院[七]、当帝[八]などの一つ[九]后腹の二の御子ぞかし。母后もうち続き帝の御筋にて、いづ方につけても〔どちらのお血筋からも〕、おしなべて〔世間並に〕同じ大臣と聞こえさするも〔申しあげるのも〕いとかたじけなき[一〇]御身の程なれど、何の罪にかただ人になりたまひにければ〔前世のどんな罪によってなのか臣下におなりになってしまったので〕、故院〔亡き父帝〕の御遺言のままに、うち代り〔一条・当帝と二代続いて〕、帝ただこの御心に世をまかせきこえさせたまひて〔堀川関白のご意向のとおりに政治をおまかせ申しあそばして〕、いとあらまほしうめでたき〔たいそう好ましく結構な堀川関白の〕御有様なり。

二条堀川のわたりを四町[一一]築き籠めて、三つに隔てて造りみがきたまへる玉の台[一二]に、北の方三人をぞ住ませたてまつりたまへる。堀川[一三]二町には、やがて御ゆかり離れず〔お血筋からもごく近く〕故先帝の御妹、前の斎宮[一四]おはし

一 連用形で言いさした止め方。余情を添える。
二 世の通念、人情の機微として初めからわかっていることだが。以下、語り手（作者）の感慨吐露。草子地。主人公と源氏の宮との間に何が起るか、深刻な将来の、嘆息を交えた予告でもある。
三 「世の中」は男女の仲を中心に言う。
四 「生ほし立つ」は、養育する、育てあげる意。
五 改めて物語が始まる。「昔」「今は昔」を常套とする物語の起筆が「このころ」に変っていることに注意。現在を意識しているのである。
六 主人公の父。大殿。大臣で関白を兼ねる。
七 上皇。
八 今上天皇。後の嵯峨院。
九 同じ后から生れた第二皇子。
一〇 父帝、母后（皇女）どちらから見ても、臣籍に下るはずがないと言うのである。「罪」は前世の罪。「ただ人」は、帝や皇族に対して臣下を言う。
一一 町四つの広さに屋敷を構え築地塀をめぐらせて。「町」は道路で区分した一区画。平安京では方四十丈（一二一・二メートル四方）。
一二 金殿玉楼。立派な建物。

一三 堀川寄りの二町。二条の南、堀川の東の南北二町に築いた邸宅。
一四 かつての斎宮（伊勢神宮に奉仕する未婚の皇女）。
一五 堀川院の東、西洞院大路に面した邸宅。
一六 「一条院の后の宮の御妹、春宮の御叔母よ」は挿入句（はさみこみ）。太政大臣女の追加説明。
一七 洞院の南、三条坊門通りに南面した邸宅。
一八 式部省の長官の親王。式部省は朝廷年中の儀式を掌る。中務、兵部両省とともに長官には親王が任ぜられるのが通例。
一九 他のお二人に比して心細いとは、実家の勢威や境遇を言うのであろう。父宮はすでに故人らしい。
二〇 もと皇后、皇太后、太皇太后の総称。一条天皇以降、両后並び立つとき、新たに立后された方を中宮というようになった。
二一 このように。冒頭の場面における主人公の印象を承けて言うか。
二二 本篇の主人公。
二三 堀川関白は、最愛の妻から生れたこの男君を、どうして尋常一様の可愛さに思い申されるはずがあろうか。

ます。洞院[15]には、ただ今の太政大臣と聞こえさする御女、一条院[16]の后の宮の御妹、春宮の御叔母よ、世のおぼえ、うちうちの御有様も、はなやかに頼もしげなり。坊門[17]には、式部卿[18]の宮と聞こえし御女ぞ、なかに心細げなる御有様なるべけれど、女君の、世に知らずめでたき、一人[19]生みたてまつりたまへりけるを、内裏に参らせたてまつらせたまひて、このごろ中宮[20]と聞こえさす。今上一の宮さへ出でおはしましける御勢ひ、なかなかすぐれてめでたく、行末頼もしき御有様なり。

主人公の登場――優れた出生と人となり　堀川関白夫妻の鍾愛ぶり

かかる御なかにも、斎宮は親様にあづかりきこえさせたまひにしかば、やむごとなくかたじけなきかたも、御顔かたち、心様、なべてならず思ひきこえさせたまへる御方にしも、かく[21]すぐれてこの世の物とも見えたまはぬ男君[22]さへただ一人ものしたまふを、いかでか[23]は世の常には思ひきこえさせたまはむ。千人のなかにだに、いとかからむは、親の御心地にも、いかでかはすぐれて思ほしかしづかざらむと見えたり。〔狭衣は〕このごろ、御年二十(はたち)にいま二(ふた)つばかりや足(た)りたまはざらむ。一二位中将とぞ聞こゆめる。なべての人だに、かばかりにては、二納言(なふごん)にもなりたまふべきぞかし。されど、この御有様(ありさま)のあまり三この世の物とも見えたまはぬに、よろづをおぼし怖ぢたるなるべし。これをだに、母宮は、「児(ちご)のやうなるものを」と、四あえかに、いまいましきまでおぼいたんめれど、おしなべての殿上人にて交(まじ)らひたまはむが心苦しさに、内裏(うち)の上(うへ)などの、せちになさせたまへるなりけり。

〔両親心〕「『第十六五我が釈迦牟尼仏(しやかむにぶつ)』と、〔若君は〕この世の光のためと、げに顕(あら)はれたまへる」と、六かたじけなくあやふきものに思ひきこえさせたまひて、雨風の荒(あら)きにも、月の光のさやかなるにもあたりたまふを、七痛(いた)はしくゆゆしきものに思ひきこえたまひつつ、八覆(おほ)ふばかりの袖のいとまなげに、九あまりこちたき御心ざしどもを、〔狭衣は〕大人(おとな)びたまふままに、あり苦しくおぼす折々(をりをり)もあるべし。夜などおのづから紛(まぎ)れたまふ夜な

れようか
普通のお家柄の方でさえ　これほどのご年齢ならば
当然おなりになるところである　狭衣の
父関白は万事を御配慮になり控え目にされたのであろう
この二位中将の官位でさえ　まだ子どものようなのに　頼りなく
不吉なまでにご心配していらっしゃるようだが　狭衣がありきたりの殿上人として
かわいそうなので　帝などが　強くおっしゃって二位中将に御任命になったのだった
勿体なくいつこの世から去ってしまうかもしれない心配なものに
いたいたしく縁起でもないことと
大仰な御両親の御愛情を
窮屈に　たまたま　人目を忍んで外出な

一 中将は近衛府の次将、四位相当の武官。三位、二位で中将に任ずる者を三位中将、二位中将と呼ぶ。特に二位中将の例は稀で、執柄(しつぺい)の子息に限られていたようである。

二 大納言、中納言などを言う。ともに太政官の要職で、大臣とともに政務を担当する。大納言は正三位、中納言は従三位相当。ここは中納言をさすと思われる。

三 男君があまりに優れていて同じ人間とも思われないほどであるのを、父関白はかえって心配し配慮して、目立たぬよう納言にもしなかったのである。

四 「あえか」は、かよわく華奢(きやしや)な様子。「いまいまし(忌忌し)」は、忌み慎むべきだ、不吉だ、の意。

五 『法華経』化城喩品(けじようゆほん)の句。釈迦を大通智勝仏の第十六子とする仏説。わが子を崇めて、娑婆世界の一大光明である釈迦になぞらえたもの。

六 「あやふきもの」は心配なもの。平安時代には、あまりに美しく優れた者は早世するという思想が根強かった。

七 「ゆゆし」は、不吉である、縁起でもない意。不吉なまでに美しい意に用いられることも多い。

八 大空を覆うほどの袖があったら、さぞかし頻繁にお使いになるだろうと思われるほどの。「大空に覆ふばかりの袖もがな春咲く花を風にまかせじ」(『後撰集』春中)と同趣の発想。

九 「こちたし」は、はなはだしい、ことごとしい。

夜なは、二所ながらうちも臥させたまはずうしろめたきことを嘆き明かさせたまへど、向ひきこえたまひぬれば、思ふままにもえ諫めきこえさせたまはで、ただうち笑みつつ見たてまつりたまへる御気色ども、言ひ知らずあはれなり。

主人公の性格――世をかりそめと思い取る落ち着きと風情を解する心と

見苦しくあるまじきことをし出でたまふとも、この御心にすこしにても苦しくおぼしめしぬべからむことは違へ制しきこえたまふべきにもあらず、夢ばかりもあはれをかけたまはむ人をば、言ひ知らぬ賤の女なりとも玉の台にはぐくまむことをおぼしおきつれど、いかなるにか、御身の程よりはいたくしづまりて、この世はかりそめにあぢきなきものとおぼして、ありてふ人は知らまほしげにもおぼしたらず、おぼろけならざらむことに、御目をも耳をもとどめたまふべうもあらねば、すこしものすさまじう心やましき御気色なるを、口惜しく心もとなきものに思ひきこゆる人々もあるべし。まれまれ一行も書き流したまふ水茎の流れをば、めづらしう置き

一〇 父堀川関白も母宮もともに。

一一「違ふ」は考えを変えさせる意、「制す」は止める意。

一二 身分の低い女。

一三「しづまる（鎮まる）」は、落ち着いている。十八歳という若さや身分の高さからの血気や高慢がないことを言う。

一四「世に在りといふ人」。美貌で評判の女性。

一五「おぼろけ」は、並一通りの意。下に打消の語を伴って用いられることが多い。

一六 男君はまったく関心をお示しになりそうもないので。それが女の目には物足りなくもあり、じれったくもあるというのである。

がたきものに、かごとばかりの行くての一言葉をも、身にしみてをかしくいみじと心を尽くし、まいて近き程の御気配などを、千夜を一夜になさまほしう、鳥の音つらき暁の別れに消えかへり、入りぬる磯のなかなかなるに心を尽くす人々、高きも後れたるもさまざま、おのづからいかでかはなからむ。それにつけても、いとど、恨みどころなくすさまじさのみまさりたまふべかめれど、いとなべてならぬあたりには、なだらかに情を見せたまひて、折につけたる花紅葉、霜雪、雨風の荒き紛れ、もしはあはれまさりぬべき夕暮れ、暁の鴫の羽がきにつけなど、思ひかけず訪れたまふ折々もあるは、なかなかなるいな淵の滝まさりつつ、心を尽くしたまふなめりかし。

さこそまめだちたまへど、ただひき過ぎたまふ道のたよりにも、すこしゆゑづきたる山賤の垣ほの撫子はおのづから目とまらぬにしもあらぬほどに、野をなつかしみ旅寝したまふわたりもあるにや。いかなる折にか、梵網経にや、「一見於女人」とのたまへるとおぼし

ないものとし　素晴らしい嬉しいと夢中になってしまい　一ほんの申し訳程度のその場限りの　ましてて近い所でお見受けした御様子などに至っては　ひとよ飽くことなくお逢いしたく　別れの　つらさに身も心も消え入り　遠く恋い焦がれることの多いつらさに　女性たちが　身分の高下なくそれぞれに　自然とどうしていないわけがあろうか　いよいよ女性達への　恨みつらみの張合いもなく興ざめな気持ばかりお募りになるようだが　特に高貴な女性に対しては　柔らかく　春の花・秋の紅葉といった折々　不安に　心騒ぐ時　風情が一段とまさって感じられる夕暮れ　恋しくて眠られぬ夜明けなど　〔狭衣が〕　かえって　胸の思いがたぎりまさって　狭衣はそれほどまじめにお振舞いになっているが　ちょっと車でお通り過ぎになる途上でも　由緒ありげな　大和撫子（女性）には自然お目がとまらぬでもないので　野の花の慕わしさに外泊なさる所もあるというわけなのだろうか

一「かごと」は託ち言。「かごとばかり」で、申し訳ほど、の意。「行くて」は、物事のついで、通りすがり、の意。

二「秋の夜の千夜を一夜になずらへて八千夜し寝ばや飽く時のあらむ」「秋の夜の千夜を一夜になせりとも言葉残りて鳥や鳴きなむ」（『伊勢物語』二十二段）。

三「恋ひ恋ひて稀に逢ふ夜の暁は鳥の音つらきものにざりける」（『古今六帖』第五）。

四「潮満てば入りぬる磯の草なれや見らく少なく恋ふらくの多き」（『拾遺集』恋五、坂上郎女。もと『万葉集』巻七の歌）。

五「いとど」は、下の「まさりたまふべかめれど」にかかる。「恨みどころなく」は、女性たちにあまりに靡き慕う気持が強いので、男君はかえって張合いを失うことを言う。女のつれなさを嘆き恨み、いよいよその女への思いが募る張り合いがないのである。

六並一通りの御身分ではない女性方。

七「暁の鴫の羽根掻き百羽掻き君が来ぬ夜は我ぞ数書く」（『古今集』恋五）。

八引歌未詳。「いな淵」は『枕草子』にも載る滝の名所。大和国高市郡稲淵。南淵とも。『下紐』などには「年をふる涙よいかに逢ふことをなほいな淵のわき増れとや」（『続古今集』恋二、源具氏）を引くが時代が合わない。

九身分の低い者の家。「あな恋し今も見てしが山賤の垣穂に咲ける大和撫子」（『古今集』恋四）。

出づれば、車の簾(すだれ)うち下(お)ろしつれど、そばの広うあきたるは、えたてたまはぬなめりかし。さだには、いかでかはおはせざらむ。男といふものはあやしきだに、身の程も知らず人に心をつくるわざなめりかし。

〔かたわらの窓が／お閉めになることはできないようだよ／それくらいの女性へのご関心は／どうしておありにならぬことがあろう／身分の低い男でさえ／女性に執着するもののようだよ〕

主人公の理想的な資質——学問はもとより諸芸の才能至らざるなし

一四光り輝(かかや)きたまふ御かたちをばさるものにて、御心ばへ、一五まことしき御才(ざえ)などは、唐土(もろこし)にや類(たぐひ)あらむ、この世には、今も昔も類なくぞものしたまひける。一六手など書きたまふさまも、一七いにしへの名高かりける人々の跡は、千(ち)歳経(とせふ)れども変はらぬに、一八見あはせたまふに、人々、「一九なほ時にしたがふわざにや、今めかしうたをやかになまめかしううつくしきさまは、書きましたまへり」とぞさだめられたまふめる。

〔〔狭衣の〕／いうまでもないこととして／お気だて／実質的な／御学才／例もあろうが　この本朝では／比類なくすぐれていらっしゃった／お書きになる御筆跡も／筆跡は／見事さに変りないものだが／それらと見比べなさって／時代によって書風の好みも変るのか／現代風でやわらか味があり／品格が高く美しい風趣は／昔の名筆よりも書きまさっておられる／評価を得ておられるようだ〕

また、二〇琴笛の音(ね)につけても雲居(くもゐ)をひびかし、この世の外まで澄み上(のぼ)り、二一天地(あめつち)をも動かしたまひつべきを、ゆゆしう親たちもおぼし騒ぎて、何事をもあながちに好みせさせたてまつりたまはねば、我も

〔天地の神々をも感動おさせになるに違いない腕前なのを／不吉なまでに親たちも御心配になって／度を越すほどに熱中するようにはお仕向けにならなかったから／狭衣ご自身も〕

一〇「春の野に菫(すみれ)摘みにと来(こ)し我ぞ野をなつかしみ一夜寝にける」（『万葉集』巻八、赤人。『古今六帖』第六）。

一一『梵網経(ぼんもうきょう)』二巻。「盧舎那仏説菩薩心地戒品」の略称。華厳経の結経で、十重禁戒、四十八軽戒を説く。

一二経文に「一タビ女人ヲ見レバ、能ク眼ノ功徳ヲ失フ」。ただし、『梵網経』にはこの句が見えない。

一三女性を見ず、近づかず、慎重自制の男君も、さすがに無関心ではあり得ないのである。

一四以下、光源氏の再来を思わせる男君の理想的な資質。桐壺巻の光源氏紹介の行文に同趣類似。

一五正式本格の学問。漢学のこと。

一六筆跡、書。

一七三蹟（道風、佐理(すけまさ)、行成）などの筆跡であろう。

一八宮中や男君周辺の人々が、男君の筆跡を三蹟などの名筆と比較するのである。「見あはせたまふ」とあるので身分の高さがわかる。男君自身が、ではあるまい。

一九『源氏物語』（梅枝）にも「仮名のみなむ今の世はいと際(きは)なくなりたる」とある。ここも、平安書風の変遷を考えるうえで注目されるところ。

二〇管絃。音楽。『源氏物語』（桐壺）にも「琴笛の音(ね)にも雲居をひびかし」とある。

二一「力をも入れずして天地(あめつち)を動かし」（『古今集』序）。

殊(こと)に心をとどめて人に耳馴(な)らさせたまはずなどあれば、「よろづに無心にものすさまじき人様(ひとざま)にや」とぞ推し量られたまへど、はかなき御言葉(ことば)、気色(けしき)など、うち見たてまつるより我が身のうれへも忘れ、もの思ひ晴るる心地(ここち)してうち笑(ゑ)まれ、愛敬(あいぎやう)づきたまへる御様ぞ類(たぐひ)なかりける。すべて何事も言ひ続くればなかなかなり。「よろづめづらしく、例(ためし)なき御有様(ありさま)」と、世の人の言(こと)ぐさに聞こえさすめれば、大殿(おほとの)などは、あまりゆゆしく、「天稚御子(あめわかみこ)の天下りたまへるにや。今日天(あま)の羽衣迎へきこえたまはむ」と、あやふく静心(しづごころ)なき御心のうちどもなり。

（傍訳）人前では 容易に楽器にお手を触れることなく／狭衣の何気ない／無風流で無骨な人柄なのか／〔世の人から〕／ちらっと見聞き申しあげるとたちまち／魅力に満ちておられる／一々何から何まで語り続けているとかえって空々しくなるほどである／話の種として言い囃し申すようなので／不吉なまでに心配されて／仮にこの世に現れなさったのか／天人がお迎え申しに下られるかもしれぬ／〔父関白の〕

改めて女主人公の紹介――源氏の宮の生い立ちとめでたき人となり

源氏の宮と聞こゆるは、故先帝の御末(すゑ)の世に、中納言の御息所(みやすどころ)の御腹に、類なくうつくしき女宮生まれたまへりしを、今さらの絆(ほだし)と心苦しうおぼしはぐくみし程に、宮の三つばかりになりたまひし程に、院も御息所もうち続きかくれさせたまひにしかば、いと心苦しくて、斎宮やがて迎へきこえさせたまひて、中将と同じ心に思ひき

（傍訳）ご晩年に／晩年の今に及んで／冥途への障りと不憫にお思いになり／父帝も母の御息所も お亡くなりあそばされてしまったので／堀川の上がそのままお引きとり申しあげなさって 実子の狭衣中将と同じご愛情で可愛

一 「無心」は、考えの浅いこと、風流心のないこと。「ものすさまじ」は、殺風景な、風趣がない、の意。

二 物の言い方や容貌、物腰、態度などに、人を惹きつける優しさを備えているのを言う。

三 光源氏と全く同様な総括。「すべて言ひ続けば、ことごとしう、うたてぞなりぬべき人の御様なりける」(『源氏物語』桐壺)。

四 天人の若い御子。天童。しばしば地上への使者となる。音楽の神とも考えられていた。

五 天人の着る衣。ここは天人のこと。

六 中納言の娘で御息所である女性。「御息所」は、「みやすみどころ」(御休息所)の撥音便「みやすんどころ」、転じて「みやすどころ」と読む。天皇の御寝所に仕える女性の意。皇子、皇女を出産した女御、更衣に言うことが多い。

七 人の心身を束縛するもの。出家や死への障りになるものを言う。

八 主人公狭衣中将の母宮。堀川の上。故先帝の妹なので源氏の宮を引き取った。主人公中将と源氏の宮は従兄妹(いとこ)どうしである。

九 たとえどんなに猛々しい武人であっても。『源氏物語』(桐壺)にも「いみじき武士(もののふ)、仇敵(あたかたき)なりとも、

見てはうち笑まれぬべき様のしたまへれば」とある。

一〇 はじめは中将の思慕にもなお余裕が見受けられる。

一一 身に着けると姿が見えなくなるという不思議な蓑が「隠れ蓑」。これを着て活躍する主人公の物語『隠れ蓑物語』も存在したことが知られている（現在は散佚）。「よしかた」はその物語の主人公の名か。

源氏の宮をめぐる中将の煩悶、東宮の関心、関白や帝の東宮妃への期待

一二「をはたの板田の橋のこぼれなば桁より行かむ恋ふな我妹子」（『古今六帖』第三。『万葉集』巻十一、初句「小墾田の」ほか小異）。

一三「なずらふ（準ふ）」は「なぞらふ」と同じ。同列に並ぶ意。

一四「音無の滝」は歌語として、内心苦しみながら口に出せぬ恋に言う。「恋ひわびぬ音をだに泣かむ声立てていづこなるらむ音無の滝」（『拾遺集』恋二）、「朝夕になく音をたつる小野山は絶えぬ涙や音無の滝」（『源氏物語』夕霧）。

一五 どこか顔色が晴れず憂鬱そうに見えるのである。

一六「みちのくの忍ぶ捩摺誰ゆゑに乱れむと思ふ我ならなくに」（『古今集』恋四、河原左大臣。『伊勢物語』では四句「乱れそめにし」）。引用の心は「乱れ」よりも「忍ぶ」のほうに重心がある。

（がっていらっしゃる）こえさせたまふ。殿（堀川関白も）もまことの御女よりもやむごとなきかた（皇女という尊貴さをあがめるお気持が）添ひて（加わって）思ひかしづききこえさせたまへり。十に四つ五つあまらせたまへる（十四五歳におなりでいらっしゃる）御かたち有様、見たてまつらむ人は九いかなる武士なりともやはらぐ（きっと穏やかな心になってしまうに違いないご様子だから）心はかならずつきぬべきを、中将の御心のうちはことわりぞかし。（狭衣中将のご胸中は無理もないところである）

（［狭衣は］）しばしは、一〇「さりともなずらへなる人ありなむ」（いくらなんでも源氏の宮に負けないくらいの女性もきっといるだろう）と頼もしくおぼされしを、かの（あの）一一よしかたが隠れ蓑を得たまはねども（お手に入れられたわけではないが）、おのづから高きも賤しきも訪ねよりつつ（美女を訪ね求めて）、一二板田の橋は朽つれど（恋路の橋の崩れもかまわず）、いとけ近き程にこそあらね（ごく身近に添い近づくわけではないが）、立ち聞き垣間見などかしこく御心にいれたるままに（たいそう関心を寄せておられたので）、（どんな女性か見当がつかぬというようなことは）おぼつかなきは少なけれど、「この御かたち有様に（この源氏の宮のご容姿に）一三なずらふばかりのはありがたきわざにこそ」（並ぶほどの女はなかなかいないものだ）とおぼさるるままに、いとど人知れぬ（秘めた）心のうちに思ひこがれたまふさま（心の内で源氏の宮を）、いといとほしう（たいそう痛わしく）、一四音無の滝とやつひになりたまはむ（物言わぬ思いに涙は音無の滝と溢れてしまわれるだろう）と見ゆるを、（［狭衣は］）さすがにようしのび紛らはしたまふほどに、一五はればれしからずむすぼほれたまへる御気色を（いつもうつうつとふさいでおられるご様子を）、（源氏の宮はご成長なさるにつれて）大人びたまふままに、「人の御癖にこそ」（ご気性なのだろう）と（思い）、一六忍もぢ摺（狭衣の乱れたつばかりの内心）をえ知りたまはぬな

るべし。

一太政大臣の御方には、二いかにかやうの人おはせで、つれづれにおぼさるるままに、「さるべからむ人の御女もがな。あづかりてかしづきたてむ」などの明け暮れ、さるは四うらやみたまふめる。

源氏の宮の御かたち、かくすぐれたまへる御名高くて、春宮のいとゆかしう思ひきこえさせたまへるに、五「さこそはつひのことならめ」とおぼしたり。内の上も、七昔の御遺言おぼし忘れずあはれに聞こえかはさせたまひながら、おぼつかなくて過ぐさせたまふも口惜しきを、「さやうにて内裏住みもせさせたまへかし」と、大臣にも聞こえおどろかさせたまひけり。されど、一〇いとどしき御有様を、「なほいますこし盛りにねびととのひたまひてこそ」など、おぼろけならずおぼしおきつる御有様なるべし。

一一かくいふ程に、四月も過ぎて五月四日にもなりにけり。夕つかた中将の君内裏よりまかでたまふ道すがら見たまへば、一二菖蒲引かぬ賤

の思いをばお察しにはなれないのであろう
洞院の上には　二どうしてかこのようなお子様がおられず三
しかるべき家柄の姫君がおられないものか　養女にして大切にお育て
したいなど口癖のように言われる明け暮れだが　その実四　堀川の上をお羨みになっているご様子だ
ご評判が
そう五　関心をお持ちでいらっしゃるので　〔堀川関白は〕六　東宮妃に最終的には落ち着くだ
ろう　帝も七故先帝の　源氏の宮と心から
お便りをお交わしになりながら　源氏の宮がご膝下を離れて
（帝）八　おさせなさるがよいのだ
お言葉をかけてうながし申しあそばされた　一〇宮の日々いよいよ美しく成長するご
様子に大臣は　やはり今すこし一段と娘盛りにご成長なさってから　並なみでなく
考え定めておられるご実情なのであろう
夕方
狭衣　ご退出になる途上

一　堀川関白の北の方のひとり、洞院の上（一三頁）。
二　堀川の上に男君中将、坊門の上に女君中宮といったお子に恵まれないことを言う。
三　所在なげに。手持ち無沙汰で物足りない気持。
四　特に、源氏の宮を迎えて養女にした堀川の上が羨ましいからと見える。作者（語り手）の推量である。
五　「ゆかし」は、見たい、知りたいの意。
六　「さ」は前文の東宮の源氏の宮への関心をさす。「つひ（終）のこと」は、結局はそうなることの意。
七　故先帝が崩御前、ご自分の亡き後の愛嬢（源氏の宮）のお世話を、帝にもご依頼になっていたのであろう。
八　東宮妃となることで。
九　帝のほうからお言葉をかけて、源氏の宮の東宮入内をおうながしになったのである。「おどろく」は、はっと気づく、の意。「させたまひ」は、使役を含む最高敬語。
一〇　「いとどしき」は、いよいよはなはだしい意。傍注のように解したが、「いとほしき」の誤りかも知れない。「いとほしき」ならば、結婚にはまだ早く気の毒な、の意となろう。
一一　ここで季節的に冒頭の「山吹の一枝」の場面に繋がる。

主人公の日常――内裏の帰途、節会前の雑踏の中に路傍の家の女と贈答

一二 五月五日の節会には菖蒲を髪に挿したり軒に飾ったりする。このため、遠方から「賤の男」(身分の低い男)たちが菖蒲を引き荷なって上京し、往来を売り歩くのである。節会前日の庶民描写が生き生きとしている。

一三 「十市の里」は大和国磯城郡耳成村大字十市か。ただし、『下紐』に「只遠と云ふ心なり、十市に別に心なし」とあるように、遠方の意。引歌があろうが未詳。歌語としては「暮ればとく行きて語らむ逢ふ事の十市の里の住み憂かりしも」(『拾遺集』雑賀、一条摂政)のように「遠」と掛けて用いられることが多い。

一四 私の恋は憂く辛く、ただ訳もなく声をあげて泣くほかはない。これほど苦しい恋の道とは誰ひとり知らないことである。「浮き」「憂き」、「根」「音」、「流るる」「泣かるる」、「泥」「恋路」の掛詞、「菖蒲」には「文目」「綾目」(筋道、道理)の意が掛けられている。「根」「菖蒲草」「泥」は縁語関係。

一五 「おどろおどろし」は、居丈高に怒鳴り散らす様を言うのであろう。

一六 上皇、摂関以下の要人の護衛に当る近衛府の下級武官。上皇には十四人、摂関には十人などと人数が定まっている。中将は四人である。

一七 「候ふ」は会話の丁寧語。平安後期には「侍り」と併用されるが、「侍り」に比べて、目上に対する改まった言い方の気持が強いようである。

一八 ここも「恋路」と「泥」が掛けられている。

の男なく、行きちがひもてあつかふさまども、「げにいかばかり深かりける一三十市の里のこひぢならむ」と見ゆる足もとどもの、いみじげなるも知らず顔にいと多く持ちたるも、「いかに苦しからむ」と目とまりたまひて、

(菖蒲を荷なって行き違う男たちの様は ほんにどんなにか遠い里の泥 深い沼から 引いてきたのだろう ひどく泥 にまみれているのもかまわず (狭衣心)どんなに苦しいことか)

一四うきしづみねのみながるるあやめ草
かかるこひぢと人も知らぬに

((狭衣))

とぞ言はれたまふ。

(思わず口にされる)

玉の台の軒端にかけて見たまへばをかしうのみこそおぼさるるを、御車のさきに、顔なども見えぬまでうち群れて行きやらぬを、一五おどろおどろしき御一六随身の声々にとどめられて、身のならむやうも知らずかがまり居るを見たまひて、「さばかり苦しげなるものを、かく言ふ」と制せさせたまへば、「慣ひにて一七候へば、さばかりのものはなじかは苦しと思ひさぶらはむ」と申すを、一八こひぢをば我が御身に慣ひたまへれば、「心憂くも言ふかな」と聞きたまふ。

(かけて御覧になってこそ趣があると狭衣はお思いになるのだが (賤の男たちが) ものものしい 制止されて 泥だらけになるのもかまわず うずくまっているのを (狭衣)あれほど苦しそうにしているのに なぜ厳しく追いやるのか ご注意なさると (随身)彼らには慣れた仕事でございますから あのくらいの荷をばどうして苦しいと思いましょうか 狭衣ご自身泥土ならぬ恋の重荷に苦しみなじんでおられるので ひどいことを言うものよ)

大きなるも小さきも、端（つま）ごとに葺き騒ぐを、車よりすこしのぞきつつ見過ぎたまふに、言ひ知らず小さくあやしき[一]家どもにも、ただ一筋づつ置きわたすを、「何の人真似（ひとまね）すらむ」とあはれに見たまひつつ、[二]扇を笛に吹きたまへる夕映えの御かたち、まことに光るやうなるを、[三]半蔀（はじとみ）に集まりて見たてまつり賞（め）づる人々ありけり。御車など、今は[四]大人（おとな）しくなりたまへれど、御供の御随身などはいと若うをかしげになべてならず見ゆるを、「あはれ、あれが身にてだにあらばや、何事を思ふらむ」と、[五]若き人は賞（め）でまどひて、過ぎたまふもなほ飽かねば、軒の菖蒲（あやめ）を一筋引き落（おと）して急ぎ書きて[六]はしたもののをかしげなるして、追ひて奉る。後（おく）れて走る御随身に取らせて帰るを、「いづこよりとか申さむ。やがて御車に参りたまへ」とてとらへつ。御覧ずれば、

（女）[七]しらぬまのあやめはそれと見えずとも
蓬（よもぎ）がもとは過ぎずもあらなむ

大きな家も　どの軒端にも菖蒲を　［狭衣は］　いじらしいことと　（狭衣心）　扇を笛にしてお口にあてて吹いておられる夕陽に映えた狭衣のご容姿は　地味な普通の乗用車にお召しになっているが　際立ってはなやかに見えるので　ああ素敵　あのお供の人にでもなりたいもの　どんなに得意な気持かしら　心をうばわれて　［狭衣のお車が］　物足りない思いで　文を急ぎ書いて結び　女童の見目のよいのに持たせて　（随身）どこからのお手紙とお伝え申そうか　あなたがそのまま　女童を　とどめた　狭衣がご覧になると

一「あやしき（怪しき）」は、ここは、見苦しい、みすぼらしい、の意。
二 扇を笛の代りのように口に当てて。悠揚としてくつろいでいる様子であろう。
三 蔀（しとみ）は格子の裏に板を張ったもので、上部半分を外上方に釣鉤（つりかぎ）でつるし上げ、下半分は取りはずして、雨戸のような用をするが、半蔀はその上部半分だけのもの。窓のような用を果す。この場面、光源氏が夕顔と交渉の生じる五条の夕顔の宿の趣がある（『源氏物語』夕顔の巻頭）。
四 形容詞「大人し」の連用形。成長して大人になっている意。ここは、一人前の普通の車に乗っていることを言うのであろう。
五 若い女性。多く若い女房などに言う。
六 端者、また半物と書く。召使いの女。ここは女童といった少女であろう。狭衣も「童の入らむ所」（次頁）と言っている。
七 どこの沼の菖蒲を軒に挿しているかお気づきにならなくても、粗末な宿ながら私の家をお見過しなく立ち寄ってください。「しらぬま」に「知らぬ」と「しら沼」を利かせ、「菖蒲」に「文目」を掛ける。「あらなむ」は、あってほしい意。「なむ」は相手にあつらえる意の終助詞。
八 懐紙。ふところ紙。横二つ折り、縦三つ折りにして常時懐中に入れ、歌の詠草にしたり鼻紙などに用いたりした。

九　気楽な手すさびであることを示すために、ことさらに片仮名書きにしたものか。巻三、巻四にも片仮名書きの和歌の例があるが、それぞれに意図があろう。

一〇　あなたのお宅とも気づかずに通り過ぎてしまったことです。なにしろどの家にも軒に菖蒲が挿してありなんとも区別がつきかねたものですから。「ひましなければ」は、隙間なく挿し飾ってあるので、の意。「ひまし」の「し」は強意の副助詞。

一一　「はべり（侍り）」は、平安時代本来の丁寧語、会話語。この物語などでは「さぶらふ」と併用。

一二　「わざと」は、特別に、取り立てて、の意。正式に、本格的に、などの意にもなる。

一三　これまでの兄妹同様の間柄といい、周囲の思惑との違いといい、きわめて困難な状況にある源氏の宮だけをひたすら恋うるのを言う。物語をつらぬく主人公の基本的な姿勢として注意される。

一四　ご関係の諸方面に。折節つきづきしい贈答は当時の社交、交情に必須の挨拶であり、礼儀であった。

主人公の日常——東宮の女御や一条院の姫宮などと折を過さぬ文通

一五　暗に、作者（語り手）の卑下、謙辞を籠めるのであろう。理想的な主人公の詠はもっと素晴らしいはず、平凡な人の詠みぶりとしても冴えないのは誤伝のせいかと訝ってみせるのである。

とぞ書きたる。「いかなるすき者ならむ」（（狭衣）どんな風流女か）とほほゑみて問はせたまへど、（〔女童は〕言おうとはしない）言はむやは。心とき御随身（気のきいたお供の者が）そのわたりに硯もとめて奉りたる（お渡し申したの）して（を使って）、畳紙[八]にかたかんなにて（片仮名書きで）[九]、

（狭衣）[一〇]見もわかで過ぎにけるかなおしなべて
　軒のあやめのひましなければ

「いまわざと参らむ」（後ほど改めてお便りしましょうと女童に伝言させなさって）と言はせたまひて、「童の入らむ所（女童が入る家を）、たしかに見よ（見とどけよ）」とのたまへば、（随身）「半蔀高く上げわたして、人々（女房どもが）あまた見えは[一一]べりつ」と申せば、（狭衣心）「何人ならむ、見知りたりつるにや（会ったことのある女かしら）」とばかりはおぼせど、かやうのうちつけ（このような軽はずみな）懸想（恋愛）などは、[一二]わざと御心にも入らず（とりたててご興味を示さず）、[一三]あるまじきことをぞ（源氏の宮への恋をば）、いかなる折にも御心にとどめたまふべかめる（お心にかけておられる様子である）。

またの日（翌日の五日）は、[一四]ところどころ（〔端午の節会の〕）に御文書きたまふ。色々の紙の、色はだへ（色合いや紙質）などえならぬ（などのえも言われぬ見事なのを）、あまたとり散らして、墨こまやかに（墨を念入りに）押し磨りつつ書きたまふ。御手は（狭衣の御筆跡は）、「げになどてかすこしもの知らむ人（すこしでも趣を解する人ならば）のいたづらに返さむ（どうして軽い気持で返事が書けようかと見えるほど素晴らしいのだが）」と見ゆるに、御歌どもぞ、[一五]なべての人の口つきにて（普通の人の詠みぶりとしてさえ）

だにをかしとも見えぬは、あしう人のまねびためるにや。（それほど優れているとも思われないのは　誤って人がわるく言い伝えたものだろうか）

左大将の御女(むすめ)、宣耀殿(せんえうでん)[一]と聞こえて、春宮にいみじうときめきたまふを、いかなる風の便りにか、ほのかに見きこえさせたまひけり。（東宮にお仕えしてたいそうご寵愛を得ておられるお方を　どんな機会にであったのか　狭衣はほんのちょっとお逢い申しなさったのであった）

されどいかでか[二]思ふさまにしもあらむ、御消息(せうそく)などだにおぼろけならでは通ふことかたくぞありける。あまり待ち遠(どほ)なるも恋しく思ひ出でられたまひて、（どうして思うままの逢瀬があろう　お手紙などでさえ並たいていのことでは　［逢瀬が］[三]　［狭衣は女御を］）

（狭衣）恋ひわたる[四]袂(たもと)はいつもかわかぬに
　今日(けふ)はあやめのねさへなかれて

一条院の[五]姫宮の御気配(けはひ)も、ほのかなりしかばにや、なべてならぬ心地せしを、「いかで御かたちなどよう見たてまつらむ」など心にかかりたまひて、少将(せうしやう)[六]の命婦(みやうぶ)のもとに例のこまかにて、なかに、（ちらりとお見受けしただけだったせいか　並一通りの美しさではない印象であったのを　どうか姫宮のお顔などをよく見申しあげたいもの　［狭衣は］　例によって細やかにお書きになって）

（狭衣）[七]思ひつつ岩垣沼(いはがきぬま)のあやめ草
　みごもりながら朽(く)ち果(は)てねとや

などやうにて、あまたあめれど[八]、同じ筋(すぢ)[九]なればとどめつ。（などといった具合に　お手紙は沢山あるようだが　同様の趣向だから割愛した）

一 宣耀殿の女御(にようご)と申しあげて。宣耀殿は後宮七殿の一つ。麗景殿の北、貞観殿の東の殿舎で、女御の居所。女御は皇后、中宮に次ぐが、上皇や東宮の妃をも言う。

二 相手が東宮の寵妃なのだから、である。

三 このところずっと無音が続いていたのであろう。五月五日の節会のような折こそ消息、贈答の絶好の機会なのである。

四 あなたを恋い続ける私の袂はいつ乾くときとてないが、菖蒲の節会の今日はもはや堪えきれず、思わず声まで立てて泣けてしまって……。「根」「音(ね)」の掛詞。

五 上皇の姫宮。

六 一条院の姫君付きの女房。中将と親しい人で、姫君との間を取り持っているらしい。「例の」（いつものように）の語でそれがわかる。

七 あの岩垣沼で人知れず朽ちる菖蒲草のように、私のあなたへの恋も、心に思いながら口に出せぬままで朽ちてしまえとでもおっしゃるのでしょうか。「岩垣沼」は四方岩に囲まれた沼。「みごもる（水籠る）」は、水中に隠れる意から転じて、心中に秘める意。

八 主人公中将の上流社会における交際範囲が広いことを示す。

九 羅列、煩瑣を避ける常套的な表現。「くだくだしければ、例の漏らしつ」（『源氏物語』夕顔）の類。

かやうに折につけたる言(こと)の葉(は)などは散らしたまへど、心の中は、一〇「いつまでか」とのみ、この世はかりそめにすさまじくおぼさるべ一一き。一二丁子(ちやうじ)に黒むまでそそぎたる御単衣(ひとへ)に紅(くれなゐ)の御袴(はかま)着たまひて、一三面(つら)杖(づゑ)つきて池の菖蒲(あやめ)の心地よげに茂りたるをながめ出でたまひて、一四「音羽(おとは)の山には」など口ずさみたまへる御声は、なほ類(たぐひ)なし。

ありつる御返り、いづれもをかしきなかに、一五宣耀殿(せんえうでん)の御手も心ことにをかしげにて、

(宣耀殿)一六 うきにのみ沈(しづ)む水屑(みくづ)となりはてて
今日はあやめのねだになかれず

とある気色(けしき)など、向ひきこえたる心地(ここち)して、らうたげにあはれ浅からねば、すこし涙ぐまれたまひぬ。

その夕さりは、(狭衣心)一七「もしさりぬべき隙(ひま)もや」と、内裏(うち)わたりに出でたちたまふに、いとど召(めし)さへあれば参りたまふとて、まづ殿の御前(まへ)に参りたまへれば、今日はまだ見たてまつりたまはざりつればにや

（傍注）折節にふさわしい／和歌／あちらこちらに贈っておられるが／いつまでこの仮の世に／現世はほんの一時のこと／興味ないものにお思いのようだ／黒みを帯びるまで濃く染めあげた／いかにも勢いよく／物思いの目をお向けになって／先刻のお手紙へのご返事は／どのお方からのも／ご筆跡も格別にすぐれ／直接対面申しあげている／可憐で／しみじみと心を打つので／〔狭衣は〕／夕方／ご出仕になる折に／そのうえ帝の／お召しまで重なったので参内なさろうとして／父関白の／〔父関白は〕／お顔を合わせ申しあげてはおられなかったせいか

一〇 いつまでこの世に生きられることか。いつまでも生き続けたいという執着はない、の気持。

一一 「すさまじ」は、興ざめである、荒涼としている意。「おぼさるべき」の「べき」は連体止め。柔らかい言い切りの形である。

一二 丁子の染料を黒くなるまで注ぎかけて染めた単衣。丁子はフトモモ科の常緑高木。淡紅色の花が群がり咲き、香気が強い。蕾(つぼみ)を乾燥して香料、薬剤、油にする。実を煎じた汁は染料となり、丁子染と言う。丁子色は茶褐色で、香色(香染)よりやや濃い。

一三 頬杖(ほおづえ)をついて。

一四 引歌未詳。「音羽の山には」の拍数から見て、今様などの歌謡の一句を口ずさんだかとする説がある(『日本古典全書』)。

一五 宣耀殿の女御からの御返事は。

一六 中将様は今日こそは声立てて泣くとおっしゃるが、私はまさに泥にまみれ沈む塵芥(ちりあくた)のような身になり果てて、辛さのあまり声をあげて泣くことさえかないません。「泥土(うき)」「憂き」、「水屑(みくづ)」の「み」に「身」、「根」「音」の掛詞。

中将、帝の召もあって参内する　まず両親に伺候して挨拶　両親の慈愛

一七 もしかして宣耀殿女御にお目にかかれる機会があるかもしれない。「さりぬべき」は、適当に都合のよいの意。「隙」は、機会、事を行うのによい時、の意。

一めづらしきにほひ添ひたまへる心地して、うち笑みてぞつくづくとまぼられさせたまふ。「内裏より召さぶらへば、参りはべるを、二中宮の御かたに御消息や」と申したまへば、「三例ならぬさまに聞きたてまつりつれば、参らむとしつるを、四風にや、ここにも悩ましうて暮らしはべりぬるを、つとめてのほどに五ためらひて参らむ。暑きほどは、しばし出でさせたまひても休ませたまへかしと思ふを、六例の御暇やありがたからむ」などぞ聞こえさせたまへば、御答へして立ちたまひぬ。

「まだしきに暑さところせき年かな。何しに七常に召すらむ」とつぶやきたまふを、八母宮聞きたまひて、「苦しくおぼえたまはば何かは参りたまふ。団扇などせさせてものしたまへかし」と、心苦しげに見やりたまふ。九象眼の紅の単衣、同じ御直衣のいと濃きに、一〇唐撫子の浮線綾の指貫着たまへる一一様体、腰つき、指貫の裾までたをたをと、あてになまめかしう着ないたまへり。物の色あひなど、なべての同

一夜のうちに更に新しい美しさが加わったようにお感じになって
狭衣のお姿に惹きつけられていらっしゃる
（狭衣）
ご伝言がございますか
（関白）ご不例の由に
お見舞に参上しようと思ったが
風邪だろうか　私自身も気分がすぐれぬ
まま
明朝ごろに
気分を持ち直して
中宮もしばらく里下りをなさって
ご休息になるとよいと思うのだが
［狭衣は］
（狭衣）まだ時節も早いのに暑さの厳しい年だなあ
何のために
（堀川の上）苦しくお思いになるなら　何で
参内なさるのか
あおがせなどしてゆっくりしておられるがよい
痛わしそうに狭衣を御覧になる
しなやかに
気品高く優美に着こなしていらっしゃる
お召物の配色など
一般の

一 主人公の理想的な美を強調。紫の上の資質を「去年より今年はまさり、昨日より今日はめづらしく、常に目馴れぬ様のしたまへる」（『源氏物語』若菜上）と評するなどの例もある。

二 坊門の上所生（一三頁）。中将の異母妹。

三 「例ならぬ」は、身体の具合が普通でない、病気である意。

四 「風」は、風邪、感冒。「悩まし」は、気分が優れない、病気で具合が悪い意。肉体の不調を言う。

五 「ためらふ」は、心を鎮める、気持を落ち着かす意。

六 例によってなかなかお暇が出ないことであろうか。なかなか里下りのお許しが出ないのは、帝が寵愛している証である。

七 帝が常に召すのは、それだけ中将がお気に入りなのである。

八 堀川の上。故先帝の妹、前の斎宮（一二頁）。

九 金銀で模様を浮き出すようにした紅色の単衣。下着である。その上に着る直衣も同じ紅色の濃いもの。直衣は貴族の平常服であるが、夜の参内などにも着用できた。

一〇 唐撫子を浮織にした綾の指貫。指貫は、括り袴。

一一 「様体」は、容姿、姿。

一二 中将の抜群に優れた資質を思えば、母宮の度はずれた愛情の深さや気の揉みようも道理である、の気

じ物（お召物）とも見えぬを、（堀川の上）「などかうあまりゆゆしう（不吉なまでに美しく）生ひなりたまふらむ（ご成長になっているのだろう）」とて、涙を一目浮けてせちに見おくらせたまへるを（わが子から目が離れない様子でおられるのを）、御前なる人々、ことわりなりとあはれに（母宮のお気持に心うたれて）見たてまつる。

中将、帝の御前にて横笛の演奏を強いられる　辞退するも許されず

内裏には、わざと（特に）節会などもなき夜のつれづれにおぼさるるには（今夜が無聊に物足りなくお思いになられる折柄）、雨雲さへたちわたりてものむづかしき（うっとうしい今夜の）慰めに、春宮渡らせたまひて御物語などあるなりけり。御前の広廂に太政大臣の（の御子の）権中納言、左兵衛の督、左大将の（の御子の）宰相中将などやうの若上達部あまた候ひたまふに、源中将の（狭衣の中将が）参りたまはぬは、いとどしき五月雨の空の光なき心地（帝にはただでさえ雨雲のおおう梅雨空がなおのこと光を）せさせたまひて（失ったお気持におなりになって）召すなりけり。

（帝）「今宵の宴には、候ふ限りの人（ここに伺候する全員が）、一の才を（得意の）手の限り惜しまで（楽器を秘術を尽くして）一つづつ心みむ（一曲ずつ演奏するがよい）」とのたまはするを、春宮も、「興あること」とのたまはせて、（近習たちが）さまざまの御琴ども奉りわたす（めいめいにお渡しする）。権中納言に琵琶、兵衛の督に箏の琴、宰相中将和琴、中務の宮の少将笙の笛、源中将に横笛賜はす（お渡しになる）。ただ今のいみじき物の上手どもなるべし（それぞれ当世のすぐれた名手たちなのであろう）。（帝）「おのおの、今宵こ

持。
一三 端午の節句当日であるが、特に盛大な節会を予定していないことを言う。「節会」は、節の日や行事のあとに催される宴会。
一四 廂の間。帝の御座所（母屋）の外側、簀子の内側の部屋。
一五 権中納言、左兵衛督は、ともに太政大臣の子息と見ておく。
一六 左大将の子息である宰相中将。
一七 若い貴公子たち。「上達部」は三位以上の公卿。
一八 父関白が皇子で臣籍に下った源氏なので、主人公も「源中将」と呼ばれるのである。
一九 帝の命を受けて、蔵人などの近習の者たちが若貴公子たちにそれぞれ楽器を渡すのである。「奉り」の謙譲語がそれを示す。「琴」は絃楽器の総称。
二〇 琵琶は四絃または五絃。箏の琴は中国渡来の十三絃の琴。ただし現在の箏よりも大きく、弾法も異なる。和琴は「あづまごと」「やまとごと」とも言われ、日本在来の琴、六絃。
二一 中務の宮（中務省の長官で親王）の子息で近衛府の少将。ふつう宮の少将と呼ばれる。
二二 「しょう」とも。管を立て並べ、管ごとの端に簧（した）をつけて吹く管楽器。
二三 七孔の笛。横に構えて吹く笛。単に「笛」とも。

の音ども手を尽くして聞かせよ」とのたまはするを、誰も、「一つにかきまぜてこそ、あやしさも紛らはして仕うまつらめ。いとわりなきわざかな」と仕うまつりにくくわびたまふ。

なかにも中将は、「[二]よろづのことよりも、さらに戯れにもまねびはべらぬものを」と[三]奏したまふを、「ただその知らざらむことを、今宵始むべきなり」とのたまはすれば、「教ふる人だに侍らば、[四]たどるたどるも仕うまつるべきこそ。[五]おのおの手を尽くしたまはむなかに、たどたどしう始めはべらむは、げに類なき世の[六]例にやなりはべらむ」とて、ことのほかに手も触れたまはねば、「いとかばかりの心ばへとも思はずこそありつれ。ことのほかにこそありけれ。年ごろ、大臣の思ひたるにも劣らずこそ思へ、かばかりのことをだに言ふままならざりければ、[九]まいてよろづ推し量られぬ。よしよし言はじ」とまめだたせたまふに、いとわびしくて、かしこまりて取り寄せたまひて、「物にまぜつつおのづから形のやうにまねびさぶら

存分に技を尽くして　全員で合奏してこそ　つたない腕前も　演奏いたしましょうものを　一独奏とは全くつらい仰せ言です　困っておられる
狭衣　横笛は全く　遊び程度にも習ってはおりませんのに　（帝）ただもうそなたが言うその知らぬ演奏を　今夜は始めよというのだ　（狭衣）せめて指導者なりと　演奏いたしましょうものを　まさしく　物笑いの種になりそうでございます　七まるっきり横笛には　（帝）そなたがこれほどつれない心とはまったく思いもよらなかった　八見そこなった気持だよ　堀川の関白が父親として愛情を傾けているのにも負けぬほど可愛がっていたのに　九まして　言うまい　一〇本気になって仰せになるので　狭衣はたいそう困惑して　[笛を]　他の琴笛の音に時々まぜながら一一

一「わりなし」は、心乱れてどうしてよいかわからない意。独奏がつらいというのである。

二 何事にも人前でご披露できる才などはないが、特に横笛にいたっては。

三「奏す」は、奏上する。天皇、上皇に申しあげるときに限って用いられる。皇后や皇太子に申しあげる意の「啓す」に対する語。

四 後についてたどたどしくではありますが。

五「ただ今のいみじき物の上手ども」であるみなさんが、技の限りを発揮される中で。

六「世の例」で一語扱い。物笑いの種。

七「ことのほか」は、格別、とりわけの意。下に打消の語を伴って、まるで、まるっきり、の意。

八 この「ことのほか」は、予想外のさま、意外、の意。

九 この一事で、そなたの心底すべてが自然にわかると言うのである。

一〇「まめだつ」は、本気になる意。真剣なさまの意の「まめ」に接尾語「だつ」の付いた動詞。

一一 自然、型どおりに真似事なりといたしましょう。

ひなむ。一人はいとわりなきわざかな【独奏とはまったくの無理難題です】」と悩める[一二]気色のをかしさに【風情の愛らしさに】ぞ、恨み果てさせたまふべくもあらず【帝はうらみとおすこともおできにならず】御覧じける。

他人々も、なかなか心ことなるべき夜の御遊びと心づくろひしつつ【急の御催しだけにかえって正式の演奏会にはない興趣溢れる夜宴になりそうだと緊張して】、とみに手も触れたまはで【すぐには楽器に】、「中将四五の才[一三]ばかりにだに候はぬ【ぐらいにさえ及びませぬ】物の音を、紛れなくひきあらはしはべらむ面恥づかしさよ【音色を　拙なさ丸出しの独奏でお耳に入れるなんて】。よろづの人のかはりに【皆にかわって次々と】琴を替へつつ仕うまつらせばや【楽器を　取りかえて中将ひとりに演奏させたいものです】」と、権中納言【(権中納言)】奏したまへば、「一つをだにさばかり心こはからむに【(帝)横笛一つをさえこれほど強情に断るようなのに】、まいて人のかはりはすべくもあらざめり」とて、責め[一四]させたまへば【方々に御催促あそばされるので】、おのおの心づくろひ[一五]いたくして【極度に緊張して】ひき出でたる物の音ども、いとおもしろし。

中将の御笛になりて、「さていかに。【(帝)】仕うまつるまじきか【演じ申すまいというのか】」とたびたびまめやかなる【真剣な】御気色【お態度】にて責めさせたまへば、いとわびしう[一六]【狭衣は心から困惑して】、「かうと知らましかば、参らざらましものを[一七]【最初からこうと知っていたら】」と悔しけれど【後悔されるが】、のがるべきかたなくて[一八]、笛もうひうひしげに取りなして[一九]【いかにも初心に見せて心許ない持ち方をして】、殊に人の聞き知らぬ調子一つばかり吹き鳴らしたまへるを【人に知られていない秘曲を一曲ほど】、上は、音には聞きつ【評判には聞いていた】

一二「悩む」は、病気する、身体的に苦しむ意であるが、ここは精神的に苦痛である意に転化している。当惑する。

一三「一の才」（最も得意とする才能。ここは楽器演奏）に対して言う。中将が四番目か五番目に得意とする技量。

一四「責む」は、せきたてる、促す意。

一五「心づくろひ」は、特に心を配ること、心構えをすること。

一六「わびし」は動詞「わぶ（侘ぶ）」の形容詞化。精神的に苦悩したり、困惑する心情を表す。「なやむ」「なやまし」が身体的であるのに対し、より精神的に苦しむ意が深い。

中将ついに笛を手にする　この世ならぬ妙音に、一座ことごとく感涙

一七 帝のお召であっても参内しなかったであろうのに。「ましかば…まし」の反実仮想。

一八 帝のご督促を逃がれようがなくて。

一九「うひうひしげ」は、いかにも初心といった様子で。「取りなす」は、わざとそのように振舞う、の気持。

れど、いとかくまではおぼしめさざりつるを〔これほどまで巧みだとは〕、今まで耳馴(な)らさざり[一]〔これまで耳にしたことがなかった〕ける恨めしさをさへ〔くやしさをまで〕ひき返し[二]おほせられて賞(め)でおどろかせたまふ〔ほめ驚嘆あそばされるご様子〕さまいとこちたし〔仰々しい〕。

聞く限りの人々も、さらにこの世の物の音〔笛の音色〕とも聞こえぬに、涙もとどめがたけれど、なかなかなる[三]ほどにてやみぬるを〔わずか一二曲程度で演奏が終ってしまったのを〕、〔(帝)〕「いとあるまじきこと〔もってのほかのこと〕」と責めのたまはすれど〔お促しになるが〕、〔(狭衣)〕「ただかばかりなむ大臣(おとど)の戯(たはぶ)れに教へはべりて、これよりほかにはすべておぼえさぶらはず〔すっかり忘れてしまいました〕」と奏したまふを、「いとうたて〔いやはや嘆かわしいこと〕、虚言(そらごと)[四]をさへつきづきしくも言ふかな〔巧みに言うものだ〕。大臣の笛の音に似るべくもあらざめり〔似ている程度の巧みさではないようだ〕。すべてかく苦しと思はれば〔いやだと思われるのなら〕、さらに言はじ」とおほせらるれば、いとわびしうて〔狭衣は弱り果てて〕、皇太后宮[五]の姫宮[六]たちなどの、上の御局(みつぼね)[七]におはしますころにて、〔(狭衣心)〕「心にくき〔ゆかしく思う姫宮がた〕御あたりに〔の前で〕、何事も残りなく聞かれたてまつらじ〔技量のすべては知られ申しあげたくないと思う気持までが加わって〕」と思ふかたさへいとど[八]しきなるべし。

月も疾(と)う[九]〔はやく〕入りて、御前の燈籠(とうろ)の火ども昼のやうなる灯影(ほかげ)に、かた〔狭衣の〕

一 「耳馴らす」は、音楽などをじっくりと聴きなじむ意（一八頁）。

二 「ひき返し」は、中将が帝の御前で演奏したことのなかった過去にまで遡って。繰り返して、の意とも取れる。

三 「なかなか」は、中途はんぱ、なまじっか。なまなか聴かないほうがましといった程度で。

四 「虚言」は嘘。「つきづきし」は、いかにも似合わしい、ふさわしい意だが、ここは、要領よい、（望ましくない方向に）巧みだ、の気持。

五 皇太后宮は、元来、先帝の皇后を言うが、ここは当帝の皇后をさす。一条帝の御代に二后並立（皇后、中宮）の例が開かれたが、その後、後冷泉帝の治暦四年（一〇六八）に教通女歓子が皇后となり、皇后寛子（頼通女）が中宮、中宮章子（後一条帝皇女）は皇太后に上られ、ここに三后並立を見るに至った。皇后を皇太后と称するのはこの時以後のことである。

六 後文によれば、当帝と皇太后宮との間には、女一の宮、女二の宮、女三の宮の皇女がいる。

七 帝のお住いになる清涼殿内に設けられたお后がたのご休息のための部屋。姫宮たちがこの部屋に来ておられるのを、中将は意識するのである。

八 なおのこと演奏が渋られるというわけなのであろう。

九 「疾(と)し」の連用形「疾く」のウ音便。

ちはいとど光りまさりて、柱に寄り居て、まめやかにわぶわぶ吹き出でたまへる笛の音、雲居をひびかしたまへるに、帝をはじめたてまつりて、九重のうちの賤の男まで聞きおどろき涙を落さぬはなし。五月雨の空のものむつかしげなるに、「物や見入れたてまつらむ」とまでゆゆしくあはれに誰も御覧ずるに、「大臣まいて見たまはば、いかばかりいまいましきまでおぼさむ」と我が心地にもおどろかせたまふ。御袖もしぼるばかりにならせたまひぬ。

宵過ぐるままに、雲のはたてまでひびきのぼる心地するに、稲妻たびたびして、雲のたたずまひ例ならぬを、「雷の鳴るべきにや」と見るほどに、空いたく晴れて、星の光月に異ならず輝きわたりつつ、この御笛の音の同じ声にさまざまの物の音ども空に聞こえて、楽の音いとおもしろし。帝、春宮をはじめたてまつりて、「いかなるぞ」とあさみ騒がせたまふに、中将の君もの心細くなりたまひていとど音の限り吹き澄ましたまへり。

姿は　心の底から　一〇 困り果てながら
一一 大空に響きのぼるばかり吹きすまされるので
一二 禁中にいる　一三
うす気味悪いうっとうしさに　一四 魔物がとりつき申すのではないか
不吉な思いにかられるほどに感動して　一五 まして父関白が御覧になったら
どんなにか忌わしいことに感じて心配されるだろう　一六 帝ご自身のお気持にも
〔狭衣の笛の音は〕一七 はて
かみなりがとどろくか
同じ音色でいろいろな楽器の音が　天上に
一八 驚きあきれ心をお騒がせなさる時に　一九
いよいよ　音色の限りを尽くして一心にお吹きになった

奇跡――中将の笛に感応して天上楽おこる　天稚御子天降り中将を誘う

一〇「わぶわぶ（侘ぶ侘ぶ）」は、苦悩しながら、の意。動詞の終止形を二つ重ねて継続の意を表す。
一一 前出一七頁一二行目。
一二 宮中。禁中。
一三 身分の低い男。宮中の雑役に従事する下級官人を言うのであろう。音楽の妙趣など解せぬ者と考えているのである。
一四 精霊、妖怪などの類。超自然的な存在を言う。「見入る」は、注意して見る意から出て、執念を持って取りつく意。
一五 帝が中将の父の親心を察するのである。並みはずれた楽才はかえって不幸の因と、平素から人前での演奏を禁じていたのも父堀川関白であった（一七頁）。
一六 父親の心を察すると同時に、帝ご自身も、不吉な予感に打たれるご自分に気づかれる、と言うのである。「せたまふ」は最高敬語。
一七「はたて（果たて）」は、果て、きわまり。「夕暮は雲のはたてにものぞ思ふ天つ空なる人を恋ふとて」（『古今集』恋一）などの歌もある。
一八「あさむ」は、驚く、あきれ返る意。よい場合にも、悪い場合にも言う。
一九 頼りなく、不安な気持にかられて。我を忘れて、吸い込まれるように天上楽の世界に引き入れられていく気持を、「もの心細く」と表現したのである。

（狭衣）[一]稲妻の光にゆかむ天の原
　　遥かに渡せ雲のかけはし

と音の限り吹きたまへるは、げに、「[二]月の都の人もいかでかはおろかざらむ」とおぼゆるに、[三]楽の声々いと近うなりて、紫の雲たなびきわたると見ゆるに、[四]びんづら結ひて言ひ知らずをかしげなる童の、[五]装束うるはしくしたるかうばしきもの、ふと降り来るままに、[六]糸遊か何ぞと見ゆる薄き衣を、中将の君にうち掛けて袖を引きたまふに、我もいみじくもの心細くて、立ちとまるべき心地もせず、かうめでたき御有様のひき離れがたうて、笛を吹く吹くさそはれぬべき気色なるに、[七]帝の御心騒がせたまひて、世の人の[八]言ぐさに、「この世のものにはあらず、天人の天下れるならむ」とのみ言ひ思ひたるは、げにこそはありけれ、大臣のかやうのことをたまさかにもせさせず、「[九]月日の光にあてじ」とあやふく忌々しきものに思ひたるものを、この人をかく目に見す見す雲のはたてに迷はしては、我が[一〇]帝

どうして感動しないことがあろう／髪をびんずらに結って何と言いようもなく可愛らしい童で／正装に身を整えた芳香もゆかしい童が　不意に／中将の袖を引いてお誘いになるので　狭衣ご自身もほとんど我を忘れて　踏みとどまれそうな／［天童の］／笛を吹きながら天上へ誘われていってしまう　狭衣の君は人間世界の者ではない／なるほどもっともであった　笛の演奏などをまれまれにもおさせにならず／心配の種で　天に魅入られるのではと心痛していたのに／現に目の前で雲の果てにさまよわすことになったら

一　稲妻の光を辿って大空に行こう。雲よ、天空遥かに、あの天上国までも橋を懸けわたしておくれ。前文の中将の心「もの心細くなりたまひて」の内容である。内心吐露の独詠歌と言うべきか。
二　月の世界の都。天上界の中核都市。
三　天上楽の合奏の音色。
四　「みづら（角髪）」と同じ。髪を頭の中央から左右に分けて、それぞれ両耳の辺りで束ねる結い方。もとは成人男子の髪型だが、平安時代以降少年の結い方となり、「あげまき（総角）」とも呼ばれた。
五　「うるはし」は、端麗である、端正である意。きちんと整い、冷たく威厳のある様を言っている。「かう（香）ばしきもの」は、慕わしい芳香を放つもの、の意。後出の「天稚御子」である。
六　陽炎か何かのように見える薄い衣。天の羽衣を言う。「糸遊」は、陽炎。春、陽光に熱せられた地表からゆらゆらと立ち昇る空気。
七　帝はどきんと胸をお突かれになって。不吉な予感が適中したのである。「世の人の言ぐさに」以下、「我が御身もこの世に過ぐさせたまふべき御心地」の辺りまで、帝の内心の思いを地文化した表現。
八　話の種。いつも口にする話題。
九　子どもを極端なまでに大切に愛育するたとえ。
一〇　両親ばかりか帝ご自身まで、の気持。
一一　帝は眦を決して狭衣中将を引き止めるのである。
一二　ほとんど魂を奪われている中将も、さすがに帝の

必死の引き止めが目にはいる。天上に浮遊するか、地上に止まるか、狭衣中将の心の岐路を「かなしく」と表現している。

一三 この世を味気なく思う厭世志向と、にもかかわらず捨てきれない躊躇と。二つの心の葛藤が主人公の基本的性格をつくっている。

一四「かかる御迎への」以下、「このたびの御供に参るまじき」までが、狭衣中将の漢詩の内容。

一五 平素ちょっと顔を合わせるほんの片時でさえ。「かつ」は「且つ」（副詞）。一方では、もう一つには、の意が普通であるが、ここは、わずかに、ちょっと、の意。

一六 満足ということを知らぬまでに、気がかりにばかりお思いになっているのに。わが子をいつも目の前に見ていたい気持。

一七 あてどもない虚空を愛児の形見として思いに昏（く）れるであろう両親の嘆きを思うと悲しくて。

一八「文」は、ここでは漢詩。光源氏と高麗の相人とが「文など作り交して」別れた件（くだり）が思い合わされる（『源氏物語』桐壺）。

一九「にほひ」は、輝く美しさ。「愛敬」は、人を惹きつける懐かしさ。「こよなく」は、天人に比べても格段と。

二〇 前出一八頁注四。

二一「かう何事にも」以下、「とどめつる口惜しさ」まで、天稚御子の答礼の漢詩の内容。

御身（ご自身も）もこの世に過（す）ぐさせたまふべき御心地せさせたまはねば（生きていることができになりそうなお気持もなさらないので）、涙もえとどめさせたまはず、一二いといみじき御気色にて（心底から思いつめた御様子で）ひきとどめさせたまふを、〔狭衣は〕かなしく見たてまつりたまふにも、まいて大臣、母宮など聞きたまはむことをおぼし出づるに（ましてや父関白や母宮などがお聞きなさった場合のことをお心に浮べられると）、一三厭（いと）はしくおぼさるるこの世なれど、ふり捨てがたきにや、一四かかる御迎へのかたじけなさにひとへに思ひたてど（このような天のお迎えのもったいなさにひたすらお供したい思いにかられるが）、帝の袖をひかへて惜しみかなしみたまふ（帝が袖を押えて惜しみ悲しんでくださっているし）、親たちの一五かつ見るをだに一六飽かずうしろめたうおぼしたるを、行方なく聞きなしたまひて（ゆくえも知れず大空の果てに消えたと耳にされ）、一七むなしき空を形見とながめたまはむさまのかなしさに、〔両親の〕このたびの御供に参るまじきよしを（今回のお迎えにはお供をいたしかねるという事情を）、言ひ知らずかなしくおもしろく一八文（ふみ）つくりて（漢詩に作って）、笛を持ちながらすこし涙ぐみたまへる〔狭衣の〕御顔は、天人のならびたまへるにも（天人が並んでおられるのと比べても）一九にほひ愛敬（あいぎやう）こよなくまさりて、めでたき御声して誦（ずん）じたまへるに（朗詠なさると）、二〇天稚御子（あめわかみこ）涙を流したまひて、〔狭衣が〕二一かう何事にもこの世にすぐれたるにより（このように何事につけても）誘（さそ）ひつれど、ことわりにめでたうかなしき（もっともだと心うたれるすぐれて悲痛な）文（ふみ）の心ばへによりとどめつる口惜しさを（詩の趣に感動して迎えを断念するその心残りを）作り交（かは）して、〔天童が〕雲の輿（こし）寄せて乗りたまひぬる名残(なごり)のにほひ[一]ばかりとまりて、空の気色(けしき)も変はりぬるを、「あさましなども世の常のことをこそ言へ〔驚愕などという言葉も世間並みのことに言うに過ぎない〕。めづらかなり[二]」と、見る[三]限りは夢の心地したまひけり。

中将の君〔狭衣〕は、御子(みこ)〔天稚〕の御有様の面影(おもかげ)に恋しくて、いみじくものあはれと思ひたるさまにて〔ひどくしみじみと感慨にふけっている様子で〕、空をつくづくとながめ入りたる気色〔見あげては物思いにひたっておられる有様に〕、「いとど〔今までで以上に〕この世に心とどめずやなりなむ」と、あやふくうしろめたくおぼしめされて[四]〔帝はあぶなっかしく気がかりにお思いあそばされて〕、「何事に心をすこし紛らはさむ〔何によって狭衣の気持を少しでも紛らわせばよいのだろうと〕」とおぼしますに、「大臣(だいじん)になすと〔任じたとしても〕うれしと思はじ。大臣(おとど)〔父関白も決して〕もさらにうけひかじ[五]〔承知はしないだろうと〕」と、かひなくおぼしめさる。

皇太后宮[六]の女二の宮の御かたち心ばせ〔お顔だちやご性質が〕、ことわり[七]も過ぎておはしますを、〔帝はたいそう〕いみじうかなしきもの[八]にしたてまつらせたまひけり〔お慈しみ申しあげておられた〕。一[九]の宮はこのごろ〔現在〕斎院[一〇]にておはします。后もこの宮をば〔女二の宮を〕類(たぐひ)なく思ひかしづききこえさせたまひて〔大切にお育て申しあげなさって〕、世の常の御有様などおぼしかくべくもなきを〔御結婚など普通一般の御処遇はすこしもお考えになっておられないのだが〕、中将の笛の音(ね)に天人だに〔でさえ〕聞き過ごしたまはで降(お)りおはして〔天降りなさって〕誘(さそ)

帝、笛の奇跡の恩賞に、愛娘女二の宮を中将に与えることを心に決める

一 この「にほひ」は芳香。さきに「かうばしきもの」とあった、あの天稚御子の芳香。

二 呆れるほかはない珍事だ。「めづらかなり」は良い意味にも悪い意味にも、呆れかえる意。「あさまし」よりも強い表現。「めづらし」が、めったにない意から、それを珍重する気持で用いられることが多いのとも、ニュアンスを異にする。

三 奇跡を目(ま)のあたりにした人々はみな。

四 帝は、中将の厭世志向、この世に執着を示さない性格を先刻ご承知なのである。

五 「うけひく(承け引く)」は、承諾する、同意する意。「じ」は打消の推量。

六 皇太后宮から生れた二番目の姫宮。「皇太后宮」については三〇頁注五参照。

七 尊貴なお血筋だから当然とは言え段違いにすぐれておられるのを。「ことわりも過ぎて」は、道理と納得される以上に、の意。

八 「かなしきもの」は、可愛いもの、愛すべきもの。

九 姉宮の女一の宮。第一皇女。

一〇 賀茂神社に奉仕する未婚の皇女または皇族の女性。伊勢の斎宮に倣(なら)って、天皇即位のたびに選定された。嵯峨天皇弘仁元年(八一〇)、有智子内親王が選ばれたのが初例。

一一 何の恩賞をも授けないままで。

一二 女二の宮を中将に降嫁させることにお心を決められた。

一三 中将の今夜の退出予定などお問い合せになるのである。片時我が子の姿を見なくても落ち着かぬ父殿の日常がうかがえる。

中将天界に誘わるの報に関白夫妻の驚愕　父殿、茫然自失のうちに参内

一四 ここは、堀川関白家に置かれた役所。蔵人所は元来、嵯峨天皇の御代に設置された令外の官であるが、院、宮家、摂関家などにも置かれている。摂関家では、別当一人、職事四十三人という。

一五 伊予の守何某の朝臣。堀川関白家の家司であろう。「なにがし」はその人の名を省略するとき代りに用いる。「朝臣」は五位以上の廷臣に対する敬称。

一六 「候ふ」は丁寧語。「なる」は伝聞の助動詞。

一七 どれほどお驚きになったことであろうか。

一八 父殿は、いきなり最悪の事態だけを思い描いてしまうのである。

一九 母宮は、驚きと怖れに、もはや起きたままではおられないのである。

二〇 急遽参内する途上の堀川関白の描写に転じている。緊迫感のある速いテンポが巧み。

ひたまへるに、ただにてやませたまはむもあるまじきことなるに添へて、かういと心細げに思ひあくがれぬべき気色なるに、「二の宮のこのごろ盛りにととのひたまへる御有様見たてまつらば、この世はえあくがれじ」とおぼしめしなりぬ。

（一一 恩賞の沙汰もないままですませるのもよくないことであるのに加えて／狭衣がこんなにひどく頼りない様子で大空にさまよい出てしまいそうな気配なので／花の娘盛りに美しくご成長になっている／狭衣が一目見申しあげたら／さまよい出ることはできまい 一二）

大殿には、「中将の君は今宵は出でたまふまじきにや」など、尋ねさせたまふほどに、蔵人所の方に人々声高くもの言ふを、「何事ならむ」と聞かせたまふに、伊予の守なにがしの朝臣参りて、「内裏にかうかうのことなむ候ふなる」と申すを、聞きたまふ御心地ども、いかばかりかはありけむ。さらに現のこととおぼされねば、「居たまへりつらむ跡をだに、いまひとたび見む」とのたまふことよりほかにものもおぼえたまはぬを見たまふに、母宮はただ御衣ひきかづきてぞ臥したまへる。世はいかになりぬるぞと見ゆるまで、殿のうち騒ぎたり。

（関白邸では　（堀川関白）　ご退出にはならぬのだろうか 一三／一四 くらうどどころ／聞きにおやりになると　一五　あそん　（伊予守）／これこれの椿事出来の由で　一六 ございます　〔堀川関白夫妻の〕　ここち／一七　まったく　うつつ 現実のこととも／一八 せめて狭衣がお坐りになっていた跡だけでも　おっしゃる以外は／分別もおありでない関白殿のご様子をご覧なさると　一九　ぞ／ふ　この世はいったいどうなってしまうのかと思われるまで）

道のほどおぼしつづくるもいみじうゆゆしきに、御車のうちより

（二〇 関白は参内の途中もわが子のことばかり思い続けられるがどう考えても不吉な思いにかられて）

流れ出づる御涙、千曲(ちくま)[一]の川渡りたまひけるにやと見えたり。道のほ[二]ど例(れい)よりも遠うおぼされて、陣[三]のほど人に引かれ入りたまふに、九重の内はもの騒がしげもなし。火焼屋(ひたきや)[四]の火ども常よりはあかうて、ここかしこのはさま[五]、塀のつらづらなどに言ふ声々、「ただこのことなるべし」[六]と聞きたまふに、「さて、まことに空に上(のぼ)りたまひぬるにや。いかに言ふぞ」とおぼすに、心地(ここち)もいとどまどひて倒れたまひぬべし。

「殿参らせたまふ」[七]と人々たち騒ぐを、中将、「このことによりてならむかし。いかばかり御心地まどはしたまへらむ」とおぼすもい[八]とほしうて、殿上[九]の口にさし出でたまへるを、「おはしましけり」とうち見つけたまへるぞ、なかなかいみじきや。「いかなりつることぞ。おのれを捨てていづこへおはせむとしたまへるぞ」ともえ言ひやらず、おぼほれ[一〇]たまふを、「げにとまらずなりなましかば、限りある御命[一一]もいかがなりたまはまし」とあはれに見たてまつりたま

禁門の詰所の辺り
宮中のなかは
かがり火どもは
建物の間や塀のほとりなどで
〔関白は〕
〔わが子は〕
人々はどう言っているのか
いよいよ動転してほとんど卒倒してしまいそうである
どんなにかご心痛なさっておられることだろう
父殿に申し訳なくて
殿上の間の戸口にお顔を出されたのを
〔関白は〕無事でいらっしゃった
かえって興奮のあまり言葉にならないほどであった
(関白)いったいどういう事なのだ
とおっしゃるつもりも言葉が続かず
〔狭衣は〕本当にもしこの世に踏み止まらず誘われ出ていたら

父関白、中将の無事に安堵　親心の愚痴を混えつつ帝にお礼を奏上

一 水まさる千曲の川でも徒歩でお渡りになったのかと見えるほどであった。涙に浸る様を形容する。「千曲の川」には引歌があろうが不詳。『万葉集』巻十四にも「信濃なる千曲の川の」と詠まれ、「水まさる千曲の川は我ならず霧も深くぞ立ちわたりける」(『堀河百首』顕仲)などの詠もあるが。

二 内裏までの道程が常日ごろより遠く思われると言うのである。心せく父関白の心理を表現。

三 宮中警固のため六衛府の武官が伺候した詰所。

四 内裏の夜警のために庭火やかがり火をたいて見張りをする屋舎。

五 「はさま(狭間)」は、物と物との間の狭い所、隙間。室町時代以降「はざま」。「つら(面)」は面接する所、ほとり。「つらづら」は、その複数。

六 我が子中将が天稚御子に天上に誘われた事件を口にしているに違いない。

七 堀川関白殿がご参内あそばした。

八 「いとほし」は、心苦しい、つらい、の意。

九 「殿上」は、殿上の間(ま)の略。清涼殿の南廂(みなみびさし)にある、殿上人の詰所。

一〇 「おぼほる」は、溺れる、涙にむせぶ意。

一一 父殿のご寿命も全うされぬことになっていたかも知れない。

ふ。ためらひて御前に参りたまへば、〔帝は〕ありつることども[一二]語らせたまふに、[一三]すべて現（うつつ）ともおぼされず。

[一四]「何事も言ひ知らせ教ふることも侍らず。おほやけにつかまつり、[一五]わたくしの身のため、男のむげに無才（むさい）に侍るは、いと口惜しきことに侍れば、[一六]そのかたばかりは形（かた）のやうに見あかせとや言ひ知らせはべりけむ。[一七]まいて、[一八]この琴笛のかたは戯（たはぶ）れにてもまねびさぶらふらむとこそは[一九]思ひたまへはべらざりつれ。いかにしてかう世のためしになりぬべき音（ね）[二〇]をさへ吹き伝へはべりけるにかと、めづらかにも思ひたまへらるるかな。いかにもまた類（たぐひ）も候はねば、ただ心におどろくことなくて生きて侍らむ限り見たまへらむのみこそ、この世のよろこびは候ふべきに、いとあまりなる身の才（ざえ）などは、さらにうれしくも侍らず。[二一]つひにいかなる乱り心地をまどはせはべるべきにかと、かへりてはいとつらうなむ思うたまへらるる」と、[二二]「今宵（こよひ）はすべて現（うつ）し心も侍らず。[二三]むなしき跡を見たまへつけたらましかば、明日（あす）ま

（関白は気をとりなおして帝のお前に）（狭衣には何であれ手ずから教育したこともありません）（朝廷にお仕え申しあげて）（学問だけは）（一通り理解しておけと申しきかせたことはあったか）（もしれません）（遊び半分にしても習っておりましょ）（うとは）（思いも寄りませんでした）（どのようにして）（世の語り草にもなっ）（てしまいそうな）（不思議にも心外にも思）（われることです）（他に）（男の子もおりませんので）（無事平穏なま）（まに）（余生のあります限りわが子の無事を見ておりますことだけが）（ありあまる才芸などは）（すこしも）（恵まれた才がかえって）（気も転倒しております）

一二 先刻の事件の数々を。

一三 父関白殿には、何から何までとても現実の事とはお思いになれない。

一四 以下、堀川関白の、帝への奏上。身分は帝と臣下であるが、二人は同腹の兄弟。丁寧語は「侍り」と「候ふ」と両方が用いられている。

一五 中将本人の身のためにも、男子たるものが全くの無学ですのは。「むげ（無下）に」は、下に打消の表現を伴って、全然、全く、の意。

一六 その方面だけは。無学とあなどられないよう学問だけは、の気持。漢学を中心に言う。

一七 学問でさえ形ばかりの理解をと申し聞かせているくらいですから、まして。

一八 心理的に話し手の側のものとして「この」と言っている。今回の騒ぎの因となった、その、ぐらいの気持。

一九 「思ひたまへ」の「たまへ」は謙譲、卑下の気持を表す丁寧語。下二段活用の「たまふ」。

二〇 この世離れした笛の音をまで吹き伝えたことでしょうかと。

二一 今からこの有様では、しまいにはどんな心配をかけて親の心を乱し苦しめますことかと。

二二 と奏上し、さらに言葉を続けて。

二三 もしも我が子中将のいない虚しい跡を目にいたしたのでしたら。

一 数多い身内の者たちの面倒を見てやることもできなかったでしょうのに。「わたくし」は「おほやけ」に対して一家、身内を言う。「ほだし（絆）」は、人の身を束縛するものの意で、妻や子どもを言う。

二 よくぞ我が子を引きとめて、変りない中将の姿をお見せくださいましたことよ。帝に心からお礼を述べるのである。

三 「よろこび」は、お礼を述べる意。

四 事件が事件だけになおのこと今夜からはうなずかれるので。

帝、歌に託して女二の宮の降嫁を約束するも、中将は源氏の宮を思う

五 こんなにまでひどく大ごとになった今夜の宴の後味の悪さが。「こちたし」は、事痛し。事が煩わしいほど多い、の意から、仰山である、大げさである意。

六 天の羽衣を返してしまった、昇天できなかったと思い嘆くなよ。その代りに私が身に着けている衣を脱いで、そなたに着せてあげるから。「身の代」「蓑代衣」の掛詞。蓑代衣は、蓑の代りに雨よけに用いる衣。中将がこの世にとどまった代償に、最愛の女二の宮を与えようと、帝は贈歌に託して約束したのである。

七 あるいは、女二の宮をくださる思し召しであろうか。

八 いや、それならばほんとうに、ゆかりのあの紫の人（源氏の宮）であったのなら。「紫の一もとゆゑに

（自分は生き永らえて朝廷にもお仕え申したり）
でながらへておほやけにも仕うまつり、[一]わたくしのあまたの絆（ほだし）どもも見たまへざらましを、[二]変はらぬさまを見せさせたまへること」と（〔帝に〕）[三]よろこび申したまひつつ、いとあやふくうしろめたしと見やりたまへる気色の、（ひどくあぶなっかしく気がかりだと中将の方に視線をお向けになる関白殿の様子が）ことわりに（道理よと）[四]いとど今宵よりは見えたまへば、人々もみな泣きたまひぬ。

中将の君は、[五]かういとこちたき御遊びの名残（なごり）ものむつかしう（何やら気が詰まって）、あやまちさへしたる心地して（過失まで犯している気持がして）候ひたまふを（ひかえておられるのを）、上（うへ）召し寄せて御杯（さかづき）賜はするとて、

（帝）[六]身のしろも我（われ）脱ぎきせむ返（かへ）しつと
　　思ひなわびそ天（あま）の羽衣（はごろも）

と仰せらるる気色（帝のご様子は）、[七]「さにや」と心うることあれど（狭衣には思いあたることがあるが）、[八]「いでや、武蔵（むさし）野の衣ならましかば、げに替へまさりにもやおぼえまし」と（まこと取り換えるにしても天の羽衣以上と思われるであろうのに）、[九]思ひぐまなき心地すれど、[一〇]いたうかしこまりて、

（狭衣）[一一]紫の身のしろ衣それならば

武蔵野の草はみながらあはれとぞ見る」(『古今集』雑上)を踏まえて、「武蔵野」をゆかりの意に用い、縁続きの源氏の宮をさす。「夜の衣」と言ったのは、妻として添い臥す気持で、「ねは見ねどあはれとぞ思ふ武蔵野の露わけわぶる草のゆかりを」(『源氏物語』若紫)の詠が重ねられている。

九 帝のご厚意に甘えてそのうえおねだりしたい気持になるが。

一〇 まことにもったいないことと恐縮して。

一一 いただける身代衣が、もしも紫のそれでしたら、天つ乙女の羽衣よりも私には着勝りすると思います。できることなら女二の宮よりもゆかりの人源氏の宮を賜りたいと、暗に訴えている。

帰邸後も中将の心落ち着かず　家を挙げての配慮の中に源氏の宮を恋う

一二 思わず詠んだことであったが、それにつけても。

一三 根は同じご親戚の御仲だから、女二の宮を詠んだと思われても無理はない。「武蔵野のむかひの岡の草なればねを尋ねても逢はむとぞ思ふ」(『小町集』、『新勅撰集』雑四、小町)などの詠がある。

一四 女二の宮なら中将に並べて見劣りはなさるまい。

一五「夏の夜の臥(ふ)すかとすればほととぎす鳴く一声にあくるしののめ」(『古今集』夏、貫之)。

一六 今夜はほんとうに食事をする気になれません。

乙女(をとめ)の袖にまさりこそせめ

と言はれぬる[一二]も、何とかは聞きわかせたまはむ（帝は返歌の真意をどうしてご理解できようか）。いづれも（源氏の宮も二の宮も）、むかひ[一三]の岡は離れぬ御仲(なか)どもなれば。（〔狭衣は〕）常よりものあはれなる気色(けしき)にて静まりまさりたまへる用意かたちなど、おぼろけの女は（並みたいていの女性では）、帝の御女なりとも（かりに皇女様だろうと）並べにくきを（めあわせにくいほどだが）、（〔帝は〕）「[一四]二の宮はけしうはおはせじ」とおぼしめす。[一五]鳴く一声に（ほととぎすの鳴く一声に）明くる心地すれば、人々もまかでたまふ（ご退出になる）。殿も（父関白殿も）、中将の君一つ御車にて（同車されて）出でたまひぬ。

母宮待ちうけたまへる（待ちに待ってお迎えになった）気色思ひやるべし。（〔堀川の上〕）「いかに（どんなに）困(こう)じたまひぬらむ（お疲れになっているだろう）」とて、御手づからまかなひ据ゑて（ご自分でお食事を調え中将の前に据えて）、そそのかしたまへど（お勧めなさるが）、（〔狭衣は〕）まことに苦しく悩ましくおぼされて（気分が悪く感じられて）、（〔狭衣〕）「[一六]今宵はいかにもいかにも不用(ふよう)に候(さぶら)ふ」とて、「やすみさぶらはむ（寝ようと思います）」とて、我が御かた（自分のお部屋）へ渡りたまふを、いとど今宵よりは（いよいよもって今晩からは）、片時(かたとき)たち離れたまはむもうしろめたうわりなし（気がかりでしかたがない）とおぼしたる気色にて、（〔堀川の上〕）「今宵はこなたにものしたまへ（わたしの部屋でお休みなさるように）」と、せちに聞こえたまへば（一途に申しあげなさるので）、御座(おまし)など敷かせて寝たまひぬるやうなれ（中将は御敷物などを敷かせてこちらでお休みにはなった）

ど、めづらかなりつることどものみ思ひつづけられて、まどろまれたまはず。何となく心もまことに浮かびて、ありつる御子（みこ）の御かたちも面影に恋しく、口惜（くちを）しうおぼえたまふ。「一げに、殿ののたまへるやうに、この世にはあり果つまじきはじめにや」と、我ながら心細し。

（ものの思いも寄らなかった事件の一齣一齣ばかりが／何やら心も宙に浮いておちつかず／先ほどの／胸に焼きついて／機会を逸した悔いをお感じになる／平穏に生涯を送れないその前触れだろうか）

二木幡（こはた）の僧都（そうづ）召し寄せて、この御かたはらに候（さぶら）はせたまひて、殿もいも寝たまはず、今宵のことども語りたまひつつ、いとものゆゆしくおぼして、明日よりはじむべき三御祈りどものことなどのたまはす。さるべき四家司（いへつかさ）、五職事（しきじ）ども召し集めて、やむごとなくしるしあるべき人々して、はじめ行（おこな）はせたまふべき御祈りのさま、いと六こちたげにおぼしおきてのたまはするさま聞きたまひても、「七などかうしもおぼすらむ。かかる御心どもを知らず顔に、八あぢきなくさるまじきことにより、身はいかがしなさむ」とおぼゆるに、人やりならず枕も浮きぬべし。

（〔を関白は〕中将のおそばに伺候させ／父殿自らもうとうとともなさらず／〔僧都に〕／ひどく不吉な感におそわれて／しかるべき／尊く効験があると思われる僧侶たちに命じて／ご祈禱の規模を／たいそう盛りだくさんにご計画になって指図される関白のご様子をお聞きになるにつけ／なぜ／これほどの両親のお気持を／我と我が身をどうしようというのか／誰のせいでもない我から求めた／悲しみの涙で枕も浮きあがるばかりである）

一 父殿が言われたように。堀川関白が帝に奏上した言葉「つひにいかなる乱り心地をまどはせはべるべきにか」（三七頁）を承ける。

二 「木幡」は、山城国宇治郡宇治村付近の地名。付近には冬嗣以下藤原氏歴代の墓が多く、道長の建立になる浄妙寺があった。ここは浄妙寺をさす。「僧都」は僧官名で、律師の上、僧正の下の位。

三 中将の安穏を祈る加持祈禱の数々。

四 摂関家などの政所（まんどころ）（家政事務を扱う役所）の役人。長官である別当の次。「上家司」とも言い、四、五位の者がなった。

五 摂関家などの蔵人所（三五頁注一四）の役人。

六 「こちたげに」は、ぎっしりと計画が詰め込まれている様を言う。

七 こんなにまで私を大切に思っておられるのか。

八 つまらなく、許されるはずのない恋のために。中将の心はつねに源氏の宮思慕に回帰する。兄として親しんでいる彼女の心をとらえることも難かしく、父母も帝も世間も許容するはずのない恋と、自覚しているのである。

九 口に出せないだけに、たぎりたつ源氏の宮恋慕の心のうちは。「心には下行く水のわきかへり言はで思ふぞ言ふにまされる」（『古今六帖』第五）。

一〇 「御身のしろ」は、代償に賜る女二の宮をさす。

一一 進んで結婚したいともお思いになれない。「蓑代衣」の縁で「着まほしく」と表現した。

狭衣中将、人知れぬ胸の思いを「色にかさねては着じ」の詠に籠める

「あるまじきこと」（源氏の宮を思ってはいけない）とかへすがへす思ひかへせど、明け暮れさしむかひ（宮とお顔を合わせ申しているせいであろうか）きこえたればにや、わきかへる心のうちはさらに思ひやむべき[九]心地もせず。上のいみじき御心ざし（帝がこれこそ彼への深い叡慮とおぼしめして）とおぼしめして賜はせつる御身のしろ[一〇]（天の羽衣に代る蓑代衣は）は、いとかたじけなく面立（おもだ）たし（光栄であるが）けれど、かひがひしく[一一]（気乗りして進んで着てみたいともお思いになれず）着まほしくもおぼされず、「紫のならましかば」[一二]とおぼえて、

（狭衣）[一三]
色々にかさねては着じ人知れず
思ひそめてし夜（よ）はの狭衣（さごろも）

とぞかへすがへす言はれたまふ。

堀川関白邸の翌朝の風情　狭衣中将憂愁尽きず、両親の憂慮は募る

「寝ぬに明けぬ」[一四]（寝もやらぬうちに明けてしまったと）と言ひおきけむ人もうらやましきに、からうじて（やっとの思いで）明けぬる心地すれば、（狭衣が）東（ひむがし）の渡殿（わたどの）[一五]の妻戸（つまど）押しあけたまへれば、雨すこし降りける名残（なごり）、菖蒲（あやめ）[一六]のしづくところせけれど（いっぱいたまっているが）、空は雨雲霽（は）れわたりて、ほのぼのと[一七]明けゆく山ぎは、春の曙（あけぼの）ならねどをかしきに、花[一八]橘に宿（やど）かりにや（宿を求めるつもりか）、ほととぎすほのかに鳴きわたる（かすかに鳴き過ぎていく）。「音（ね）にあらはれにけり」（はっきり声をあげている　私のように忍び泣きではないことよ）と聞きたまふ。

一二 賜るのが紫のゆかりの衣であったら、どんなにかうれしいだろうに。「紫の（衣）」は源氏の宮。

一三 色とりどりに重ねては着まい。私には人知れず思いはじめ思い決めた紫の夜着があるのだ。「思ひ初（そ）め」「思ひ染め」の掛詞。「夜はの狭衣」は夜着。妻を暗示する。夜の衣に譬えて源氏の宮ひとりへの愛を詠むのである。この独詠歌から主人公「狭衣」の呼び名が生れ、物語の題名もここに由来する。

一四 「夏の夜を寝ぬに明けぬといひおきし人はものをや思はざりけむ」（『和漢朗詠集』夏夜）を踏んだ表現。この詠者同様、恋の苦悩に狭衣の夜は長く苦しい。

一五 「東の渡殿」は、東の対屋（たいのや）（狭衣の住居）に連絡する渡り廊下。「妻戸」は両開きの扉。

一六 雨の名残りとともに、昨日の端午の節句の名残り。

一七 『枕草子』（春は曙）を踏まえた表現。

一八 歌語的表現を連鎖している。「今朝来鳴きいまだ旅なる郭公（ほととぎす）花橘に宿は借らなむ」（『古今集』夏）、「ほのかにぞ鳴きわたるなる郭公み山を出づる今朝の初声」（『拾遺集』夏、坂上望城（さかのうえのもちき））、「足引の山郭公けふとてや菖蒲の草の音を立てて鳴く」（『同』夏、延喜御製）。

（狭衣）一夜もすがら嘆き明かしてほととぎす
　鳴く音をだにも聞く人もがな

と**ひとりごち**て（ひとりごとを言って）たたずみたまふままに、「身色如金山、端厳甚微妙」（二）と**ゆるるかにうちあげてよみたまへる**（ゆるやかに声をあげて誦していらっしゃるそのお声が）、いみじう心細う（三）尊きを、母宮、大臣など聞きたまひて、「**なほさまざまにあまりなる有様かな**（何につけてもあまりにもすぐれたわが子の有様よ）。などかうしも（四）生ひ出でけむ。**また天人の迎へもこそ得たまへ**（五）（再び天人の迎えを受けでもなさったらたいへん）」と**ゆゆしく**（不吉なまでに）おぼされて、**宮**（母宮が）ゐざり出でたまひて、（堀川の上）「などかく夜深く（六）起きたまへる。五月（七）の空には**恐ろしきもののあんなるものを**（恐ろしい魔物がいるとか聞いているのに）」とのたまふままに、鼻声になりたまひぬなり。殿も起きたまひて、（関白）「な**ほこのごろばかり**（当分の間は）、**内裏にもな参りたまうそ**（参内なさらないでおくれ）。今日より**七日ばかりとはじめさする**（七日間ほどと予定して）祈りどものほどは、**同じ心に**（私たちと心を一つにして）仏をも念じたまひて**ものしたまへ**（お過しになるように）」と聞こえたまふに、戯れ（八）の口ずさびも、**こちたうむつかしうさへおぼさるれば**（両親は大仰に煩わしいまでにお受けとりになるので）、（狭衣）「**いづちかまかり出でむ**（どこへも出かけません）」と申したまひて、**対へ**（九）（ご自身の部屋へ）渡りたまひぬ。

一　夜通しほととぎすは嘆き明かしている。なぜ嘆くかは知らずとも、せめて鳴き声をなりと聞いてくれる人があったらなあ。「ほととぎす」は狭衣自身をなぞらえている。

二　『法華経』序品の句。「又諸ノ如来ノ、自然ニ仏道ヲ成ジテ、身ノ色金山ノ如ク、端厳ニシテ甚ダ微妙ナルコト、浄瑠璃ノ中、内ニ真金ノ像ヲ現ズルガ如クナルヲ見ル」。

三　「心細う」は、心の底にしみ入るように。聞く人が我を忘れて引き込まれてしまう気持。

四　どうしてこうまで何事にも抜きん出てご成長になったのだろう。

五　「もこそ」は危惧、心配の気持を表す。

六　「夜深く」は、朝、まだ夜も明けやらぬころを言う。朝を夜の側からみた表現。

七　古来五月を不吉な月として忌み慎む俗信があった。「人のいましむる五月は往ぬ」（『宇津保物語』藤原君）、「いとど五月にさへ生まれて、むつかしきなり」（『大鏡』序）。「あんなる」の「なる」は伝聞の助動詞。

八　狭衣中将のほんのちょっとした冗談口でも。

九　対屋。母屋に対する建物。寝殿造りでは、母屋である寝殿の両側や後ろに建てられる別棟。渡殿で連絡。狭衣の部屋は東の対にある。

盛夏六月、狭衣中将、源氏の宮を訪れ、その美しさに思わず手を捉える

そのころの言ぐさには、ただこのことを天の下に言ひののしりけり。おほやけにも日記の御唐櫃あけさせたまひて、天稚御子と作りかはしたまへる文ども書きおかせたまひけり。その夜候はざりける道の博士ども、高きもいやしきも、この御文を見て、涙を流しつつ賞でまどふをこのごろのことにはしたり。

暑さのわりなきほどは、水恋鳥にも劣らず、心ひとつにこがれたまふを知る人もなし。昼つかた、源氏の宮の御かたに参りたまへれば、白き薄物の単衣着たまひて、いと赤き紙なる書を見たまふ。御色は単衣よりも白う透きたまへるに、額の髪のゆらゆらとこぼれたまへる、裾はやがてうしろとひとしう引かれいきて、こちたうたたなはりたる裾のそぎ末、幾年を限りに生ひゆかむとすらむと、ところせげなるものから、たをたをとあてになまめかしう見えたまふ。隠れなき御単衣に御髪のひまひまより見えたる御腰つき、腕などのうつくしさは、人にも似たまはねば、「あまり思ひしみにけむわが

一〇 天稚御子の天降った奇跡。

一一 漢文の記録。朝廷の記録としては内記日記、外記日記、帝の日常起居には殿上日記の類があった。「唐櫃」は足付きの唐風の長持。日記記録類の保管に用いている。

一二 文章道の博士たち。文章博士を言う。文章博士は大学寮で紀伝道と詩文を掌る。従五位下相当。

一三 水を恋い焦がれる水恋鳥にも劣らず。水恋鳥は赤翡翠（かわせみ科の鳥）の別名。渓流に下りて好んで水を飲むのでこの名がある。「夏の日の燃ゆるわが身の侘しさに水恋鳥の音をのみぞ鳴く」（『伊勢集』）。

一四 薄く織った織物。紗・絽の類。

一五 赤い料紙の書物。

一六 額髪がお顔の線に沿ってゆったりと垂れているが。

一七 ぎっしりと凝り重なる黒髪の切り揃えている先端は。

一八 「幾年を限りに」は、これから先何年を限度として。つまり、何年先まで伸びていくかわからないという可能性の強調。

一九 「思ひしむ」は、深く心にしみ入る意。自分の思い込みのせいでこんなにすばらしく見えてしまうのか、というのである。

目からにや（自分の目のせいか）」とまもられて（と見まもられて）、例の胸はつぶつぶと（どきどきと）鳴り騒げど、よく忍びかへして（自制を取り戻して）、一つれなくもてなしたまへり（なにげないふうに振舞っておられる）。

（狭衣）「いと暑きほどに、いかなる御書御覧ずるぞ」と聞こえたまへば、

（宮）二「斎院より絵ども賜はせたる（頂戴したのです）」とて、三くまなき日の気色にはなばな（はなやかに）とにほひみちたまへる御顔つき（輝きわたる美しいお顔）を、まばゆげにおぼして（まぶしいとお思いの様子で）、四すこしうち赤みてこの御書（御覧のご本）に紛らはしたまへる用意、気色（心配りや様子は素晴らしく）、五まみなど（目もとの美しさなど）言ひつくすべうもあらず（は何とも表現のしようもないほど）めでたう見えたまふに、涙さへ落ちぬべうおぼえ（狭衣は涙までこぼれてしまいそうにお心が）たまふ紛らはし（騒ぎたつのを抑えまぎらわして）に、この絵どもを見たまへば、六「在五中将の日記をいとめでたう書きたるなりけり（たいそう見事に書いたものだったよ）」と見るに（と承知なさるにつけ）、七あひなうひとつ心なる心地して、目とどまる所々多かるに、え忍びたまはで（どうにも我慢がおできにならず）、（狭衣）「こはいかが御覧ずる」とてさし寄せたまふままに（御身をお寄せになるとそのまま）、

（狭衣）八
よしさらば昔のあとをたづね見よ
　我のみまよふ恋の道かは

とも言ひやらず、涙のほろほろとこぼるる（こぼれ落ちるそれだけでも）をだに、〔宮は〕「あやし」とお

一「つれなし」は、さりげない様。なにげない態度をとるのである。

二 帝の女一の宮。「一の宮はこのごろ斎院にておはします」（三四頁）。

三 夏の強い日射しにうつり映えて。「くまなき日」は、陰ひとつ見当らない日射し。

四 ちょっと頰を染めて。羞じらう様である。強い日射しを避ける自然な動作に見せて、狭衣の視線をそれとなく紛らわすのである。

五「まみ（目見）」は、目もと、まなざし。

六『伊勢物語』の異称。「在五が物語」（『源氏物語』総角）、「在中将」（『更級日記』）などとも呼ばれた。『伊勢物語』に固定したのは平安時代末からと言われる。

七 何やら自分が在五中将（在原業平）と同じ心のような気持がして。「あひなし」は「あいなし」と同じ。ここは連用形ウ音便。いわれがない、意味がない、の気持。『伊勢物語』に「むかし、男、妹の、いとをかしげなりけるを見をりて」、妹に異性として惹かれ、その魅力を詠む話（四十九段）がある。

八 ええままよ、もはや黙したままではいられない、昔の例を尋ねてごらん。こんな苦しい恋に迷うのはけっして私だけのことではありません。

ぼすに、御手をさへとらへて（狭衣は宮のお手をまで）、袖のしがらみせきやらぬ[九]（袖をあててもはや堰きとめかねて溢れ出る涙の）気色なるに（御様子に）、[一〇]宮いとあさましう恐ろしうなりたまひて、やがて（そのまま）とらへ（つかまっ）たまへる御腕（かひな）にうつぶし臥したまひぬる気色の（顔を伏しておしまいになった御様子が）、[一一]言ひ知らぬものにとらへられたらむやうに（ているかのように）おぼしたるも、〔狭衣は〕いとど心騒ぎして、[一二]ここら思ひつむる（たくさん思いを重ねてきた）[一三]心のうちを、かたはしだにもうち出づべうもなく（せめてその片端なりと打明けたいがそれさえも口に出しようがなく）、涙にのみおぼほれたまへり。

「いはけなく侍りしより（（狭衣）幼のうございました時から）、[一四]心ざしことに思ひそめたてまつりて、ここらの年ごろつもりぬる心のうちは（それから何年もの間つもりつもってきた胸の中をば）、あまり（全然）知らせたてまつらでやみなむも（終ってしまうのも）、[一五]誰（たれ）も後（のち）の世のためまでうしろめたう侍るべきにより（心にかかるはずのことでございますから）、もらしはべりぬるこそあさましけれ（つい口に出してしまいましたが何とも我ながらあきれたことです）。またいとかうあるまじう（あってはならない）見苦しきもの思ふ人のたぐひ（恋慕に苦しむ同様な男は）、昔も侍りけるにやと（昔もいたのではないかと）見ゆるに、[一六]あまりうとましげにおぼしめしたるも心憂くこそ（ほんにつらく思われて…）。

[一七]かくばかり思ひこがれて年経（ふ）やと
室（むろ）の八島のけぶりにも問へ」

九「涙川落つる水上（みなかみ）はやければせきぞかねつる袖の柵（しがらみ）」（『拾遺集』恋四、貫之）。同歌第二句「そこの水上」（『古今六帖』第三）など。

一〇 兄と親しむ中将の突然の行為に、源氏の宮の不審は驚きとなり、言い知れぬ怖れと変ってしまう。

一一 なにか得体の知れない魔物にでも。

一二 恋する宮に恐怖心を与えてしまったことで益々。

一三「ここら」は副詞で、多く。「思ひつむる」は「思ひ集（つ）むる」。「集（つ）む」は下二段、集める、多く重なる意。

一四 あなたに特別な感情を抱くようになり始めました。「心ざし」は、愛情。「思ひそめ」は、「思ひ初め」。

狭衣、はじめて胸の思いをうちあけるが、源氏の宮はただ戦（おのの）くばかり

一五 恋うる者にとっても恋をされる者にとっても来世の運命にまでかかわり。「誰も」は、狭衣にとっても源氏の宮にとっても、の気持。「うしろめたう」は「うしろめたし」の連用形ウ音便。気がかりである、不安である、の意。

一六 あなたがあまりに厭（いと）わしいことにお思いになるにつけ。「うとましげ」は、厭わしい、嫌いだ、気味が悪い、などの気持を言う。

一七 これほどまで恋い焦がれて年を過しているのかと、私の燃える思いをあの室の八島の煙にでも訊（き）いてください。恋慕の思いを、つねに煙をあげる室の八島になぞらえている。「室の八島」は一一頁注一〇参照。

源氏の宮、狭衣の心を怖れ、改めて両親のない悲運をかみしめる

かたはしだにもらしそめつれば、年を経て思ひこがれて過ごしたまへる心のうちを、聞こえ知らせたてまつりたまふに、〔宮は〕恐ろしき夢を見る心地したまひて、わななかれたまふを、「むげに御覧じ知らざらむ人のやうに、かばかりをだに恐ろしとおぼしたること」と、泣く恨み[一]たまふほどに、人近く参る気色なれば、すこしのき[二]て、「今よりはいかに憎ませたまはむずらむな。には[三]かならむ御心変りはなかなか人目あやしくはべらむ。おぼしうとむなよ[四]。岩(いは)切りとほ[五]しはべるとも、音聞(おとぎき)[六]もあるまじきことと思ひ知りたれば、よも見苦しき心のほどは御覧ぜられじ。あまりに思ひわびはべりなば、通[七]はぬ里にぞ行き隠れはべらむかし。さやうならむ折[八]は、さぞかし[九]とおぼしめし出でさせたまへかしとてなむ」など、聞こえ知らせ[一〇]たまふことども思ひやるべし。されど、いと近くしも候はぬ人は、いつもけ近き御仲らひに、目もたたぬならむかし。

「絵見はべらむ」とて、人々近く参れば、宮は御心地例ならぬと紛

狭衣は片端にせよひとたび胸のうちをお洩らしになったとなると
わなわなとふるえておられるのを　（狭衣）まるで見ず知らずの人でもあるかのように
これくらいのことだけで恐ろしいとお思いになるなんて
少しあとにさがって
（狭衣）今からはどんなにわたしをお嫌いになることでしょうね
かえって人目に不審とうつるでしょう
激情が奔流となっても
まさか見苦しい態度をお目にかけようとは思っていません
堪えられぬほど苦しく思われましたときには
恋慕に堪えきれなかったのだとせめて思い出していただきたいと思いまして…
ごくお側近くにお仕えしていない人には
平素ごく親しい二人の御仲なので
とくに気づく者もないのだろう
女房たち
源氏の宮はご気分が悪いととりつくろ

一 「恨む」は、恨み言を言う、嘆き訴える意。
二 「のく（退く）」は、しりぞく、あとにさがる。
三 急に私への態度がお変りになるのは。今まで仲睦まじく兄妹として親しんでいただけに目立つと言うのである。
四 私を嫌わないでほしい。
五 「吉野川岩切り通し行く水の音には立てじ恋は死ぬとも」（『古今集』恋一）を踏む表現。
六 世間への聞えもみっともないことと自覚しているから。
七 人も通わぬ山里になりと籠り隠れてしまいましょうよ。
八 私が山里に隠棲したときには、の気持。
九 「さぞかし」の「さ」は、あのときの言葉のとおり、私（源氏の宮）への思いに堪えられなかったのだ、の気持。
一〇 源氏の宮のお心に届くように、あれこれと説得なさる狭衣中将の言葉の一ふし一ふしの切実さをば。「ことども」は、「言(こと)ども」。言葉のふしぶしを言う。

〔って〕らはして、小さき御几帳（みきちやう）ひき直して臥させたまひぬれば、君も〔狭衣の君も〕、「一一 顔の気色〔顔色にはっきり出ているだろう〕やしるからむ」とおぼせば、一二 立ちたまひぬるに、宮は今〔宮は狭衣が去った今になって〕ぞよろづにおぼしつづくる。「かかる心おはしける人を〔お兄様がこんなお気持でいらっしゃったのを〕、つゆ知らで、誰よりもなつかしく〔親しく〕思ひて、明け暮れさしむかひて過ごしけるよ」と、うとましう恐ろしきにも〔いとわしく恐ろしいのにつけても〕、一三 さるべき人々の御あたりならで〔生みの親の御膝下で育てられたのではない〕生ひ出でける〔わが身の不運を〕をあはれにおぼし知られて〔しみじみとおさとりになって〕、やがて〔そのまま〕臥し暮らしたまへるを、御乳母（めのと）たちなど、「一四 例ならぬ御気色はいかなることぞ」とあやしがるにも、「誰もかかる御心をも知らぬよ〔（源氏の宮心） 誰もお兄様のお心のうちを〕。かやうに常にあらば〔お兄様がいつも今日のようであったら〕恥づかしうもあるべきかな〔居たたまれない思いがすることだ〕」とおぼすに、「一五 ありて憂き世は〔生きにくい憂き世よ〕」と、今日ぞおぼし知られける〔今日こそ身にしみてお感じになられた〕。

中将の君も、言出（ことい）でそめてのちは〔一度口に出してからというもの〕、いとど忍びがたき心のみ乱れまさりて〔耐えがたい恋慕の情が募り乱れるばかりで〕、つくづくとながめ臥したまへる〔もの思いに沈んで〕に、殿〔父関白〕の御かたより、「参（おい）りたまへ〔でになるように〕」とあれば、何となく心地のなやましきに〔どことなく気分がすぐれないので〕、もの憂（う）けれど、さ聞きたまはば〔気分がすぐれぬなどとお聞きになれば〕、またおどろき騒ぎたまはむも聞きにくければ、一六 装（さう）

一一「しるし」は「著し」。はっきりと表れる意。

一二 女房たちに気づかれぬよう、その場をおはずしになったが。

一三「さるべき人々」は、当然愛育してくれるはずの人々。両親をさす。

一四 いつもと違ってご気分のすぐれないご様子は。

一五 生きながらえて辛い思いをするこの世ならば…。生きにくい憂き世を嘆く気持。引歌未詳だが、同様の心はよく和歌に詠まれている。「残りなく散るぞめでたき桜花ありて世の中果ての憂ければ」（『古今集』春下）など。

帝よりの源氏の宮東宮妃入内のご催促を聞き、狭衣の顔色は変る

一六「装束（さうぞく）」は「さうずく」「しやうぞく」とも。「しどけなげ」は、うちとけてくつろいだ様。

束(ぞく)しどけなげにて参りたまへり。一鬢(びん)のわたりもいたううちとけて、二ないがしろなる御うちとけ姿の、三うるはしきよりも、なかなかまた、「かくてこそ見たてまつるべかりけれ」と見えて、四見まほしうなつかしきさまのしたまへるを、例のうちゑまれて見たてまつりたまふ。「夜さり、中宮の出でたまはむに参りたまへ。上(うへ)も、ひと日、五『あまりとりこめたり』とおほせられき」とのたまひて、「源氏の宮の御事を、『春宮(とうぐう)のかく心もとながらせたまふに、六いたくわびさせたてまつる』と恨みさせたまふに、七涼しくなりてさもやと思ひたつを、八右の大殿(おほいどの)の、ただひとりかしづかるらむ女(むすめ)の、九十(とを)にだにならばと心もとながらるる、からうじてこの八月に参らせむと気色とらるるを、制(せい)すべきにもあらず、一〇きしろひたまはむも便なければ、冬つかた、さらずは年返りてなど思ふは、いかがあるべからむ。春宮もいそがせたまひ、内裏(うち)にもさこそあらめと御気色あれど、一一何かは。人のいつしかと思ひいそがれむをとどめむもいとほしかるべし」など聞こ

（傍注）お召物もくつろいだままで／鬢のあたりも別に整えずに／無造作なおくつろぎの姿が／身支度をきちんと整えたのよりも　かえって／この君の素晴らしさはこんなくつろいだお姿で見るべきだった／父関白はいつものように／（関白）今夜　退出あそばすからお迎えに参内しなさい　帝も　先日　大事にするあまり家に置きすぎる／待ち遠にお思いになっているのに　ひどくつらい思いをおさせ申すことだな　［帝が］　お輿入れさせようかと／大切にご養育になっているただ一人の／入内させようと御内意を伺っておられるが／とどめるわけにもゆかず　争って入内なさるというのも面白くないので　［こちらは］／さもなければ翌春　どんなものだろうか／帝もいそぐがよいとのご意向ではあるが　仕方がない　右大臣が一刻も早くと準備しておられるのを待てというのも気の毒なことだろうよ　ご相談

一 頭の両側面の髪。耳の上の髪。

二 「ないがしろ」は、ないも同然にする様の意から、人目を意識せずに自由にくつろぐ様。

三 「うちとけ姿」の反対で、外出の折などに装束をきちんと身に着けた姿を言う。

四 いつまでも見ていたく思い、身近に接していつもいたいと思わせるような様子。人を惹きつけて離さぬ美しさや優しい雰囲気をたたえているのである。

五 「とりこむ」は「取り籠む」。閉じ込める意。狭衣があまり出仕しないのは両親の過保護ではないかと言うのである。

六 源氏の宮の東宮入内をご催促になるのである。堀川関白としては、それにしてもまだ先の話と、のどかに考えていた（二〇頁）。

七 秋になって涼しいころに、源氏の宮を東宮に入内させようかと思うのだが。

八 右大臣。さきに太政大臣の存在がしるされ（一三頁）、今、右大臣が登場する。とすれば、堀川関白は、左大臣または内大臣で関白になっている人ということになろう。

九 せめて十歳にでもなったらぜひ東宮に差しあげたいと待ち焦がれておられるのだが、それが。

一〇 「きしろふ」は、競い合う、競争する意。「便(びん)なし」は、都合が悪い、具合が悪い、の意。

一一 どうして帝や東宮のご意向どおりに事を運べようか、そう都合よくはいかない、の気持を言いさしたの

えあはせたまふを（になるので）、（［狭衣は］）「つひのことぞかし（一二 結局はそうなるのだ）。さこそはあらめ（それが順当というものだろう）」と思ひながらも、胸はふたがりまさりて、「気色も変はるらむ（顔色も変っているだろう）」と思へど、つれなくもてなして（平静をよそおって）、（〔狭衣〕）「人のことを延べさせたまはむ（よそ様のご婚儀をお延ばしになるようなことは）、いとほしうや侍らむ（お気の毒でございましょう）。この御事は（源氏の宮ご入内の件は）、一三いつも心のどかに侍りなむ。一四権中納言の身に添ふ影にて騒ぐなれば、（［右大臣は］）わづらはしさにかくいそがるるとぞ聞きはべる」と申したまへば、（〔関白〕）「ここにもさ思ふなり。右の大臣の秘す（秘蔵の）らむ女（姫は）、この御かたにえこそならばざらめ（源氏の宮の美しさにはとても並ぶことができまい）。一五孫王だち、鼻高に（鼻高々と）きらきらしきさまにやあらむとぞ推し量らるるや（派手に振舞っているのであろうと）。母、乳母よりほかにあたりにも寄せず、際もなくこそかしづくなれ（際限もなく大切に育てていると聞く）。一六みづからくゆる宮腹の女のやうにやあらむ（といったところであろうか）」と笑ひたまへば、（［狭衣は］）一七かの思ひかけざりし（あの偶然かいま見た）宵の灯影は、いとしも（それほどひどく）玉の瑕は見えざりしかど（欠点は見られなかったが）、「鼻高はよく言ひあてたまへり」と思ふに、すこしほほゑまれぬる気色を（狭衣の頬が思わずいくらかゆるむのを）しるく見たまひて（父関白は目ざとくご覧になって）、「若かりし時（私が若かった時分）、一八垣間見を常にせしかば、さもさまざまなる人をあまた見しかな（いかにも女性を数々目にしたものだった）。人はいとありがたきものぞかし（だがすばらしい女性はめったにいないものだね）。思ふさまな

である。

一二「つひのこと」は「終の事」。結局はそうなること。「さこそ」の「さ」は、源氏の宮が東宮妃になることをさす。

一三 いつも落ち着いてゆっくり考えましょう。「侍りなむ」の下に「とあれば」のある本文（内閣文庫本）ならば、「いつも父上が『ゆっくり考えましょう』とおっしゃっているから（そのお言葉どおりでよいでしょう）」の意となり、通りがよい。

一四 右大臣の姫君には、権中納言がまるで身に添う影のようにいつもつきまとっているという話ですから。「権中納言」は太政大臣の子息（二七頁）。「身に添ふ影」は和歌的な表現。「雲の上に誘はざりせばひさかたの身に添ふ影も送らざらまし」（『小大君集』）など。

一五 いかにも皇孫のように振舞って。「孫王」は、帝の孫、皇子の御子。「―だつ」は接尾語。

一六「みづからくゆる」は物語の名。「宮腹の女」は、その登場人物。『更級日記』の作者菅原孝標女の物語の一つと言われるが、現存しない。

一七 狭衣は、かつて夜の灯影に偶然右大臣の姫君を見かけたことのあったのを、思い出したと言うのである。「かの」とあるが、物語には以前にこの記事がない。さりげなく主人公の日常生活の奥行を印象づける技法。

一八 物の隙間から覗き見すること。「かいばみ」とも。

堀川関白、女二の宮のご降嫁につき狭衣を訓戒　母宮は狭衣を慰める

る人にあふことは、かたきわざなりや。故院の［一］（亡き父帝は）、他事（ことごと）はいみじう（たいそう）お［二］ぼしめしながら（寛容であられたが）、このかたは［三］あやにくに制しさいなみて（度はずれて口うるさく叱って）、たやすくも歩（あり）かせたまはざりしかど、かしこうぬすまれ出でて（うまくこっそり抜け出しては）、いたらぬくまこそなかりしか（行かない隅々もなかったものだ）。［四］かくさまざまえさらぬ人あまたものしたまふにおし消（け）たれて、あはれと思ひしわたりもありしかど（いとおしいと思った女性もあったのだが）、かひなくこそやみにしか（恋を実らせることもなく終ってしまったことだった）」など、昔のことどもおぼし出でたり。

（関白）「若くよりなほやむごとなきかたに定まりぬるは（やはり高貴な女性を妻として身が固まっているのは）、重（おも）りかに（どっしりとして）よきことなり。ひとりあるは（独身でいるのは）、［五］おのづからさもあらぬ心もあくがれて、軽々（かろがろ）しくわろきことぞ」などのたまひて、（関白）「かの御気色ありし（帝のご内意があったあの）笛の［六］禄（ろく）は、いとかたじけなきことにこそ（もったいないおぼし召しではないか）。その後（のち）、［七］うちうちにも案内（あない）聞こえさせぬはいと便（びん）なきことなり（大層不都合なことだ）。よき日して（吉日を選んで）、［八］侍従の内侍（ないし）のもとなどに、［九］ほのめかしたまへかし（それとなく気持をお伝えするように）」などのたまへば、（狭衣心）「あな（ああ）［一〇］むつかしや（厄介なことよ）。あり果つべくもおぼえぬ世に（長く生きながらえそうにも思われない）、［一一］さやうに定まりゐて（皇女の婿におさまったりして）、［一二］いかにわびしからむ」と、聞くにさへ（耳にするだけで）ぞ［一三］暑かはしき夜の衣なりける（暑苦しい結婚話ではあった）。

一　堀川関白の父帝（一二頁）。
二　「おぼしめす」は、堀川関白をいとしみ思って何でも自由にさせてくれるのを言う。「思ふ」の尊敬体。
三　女性関係をさす。
四　このようにそれぞれ面倒を見ないわけにはいかない妻が多くおられるのにかまけて。「えさらぬ人あまた」は、堀川の上、洞院の上、坊門の上の三人の妻を言う。「おし消たれて」は、押しつぶされて。他を顧みる余裕なく、その事ばかりにかかわる意。
五　いつの間にか、本来は浮わついてもいない心がついふらふらとして。「おのづから」は、ひとりでに、いつの間にか、の意。「あくがる」は、ここは、女性につい心を動かされるのを言う。
六　天上をまで感動させた笛の恩賞。女二の宮をさす。
七　内々にでもこちらからお取り次ぎをお願いしないのは。「案内」は、取り次ぎを頼むこと。
八　女二の宮付きの女房であろう。
九　女二の宮と結婚したい意志を、である。
一〇　「むつかし」は、煩わしい、面倒だ、の気持。
一一　女二の宮の婿におさまるのを言う。
一二　どんなにか気づまりなことだろう。
一三　「暑」に「厚」を掛け、「衣」の縁語。「夜の衣」は、結婚話をさす。

（狭衣）「御気色かたじけなかりきといひながら〔帝のご意向はもったいなく存じましたが〕、[一四]さばかりの御言（こと）をうけたまはりて、聞こえさせ出でむや〔早速ご降嫁をお願い申すのもいかがでしょうか〕、[一五]なかなかなめげに侍らむ」とて、すさまじげなる御気色なれば〔気乗りのしない狭衣のご様子なので〕、（関白心）[一六]「心にいらぬことなめり」とおぼすも、上（うへ）のおぼさむこといとほしくて〔帝のお考えに対してたいそう申し訳なくて〕、（関白）[一七]「たちまちにこそ言はれざらめ、さのたまはせてむ〔帝のせっかくのお言葉を〕を知らず顔ならむは、[一八]ひがひがしかるべきわざかな〔心得違いというものだ〕」と例ならず〔いつになく〕ものしげなる〔ご不興げな〕御気色（けしき）なれば、（狭衣は）わづらはしくて立ちたまひぬ。

（狭衣）[一九]
ほかざまに藻（も）しほの煙（けぶり）なびかめや
　浦風あらく波は寄るとも

など、[二〇]いなぶちに口ずさびたまひて〔拒む気持を和歌にお口ずさみになって〕、母宮の御前に参りたまへれば、（堀川の上）「暑けにや〔暑さのせいか〕、このごろこそいたく痩（や）せて見えたまへ」とて、心苦しげにおぼしたる気色〔痛わしそうにご心配になる様子は〕、[二一]あくまでらうたげに見えたまふを、（狭衣心）[二二]「殿のさ〔あれ〕ばかりくまなく見集めたまひけむに〔ほど世の女性たちを残りなく〕、親と申しながらも〔母親をこう申すのもおかしいが〕、[二三]すぐれたる御おぼえはことわりぞかし〔父から特に愛されておられるのはもっともなことだ〕」と見たてまつりたまふ。（狭衣）[二四]「夏痩せは

一四 あれだけのお言葉を頂戴したのに甘えて、の気持。

一五 かえって礼を失するのではないか、と言うのである。「なめげ」は、相手に失礼を感じさせる態度。

一六 中将はどうも気乗りのしない様子だ。

一七 すぐさまお願いを申し出るわけにもいかないだろうが。「こそ—已然形」の強意は逆接で下にかかる。

一八 「ひがひがし（僻僻し）」は、正常でない、まともでない意。考え方がひねくれていると言うのである。

一九 誰がどう言おうと、私の思いは源氏の宮以外にはない。ほかの女性に靡（なび）く気持にはとてもなれない。塩を取るために海藻を焼く煙が「藻しほの煙」。「浦風」「波」「寄る」と縁語構成。

二〇 「いなぶち」は一六頁注八参照。ここは、「いなぶち」の「いな」に「否（いな）ぶ」の「否」を掛けている。

二一 母宮の容姿が、少女時代のまま、どこまでも可憐な風情の失せない様を言う。「らうたげ」は、愛らしい感じ。

二二 堀川関白の、先刻の昔話（女性関係）を承ける。

二三 「御おぼえ」は、ご寵愛。

二四 夏痩せは卑しい者が特にひどいとか。「えせ者（似非者）」は、つまらぬ者、身分の卑しい者。何か俗諺があるのかも知れない。母宮に夏痩せを指摘された狭衣は、私のは夏痩せではなく源氏の宮への恋ゆえだ、しかし、かなわぬ恋に身を焼く自分がえせ者であるのは確かと、否定と肯定の複雑な内心を奥に隠し、表面冗談めかし、さりげなく答えたのである。

一 「夏と秋とゆき交ふ空の通ひ路は片へ涼しき風や吹くらむ」（『古今集』夏、躬恒、詞書「六月の晦日の日よめる」）に拠る表現。秋の到来を告げる涼風に吹かれて夏痩せ（奥に、恋やつれの意）を癒すのも悪くはない、の気持。

二 それにしてもどうして「夏痩せはえせ者のことに」といった言葉が成り立ちはじめたのだろう。

三 天の川の渡守にでも尋ねたものかどうか。「渡守」を、年に一度、七月七日夕に牽牛星を織女星の所に渡す天の川の渡守と考え、「かたへ涼しき風」―夏から初秋へ―の連想で、七夕を思い、年に一度の逢瀬に牽牛星は恋いやつれている―折から夏痩せと区別がつかない―ところから、事情を知るのは渡守であろうの気持を籠めるとする説に従う。「渡守はや舟寄せよ一年に二たび来ます君ならなくに」（『拾遺集』雑秋、人麿）などもある。狭衣は軽く冗談めかして受け答えをしながら、人知れず恋にやつれる自分への自嘲をこめるのである。

四 はじめて出会った人のように。常に新鮮な魅力をたたえているのを言う。

五 束の間なりとお逢いしたいと、の気持。「東路の道の果てなる常陸帯のかごとばかりもあひ見てしがな」（『古今六帖』第五、友則）に拠る表現。上の句は序詞。

六 帝のご内意に対して答えた「紫の身のしろ衣」の歌をさす（三八頁）。

（特にひどいとか）えせ者のことにとかや。（外出していくらか秋めいた風に吹かれるのも悪くはないでしょう）一かたへ涼しき風に従はむも悪しかるべきことかは。二などかうしも言ひそめけむ。三渡守にや問はまし」とて笑みたまへる（輝く美しさは）にほひ、さと（あたりに溢れる）こぼるる心地したまへるを、四めづらしからむ人のやうに（若い女房たちは）若き人々見たてまつる。中務（女房）といふ人、「五道の果てなると嘆きし人のありしこそ、ことわりににくからね（わかる気持がする）」とひとりごつを、（うしろに視線を投げられて）後目に見おこせたまひて、（狭衣）「いかにとかや（なんとおっしゃったのか）、残りゆかしきひとりごとかな（そのあとが聞きたいひとり言ですね）」とのたまふを、（中務）「あなわびし（困ったわ）。聞こえけるにや（聞えたのかしら）」とわぶる（困惑する）さまも、（狭衣は好もしい気持で）にくからず見わたしたまふ。

（狭衣）「殿の（父関白が）、『女二の宮に御文奉れ』とのたまへるこそ（おっしゃるので困りました）。ただ六さばかりのなほざりごと（帝のお前を取り繕ったただけのちょっとした歌でさえ）だに、七大宮（母后が）聞きたまひて、めざましくあるまじきこと（心外なとんでもないことだと）とむつかりたまひける（ご機嫌悪くいらっしゃったのに）ものを、さやうにほのめかし出でて（父の仰せどおりお手紙を差しあげたりして）、はしたなめられたてまつらむこそ（ひっこみのつかない目にあわされ申すとしたら）、ただなるよりは心やましかりぬべけれ（いやな思いをするに違いありません）。ただ さばかりの御気色にて（ただ二の宮ご降嫁のお気持もあるとのご内示だけで）その夜の面目は限りなかりきかし（この上ないことでしたよ）。数（数のう）なかなかなること言ひ出でて（言わずもがなの事を口に出して）、上もあざれたり（図にのっていると）とぞおぼされむ。数ならぬものは[八]すきずきしきこと好まで、さりぬべからむ蔭[九]の小草の、露よりほかに知る人もなきなどを尋ね出でて、よすが[一〇]ともなれかし。さらずは、また幾世もあるまじからむ世に、絆[一一]なからむ、よしかし」とて涙ぐみたまへるを、母宮御覧じて、御顔の色も違ひて、「たはぶれにも、ゆゆしきことなのたまひそ。いみじきことなりとも、我[一二]が御心にこそあらめ。もの憂[一三]くおぼえたまはむを、あながちにも何かは。まいて母宮[一四]のさのたまはむには、あるまじきことにこそは。一日[一五]、三位の物語せしついでに、『笛の音のめでたかりしに賞でて、二の宮のことをほのめかししは、いかが思ふらむ。このごろ盛りにをかしげにおはするを、行末[一六]の頼もし人に譲らむ』など、上ののたまはせけると語りしはかたじけなく、『聞き過ごしてや[一七]』とこそありしか」とのたまふ。「かくだにのたまはば、いかがはせむ」とうち嘆かれて立ちたまひぬ。

暮れぬれば内裏へ参りたまふついでに、「まこと、かの蓬[一八]が門は

七 女二の宮の母后。皇太后宮

八 女性関係にはあまり深入りしないで。

九 木蔭の小さな草のようにつつましい女性で、ひとり淋しく露にぬれているようなひとなどを。「深山木の蔭の小草は我なれや露しげけれど知る人もなし」(『伊勢集』)に拠る表現。

一〇 「よすが」は「寄す処」。頼りとする縁者。妻を言う。

一一 「絆」は、係累(一八頁注七)。

一二 ご自身の意志どおりにするがよい。

一三 そなたが気乗りせず辛くお思いになることを、強いて願い出る必要がどうしてあろうか。

一四 先様の母后が僭越とか何とかおっしゃったとすればなおのこと。母宮堀川の上は、一応狭衣の言葉を真に受ける。そのうえで全く逆の情報を息子に伝えるのである。

一五 内裏の女房であろう。

一六 将来末永く女二の宮を愛してくれる人。狭衣をさして言っている。

一七 関白家の側から改めて願い出ることをしなければ帝の御厚志に背くのではないか、と忠告する気持。

一八 端午の節句の前日、「蓬がもとは過ぎずもあらなむ」(二二頁)と詠んだ女の家を言う。

参内の途上、狭衣中将はふと過日の「蓬がもと」の女を思い出す

「いづれぞ」（女の家はどこだったか）と問はせたまへば、見おきし随身（見届けておいた随身が）、「ここもとに侍る（ここの所でございます）。［あの時使いの者が］そこと申しさぶらひしかば、またの日（翌日）見たまへしかば（行って見ましたところ）、［蔀を］おろしこめて人も候はざりし。あやしさに（不思議に思って）、かたはらの人に問ひさぶらひしかば、筑紫へまかりにける（九州へ下っていった）長門守といふ人の家に候ひけり（家でございました）。妻のはらからども（その妻の姉妹どもが）なむ、宮仕人にてあまた候ふなる（大勢おりますそうです）。中務の宮の姫君の乳母[一]にても侍るなり」と申せば、（狭衣心）「さやうのものの来集まりたる折のわざ（仕業）にや（であったのか）。少将の乳母[二]とかやいひて、大納言[三]の五節に出でたりし（舞姫として出ていたしゃれ者だろうか）ざれものにや」などおぼしやらるる（想像をめぐらされた）。

中宮、皇子を連れてお里帰り　坊門の上御殿の賑わいに洞院の上は羨望

中宮出でさせたまひぬれば（里の坊門の上の御殿へお下りなさったが）、皇子さへうち具したてまつらせたまひて（ご一緒にお連れ申しあげあそばして）、いとおほやけしく[四]、きらきらしき御有様なり。内裏の御使ひ（帝からのお使いが）日ごとに（毎日）参りなどして、殿も（堀川関白も）[五]かかるほどはこなたがちにぞおはします。宮の御有様（中宮の）、かたちなど、あらまほしう（理想的で）、気高う、恥づかしげ（こちらが気おくれするばかりの様子でいらっしゃる）にてものしたまふ。太政大臣の御方は（洞院の上は）、なかのこのかみにて（三人の北の方のなかでの最年長で）、[六]もとかしは（最初の奥方であられたが）におはすれど、[七]かかるあつかひぐさも持ちたまはねばにや（世話をやく御子に恵まれなかったからか）、

一　その中のひとりは、中務の宮の姫君の乳母でもあるそうでございます。中務の宮の少将がすでに登場していた（二七頁）。姫君はその妹であろう。

二　女房名。さきの「中務の宮の姫君の乳母」と同一女性か。

三　大納言が選出して差し出した五節の舞姫。大嘗会と新嘗会に朝廷で行われた行事が五節。陰暦十一月の中の丑の日から豊明の節会のある辰の日までの行事で、「五節の舞」が呼びものであった。宮中唯一の女舞で、その舞姫たちは公卿、殿上人、受領の子女が選ばれる定めであった。

四　「おほやけし」は、いかにも格式高く儀式ばっている様。「きらきらし」は、威儀正しい様、きらびやかな様。

五　中宮のご滞在中は、坊門の上の御殿に居られがちでいらっしゃる。

六　「もとかしは（本柏）」は、柏の古い葉で、冬も落ちずに付いているもの。大嘗会のとき、これに酒を盛って帝に奉る縁起物。「石の上ふるから小野の本柏もとの心は忘られなくに」（『古今集』雑上）などにより、古くから関係のあることを言う。

七　「あつかひぐさ（扱ひ種）」は、世話をする対象。養育すべき子供などを言う。

我(われ)が御有様ひとつを、はなやかに今めかしう〔当世風に〕もてないたまひて〔お振舞いになって〕、我はと誇りかにおし立ちたる〔自信に満ち積極的に自分を誇示する〕御心掟(こころおき)てに〔ご性質で〕ぞおはしける。八人よりはいかでと、もて出でたる〔人目に立つ〕御物好(ものごの)み九などして、いとわらかに〔明るくからっとして〕、人にくからぬ〔さっぱりとした〕御心掟てなるべし。一〇かくさまざまにもてかしづきたまふ御さまどもをぞ〔他の二人の北の方がそれぞれに大切にいつくしむ御子をお持ちの御有様を〕、明け暮れうらやましくおぼしたる〔洞院の上は〕。

狭衣、東宮に参内　親しく語り合い
東宮は狭衣の源氏の宮への恋を察知

中将の君〔狭衣〕は、ありし室の八島の後〔一一 先日の恋の告白以来〕、宮〔源氏の宮が〕の一二こよなく伏目(ふしめ)になりたまへるもいとつらう心憂(こころう)きに、「いかにせまし〔どうしたらよいのか〕」とのみ嘆きまさるを〔と嘆きもつのるばかりなのを〕、我が心にも慰めわびたまひて〔自分で自分の心がどうにも慰めかねなさって〕、「おのづからもや紛るる〔もしかして気持もまぎれるかもしれない〕」と一三忍び歩(あり)きどもに心入れたまへど、ほのかなりし御手あたりに似るもののなきにや〔源氏の宮の御手の感触に似る女性もいないのか〕、姨捨山(をばすてやま)一四にのみぞおぼさるる。

春宮(とうぐう)に参りたまへれば、〔（東宮）〕一五「入りぬる磯なるが心憂きこと〔近頃とんと顔を見せぬのが面白くない〕」と恨みさせたまへば、〔（狭衣）〕「乱り心地の例ならずのみ侍りて〔このところずっと病気で気分が悪うございまして〕、暑きほどはいとど宮仕(みやづかへ)おこたりはべるなり」と啓したまへば〔申しあげると〕、「何心地にか常に悪しかるべきぞ〔どんな病気だといっていつも具合悪いはずがあろうか〕。一六思ひたまふことぞあらむ。我には隔(へだ)てずのたまへ」

八 人よりは何としても勝りたいと。「いかで」は、どうぞして。下に意志、願望の言葉が省かれている。
九 「物好み」は、情趣や趣味に積極的に打ち込むこと。
一〇 堀川の上には狭衣中将が、坊門の上には中宮のあることを言う。

一一 源氏の宮に「室の八島のけぶりにも問へ」（四五頁）と告白して以来。
一二 格段とよそよそしくなり狭衣の目を避けるようにおなりになったのも。
一三 ほかの女性のもとへお出かけになることに努めてはごらんになるが。
一四 我と我が心を慰めかねる、ただそれだけの思いでおられる。「我が心慰めかねつ更級(さらしな)や姨捨山に照る月を見て」（『古今集』雑上）に拠る表現。
一五 「潮満(み)てば入りぬる磯の草なれや見らく少なく恋ふらくの多き」（『拾遺集』恋五、坂上郎女）。前出一六頁注四。
一六 何か悩んでおられることがあるのだろう。さすがに東宮は狭衣の心中の揺れに敏感である。

と、[一]近うむつれかからせたまへば、（狭衣）「心地の悪しかるばかりは（気分が悪くなるほど）、何事をか思ひはべらむ（何事を思い悩みましょうか）。これ御覧ぜよ。かく瘦せはべる、死ぬべきなめり（死ぬのではないかしら）」とて、さし出でたまへる腕（かひな）などの白くうつくしげなるさま、[二]女もえかからじかしと見えたまふ。（東宮心）[三]「源氏の宮はかくやおはすらむ（このようであられることだろうと）」と、あぢきなくよそへられたまひて（まだ見ぬ人の腕の白さが連想されるのも味気なく）、せちに引き寄せさせたまふ（狭衣をぐっと）を、（狭衣）「あなむつかし（これはご無体な）。暑くはべるに」と、ひこじろひたまへる御遊び（引っぱったり引き離したりのお二人の睦れ合いが）、いとをかし。

（東宮）[四]「かく瘦せそこなはるばかり思ふらむことこそ心得たれ（瘦せ衰えるほど苦しんでいるそなたの胸のうちは私にはわかっているよ）。[五]仲澄（なかずみ）の侍従がまねしたまへるなめりな。人もさぞ語りし（誰かもそう話していた）。大臣（おとど）もかかればつれなきなめり（堀川関白もだからこそ私にそっけないのだろう）と、今こそ思ひあはせらるれ」とまめやかに（真剣に）のたまはするを、（狭衣心）[六]「人の問ふまでなりにけるよ（わが恋はついに人が問うまでになってしまったのだ）」と、いとど苦しけれど、つれなきさまにて（顔には出さず）、（狭衣）[七]「さらぬすきずきしさをだに好みはべらぬに、[八]などありがたき恋の山にしもまどひはべらむ（どうしておっしゃるような険しい恋の深山にさまよったりなどいたしましょうか）」と、なほ[九]言（こと）すくななる気色やしるからむ（心の奥を示すのか）、（東宮）「あなうたて（水くさいなあ）。あるやうあるべし（わけがあるに違いない）」とのたまは

一 近く身をお寄せになり狭衣にまつわりつかれるので。「むつる（睦る）」は、親しんでまつわりつく。

二 女性でもこれほどの美しさではあり得まいよと。男の美しさを讃える常套的表現。「女にて見奉らまほし」（『源氏物語』帚木）なども同趣。

三 東宮は狭衣の容姿から源氏の宮を想像している。当時は女は男の前に姿を見せないため、男兄弟の容姿によって恋する女を想像する例が多い。

四 東宮は、同じ女性を恋する者の直感で、狭衣の胸の内を鋭く射当てている。

五 あの仲澄の侍従の真似をなさっているようだね。仲澄は『宇津保物語』の作中人物。実妹である貴宮（あてみや）に恋慕した。東宮は『宇津保物語』を借りて、狭衣の源氏の宮への恋を指摘したのである。

六 「忍ぶれど色に出でにけり我が恋は物や思ふと人の問ふまで」（『拾遺集』恋一、兼盛）を利かす。

七 そんなのではない、ごくありふれた恋愛をさえ私は好みませんのに。

八 「いかばかり恋てふ山の深ければ入りと入りぬる人まどふらむ」（『古今六帖』第四）を利かした表現。

九 言葉少なな様子にかえって胸の中の思いがはっきりと知られるようで。表面何気なく振舞うように見えて、狭衣の思いはやはり外ににじむのである。

一〇 そこまでお疑いになるのは、東宮ご自身の、源氏

するも、〔狭衣〕一〇「御心ならひなめり（ご自身のお心癖というものでしょう）」とて笑ひたまふ。

〔狭衣〕一一 我が心しどろもどろになりにけり
　　袖よりほかに涙もるまで

とぞ思ひつづけらるる。

〔東宮〕一二「心ならひは、げにさもやあらむ。まことならぬ妹を持たらねば（あなたと違って本当の妹でない妹を持っていないからね）」など言ひたはぶれさせたまひて、一三宣耀殿（せんえうでん）に渡らせたまひぬれば、〔狭衣は〕一四「今宵はかひもあるまじきなめり」とすさまじくて（つまらなくて）、まかでたまひぬ。

誘拐——狭衣、帰途に女車と出会い　僧の同車に不審を抱く　僧は逃げる

たそがれ時のほどに、一五二条大宮のほどにあひたる女車、一六牛のひきかへ（替え牛の用意）などして（などもしていて）、遠き所に帰ると見ゆるに、一七物見（物見窓が）すこしあきたるより円頭（まろがしら）のふと見ゆるは（坊主頭がちらと見えるのは）、この御車を見るなるべし（狭衣のお車をうかがうのであろう）。はやくやり過ぎぬるを（急いで走り過ぎるのを）、「あやし、ひが目か（女車に坊主頭とは　見まちがいか）」とおぼすほどに、〔女車の〕供（とも）なる童べ（わらは）の一八持たる物やしるからむ、この御供の人見つけて、かやかやと（がやがやと）追ひとどむるに、え逃げで（逃げきれないで）追ひとどめられぬ。

の宮に執着するあまりの猜疑心のせいと、狭衣はようやく切り返したのである。「心ならひ」は、性癖。

一一 私の心はもはやしどろもどろ、内心を突かれて収拾がつかなくなってしまった。涙を袖に隠し蔽いきれず外に洩れこぼれるまでに。狭衣の心の中での独詠歌。

一二 私の心癖とおっしゃるが、ほんにそうかも知れない。東宮は自らの「心ならひ」—女を恋するあまりの猜疑心の深さ—を肯定する。それだけ恋に真剣だという気持。

一三 宣耀殿の女御のもとへ。宣耀殿の女御は東宮ご寵愛の女性。狭衣中将も「ほのかに見きこえさせたま」う関係にある（二四頁）。

一四 今夜は宣耀殿に忍んでいっても、とても女御にお会いできない様子だ。

一五 二条大路と大宮大路との交差するあたり。狭衣の住む二条堀川に近い。

一六 女の乗る牛車（ぎっしゃ）。女性用の特別な牛車があるわけではない。車の前後の簾の内に懸ける垂れ絹など、しつらえでそれとわかるのである。

一七 牛車の左右の立て板にある窓。外を覗くための窓。

一八 持っている物がはっきりと車の主を知らせるのだろう。僧具の類を何か持っていたのであろう。

御随身のいたくとがめかかりて、「下簾[一]かけたまへるは、やむごとなき僧にこそはおはすらめ。さはありとも、しばしおしとどめ[二]で、あやにくにやりちがふるは、誰そ誰そ」と荒らかに問へば、「仁和寺[三]のなにがし阿闍梨[四]の御車にて、母上のものに籠りて出でたまふなり」とわななき言ふ童のあれば、「いで、さは尼君か見む」とて、簾を引きあぐるに、法師走りおりて、顔を隠して逃ぐるを、「この尼君はなど逃ぐるぞ」と、追ひて走りののしるを、御車をとどめて、「かくなせそ」と制せさせたまへば、牛飼童をとらへて、「何ものぞ、何ものぞ」と問へば、「仁和寺になにがし威儀師[五]と申す人なり。年ごろ懸想じたまへる人の、太秦[六]に日ごろ籠りたまへるが出でたまふを、盗み出でたまふなり。法師だてら[七]、かくあながちなるわざをしたまへば、仏の憎みたまひて、かかるめを見せさせたまふなりかし。おしとどめてしめやかにもやらせたまはで、年ごろの思ひかなひて急ぎたまふほどに、『女車とぞ御覧ずらむ[八]。ただ疾くやれ』と

語気も鋭くつめよって　(随身)　尊い御身分の僧でいらっしゃるのだろう　暫く車を停止させようともせず　無理押しに車をすれちがわせるのは　(童)　お車でして　母上がさる寺に参籠してそこからお帰りなのです　(随身)　ようし　尼君かどうか見てみよう　〔女車から〕　(随身)　なぜ逃げるのだ　大声をあげるのを〔狭衣は〕　追いかけるでない　おとどめになると　(随身)　(童)　仁和寺に住む　〔その法師が〕　恋慕なさっている女で　参籠なさっていたかたが寺をお出になるのを　法師のくせに　こんな無体なことをなさるので　車の歩みを押えて静かに進めようともなさらず　年来の恋慕がかなったうれしさに　あちらは女車とご覧になっているだろう

一　牛車の屋形の前後の簾の内側に懸けて車外に垂らす長い絹布。身分の高い貴族や女房の車に用いる。僧侶の場合も位の高い僧には許された。

二　牛車ですれ違うときの礼儀を怠ったと言うのである。

三　真言宗御室派の大本山。京都市右京区御室にある。仁和二年光孝帝勅願の創建で、宇多上皇がここで落飾し寺内に御座所を設けて法務の御所とされたことは有名。

四　「あじゃり」に同じ。衆僧の規範となる者、すなわち、師たるべき高僧を言う。密教では灌頂を受けた僧に与えられる称号であり、朝廷から補任される僧位ともなっている。

五　授戒や法会のとき、衆僧を指導し、先導して威儀を整える指図役の僧。律師に次ぐ僧位。

六　広隆寺のこと。京都市右京区太秦。秦河勝が聖徳太子の命を奉じて建立した寺。

七　法師らしくもなく。「だてら」は、その人に似合わないことをする意をあらわす接尾語。

八　相手の車（狭衣側）は、こちらを女車とごらんになって大目に見てくれるだろうと、威儀師は甘く考えたのである。

九　師の命令には従えという経文を。「師には従へ」は、本来は師の言行を見習い、その教えにすなおに従うのが勉学の道の意。尺迦羅越六方礼経(しからおつろつぽうらいきよう)「弟子ノ師ニ事(ツカ)フト謂フハ、当(マサ)ニ五事有リ」に拠るとする説がある。

狭衣、車内に置き去りにされた女を見いだす——飛鳥井姫との邂逅

一〇　狭衣は供人たちの手荒い咎め立てをたしなめるのである。主人公の日常のゆとりとゆかしさが偲ばれる。

一一　この近くに隠れておりますことでしょう。大事な女と車を置き去りにして遠くへは逃げて行くまい、と言うのである。

一二　松明(たいまつ)。松のやにの多い部分や葦、竹などを束ねて作った野外用照明。「まゐる」は、物をすすめる意の謙譲語。

一三　昼間ならばまだしものこと、知らぬ夜道にさまようとは気の毒な。

責(せ)めたまへば、『師には従(したが)へ』九といふ法文(ほふもん)を、僧のあたりに(お坊様の近くに)年経(へ)(長年)はべりぬるしるしに(奉公していたご利益で)聞きならひて〔お言葉どおりに〕走らせはべりつるなり。今よりは、さらにさらに(決して決して)この師には従ひ使はれじ」と、恐ろしかなしと思ひたる(恐ろしい悲しいと思っている様子が)、をかしうなりて許してけり。

君に、(随身)「しかじかなむ申しつる。車にはまことに女のおはするなめり(おいでの様子です)。人はみな逃げはべりぬ。かくてうち捨てては(このままほうっておいては)、いとほしうこそ侍るべけれ(女がかわいそうでございましょう)」と申せば、(狭衣)「一〇なにしにかかるわざをしつる(なんでまたこんな荒っぽいことをしたのだ)。常に制(せい)することを聞かで(禁じていることを)。行(い)くらむ所はいづくにかあらむ(その女が帰る住居はどこなのだろうか)。いかでか(どうして)、さては捨てむ(そのままには見捨てておけよう)。その童(わらは)に問ひて送れ」とのたまへば、(随身)「童のまかりつらむかたも(逃げ出してしまった方角も)知りはべらず。今(そのうち)、さりとも(いくらなんでも)、車取りに(車を取り戻しに)、ありつる法師(さっきの法師が)まうで来なむ(やってまいりましょう)。一一このわたりに隠れてぞ候ふらむ。一二御たいまつ参らで(おつけ申しあげず)、暗うなりはべりぬ」とて、(随身)「御車つかまつれ(お車をお出し申せ)」と言へど、(狭衣心)「盗まれたらむは(かどわかされた女は)、いかやうなる人ならむ。心ならぬことならば(本人の気持でないことならば)、いかばかり(どれほど)わびしかるらむ(つらい思いでいることだろう)。一三暗き道の空にさへさすらふよ。かくて捨てて

は、ありつる法師（さっきの法師が）、本意のままに（思いどおりに）や率てゆかむ。さらぬにても（そうでなくても）、今宵かくてあらば（このまま放っておかれたら）、いかなる心地せむ」などおぼすに、いといとほし（気の毒で）ければ、「一送るべき所も知らず、今宵ばかりは（今夜だけは）二殿へや率てゆかまし（邸へ連れてゆこうか）」とおぼすも（思案なさるが）、袈裟うち被きて走りつる足もとおぼしいづるもをかしく（法師の足つきを滑稽に思い出されるにつけ）、「道のほど（途中で）、手やふれつらむ（女に手を出しているのではないか）」と三心づきなくゆゆしきに（不愉快でいやな気持がして）、「四飛鳥井に宿りとらせむ（私の家に泊らせようと誘うにも）」とも語らひにくくおぼさるれど（言い出しにくく思われるが）、なほ（それでもやはり）、「いかなる人のかかるめは見るぞ」とゆかしければ（知りたいので）、ひき返し（車を返し）、あの車に（女の車に）乗りうつりて見たまへば、五いとたどたどしきほどなれど（たいそう暗くてよくは見えない車内だが）、衣ひき被きて泣き臥したる人ありけり。

「あないとほし（（狭衣）ああお気の毒に）。いかなる人の（どんな事情の人が）、かかる道の空にただよひたまふぞ（こんな道なかに頼りなく）。いかなることありとも、ひとりうち捨てて（そなたをひとり置き去りにして）、心憂く逃げぬる人は、つらくはおぼさずや。六吉野の山にとは思はざりけるにこそ。見捨てまかりなば（私があなたを見捨てて去ってしまったならば）、今宵、いますこし恐ろしきこともありなむ。また、七ありつる頭つきも、八まろ往ぬと見わきもこそすれ。まことに、御心

狭衣、女（飛鳥井姫）に関心を抱く　同車のまま彼女の家まで送る

一 どこへ送ってよいのか、住まいもわからないし。

二 「殿」は堀川関白邸。狭衣の自邸でもある。「まし」は、ためらい迷う気持をあらわす。

三 「心づきなし」は、相手の行為がおもしろくない意。「ゆゆし」は、いまわしい、触れるのがいやだ、の気持。威儀師のみじめな遁走ぶりを思うと笑わずにはいられないが、同時に、車内での女への厚かましい態度が想像されて、狭衣の心は不愉快になるのである。

四 自邸に泊めてやろう。催馬楽「飛鳥井に　宿りはすべし　や　おけ　蔭もよし　御水も寒し　御秣もよし」（「飛鳥井」）に拠る表現。

五 「たどたどし」は、暗くてはっきりしない様。「たそがれ時」の出来事であり、すでに外も「御たいまつ参らで、暗うなりはべりぬ」の夕闇になっている。

六 あの法師はそなたをどこまでも一緒にとは思わなかったようだね。「もろこしの吉野の山にこもるともおくれむと思ふ我ならなくに」（『古今集』誹諧歌、左大臣）を利かした表現。

七 先刻の坊主頭も。威儀師を言う。

八 私が去ったと知って再びやってくるかもしれない。それでは困る。「まろ」は自称代名詞。平安時代には老若男女、身分を問わず用いた。「もこそ」は危惧、懸念の気持。

九 あなたのほうにも気持があって、あの人と一緒に行こうとお思いなら。「本意」は、「ほんい」の撥音無表記。本来の願い。
一〇 （狭衣中将と知らずとも）いずれ高貴なお方に違いないと、誰にも察しがつくご様子ではあるが。
一一 女は、「どなたであろうか」と思うにつけ、言いようもなく恥ずかしいが。
一二 「かくのたまふに」以下、女の心中思惟。「率てゆかむこと」のあたりで地の文に融け込んでいる。
一三 「あてに」は「あて（貴）なり」の連用形。気品がある、優美だ、の意。「らうたし」は、愛らしい。
一四 「いますこし心くるしうなり給て」（深川本）などとあるほうが理解しやすい。
一五 女の反応を見ようと思って、わざと突き放しておっしゃると。
一六 住む場所があまり場末で、口にするのが恥ずかしいと言うのである。
一七 それにまだ、どうお答えしたらよいのか考えもよくまとまらぬところへ。自分の住所をよく覚えていないと言うのではあるまい。何からお話すべきか、気が転倒していて筋道が整わない意であろう。
一八 その上どうしても泣声になるのがいよいよ恥ずかしいが。「わりなし」は、道理がない、分別がない意。こらえようとしても泣声を立ててしまうのを言う。それがいよいよ恥ずかしさを募らせるのである。

ならでかかることものしたまふならば、おはし所教へたまへ。送りきこえむ。なほ本意[九]もあり、あの人と渡らむとおぼさば、まかりなむ」とのたまふ声気配の、聞きならはずあてにめでたきは、「さば[一〇]かりにや」と見えたまふを、「誰にか[一一]」と、おぼえなく恥づかしけれど、「かくのたまふに[一二]聞こえずは、げに捨ててこそおはせめ。さらば、ありつるゆゆしきものの来て率てゆかむこと」思ふに、かなしければ、ほのぼのおぼゆるままに聞こえむと思へど、ただわななかれて、とみにものも言ひ出でられず、ただ泣きにのみ泣きまさる気配など、よそにて思ひつるよりはあてにらうたければ[一三]、苦しう[一四]なりたまひて、「さらばまかりぬべきなめりな。御心ならぬことと聞きつれば、さもやといとほしさになむ。なにか泣きたまふ。このわたりにぞものすらむ。よも見捨てきこえじ」と、気色[一五]を見むとてのたまへば、「おはしぬべきなめり」といとわびしきに、言ひ出でむ[一六]所のさまの恥づかしさ、まだ[一七]はかばかしうもおぼえぬに、泣声[一八]は

のお気持に反してこんなことにおなりになったのならば　お住まいを
私は去りましょう
耳にしたことがないほど気品に満ちているのは
ご返事申しあげなければ　本当に見捨てて行ってしまわれるだろう
さっきの忌わしい法師が
女はいくらかでも残っている記憶をたどって　からだが震えるばかりで
すぐには口をきくこともできず
狭衣は見ぬままに想像していたのより　胸がいっぱいにおなりになって
（狭衣）それでは私は引きさがってよいようだね　お気持に反することと
お送りもしようかとお気の毒さから申したのです　なんでお泣きになる　法師は今もこの付近で様子を窺っているだろう
まさかそなたを
立ち去っておしまいになるご様子　と女は
言い出そうと思う自分の住むあたりのきまり悪さ

ましていとわりなけれど、「一堀川といづくとかや（堀川となんとか申すのですが）。大納言と聞こゆる人のむかひに竹多かる所とぞおぼゆるを、さていかに（こんな申し上げ方でお分りになるかどうか）」と言ふ気配いとらうたげに、（狭衣心）「見まさりしぬべき人にや（きっと見まさりする人に違いない）」と、こよなく心とまりて（格段に惹きつけられて）、二いき所を問ひ聞きて送らむ（もともと帰る場所を尋ね聞いて送ろうと）とおぼしつれど、心やすげなる（気のはらない場末の）里のわたりと（郊外と）聞きたまふも、やう変はりてなかなかゆかしければ（様子が変ってかえって興味をそそられて）、見おかまほしくやおぼすらむ（見ておきたいとお思いになっているのか）、〔女の車から〕下りたまはで、三やがておしあてに（同車のまま当て推量に）おはしぬ。

堀川のおもてに（堀川の通りに面して）、四半蔀（はじとみ）ながながとして（長々と続いて）、入（い）る門（かど）いぶせく（むさ苦しく）、暑げなる所五なりけり。戸を忍びやかにたたけば、人出で来て問ふなりけり。（狭衣）「さて、いかが言ふべき（なんと言えばよいのか）」と〔女に〕問ひたまへど、泣くよりほかのことなくて、ものも言はねば、おしあてに、「六太秦（うづまさ）より出でさせたまへる」と七〔供人に〕言はせたまへれば、（取次）「今まで出でさせたまはずとて、おぼつかながらせたまへる（こんな遅い時刻までお帰りにならないと言ってご心配になっておられる）」とてあけたれば、八蚊遣火（かやりび）さへ九煙（けぶ）りてわりなげなり（鬱陶しい様子だ）。

（狭衣）一〇 我が心かねてや空にみちぬらむ

一 堀川通りと何とか筋との交差点の辺り、の気持。
二 もともと狭衣は、住所を聞いたら供人でも付けて送ってやろうと思っていたのである。自分自身で家まで送るつもりではなかった、と言うのである。
三 「やがて」は、そのまま。「おしあてに（推し当てに）」は、当て推量に。女車に同車したまま、女の住所がよくわからぬままだいたいの見当をつけて行くのである。
四 二二頁注三。
五 「なり」（断定）、「けり」（詠嘆）で、行ってみてわかったが…であった、の気持をあらわす。
六 太秦寺（広隆寺）のご参籠からお帰りになりました。
七 「言はせ」の「せ」は使役の助動詞。供人に命じて言わせるのである。

狭衣のめでたさを見知るにつけ、女（飛鳥井姫）は我が身をただ恥じる

八 蚊を追い払うためにいぶす火。門番の部屋などの蚊いぶしであろう。
九 「わりなげ」は、耐えがたいほどはなはだしい様。
一〇 私のこの人を恋する思いは私自身も気づかぬうちに大空に充満しているのだろうか。この人の家にくすぶる蚊遣火はどこへ行くともなくただよっているが、私の下燃える思い（情炎）そのもののように見える。この歌は次の二首を下敷きにして出来ている。「我が恋はむなしき空に満ちぬらし思ひやれども行く方もな

行くかた知らぬ宿(やど)の蚊遣火(かやりび)

と[11]のたまふ気配、〔女は〕[12]やうやうものおぼえゆくままに、[13]めでたく恥づ（すばらしくご立派なので）かしげなるにぞ、「おぼえなくあさましき有様を見たまふも（〔女は〕気が転倒して身も世もないひどい有様をご覧になっているのも恥ずかしい）。誰にかあらむ。いかにしても（なんとしても）、ありつるものに見えじ（さっきの法師に逢いたくないと）と思ひつるまま（思う一心で）に、かかる[14]伏屋(ふせや)の下をさへ教へたてまつりつるも、[15]いかにおぼすらむ」（どう思っておられることか）と、今ぞあさましく[16]恥づかしきつまとなるべし（今こそ自ら呆れるばかり）。

人あけて、「ここに（こちらに）」と言へば、車さし寄せたるに、五十ばかりなる[17]おもとの、しなじなしからぬさましたる（品のない風采のあがらぬ者が）、火をいと明(あか)くともして、（老女）「などいとおそくおはしましつる。御車のおそかりつるか。[18]大(たい)輔(ふ)の君や参りたまへる（お迎えに行かれましたか）」とて、寄り来たる灯影姿(ほかげすがた)の[19]見知らずあやしきも、うとましくおぼえたまひて（不快にお感じになって）、（狭衣）「おぼえなき人来たりとて（見知らぬ男が来たといって）、[20]打ちもこそすれ（私を打ち据えかねないと）。疾く起きたまへ」と〔女を〕起こしたまへど、火さへ明(あか)くて（灯火まで）、[21]かたはらいたく（はた目に耐えぬひどい恥ずかしさに）わりなきに、とみに動かれぬを（急には身動きもできないのを）、ひき起こしたまへれば、衣(きぬ)などいとあざやかならぬ（上衣などはひどく地味な感じの）[22]薄色(うすいろ)のなよよかなるに（糊けもなくしなやかなのに）、髪はつや

し」（『古今集』恋一）、「夏なれば宿にふすぶる蚊遣火のいつまで我が身下燃えをせむ」（『同』）。

一一 「のたまふ気配」は下の「めでたく恥づかしげなるにぞ」の主語。

一二 やっと生きた心地をとり戻すにつれて。下の「今ぞあさましく恥づかしきつまとなるべし」にかかる。

一三 「恥づかしげ」は、女が気おくれするほど狭衣が立派であるのを言う。

一四 屋根を地に伏せたような低い家。小さい粗末な家を言う。

一五 さぞ軽蔑し憐れんでおられることだろう、の気持。

一六 恥ずかしさのたね（きっかけ）になることだろう。これを思うといつも顔から火が出る恥ずかしさがこみあげてくるだろう、の気持。

一七 御許(おもと)。女性を親しんで呼ぶ言葉。

一八 この家の女房の名か。あるいは「大夫の君」で、九二頁に登場する式部の大夫のことか。

一九 見たこともないほど見苦しいのにつけても。関白家の御曹子の目には耐えられないと言うのである。身分家柄の落差を強調している。

二〇 打ち掛かってきたりしたら困る。「もこそ」は懸念、危惧の気持。

二一 「かたはらいたし」は「傍ら痛し」。はたの見る目も恥ずかしい意。

二二 染色ならば薄紫色。襲(かさね)の色目ならば、表は薄はなだ色、裏は薄紫色という。

つやとかかりて、「いとわりなう恥づかし」〔たまらなく恥ずかしい〕と思ひたる気色（けしき）など、なべてのさまにはあらず〔一通りの美しさではなく〕、ただいとをかしき人ざまにぞありける〔ただただ一途に愛らしい人柄〕。

〔狭衣心〕「あやしう思ひのほかなるわざかな〔思いもかけないことになったものだ〕。誰ならむ。見でやみなましかば〔あのまま別れていたなら〕、いかに口惜しからまし〔どんなに残念だっただろう〕」と思ふものから[一]〔思うものの〕、「さるべきにや〔前世からの因縁なのだろうか〕、[二]かかるうちつけ心などはなかりつるものを。いでや〔いや待てよ〕、うとましかりつる〔あのいやらしい〕[三]頭（かしら）つきに馴れつらむかし〔坊主頭に女はなじんでしまっているだろうよ〕」と思へば、なほ心づきなけれど〔やはり不愉快だが〕、〔狭衣〕[四]「かかる道行く人を〔私のような行きずりの者でも〕、[五]おろかにはえおぼし捨てじな。ありつる人に思ひおとしたまふなよ〔さっきの法師よりお見くだしになるなよ〕」とのたまふに、〔女は〕いと恥づかしくて、〔車から〕下（お）りなむとすれば、ひかへて〔狭衣は女をひきとめて〕、「など答（いら）へをだにしたまはぬ。道のしるべをうれしとおぼさましかば〔道案内をしてあげたのを嬉しいとお思いになるのなら〕、[六]とまれとはのたまひなまし。[七]あな心憂（こころう）」と許したまはねば〔袖をお放しにならぬので〕、

（女）[八]　とまれともえこそ言はれね飛鳥井（あすかゐ）に
　　宿（やど）りはつべきかげしなければ

と言ふさまぞ、なほその水影見ではえやむまじうおぼされける〔狭衣にはその飛鳥井に映る女の姿を見ないでは気がすみそうもなく〕。

狭衣は、近まさりする姫君の「らうたさ」に魅せられ、契りを結ぶ

一 「ものから」は、逆接の接続助詞。

二 こんな唐突な恋心などは今までの私にはなかったのに。「うちつけ心」は、出し抜けの恋心、衝動的な恋。

三 女はすでに威儀師に身を許してしまっているのではないかという疑念が、狭衣の心から離れないのである。

四 「道行く人」は、通りすがりの人。偶然通りかかったに過ぎない者。

五 おろそかに知らぬ振りはおできにならないだろうね。「おろかに」は、疎略に、いい加減に。

六 お立ち寄りくださいぐらいのお言葉があってもよかろうのに。

七 いやだねえ。感動詞「あな」に形容詞「心憂し」の語幹。感動表現。ああ辛い、などの気持。

八 お泊りくださいとはとても口に出せないのです。私の家にはあなた様を気持よくお引き止めできるようなしつらえが、何一つございませんので。催馬楽の「飛鳥井に　宿りはすべし　や　おけ　蔭もよし」（六〇頁注四）を踏まえた表現。女はこの歌から飛鳥井姫（女）君と呼ばれるようになる。

九 そなたの家でゆっくりとお姿を見たいもの。私が泊ると、誰か隠れている人が見咎めると言うのかね。同じく催馬楽「飛鳥井」の詞「飛鳥井」「影」「宿り」「御秣(みまくさ)」を借りた返歌。

一〇「便なし」は、都合が悪い、具合が悪い意。

一一 狭衣のお車がおくれているのをお待ちになるということで。狭衣が女の車で来てしまったため、狭衣自身の車はあとから追うかたちになっている。

一二 その家の上り口に、女の袖をひかえて引き止めておられるが。

一三「はしたなし」は、中途半端な状態から生じる困惑、きまり悪い気持をあらわす。

一四 といって、羞恥心から身も世もなく消え入るような態度ではなく。

一五 姫君がいつまでも上り口でぐずぐずしており、しかも見知らぬ男が付き添っているからである。

一六 この程度であっさりと立ち去るような気持にとてもなれないので。狭衣は、偶然に救うことになったこの「らうたき」女性に深く惹かれているのである。

一七『源氏物語』の光源氏と夕顔の場合も、互いに誰と知らぬまま恋に身を焼く物語であった。その夕顔巻と似通った進行である。夕顔巻の奥に三輪山伝説の痕跡が指摘されているが、飛鳥井姫の物語にも言えるであろう。

一八「契り」は、因縁、特に男女の縁を言う。男女の交わりを結ぶこと。

(狭衣)九 飛鳥井に影見まほしき宿りして
　　みまくさがくれ人やとがめむ

(狭衣)「車待つほど、人に見せで置きたまへよ(私を隠しておいてくださいよ)」とて下(お)りたまひぬるを、〔女は〕「あな苦し(まあ困ったこと)。一〇便(びん)なきものを(出来ないお頼みなのに)」と、苦しげに思ひたれど、一一まことに御車(お迎えの車)の後(おく)れたりける、待ちたまふとて、やがて(そのまま)一二その端(はし)つかたにひきとどめたまへるに、〔折も折〕月ははなやかにさし出でたり。

女、一三いとはしたなしと思ひたるものから(たいそうばつの悪いことと思いながらも)、一四いたく消え入りたるもの恥ぢにはあらず、ただいとなつかしうをかしきさまの(親しさをにじませる優雅な)もてなし(物腰など)が)など、あやしきまでらうたげなり(ふしぎなくらいにいじらしい感じがする)。家の人々、「いかなることぞ」と一五あやしがり(不審がり)、たち騒ぎたり。「御車率(ゐ)て参りたるにや(迎えのお車を引いて参ったか)」と〔狭衣は〕聞きたまへど、一六かばかりにてたち出づべき心地(ここち)したまはねば、「ありつる祈りの師や入り来む(先刻の威儀師が乗り込んで来るか)」と、もの恐ろしながら(不安に感じながらも)、とかく(あれこれと)語らひたまふ。

一七女、〔男を〕誰とだに知らぬを、「わりなし(何よりも辛い)」と思ひたり。

君(狭衣の君)は、思はずなりける(思いも寄らなかった)一八契りのほども浅からずあはれに(その因縁の深さが思われて心の底からしみじ)おぼさるること限りなし。ものぎたなく疑はしかりつる祈りの師の心清さも、[一]見あらはしては、「我が[二]宿世(すくせ)のありて、[三]さる心もつきけるにや」とまで、浅からずおぼさる。かねていみじう心を尽くしたまふ[四]やむごとなきあたりよりは、ならはぬ[五]草の枕もめづらしくて、その後(のち)は、宵暁(よひあかつき)の露けさも知らず顔に、紛(まぎ)れありきたまふ夜な夜な多くつもりにけり。

〔みと感慨にふけっておられる　威儀師にまだ身を許していなかったことも　法師の邪恋もそのための仲立ちか　気を遣って交際しておいでの高貴な方々よりも　経験のない旅寝の枕も　露に濡れるのも一向構わず　飛鳥井の姫君のもとに忍んで通われる夜々が〕

飛鳥井姫君の素性と境遇――乳母、経済の窮迫に姫君の処遇に苦慮する

この女は、[六]帥(そち)の中納言といひける人の女(むすめ)なりけり。親たちみな失(う)せにければ、乳母(めのと)、[七]主計(かぞへ)の頭(かみ)などいふものの妻(め)にて、[八]なま徳ありけるが、またなきものに思ひかしづきて、年ごろありけるを、男失せて後は、わりなき有様にて過ぐしければ、この仁和寺の祈りの師を語らひて、[九]これにこの君のことをも知り扱はせければ、おほけなき心ありけるものにて、人知れず思ふ心つきて、かかるわざはしたるなりけり。車などもまた借る人なくて、太秦(うづまさ)に行(ゆ)き来(き)のたよりをよろこびて、盗みもてゆくなりけり。ありつる牛飼(うしかひ)、[一〇]そこに来ても語

〔わずかの産も持っていたが　［この姫君を］　夫が亡くなって後は　どうにもならない暮し向きで　この仁和寺の祈禱僧に相談を持ちかけて　この僧は身の程をわきまえない不埒な心があり　ひそかに姫君に恋慕の情を抱いて　こんな誘拐沙汰を　この僧より他に借りる人がなく　太秦往復の機会を　姫の家へも来て〕

一 「見あらはす」は「見顕す」。見て明らかにする、はっきりと見て取る意。
二 私に、この女と契る前世からの因縁があって。
三 威儀師がこの女に懸想し誘拐しようとしたのも、私と彼女とを結びつける仲立ちであったのだろうか、とまで。
四 源氏の宮を別として、宣耀殿女御や一条院姫君などをさすのであろう（二四頁など）。
五 「草の枕」は歌語。旅寝を言う。飛鳥井姫君の家に泊ること。
六 中納言で大宰府の長官を兼ねる人。「帥」は長官であるがおおかた親王が任ぜられたので、この場は「権帥」であろう。納言以上の人が多く任ぜられる。
七 主計寮の長官。主計寮は民部省に属し、調、庸、貢献を計算し国費支弁を掌る役所。
八 わずかな財産。「なま」は、中途半端な意を示す接頭語。「徳」は、ここは財産、富などの意。
九 この僧にこの姫君のことを責任を持たせ世話させていたところ。「知る」は、関係する、責任を持つ意。生活費などを出させていたものと見える。
一〇 逃げ出した牛飼は、そのまますぐに留守宅に注進に及んだのである。飛鳥井姫を救った狭衣が到着する以前のこと。

りければ、（乳母）「一一いとあさましかりけることかな（なんともあきれかえったこと）。一二誰といふ人（一体どこのどなたが）、さるわざをしたまひつらむ。我（わ）が君いかになりたまひつらむ（姫君はいったいどうなっておられることだろう）。いきて見よ」など言ひ騒ぎけるほどに、かくておはしたるなりけり（こうして狭衣の君がおいでになったという次第であった）。

その後（のち）、威儀師（ゐぎし）は音（おと）もせねば、一三ことわりにいとほしくて（乳母はもっともなことと気の毒で）、人遣（や）りたれど、返（かへ）りごとをだにもせねば（返事一つよこさないので）、思ひ嘆くこと限りなし。（乳母）「この人かくてやみはべりなば（この法師がもう来ないということになりましたら）、御前（まへ）の御扱ひも（あなた様のお世話も）いかでかはしはべらむ。ゆゆしきわざかな（たいへんなことですよ）。一四はやく（前々から）、源氏の宮の内裏（うち）参りとて（入内ということで）、やむごとなき人々の（立派な家柄の女性たちが）参り集（つど）ひたまふなるに（と聞くが）、参りたまひね（姫君もご奉公なさいませ）。おのれは、いづちもいづちも（どこへなりと）まかりなむ。このおはする人は誰ぞとよ（姫の所へ通って来られるお方は一体どなたなのです）。あやしくいた一五う忍びたまふは。御前には知らせたまふにや（姫にはおわかりなのですか）」と言へば、（飛鳥井姫）「知らず。一六よろづただ心よりほかにあさましき有様（ありさま）なれば（何もかも思うにまかせぬ情ない身の上だから）」とて、うち泣きたまふを、（乳母も）一七さすがにあはれと見て、我もうち泣きぬ。

一八またある人々（そばに仕える人々）、「一日（ひとひ）も（先日も）、御門（みかど）をむごにたたかせたまひしに（ご門をきりもなく叩かせておられたが）、あくる人もなかりしかば、『おはしますを厭（いと）ひまゐらするか（殿がお通いなのを）。一九別当殿（べつたうどの）の

一一 あきれてものが言えない。頼る威儀師の不埒な振舞に驚く心。乳母がどんな心づもりで僧に姫の世話を依頼したかは書かれてないが、いきなり姫を盗み出すとは予想していなかったと見る。

一二 狭衣一行が女車を見咎め、誘拐を見顕したことを言う。

一三 僧の所業は所業として、露顕以後音沙汰ない僧を気の毒に思うのである。乳母は、経済的な事情もあって依然として威儀師に好意的である。

一四 堀川関白家の源氏の宮が東宮にお輿入れになるということで。

一五 こっそりひどく人目を避けておられますね。「は」は感動の終助詞。狭衣が素性を隠したまま女君のもとに通うのも、乳母には不満のたねである。

一六 両親に死別し、今は乳母の厄介者となり果てた身の悲運を嘆くのである。女君の言葉は、「知らず」で乳母の言葉の終りの「御前には知らせたまふにや」を直接承けるが、「よろづ…」以下は、乳母の愚痴とも叱責ともつかぬ言葉全体を承ける。

一七 「さすがにあはれと見て」とあるところに、「またなきものに思ひかしづき」（前頁）ながらも経済的に行き詰り、姫の存在を厄介視もする乳母の複雑な心がうかがわれる。

一八 「ある人々」は「在る人々」。仕える女房たち。

一九 別当は、ここは検非違使（けびいし）庁の長官のこと。検非違使は令外の官。今の警察署と裁判所を兼ねる役所。

御子とは知らぬか。いたうあなづりたてまつらば、看督（かど）[一]の長（をさ）など率（ゐ）て来て、この門（かど）あけさせむ』など言ひければ[二]、少将殿こそおはすなれ」と言へば、「まれまれある女どもも、このごろは怖（お）[三]ぢてまうで来ず。いとぞわりなきや。あてにやむごとなく、めでたしとても、[四]この君にてはいかがはせむ。年老いて侍れば、行末のことも思ひはべらず。東（あづま）のかたへ人の誘（さそ）ひはべるにやまかりなましと思ひはべるを、誰に見譲りてかと思ふも、絆（ほだし）[五]にてぞおはしますや」と言へば、うち泣きて、「誰を頼みてかは。いづくなりともおはせむ所へこそは」とのたまふも、あはれに心苦しければ、まことに知る人もなくたよりなきに思ひわびて、「陸奥（みち）[六]の国（くに）の奥の佐官（さうくわん）といふものの妻（め）になりてや往（い）なまし」と思ふなりけり。

君は見馴れたまふままに[七]、あはれさまさりつつ、なほざりごと[八]にはあらず契り語らひたまひぬべし。さるは[九]、これに劣るべき人も見たまはず、我が心にも、すぐれてこのことのめでたしなど、わざと

（ご子息だとは知らないのか　あまりに軽んじ申しあげると　連れて来て　別当殿の御子の少将殿がお通いになっているらしい　（乳母）時たま手伝ってくれる女房たちも　来てくれない　たいへん困ったこと　その殿が上品で身分も高く　すばらしいお方だといっても　〔私は〕　〔別にどうとも〕　東国の方へ　誘ってくれますのに甘えて下ろうかと思案しますにつけ　姫のお世話を誰に頼んで行こうかと　（飛鳥井姫）そなたのほか誰を頼りに思えましょうか　どこへでもそなたの行かれる所に連れて行って　〔乳母は〕　事実姫を依頼できる人もなく生計の手だてもないことに思いわずらって　妻になって奥州へ行こうかどうしようか　狭衣の君は逢瀬をお重ねになるにつれ　その場限りの言葉ではなく　末永い仲を契り語らっておられるようだ　とは言え　飛鳥井姫君が格別にすばらしいなどと　特にお心に）

一 「看督の長」は検非違使庁の属官。罪人の追捕や牢獄の事を掌った。赤狩衣、白衣、布袴（ほうこ）の装束で、白杖を持っていた。

二 供人たちが言うのは、つまりは狭衣自身が、身分を隠すために言わせたものであろう。

三 狭衣の供人たちが検非違使庁をかさに着て高圧的に出るためである。

四 姫君のこの状態ではどうしようもない。飛鳥井姫君の生計にも事欠く状態を嘆くのである。

五 姫君は私の進退を拘束するお方でいらっしゃることだ。姫のため自分の身の処置もままならぬと愚痴を言うのである。

六 陸奥の鎮守府所属の辺境守備隊の四等官。

七 姫君への愛情がそのたびに募り募りして。

八 「なほざりごと」は「等閑言」。その場限りのいい加減な言葉。

狭衣、飛鳥井姫君に愛情募り、その慕わしさを宿命と観じるにいたる

九 飛鳥井姫君に劣る女性をこれまでご覧になってきたというわけでもなく。

狭衣は身分を秘し姫君また事情を伏せたまま、ひたすら行末を契る

御心とまりぬべきゆゑもなけれど、一〇ただそぞろに、一一見ではえあるまじういとほしく、心にかからぬひまなく、我ながら物狂(ものぐる)はしきまでおぼゆるを、「これやげに宿世といふものならむ。かくのみおぼえば、宿世口惜しくもあるべきかな」と、日に添へてえさり難う、浅からずのみおぼえたまへば、待たるる夜な夜なもなく紛(まぎ)れありきたまふこと、月ごろにもなりぬ。御供の人々は、「一二まだかかることはなかりつるものを。いかばかりなる一三吉祥天女(きちじやうてんによ)ならむ。さるは、一四いとものげなき気色なるを」と、おのおの言ひあはすべし。

かくいふほどに、この乳母(めのと)、一五出で立ちいとすがやかなる気色にて、「一六見おきたてまつるべきにもあらず。さりとて、また一七かかる人さへおはしますめれば、いかでかは具したてまつらむ。いかにして過ごしたまはむとすらむ」と、言ひつづけてうちひそみ泣くを、「しばしのほどだに、おはせざらむ世にはあるべき心地もせぬを、一八ましていつを限りにか。とどめおかむとは思ひたまふらむ。かくよろづにと一九

刻みつけられるといった理由があるわけでもないが　ただもう無性に　これがほんに前世からの因縁というものか　この女にこうまで惹きつけられるのでは　私の宿世もたいしたものではないな　離れがたく　愛情が募る一方に　彼女に待ち遠に思われる夜々とてなく　人目を避けての忍び通いが　どれほど素敵な　でも　吉祥天女にしてはひどくうらぶれた気配だが　噂し合っているようだ　奥州行きの決心がきっぱりついた様子で　姫を京にお残しして出発することもできませんが　お通いの殿方まで　どうして奥州などへ　お連れ申せましょう　私がいない後姫はどのようにお暮しになるおつもりでしょう　顔をくしゃくしゃにして　(飛鳥井姫)　そなたがおいでにならぬ世の中には生きておれそうな気持もしないのに　京に置き去りになさろうと思っておられるのでしょう

一〇「そぞろ」は、心の状態が理性や意志とかけ離れている様を言う。意外な様、むやみな様。
一一 飛鳥井姫君に逢わずにはいられないほどいとおしく。
一二 中将の君がここまで女性に熱中されることは一度もなかったのに。「を」は感動の終助詞。
一三 容貌端麗で、衆生に福徳を与える天女。父は帝釈天、母は鬼子母神、毘沙門天の妹という。『日本霊異記』に吉祥天に恋した男の話があり、『源氏物語』(帚木)にも「吉祥天女を思ひかけむとすれば…」と見える。
一四「ものげなし」は、問題にならない、たいしたものでない意。
一五「出で立ち」は奥州への出発のこと。「すがやか」は、さっぱりした様。乳母の奥州下向の事が本決りとなり、乳母の心もきまったのを言う。
一六「見おく」は、見てあとに残す、見捨てる意。
一七 狭衣中将をさす。もっとも乳母たちは検非違使別当の子少将と思い込んでいるが。
一八 どんなに長い間離れていろとおっしゃるのか。
一九「ところせし(所狭し)」は、場所が狭い意から転じて、窮屈だ、うっとうしい、厄介だ、の意。ここは、動きが取れず足手まといになる気持。

一 どうなりと死なせてから、どこへでも行って下さい、の気持。「失ふ」は、ここは、なきものにする、殺す意。

二 みじめな有様で私どもの奥州行きにご同道なさるというのも。「ひき具す」は、連れ立って行く意。「られ」は受身の助動詞。

三 「ことわり」は、道理、理由。乳母が奥州へ下らねばならぬ事情を言う。

四 愛情深く接してくれるとはいうものの、やはり頼りきることもできないので。

五 「かく」は、乳母に奥州に下らねばならぬ事情があり、自分も同道しなければならないことをさす。

六 誰とも名告らぬ自分のはっきりとしない態度が、信頼できず辛く思うのであろうか。

七 自分の身の上については、私は漁師の娘、きまった家もないの、とだけも打ち明けないので。「白波の寄する渚（なぎさ）に世を過ぐす海人（あま）の子なれば宿もさだめず」（『和漢朗詠集』遊女）に拠る表現だが、すでに『源氏物語』（夕顔）に「海人の子なれば」とはにかんで素性を言わぬ夕顔の名せりふがあり、ここも直接に夕顔巻の場面を承けるもの。

八 「心くらべ」は、根くらべ。互いに意地を張り合うのを言う。

九 言葉を尽して慰め慰めして。姫君の「思ひ乱れたる気色」の内情には触れぬまま行末を誓うのである。

ころせき身を、一いかにも失ひてこそいづくへも」など言ひもやらず、心苦しげなる気色なれば、「さらば、出で立ちたまふべきにこそあなれ。御心ざしありげなる人を見捨てたてまつりたまひて、二あさましき有様にひき具（ぐ）せられたまはむも、いとあるまじきことと思ひたまふれど、かくのたまはすれば」など、さすがに三ことわりをかへすがへす言ひ知らせつつ、ただ出で立ちに出で立つを見るに、「さらば、いま幾日（いくか）にこそ」など、人知れず数へらるるに、いと心細けれど、誰とだに知らせたまはぬ気色も、四さすがに頼みかくべくもあらぬに、五「かくこそ」などほのめかし聞こえむも、御心のうちを知らねばつつましくて、ただなにとなく思ひ乱れたる気色なるを、「なほかく六おぼつかなき有様の頼み難くつらきにや」と、心苦しけれど、また七我がゆくへをも海人（あま）の子とだに名のらねば、八心くらべにて、ただあはれにおぼえたまふままに、九言ひ慰めつつ、この世ならぬ契（ちぎ）りをぞかはしたまひける。かかるほどに、夏も過ぎ秋にもなりぬ。

足手まといの身を　どうなりとして死なせてから
（乳母）お言葉の通りならば　一緒に京をお出にならねばなりません
姫へのお気持が深いかにみえるあの殿方を
思われますが
ひたすら旅立ちの支度を進めるのを見るにつけ　（飛鳥井姫心）
〔京にいられる日数を〕
狭衣が自分を誰とさえお教えにならぬ態度も
京を離れねばならないなどとそれとなく申しあげようにも　〔狭衣の〕
気おくれがして
思い悩んでいる飛鳥井姫の様子なのを
（狭衣心）　気の毒に思うが
女は女でまた
といったかたちで
しみじみといとおしく
来世までの

源氏の宮は、一〇古き跡尋ねたまへりし後、さやかにも見あはせたまはず、ことのほかなる御気色を、「さればよ」とつらく心憂きに、「一一いまはた同じ難波なる」と、一二ひたぶる心も出できて、さるべきひまを見たまへど、人目こそ変はることなけれど、一三あさましく憂かりける御心ばへのうとましうおぼされて、「また、いかでかさる耳だに聞かじ」と用意したまへば、一四岩間の水のつぶつぶと聞こえたまふべき一五人間のほどだにぞ、さらにありがたかりける。

昼つかた参りたまへれば、大宮もこなたにおはしまして、もろともに一六碁打たせたまふなりけり。「とく参りて一七見証つかうまつるべかりけり」とて、近やかに居たまへるに、小さき一八御几帳なども押しやられて、常よりもはればれしければ、宮は、「いとはしたなし」とおぼせど、母宮の見たまへば、例のやうにもえ背きたまはず、御顔はいと赤くなりて、碁も打ちさして、碁盤にすこしかたぶきかかりて、御扇をわざとならず紛らはしたまへる御かたはらめ、一九御額つき、

狭衣、源氏の宮と母大宮が碁を打つところに赴く　母宮の質問をそらす

一〇 狭衣が業平にことよせて恋を打ち明けた「よしさらば昔のあとをたづね見よ」の歌（四四頁）を踏まえた表現。
一一 身を捨てても源氏の宮を得たいものと。「わびぬれば今はた同じ難波なるみをつくしても逢はむとぞ思ふ」（『後撰集』恋五、元良親王）に拠る表現。
一二 「ひたぶる心」は、源氏の宮を一途に求める激情。
一三 源氏の宮にとっては、思いも寄らぬ、辛くばかり感じられた狭衣のお心が、いとわしく思われて。
一四 「ものをだに岩間の水のつぶつぶと言はばや行かむ思ふ心の」（『実方集』）などに拠る表現。
一五 「人間」は、人のいない間、人目のない時を言う。
一六 囲碁。平安貴族にひろく行われた。『源氏物語』（空蟬、竹河など）に碁を打つ場面が描かれている。
一七 碁や双六などの遊戯で勝負を見届けること。審判。「碁打ちたまふとて、……侍従の君、見証したまふとて近うさぶらひたまふに」（『源氏物語』竹河）。
一八 「几帳」は、丁字型の木組みに練り絹（冬）や生絹（夏）などの布を垂らした室内用障屏具。高さ三尺と四尺のものがある。「小さき」というのは三尺のほうか、あるいはさらに小さい几帳を言うか。
一九 額髪のご様子といい、御髪のかかり具合といい。

御髪のかかりなど、いま始めたることにはあらねど、うち見たてまつるごとに、「なほ類あらじ」と見えたまふ御有様のうつくしさは、[一]千夜を一夜にまもりきこゆとも、飽く世あるまじくおぼゆるにも、[二]飛鳥井の宿りはたはぶれにてもあさましくおぼえたまふに、[三]いとどしき涙こぼれたまひぬべければ、紛らはしに、「さて、[四]誰か先をば」など聞こえたまへど、見つけたてまつりたまひて、[五]例のまづ他事おぼしたらねば、[六]大宮も、「なほ」とも聞こえたまはで、「昨夜、内裏よりたびたび尋ねさせたまひしは、いづくにものしたまひしぞ。なほかの侍従の内侍のもとに、[七]消息ものしたまはぬは、ひがひがしきこととむつかりたまふめりき。ここには、ただ何事も御心にまかせてと思ふに、いさや、いかなるべきことにか」とうち嘆かせたまへるも、[八]人の親げなく、若うをかしき御有様なり。

その御答へは、いかにとも聞こえたまはで、「殿の例ならぬ御気色なりつるは、この[九]勘当にこそ侍りけれ。[一〇]洞院の西の対の御しつら

一 秋の夜長を千夜そっくり一夜と見なして見つめつづけ申したとしても。「秋の夜の千夜を一夜になずらへて八千夜し寝ばや飽くときのあらむ」（『伊勢物語』二十二段）を借りた表現。

二 飛鳥井姫君の家。つまりは姫君をさす。

三 源氏の宮のめでたさに打たれ、飛鳥井姫君との関係が後悔されるにつけ、胸のなかが熱くなっていよいよ激しく涙がこぼれ落ちてしまいそうなので。

四 どちらが黒をお持ちですか。「先」は、先手。囲碁などで先に打ちはじめるほうを言う。

五 例によって大宮（堀川の上）は、わが子狭衣のことで頭がいっぱいになり、囲碁どころではなくなった、と言うのである。あいかわらずの鍾愛ぶりである。

六 「大宮も」の「も」は、狭衣を見るなり囲碁どころでなくなった源氏の宮の「碁も打ちさして」以下の態度を承けている。

七 女二の宮づきの女房（五〇頁）。

八 親らしくなく。狭衣中将のような息子のある親とはとても見えない、と言うのである。

九 「勘当」は、譴責すること。おとがめ。

一〇 洞院の上の御殿の西の対の、あの飾りつけは。「しつらひ」は、室内の装飾や調度類の設備を言う。

狭衣は母宮の問いをそらし、話題を転じるのである。

源氏の宮さりげなく隠れ、狭衣は人と話するも心は憂悶に閉ざされる

ひは、何事にか」と聞こえたまへば、（堀川の上）「一一 故后の宮にありける（お仕えしていた）母君の女は、一二 かこつべきゆゑやありけむ（泣きつくだけのわけがあったのだろうか）、母失せて後いとあはれにて（気の毒な状態で）など聞こえたまひけるを（大殿がお話し申されたのを）、かの上（洞院の上）、『迎へとりて（自分の手許に引きとって）、つれづれの慰めにせむ』となむのたまふとぞありし（とおっしゃるとのことでした）。一三 さやうの料にやあらむ。男子の（ご男子で）いとあやしきもあなれど（ごく身分の低い方もあるそうですが）、一四 宮の少将に似たりとて、かの宮の子にしたまふ（中務の宮が自分の子になさる）となむ聞きし。そもさるべきやうやありけむ（それもそうするだけの理由があったのでしょうよ）」などのたまはすれば、（狭衣）「それも殿の御子にてあれな（その男も父殿のお子だとよいのに）。一五 なにがしには似ぬにやあらむ（私には似ないのだろうか）。はらからあまた（兄弟をおおぜい）持たる人こそうらやましけれ。一六 偲ぶべき人だになきに」とて、ものあはれとおぼしたる気色の、一七 げにただ見る人だに心苦しげなる御さまなれば、大宮（堀川の上）、「例のゆゆしきことに口なれたまへるこそ心憂けれ（いつものようにまた縁起でもないことを平気で口になさるのがつらい）」とて、一八「いと忌々しく」とおぼしたるを（母宮は不吉と感じておられる）、（狭衣は）「かばかりのことをだに、かくおぼしたるよ。一九 行末はかばかしかるまじき（期待されるような将来を考えてもいない）心のうちを御覧ぜさせたらば（私の心の中をご覧にいれたならば）、ましていかに（ましてどんなにか）」など思ひつづけらるるに、涙もこぼれぬべし。

一一 母君は亡き皇后宮にお仕えしていた人でその娘は、の意に解するが、「母君の女は」のあたり本文整わぬ。

一二 その娘が生れるには、大殿（堀川関白）に泣きつくだけのわけがあったのだろうか。

一三 そのための準備なのでしょう。「料」は、目的や用途にしたがってあらかじめ用意する物を言う。

一四 中務の宮の子息の少将（二七頁）のことか。坊門の上の兄弟で父式部卿を継いだ式部卿の宮をさすと見る説もある。

一五 自称代名詞の「なにがし」。謙譲の意をこめた男性語。

一六 私が死んでも思い出してくれる人さえないことよ。「偲ぶべき人もなき身はある折にあはれあはれと言ひやおかまし」（『後拾遺集』雑三、和泉式部。『和泉式部正集』には第三句「ある時に」）などと同趣の表現。

一七 ほんに何のかかわりもない人でさえ、お気持に同情して胸が痛くなるようなご様子なので。「ただ見る人」は、狭衣と何の縁故もなくただ傍観するだけの人。

一八 ほんとうに不吉なことを。形容詞の連用形で言いさして、あとは余情に託したのである。

一九 世を味気ないものに思い、ひそかに出家遁世を考えていることを言う。

小さき几帳に宮は紛れ入りたまひぬれば、すさまじくて、端(はし)つか〔源氏の宮はそれとなく姿をお隠しになってしまったので一 縁さ〕
たに人々と物語したまふに、御前の木立(こだち)こ暗く、暑かはしげなるな〔きで女房たちと雑談をなさる折に〕
かに、蟬のあやにくに鳴き出でたるを見出だしたまひて、〔蟬がいよいよ暑さをつのらせるように鳴き出したのを〕

(狭衣)二 声たてて鳴かぬばかりぞもの思ふ
　　身は空蟬(うつせみ)に劣りやはする

など口ずさびに言ひ紛らはして、(狭衣)三「蟬、黄葉(くわうえふ)に鳴いて、漢宮(かんきゆう)秋なり」と、忍びやかにうち誦(ず)じたまふ御声、四めづらしげなき言(こと)なれど、若き人々はしみかへりめでたしと思ひたる、ことわりなり。さばかりあたりまでにほひみちて、向かひたてまつる人はもの思ひも忘るるやうなる愛敬(あいぎやう)などを、ひとへに誇(ほこ)りかにもてなしたまはで、いたく静まりて、五心地(ここち)よげならず、思ふことありげに、のこり多かる御気色にて、折々はもの思はしげに、六心細げなる口ずさびなどのみしたまへば、七荒き夷(えびす)も泣きぬべき御さまなり。
〔目だたぬように　朗詠なさるお声は　心を奪われてすばらしいと興に入っているのは　輝くような美しさが満ちひろがり　心配事も忘れるばかりの魅力などを　一途に　得意げにひけらかすようなことはなさらず　人に知られない心の奥を残しておられて〕

日の暮れゆくままに、八紐(ひも)解きわたす花の色々をかしう見わたさる〔庭一面にほころび始めた草花が色とりどりに〕

一「すさまじ」は、興ざめだ、つまらない、の意。

二 私はどんなにせつなくとも蟬のように声をあげて泣かないだけだ。辛さはかなさはなんであの蟬に劣ろうか。蟬の声を自分の悲しみによそえた例としては、「あはれてふ人はなくとも空蟬のからになるまで鳴かむとぞ思ふ」(『古今六帖』第六)、上句の表現には「虫の音(ね)ぞくさむらごとにすだくなる我もこの夜はなかぬばかりぞ」(『好忠集』)などの類例がある。『宇津保物語』の弾正宮忠康が貴宮(あてみや)を恋うる「三の御子、御前近き松の木に蟬の声高く鳴く折に、かく聞えたまふ。(歌)かしがまし草葉にかかる虫の音よ我だに物は言はでこそ思へ」(藤原君)は同趣の描写。

三 蟬は色づいた林の梢に気忙しく鳴いて、漢宮(漢の高祖の宮殿)の秋はものさびしい。『全唐詩』の許渾(きよこん)の詩。『和漢朗詠集』(蟬)、『千載佳句』(早秋)。

四 耳なれた有名な詩句ではあるが、の気持。

五 どこかご気分がすぐれず、悩みのありげなご様子で。もとより源氏の宮のことが心の奥にあるのを言う。

六 内心の物思いを暗示するような詩歌などを口にするのを言う。

七 情を解さぬ荒々しい東北人でも。情趣人情を解さぬことを強調する譬え。「いみじき武士(もののふ)、仇敵(あたかたき)なりとも」(『源氏物語』桐壺)などと同趣。「夷(えびす)」は、平安時代、東北地方に住む、朝廷に反抗的な人々に対する京都側からの呼称。前九年、後三年両役の影響か、この物語に限らず、「奥の夷も思ひ知りぬべし」(『逢坂

帰途、飛鳥井姫君のもとに通う姫君、狭衣の月影の姿に身分をさとる

るに、袖(そで)[九]よりほかに置きわたす露もげに[一〇]たまらぬにやとながめ出だして、とみにも立ちたまはず。虫の声々[一一]、野もせの心地して、かしがましきまで乱れあひたるを、「我だに[一二]」ともどかし[一三]うおぼされけり。

月出でてふけゆく気色(けしき)に、かのほどなき軒にながむらむ有様も、ふと思ひ出でられたまふ、おぼろけならぬおぼえなるべし。

おはして見たまへば、おぼしやりつるもしるく、蔀(しとみ)などもいまだ下ろさで端(はし)つかたにぞながめ臥(ふ)したりける。「[一四]来ざらましかば」とあはれにて、袖うちかはしこまやかに語らひたまふに、昼の御有様思ひ出でらるるに、よろづにこよなき目うつしなどには、「なにの慰むべきぞ」と思ひ出でられながら、わざと気高くまことしきよりは、なかなかさま変はりたるうちとけなどより始め、ものはかなげにらうらうじ[一五]からぬもてなしなどの、あやしきまでらうたく、見ではえあるまじくおぼせば、「思ふことかなふまじくはあり果て[一六]じと

ほんにわが袖の涙同様乱れ落ちることよと
まるで秋の野面にすだく気持がして
あの狭い軒端にぼんやり思いに沈んでいる飛鳥井姫の有様も
心にお浮びになるのは
やはり並々ならぬ愛情なのであろう
想像なさったとおり
〔飛鳥井姫は〕
もし来てあげなかったならば
袖と袖とを重ね合せて
昼間見た源氏の宮のご容姿が自然思い出されるにつけ
源氏の宮を見た目には万事段違いに映る飛鳥井姫に
という思いが先に立つものの
特に格高く気品のある由緒正しいお方より
かえって様子の違った心安さなどをはじめとして
いかにも頼りなげ
もの慣れない
応接などが
不思議なまでにいじらしく
この女を見ないではいられないと
（狭衣心）源氏の宮への恋が叶えられないなら

越えぬ権中納言』）「いみじからむ荒夷(あらえびす)も泣きぬばかりに」（『浜松中納言物語』）「いみじき夷といふとも、……かならず涙落ちぬべき」（『夜の寝覚』）など多い。

八「紐解く」は、花が咲く、蕾(つぼみ)がほころびる意。「百(もも)草(くさ)の花のひもとく秋の野に思ひたはれむ人な咎めそ」（『古今集』秋上）など。

九 草葉もものを思うのか、我が袖ならぬ草葉に一面置く露も。「我ならぬ草葉ものは思ひけり袖より外(ほか)に置ける白露」（『後撰集』雑四、藤原忠国）を踏む。

一〇「つつめども袖にたまらぬ白玉は人を見ぬ目の涙なりけり」（『古今集』恋二、安倍清行）に拠る表現。

一一「かしがまし野もせにすだく虫の音(ね)や我だに物を言はでこそ思へ」（『新撰朗詠集』虫、曾根好忠）に拠る表現。

一二 自分でさえ胸の思いを言わずに耐えているのに。前引の引歌をそのまま生かした表現。

一三 虫の音にも当り散らしたく思われる。「もどかし」は、非難される様。

一四 引歌未詳。『源氏物語』（常夏）に「『来ざらましかば』とうち誦(ず)じたまひて」とある。

一五「らうらうじ」は「労々じ」。才たけて洗練されている様。飛鳥井姫君は、その反対なのである。

一六 いつまでも生きながらえまいと思う現世に。

思ふ世に、絆(ほだし)[一]とまでやならむ」と思ひつづけらるるにも、例(れい)[二]のもろき涙はまづ知るを、「いかが心得らむ」と、常よりもの嘆(なげ)かしげなる気色(けしき)のあはれなれば、「久しう世にえあるまじき心地のすれば、世の人などのやうなる心ばへなども、ことになくて過ぐしつるを、いかなりける契りにか、はかなく見[三]そめきこえて後(のち)は、見捨てむ[四]ことのあはれにおぼえたまふを、[五]さらばいかがはおぼすべき。『[六]そをだに後の』と、誰言ひけむな。[七]逢(あ)ふには換へまほしかりけるものを」とて、押し拭(のご)ひたまへる袖のすこし濡れたるなど、さやかなる月影に、「これはなほ音に聞きわたる人にこそおはすめれ。我(わ)が身のほどを思ふにも、なほ頼むべき御有様かは。かやうにおぼし捨てざらむほどに、[八]雁(かり)の羽風(はかぜ)にまよひなむこそ心にくからめ」と思へば、[九]げに涙とりあへずこぼれぬるもはしたなくて、顔をふところにひき入るるままに、

（飛鳥井姫）[一〇]
花かつみかつ見るだにもあるものを

まっ先にこぼれるのを　女はどう思っているのだろう　［飛鳥井姫の」
（狭衣）世に生きておれそうもない
世間一般の結婚したり家庭を持ったりなどといった気持も
かりそめにあなたを　見捨てては心から気の毒と思っておりますが
愛しあった思い出をせめて形見にとは　あなたに逢えるなら命も惜しくないと思っているのに
月の光に映える美しい姿に　（飛鳥井姫心）この方はかねて噂に高い狭衣の君でいらっしゃるようだ
お頼りしてよいお立場の方ではない　まだ私をお見捨てにならぬ間に
奥ゆかしいというもの
きまりが悪くて　埋めてうなだれたまま

一　この女（飛鳥井姫君）が出家の足手まといとまでなるのではなかろうか。
二　こらえきれない涙がまっさきにこぼれるのを。涙を擬人化して言う。「世の中の憂きもつらきも告げなくにまづ知るものは涙なりけり」（『古今集』雑下）。
三　「はかなし」は、取り立てて言うほどのこともない意。偶然の出会いを言う。「見そむ」は「見初む」。逢いはじめる意。
四　「おぼえたまふを」は、底本「おぼえ給を」。「給」を丁寧、謙譲の助動詞に読みたいところ。「おぼえたまふ」では、尊敬の助動詞で、狭衣の自敬表現となる。飛鳥井姫君への尊敬ととる説もあるが、やや無理。
五　「さらば」は、「久しう世にえあるまじき心地のすれば…ことになくて過ぐしつるを」を承けて言う。つまりは、私が通わなくなったりしたら、の気持。
六　「飽かでこそ思はむなかは離れなめそをだに後の忘れ形見に」（『古今集』恋四）に拠る表現。
七　「命やは何ぞは露のあだものを逢ふにし換(か)へば惜しからなくに」（『古今集』恋二、友則）を踏む表現。
八　北に行く雁の羽風に誘われて行方も知らず消え去るのが。「かりがねの帰る羽風や誘ふらむ過ぎ行く峰の花も残らず」（『重之集』）など。
九　ほんとうに、そう思った途端に涙がこぼれ落ちるのも。
一〇　こうしてわずかにお目にかかる今でさえ辛い思い

でおりますのに、もはやお逢いすることもできないというのでしょうか。「みちのくの安積(あさか)の沼の花かつみかつ見る人に恋ひやわたらむ」（『古今集』恋四）を踏んだ歌。「花かつみ」は不詳だが、花菖蒲の一種とも言われる。この場面は女から贈歌している。飛鳥井姫君の切迫した心情を強調するのである。

狭衣も姫君もそれぞれの事情を秘めたまま、互いの愛を誓うほかはない

一一 そなたを思う私の愛情は深いのだから、長い年月を経ても仲が途絶えることなどあり得ないであろう。

一二 もしも私が生き長らえるとしたら、私の気持のほどもそのうちにきっとおわかりになるだろう。「心のほど」は、飛鳥井姫君への愛情の深さを言う。

一三 やはり、この家の事情で京を離れなければならないとほのめかして、この方のご様子を見ようかしら。「まし」は、ためらいの気持。

一四 少々でも人並の奥州行きならまだしものこと、と言うのである。「人々し」は、身分や官位などが一人前である様。

一五 ただもう、何処とも言わぬままで消え去ろう。

　　あさかの沼に水や絶えなむ

ものはかなげに言ひなしたる（いかにも心細そうに心をこめて詠みだした）気配など、若びたるものから（初々しく世慣れぬ様子ではあるが）いとらうたし。

（狭衣）「年経(ふ)[一一]とも思ふ心し深ければ

　　あさかの沼に水は絶えせじ

かくいと浮きたることと思ひたまふとも（ほんの一時の気まぐれとお思いになるかしれないが）、ながらへてば[一二]心のほどもいま見たまひてむ。ならはぬなほざりごとなどは（経験のない出まかせなどは）、人に言ふものとも知らざりけり（そなたに言えるものではない）。心よりほかのことおのづからあるとも（自分の意志ではどうにもならぬことがたまたまあるにしても）、わたくしの心ざし（私自身の愛情は）は変はらじとなむ思ふ」など、心深げに（思慮深げに）語らひたまふままに、いとかなしくなりまさりて（飛鳥井姫はだんだん悲しさがつのってきて）、「なほ、[一三]かくなむとやほのめかして、御気色(けしき)を見まし」と思ふも、思ひたつかたのことともすこし（決意した都落ちにしても）[一四]人々しきさまにだにあらず（人並の奥州行きと言える様子でさえなく）、なかなかおぼしやらむにもあさましう（かえって君のご想像になることに対しても）恥づかしければ、「[一五]ただゆくへなくてやみなむ」と思ひとるかたは（決心する気持は）強きものから（強いのだが）、「あさましかりける心のほどかな（あきれ返った心浅さよ）と、しばしはいか（行方知れずになったし）

一　さきにも「袖のしがらみせきやらぬ気色なるに」とあった（四五頁注九参照）。

二　何が起ろうと私の愛は変らない、の気持。「はし鷹のとかへる山の椎柴の葉がへはすとも君はかへせじ」（『拾遺集』雑恋）に拠る表現。「とかへる」は羽毛の抜け変る意。常緑樹の椎も葉替えはするが、あなたは誰とも取り替えないの意。

今姫君登場——洞院の上迎え取って西の対に住まわす　ごく弱気な性質

三　「まことや」は、話の続きを一応打ち切って別の話題に転じるときの発語。感動詞。

四　狭衣と母大宮との間で話題になった、あの（七三頁）。

五　西の対の屋の宝玉のように磨きあげた部屋に。

六　この部屋の主としてふさわしい様子なので。洞院の上の養女にふさわしいお見かけというのである。

七　「おぼろけに」は、並々でなく、の意。

八　人に任せて自然に耐えていきそうでいらっしゃるのを。「忍び過ぐす」は、我慢し通す意。

におぼし出でむずらむ」と思ふに、一せきやるかたなき袖のしがらみを、君は、ただ、「ひとへに若びたるさまにて、我（わ）がゆくへなきもてなしなどを、つらきかたに思ひたる」と心得たまひて、「二とかへる山の椎柴（しひしば）」とのみ契りたまひけり。

三まことや、かの太政大臣（おほきおとど）の御かたには、四この姫君迎へとりたまひて、五西の対（たい）の玉をみがけるに、しつらひ据ゑたまうて見たまふに、あてやかに、六さてもありぬべきさまなれば、年ごろの本意（ほい）かなひて、はればれともてかしづきたまふさま、世づかぬまで見ゆ。殿の内（うち）にも世の人も、「いみじかりける幸ひかな」と賞（め）でけり。

年は二十（はたち）にぞなりたまひけれど、いたくおほどき過ぎて、あまりいはけなくものはかなきさまにて、げに七おぼろけに思ひうしろむ人のはかばかしきなくは、うしろめたげにぞおはしける。心に思ひあまることありとも、色（いろ）に出だしたまふべうもあらず、ことのほかにあさましきことなりとも、人だにもてなさば、八おのづから忍び過ぐ

（傍注）ばらくの間はどんなにか　袖のしがらみではせきとめかねる涙が溢れるのを　まるっきり子供っぽい考え方で　誰ともはっきりさせない扱いなどを　ほんにそうそう　洞院の上は　あの話題の姫君を　部屋飾りも整えてお住まわせになってご覧になると　気品もあり　［洞院の上は］　度はずれて常識をこえるほどに見える　［この姫君を］　えらい幸運にぶち当ったものよ　［姫君は］　並はずれたおっとりさで　あまりにも子供っぽく頼りないまでの人柄であって　親身にお世話をする人でしっかりと後見する人がなければ　いかにも不安げで　表にお出しになることもできそうになく　黙っていられないような論外の事態にぶつかっても　周囲の者がうまく扱いさえすれば

すべくおはするを、よき女のかしづかれたまひたるは〔家柄のよい女で大切にされておられる方は〕かくこそおはすべけれと見ゆるものから〔一応見えるものの〕、あまり埋（む）もれたまへる気色などは〔九 引っ込みがちでおられる様子などは〕、かく一〇はなばなともてなされたまへる御有様（ありさま）には違（たが）ひて、「行末（ゆくすゑ）やいかが見なされたまはむ」〔先々どんな評価をお受けになることか〕と心苦しかりける。

またなきものに思ひかしづかれたりし〔比類なきものと大切に育てられていた〕親の御もとにてだに〔親の御膝下にあってさえ〕、かく一一はるけどころなかりし御心ばへの〔明るいところのなかったお気質が〕、まいてにはかに母にも後（おく）れ、かなしくせし〔愛育してくれた〕乳母（めのと）もうちつづき失（う）せにしかば、心のうちにはいとかなしかりけるに〔ご自分の心の中でたいそう悲しく思ってはいたが〕、まめやかに思ふ人だに添はで〔親身になって心配してくれる人も付き添わず〕、かく知らぬ所に迎へられて、一二ありつかず〔落ち着かず〕、はればれしくもてなされたまふに、いと我にもあらぬ心地（ここち）して、一三ほれまどひたまへり〔途方にくれていらっしゃる〕。

一四失（う）せにし母のなま親族（しぞく）の、一五高きまじらひして〔宮中にご奉公して〕、人数（ひとかず）ならで世にありわぶる〔人数にも入らず不遇をかこっているが〕、さすがにゆゑづきもの見知り顔にて〔それでも一応の教養も積み経験もありげで〕、かたはらいたきもの好み〔度を越えた風流ぶりに〕一六さらずともおぼゆる、ありけり。伯母の尼君〔今姫君の伯母の尼君が〕、かかる人呼びとりて添へたる〔後見に付けたのだが〕、げにゆゑゆゑしげにて〔なるほどいかにも貫禄ありげで〕、一七母代（ははしろ）にしたり〔母代りにした〕。上〔洞院の上も〕ときど

九「埋もる」は、埋没する意から転じて、引っ込みがちである、控え目である、の意。

一〇 洞院の上の西の対で派手やかに扱われていらっしゃるご生活ぶりとは違っていて。

一一「はるけどころ」は、「晴るけ所」。思いが晴れるところ。気晴らしになるはけ口を言う。

一二「ありつかず」は、その場所に落ち着かない、安住しない意。

一三「ほれまどふ」は、「惚れ惑ふ」。どうしてよいかわからず放心状態でいることを言う。

一四 亡くなった母の、親戚と言えば言える程度の遠縁の人で。「なま親族」は、あまり親しくない縁者。

一五「まじらひ」は、宮仕えを言う。「高き」とあるから、おそらく宮中に出仕したのであろう。


今姫君華やかな環境に落ち着かず母代や俄か女房に扱われて茫然自失

一六 そこまで風流ぶらなくてもいいのではないかと思われる女が。過剰な気取りが鼻につくと言うのである。
一七「母代」は、母親代り。

き見たまふに、「いでや」[一]〔これはどうもと母代を目障りに〕とものしく見たまへど、こまかなる御心〔もともと洞院の上ご自身が細やかなお心ではなく〕ざまにはあらで、さすがにおほどかにて〔いかにもおおらかで〕、人の有様などはいたうも〔よくはお見抜きにならず〕見知りたまはず、心をやりて[二]〔今姫君を迎えたことに満足して〕うへばかりはかしづきたまふに、この御母代(ははしろ)ぞ、悪(あ)しくせばかたはらいたきこともありぬべかりける〔悪くするとはた目にもみっともない事態をも招きかねないのであった〕。心[三]にまかせたる作り親どもしたてたる若人(わかうど)の、思ひやりすくなき限り〔思慮分別も浅い侍女ばかり〕、数(かず)も知らず集め候(さぶら)はせて〔招き集めて〕、夜(よる)となれば殿上人(てんじゃうびと)[四]、諸大夫(しょだいぶ)まで出だしあはせて騒ぐ気色ども、いと今めかし〔たいそう当世風である〕。

君〔今姫君は〕はただ赤子(あかご)の襁褓(むつき)[五]に包(つつ)まれたる心地して、あるにもあらずまかせられたまへり〔自分ではわけもわからずされるままになさっていた〕。しつらひ、有様など〔お部屋の飾りつけや〕のめでたく、同じ我が身ともおぼえぬを〔これまでの自分とはとても思われないのを〕、人知れぬ心のうちには、「母や乳母(めのと)〔亡き母や〕などに、これを見せたらましかば〔今の生活を見せたならば何とおっしゃることか〕。[六]いかで人なみなみになさむと明け暮れ言ひ思ひたりしものを。よしなき人にまかせられて[七]〔縁もゆかりもない人に預けられて〕、心に思ふことも言はまほしきこともつつましく恥づかしうて〔遠慮され気おくれがして〕、闇に向かひたるやうにおぼゆること[八]〔暗闇に向って坐っているように〕」と思ひつづけては、忍びてうち泣きたまひけり。されど、

一 「いでや」は、いやもう、さてまあ。感動詞。ここは否定的な気持。「ものし」は、「物」の形容詞化で、見苦しい、嫌だ、の意。

二 洞院の上は、今姫君を養女に迎えたことでご自身が満足して、外向きのことばかりお世話になるので。今姫君の心細い心情や母代たちのやり方にまでは立ち入らないのである。

三 勝手に名義上の親をこしらえて奉公した新米の女房で。勝手気ままに仮親をつくって保証人に仕立てたと言うのである。「若人」は、若い新米の女房。

四 「殿上人」は四、五位で昇殿を許された者。「諸大夫」も四、五位で、親王、摂関、大臣家などの家司に任じられた者。

五 生れたばかりの子に着せる衣服。産衣(うぶぎ)。

六 どうぞして人並に幸福な娘にしたいものと、いつも言い暮していたのに。

七 「よしなき人」は、私を世話する何の理由もない人。母代などの代りに、亡き母や乳母などが居てくれたら、と姫君は嘆くのである。

八 わけもわからず、何の展望もない心的状態を言う。

九　姫君の心の嘆きが外に見えないのである。外見は茫然自失の体。今姫君の特徴である。

狭衣、中納言に昇進　はじめて今姫君の部屋に赴き、低級な雰囲気に驚く

一〇　直し物。京官の除目（じもく）（人事、任命の公事。司召（つかさめし））のあとで、式部、兵部二省に下した召名の誤りを訂正したり、追加任命などを行う公事。古くは除目終了から一月以内に行うのが原則であったが、平安中期ごろから崩れて一定しない。

一一　わが子の中納言昇進が早すぎると心配するのである。例の、親心である。

一二　「よろこび申し」で一語。任官や叙位の御礼を言上すること。

一三　慶事には言動を慎んで縁起を担ぐのが常だが、その余裕もないご様子で。「事忌み」は「言忌み」でもある。縁起の悪い言動を忌み慎むこと。

一四　あの皇后宮家の女房たちも。一条院の皇后宮からも女房たちが多く派遣されていると言うのである。一条院皇后は洞院の上の姉君（一三頁）。

九ただ見るには［外見では］現（うつ）し心（ごころ）もなきやうにて［茫然自失の様子で］ぞおはしましける。

九月朔日（ながつきついたち）ごろ、一〇なほしもののあるに［追加人事の際に］、中将の君［狭衣］、中納言になりたまひにけり。大殿［父堀川関白］一一これをも忌々（いまいま）しげに［不吉なことのように］おぼしたれど、「さのみや」［そう延ばすわけにもいかぬと］とて次第のままに［規定にしたがって］あがりたまふなるべし。一二よろこび申しに［お礼言上のため］、内裏（うち）、春宮（とうぐう）などに参りたまふとて、つくろひたてて［衣冠をととのえて］、まづ殿の御かたに［父殿の御殿へ］参りたまへるに、［狭衣の］かたち有様など、官（つかさ）、位（くらゐ）に添へてゆゆしきにのみ［不吉なまでにいよいよ］光りまさりたまふを、一三事忌みもしあへたまはぬ気色にて、立ち居つくろひたまふ気色ぞ［立ったり坐ったり気ぜわしく狭衣の君のご装束をお直しなさるご様子は］、ことわりにも過ぎてかたじけなくあはれなりける。

太政大殿（おほきおほいどの）の御かたに［洞院の上の御殿へ］参りたまへるついでに［機会に］、この今姫君の住みたまふ西の対の前を過ぎたまふままに、「いかやうにか」［どんな様子か］と気色もゆかしければ［知りたく思ったので］、渡殿（わたどの）よりすこしのぞきたまへば、御簾（みす）ところどころ押し張りて、人々あまた気配してこぼれ出でたり［侍女たちが大勢いる様子で衣装の端々がのぞいている］。「一四かの后（きさい）の宮の人人もあまたなむ渡り参りける」［大勢こちらへ移りお仕え申した］と、人の語りしも心恥（は）づかしう［気おくれがされ］、ま

だ見たまはぬあたりなれば、用意して歩み出でたまへれば、人々見つけて入り騒ぐ気配ども、いともの騒がしきを、あやしと見たまふに、几帳ども奥より取り出でて、がはがはそよそよと立てわたし、裾うち広げ、紐どもの縒らはれたるを、と引きかく引き、二十人ばかりたちさまよひ、つくろひ騒ぐ。衣の音、几帳などの音に、ものも聞こえず。

あわたたしく見つかぬ心地したまへど、「今やそそきやむ」と、ものも言はでつくづくと居たまへば、からうじて几帳立てて後、おのおの衣の裾、袖口、童べの汗衫の裾などの、乱りがはしくなりたるをつくろひ居て、ここかしこより押し出でわたして、やうやうのどまるにやとおぼゆるほどに、几帳のほころびをはらはらと解き騒ぐ音もしるくて、ひとつほころびより五六人顔を並べて、「まづ我見む。まづ我見む」とあらそひたる気配どもの、忍ぶるからにいとかしがまし。

一 奥ゆかしい雰囲気に欠けるのを怪しむ気持。洞院の上の養女ともあろうお方にそぐわないのである。

二 「そそく」は、気忙しく何かをする意。落ち着かぬ動きを言う。

三 女童が宮仕えの折に着用する衣服。身ごろと袖が分れていて、裾を長く引く。

四 「ほころび（綻び）」は、几帳の帷子（掛布）の結び目と結び目の間。ここは、内から外を見ようと、結び目を解いて、さらに「ほころび」を大きくするのである。

五 「左右前後ヲ顧ルニ、粉色土ノ如シ」（陳鴻『長恨歌伝』）に拠る表現。『源氏物語』（蜻蛉）にも「御前なる人は、まことに土などの心地ぞするを」とある。

六 それをお咎めになってお言葉もないのかと、お恨みに存じます。

七 この「おぼろけ」は、並一通り、の意。

八 大勢いつもならばつぎつぎと応酬申しあげる女房たちが、今は誰ひとり。「いしいしと」は、順々に、つぎつぎと。「そこら」は、数量の多いのを言う副詞。板本には「はしはしと」。これならば、てきぱきと、の意となろう。

九 慌（あわ）てて走り逃げる足音がしたと思うと。「そそはしる」は、せわしく動く、いそがしく走る意であろう。「なれ」は伝聞の助動詞。物音でわかるのである。

一〇 「し入る」という複合動詞は無理であろう。「にし入る」を「死に入る」の誤りと見る説に従う。

一一 「あなかま」は、ああやかましい、の意から、人の言動を制止する気持。「かま」は形容詞「かまし（囂し）」の語幹。

一二 あれほどご立派な狭衣中納言の御態度に対して恥ずかしいではないか、の気持。

一三 「制すなり」ならば、「なり」は伝聞推定。制止する声が聞える、の意となる。

一四 いかにもご立派な物腰を崩さず、そっと横目で。「後目」は、目の瞳（ひとみ）だけをそっと向ける目つき。「後目に見おこせたまへるまみ、いと恥づかしげに」（『源氏物語』若紫）など。

からうじて見えたるにやあらむ、（女房ども）「まことにめでたかりけり。あ（ああ）なものぐるはしや。日ごろ見つる殿上人などは、ただ[五]土（つち）なりけり」とささめきあへる、いとをかしうおぼえて、（狭衣）「この御簾（みす）の前は今まで、うひうひしうはべりけるも、[六]咎（とが）めさせたまふべくやと恨みまゐらする」などのたまふ御気配（けはひ）、げに[七]おぼろけの人は、ふと答（いら）へにくげに恥づかしげなればにや、そこら[八]いいしいしと聞こゆる人、御答（いら）へ聞こゆるはなくて、（女房たち）「そそや、まろは不用（ふよう）なり、君のたまへ、君のたまへ」と突（つ）きしろひ、ささめきたちて逃ぐるあるべし。「あなわり（あら）な。ものに狂ふ君かな。まろはまして不用なり」とて、[九]そそはしるなれば、衣（きぬ）の裾をとらふるにや、倒れぬ。きうきうとささめき笑ひ入りて、[一〇]しはぶきにし入るもあり。あるはまた、「[一一]あなかまや、あなかまや。[一二]さばかり恥づかしき御有様に。なべてのほどと思ひたまふか」なども、[一三]制（せい）するなり。

［狭衣は］さまざまあやしき心地したまひて、[一四]後目（しりめ）恥（は）づかしげに見入れつつ、

（傍注）ほんとにすてき／気が変になる／土くれ同然よ／たいそう滑稽に思われて／気恥ずかしくてお伺いもしなかったのですが／いかにも並々の女性では／とっさに／応接もしかねるご立派さだからか／そらそら／わたしは／駄目です／あなたがおっしゃい／互いにつつきあい／ざわめき立って／無茶よ／あなた気が違ったのね／わたしなんかもっと駄目／ばたんと転んでしまう／くっくっと／こらえ笑いに笑いこけて／むせてひっくり返る者もある／静かに静かに／あれほどご立派なご様子なのに／並一通りのお方ではないのですよ／制止する者もある／視線を御簾の中に向けて

一長押（なげし）に押しかかりて居たまへる気色（けしき）（このお部屋の雰囲気には不釣合いな端正さ）、この御簾の前にはあはずぞありける（であった）。なほただ（相変らずただもう）、消え入り消え入り（やたらに恥ずかしがるばかりで）、扇などうち鳴らしつつ二笑ひそぼるる気配ども（笑いはしゃぐ物音どもが）、ものぐるほしければ（常軌を逸しているので）、「こはいかにとよ（〔狭衣〕これはなんということ）。三琉球（うるま）の島の人ともおぼえはべるかな（人のようにも思われることだ）」とて、すこしほほゑみたまふ気色など、御簾（みす）のうち恥づかしげなり。

狭衣、母代と贈答応酬　部屋の乱雑と母代の高飛車な態度に辟易（へきえき）する

四奥より人寄り来て、几帳の前なる人に（侍女に）、「ただ五恨み歌をぱぱと（ぱっぱと）詠（よ）みかけよ」とささめくなれば（耳うちする声が聞えると）、「六わ君ぞながめ声はよき（あなたこそ吟詠の声がすてき）。まろは（わたしはとて）さらに、さらに（もとても）」と笑ひ入れば（笑いこけるので）、「七あなまばゆの色好みや（いやだよ　色好みのくせに恥ずかしがったりして）」とて、肩のわたりを扇していたく（きつく）打つなれば（〔相手の女は〕）、「八答（たふ）には君なし」とてつむなるべし（仕返しは主君にもというわけで相手を抓るようだ）。「悪（あ）しうしてけり（ひどいことをするのね）。痛し痛し。そこは放（はな）て、そこは放て」と忍びあへぬ声（こらえきれぬ悲鳴に）、「いづくならむ（どこをつねるのだろう）」と、（〔狭衣は〕）をかしきに死ぬべければ、立ち退（の）きなむとするほどに、九大人（おとな）しき声の高やかにしたり顔なる出で来て（年輩の女の声で甲高く自信たっぷりのが）、（〔母代〕）「いでや、候（さぶら）ふ人々がらこそ（お仕えする者たちの良し悪しで）、よき人はをかしき名も取らせたまふわざなれ（身分のある女性は優雅な評判もお取りになることです）。かばかりにては若人（わかうど）たち候ひたまはでありぬべ（お側にお仕えなさらぬほうがまし）

一　寝殿造りの内部で母屋（もや）と廂（ひさし）の境として、柱と柱との間を横に渡した木材。上部に渡す上長押（かみなげし）と、下部に渡す下長押（しもなげし）がある。下長押は、坐って腰を凭（もた）せかけることのできるくらいの高さがある。

二　「笑ひそぼる」は、笑いふざける意。

三　まるで言葉の通じないのを譬（たと）えて言うのである。「新羅のうるまの島人きてここの人のいふことも聞き知らずと聞かせ給ひて返りごと聞こえざりける人に（歌）おぼつかなうるまの島の人なれや我恨むるを知らず顔なる」（『公任集』）を踏んだ表現。「うるま」は琉球の古名だが、「新羅のうるま」とあるところなどから新羅の于陵島（鬱陵島）をさすとも言われる。

四　これも女房のひとりであろう。

五　「恨み歌」は、待っていたのにお越しになるのが遅いとか、取りすましておられて取っつきにくいとか、相手に辛さを訴える歌を言うのであろう。

六　「わ君」の「わ」は親愛の気持を示す接頭語。「ながめ声」は、朗吟する声。

七　「あなおもしろの春雨や」式の感動表現。「まばゆ」は「まばゆし（眩し）」の語幹。恥ずかしい意。

八　仕返しには君臣の差別なし、の意の俗諺であろう。底本や古活字版などには「たうしは」とあるが他本により改めた。「答」は、返報、仕返し、の意。

し」（です）と、さすがに忍びて憎みわたして（声だけはひそめて一同を叱りつけ）、〔御簾の側に〕さし寄りて聞こゆ。

（母代）「めづらしき御声こそ（なんともお珍しいお越しで）。一〇おぼし違へたるかとまで（何かのお間違いではないかとまで思われます）。

一一吉野川なにかは渡る妹背山

人だのめなる波のながれて」

と、げにぱぱと（なるほどぱっぱと）詠みかくる気配、舌疾に（早口に）、のど乾きたるを若びやさしだちて（しゃがれ声をことさら若々しく上品ぶって）言ひなす。「これぞこの（この女が）母代なるべき」と聞きたまふ。

（狭衣）一二「恨むるに浅さぞまさる吉野川

深き心は汲みて知らなむ

おぼつかなき心地しはべりつるに（ご挨拶がなく落ち着かぬ気持でおりましたところ）、うれしき御気配と思ひたまふる（お言葉をいただきうれしく存じますが）に、一三ものをこそ悪しざまに申しないたまひけれ」とのたまへば、さはやかに（さらかに）うち笑ひて、（母代）「さらば（お気になさるなら）、今よりの一四見参を（ご訪問を）、まめやかにつとめさせたまへかし（怠らずお励みなさいませ）。一五若き人々の思ひむせぶめれば。一六犬も解きてとかや」と高やかに言ふ。いとあやしきたとひなり（奇妙にこじつけた譬えである）。

「まめやかには（実のところ）、面伏にやおぼさるるとて（お伺いしてはご名誉にかかわるのではと）、今まで参らざりつるを、

九「大人し」は、年輩で重だった立場にある意。

一〇 誰かとお間違いになってお声をかけてくださっているのではないでしょうか。

一一 頼もしい兄とは名ばかりで、期待に反して日ごろは兄妹らしくもしてくださらないお方が、今日はまたどういう風の吹き回しでお越しいただけたのですか。「妹背山」は、吉野川の上流、宮滝の西あたりで、川を挟んで相対する。妹背（兄妹）を利かせた発想で、川の縁語仕立ての歌。「流れては妹背の山の中に落つる吉野の川のよしや世の中」（『古今集』恋五）などを踏む。

一二 私をお恨みになるお言葉で、お心の浅さがよけい見えることです。私の深い心をよく汲み取ってほしいものです。同じく、川の縁語構成で応酬している。

一三 私がご挨拶に伺ったことを、何か悪いことのようにお取りになっておいでのようなお言葉ですね。「申しない」は「申しなし」のイ音便。

一四「げんざん」の撥音の無表記。参会、伺候の意。

一五 あなた様のお姿見たさに、若い侍女たちが涙にむせんでいる様子だから。

一六 犬も綱を解いてやって初めてお役に立つ（侍女たちも開放して初めて気分よく勧める）意か。「犬もどきて」と読み、狭衣の言葉が、まるで犬の虚勢を張って吠えるようだ、とする説もある。当時の俗諺らしいが、ぴったり来ないところに面白味がある。

狭衣、はじめて今姫君と顔を合わす
周囲の人々に比しやや好感を抱く

今日は[一]変はるしるしも御覧ぜられむとてなむ。御前にかくと聞こえさせたまへ。この[二]御簾の前はならひはべらねば、はしたなく思ひはべれど、[三]恪勤の薄さに、今日ばかりは慰めはべるを、今より後ぞ恨みきこゆべき」とて立ちたまふに、[四]荻のうは風荒らかに吹きこしたるに、にはかに御簾を高く吹きあげて、几帳も倒れぬれど、とみにひき直す人もなし。

「あなわびし。あれを見たまへ、あれを見たまへ」と言ひつつ、我も我も衣をひき被きつつ、ひとつにまろがれあひたるほどに、のどのどと見入れたまへば、[五]香染に鈍色の単衣、紅の袴の黄ばみたるを着て昼寝したる、人々の騒ぐにおどろきて、[六]あうなく起きあがりたるに、いとよく見あはせて、あさましきにや、とみにうち背きなどもせずあきれたる気配、顔はいとをかしげなり。「心なのさまや」とは見えながら、「女房の有様どもよりは、こよなく見つべかりけり」と思ひましたまひつ。「[七]かの兄のかこちけるゆゑにや、少将に

一 中納言に昇進したので、それらしく正装したところを。これまでは地位も低いので御遠慮したが、昇進した機会にご挨拶にうかがったと断るのである。

二 兄ともあろう者を、御簾の前に長く待たせる失礼を暗に咎めているのである。

三 これまでご挨拶にあがらなかった罰と思って。「恪勤」は、怠けずに勤めること。精勤。

四 一陣の秋風が強く吹くと、荻を伏しなびかせながら庭前を越えて。このような強風のとき、心ある簾中なら、「御簾の吹き上げらるるを、人々押さへて、いかにしたるにかあらむ、うち笑ひたまへる」(『源氏物語』野分)などとあるところ。風ではないが、ここに似た表現は「猫は、まだよく人にもなつかぬにや、……逃げむとひこしろふほどに、御簾のそばいとあらはにひき開けられたるを、とみにひき直す人もなし」(『同』若菜上)。

五 香染(丁子の木の煎汁で染めた、ほんのりと赤みを帯びたベージュ)の内着に、鈍色(かすかに緑や茶の色気を持つグレイ)の単衣を上に着て。今姫君が亡き母の服喪中であったことを示す衣服である。

六 「あうなし」は「奥無し」。思慮がない、軽率である、の意。

七 今姫君の兄が中務の宮の養子になったとき、中務の宮の少将と似通っていたことが極め手であった(七三頁)。狭衣もまた彼を基準にして今姫君を見ているのである。

八 源氏の宮に似た境遇の人（だから源氏の宮の代りにはなるかも知れない）と、すぐに源氏の宮への思慕と結びついて心の動くのが情けない。狭衣の自省である。「様のもの」は、同様のもの、同じさま。

堀川関白、洞院の上の今姫君迎え入れにつき、狭衣に弁明する

九 表向きの華やかさに比して、内々の様子がどうにも腑(ふ)に落ちないのを。堀川関白は、自身はまだ今姫君を見ていないが、気になる情報はすでに得ているのであろう。

一〇 昨日の、狭衣中納言のお顔を見よう見ようと几帳の隙間を争った女房たちの狂態を言う。

一一 狭衣の笑いをこらえる様子があらわと、父殿はお見抜きになっているのだろう。挿入句（はさみこみ）。

一二 現に私には子どもが少ないし、洞院の上との間には子がいない、それにしても、その補いに召し出すことなどはしないのに。「くさはひ」は、物事の種、材料。ここは、補いのもの、ぐらいの意。

一三 洞院の上の養女にまでなって居着いたものか。

〔将に〕ぞいとよく似たりける。殿の御子とは〔父大殿のお子とは〕言ふべくもあらざりけり〔言えそうもない顔だちだったよ〕」と見るに、ただならずや思ひたまふらむ〔お心が動いておられるのか〕、「様(やう)八のものと、あやしの心ばへや」と、我ながら心づきなし〔我と我が心ながら気に入らぬ〕。母代(ははしろ)からうじて几帳起こしつれば、立ちのきたまひぬ。

またの日〔翌日〕、殿の〔父関白の〕御前にて、昨日(きのふ)のことどもなど〔お礼言上の挨拶回りの件などを〕申したまふついでに、〔(関白)〕「かの洞院にはものしたりきや〔ご挨拶にあがったか〕。西の対に住むなる人をこそ〔住んでいると聞く姫君を〕、まだとぶらはね〔私はまだ訪ねていないが〕。いかやうなる気色(けしき)か見ゆる」とのたまふ。九うちうちの有様のいとあやしきを、「子ながらもいかが見たまふらむ〔わが子とはいえ中納言はどうご覧になっているだろう〕」と恥づかしうおぼすなるべし。一〇几帳のほころびあらそひし透影(すきかげ)ども、思ひ出でられて〔おのずと思い出されて狭衣は〕いとをかしきを、一一念ずる気色やしるく見たまふらむ、うち笑ひて、〔(関白)〕「よしなきもの扱ひ好みたまふほどに〔よせばいいのにおせっかいをお好みになるものだから〕、誰(た)がためにもなかなかなることやとこそ見ゆれ〔かえって面白くない結果になりはしないかと心配だ〕。年ごろもかく言ふものありとは〔私の子供などと言う者がいるとは〕聞きしかど、おぼえぬことなれば〔身におぼえのないことなので〕、一二かやうの人なきくさはひにも取り出でぬものを、なにのたよりに〔どういう伝手で〕一三かくまでもありそめにけるにかと、ありつかずや」とうめきたまふも、げにとは聞けど、あさましとあきれたりし顔は、[一]さすが憎むべうもあらざりつれば、[二]「つれづれにおぼされむに、他人(ことひと)よりはなどてか悪しうも侍らむ。たしかなる名ざしにて、[三]とかくさすらへたまはむもいとほしうはべるべし」とぞのたまふ。「いさや、かく言ひそめけむもおぼえなくぞあるや。夜目に見しかば、[四]宮の中将にこそいとよく似たりしか。[五]兄(せうと)のしれ者あなり。それも[六]かの宮の御子とぞ言ふなる。[七]これもさなるべし」などのたまふ。

[八]まこと、かの飛鳥井(あすかゐ)には、[九]乳母(めのと)みな出で立ちて、君をさへひき具(ぐ)せむもいと心苦しう、さりとてとどむべきならねば、さすがに思ひ嘆くに、[一〇]人知れぬ音(ね)のみ泣かれて、「誰を頼みてかは立ちもとまらむ。[一一]山より深き谷に入らむも、さてこそは」など思ひはつるも、[一二]我[一三]が心と思ひ離れきこえむことは、忍び難くあはれにおぼゆるも、[一四]かつはことをこがましき心と思ひたる気色の、いといとほしきを見る

（傍注）こちらのほうが落ち着かない／もっともなことと／昨日のきょとんと呆れていた今姫君の顔は／なんで悪いことがございましょう／(狭衣)／はっきりと父殿の子と名のっていて／(関白) いやね／そもそも私の子だと言いはじめたというのも腑に落ちぬのだ／夜ではあったが私の見たところ／その男も／言うと聞く／さて／飛鳥井姫をまで／〔独り姫を京に〕／〔乳母は〕／〔飛鳥井姫は〕／誰を頼りに／京にとどまれよう／深い谷底に身を投げるのも／こんな時なのでは／自分の心から見切りをつけあの方とお別れするのは／一方ではまたあの方の妻になどとは身の程を知らぬ心と／いじらしいのを

一　とても憎めそうもないものだったので。狭衣は周囲の人々の嗜みの無さには辟易したが、その周囲とは無縁な今姫君の孤独を直感している。

二　母宮や坊門の上と違ってお子のいない洞院の上は所在なくお思いでしょうから。**「他人よりは」は、ほかの人よりもこの今姫君なら、の気持。**

三　あちらこちらと不幸にさまよい歩くというのも気の毒なことでございましょう。

四　さきに「宮の少将」とあった(二七、七三頁)。「中」は「少」の誤りか。宮の少将も、今回の「直しもの」で中将に昇進したか、との説もある。

五　今姫君の兄弟でひどいのがいるそうだ。「しれ者」は「痴れ者」。愚か者。

六　宮の少(中)将の父、中務の宮。(七三頁)

七　この今姫君も中務の宮のお子であろう。

飛鳥井姫君、去就に窮して悲嘆にくれる　乳母、狭衣の通うのを嫌う

八　「まことや」(七八頁注三)に同じ。

九　乳母をはじめ皆が陸奥に旅立つ気持になっているのを言うのであろう。

一〇　人知れず声を忍ばせて泣くほかはなく。

一一　「世の中の憂きたびごとに身を投げば深き谷こそ浅くなりなめ」(『古今集』誹諧歌)、「世の憂き目見えぬ山路へ入らむには思ふ人こそほだしなりけれ」(『同』雑下、物部良名(もののべのよしな))。

に、「さらば、なにかは下らせたまふ。京にも、たよりなくてひとりとどまらせたまはむこそ、[一五]うしろめたなうもはべらめ、また我もいかにともおぼしめさめ。[一六]女は千人の親、乳母益(やく)なし。御男(をとこ)のおはせぬほどなり。まいてかくやむごとなく、もの頼もしき人にもおはすなり。御心ざしいとねんごろなるを、ひき離れて、かかる東路(あづまぢ)に立ち添ひたまはむ、[一七]いとあるまじうかたじけなし」など、[一八]さすがにあるべきことをば言ひながら、いかに思ひかまふることかあらむ、この人のおはする宵(よひ)、暁(あかつき)の門(かど)も心やすからず、[一九]鍵失ひがちにもてなし、つぶやく気配、御供の人々聞きて、めざましうあさましきに、踏(ふ)みこぼちて入りなまほしき折々(をりをり)ありけり。殿にも忍びて、「誰と思ふにか。かくなむ」と申せば、「女の気色(けしき)のあやしうのみあるは、[二〇]この見し灯影(ほかげ)の女の、ありし法師に取らせむとてするなめり。[二一]さやうのことに思ひむすぼほれたるなめり」と心得たまふ。いと心づきなくゆゆしけれど、女君の有様(ありさま)のあやしく

(乳母)それほど未練なら　なんでお下りになることがありましょう
私の方でも心配でございますし　ご自身でも不安に思われることでしょう
ましてあのお方はご身分も立派で　頼りがいのあるお方であられるとのこと
ご愛情も　「そのお方から」　辺鄙な　東国へご一緒なさるのは
一応は姫のこれからを心配する言葉を口にしながら　裏でどう策謀をめぐらすことがあるのか
狭衣の君が　門のあけたても穏やかでなく
ぶつぶつ文句を並べる態度を　心外で腹立たしいあまりに
踏み壊して入ってしまいたいと思う
狭衣の君にもそっと　(従者)こちらを誰と　(狭衣心)
いつも腑に落ちないのは　あの　いつかの威儀師に女を与えようとして邪魔だてするのだろう
苦しみ悩んで心が晴れないのだろう
不愉快で　不吉な予感がするが　納得のいかな

一三 絶望的になるにつけても。「思ひはつる」は「思ひ果つる」。底本は「思ひはべる」とも読めそうだが、それでは会話的になり、整わない。

三 飛鳥井姫君に、自分から狭衣に別れる気持にははやなれない女になってしまっている。

一四 一方では、身分のかけ離れた狭衣に添えるかといえば、自問するだけでも愚かしい心と、自嘲だけがはね返ってくる。飛鳥井姫君の内心の苦悩がにじむ。

一五 「こそ」の結びが、「…はべらめ」「…おぼしめさめ」と並立していると見る。「我もいかに」の「我」は、姫ご自身の意と解した。

一六 女が恋をしたとなったら、親や乳母が何人いようとまったく役に立たないもの、親の愛情も乳母の世話も娘時代までの話、ときめつけるのである。当時の俗諺かも知れない。「千人の」は誇張表現、「男」は夫。

一七 あってはならないこと、おそれ多いこと。

一八 「さすがに」は、いかにも親身な乳母らしく一応は、の気持。

一九 鍵が見当らないなどと口実をつくっては時間をかけて待たせるのであろう。

二〇 あの最初の夜に見た灯影の女が。乳母を言う。

二一 さすがの狭衣も、飛鳥井姫君の追いつめられた窮状には思いいたらないのである。

のみ見ゆるは、「いでや、さらば」とてやむ[一]べくもおぼされねば、「いかにせまし[二]。殿に候(さぶら)ふ人々のつらにてやあらせまし」と思へど、「[三]人知れず思ふあたりの聞きたまはむに。たはぶれにても心とどむる人ありと、いかで聞かれたてまつらじ」と思ふ心し深ければ、さもえあるまじ。さらでは、さすがに[四]ここかしこと扱ひたまはむも、え「いかにぞや」とおぼされつつ、「いまおのづから我と知りなば、厭(いと)はじ。隠ろへぬべき所もありぬべくは、有様(ありさま)に従ひて」とおぼすなるべし。

女君にも、「老人(おいびと)[五]の憎むなるべしな。ことわりなりや。頼もしげなりし法(のり)の師をひき違へて、かくものはかなき身のほどなれば。音(おと)[六]無(な)しの里尋ね出でたらば、いざ給へよ。わづらはしき人のさすがあれば、しばし人に知らせじと思ふほどに、かくおぼつかなくあだなるものにおぼしたるもことわりなり。我は、何事にてかはあながち[七]に知られじとは思ひたまふべき。言ひ知らぬ賤(しづ)の女(め)なりとも、これ

一 姫君との関係をきっぱりと断ち切ることもできそうになくお思いになるので。

二 父関白邸に宮仕えをさせて、女房たちのなかに居らせるのがよいだろうか。愛人の処遇として、侍女にして手近なところに置きたいと考えるのである。当時の上流貴族として常識的、常套的な手段であった。狭衣と飛鳥井姫君との身分の懸隔が露骨に示されている。「まし」は、ためらいの気持。

三 人知れず胸を焦がすあの人（源氏の宮）がお耳にされるかも知れない。「もしもお耳にはいったら」と言いさした表現。狭衣のためらいの真因はここにあり、狭衣の心のなかにおける源氏の宮と飛鳥井姫君との比重の差がはっきりとうかがえるところである。

四 手近に出仕させて関係を続けることができないとなると、あとは隠し妻にするほかはないが、あちらこちら隠し場所を見つけて連れまわるというのも。

狭衣愛を語るも、なお姫君の不安は消えず　姫君、狭衣の胤を宿す

五 「老人」は乳母をさす。

六 「音無しの里」は、ここは、誰にも知られない隠れ家のこと。「恋ひわびぬ音(ね)をだに泣かむ声立てていづれなるらむ音無しの里」（『古今六帖』第二。『拾遺集』恋二にも。ただし小異あり）、「音無しの里求めまほしきを」（『源氏物語』宿木）。

七 強いて自分のことをあなたに知られまいなどと考

えましょうか。「たまふ」は下二段、丁寧、謙譲の意と取る（下二段「たまふ」の終止形は稀ではあるが）。
八 あなたが浮かぬ顔で嘆いてばかりいるのは、なんといっても私への信頼が薄いせいであろう。
九 狭衣の言葉のうち「音無しの里尋ね出でたらば、いざ給へよ」を承ける。「わびぬれば身を浮草の根を絶えて誘ふ水あらば往(い)なむとぞ思ふ」（『古今集』雑下、小野小町）に拠る。飛鳥井姫君の本音である。
一〇 二人の間を許さぬ人がいるなどとおっしゃることよ。「は」は詠嘆の終助詞。狭衣への不安、不信の心。
一一 「いざ給へよ」などというお言葉だけにすがって。
一二 かりに奥州行きが安心のできるものであったとしても、どうしてこのお方との別れの悲しくないことがあろうか。
一三 所詮、私はむなしく泣くばかり。引歌未詳。
一四 「うたてげ」は、異様だ、怪しげだ、の意。女君が暗く沈みきっている様子と解した。先の「女の気色のあやしうのみある」「女君の有様のあやしくのみ見ゆる」（八九頁）をさらに強調すると見る。あるいは「うらたげ」などの誤りかも知れない。「いと心ぐるしうらうたげなり」「いとらうたげなり」の諸本もある。
一五 懐妊したことを言う。
一六 いったいどうなさるおつもりなのですか。

より変はる心あるまじきを〔から心変りするつもりはないのに〕、なほ頼む心あるまじきなめり」と恨みたまへば〔(飛鳥井姫)〕、「誘ふ水だにあらましかば〔ほんとうに誘ってくださるのだったら〕」と、ものあはれに思ひて、「この〔あの〕別当の少将と思はせたまへるなめり〔信じさせようとなさっているのだわ〕。制すべき人ありなどのたまふは」と思ふにも〔と不安に思うにつけても〕、かりそめにうち頼みて、行くべきかたを思ひとまらむことはあるまじう〔東下りを思いとどまることは〕おぼえながら、いとかくめでたき御有様にて、なつかしうあはれに語らひたまふを〔お約束なさるのだから〕、行くかたの目やすからむにてだに、いかでかはあはれならざらむ。「森(もり)の空蟬(うつせみ)」とて涙こぼれぬべきを、紛らはしたる気色(けしき)、いとどうたてげなり〔いっそう暗く沈んで見える〕。

かくいふほどに、この女君ただにもあらずなりにけり〔普通の身体ではなくなってしまった〕。うちはへてものをのみ思ひて〔毎日ずっと物思いにふけってばかりいて〕、ありしさまにもあらぬ気色なるを〔以前とはすっかり違った様子なのを〕、誰もただこの御出で立ちを思ひ嘆きたまへると見るに〔この東国行きを嘆き悲しんでおられると〕、しるきことどもありて〔懐妊とはっきりわかる徴候もあって〕、乳母(めのと)も見知りて、「いで〔(乳母)〕、あないとほしや〔なんとお痛わしいこと〕。かくさへなりたまへるものを〔お子までお宿しになっているのに〕、いかがせさせたまはむずる。君になほ聞こえあはせたてまつりたまひて〔あの方にやはりよくご相談申しあげなさって〕、御気色にこそ従ひたまはめ〔ご意向に従われるのがよろしいでしょう〕。かくなりたまへると聞きたまひては、よもあだあだしくも思ひたまはじ〔まさかいい加減にもお考えにはなられますまい〕」と言へど、「いかなりとも頼むべき有様ならばこそあらめ〔（飛鳥井）どんな場合でも頼りにできる事情であれば相談もしましょうが〕。見えぬ山路のみこそよからめ一」と言ふものから、「げに〔心中には〕、かくさへなりにけるを〔子を宿すまでに〕、つゆ〔全く〕知らせでやみなむこと〔あのお方にお知らせせぬまま別れてしまうとは〕」など、いみじう〔ひどく悲しく〕おぼゆれど、かけてもまいて言ひ出づべきにあらねば〔懐妊のことなどまして口にすることもできないので〕、日を数へつつ泣き嘆くよりほかのことなし。

飛鳥井姫君をめぐり話はやや遡る
——式部大夫（道成）の登場

この殿〔狭衣〕の御乳母（めのと）、大弐（だいに）二の北の方にてあるなりけり。子どももあまたあるなかに、式部三の大夫にて、来年四官（つかさ）得べきが、かやうの人などのなかには〔受領階級のなかでは〕、心ばへかたち目やすくて、すきずきしう色好むありけり〔いかにも風流で色好みの男があった〕。「いかなりともかたちすぐれたらむ人を見む〔容色すぐれた女を妻にしたいものだ〕」とて、妻（め）もなくて過ぐす（す）に、この女君〔この飛鳥井姫が〕太秦（うづまさ）に籠（こも）りたりけるをのぞきて見て、思ふさまなりければ〔理想通りの女〕、消息（せうそこ）などしけれど〔手紙などをやったのだが〕、みづからは聞き入れぬに〔姫君自身は耳をかさぬのに〕、この乳母はいと耳つき五におぼえけれど〔耳寄りな話と〕、ただ今六〔その時は〕かく頼む僧の言ひ契（ちぎ）りたれば〔威儀師が将来を〕、えいなむまじうて〔それを断りにくくて〕、たちまちのうけはせねど〔大夫の申し出に即座の承知はしないものの〕、「官（つかさ）など得て〔任官などさ〕

一 憂き目の見えぬ山路に隠れることだけが私のとるべき道だろう。「世の憂き目見えぬ山路へ入らむには思ふ人こそ絆（ほだし）なりけれ」（『古今集』雑下、物部良名）。

二 大宰大弐の奥方に当る人。大弐は、大宰府の次官。参議または二、三位の人が任じられる。

三 式部省の三等官（大丞）で、特に五位に叙せられた人の称。

四 来年には国司にも任ぜられようという地位にある男で。「官」は「司」と同じ。国の守をさす。

五 「耳つき」は、聞いてみたいこと、の意。耳寄り。珍しい言葉である。

六 その当時は。その時点における現在。

下りたまはむほどには（れて任国へお下りになるころには）、さもや（お望みのようにも）」など契りけるに、かくことども違（先刻ご承知の事情で目算）ひて（が狂って）、身は頼りなし[七]、なま公達（きんだち）[八]のいたう隠ろへて（ひどく世間をはばかって）、夜々ときどきおはするを、いとふさはしからねば（なんともふさわしくない相手と思って）、「東男（あづまをとこ）[九]につきてや往（い）なまし（下ろうかと）」と〔姫君を〕おどすなりけり（という次第であった）。

式部大夫、筑紫行きを機に飛鳥井姫君を望むこと急　乳母もこれに同心

されど、この式部大夫、「親の供に筑紫へ下るに（父大弐の供をして）、思ふさまなら[一〇]む人をなむ率（ゐ）てゆかむとする」と言ひおこせたるに（言ってよこしたので）、〔乳母は〕いと思ふさま[一一]なる心地（ここち）して、「別当の御子少将の通ひてあるなれど（姫の許に通っていると聞くが）、乳母うけひかずなむむつかる（姫の乳母が承知せずに腹を立てている）」と言ふ人のありけるをよろこびて[一二]（告げる人のあったのを喜んで）、〔大夫が更に〕消息（せうそこ）したりけるに、寺にてはあるまじきさまを聞こえしを（太秦ではお断りしたのに）、〔今や〕乳母思ふにめでたくおぼえて、あづまも思ひとまりて（東国下りも思いとどまって）、（乳母）「まことにさもおぼさば、しばし君には（姫君には）聞かせたてまつらで、下りたまはむほどに（いよいよあなたが筑紫へお下りになる時に）迎へたてまつりたまへ」と言ひければ、〔大夫は〕いみじうよろこびて、（大夫）「さやうのほそ公（きん）達（だち）[一三]（今通っている）にかげ妻（め）にておはせむよりは（隠し妻でいらっしゃるよりは）、ただ心みたまへ（私の申し出を試してみて下さい）。おとど[一四]の御幸ひにてこそおはせめ（ご幸運にきっとなるでしょう）」など、ことよく語らふ（言葉巧みに相談をもちかける）。

七　乳母自身、生計のめどのたたぬ折からではあるし。
八　生半可な貴公子が。「なま（生）」は、未熟、若輩の意を添える接頭語。乳母側からの狭衣評である。
九　乳母の奥州行き決意は、狭衣を嫌い姫君を脅す口実でもあった、と言うのである。

一〇　理想的な女性を妻として伴って下ろうと思う。もとより、飛鳥井姫君を早く妻にしたい気持からの言。
一一　渡りに舟の心境で。あとの「乳母思ふにめでたくおぼえて」と、やや重複の感がある。
一二　誰か情報を伝える人があったので。乳母の家人であろう。

一三　「ほそ（細）公達」は「なま公達」とほぼ同義。「かげ（陰）妻」（巻三にも「いでや、さやうのなま公達のかげ妻にて、益なし」とある）とともに、あまり物語文学にはあらわれない語。
一四　「おとど」は、ここは婦人の敬称。乳母に敬意を表しているのである。

出で立ちのものなど、げによげにいとよくおこすれば、心ゆき果てて、上下の人もとめなどしけるに、式部大夫のもとよりは、「下りも近うなりにけるを、さば違へたまふな」と、日に千たび言ひおこすれば、「あなまがまがし。よに違へはべらじ。その暁に御車を賜へ。さりげなうて、ふと渡したてまつらむ」と言ひやりて、心のうちにはみな出で立ちたり。

乳母、飛鳥井姫君に奥州行き中止を告げる　偽りと知らず姫君やや安堵

君には、「出で立ちはとまりぬ。ただならずさへおはしますに、いと心苦しうて、このたびは言ひ放ちてやりつるなり。今はとかくおはしまさむを見てぞ、いづちへもまかるべきなめり」と、心ゆきたるさまにて言へば、女君、まことと思ふに、心すこし落ちゐぬ。うちはへ心地さへ悪しかりつるも、「惜しからぬ身は、疾ういかにもなりなばや」といそがれつるを、かくなりにけりと聞きあらはして、あはれなりける契りかなと思ひ知られて、憂き身とのみ思ひ入られつるを、すこしいたはしう思ひなるもあはれなり。

一 旅立ちに必要な品々。
二 乳母はすっかり満足しきって。
三 飛鳥井姫君づきの侍女から下働きの下女まで。
四 一日のうちに何度も何度も。
五 今回はきっぱりと断ってやったのです。「陸奥の国の奥の佐官」（六八頁）からの縁談のことを言うのであろう。
六 惜しくもない我が身は、一刻も早くどうにでもなってしまいたい。絶望的だ、死んでしまいたい、の気持。
七 つい死に急ぐ気にもなっていたのだが。
八 「かく」は、狭衣の胤を宿したことをさす。「聞きあらはす」は、聞き出す意。聞いてはっきりと知る、の気持。
九 つい思い込んでいたのを。「思ひ入る」は、深く思う、思い詰める意。「れ」は自発の助動詞。あるいは「思ひ焦られつるも」かも知れない。それならば、思い込んで苛立っていたのを、の意。「思ひ焦らる」は、苛立つ、いらいらする意の複合動詞。

狭衣、風雨を冒して通う　飛鳥井姫君に寄り添い、変らぬ愛を誓う

一〇 野分だちて（野分めいて）風の音あららかに、一一 窓打つ雨も（窓を打つ暗い雨の音も）もの恐ろしう聞こゆる宵の紛れに、例の（狭衣はいつものように）いと忍びて紛れ入りたまへり。いつも（お通いの折はいつも）一二 なえなえとやつれなしたまへるに、雨にさへいたうそぼちて（ひどく濡れて）、にほひばかりは（たきしめた薫香のかおりだけはあたりいっぱいに）いとところせきまでくゆりみちたるを、となりの山がつども（隣り近所の身分の低い者たちも）一三 もあやしがりけり。（狭衣）「かやうの有様は、まだならはざりつるを（まだ経験がなかったのに）。人やりならぬわざかな（これも自業自得だがね）」とて、濡れたる御衣解きちらして、（狭衣）一四「ひまなくうち（隙間もなく衣を）重ねても、心よりほかに隔つる夜なのわりなきを（心ならずも通えぬ夜々がむやみにつらく思われるが）、さは思ひたまふや（あなたもそう思われるか）。かばかり人に心とむるものとこそ（女性に心惹かれるものとは）、ならはざりつれ」など、尽きせず語らひたまひて、

（狭衣）一五「あひ見ては袖濡れそむるさ夜衣
　一夜ばかりも隔てずもがな

一六 わりなき心焦られなどは（押えようもない苛立ちなどは）、いつならひけるぞとよ（いつ覚えたことか）」とのたまへば、

（飛鳥井姫）一七 隔つれば袖ほしわぶるさ夜衣
　つひには身さへ朽ちや果てなむ

一〇「野分」は野の草を分けて吹く強い風。台風。「だつ」は、…のように見える意の接尾語。

一一 白楽天の「秋ノ夜長シ　夜長クシテ眠ルコト無ケレバ天モ明ケズ　耿耿タル残ンノ燈ノ壁ニ背ケタル影　蕭蕭タル暗キ雨ノ窓ヲ打ツ声」（『白氏文集』巻三「上陽白髪人」。『和漢朗詠集』秋夜）を踏む表現。『和泉式部日記』にも「よもすがら何事をかは思ひつる窓打つ雨の音を聞きつつ」。

一二 着馴れて糊気のない目立たぬ服装に着替えていらっしゃるところに。「なえなえ（萎え萎え）」は、衣類の着馴れて糊気がなくなり柔らかな様。「やつる」は、狭衣中納言とわからぬよう目立たぬ服装をするのを言う。「やつれなし」の「なし」（終止形「なす」）は、わざわざ…する、の気持。接尾語。

一三 主知らぬ芳香におどろくのを言う。

一四 隙間もなく着物を重ね肌を合わせて抱き合う意。

一五 心ならずも夜を隔てることがあるせいか、お逢いするや否や見る見る涙に濡れてしまいます。たった一夜の隔てもなくいつもお逢いしたいものです。

一六 逢えない夜の焦慮感を言う。

一七 お越しのない夜は涙の袖を干し兼ねて嘆いております。このままではしまいには身体まで濡れ腐ってしまうことでしょう。

と言ふもものはかなげなり。

（狭衣）　一この世の無常こそ気にかかるが　二まる

「よし、見たまへよ。世のはかなさなどこそうしろめたけれ、名残

つきり忘れる心などは　三どんな男のできることか

なき心などは、いかなる人のつかふわざにか」などのたまふを、

（姫）さあそれはどうかしら　四打てばひびく応酬のあるわけでもなく

「さしもあらじ」など、かどかどしきさまにもあらず、五心のうちに

態度には　男君と同じ心のように振舞って　男君がこ

はいかならむ、目の前はただ同じ心なるさまにもてなして、かくた

のように素姓をはっきりとお明かしにならないのも　無理に　追及

しかに言ひ知らせたまはぬをも、とやかうやとあながちにも尋（たづ）ね知

したりもせず　我が身の去就をも　口にしたりはしないものの

らず、また我が身のゆくへも、さりとてうちとけ言はぬものから、

かわいらしい様子で　不思議なほど真実可憐その

なよなよとらうたげにて靡（なび）きこえたるさま、あやしうまことにら

ものに思われるのを　なじむままに　この上ないご身分の方々

うたげなるを、見つくままに、限りなき人々の御有様（ありさま）にも劣るまじ

くて、忘るべきものともおぼされざりけり。

六いつものように暁近く　ご自分のお部屋に

例の夜深く帰りたまひて、我が御かたに臥したまひて、すこしま

この飛鳥井姫が

どろみたまへる夢に、この女の我がかたはらにあると思ふに、腹（はら）の

常になくふっくらとしているのを　（狭衣心）これはどうしたこと

例ならずふくらかなるを、「こはいかなるぞ。かかることのありけ

子を授かるまでの

るを、など今まで知らせたまはざりける。かかる契りもありければ、

夢――姫君の懐妊、「行くへなく」の詠の夢に狭衣の心騒ぎ、消息する

一「世のはかなさ」は、避け得ない死をさす。「こそうしろめたけれ」で、気がかりではあるが。逆接。

二 そなたを、名残りなく忘れ離れる心などは。

三 私にはとてもできない、あり得ない、の気持。

四「かどかど（才才）し」は、気が利く様、才気のある様。

五 心のなかではどんなに切なく思っているか、それはわからないが。挿入句（はさみこみ）。

六「夜深し」は、明方近く、まだ夜のけはいが消えやらぬころを言う。

なにか（なんで）行末（ゆくすゑ）をも疑ひたまふ（お疑いになることがあろうか）」とて、夢のうちにもあはれと（しみじみいとおしいと）思ふに、この女、

（飛鳥井姫）[七]
行くへなく身こそなりなめこの世をば
　あとなき水を尋ねても見よ

と言ふと（と詠むと）おぼすに（ご覧になったところ）、殿の（父関白の）御かたより、「今日明日（けふあす）はかたき（厳重な）御物忌（ものいみ）[八]なりけるを、忘れさせたまひにける（お忘れになっていたことよ）。あなかしこ（怖ろしや）。外よりの[九]御文（ふみ）など取り入れさせたまふな（決してお受け取りなさるな）」などのたまはせたるに（おっしゃって来られたその声で）[一〇]、ふと覚（さ）めて胸騒げば（胸騒ぎはおさまらずに）、押さへて（不安を）、「うけたまはりぬ（承知しました）」（狭衣）とは聞こえたまへど、心騒ぎせられて、「あやし、いかに見つるぞ。まことに例ならぬことやあらむ（懐妊したのだろうか）」と、今ぞ思ひ合はすることもありける（今にして思い当ることもあるのだった）。

「心細げなりつるは（夢の中の女が心細げであったのは）、いかなるにか」など、常よりもおぼつかなくゆかしきに（気懸りで様子が知りたいのだが）、夜さりもえおはすまじきなれば（固い物忌ゆえ夜もご外出できない状況なので）、こまかに（こまごまと）御文をぞ書きたまふ。「常よりも（いつにもまして）、今も見てしがとなむ[一一]（たった今にも逢いたいと思う）。夜さりも（夜も）、物忌（ものいみ）なればえものすまじきにや（お訪ね出来そうにもなくて）。

七 私の身はきっと行方知れずになりましょう。二人の仲らいの証（あかし）をば、跡形もない水のなかに探し求めてくださいますように。「世」は男女の仲。二人の愛そのものであり、その証しとしての宿した胤でもある。夢告。飛鳥井姫君の入水を予言する和歌。

八 「物忌」は、陰陽道にいう天一神や太白神などの遊行に生じる方角の塞がりや、暦の凶日などを忌んで、定められた日数身を慎むこと。当時の習俗。

九 外部からのお手紙。

一〇 狭衣の夢ここで覚める。父関白の伝言がまた「かたき御物忌」であることも不安を募らせる。

一一 「あな恋し今も見てしが山がつの垣ほに咲ける大和撫子」（『古今集』恋四）を踏む表現。

一 飛鳥川あす渡らむと思ふにも
今日のひるまはなほぞ恋しき

まこと（そうそう）、疾（と）く語り合はすべき夢をこそ見つれ（すぐに話し合わねばならぬ夢を見たのだ）。心もとなく（どうも気にかかってね）」など、こまかなれど、返事（かへりごと）にはただ、

（飛鳥井姫）二 渡らなむ水まさりなば飛鳥川
あすは淵瀬（ふちせ）となりにこそすれ

筆（ふで）づかひ（運筆や）文字（もじ）やうなど（字のかたちなど）、三 わざとよしとなけれど（特に上手というわけではないが）、なつかしうをかしきさまに見ゆるは（親しみがあって趣きが感じられるのは）、思ひなしにや（恋する目のせいか）。

かしこには（飛鳥井姫の家では）、四 筑紫の人、（大夫）「暁になむ（明朝お迎えに）。ゆめゆめ違（たが）へたまふな」と言ひければ、（乳母）「ただ暁に、さりげなくて（なにげなく）車をふと寄せたまへ（すっとおつけ下さい）。違ふといふことは（約束を違えるなんて）、あなゆゆし（とんでもないこと）」と五 言ひにやりて、女君のひとりながめ臥したまへるところ（物思いにふけって）に来て、（乳母）「明日（あす）のまだつとめて（まだ朝早くに）、六 この西に井掘るとて（この家の西側に井戸を掘るといって）、家主（あるじ）外へ渡りけり（よそに転居した）。七 いかがせさせたまはむずる（どうなさるおつもりです）。車のことを誰と言はまし（車の用意を誰と相談したものやら）。あはれ、かやうの折にこそ、威儀師は思ひ出で（思い出される）

一 明日ぜひ伺おうと思うにつけ、物忌で行くことのできぬ今日の今現在が、そなた恋しさにどうすることもできない。「飛鳥川」は姫君の許を言う。「渡る」「干る」は川の縁語。「干る間」と「昼間」の掛詞。

二 すぐおいでになってください。水かさが増したら今日の淵瀬が明日には急変する飛鳥川のことですから。やはり「飛鳥川」の縁で「渡る」「水」「淵」「瀬」の語をつらねる。姫君には、自らの運命の急転が予感されているような詠である。「世の中は何か常なるあすか川昨日（きのふ）の淵ぞ今日は瀬になる」（『古今集』雑下）。

三 「わざと」は、特別に、取り立てて、の意。

四 筑紫へ下る人。式部大夫のこと。

式部大夫、飛鳥井姫君を筑紫へ連れ去ろうとし、乳母は姫君をあざむく

五 使いの者を出して。

六 土忌（つちいみ）のために一時居を移したのである。土公（つちぎみ）、土公神（どくじん）などの地の神のいる方角に当って家を建てたり井戸を掘ったりするのを忌み、犯すときは、家人が他所に転居する風習が土忌である。

七 こちらも居を移さぬわけにはいかないだろう、と言うのである。もとより姫君を車に乗せるための乳母の策謀である。

らるれ（ことだよ）。かくのみ世の中に頼りなきにこそ（こう暮しにつまってばかりいると）、八思はぬ山なく、わりなけれ。いみじう思ふとも、やもめは（後家というものは）思ふことのかなはぬにぞ口惜しきや。かかれば、えせ宮仕へ人は（いい加減な女房は）、忍び語らひ人はまうくるぞかし（こっそり相談相手をこしらえるものですよ）。まことまこと（おおそうだった）、このとなりの駿河の妻君こそ、ものの情ありて（情があって）、言はむこと聞かむと言へ（頼みを聞いてくれると言っていた）。言ひにやらむ（「車のことを」）。さて（そして）、この蔵人の少将殿の（今お通いの）御乳母の家借りて、しばし渡したてまつらむ（しばらくあなたをお移し申しましょう）。なんでふことか侍らむ（なに構うものですか）。年ごろいみじき知る人なり（少将殿の乳母は長年親しく付き合ってきた人）。九この御事の後、なかなかいとつつましうて（かえってひどく気がひけて）、音づれぬを（お訪ねもしないのだが）、かくとや聞きたまふらむ（少将様がお通いとは聞いておられるのではないか）。さるにても悪しかるべきことかは（別に悪いことでもありますまい）」と言ひちらして立ちぬるを、（飛鳥井姫）「あな見苦し。歩きも（外出）一〇懲りにしかば、一一土忌までもありなむ（土忌などしなくてもいい）。まいて、その知らぬ人のもとには（少将様の乳母など知らない人の所には）、いかでか（どうして行けましょう）」とのたまへば、（乳母）「あなまがまがしや（まあ縁起でもない）。ただなる人だに（普通の身体の人でさえ）、土忌まぬや侍る（土忌をしない人はいましょうか）。まいて、かくおはします人は（身ごもっておられる人は）、あな恐ろし、あな恐ろし」と言ふ。

よろづよりは（何事よりも先に）、（飛鳥井姫心）「一二かの少将殿と思ひて、いかなるひがごと言はむ

八 どんな山にでも入ってしまいたいと、むちゃくちゃな気持になる。「思はぬ山」は、「時しもあれ花の盛りにつらければ思はぬ山に入りやしなまし」（『後撰集』春中、朝忠）に拠る表現。「つれづれと思はぬ山にとかや言ふやうにものの覚ゆるままに」（『蜻蛉日記』中巻）、「柱に寄り立ちて、思はぬ山なく思ひ立てれば」（『同』下巻）、「法の師と尋ぬる道をしるべにて思はぬ山に踏みまどふかな」（『源氏物語』夢浮橋）、「思はぬ山の、と書きたまひたる」（『夜の寝覚』巻四）など。

九 蔵人の少将殿（実は狭衣）が姫君に通い始められて後。

一〇 威儀師に誘拐されかかったことが頭にある。

一一 前頁注六参照。

一二 乳母はあのお方を少将殿と思って、どんな見当違いを言い出すつもりやら。「ひがごと（僻事）」は、事実と違ったこと、間違い。

飛鳥井姫君は身に迫る危難を知らず
ひたすら狭衣との行末を苦慮する

とすらむ。[一]夜な夜なの月影も、常に前渡りしたまふ光に見あはすれば、紛れたまふべくもあらぬものを（見間違いようのないことなのに）」と思へど、とやかうやと（何やかやと）このことを言はむにも、〔乳母が〕よきことと思ひたらぬ気色なるには（思ってもいない様子である以上）、いとつつましければ（ひどく口にしにくいので）、「いかなるひがごとどもをし出でむずらむ」と思ひつづくるにも（心配し続けるにつけても）、[二]もとよりものはかなくあやしかりける身の有様（ありさま）思ひ知られて（つくづくと思い知らされて）、かくまでもさすがに見えたてまつる契りは（それでもここまで中納言様の情をお受けしてきたご縁のほどは）、浅からず我ながら思ひ知らるるを、「このことまことにさもあらば（妊娠がもし本当ならば）、さりとも（いくらなんでも）[三]思ひ数（かず）まへたまふやうもありなむかし。のたまひ契る有様も（誓ってくださる愛のお言葉も）、さりともそらごとにはあらずや（嘘とはとても思えない）」など思ふに、[四]我が身すこしいたはしうなりにたるを、「この頼もし人や（頼りの乳母は）、いかがもてなし果てむとすらむ（結局は私をどのようにするつもりでいるのだろう）。源氏の宮の御かたへと思ひしも（源氏の宮のお屋敷へご奉公をと）、かやうの人に見えたてまつらむが恥づかしさに（中納言様のような立派なお方にお目にかかるかも知れないのが恥ずかしくて）、[五]心こはきやうにてやみにしを、げにかく（ほんにこうして）[六]思はずなるさまにても見えたてまつりける。今はまいて（今となってはまして）、いづくにもいづくにも（どこのお屋敷であっても）、さやうの筋など（宮仕えなどといったことは）思ひ立つべきにもあらずかし」など、[七]言ひ言ひ

一 毎夜お越しになるときの月光に映える美しいお姿も、平素家の前の通りを、供揃えも美々しくお通りになる、あの光り輝くご容姿と見合せれば、堀川関白家の新中納言様であることは。飛鳥井姫君は、狭衣中納言の容姿を以前から、よそながら見知っていたことになる。

二 もともと両親に死に別れて頼りなくみじめであった我が身の境遇が。この「あやしかり」は、卑賤の身で心もとない意。

三 私をお見捨てなく妻の一人になりとお認めくださることもあるかも知れない。「数まふ」は、数のなかに入れる意。何人かの妻のひとりとして認めるのを言う。

四 すこしは我と我が身をいとおしむ気持も湧いてくるのであったが。飛鳥井姫君はおなかの児を思ってわずかに希望をつなぐのである。

五 強情とも見える態度で断ってしまったのだったが。「心こはし」は「心強し」。情がこわい、強情だ、の意。

六 思いも寄らぬご縁でお逢いしてしまったことよ。「見えたてまつりける」の「ける」は連体止め。

七 あれやこれやと考え悩んだあげくに。「世の中をかく言ひ言ひのはてはてはいかにやいかにならむとすらむ」（『拾遺集』雑上）を踏む表現。

八 衣服や調度などを納める納戸（なんど）。周囲を壁で塗り込めてあるのでこの名がある。寝所として用いられることもある。

乳母長広舌を振い、方違えにかこつけて次第に飛鳥井姫君を追いつめる

九「京のうちには」でいったん言いさした表現と解した。「京に残る人は誰それ。一晩ぐらいの土忌と思ってはならない。……」と、侍女たちにてきぱき指図するのである。

一〇「筒」は井筒。井戸の円い囲い。「こそ…め」は勧誘の気持を表すが、ほとんど命令に近い。ここからは、直接姫君に向って話している。

一一「うるさがる」は、煩わしがる、面倒に思う、の意。姫君が不安に感じて渋るのをせきたてる気持で言う。

一二 飛鳥井姫君の父、故帥中納言の旧邸。常盤（ときわ）の里は京都の西郊、双が岡の西南、もと嵯峨帝皇子左大臣源常（ときわ）の山荘のあった地。後文に、父の旧邸にはその妹の尼君の住んでいることが示される。

一三 京都の西北郊、衣笠山のあたりから双が岡一帯を西山と総称する。

一四 何日も土忌で滞在したくないとお思いならば、それはお気持のままに。乳母は何とか姫君を車に乗せねばならない。長広舌を振うのである。

のはてはて（極度の不安におそわれつづけて）うしろめたうぞ思ひつづけらるるに、〔涙で〕枕も浮きぬばかりになりぬ。

乳母また来て、〔転居の準備に〕よろづのものとりしたため、（大切な品は）さるべきものは塗籠（ぬりごめ）[八]に置きなどしつつ、（乳母）「京のうちには[九]。〔これこれの人を残します〕一夜ばかりと思ふまじきものぞ。（ことに）まいて、（この井戸は掘り終るまでには）この井は五六日にもなりぬべかめり。筒（つつ）[一〇]など（井筒などを立てる）立てむほどまでこそは（頃まではご滞在になるのがよろしいでしょう）おはしまさめ。（車も借りにくいのに）車もありがたきに、（まれに）たまたま歩（あり）かせ（ご外出）たまふも（になるのも）、[一一]かくうるさがらせたまひぬるに（このように億劫にお思いになるのだから）」など言ふめれば、君（飛鳥井姫）、「こののたまひつる所か（あの先日おっしゃった所か）。さらばなほ忌（い）まじとこそ思へ（土忌はすまいと思います）。知らぬ所にいかでかさてはあらむ（どうして五六日も滞在できましょう）」とのたまへば、（乳母）「さおぼしめさば（そのようにお思いならば）、常盤（ときは）[一二]殿に渡らせたまへ」と言ふは、故中納言（姫君の亡き父）の領（らう）ぜし西山[一三]のあたりなりけり。

（乳母）「いさ（いや）、またそれも（常盤殿に行かれるにしても）、久しう土[一四]を忌（い）まじとおぼしめさば、御心なり。おのが申さむことははかばかしからじ（私の申しあげることはお気にさわるにちがいない）。とかうおはしまさむ折の御有様も（しかしなにかとご出産の際のお世話も）、さすがにそれまで生きて侍らば（なんとか私がその時まで存命でしたならば）、あやしの女の身こそは（いやしい女の身ではありますが）

見たてまつらめと思うたまふるに、いまいましきにや[一]。さらぬだにこそ、子生むにはどよう[二]といふものは、かならず出で来れ。御忌[三]のかたにさへあるよ。この頼もしき人の御心ばへ[四]、さやうのほどとてもかひがひしうもてなし扱ひたまふべきにこそ見えたまはね。言ひ[五]思へば、苦にてぞ侍らむ。かやうの公達は、親などの居立ち頼もしきあたりをだに、すこしも後見やめば、うち捨てたまひつ。いでや、まして、なにの数[六]とかは思ひたまはむ。あなをこがましや。また、御心ざしあらば、所変はるとも[七]、おはせざるべきことかは。恋こそ道[八]の」と、さすがにうち笑ひて言ふ。

「かくほかへ行きにくくする[九]も、この人によりてと思ふぞかし」と思へば、「そのことにはあらず。あやしき有様なれば、歩きもの憂くおぼゆるを、いさや、いとどもの懲りして」とのたまへば、「さて、それも悪しうや侍りける。それによりてこそ、かかる御幸ひも御覧ずれ。かしこはなかなか[一〇]若き人のおはし通はむにをかし

お世話申しあげたいと思いますのに　それがいけないことでしょうか　ただでさえ
方角にまで当っていることよ　ご出産の大切な時期であっ
てもおりたってお世話くださるようにはお見受けしません
親などがよく面倒を見　財産もある
といった女性に対してさえ　[女の親が]　婿の世話を怠ると　いやもう
ほんに馬鹿馬鹿しいこと　あの方に
愛情がおありになるなら　お越しにならぬはずはないでしょうに
中納言様のせいと
違います　見苦しい身の上なので　外出も億劫
に思われるのに　それにあの一件から　なおのこと
(乳母)　あの誘拐騒ぎも悪いことでしたでしょうか　お幸せ
など縁も　あの常盤は　趣きのある

一　それが遠慮すべきことだろうか。「いまいまし（忌忌し）」は、忌み慎むべきだ、憚るべきだ、の意。

二　「どよう」意不明。「とくう」とする諸本もある。「とよう」「とくう」を「とかう」の転化とし「土公」と考える説がある。「土公」については九八頁注六。

三　出産の年から考えて悪い方角に当る、と言うのである。

四　姫が通わせておいでの、あの頼もしい男君のお心だって。狭衣を皮肉るのである。乳母は矛先を転じて狭衣を非難する。

五　言ってみれば、女側の苦しみということでございましょう。「苦」は仏教語。身心をさいなむ苦痛、悩みを言う。どう考えても女が損をすると言うのである。

六　親もなければ財産もないあなた様のことなど、数のうちにお思いになるでしょうか。

七　方違えをしてお住いが移ったとしても。

飛鳥井姫君は言い返すすべもなく　ひたすら狭衣中納言を思い、嘆く

八　恋こそ道しるべと言うではありませんか。引歌あるか。未詳。あるいは当時の俗諺か。「恋こそ道のしるべとこそはいふなれ」とする他本もある。

九　私がこのようによそに移るのを渋るのをも。

一〇　ここから遠く離れてはいるがかえって、若い殿方がお通いになるのに。

き所なれば（土地だから）、〔姫の慕うあのお方も〕うち忍びて二三日も居（ゐ）たまふやう（居つづけなさることも）もありなむ。なにが（この家には）しそれがし（誰それと誰それを残しておりますから）とどめてはべれば、御使ひにも（御使者にも）そこそこと教へはべりなむ。おはしましたらむにも（あのお方がお越しになった場合にも）、よくよく案内申せよと言ひおきはべりぬ（言い残しておきました）」などと、とどむる（あとにとどめる）下衆（げす）ども呼びたてて言ふも、かたはらいたければ（にがにがしい思いで）、（飛鳥井）一一「さまで尋ぬる人もあらじ」といとどおぼつかなきものにのたまふ（と中納言のお心をますます頼りないもののようにおっしゃる）。

一二「げに、ゆくへなくは、昔物語などのやうに、ことさらびてやおぼさむ（わざとらしいとお思いになるだろう）。まことにかくと聞こえばや（正直に常盤に移ると申しあげたいものよ）」と思ふに、

（飛鳥井姫）一三
かはらじと言ひし椎柴待ち見ばや
　　常盤の森に秋や見ゆると

一四「とかへる山の」と〔狭衣中納言の〕ありし月影は、この世の外になりぬとも（たとえあの世に行っても）、一五忘れたまふべくもなきを、一六「いかになしつるぞよ」（乳母は私をどうしてしまうことか）と、あやしく心細く、灯（ひ）をつくづくとながめて涙ぐみたまへるまみ（眼差しが）の気色（けしき）、いとどうたて（いっそう沈みきった）げなるを（暗さなのを）、乳母（めのと）さすがにうち見おこせつつ、（乳母心）「心も知らぬ人に（気心も知れぬ男に）うち

一一 私が黙って家を出たその先まで熱心に探し求めてくれる人もいないでしょう。乳母などを憚っての心にもない言葉だが、やや自嘲ぎみでもある。

一二 ほんに私が行方知れずになったら、昔物語などの女のようにいかにも当てつけがましいやり方と、あの方はお思いになるだろう。「ことさらぶ」は、わざとらしく見える、故意に見える意。女が心一つに思い余って突然男から姿を消すといった話は、昔物語の格好な題材。そんな女の心浅さについては、『源氏物語』(帚木)も、左馬頭の言として「今思ふには、いと軽々しくことさらびたることなり」と批判している。

一三 私の愛は変らないとおっしゃったお言葉を、これから移り住む常盤の森でお待ちしたいと思います。ほんとうにお見限りでないかどうかと。『とかへる山の椎柴』とのみ契りたまひけり」(七八頁)を承ける歌。

一四 同じく七八頁を承ける。

一五 忘れられるはずがなくお心にしみておられるのを。飛鳥井姫君を「たまふ」の敬語で待遇している。飛鳥井姫君への敬語にはばらつきが目立つ。狭衣と対座するとき敬語なく、乳母と対するとき「たまふ」のあらわれることが多い。

一六 乳母が常盤に移るよう決めてしまったことを嘆くと見る。結局は、どうしてこんなことになってしまうのか、の気持。

一「飛鳥川」は、狭衣が夢に見て姫君を案じ送った消息の「飛鳥川あす渡らむと思ふにも」の歌を承ける（九八頁）。「のたまはせたりつるは」の「は」は詠嘆の終助詞。

その暁——姫君、乳母にせきたてられ我にもあらず、嘆きつつ家を出る

二 留守居の者がどう言い訳してあの方はお帰りになるだろうか。

三 やはりどうしても方違えに気が進まないにつけ。下の「まづ思ひつづけられて動かれぬを」にかかる。

四 乳母がぶつぶつ小言を言うに違いないその叱責も恥ずかしいけれども。

五 自分ではどうしようもない事態で、そんな破目に追い込まれた思いも寄らぬ我が身のつたない運命を。「心より外なる」は、上の「おぼつかなくてものしたまはむは」を直接承け、一方、「心より外なる身のあやしさ」と下を修飾する、掛詞的な機能と見る。

六「妻戸（つまど）」は、寝殿造りの廂（ひさし）の四隅にある両開きの板戸。出入口の戸である。

七 姫君はもう何がなんだか夢中で膝行（しっこう）して出るのだったが。

八 頭の中は混乱して何の分別もつかないけれども。

まかせきこえて（お任せして）、はるかなるほどに（はるか遠い西国に）出で立ちたまふは（旅立たれるには）、口惜しきさまかな（残念なほどのご器量よ）」と涙ぐまれけり。

暁に車の音して、門（かど）たたくなれば、（乳母）「いであはれ（さてもまあ）、人のために真心なりける（誠意をこめて人に尽してくださる）駿河殿の声かな。あまり疾うさへ車を賜へるよ（ちょっと早すぎるまでに車をまわしてくださったよ）」とて、〔車を邸内に〕引き入れさするを聞くにも、〔飛鳥井姫は〕胸うち騒ぎて、「一飛鳥川を心もとなげにのたまはせたりつるは（明日のことをいかにも気がかりにおっしゃっておられたが……）。夜さりなどは例のものしたまはむに（今夜などはいつものようにお訪ねくださるだろうが）、二いかやうに言ひてか帰りたまはむ」など、三なほもの憂きも、「うたてある心かな（未練がましい心よ）」と、四乳母のもの言ひも（小言も）心恥づかしながら、おぼつかなくてものしたまはむは（中納言の君がわけも解らない状態でいらっしゃるのは）五心より外（ほか）なる身のあやしさを、まづ思ひつづけられて動かれぬを（動く気持になれないのに）、六妻戸押しあけて、（乳母）「さらば（それでは）疾（と）う渡らせたまひね（早くお移り下さいませ）。人の急ぎたまへらむに（使いの方が急いでおられるでしょうに）、久しうならむもいとほし（時刻が移るのもお気の毒です）」と言ひて、あざやかなる衣（きぬ）持て来てうち着せ、櫛（くし）の筥（はこ）やうのもの車に取り入れなどして（運び込みなどして）、急ぎに急ぎて、「遅し遅し（早く早く）」と押し出づるやうにすれば、七我（われ）にもあらでゐざり出づるに、八なにと思ひわくことはなけれど、心騒ぎして胸つとふたがりたる心地す。鶏[九]も今ぞ鳴くなる。

（飛鳥井姫）[一〇]
天の戸をやすらひにこそ出でしかと
ゆふつけ鳥よ問はば答へよ

[一一]なほ、「ただ今」などは聞こえまほしきに、とみにも（すぐにも）乗りやらず、涙せきあへぬ気色を、[一二]「まいていかに」（まして事の真相を知ったらどんなにか）と道のほどの有様思ひやらる（今から思いやられる）。乳母、また人ひとりばかりぞ後に乗りぬる（もう一人ほどが車の後に乗った）。

[一三]門引き入るるより（門内に車を引き入れるや）、[一四]胡簶など負ひたるもの、見も知らぬ姿どもしたるもの数知らず多く、火は昼のやうにともして、「明け果てぬさきに」（夜が明けきらぬ前に）など言ふ気色も、あやしくもの恐ろしきに（わけもわからず恐ろしく思われて）、「こはいかなることぞ」と、ただかきくらす心地すれば（目の前が真暗になる気持がするので）、（「飛鳥井姫は」）衣をひき被きて臥したるに、[一五]かの「行くかた知らぬ」とありしを（とおっしゃったが）、聞きはじめしより（そのお声を初めてお聞きした時以来）、月ごろ言ひ契りたまひつる言葉（「狭衣中納言の」）、気配、有様思ひ出でられて、「我が身いかになりつるにか」（どうなってしまうのか）と思ふだにいみじきに（と不安にかられるだけでもせつないのに）、[一六]淀といふ所に行きつきぬれば、舟に乗せむとののしりあひたるに（人々が大声で騒ぎあっているので）、「さればこそ（やはりそうだ）。常盤

九　折から鶏の時をつくる声がする。

一〇　いま夜明けを告げた鶏よ、もしあの方が尋ねたら、私はこの時刻に、ためらい嘆きつつ家を出て行ったと答えておくれ。「天の戸」は、この家の戸口を言う。「ゆふつけ鳥」は、鶏。世が乱れたとき、鶏に木綿を付けて都の四方の関で祓えをしたところから出た名と言われる。

一一　独り歌を口ずさんでも、やはり、せめて今家を出るところですとぐらいはあの方にお伝えしたい気持にかられて。

飛鳥井姫君、あざむかれてはるか筑紫行きの船に乗せられる

一二　姫君の、自分が家を出なければならぬ真相を知ったときの嘆きをあらかじめ指摘して、読者の同情と興味をかきたてるのである。

一三　式部大夫の居所、すなわち父の大弐の邸であろう。「門ひき出づるより」の本文を持つ諸本も多く、これならば、姫君の家の門を出るなりの意となる。

一四　矢を入れ背に負う道具。

一五　誘拐騒ぎの折、狭衣が姫君を家に送ったときの詠（六三頁）を、あざやかに思い出すのである。

一六　京都市伏見区淀のあたり。ここから舟で難波津へ行き、瀬戸内航路となるのである。

にはあらざりけり」と思ふに、[一]ものもおぼえねど、目は見ゆるにや。

岸に舟ども寄せて乗せうつさむとて、二十(はたち)[二]ばかりの男の、きたなげなし〔まずは見苦しからずとでも言ってよかろうか〕とや言ふべからむ、つきづきしうそぞろかなる〔いかにも身分相応にすらりと背丈の高いのが〕、かたちなど[三]いとどいみじう、思ふことなげに〔何一つ心配事のない〕心ゆきたる気色(けしき)にもてなして〔満足げな態度で〕[四]、「大弐殿は〔（男）父大弐殿は〕、今鳥飼(とりかひ)[五]といふ所わたりまではおはしましぬらむな〔もうお着きになっているだろうな〕。中納言殿〔狭衣中納言様の〕の御物忌(ものいみ)かたかりつれば〔厳重だったので〕、とみにえ出でで〔急ぎ出発することがかなわず〕、遅れたてまつりぬるなり。[六]御気色(きそく)よろしからざりつれば、いとまもえ申し出づまじきなめり〔おいとま乞いのご挨拶もよう申しあげられないのではと〕と思ひつるに、高名(かうみやう)の馬をこそ賜はせたなれ[七]〔評判の名馬を頂戴した次第だ〕」など言ひて、送りの人々なるべし、同じほどのものども〔同様の身分の〕、（人々）「江口[八]のわたりの逍遥(せうえう)[九]このたびは不用なめり〔必要ないようですな〕。大弐殿急ぎたまふ」など、ほこりかにうち笑ひたる〔人も無げに高笑いするのが〕を、「なにものならむ〔飛鳥井姫の目に映って〕。[一〇]行幸、賀茂の祭などに、別当の後(しり)にや〔後ろであったか〕、恐ろしげなるものさげつつあるものこそ〔恐ろしげな太刀をひっさげて従っている者どもこそ〕、かかるかたちはしたれ」と、見るだに〔見るだけでもいとわしいのに〕うとましげなるに、車に寄り来て〔あろうことかその男が〕、「御舟に奉[一一]りね〔お乗りなされ〕」とて、かきいだきて乗せ移すほどの心地〔姫の気持は〕、いかばかりかはあ

一 茫然として何が何やらわからないが、目だけはものが見えるのだろうか。驚愕と衝撃に思考が停止してしまい、眼前の動きだけをうつろな目が追っている、と言うのであろう。このあと、しばらく姫君のこの視点を中心に周囲の言動が描かれていく。

二 はじめて姫君の目に映った式部大夫。姫君はもとよりそれと知る由もない。

三 周囲の男たちより一段と怖ろしげで。これも姫君の目のとらえた印象にそった表現。

四 「もてなす」は、取り計らう、処理する意。何やかやと指図するのを言う。

五 摂津国（大阪府三島郡）、淀川に沿う水駅(みずうまや)。江口、神崎と並んで名がある。父大弐の一行は先に行っているのである。

六 中納言様のご機嫌があまりよくなかったので。式部大夫は狭衣中納言の乳母の子（九二頁）。「御物忌」といい、「御気色」の悪さといい、九七頁以下と呼応する。飛鳥井姫君を気づかう狭衣の様子が、それと理由を知らぬ家臣の口に語られ、これまた事情を知らぬ姫君の耳に届く。巧みな語り口である。

七 「たなれ」は「たんなれ」「たるなれ」で、「なれ」は伝聞推定の助動詞となり、やや不審。「賜はせたれ」とある諸本のほうがよい。

八 大阪市東淀川区。西国への航路の拠点として栄えた河港。遊女でも有名。

九 「逍遥」は、散策、散歩。ここは舟遊び。もとよ

り遊女との交渉を言う。
一〇 帝の行幸や賀茂の祭などに、警固の検非違使の長官の後ろであったか。賀茂の祭は、京の賀茂神社の祭礼。旧暦四月の中の酉（とり）の日に行われ、葵（あおい）祭とも言う。京の代表的な祭。

式部大夫言い寄るも、飛鳥井姫君は意に従わず　人々、扱いわずらう

一一「奉る」は、お召しになる意の尊敬の動詞。「ね」は完了、確述の助動詞「ぬ」の命令形。
一二 欺すなんてひどい悲しいといった月並な表現ではとても言いあらわせるものではない。「ねたう」は、「妬し」の連用形ウ音便。
一三 恋いこがれて待とうとなさるのか、そんなことは無駄な心労と言うものだ。
一四「殿」は狭衣中納言。式部大夫にとって狭衣は絶対の存在であり、世に誇れる主人であることがわかる。
一五 一度昇殿を停止された殿上人が、再び昇殿を許されること。還昇（げんじょう）。式部大夫は一度昇殿を許されていたことになるが、六位の蔵人であったのであろう。六年勤続の後五位に叙せられて式部省に出たもの。昇進して殿上から離れたわけで、今に五位の蔵人となって再び昇殿すると意気込んでいるのである。

りけむ。乳母（めのと）の、心ゆきて（満足しきって）もの言ひ、ゑわらひなどするを（笑い声をあげたりなどするのを）聞くに、一二ねたうかなしとも世の常なり。

（飛鳥井姫心）「いかなるものの、いづくの世界に率（ゐ）てゆくにかあらむ」と、すべて言ひやるべきかたぞなきに（まったく言いようのない不安にかられて）、ただ「やがて起き走りて（いきなり飛び起きて駆けだし）、川に落ち入りなばや（入水してしまいたい）」と思へど、ただ今落し入れて見る人もあるまじければ（目の前で人が飛びこむのを手をこまぬいて見ている人もいるはずがないので）、ただ頭（かしら）をだにさし出でず（頭さえもたげず）ひき被（かづ）きて臥（ふ）したり。男添ひ臥して、えも言はぬことどもを（あるったけの美辞麗句を並べて）慰（なぐさ）むれば、（飛鳥井姫は）いとど泣きまさりて、あやにくなる気色なれば（どうしても靡きそうにもない）、（大夫）「さのたまふとも（なんとおっしゃろうとも）、たけきことおはせじと思へば（拒み通せぬ御身と思うと）、をこがましや（滑稽ですよ）。なにがしの少将のかげ妻（め）にて（なんとかいう少将の隠し妻で）、道行き人ごとには心をつくし（男君が来るのか来ないのか道行く人のたびに気をもみ）、一三胸をこがしたまはむやは。あやしうとも（私はたしかに身分が低いが）、またなくかしづきたてまつらむを（お世話申そうとする心根を）取りどころに（取柄に）おぼせかし。なま公達（きんだち）は（生なかの公達は）なかなか（かえって）いと心地（ここち）悪（あ）しきものぞ。一四殿のおはしまさむ限りは（わがご主人がおいでの限りは）、なにがしらをば（この私めであっても）、えこそその公達はあなづりたまはざらめ（その公達にしたところでとても私を軽く見るわけにはいきますまい）。さばかりの少将には、ならむと思はば（私だってなろうと思えば）なりぬべし。よし、見たまへよ。来年ばかり、一五かへり殿上して五位蔵人になりて、その[一]主(ぬし)といづれかまさりけるとなり出でて見せたてまつらむ。口惜しう本意(ほい)なしとおぼすとも、今はいふかひなければ、ただおいらかにもてなして、[二]いと品々しからぬ様(やう)にても、御心に飽(あ)かぬことなく、やすらかにて過(す)ぐさせたまへ。公達ならずとて、おのれをばわろきものと人にも思はれたらねば、まだこそ女に憎みならはされね。[三]御前(おまへ)よりはまさりてやむごとなき人たち、我も我もとのたまひつれど、太秦(うづまさ)にて見たてまつりそめてしより、[四]思ひしみし心直りがたくて、[五]かく面目(めんぼく)なき目を見はべるにこそ。[六]おとどこそ。なほこれ申し直したまへ」など[七]言ひあだへつつ、被(かづ)きたる衣(きぬ)を、せちにひきのけて顔を見るに、ほのかなりしよりも近まさりして、いとどらうたげにをかしげなれば、思ふさまにうれしくて、「いかで疾く思ひ慰めて、飽かぬことなくかしづきて見む」と思ひけり。

おとど、[八]つれづれなりし名残(なごり)なく、そのわたりの者ども[九]もて扱ひ

一 なにがしの少将とかいうあなたの男君と。蔵人少将も正五位下相当官。ほぼ同等の官位と競争意識にかられているのである。
二 ごく上流の奥方とまではいかないにしても。「品品し」は、品格の高い様。
三 「御前」は、その人を直接指さず敬意を表す表現で、人称代名詞（対称）のように用いられている。
四 深く心に焼きついたあなたへの恋心が冷めるときなく。
五 それでこのように不体裁なお仕打ちにあっているというわけだ。力ずくの拉致(らち)を棚にあげて、姫君に拒まれていることを「面目なき目」と言っている。
六 「おとど」は婦人の敬称。乳母への敬意（九三頁注一四）。「こそ」は呼びかけ。
七 「あだふ」は、形容動詞「あだ（徒）なり」の語幹の動詞化。ふざける、戯れる意。
八 生活の不如意に所在なかった気分は跡形もなく。
九 飛鳥井姫君を、乳母をも含めて、ちやほやしたり世話を焼いたりしている気分が。

たる心地（ここち）、うれしう思ふさまなるに（望みのかなった思いなのだが）、女君の御有様の、いとあきた[10]くあやにくげなるを（ひどくあきたりなくあいにくな様子なので）、（人々）「いかに見たてまつらむ（どうお世話したものやら）。さばかり我も我もと婿（むこ）に欲（ほ）しがりし人を捨てて、かかる御気色は幸ひとこそおぼゆれ（大夫のこれほどのご執心は姫にとっての幸運と思われるのに）。もののさまたげのしたてまつるなめり（なにか物の怪がさまたげているようだ）。あらみさき[11]といふもの放さぬ人は（荒みさきという荒神さまが取り憑いている人は）、かくよかるべきことは（このように良いはずのことをば）、悪（あ）しうなむおぼゆる（悪くばかり思い込むものだ）」と、人々言ひあはせて嘆くを、〔大夫は〕聞きて、「おとどだにさし出でたまへや（せめてあなただけでもこちらに顔を出してよ）。〔姫が〕かくまで心憂（う）き御心ならむとこそ思はざりしか（つれないお心であろうとは思いもしなかった）。本意（ほい）[12]なきやうにはいかでかおぼさざらむ。さりともいとあやしや（それにしても全くわけがわからぬ）」とて、もの憂げなる（もの案じげな）気色（けしき）なり。

皮籠（かはご）[13]やうのものあけさせて、人々の得させたりつる（餞別として人々が贈ってくれた）扇、薫物（たきもの）[14]などやうのもの取り出でて、（大夫）「はかばかしからねど（たいした品ではないが）、ある人々[15]にものしたまへ（お付きする方々にあげてください）。かかる人おはすべしとも知らせざりしに（妻になる人が同行なさるはずとも吹聴しなかったのに）、いかでか聞きけむ（どう聞きつけたものか）、忍びて人率（ゐ）て行くなりとて（女を連れて行くそうだといって）、それがしかれがし（誰それがくれたものだ）」など言ひて、取りちらすなかに、女の装束（さうぞく）の心ことなるがあるを（殊に見事なのがあるのを）、（大夫）「これは、ま（我が）

一〇「あきたし」は「飽きたし」。飽き飽きするほどいやだ、の意。式部大夫を頑として拒む姫君の態度を乳母の心の側から言うのである。

一一 荒御裂（あらみさき）。荒御裂姫とも。男女の仲を妨げる女神。「あらみさきとは、人の仲をさくる神を云ふ。さくる神とも」（『能因歌枕』）。

一二 私も失望したが、あなただってがっかりなさらぬわけにはいかないだろう。乳母に同意と同情を求めるのである。

誇らかな式部大夫の言葉と狭衣中納言下賜の扇に姫君一切の事情を悟る

一三 皮製の行李（こうり）みたいなもの。「皮籠」は、周囲に皮を張ったかご。

一四 種々の香木を鉄臼（かなうす）でひいて粉にし、蜜などを用いて練り合せたもの。その合わせ方により黒方（くろぼう）、百歩（ひゃくぶ）、侍従など多くの種類がある。衣装に薫きしめたり、部屋の芳香に用いる。

一五「ある人々」は、在る人々。侍女たちのこと。

ろが中納言殿の(主人の狭衣中納言様が)、『たれと知らねど(誰かは知らないが)、率て行くなる人に(連れて行くと聞く女人に)かならず着せよ』とて、賜はせたりつる(お与えくださったのだ)。御心ざしのままに(おぼし召しのままに)[一]奉りたまへ(お召しください)。御涙にいたうしをれぬるなめり(今着ているお召物は涙でひどく濡れてしまったようだ)」など言ふを、(乳母)「げに(ほんに)、なべてならぬ色あひにこそ侍るめれ(普段見ることのできぬほどの色合いに見えます)」など賞でゐたり。

(大夫)「また、[二]この御扇持たまへりつるを、あたらしきよりはとて申し取りたる(新しい品よりはと思ってお願いし頂戴したのだ)。『[三]目恥づかしき人にもこそあれ(目の肥えた女性だと困る)。いたう馴れたり(いい加減使い古しているからね)』と惜しませたまへれど、『[四]形見に見よ』とて賜はせたるぞ。はかなくうち持たせたまへる(何気なくお持ちになっている)かやうのものどもさへぞ(こんな手まわりの品物までが)、なべての人には似させたまはぬや(普通の人と違っておられるではないか)」と言ふを聞くにも、(飛鳥井姫)「これはさは(この男はそれでは)、[五]この太秦にて(あの)聞きしもの(耳にした者)にこそあなれ(であるようだ)。[六]他人にだにあらで。あな心憂の有様や(なんとも情けないことよ)」と思ふに、かなしければ泣き入りたるに、この御扇をさし寄せて、(大夫)「これ御覧ぜよや。いかにして一文字も見ばや、一文字も見ばやと(どうぞしてただの一字でもよいから拝見したいものと)、[七]高きも短きも心をつくして騒ぐ御手よ(ご筆蹟であるよ)。これ見たまはば、まろが憎さも(私への憎さも)慰みたまひなむ」と言ふは(という言葉が胸をつき)、(飛鳥井姫は)「まことに我が見し同じものにや(同じ御扇であろうか)」

一 「奉る」は尊敬の動詞。お召しになる意。

二 ご主人(狭衣中納言)が、この扇をお持ちになっていたのを。

三 そなたの連れていく女性が目の利くひとだと困る。「もこそ」は懸念、心配の気持。

四 私の形見と思ってくれ。狭衣のことば。

五 飛鳥井姫君も、太秦に籠った折、自分に懸想して消息を送ってきた男のあることは知っていた。「みづからは聞き入れぬに」(九二頁)ともあった。その折に、男が狭衣中納言の乳母の子であることも、乳母などから聞かされていたことだろう。はじめてその男と思い当るのである。

六 せめて中納言様と無縁の男ならともかくも。言いさした形で、嘆きをこめる表現と見る。

七 天下をあげて、身分の高下を問わず心から賞め讃え評判するご筆蹟がこれよ。

とゆかしきに（知りたさに）、人目も知らず起きあがりて見つべき心地すれど（人目も構わず飛び起きて見てみたい気持にかられるが）、顔（自分の顔などがあらわに見られるに違いないので）などのあきらかに見えぬべければ、なほ泣き臥したるを、「我が君（（大夫）八 主君中納言様をば）をこそかやうに恋ひかなしまめ（恋い慕うのならまだ許せるが）、その青びれ男によりて（青二才のせいで）、命絶えぬべくも見えたまふこそ（命も絶えてしまいそうにお見えになるのは）、かへりては心づきなけれ（同情どころか不愉快だ）。何事をいとさまでは思ひたまふぞ。まろが顔はこよなくよきぞ（格段と男前だ）。見たまへ見たまへ」とあだへて（ふざけて）、衣をせちに（無理やりに）引きあけむとするに、「（飛鳥井姫）神仏、かかる目見せたまはで、疾くうしなひたまひてよ（はやく私の命をお絶ちになってください）」と泣きこがるるさまの、あまりにうたてくあれば（身も世もない激しさに）、むづかりて立ちぬる間に（大夫は腹を立てて立ち去ったそのすきに）、この扇を取りて見れば、ただ一夜持たまへりしなりけり（〔まさしくあのお方が〕も）。

移り香のなつかしさは、うちかはしたまへりし匂ひもかはらで（夜々重ねあわせておられたお召物の香りと同じで）、真名仮名（九 漢詩や和歌を）など書きまぜたまへるを見れば、〔とりわけ〕「渡る舟人かぢを絶え」一〇など（同趣の歌がいくつも）、かへすがへす書かれたるは、「その折は、我と知りて書きたまへるにはあらじなれど（お書きになったその時は私のことと知って）、ただ今わが見つけたるは、ことしもこそあれ」一一（よりによってまあ）と、一二いかでかかなしとおぼえざらむ。一三顔にあてて泣かるるさ

八 ご主人中納言殿のような理想的な男性なら、恋い焦がれるのもよかろうが。式部大夫があり得ない例として挙げた譬えこそ、私とあの方との現実そのものではないか。大夫の何気ない言葉が、生々しく姫君の心をつきさしたに違いない。

九 真名は漢字、仮名は平仮名。ここは扇に書かれた漢詩や和歌を言うのであろう。

一〇「由良の門を渡る舟人楫を絶え行方も知らぬ恋の道かも」（『曾丹集』。『新古今集』恋一、曾禰好忠）。

一一 よりによって、姫君みずからの置かれた絶体絶命の窮境——行方も知らぬ恋の道——にぴったりと暗合していると嘆くのである。

扇によみがえる狭衣の面影　姫君は悲嘆の底に狭衣を思慕し死を思う

一二 どうしてこれが悲しいと思わずにおられようか。

一三 扇を顔に押し当ててお泣きになる様子。「るる」は尊敬に解する。軽い敬意。飛鳥井姫君の悲哀の極みを「かたち」に表現している。「絵もみな落ちぬべし」は、この「かたち」を強調。

ま、絵もみな落ちぬべし。（扇の絵もみな涙に濡れ落ちることだろう）

（飛鳥井姫）一
かぢを絶え命も絶ゆと知らせばや
　涙の海にしづむ舟人

（同）二
添へてける扇の風をしるべにて
　かへる波にや身をたぐへまし

など思ひつづけらるるも、三「もののおぼゆるにや」（まだ歌を詠むくらい気力があるのか）と我ながら心憂し。

（飛鳥井姫心）四「今朝は御文ありつらむかし。いかに言ひてか返しつらむ（なんと応対して返事したことやら）。またいかに［あのお方は］待ち聞きて、おぼしつらむ。五『飛鳥川』とありし折（と詠んでこられた時）、かからむ（こんな事態）ものと思ひかけざりきかし（になろうとは思いも寄らなかったことだ）。

（飛鳥井姫）六
海までは思ひや入りし飛鳥川
　ひるまを待てと頼めしものを

七『心得ぬ夢』とありしは（納得のいかぬ夢をみたと）、いかなりけるにかと、聞きだにあはせで（問いあわせをさえせぬまま）やみぬるいぶせさよ（になってしまい胸につかえること）。八ただならぬことを、いかで知らせたてまつら（なんとかお気づかせ申すまいと）

一　櫓梶（ろかじ）の縄がぷっつりと切れ、生きる方向を失い死んでゆくと、なんとしてもあの方にお知らせしたいもの。慕いつつ嘆きつつ私は涙の海に沈んでいきます。
二　あなたが身に添えて持っておられたこの扇の風を道しるべに、あなたの許にたち帰るにちがいない波にあやかって身を横たえてしまいたい。「かへる波」には、波が狭衣のいる京へ立ち帰るものという気持をこめ、「たぐふ」は、その波に自分を添わせる、連れ立たせる意。狭衣を慕う心と死を願う心とが一つになっている。
三　絶望の底から和歌を詠み、こんな和歌が浮ぶくらいならまだ悲哀の極みとは言えぬと、さらにみずからを絶望の底に追い込むのである。
四　今朝は、きっとあの方からお手紙が来ていることだろうよ。それにしても、留守居の者が私の不在をなんととりつくろいご返事していることか。
五　狭衣が姫君の懐妊を夢に見て贈ってきた歌（九八頁）。
六　あなた様だって、私がこんなひどいことになるまではご想像もつかなかったのでは。明日の昼間まで待て、きっと行くからと頼みに思わせてくださいましたが、もはやそれどころの事態ではなくなってしまいました。「海」と「川」の対比、その縁で「干る間」（「昼間」と掛詞）。
七　同じく九八頁。
八　懐妊の身であることを言う。

九　もしも私が身籠っていることを知っておられたら、いくらなんでも今すこし不憫とは思い出してくださったであろうのに。
一〇　どうしてまた、せめてあの方と無関係の人でさえなくて。

式部大夫強く姫君に迫るも靡かず
絶体絶命の窮地に姫君入水を決意す

一一「親の」の「の」は、比較の対象を表す格助詞。「親と同じ心に」の気持。
一二　頭をおこして目を合わせるのも。
一三　どうして。下の「おぼしめさざらむ」と呼応。
一四　姫君の心を無視した仕打ちであるから。
一五（どうして）姫君が嫌だとお思いにならぬことがあろう。「便なし」は、けしからぬことだ、ふとどきだ、の意。

じと、などて思ひけむ〔どうして考えたりしたのだろう〕。[九]さりともいますこしあはれとおぼし出でまし」と思へど、またうち返し、「思ふにかなはで〔願い通りに死ねないで〕命ながらへば、行末〔将来〕に聞きあはせたまふやう〔お耳にされるようなこと〕もありて、さてこそあれ〔大夫の妻になっていると〕と聞かれたてまつらむも、いますこし心憂かりなむかし〔死ぬ以上につらいことに違いない〕。[一〇]などてさし離れたるあたりにだにあらで、かく親しくよろづ聞きあはせぬべきゆかり〔聞きあわせることのできる縁辺の男〕にしもありけむ〔にかどわかされたのだろう〕。遠きほど〔遠い他国〕まで行きつきて、この有様〔懐妊の身〕を見扱はれぬさきに〔世話されない前に〕、いかにしても死ぬるわざもがな〔なんとしても死ぬ手だてがあってほしい〕」と思へば、かく五六日にもなれど、水をだにとり寄せず。

乳母来つつよろづに言へど、いとかく憂かりける心を知らで〔おぞましい心のうちも知らないで〕、年ごろ〔長年〕[一一]親の同じ心に〔親同様の気持で〕頼み過ぐしけるさへ、心憂く〔不快に〕おぼゆれば、[一二]頭（かしら）もももたげ見あはせむもつらうかなしくて、聞きも入れず〔［乳母の言葉を］〕、ただひき被（かづ）きて臥（ふ）したり。

男もしばしは、「[一三]いかでか、[一四]心ならぬことなれば〔気持を無視したことだから〕、[一五]便（び）なしとおぼしめさざらむ。さのみもあらじ〔でも次第に心が解けてくるのではと〕」と思ふほどに、かくいとあさまし〔あきれるばかりの嘆き〕

うて（ようで）、命絶えぬべきさまなれば、「かくまで思ふべきことか（ここまで嘆くべきことか）」と、[一]いとあやしく心づきなくさへおぼえて、[二]あやにく心もつきまさりて、とかくひき動かし恨（うら）むれば、思ひわびて（姫は苦しみ悩んで）、「推（お）しはかりたまふ（お察しのとおり）がやうに、[三]いとかく思ふべき身のほど、有様ならねば、便（び）なしなどには（嫌だなどとは思って）あらず（いません）。[四]心地（ここち）の例ならずのみもとよりありしが、いとどまさりて（ますますひどくなって）、昨日今日はながらふべき心もせぬなり（生き永らえられそうな気もしないのです）。今はいかなりとも（どうなりとも）御心にこそあらめ（あなた様のお心のままでしょう）。いとかくおぼゆるほどを過ぐしたまへ（こんなにひどく気分の悪い間は待ってください）。人の近きもいと（人が近くにいるだけでも）苦しうおぼゆるは、いかなるべきにか（いったいどうなることか）」と泣く気配（けはひ）など、げに（ほんとうに）、[五]いと頼みすくなげに消え入りぬべきさまなれば、（大夫）[六]「ただならぬ人は（妊娠中の女性は）、心地など常に悪（あ）しうするとかや。さやうにてかかるにや（そのせいでこんなに苦しむのだろうか）。[七]いとど、かくものなど食はでは（こう食物なども口にしなくては）、かやうのことも（子を産むのにも）悪（あ）しかむなるものを（よくないことだろうに）」と、「いと恐ろしきわざかな」と、さすがにいとほしくて（不憫で）、いたくもあやにくだたず（それほど無体な行為にも及ばず）、下（くだ）る僧どもに（西国へ向う僧侶たちに）祈りせさせなど、よろづにもて扱ひつつ（なにやかやと面倒をみながら）、這（は）ひ寄りては、とざまかうざまに（さまざまに）言ひ恨むるを聞くたびごとに、

一 女の心がまったく不可解で、果ては不快な気持まで鬱積して。
二 力ずくでも意に従えようとする衝動もつき募って。「あやにく心」は、人を困らせる悪い心の癖。ここは、嫌がる女を無理に靡かせようとする心を言う。
三 私はこんなにまで苦しみ悩まねばならぬ身分でもなく境遇でもありませんから。
四 もともと気分がすぐれず苦しんでいたのでしたが。
五 いかにも心細げで、今にも息が絶えてしまいそうな状態なので。
六 式部大夫はすでに飛鳥井姫君が妊娠中であることを知っている。乳母などから聞いていたか。あるいは、姫君のひどく苦しむ様子から察したのか。
七 妊娠中ならばなおのこと。

八　水も喉（のど）に通さずここまで苦しんでも、まるで苦しみを知らぬつれない命では、最後にはどうなることか。

九　どうしようもないので。

京――狭衣文をやるも姫君すでになし　突然の失踪に茫然自失に陥る

一〇　ひどく下賤な下男が出て来たのでその男に。「下衆」は身分の低い者、素性の卑しい者を言う。

一一　私は何も知りません。昨夜この家に泊っただけです。にべもない返事である。

一二　その新しい家主の方が、お尋ねのお方のご移転先をば知っておられるでしょう。

一三　狭衣中納言の失望の深さといったら、茫然自失などという表現ではとても言いあらわせるものではない。

〔(姫君心)〕「いかにせまし〔どうしたらよいのか〕。かく憂き[八]を知らぬ命ながさにて、つひにいかならむ」と思ふに、すべき[九]方（かた）なければ、「この海にや落ち入りなまし〔飛びこんでしまおうかしら〕」と思ひなりぬ〔決意を固めた〕。

京には、夜もすがらおぼつかなく思ひ明かしたまひて〔狭衣は一晩中飛鳥井姫のことを案じながら〕、またの日〔翌日〕いつしか〔一刻もはやくと〕御文つかはしたるに、門鎖（かどさ）して人の音もせねば、あやしうてなほ叩（たた）けば、いみじげ[一〇]なる下衆（げす）の出で来たるに問へば、〔(下衆)〕[一一]「知らず。昨夜（よべ）この殿には宿（やど）りはべりしなり。筑紫（つくし）の豊後（ぶんご）といふ人の、この立ちぬる月に〔今月にはいってから〕、この殿を買ひたまひてしなり〔この家をお買いになったのです〕。今日明日ぞ渡りゐたまはむずる〔買主はお移りになるだろうと思う〕。[一二]それや、おはし所は知りたまふらむ」と、「おのれはただ（ただ）人なり〔の留守番〕。今宵（こよひ）居よとありしかば〔留守番を命じられたから〕、まうで来（こ）しなり」と言へば、〔(使者)〕「隠すめりな。いまさてさてやまむやは〔今に見ろ　このままで済むはずはないぞ〕」などおどしおきて、となりの人々に問へど、たしかに言ふ人もなければ〔確かな情報を伝える人も〕、参りて、「しかじかなむ」と申せば〔報告するので〕、[一三]いとあさましくあへなしとも世の常なり。

〔(狭衣心)〕「いかにも乳母がしつることにこそあらめ〔いずれにしても乳母が仕組んだことに間違いないだろう〕。みづからの心には〔姫自身の心では〕、何事のつらさにかは、たちまちに行き隠れむとも思はむ。いみじくとも、[一]我が心とさやうにはあらじと見えし心ざまを。今までかく[二]て置きたりつるけぞかし。ただありし法師の取り返しつるならむ。いかばかり[三]妬（ねた）しと思ふらむと、知らぬにはあらざりつれど、もて騒がむもさすがにいかにぞやおぼえて、[四]かくなしつるも、[五]あまりなる我が心のたゆたゆしさぞかし。『[六]明日は淵瀬に』とありしも、[七]かかる気色見てや言ひたりけむ」など思ひつづけらるるに、いみじう口惜し。

「何事も類（たぐひ）ありがたくめでたかりしにはあらで、ただなつかしうあはれとおぼえつれば、たちまちに見じとまでは思はざりつ。我がかくゆくへなくなしつるよ」とおぼすに、胸ふたがりてつくづくとながめ暮らしたまふ。

「まことしくやむごとなききはにこそあらざらめ、[八]さるかたの下草の露のかごとも慰めつべかりけるを。[九]まことに恐ろしげならむものの馴れ寄らむ有様、いかばかり思ひまどふらむ」と、妬（ねた）うもゆかし

何事がつらいからといって　姿を隠そうなどとは思うだろうか　どんなにつらくても　そのままにしておいた私のせいなのだ　きっといつかの威儀師が　法師がどんなにか　わが名を表に出して大騒ぎするのもどんなものかと思われて　度の過ぎた私の油断であったことだ　返歌してきたのも　比べるものなく理想的だったというのとは違って　かわいくいじらしいと　突然見捨てるなどとはけっして思っていなかった　姫を失踪させてしまったのだ　一日中つくねんと思いに沈んで過される　由緒のある　高貴の家柄でこそなかったが　それなりにその下草のような心安い女として　見るからに恐ろしげな男が馴れ馴れしく迫ってくる様子に　思い乱れていることだろうか　妬ましいやら真

一 姫君自身の気持では突然失踪するようなことなど考えられない性質に見受けたが。ここで考え込む気持と解し、句点で処理する。

二 「け」は「気」。ここは、人に与える目に見えぬ力、影響力を言う。

三 妬ましく思い怨んでいることだろうとは、知らぬわけではなかったが。

四 自分が誰であるかも告げず、女君の事情も聞かず、なんら手を打たぬままですましてきたのも。

五 「たゆたゆしさ」は、「たゆたゆ（懈懈）し」の名詞化。心の働きの緩慢な状態、怠慢、油断の意。

六 狭衣が夢に見て文をやったときの、飛鳥井姫君の「渡らなむ」の返歌（九八頁）。

七 煮えきらぬ私の「たゆたゆしさ」―頼りない態度を悲しんで詠んできたのだったろう。

八 高貴な女性の陰に生える下草のような存在としてちょっとした愚痴をも慰めてくれるはずであったのに。「下草の露のかごと」は歌語的、縁語構成。「かごと」は、苦情、愚痴。「ほのかにも軒端（のきば）の荻（をぎ）を結ばずは露のかごとを何にかけまし」（『源氏物語』夕顔）に近い表現。

九 狭衣は、あの威儀師に迫られて、身もだえして苦しむ飛鳥井姫君を想像すると、嫉妬の情に堪えないのである。

狭衣中納言、飛鳥井姫君を思い、心はちぢに乱れ、自らの怠慢を悔いる

うも（相を知りたいやら）、さまざまおぼしやるに、恋しく思ひ出でられたまひて（おのずから恋しさがつのって）、夜(よ)もまどろまれたまはず（お眠りになることができない）。

（狭衣）一〇 しきたへの枕もうきて流れぬる
　君なき床の秋の寝ざめに

何事よりもかの夢一一のおぼつかなさを、いかなることぞと聞きあきら（はっきりと確認も）めでやみぬる（しないままで）は、いといぶせく一二（ひどく心がめいって）、おぼつかなさ一三なども世の常なり。「一四いづれにても、はかばかしき人（責任を持てる男）にはあらじを、まことにさることあらば（姫君が本当に私の子を身籠っているのなら）、馴(な)れ顔一五にもてなさむこそ心苦しうかたじけなけれ。まして年月へて鏡の影一六も変はらぬさまにて（私にそっくりの顔で）、言ひ知らぬもののなかに生ひ出でたらむよ（言いようもない下衆の中で育つなんて思うだけでも情けない）。いでや（いやもう）、一七かかればこそよからぬ（不埒な）振舞(ふるまひ)はすまじきものなれ。すこし人顔(ひとがほ)なるもの（人並の女なら）の、かくあとはかなきやうやある（こんな跡かたもなく消え失せるはずがない）。なにしにか（なんで）、一八あながちに（あの女を）思ひ数(かず)まふべき。さることもあらじ（懐妊も事実ではなかろう）」と、しひて（無理に）浅きかたざまに思ひなせど（も軽く考えようと努めてはみるが）、よろづよりもこのおぼつかなきかたのこと（何事よりもまずわが子を宿しているかもしれないことを思うと胸がつまって）は胸ふたがりて、「一九東(あづま)のかたへなど聞きし（東国へ下るとか聞いたのだった）。もしさもあらば、（〔その子は〕）

一〇 あふれる涙に枕も浮いて流れるばかりだ。そなたの居ない秋の夜長の寝覚めの床の辛さに。「しきたへの」は「枕」をみちびく枕詞。「流れ」は「泣かれ」と掛詞。

一一 姫君が懐妊したと見た、あの夢が心にかかって。九六頁。

一二 「いぶせし」は、心が鬱積して晴れない様。

一三 気がかりと言ったくらいではそのお心をとても言いあらわすことができない。

一四 威儀師が奪い返したかどうかはともかく、姫君を連れ去った男は責任の取れる輩(やから)ではあるまいが。

一五 そんな無責任な輩がいかにも親しげにわが子を扱うとしたら、それこそ私にも堪えられないし、その子に対しても申しわけのないことだ。

一六 「鏡の影」は、鏡に映った自分自身の姿を言う。「鏡の影も」は、「鏡の影にも」とありたいところ。『源氏物語』に「鏡の影にも語らひ侍りつれ」（初音）、「他人(ことひと)とあらがふべくもあらず鏡に思ひ合せられ給ふに」（常夏）など。

一七 こんなことになるからこそ、身分の低い女に関係するなどという行為はするべきでなかった。

一八 なんで無理に愛人の列に加えることがあろうか。

一九 さきに乳母が提案した「東下り」の女側の事情は、狭衣には知らされていなかったはず。

伏屋(ふせや)[一]にや生ひ出でむ〔賤の伏屋で育つことになろうか〕」など、なほ心にかかりて、わが御宿世(すくせ)のほど口惜しうおぼさる。

（狭衣）[二] その原と人もこそ聞けははき木の
　　などか伏屋に生ひはじめけむ

常よりも〔常日頃から〕心地(ここち)[三]よげならぬ御ことぐさに目馴(めな)れにたるなかにも、この〔この〕秋は〔秋はとりわけ〕虫の音(ね)しげき浅茅(あさぢ)[四]が原にことならず。泣き暮らしたまひても、昼はおのづから紛れたまふ〔気持もまぎれておられるが〕、「心のつま[五]〔物思いのたね〕」とか言ひふるしたる夕暮れの空霧(き)りわたりて、ありか定めたる雲のたたずまひ〔じっと動かず落ち着いている暮雲までが〕、うらやましう[六]ながめやりたまへる西の山もとは〔物思いに沈んで羨ましく眺めておられるその西の山のふもとは〕、げに思ふことなき人だに〔人でさえ〕、ものあはれなりぬべきに、雁[七]さへ雲居(くもゐ)はるかに〔大空遠く〕鳴き渡りつつ、涙の露も〔涙にまがう露も〕盛り過ぎたる萩の上に、玉と置きわたしつつ〔玉のように置きつらねては〕、鳴き弱りたる虫の声々さへ、常よりもあはれなるに、御前近き透垣(すいがい)[八]のつらなる呉竹(くれたけ)を吹き靡(なび)かしたる木枯(こがら)しの音さへ、身にしみて心細く聞こゆれば、簾(すだれ)をすこし巻きあげたまへるに、木々の梢も色づきわたりて〔一面に紅葉していて〕、さと〔さっと〕吹

一 「伏屋」は小さな粗末な家。「東のかたへ」からの連想で、「園原や伏屋に生ふる帚木のありとて行けどあはぬ君かな」(『古今六帖』第五)を踏むことは、次の狭衣の歌からも知られる。また「伏屋」は「布施屋」にも通じる。「布施屋」は、奈良時代から平安初期ごろまで、旅行者のために設けられた無料宿泊所。

二 その子はあの女から生れたと誰もが聞いては取沙汰するにちがいない。それがかわいそうだ。なんだってその子の母は賤しい家に生い立ったのであろうか。同じく『古今六帖』の前歌を利かした歌。「その原」には、信濃国の地名「園原」と「その腹」を掛け、「帚木」の「はは」に「母」を掛ける。

三 憂いものとこの世を思う御口癖からわびしさになじんでしまった庭の光景も。

四 「浅茅が原」は、雑草が生い茂り荒れ果てた野原。「虫の音しげき」「浅茅が原」「泣き暮らし」の取り合せは、「いとどしく虫の音(ね)しげき浅茅生(あさぢふ)に露おきそふる雲の上人(うへびと)」(『源氏物語』桐壺)など。

五 「心のつま」は、物思いを起すきっかけ。夕暮の空を物思いのたねとする引歌があろう。未詳。「いつとても恋しからずはあらねども秋の夕はあやしかりけり」(『古今集』恋一)、「秋風のうち吹き初むる夕ぐれは空に心ぞわびしかりける」(『後撰集』秋上)など同傾向の和歌は多い。

六 落ち着いた雲のたたずまいに対して、狭衣の心は

姫君を思い生れくる子を考えて落ち着かぬのである。その落ち着かぬ思いが「うらやましうながめやり」にあらわれている。
七「なき渡る雁の涙や落ちつらむ物思ふ宿の萩の上の露」（『古今集』秋上）に拠る表現。
八「透垣」は、板や竹で間を透かして作った垣。
九 私の嘆きの果てに流す血の涙が抑えとどめる袖から洩れて木々の色を染めているのだろうか。木末の色が日ごとに濃くなりまさる秋の夕暮であることだ。
一〇 冷たく吹いて夕暮の露を玉と結ぶ木枯しが、身にしみる秋の人恋しさの糸口なのだ。「恋のつま」は、恋のきっかけ。あの人をしみじみと恋しく思い出させる糸口の気持。
一一 どんな女性でも、ただ狭衣中納言のこれほどの美しいお姿を見たそれだけを仕合せと思って、今生の思い出にもしかねないほどであった。
一二『白氏文集』巻十三の「秋雨ノ中元九ニ贈ル」の詩句。「堪ヘズ紅葉青苔（セイタイ）ノ地　又是レ涼風暮雨ノ天」（『和漢朗詠集』紅葉、『千載佳句』にも）。
一三 飛鳥井姫君の歌。一〇三頁。
一四 姫君が中納言の実意を知って自分を恥じ急流に身を投げてしまいたいと思っても、それももっともと思われるまでの中納言のお姿のすばらしさであった。

舟――飛鳥井姫君死を覚悟しつつ身を守る　式部大夫も近づくを得ず

き入れたり。

（狭衣）九 せく袖にもりて涙や染めつらむ
　こずゑ色ます秋の夕暮れ

（同）一〇 夕暮れの露吹きむすぶ木枯しや
　身にしむ秋の恋のつまなる

など、さまざま恋ひわびたまひて、涙をおしのごひたまへる手つきのうつくしさは、一一ただかばかりを幸ひにて、この世の思ひ出でにし（して）つべしとぞ見えける（しまうだろうと思われるほどであった）。雨さへすこし降りて、いとど霧深く見えたる空の気色（けしき）は、まことにもの見知らむ人に（ものの風情を解する人に）見せまほしげなり。「一二又是レ涼風暮雨（りやうふうぼう）ノ天」と口ずさみたまへるなどを、かの一三「常盤の森に秋待たむ」と言ひし人に（飛鳥井姫に）見せたらば、まして、一四いかにはやき瀬に沈みはてむとことわりなりかし（どうぞして流れの速い瀬に身を沈めてしまいたいなどと思うだろうがそれももっともなまでに思われる）。

かの舟には、日数（ひかず）のつもるままに、心地もまことにあるかなきかになりゆくを（飛鳥井姫はまさに正気を失ったように衰えてゆくのだが）、かくて死なば、むなしき骸（から）を（自分の死体を）これかれ見扱はむも（誰かれが始末するのも）、いみじう口惜しく妬うて、「なほいかで海に入らむ」と思ひて、さるべき隙を見るに、さすがに人目しげくて、日ごろにのみなりゆくに、この大夫よろづに恨みつつ、衣の関[一]を恨みわぶれど、同じさまをのみなごやかに言へば、さすがに情だつ心[二]にて、いとよわげなるさまを心苦しう思ひつつ、近くもえ寄らざりけり。

飛鳥井姫君、狭衣への思いを胸に秘め、ついに虫明の瀬戸に身を投げる

かかるほどに、大弐の舟に、やむごとなき人の、なべての女房には似ぬがまじりたるに、心かけて[三]語らひ歩きけり。宵過ぐるまで見えぬほどをうれしと思ふほどに、かかることを、乳母いとやすからず腹立たしきにも、「君のかく臥し入りたまへればぞかし。例のやう[四]にておはせましかば、かかることなからまし」と思ふにも、いと[五]ど心憂くつらうおぼえたまへば、「おのが身をとざまかうざまにせ[六]ためたまふよ。かかる人の、ものいたく思ふは忌みはべるなり。たひらかにて命あらば、忘れがたうおぼすらむ人にも逢ひ見させたまひてむ。[七]いと心幼なくいふかひなき人の御心は、いかなる人かあ

一 着物一重の隔てを恨み苦しんでいるが。「衣の関」は、現在の岩手県西磐井郡平泉町近くの衣川の関で歌枕。身に近くいながら夫婦関係を結ばないのを言う。「ただちとも頼まざらなむ身に近き衣の関もありといふなり」(『後撰集』雑二)、「もろともに立たましものを陸奥の衣の関をよそに聞くかな」(『和泉式部集』正集)など。

二 式部大夫は、それでも情にはもろい性分で。「情だつ」は、情愛があるように振舞う意。

三 式部大夫はその女性に心を寄せて口説きまわるのだった。飛鳥井姫君が身を許さぬためあせったのであろう。

四 いつものようにご機嫌よくいられたならば。乳母にとっては、頼みの綱の式部大夫である。心変りされたら、それこそ生計も立たぬので懸命である。

五 乳母の叱責やら愚痴やらが、飛鳥井姫君にとってはなおのこと辛くお思いになるのだが。

六 「せたむ(責む)」は、ひどく責めつける、責めさいなむ意。

七 姫のようにまったくの子どもでいくら話して聞かせてもわからないようなお心の人は、ほかにいるだろうか。

る」など、いみじきことを言ひ聞かすれど〔烈しい言葉を浴びせては迫るのだが〕、この大夫が見えぬ折々の出できたるを、〔姫の心には〕八「わが思ふことはなりぬべき〔かなえられそうだ〕なめり」と思ふより〔ただそればかりを思っているので〕ほかのこともなければ、（姫心）「いで、あなあはれ〔なんともあわれな乳母よ〕。九 なるにまかせては見で〔身過ぎの辛さに耐えようともせずに〕、あながちに身をもてなして、かく憂きめをば見するぞかし〔私にこんなつらい目を見せるのだよ〕。〔私が〕身を投げたる後(あと)に、乳母いかなる有様にてながらへむとすらむ〔生きていこうとするのだろう〕」と、一〇 さすがにあはれにはかなくおぼえたまへば、いとど音(ね)のみ泣きて、答(いら)へもしたまはねば、うちむづかりて立ちぬるまに〔乳母は機嫌をそこねて立っていったすきに〕、頭(かしら)をもたげてつくづくと沖のかたを見やれば、空はいささかなる浮雲(うきぐも)もなくて、月のさやかに澄みわたりたるに、一一 海の面(おもて)は、来(き)し方行末(かたゆくすゑ)も見えず、はるばると見渡されたるに、寄せ返る波ばかり見えて、一二 舟のはるかに消え行くが、心細き声して、一三「虫明(むしあけ)の瀬戸へ今宵(こよひ)」と歌ふも、いとあはれに聞こゆ。

（飛鳥井姫）一四 流れても逢ふ瀬ありやと身を投げて
　虫明の瀬戸に待ちこころみむ

八「わが思ふこと」とは、「なほいかで海に入らむ」という願いを言う。

九「なるにまかせては見で」を生計のうえの態度と解したが、姫と狭衣中納言の関係をもっと気長に考えずに、の気持とも考えられる。「あながちに……」は、裕福になりたい一心から無理にあくせくして、の意。

一〇 そこは長年ともに暮しただけに、姫君は乳母を気の毒にも思い、むなしくもお感じになるので。

一一 はてしなくつづく海の上は、どちらから来たのかどこへ赴くのか、方角もわからぬまま。

一二 月光にきらめく波の彼方に、舟の影が薄れ消えていくのだが。小さな漁船などであろう。

一三 舟歌の一節であろう。「虫明」は、播磨国と備前国との間の港。今の岡山県邑久(おく)郡邑久町、片上湾の南口にある。虫明の東南に長島があり、虫明と長島との間の狭い水道を「虫明の瀬戸」または「裳掛の瀬戸」といった。

一四 流れ流れての果てにでもあなた様にお逢いできる機会があるのかどうか、もはや試すほかはありません。この虫明の瀬戸に私は身を投げます。

とて、袖を顔に押しあててとみ〔一〕にも動かれぬほどに、「人や見つけ〔誰かが見つけるの〕む」〔では〕と静心(しづごころ)なければ〔気がせくので〕、泣く泣く単袴(ひとへばかま)ばかりを着て、髪(か)〔二〕掻い越しなどするに、ありし御扇〔三 いつぞやのあの御扇が〕の、枕がみ〔枕もとに〕にありけるが手にさはりたるも、心〔はっ〕騒ぎせられて〔と胸をつかれて〕、まづ取りて見れば、涙にくもりてはかばかしうも見えず〔文字面もしかとはたどれないが〕、墨ばかりぞつやつやとして、ただ今書きたまへるさまなるに、さしむかひたる面影(おもかげ)〔向きあったあのお方の〕さへふと思ひ出でらるるに、「この世にてまた見たてまつるまじきぞかし〔この世で二度とお会い申しあげることはできないのだ〕。ただ今かくなりぬるとも知りたまはで〔私が今こうして身を投げるともご存知ないままに〕、いづこにいかにしてかおはすらむ〔どこでどうしておられることだろう〕。寝(ね)〔四〕やしたまひぬらむ。さりとも寝覚(ねざ)めにはおぼし出づらむかし」などよりほかはまたなき心まどひなり。硯(すずり)をせがい〔五〕に取り出でて、この御扇にもの書かむとするに、目も霧(き)りふたがり、手もわななきてとみにも書かれず。

（飛鳥井姫）〔六〕
はやき瀬の底の藻くづとなりにきと
　扇の風よ吹きもつたへよ

えも書き果てず〔書き終えることもできぬうちに〕、人の気配すれば、疾(と)う落ち入りなむ〔早く飛びこんでしまおう〕とて、海をの

一　しばしは悲しみに昏れ咄嗟には身体も動かせぬまでいたが。
二　髪を肩から胸のほうへ振り越すこと。投身の準備である。
三　一一〇頁。
四　すでにおやすみになっているだろうか。たとえおやすみになってはいても、お目覚めの時には私のことを思い出してはいてくださることだろう、などと、心はちぢに乱れながらもひたすら狭衣中納言の面影を思いおこしていた。
五　「せがい（船枻）」は、船の両側の舷(ふなばた)に渡した板。「ふなだな」とも言う。
六　虫明の瀬戸の早い流れに身を投げて底の藻屑となり果てたと、扇の風よ、あのお方のところへせめて吹き伝えておくれ。

ぞく。

いみじう恐ろしとぞ。

あまりの恐ろしさに身もすくむ思いであったとか

巻二

巻二の巻頭――狭衣中納言の憂愁に始まる　飛鳥井女君失踪後の悲嘆

一物思ひの花のみ咲きまさりて、二水際(みぎは)隠れの冬草は、いづれともなく、あるにもあらぬなかにも、三尾花がもとの思ひ草は、四なほよすがとおぼさるるを、むげに霜に埋(うづ)もれ果てぬるは、いと心細く、おぼし侘(わ)びて、

（源氏の宮を思う胸の炎の花ばかりが　その涙に隠れて他の女性たちは　あの飛鳥井女君への思いは　やはり忘れられない女としてお心から去らないのだが　姿を消してしまったのは）

（狭衣）五 尋ぬべき草の原さへ霜枯(が)れて
　　誰(たれ)に問はまし道芝の露

あさましう行方(ゆくへ)なく誰とだに知らでやみにしは、なほ思ふにも余る心地(ここち)ぞしたまふや。六在(あ)りとも、ことごとしうまことしきさまに思ふべきほどにはあらざりしかど、飽(あ)かぬ別れは何にもまさればにや、木草につけても忘れがたうのみおぼさる。

（呆れるばかりに　それっきりになってしまったのは　女ではなかったけれども　大げさに表立った待遇を考えねばならぬほどの身分の　飽きたりない思いのままの別れが何にもまさって　悔まれるからか　木を見るにつけ草を目にするにつけ）

一「草も木も下（上イ）葉枯れゆく秋風に咲きのみまさる物思ひの花」（西本願寺本『躬恒集』。『貫之集』にも。ただし第二句「吹けば枯れぬる」）に拠る表現。「物思ひ」の「ひ」に「火」（情炎）を利かせる。狭衣の胸に源氏の宮への思いが益々燃えさかるのを言う。

二 水際に隠れるように残る冬草とは、源氏の宮以外の女性たちをさす。「水際」は、源氏の宮を思う狭衣の心の涙を暗示する。涙の目で見る他の女性たちを見映えしないものとするのである。

三「尾花がもとの思ひ草」は飛鳥井姫君（女君）をさす。「道のべの尾花がもとの思ひ草いまさら何の物を思はむ」（『古今六帖』第五）に拠る表現。「思ひ草」は女郎花(おみなえし)。「野辺見れば尾花がもとの思ひ草枯れゆく冬になりぞしにける」（『和泉式部集』）などもある。

四「よすが」は、拠り所、ゆかり。飛鳥井姫君（女君）を妻にとは思っていないが、愛人として心に刻んでいる狭衣の心を言う。

五 もはやこの世にないのなら、せめて墓なりと尋ね当てたいのだが、その当てどすら全く閉ざされて、いったい誰に問えばよいのか、道芝の露と消えたそなたよ。「道芝の露」は飛鳥井女君を言う。

六 たとえ行方知れずにならず、関係が続いても。

狭衣、飛鳥井女君入水の噂を道季から聞く　内心の苦悩と焦慮は深刻

[一]かの下りし式部大夫は、肥前守の弟ぞかし。三郎（三男は）は蔵人にもいまだならず、雑色[二]にてぞある。兄の蔵人になりて（次兄の式部大夫が）暇なくなりにし後は、御身に添ふ影にて（狭衣中納言の御身に添う影といった形で）、忍びの御歩きには離れねば、飛鳥井[三]にもただ一人のみぞ御供にも参り歩きける。兄にも（兄の式部大夫にも）、「しかじかこそ[四]」など、忍びたまふことなれば（ご主人が内密にしておられることなので）、何にかは言ひ聞かせむ（なんで話したりしようか）。また、あれも（式部大夫のほうでも）、「[五]そこそこなる人をこそ懸想すれ。筑紫へも率て行かむずる（連れていこうと思う）」などもも言はざりけるなるべし（言わなかったのであろう）。君の（ご主人狭衣中納言が）かくのみ嘆きたまふ気色を見て、さ[六]かしき（気働きのある）道季は、人知れずこの人を尋ねけり（誰にも言わずそっと飛鳥井女君を探していた）。物詣でをして、神仏にも、「この人の行方聞きつけさせたまへ」とぞ申し歩きける（祈願してまわっていた）。

大弐、道より参らせたる文[七]に、「[八]それがしが妻の俄に亡くなりて侍れば、そのことどもにより、備前[九]になむ留まりて候ふ。物の始め（赴任の最初からこんな不吉な目に逢い悲嘆にくれておりまする）にかくいまいましきことを嘆き思うたまふる」など申したるを、「誰ともなくて（その人と披露もせずに）、俄にいみじう忍びて率て行くと聞きしなり（急にごく内々に連れて下ると耳にしたその女性であろう）。あはれなりけることかな（なんとも気の毒なことよ）」と、大殿ものたまはするに（堀川関白殿も同情されるが）、中納言殿（狭衣）ひと

一　あの九州へ下った式部大夫は。大弐の三人の子息を改めて紹介。長男は肥前守、次男が式部大夫、そして三男がここでクローズアップされる。

二　衣服の色に規定のない下級者の意がもとで、ここは蔵人所の下級官人。公卿や諸大夫の子弟が多く任じられた。六位の蔵人に昇進する一コースでもあった。『枕草子』に「雑色の蔵人になりたる、めでたし」などとある。

三　飛鳥井女君のもとにも。

四　「しかじかこそ」は、ご主人狭衣中納言が飛鳥井女君のもとに内密に通っておられることを言う。下の「何にかは言ひ聞かせむ」にかかる。

五　どこそこに住む女性に思いをかけた。これまた飛鳥井女君のこと。

六　ここで、大弐の三男雑色の名が道季と知られる。脇役・端役の登場人物の名が、このようにさりげなく紹介されるのは物語の常である。

七　赴任途上、大弐から堀川関白殿にあてた書状に。ただし、以下の文面は式部大夫の書いたもの。行文やや唐突の感もあるが、父大弐の書状を代表として、式部大夫の手紙も一括して届いたものと見る。

八　私めの妻。「それがし」は、ここは自称代名詞、改まった言い方の男性語。

り例の（いつものように物思いに沈んでおられる所に）ながめゐたまへる所に、道季参りて、「あやしきことをこそ（どうも合点のいかないことを耳にいたしました）うけたまはりつれ。[一〇]道成（みちなり）が妻（め）は海に身を投げて候（さぶら）ふなりけり。乳母（めのと）なる者の泣く泣く言ひ続けて申しけることどもうけたまはれば、[一一]ただこの行方（ゆくへ）なくなりたまひにし人とこそおぼえさぶらへ（考えられます）。今思ひたまへあはすれば（今になって考えあわせますと）、『太秦（うづまさ）にて（兄道成が）見し人をなむ尋ね出（い）でたる（見そめた女を探し出した）』などこそ語りさぶらひしは（話しておりましたのは）、もしさることや侍りけむ（もしかしたらあのお方のことであったかも知れません）。かくおはしまし通ふ所とは（ご主人様がこうして通われる所とは）、かけても知りはべらざりけるなめり（兄は夢にも知らなかったのでございましょう）。[一二]まことにそれならば」など申すを、（狭衣心）[一三]「げに、さもやありけむ。知りながらも、さやうの者はさのみこそあれ」とて、ものしげに（不快げに）言少（ことずく）なる御気色（みけしき）を、（道季は心が痛んで）いとほしく、まことにしもなからむもののゆゑ（事実そうだときまったことでもないのに）、急ぎ申しつらむこと（性急に申しあげてしまったことよと）、いとほしかりける（我ながら悔まれるのだった）。

御心のうちには（狭衣のお心の中では）、[一四]「まことにさもあらば（ほんとうに道季の言葉の通りならば）、なかなか行方なく思ひつるよりも心憂くもあるべきかな。[一五]一夜（ひとよ）二夜（ふたよ）にもあらず、さはいへど、ほど経（へ）にしを、さりとも知らず聞かぬやうはあらじを（いかになんでも知らぬ耳にしたことがないなどということはあるまいに）、太秦にて

九 今の岡山県。赴任途上で逗留を余儀なくされているのである。

一〇 巻一後半出番の多かった式部大夫も、弟の口から初めてその名が道成と知られる。会話内でのさりげない紹介。

一一 どうも、あの、行方知れずにおなりになったお方と。飛鳥井女君を言う。

一二 ほんとうにこれが事実といたしますと。まことに申し訳のないなどの気持をこめて言いさしたのである。

一三 いかにも、そんな実情でもあったのだろうか。私が通う女と知りながらでも、道成のような分際の手合いならやりかねないところだ。

一四 女の行方が知れないのを心配していたのよりも、かえってそれ以上に辛く思われることだ。事情がわかってみれば、自分の家来筋の者の妻になっていたというのでは、狭衣の心はいよいよ憂鬱にならざるを得ないのである。

一五 私が飛鳥井女君のもとに通っていたのは一晩二晩のことではない、内密にはしていたにしろ相当の期間になるわけだから。

見そめなどして、乳母(めのと)とうちうち語らひおきて取りたるならむかし〔こっそり相談しておいて盗み出したのだろうよ〕。一さすがにあざれて〔あれでなかなか女には手が早いから〕、さやうのわざもしつべき者ぞかし〔仕でかしかねない奴だ〕。かの祈りの二師に〔例の威儀師に〕取り返されたると思ひしは〔飛鳥井女君を取り返されたと思ったのは〕なかなかよかりしものを。妬(ねた)くめざましくも〔どう考えても心外でしゃくにさわる〕返す返すあるべきかな。いかでこのこと疾く聞き定めむ〔なんとか早く事の真相をつきとめたいものだ〕」と、三いま少しおぼつかなさもめざましさもまさりて〔これまで以上に気がかりな気持も心外な気持もまさって〕おぼし嘆かるれど、この道季が前にても〔腹心の道季に対してでも〕、このこととかくも絶えてのたまはせざりけり〔飛鳥井の件には全く口を閉ざして一言もおっしゃることがなかった〕。

狭衣、大納言に昇進する　話題を転じ、再び女二の宮の事に移る

年返りて〔翌春〕、中納言〔狭衣〕、大納言にて大将かけたまひつ〔大納言に昇進して近衛大将をも兼任なさった〕。四かく官位(つかさくらゐ)年の数添ひたまふままに、何事も際(きは)ことなる光を添へたまへば〔際立った光彩をお加えになったから〕、五世の人もあまりゆゆしう見たてまつり扱へば〔あまりの素晴らしさに不吉なほどと見申しあげ取沙汰するので〕、まいて母宮、大殿〔堀川関白夫妻〕などは、六五月(さつき)の夜のことなどをおぼし忘るる世なく、胸をぞつぶしたまひける〔胸を痛めてはらはらなさっていた〕。

七内裏(うち)〔帝は〕には、女二の宮の盛りに整はせたまへるを見たてまつらせたまひて〔若さの盛りで欠ける所なく美しくご成人になったのを〕、八なかなか見たてまつる人なからむも口惜しう〔結婚相手の男性がないというのもまことに残念に〕見えさせたま

一　道成は無骨者ではあるが、男女関係となるとなかなかの行動派、手を出すのも早い男と言うのである。「あざる」は、ここは、無分別な振舞いに及ぶ意。

二　例の威儀師に取り返されたと考えていたが、その通りの事態であったほうがむしろよかったのに。女君を、事もあろうに家来筋の男に奪われたと思うと、狭衣の心は業腹で煮え返るのである。

三　「いま少し」は、道季から情報を得る前以上に、の気持。「おぼつかなさ」は女君の入水の真偽の気がかりさ、「めざましさ」は道成ごときにしてやられた心外さをさす。

四　このように官職官位が年功をお加えになるにつけて。

五　世人は狭衣のあまりの素晴らしさに感嘆し、かえって何か悪い事でも起るのではないかとまで見申しあげて、何かと噂の種にすると言うのである。

六　例の、五月五日夜の天稚御子の天降り事件をさす(二二頁)。

七　「内裏」は帝を言う。「見たてまつらせたまひて」は、帝が女二の宮を見申しあげあそばして。主語は帝。

八　皇女はみだりに結婚しない、独身で通すのが筋とはいえ、この女二の宮の美しさは、結婚相手のないことはかえって。「見えさせたまふ」の主語は女二の宮。

一文のなかで主語が転換している。

九　女二の宮の母、皇太后宮。三〇、三四頁参照。

一〇　源氏の宮の母。中納言の御息所とあった。一八頁。

一一　源氏の宮の母親と姉妹という縁で、源氏の宮を養っている堀川関白家とも親しい付き合いと言うのである。

一二　堀川関白が娘（坊門の上腹）を入内させ、中宮となさってから後は。帝の后として中宮と皇太后宮が並び立ったことになる。

一三　元来、皇太后宮は穏やかな性質で、他人と張り合ったり意地悪くしたりといったお心ではないが。「きしろはし」は動詞「軋ろふ」の形容詞化、競争がましい意。「くせぐせし（癖癖し）」は、ひと癖ある様。

一四「御狩する狩場の小野の楢柴のなれはまさらで恋ぞまされる」（『新古今集』恋一、人麿。もと『万葉集』巻十二の歌）に拠る表現。上の句は序詞、下の句「馴れは増らで恋ぞ増れる」に歌意がある。

帝なお狭衣に期待し、女二の宮御降嫁の意向を固めて堀川関白を促す

一五　公の儀式や季節ごとの行事のおりなどには。

一六「なほ」は下の「おぼしめせど」にかかる。

一七　あの、天稚御子の天降るまでに笛を奏した褒美は。狭衣に女二の宮を与えようとの約束をいう。

一八　いかに気がないにせよ、大将以外の誰に見譲れようか。女二の宮の伴侶は狭衣以外ない、の気持。

ふ。母宮の御方様とても、つゆばかり頼もしき人ものしたまはず。故御息所の御はらからにこそおはすれば、源氏の宮の御あたりをこそはまつはしたまへるに、中宮参らせたまひて後は、かくあたり苦しく時めき華やぎたまふに、あるにもあらず押し消たれて心細げなる御有様を、きしろはしくくせぐせしき御心にはあらねど、あまりうちとけ睦びたまはむもつつましうおぼされて、狩場の小野になりゆきたまふを、殿の御心いとひろうありがたうものしたまうて、さるべき折々などは、こまやかに扱ひきこえたまひけり。

帝は、なほ、かの宮の御後見に大将をのたまはせ契りてしかば、「うちうちにも、もしさやうにやほのめかす」とおぼしめせど、音なきは、「もの憂きことや」とおぼしめせば、その後は御気色もなけれど、殿に御対面のついでに、「かの笛の禄はすげなげなんめりと見れど、世もいとはかなくのみおぼゆるに、頼もしき人なかんめる有様の心苦しきを、また誰にかはとおぼゆれば、ただ知らず顔に

（皇太后宮のかたざま　お身内にしても　後見役として頼れる人も　ご姉妹でいらっしゃったから　親しく付き合っておられたが　入内されてから後は　他のお后たちが気に病むまでに御寵愛を一身に栄えておられるので　皇太后宮は競い合うも何も　圧倒されて　中宮に心をひらき親しくなさるというのも遠慮されて　親しさは感じながら疎遠になって行かれたのを　堀川関白のお心はひろく　普通にはできないほどのお心遣いをされて　心をこめてお世話申しあげておられた）

（今も　女二の宮の　狭衣大将をとお約束になっていたので　内々にではあっても　堀川関白のほうからそれとなくご降嫁を願い出るだろう　気が進まぬのだろうか　〔帝も〕　お口にされないが　関白殿にご対面の折に　（帝）　大将に気がない様子とは見るが　私自身の生涯もほんとうに心細くばかり感じられて　女二の宮に頼りがいのある人がいない様子なのが可哀そうで　ただ何も気づかぬ顔で）

て預けてむとなむ思ひなりぬる」とのたまはするを、うちうちの御気色もの憂げなるを見たまへば、「いかなるべきことにかは」と心苦しうおぼさるれど、かくのたまはするは面立(おもだ)たしうれしくて、かしこまりたまひて、「もの憂くなどは、いかでか思ふやうは侍らむ。喜びかしこまりてこそ侍れ。これに過ぎたる面目(めんぼく)候(さぶら)ふべきやうなし。ただとく仰せ言に従ふべきなり」と奏したまひける。「さらば、卯月(うづき)ばかりに」などぞのたまはするを、返す返す喜びかしこまりまうしたまひながら、かの御心のかひがひしげならぬを、「いかが思ひたまはむ」と、心苦しきまでおぼえたまひけり。

まかでたまひて、大将に、「しかじか上(うへ)ののたまはせつるを。さきざきもうけひかぬ気色(けしき)とは見えながらも、『いかでかさは奏せむとする』と思ひつれば、さるべきさまに申しつるを。いかがはせむ。少々心に入らぬことなりとも、並々(なみなみ)の人にもあらばこそは聞き入れでも過(す)ぐさめ、いかにもから召し寄せらるる面目のほどもおろかな

大将に任せてしまおうという気持になっているのだ
堀川関白殿のほうでも
狭衣のお心の内の気の重さをご覧になっているので[一]
帝がこのように仰せられるのは
面目が立ち
恐懼なさって
(関白) 気乗りしないなどと思うわけが
どうしてございましょうか
恐懼感激のいたり御礼申しあげます
あるはずもございません
ひたすら急ぎお言葉通りにすべきことです
(帝) それならば[二]
[堀川関白は]
狭衣大将のお心がいかにも気乗りのしない様子なのに[三]
胸がせまるまでご心配になるのだった
堀川関白は宮中から退出されて[四]
以前も不承知の様子とは
うかがえたが
どうしてその通りに奏上したりできようかと考えたので
恐懼感激しているかたちに[五]
奏上していたのだが[六]
[七] たとえ少々この縁談が気に入らぬとしても[八]
[九] 何といっても帝がこのように重ねて仰せられる晴れがましさは並々ではな

一 この、帝の再度のご要望に対して、大将がどう受けとめることであろうか。関白殿もまた、狭衣の気のなさを知るだけに苦慮せざるを得ないのである。
二 婚儀の段取りを、四月のころにと定められるのである。
三 帝のお言葉をわが子大将がどうお思いになることか。
四 このように帝が仰せられたことだ。「のたまはせつるを」で切れる文と見る。「を」は逆接ぎみの詠嘆で、終助詞と扱う。
五 「申しつるを」で文が切れる。
六 どうしたものだろう。一応大将に相談のかたちで持ちかけるのである。
七 「少々心に入らぬことなりとも」は、下の「聞かせたまふ所など憚りてこそ、今より申したまはめ」にかかる。間に、挿入句（はさみこみ）の文三つが置かれたもの。
八 相手の女性が並一通りの身分の方でもあれば不承知でも済まされようが。「並々の……過ぐさめ」は挿入句、「こそ…已然形」で逆接。
九 「いかにも……おろかならず」も挿入句。
一〇 「ほども……近くなりぬなり」も挿入句。
一一 今からでも女二の宮のご降嫁を願い出るがよい。

堀川関白はわが子を諭すも、女二の宮に気のない狭衣の心を思い、苦慮

らず、ほどもやうやう近くなりぬなり、聞かせたまふ所など憚りてこそ、今より申したまはめ。私の心のとかくあらむを制し言ふべきにもあらず。まづいかにもいかにも、思ひおきてつる年ごろの本意なり、かくおぼしのたまはする御心もかたじけなし、ひが心など聞かせまゐらせたまはむ、いとかたはらいたかるべし、はやはや、吉き日して、御文などこそものしたまはめ。心に入らぬこととても、聞き過ぐしてやむべきならず」などのたまふものから、少しもいかにぞや思ひたまはむことをば、帝の御言なりとも、なま心やましく我が御心にもおぼされて、うち嘆かれたまひぬる御気色の、例の人の親げなくあはれに見えたまへば、それよりまさりておぼえたまはむことをも、えぞいなびたまふまじきや。
「何事にかもの憂く思ひたまはむ。ただ、かく心にまかせてならひたまひて、苦しきことどもやなど思ひたまふれば、今しばしはさらでもと思ひたまふるにこそ。さて、かの大宮のあるまじきことにか

(一〇 挙式の時期も次第に間近になったようだ／帝がお聞きあそばすところを／一一 願い出るのがよかろう／そなたの本心がどうあろうとそれを咎めだてするわけでもない／何といっても私が心に決めた年来の念願ではあり／帝のお心もおそれ多い次第だし／非常識な了見などをお耳に入れたりなさることがあっては／不都合千万なことであろう／吉日を選んで／女二の宮へお手紙を差しあげなさるがよい／気乗りせぬ縁談だといっても／そのままよいことではない／口では強くおっしゃるものの／〔狭衣が〕どこか心にひっかかるものを関白ご自身でもお感じになって／思わず嘆息しておしまいになるご様子が／世の父親らしくも見えず／狭衣としてはこれ以上嫌だとお思いになる縁談があったとしても／(狭衣) 何で父上がお嘆きになることがありましょう／私のような所へご降嫁になればつらい事も多いかなどと／それはともかく／女二の宮の母宮様がご降嫁などもってのほ)

「こそ…め」の「め」は勧誘の意。
一二「私の心」は、本人の本心。別に愛する女性がいて、女二の宮に心が進まないことを言う。
一三「まづいかにもいかにも」は、まず何よりも第一に。はるか後の「御文などこそものしたまはめ」にかかると見る。
一四 堀川関白としては、わが生き甲斐とも思う息子大将が、すこしでもさあどうかと気が進まない事をば。
一五 いつもの通り、全くの子煩悩丸出しで、とても世の父親らしくは見えず、しみじみと狭衣大将の胸にせまって感じられるので。
一六 狭衣大将の心としては、女二の宮との縁談以上に気乗りのしない話がおありになったとしても、父殿のお心を考えればとてもお拒みになれないのではないかと思われるほどであったよ。
一七「思ひたまはむ」は、あるいは「思ひたまへむ」か。「たまへ」ならば下二段の丁寧、謙譲。狭衣自身が、何で憂鬱になど思っておりましょう、の意となる。
一八 女二の宮様が今のようにお心のままのご生活に馴れておられて。
一九 もうしばらくは、ご降嫁にならぬままのほうがよろしいのではないかと思っているだけのことです。

父殿事をわけて説くが、狭衣は源氏の宮をのみ思い、ご降嫁に心進まず

けはなれてのたまふと聞きはべるぞ、いとむつかしくおぼえはべり
ぬべき」など申したまへば、「そは、高きも卑しきも、女はさぞ心
も口も立てたるやうなれど、上の御心にこそあらめ。大宮も、中宮
の御かたざまを、便なきことにのたまへるにこそあらめ。さらでは、
后腹におはすれども、さしもあるまじきことゝおぼすべきにもあら
ず。今はじめて、そこの御世より帝の御女えたてまつりそめたるか
は。ありがたくめでたき身の幸と思ふべきならず。身の口惜しくな
りにけるばかりこそ。めざましきものに人ののたまはむよ。何事に
つけても、なかなか目やすき御行末にこそあらめ。上は、かしこう
おぼしおきつるにこそあめれ。さし並べたらむにかたはらいたげな
らむは、いとうち出でにくかりぬべきに、この宮は、さてもなどて
かはと見ゆればこそのたまはせけれ」とて、いとめでたくうつくし
とおぼしたる気色のあはれげなるを見たまふにも、おぼすさまにて
見えたてまつらまほしけれど、「我も人もさまざまに定まりゐて、

かと頭からつっぱねておっしゃると　大きいさしさわりに思われてなりません
（堀川関白）　身分の高下を問わず　一 女は何かと意
地を張ったり主張したりするようだが　結局は帝のご意向次第であろう　二 そな
たが中宮の兄弟なので　不都合な縁談だと　それ以外には
三　それほど不都合など降嫁だとお考えにならねばならぬ理由もない
四 そなたの代になって　お迎え申しはじめたことであろう
か　世にも稀な素晴らしい幸運と　思わねばならぬわけはない　五 私の代で臣籍に降
ったたけの話だ　それを心外な縁組と皇太后がおっしゃるとはなあ　六 どこか
ら見ても　女二の宮にとってかえって安心できるご将来であろうのに　帝は　その点を賢明
にご判断のうえ措置されたのであろう　女二の宮をそなたと並べてみた場合　はた目にも具合が悪
いようなら　とてもお声をかけにくいはずのところ　女二の宮は　七 そなたと並べても
不釣合ではないと　わが子大将を心から立派でいとおしい
と思っておられる父殿の様子が身にしみるばかりなのを　〔狭衣は〕八
（狭衣心）私も源氏の宮もそれぞれ別に身が定まって

一 女というものは了見が狭いのにかたくなに意志を通そうとしたり口やかましかったりするもの、皇太后宮の反対もそれだけのこと、と言うのである。
二 堀川関白は心ひろく種々世話をやいてはいるが、皇太后宮の中宮に対する隔意をよく知っているのである。狭衣大将は中宮の腹違いの兄弟。
三 女二の宮は帝の正妃である皇太后宮の御子ではあられるが。ふつうの女御や更衣の御子でないことを強調。
四 事新しく狭衣大将の代からはじめて内親王を賜る光栄に浴するわけではない、と言うのである。
五 私の代で臣籍に下ったが、一条上皇、帝と同腹の第二皇子なのだ。「身の口惜しく」に、堀川関白の自負、誇りと、臣下に降りた痛恨とが交錯している。
六 女二の宮が狭衣大将に降嫁することは、どの点から考えても。
七 帝は、狭衣大将と縁組してもすこしも不釣合なところがないとご判断になったからこそ、ご降嫁の儀を仰せられたのだ。
八 父関白殿のご希望に添い、女二の宮ご降嫁の件を受け入れて夫婦としてご覧に入れたいとは思うのだが。狭衣の心には源氏の宮への思慕がどうしても思い切れないのである。次の「我も人も」の「人」は、したがって、源氏の宮をさす。
九 それでも自分はおめおめ世に過せるだろうか。
一〇 狭衣には源氏の宮から離れた自分が考えられない

のである。
一一「浮きたるさま」は、定まった妻もなく落着かぬ狭衣自身の現在の状況をやや自嘲的に言ったもの。
一二 源氏の宮とともにいない自分にとても耐えられぬと思えば。「身を捨てむ」は、出家遁世を考えているのである。
一三 内親王のご降嫁、しかも母后が反対、となれば、格式やら周囲の眼やら結婚後の生活の繁雑と神経の使い様は今からわかりきっている。「さばかり」はそれをさすのであろう。
一四 出家遁世の妨げになることを念頭に置いている。
一五 女二の宮の母后、皇太后宮をさす。会話内では「大宮」と多く言うが、ここは心中思惟。ただし、「思ひ嘆きたまはむ心のうち」あたりで、狭衣の心中表現は地の文に融け込んでいる。
一六「このこと」は女二の宮降嫁の件。「おぼし止まる」は帝の意向を中心に考えているのである。
一七 帝付きの女房。後には典侍(すけ)とある。内侍所の次官が典侍、三等官が内侍(掌侍)。
一八 狭衣大将の乳母。九二頁既出。
一九 女二の宮を狭衣へ降嫁させようという帝のご意向。
二〇 女二の宮が住む御殿を初めて、さりげなく示す。
二一 姉(大弐の乳母)と同じ気持でお仕え致します。

中納言の内侍の紹介——狭衣大将が女二の宮に新たな因縁を結ぶ機縁

今はと思ひ離れて世にありなむや[九]」と、返す返す思ふにも、[一〇]我が心のうちはあるまじきことなれば、「人の御心、有様見定むるほどはかやうにて、[一一]浮きたるさまにてながらへむほどに、[一二]え忍び過ぐすまじうおぼえば、身を捨てむさまにいとやすし。[一三]さばかり心苦しからむ御有様を見たてまつりそめて、いかに[一四]いみじき絆(ほだし)とおぼえむ。[一五]母宮の『さればよ』と思ひ嘆きたまはむ心のうち」思ひつづけらるるに、なほなほ、「いかさまにして、[一六]このことおぼし止まるわざもがな」と、人知れず嘆かれたまふ。

内裏(うち)に候(さぶら)ふ[一七]中納言の内侍(ないし)は、[一八]大弐の乳母(めのと)のはらからぞかし。皇太后宮にも睦ましきゆかりにて、幼くより候へば、宮たちの御有様なども見たてまつりて、物語のついでにも時々聞こえさせしを、大将も耳とどめたまひしかど、かかる[一九]御気色(けしき)と見たまひて後(のち)は、なかなかわづらはしくなりて、同じ百敷(ももしき)の内ながら、[二〇]弘徽殿(こきでん)にはことに参りなどもしたまはぬを、大弐の乳母下りて後は、「[二一]同じ心にこそ」

今はもうときっぱり断念して
考えるにつけても
ご本心としてはとても耐えがたいことなので
源氏の宮のお心やご様子をしかと見届けるまでは
現在のままでいて
どの道浮草のような独り身で生きているのだから
とても耐えられぬと思えば
身を捨てるにしても気が楽だ
あれ程気骨の折れるのが
わかっている女二の宮を迎えて生活を始めてしまったら
皇太后宮が
それ見たことか
なんとしてでも
ご降嫁の儀はご断念になってほしいもの
姉妹
親しい縁故の者で
お仕えしているので
堀川邸での話の折にも女宮たちの噂を
狭衣
かえって
気をつかい慎重になって
宮中
特におうかが
いもせずにいたが
〔筑紫へ〕
(中納言の内侍)

狭衣、中納言の内侍を訪う折、箏の音に惹かれて弘徽殿の内に忍び入る

一 中納言の内侍は、皇太后宮様が清涼殿にお上りになったお供でただ今不在でございます。
二 「本意なし」は、期待外れだ、の意。ここは、せっかく来たのにという、軽い失望感。
三 「ばんじきてう」とも読む。雅楽の十二律の一。中国十二律の南呂(なんりよ)に相当し、西洋音階のロ調に近い。
四 皇太后宮の姫宮たち。女二の宮、三の宮を言う。
五 弘徽殿の南の戸口の妻戸。妻戸は出入口の観音開きの戸。
六 「咎む」は、注意する、気にかける意。
七 持ち運びできる円火鉢。
八 加持祈禱などのために夜間詰めている僧。護持僧。
九 廂(ひさし)の間を仕切る襖(ふすま)障子のそばまで。
一〇 帝のおられる清涼殿をさす。
一一 もしかしたら女二の宮たちのお姿が見えるかも知れない。

など、常に聞こえさすれば〔狭衣も〕、局(つぼね)のあたり〔内侍の賜っている居室などに〕に立ち寄りなどしたまふ折(をり)もありけり。

「聞こえさすべきこと」〔(内侍)申しあげたいことがございます〕などたびたび申せば、局に立ち寄りたまひ〔狭衣は〕て案内したまふ〔お声をかけられると〕に、「一宮ののぼらせたまへる御供に」と言へば、二本意(ほい)なくて、そのわたりをたたずみたまふに、箏(しやう)の御琴の緒(を)いたうゆるびけるを、三盤渉調(ばんしきでう)に調べて〔調律して〕、わざとならず忍びやかにて〔いかにも自然にひっそりとした風情で〕、絶え絶えに〔とぎれとぎれに〕聞こえたる御爪音(つまおと)、なべてのには似ずなつかしくをかしきは〔ありきたりの音色と違っていかにも心惹かれる趣なのは〕、四「宮たちのなるべし」〔姫宮たちがお弾きなのだろう〕と過ぎがたくて〔そのまま立ち去りにくく〕、南の戸口のかたに寄りて聞きたまへば、五妻戸細めにあきて灯(ひ)の光ほのかに見ゆ。寄りてやをら〔そっと開けてみるが〕あくれど、六咎(とが)むる人なし〔気づく者もない〕。七火桶(ひをけ)に火などおこしおきて、八夜居(よゐ)の僧のあからさまに出でたる跡と見ゆ〔所用でほんのしばらく出ていったあととみえる〕。

やをら入りて灯(ひ)をあふぎ消(け)ちて、九障子口(しやうじぐち)まで寄りたまへど、宮も〔皇太后宮も〕一〇上〔帝の御許に〕にのぼりたまひて、夜も更けにければにや、人の音(おと)もせず、しめじめとして〔ひっそりと静かで〕、琴の音(ね)ばかりぞ時々聞こゆる。一一「もし見えぬべしや」

と、なほもあらで、障子より通りて、あまた立て重ねられたる御几帳どもにつたひつつ、壁代[12]の中に入り立ちて見たまへば、こなたは[13]宮たちの御方なるべし、帳[14]の前に二所臥したまへり。ほのかなる灯の影に、いづれかいづれ[15]ともとみに分れたまはず。奥のかたに琴をまさぐりつつかたはら臥したまへる、御髪のかかりなべてならず見えたまふや二の宮におはすらむと目とまりたまふ。

前[16]近く人二三人ばかり候ひても言ふを聞きたまふに、我が御上なりけり。「さてもめづらかなりし夜のことどもかな。音に聞きし天稚御子とかや見てしかな」「うるはしく[17]よかりしかたちかな。この世の人ともおぼえざりき」など言へば、またある人、「されど、大将の笛持て悩みて、いかにせましと思ひやすらひたまへりし灯影のにほひ、愛敬[18]に似るものなかりき。中務[19]の宮の姫君に語りきこえさせしかば、そのままに描いたまへりし、御子の御かたちは、絵にもうるはしくきよら[20]なれば、似たりき。大将の御有様ぞ、『筆[21]及ぶ

一二 壁の代りに用いる帳。母屋と廂の間との間などに、御簾の内側に垂らしておく間仕切り用のカーテン。

一三「こなたは……なるべし」は、はさみこみ（挿入句）。こちらは女二の宮や女三の宮たちのお部屋であろう。

一四 帳台。母屋に一段高く台を作り、その四面に帳を垂れた寝所。

一五 どちらが女二の宮であり、どちらが女三の宮であるかとも。

一六 女二の宮たちのお側近くに女房たちが二、三人ほど控えて話をしているのであろう。「御前近く」とありたいところ。

垣間見——くつろぐ姫宮たち　狭衣は物静かな女二の宮に心惹かれる

一七「うるはし」は、整った、やや冷たい感じの美しさを言う。

一八「にほひ」は、ほのぼのと慕わしさを感じるような美しさ。「愛敬」は、なつかしさを感じるような優しい、暖かい魅力。

一九 巻一の「蓬がもと」の条に、随身の報告のなかで「中務の宮の姫君の乳母」は語られていた。五四頁。

二〇「きよらなり」は、完璧なまでの美しさを言う。

二一 とても絵には描けません。狭衣の、ほのぼのとただようような美しさや暖かみのある魅力を絵に写すことができなかったのであろう。

べくもあらず』とて、果ては破りたまひにき」など語れば、この三
の宮にやと見えたまふ、少し起き上りて、「その絵はなど見せぬ。
心憂かりけり」など恨みたまふ気色、幼びてうつくしげに見えたま
ふ。「絵は御覧ぜさせむとせしかど、[一]『散らさじ』とて隠したまひし
かば、口惜しくてこそ。かの姫君こそ大将の[二]御具にもしつべけれ。
[三]心ばへもりやうりやうじくこそおはすれ」など、口々に物語などす
れど、いま一所、御もののたまはず、琴を手まさぐりにして、人
人もの言ひ笑ふを見たまへり。口つき、まみなどよりはじめ、[四]ほの
かなる灯の影なればにや、「げにこれこそ類なき御かたちなめれ」
と、よそに聞きたてまつりつるよりはこよなく心とどまりて、とみ
にも立ち出でられぬほどに、出でたりける夜居の僧参りて、妻戸荒
らかに掛けつる音すれば、いとわりなくて、「え出でずなりぬべき
にや」と、なほ見立ちたまへれば、この宮の物語しつる人、かの
[五]「蓬が門」とありし歌も語り出でて、「[六]姫君の御乳母子の小宰相とい

（傍訳）
しまいにはや破っておしまいになった　その絵をなぜ見せてくれないの　三の
宮であろうかと思われるお方が
意地悪ねえ　子供っぽく愛らしく
（女房）ご覧に入れたいと存じましたが　中務の宮の姫君が　隠しておしまいにな
ったので　残念ながらどうにもなりませんでした
態度も洗練されて才たけていらっしゃることです
女二の宮は何もおっしゃらず
口もとや　目もとなどをはじめとして
ほんにこのひとこそ　ご器量のようだ
話に聞いて想像申しあげていたのよりは　格段と心惹かれて　急には
立ち退けないでいるうちに　外出していた　乱暴
に掛金をかける音がするので　狭衣はすっかり困ってしまって　出ることができなくなってしま
うのかと案じつつ　立って見ておられると　さっきの中務の宮の姫君の話をした女房が

一　人様の目にふれるのが恥ずかしい。「散らす」は、あちこちの人の手に渡って失う意。
二　奥方にもしたいようなお方です。「具」は連れ添う者の意。配偶者。
三　「心ばへ」は、心の動きや心づかいにあらわれるその人の性質。「りやうりやうじ」は、「らうらうじ（労労じ）」と同じ。心ざまや振舞いなどの奥ゆかしく洗練されている様を言う。
四　ほんのりと柔らかい明かりに映る容姿だからか。
五　巻一の「蓬がもと」の条、女の贈歌「しらぬまのあやめはそれと見えずとも蓬がもとは過ぎずもあらなむ」（二二頁）を言う。
六　中務の宮の姫君の乳母（前出五四頁）の娘。この乳母子、小宰相は初登場。

ふが、しかじか聞こえたりし」など語るにも、（狭衣）「誰(たれ)ならむと思ひし〔七 歌の主は誰かと思った〕を、〔が〕されば〔思った通りだ〕よ」など聞きたまふもをかし。

少しおとなしかりつる人〔八 やや年輩の女房が〕、「例の〔いつものように〕乱り心地悪(あ)しうなりにたるかな〔持病がおこってしまった〕。今宵(こよひ)はよもおこらじとこそ思ひつれ〔よもや発作はあるまいと思ったのに〕。あやしきわざかな〔いやになってしまうわ〕。夜ごとに[九]さへなりぬるにや。大宮のおはしまさぬほどにだに候はで〔一〇 皇太后宮様がお留守の間ぐらいもお勤めできないなんて〕。宮殿[一一]、いざ疾(と)く御かたはらに候はせたまへ〔姫宮たちのお側にお付添いになってください〕」など言ひおきて下(お)るるは〔局にさがるのは〕、御乳母なるべし。もの言ひつる人も〔話し続けていた女房も〕、「いたく更けさぶらひぬ〔たいそう夜も更けました〕。御帳(みちやう)に入らせたまひね〔ご寝所にお入りあそばせ〕」と聞こえさすれど、うたた寝にみな臥したまひぬ〔一二 姫宮たちはお二人とも仮寝のていで その場にお寝みになった〕。

琴弾きたまへるは〔姫宮は〕、やがて枕にて〔そのまま琴を枕にして〕、顔引き入れて〔お顔をお着物に埋めるように〕臥したまへる様(やう)[一三]体(だい)など、心苦しげにらうたき御気色なれば〔一四 いかにも華奢で愛らしいご様子なので〕、見たてまつりおきて出でむは口惜しくおぼしなりぬるも〔こうして見ながらそのまま出て行くのはいかにも心残りとお思いになられたというのも〕、さばかり御簾(みす)の外(と)をだにわづらはしき御あたりとおぼしつるには違ひたる〔一五 ご挨拶するのさえ億劫なお方と敬遠しておられたこれまでのお気持とは裏腹に〕御心の憎さなりかし〔こうまで変る大将のお心の憎さよ〕。

「からなむけ近きほどにて〔こんなにお近くで〕見たてまつりつる〔拝見しましたよ〕」とばかりは、かの御〔女二の宮ご〕

七 巻一（五三頁）では、狭衣が「蓬が門」の歌主を少将の乳母（中務の宮の姫君の乳母）ではないかと見当をつけていた。ここでは、実際に贈歌したのはその娘小宰相のようにも読めるが、いずれにせよ、少将の乳母かその周辺の者という気持で、あまり見当違いでない意味で「さればよ」と言ったものであろう。

八 「おとなし（大人し）」は、年輩で分別がある、重だった地位にある、の意。

九 夜毎に発作がおこるようにまで持病が進んでしまったのだろうか。発作の間隔が次第に短くなったのを心配するのである。

一〇 この女房は、皇太后宮が不在の時には弘徽殿を取り仕切る立場にあるらしい。女二の宮の乳母。

一一 話をしていた女房の呼び名であろう。

一二 「みな」といっても、女宮二(ふた)ところを中心に言う。

一三 「様体」は、人の容姿、姿。

狭衣、心惹かれるあまり我を忘れ
女二の宮を奥の御座(おまし)にとらえる

一四 「心苦しげなり」は、ここは、せつないまでに華奢(きやしや)な様子を言うのであろう。

一五 あれほど、参上して御簾を隔ててご挨拶するだけでも億劫に感じられた弘徽殿なのに、の気持。「さ」は帝のご降嫁のご意向以来の狭衣の敬遠ぶりをさす。

耳に聞こえ知らせざらむも（自身のお耳に入れないのも）、あまり埋れいたき心地して（一 引込み思案に過ぎる気持がして）、やをら（そっと）入りて、奥の御座に少し引き入れたてまつりたまふに、おぼしもあへず（女二の宮は突然のことに考えもまとまらず）、「こは誰そ」と言はれたまふに、

（狭衣）二
死に返り待つに命ぞ絶えぬべき
なかなか何に頼めそめけむ

とのたまふ気配なべてならぬを（詠みかけられるご様子がいかにも優雅なので）、いみじき御心まどひのうちにも（女二の宮はお気持の動転のなかにも）聞きや知らせたまふらむ（これは大将殿だとお聞き分けになられたのだろうか）、いとど恥づかしくいみじきに、ものもおぼえさせたまはず、ただひき被きて（ただもう衣をかぶって）泣きたまふ気配も、いとど近まさりして（狭衣の目にはいよいよ三 近勝りするばかり）、そこらはぶきたまふ年ごろの心のほどよりは（四 ほとんどお心にとめられなかった年来のお気持とはうって変って）、「かばかりにて立ち退かむ」ともおぼされねば、かの夜はの身のしろ衣も（五 あの夜の褒美との勅諚も）、「さりともおぼしかへさむやは」（よもや帝のご意向が変ることはあるまい）と頼もしきに（心強く思って）、苔の乱れまさりつつ（六 一途に恋うる心が募り乱れて）、（狭衣）「大宮の御気色もつつましくうけたまはれば（ご遠慮すべきように）、御文などをだにえ聞こえさせねば（お手紙さえも差しあげることができなかったので）、人づてならで聞こえ知らせむとてなむ（直接私の気持を知っていただこうと存じまして……）。心のどかにおぼしめせ（どうかお気持を鎮めてください）。御気色取らでは（七 ご同意のない限り）、さりともなめげなる心のおほけ（いくらなんでも失礼な勝手な振舞いは）

一「埋れいたし」は、内気に過ぎる、控え目に過ぎる意。消極的過ぎて気持が晴れないのを言う。

二 姫宮と添える日を死ぬほど待ちこがれて、もはや命も絶えてしまいそうです。帝のお言葉をなんで頼りにしはじめたことかと、かえってお話を賜ったことが悔まれるくらいです。

三「近まさり」は、近くで見ると遠くで見ていたときより一層勝って見えることを言う。

四 帝のご意向を知って以来、狭衣が女二の宮の事にほとんど関心を示さなかったり無視したりしてきたのを言う。「はぶきたまふ」は「はぶきたまへる」とありたいところ。

五 天稚御子が天降ったあの夜の笛の褒美に女二の宮をくださるとの勅諚を、帝の狭衣への贈歌を利かせた「身のしろ」衣（三八頁）で代表させている。

六「逢ふ事をいつかその日とまつの木の苔の乱れて恋ふるこのごろ」（『古今六帖』第六）を踏む表現。『源氏物語』（浮舟）にも「宮（匂宮）よりは、いかにいかにと、苔の乱るるわりなさを宣ふ」などとある。

七「気色取る」は、様子を見て取る意から、機嫌を取る意。ここは、帝や母宮（皇太后宮）の承諾を得る意であろう。特に反対している母宮を主対象に言っている。

八 自分の決意を披瀝(ひれき)して、その実行を見てほしいと言うのである。慣用的な言い方。

源氏の宮を思い心乱れつつも、耐えず、ついに狭衣は女二の宮と契る

九 「かばかりも」は、「見えさせたまふ」にかかる。
一〇 「単衣」は「ひとへぎぬ」の略。一重(ひとえ)で裏のついていない衣。
一一 その単衣の仕立てがひどく空(す)き間が多く。「ほころぶ」は、合わせ目を一部縫い残して仕立てる意。縫目と縫目の間が空(あ)いていて、中が見えるのである。
一二 「あえか」は華奢(きゃしゃ)な様。かよわく見える様。
一三 「身なり」は、からだつき。「肌つき」は、肌の艶や白さなどを言う。
一四 あの、「室の八島の煙にも問へ」と詠んだ（四五頁）、初めて源氏の宮に恋をうち明けた折の彼女の腕の白さが記憶によみがえってきたのである。
一五 帝の御下命で女二の宮のご降嫁が本決りになるような場合に。
一六 源氏の宮を思う気持にどれほど苦しむことか、と今から心の葛藤を予想して悩むのである。「心地して」は、余韻をたたえる「て」止め。
一七 人には言えぬ苦悩。夫である狭衣には最愛の女性が別にいて、愛してもらえない悩み。
一八 ここまで近づいたというだけでは。近づき寄り添っただけでは我慢できない、の気持。

なさは、よもつかひはべらじ。八よし御覧ぜよ」など聞こえたまふ。げにうとましかるべきさまにもあらねど、九かばかりも、知らぬ人にけ近く見えさせたまふは、あさましく恥づかしうおぼしめされて、ただ一〇単衣(ひとへ)の御衣(おんぞ)にまとはれたまへど、一一いたくほころびて、一二あえかにをかしげなる一三御身なり、肌つきなど、「げにこれこそあるべきほどなれ」と、限りなき御有様もことわりにうつくしうおぼえたまふにも、まづかの一四室(むろ)の八島(やしま)の煙(けぶり)立ちそめし日の御腕(かひな)は、様(さま)ことに思ひ出でられたまうて、「かばかりもいかにしつるぞ。もし気色見る人もあらば、いとどのがれどころなく、一五召し寄せたらむとき、一六いかなる心地して。命待つ間のほどは、なほさやうなることなくてこそあらめ。またかう心苦しき御有様に一七人しれぬ物思ひを添へたてまつらむも、いと心苦しうあるまじきこと」と、返す返す思ひとりながら、一八いとかばかりにては、後行末(のちゆくすゑ)のたどりも、さすがに心強うえおぼしたどるまじう乱れたるやうにて、消え入りぬべうおぼしまどひたる

けっしていたしません　どうかわかってください
お言葉のとおり毛嫌いすべき大将のご様子でもないけれども　この程度にも
御身を近くで見られるのは
御身を包んでおられるが
ほんにこれこそ美しい理想的な女体よ
内親王としてこの上なく敬われるのも当然に　可憐にお思いになるにつけても
真先に　〔源氏の宮の〕　一種異様なまでのあ
ざやかさで甦って　この程度とは言えなんで女二の宮に近寄ってしまったか　この場の様子を見る
人でもあったら　いよいよのっぴきならず　夫として召されるような場合に
はかない命が尽(ま)きるまでは　源氏の宮以外の正妻は持たずにいたいものよ
このようにいじらしい女二の宮に
お気の毒で　あるべきことではない　自制しながらも
見通しも　なんといっても若い血は騒ぎ　思慮
分別を失いかねない乱れようで　気を失ってしまいそうなまでに気持を転倒させてお

一「さまざまに」は、源氏の宮に対しても女二の宮に対しても、の意。永遠の女性と思慕する源氏の宮がありながら、女二の宮をも愛し得る自分自身が狭衣には不安なのである。

後朝の別れ――女二の宮は泣き臥すばかり　狭衣も心乱れ歌を残し去る

二 女二の宮を思えばこれからの逢瀬の困難が嘆かれると同時に、彼女と契った今も帝のご意向どおりに従えない自分を固守しようとするのである。

三 女二の宮を与えようとの帝のご意向。

四 女二の宮と契った今、いよいよ心の乱れが甚だしい。狭衣の心の奥に、常に源氏の宮への顧慮がある故である。

五「思ひぐまなし」は、周囲への配慮を欠き無分別な行動に出るのを非難する気持。

六 帝のご勅許。ただし、母宮皇太后宮の同意をも得たうえでの勅許ということになろう。

七 さきには「中納言の内侍」とあった（一三五頁）。典侍は内侍所の次官。

八 いとしの君よ。愛をこめて呼ぶ言い方。

九 今夜の事実は誰にも知られたくないのに、大将殿は中納言の典侍にまで話すのかと思うと、女二の宮は恥ずかしさ辛さに耐えないのである。

一〇 ただもう、たやすくできることは、身も浮くほどに流れる涙に委（ゆだ）ねるだけ。激しく泣くほかはない気持を言う。

御有様の心苦しさも、いかがなりにけむ。「これや、さはのがれがたき契りのほどならむ」と思ふも、さまざ[一]まにおろかなるべき心ざしとはおぼえぬにしも胸騒ぎて、思ふまま[二]にえ見たてまつらざらむことの嘆かしう、さりとて、今もひとかたに上（うへ）[三]の御気色に従ふべき心地もせずなど、いとど[四]乱れまさりぬる心のうち、なほなほ我ながらもどかしう悔しきに、この御気色さへいといみじきを、とかく慰めたてまつりて、我も涙を流し添へたまひつつ、「思ひぐまなき[五]やうに上の聞かせたまはむにより、御許[六]しなからむほどは、おぼろけならで見たてまつり、御文（ふみ）などだにありがたくぞ侍るべき。中納言の典侍（すけ）[七]してぞ、思ひあまる折々（をりをり）は聞こえさすべき。なほあが君[八]、おぼつかなきさまにもてなさせたまふなよ。『さりとて、いまいくかも隔たりはべらじ』など思ひなぐさめてなむ」と、いみじきことどもを聞こえさせたまへど、中納言にさ[九]へ言ひ知らせむほどの恥づかしさ、心憂さをおぼし入るに、いとど

（傍注）
いでの女二の宮への思いやりも　最後にはどうなったことやら
（狭衣心）そうか　これが避けがたい因縁というものだろう　女二の
宮に対しても浅からぬ愛情を抱いているご自分が不安になって　こうした
逢瀬は二度と得られないのではないかと嘆かれる一方　女二の宮と契った今も
一途に　帝のご意向どおりに
自分をいくら責めても責め足りぬ口惜しさのうえに　女二の宮のご様子ま
で痛わしさに耐えず
（狭衣）無分別な行為と　帝が耳にされてお腹立ちになろうから
めったにお逢いできないのはもちろん　お手紙を差し上
げることもむずかしいでしょう　恋しくてたまらぬ　お言伝て
申しあげさせましょう　その時は知らぬ顔をなさらずご返事をくださるように
なあに今すこしの辛抱　あと幾日待つわけでもあるまい　自分を慰めておりま
しょう　愛を披瀝する言葉の数々を　〔女二の宮は〕
思いつめられると

〔たった今　この世から消え失せてしまいたい〕「ただ今なくなりぬる身ともがな」とおぼされて、一〇やすきこととは、身も浮きぬばかりに〔お涙を流すほかはないのを〕流れたる御涙、一一いと心苦しくわりなきに、一二左近（さこん）の陣（ぢん）のにや、〔時刻を申す声も〕時申すも、〔夜が明けたのだな〕「明けぬなり」と聞こゆれば、一三〔ますます事が面倒で気のもめることも並々でなく〕いとどわづらはしさもなのめならず、〔あれやこれやと〕かたがたに心のみ乱れて、〔どうなっていくわが身か〕「いかなるべき身の有様にか」と、返す返すもの嘆かしさ〔なおのことどうしようもなくて〕いとどやるかたなくて、起きも上（あが）られたまはず。

さりとて、〔一言主神と同様で　今の姿を公然と人に知られる気持にもなれないのか〕一四葛城（かづらき）の神のひとかたに現れぬべき心地もせぬにや、

（狭衣）一五「岩橋を夜々（よるよる）だにも渡らばや
　　絶え間やおかむ葛城の神

〔あまりにも激しいお嘆きの〕いとあまりこちたき御気色（けしき）は、〔人に気づかれて困ります〕人目もこそ咎めきこゆれ」と、〔言葉を尽して〕よろづに慰めきこえさせたまふほどに、〔妻戸が音を立てるのは〕昨夜（よべ）の戸の鳴るは、「憎の出（い）づるにや」と〔判断されたので〕聞こゆれば、〔そっと女二の宮から離れ出るにつけても〕やをら立ち出づるも、〔後髪を引かれる思いで胸熱く〕うしろめたく心苦しきに、（狭衣心）一六〔どうして思慮もなくこんなことをしてしまったのか〕「なぞやかく思ひやりなくあやしき身なりけむ。一七〔あの妻戸が思いがけず易々と開いたのも〕槙（まき）の戸の思ひかけずやすかりしも、昨夜はうれしかりしに、〔心の重荷を背負って外へ出〕物思ひ添へて立ち

一一 狭衣は心から気の毒に感じるが、といって自分でも心乱れてどうしてよいのかわからない、そんな時に。

一二 左近の陣（左近衛府の官人たちの詰所）の宿直奏（とのいもうし）であろうか。左近衛府は、右近衛府とともに宮中の警護や行幸の供奉にあたる役所。宿直奏は、宮中に宿直した者が、定刻に自分の姓名を声をあげて名乗ること。

一三 誰にも悟られずに立ち去る苦労がさらに加わるので、「いとど」と言った。

一四 葛城山に住む山神、一言主神（ひとことぬし）。役（えん）の行者（ぎょうじゃ）がこの神に命じて、葛城山と吉野の金峰山（きんぶせん）との間に石橋を架けさせたが、神は自分の容貌の醜さを恥じて夜だけしか働かなかったので、ついに工事は完成しなかったという伝説を踏まえている。他人に姿を見せたくない時によく引き合いに出される。

一五 おおっぴらには出来ませんが、せめて夜ごとに姫宮のもとに通いたいものです。葛城の神ではないが、けっして絶え間はおかないつもりです。一言主神の伝説を踏まえる。女二の宮への別れの贈歌。公表できぬとことわる点で消極的な愛があらわ。返歌のない点も暗示的。

一六 どうして無分別な行為に出てしまったものか、自分で自分がわからない、の気持である。

一七 「槙」は真木。檜や杉などの総称。昨夜狭衣が入った妻戸口を歌語で表現したもの。

（る今は）出づるは、恨めしき[一]」までおぼされて、押したてたまふ。

（狭衣）[二]悔しくもあけてけるかな槙の戸を
やすらひにこそあるべかりけれ

とまでおぼされけり。

翌朝、母宮、女二の宮の有様から昨夜の始末を悟り、ひとり心を痛める

そのすなはち（大将の去るのと入れ違いに）、母宮上[三]より下りさせたまひて、やがてこの御かたはら（そのまま女二の宮のお側に）にうち臥させたまひて、御格子[四]どもまゐりなどして起きさせたまへるに、姫宮の御後の方に、懐紙[五]のやうなるものの落ちたるを、「あやしう。何ぞ」と取りて御覧ずれば、白き色紙[六]などいへどなべて見ゆるさまにはあらぬが、少ししぼみて[七]（皺が寄って）、しみ深く（香りが深く）、移り香[八]なども世の常の人とはおぼえぬを（並々の身分のものとは思われぬので）、「誰[九]かはここに落すべき」とおぼしますに（お考えになると）、御胸ふたがりて（はっとお胸をつかれて）、心騒ぎも世の常ならず（悪い予感に心の騒ぐこと並一通りではない）。姫君（女二の宮）の大殿籠り[一〇]たるやうなるを見たてまつりたまへば、よもすがら（夜通し）泣き明かしたまひける御衣の気色いと潮どけげにて（しめっぽい感じで）、ひき被かせたまひける御髪もいたう濡れたるを（ひどく涙で）、「さればよ（ああやっぱり）、人の入り来たり（誰か男が来ていたにちが

一 前頁の「なぞやかく思ひやりなく」以下、狭衣の心中思惟だが、「恨めしきまで」のあたりで地の文に融け込んでいる。

二 あの妻戸をどうして開けてはいってしまったものか、我ながら悔まれる。戸口でためらって内にはいらなければよかったのだ。狭衣の独詠歌で、悔恨の念のみ深く、すでに女二の宮への思いが消えている。二人の将来の不幸が予想される暁の別れと言えるだろう。

三 皇太后宮が清涼殿からおさがりになって。

四 弘徽殿のそこここの蔀格子を上げなどして。御殿の朝の営みが始まるのである。

五 「畳紙」に同じ（一三頁注八）。常時懐中にしてちり紙にも和歌やメモ用にも用いる紙。

六 白い色紙には違いないが、並の紙とはとても見えない高級の品で。

七 涙を拭いて少しくしゃくしゃになったのであろう。「しみ深く」は、たきしめた香のかおりが強いのを言う。

八 「移り香」は、物に移り残ったかおり。ここは狭衣の去ったあとに残った、彼の衣服のかおりを言う。

九 このような場所に誰が落すはずがあろうか。

一〇 寝入っておられるように見えるお姿を注意してご覧になると。

けるにこそ。あな心憂や。誰なりつらむ。かばかりの御身のほどに、かかる例あらむや。一一左大将のなべてならぬ有様を、上の『一二行末の御後見に』とのたまはするをだに、『一三いでや、宮たちは何となくて過ぐしたまへるこそよけれ。一四軽々しき御有様に思ひよそへられたまはむこと、あるまじきこと』とこそ思ひつれ。一五こはいかなることならむ。さりとも、しるべする人ありつらむかし」など、一六あさましくいみじけれど、一七人に問ひ案内したまふべきにしあらねば、一八ただ心一つにおぼしくだくさま、ただ片時のほどだにいみじげなり。

ものに少し際だけきまで一九すくよかに、気高く重りかなる御心にて、我が御宿世いと口惜しうおぼし続けらるるに、人目もえつつみあへず涙こぼれて、堰きかねさせたまへる気配を、宮、大殿籠りたるやうなれど聞かせたまふに、やがて消え入るやうにぞおぼさるる。

大将は中宮の御方にて夜明かしたまひて、つとめて御前に参りたまへれば、御硯あけさせたまひて文書かせたまふなるべし。「よろ

一一 前文には「大将」とだけあった（一三〇頁）。

一二 大将を女二の宮の夫として、生涯の伴侶としよう。

一三 皇女たる者が臣下などと軽々しい結婚をすべきではない、と言うのである。尊貴な内親王に対する当時の通念であったが、母宮の場合、信念となっている。

一四 狭衣大将がどんなにすぐれていても臣下の列にある。女二の宮が結婚すれば狭衣と同列に見なされることになる。母宮にはこのことが耐えがたいのである。

一五 これはいったいどういう事態なのか。あり得べからざる事態が起ったと嘆くのである。母宮にとっては、もはや狭衣への降嫁を反対するどころではない。尊貴性をそこなう最悪の事態の出来である。

一六 母宮はお心に激しい衝撃を受けるが。

一七 乳母や宮殿と呼ばれていた女房などに問いただすわけにもいかないと言うのである。女二の宮の尊貴性を傷つけるようなことを人に知られてはならない。心一つに収めて事態を拾収しようと考えるのである。

一八 母宮お一人で心を痛め考え悩んでおられる深刻さは、ただもう片時の間も生命がおぼつかないのではないかとお見受けするほどである。母宮の受けた打撃の深刻さを強調する。「心一つに」は歌語的表現。

一九 「すくよか」は、筋を立てしっかりしているが固く一本気な性格。

狭衣大将、女二の宮に後朝の文を書く　いじらしさと悔恨に心うずく

しき紙や候(さぶら)ふ。筆の下(おろ)し賜はらむ（おさがりを拝借させてください）」と申したまへば、一御厨子(みづし)あけさせたまひて、二唐の浅緑（舶来の薄緑の色紙で）世の常ならぬを、硯に具して（硯とともに）賜はすとて、「上(うへ)の（帝が）、『三今よりさばかりうしろめたかるべき御心（大将はどうも今からこうも気が多い心ではなあ）』とのたまはする（ご心配になるだけの）やうあめるを（わけがおありのようね）」とてうち笑はせたまへるにほひも（にこっとされた輝くばかりの美しさに）、四「かばかりなることのかたきぞかし（さすがに中宮だ こんなお言葉はなかなか出るものではない）」と見たてまつりたまふ。〔狭衣は〕ほほゑみて、「おほかた今より硯にもむかひさぶらふまじきにや（おやおやそれでは全くこれからはうっかり硯にも向かえないわけでしょうか）。五わりなき仰(おほ)せ言(ごと)かな。六ゆたのたゆたに」と口ずさみて見まゐらせたまへるまみの恥づかしげさは（古歌に託して中宮にお応えしておられる目もとのすばらしさは）、げに（なるほど）、七おぼろけならぬ御すさみもことわりぞかし（この殿御ぶりでは並々ならぬお遊びも無理はない）と見えたまへり。

御帳(みちやう)のそばにひき隠して書きたまふも、心苦しかりつる御気色(けしき)は（いじらしかった女二の宮の）面影に立ちて（よみがえって）、八垣穂(かきほ)に生ふるにも劣らねど（今も逢いたい思いにかられるが）、「もし見る人あらむに（もしこの手紙を誰かに見られたら）」とつつましさのわりなくて（憚られる思いがひどく邪魔になって）、書きもやられたまはねど（書く手も渋らざるを得ないのだが）、さりとて、九これさへおぼつかなくては苦しかりぬべければ（後朝の文までが頼りないものであっては女二の宮も耐えがたいだろうから）、人やりならず嘆く嘆く（ひとり心を労しつつ）、よろづあらぬさまに書きなして（表面は万事さりげなくつくろって書いて）、

一「厨子」は貴族の室内調度で、書画、器物を納める置き戸棚。高貴の人の所持の場合「御厨子」と敬称で言う。

二 中国渡来の貴重な料紙。唐紙(からかみ)の色紙。

三 帝は、愛嬢女二の宮の結婚相手という目で観察している。さすがに鋭い。狭衣の心に「御」が添えてあるのは、帝の直接の言葉でなく、伝える中宮が目の前の狭衣を意識して「御」を加えて敬意を示したものであろう。中宮の言葉には、安定した中宮としての貫禄と、腹違いではあるが兄妹である狭衣への親しさとがこもる。

四 中宮のややからかい気味でくだけた言葉に感心するのである。「かばかりなること」の「こと」は「言」。

五 なんともきびしいお言葉ですね。

六「いでわれを人な咎めそ大船のゆたのたゆたに物思ふころぞ」（『古今集』恋一）。「ゆたのたゆたに」は、ゆらゆらして落ち着かぬ様。

七「おぼろけならぬ」は、尋常一様ではない意。「すさみ」は、遊び。色恋沙汰を言う。

八「あな恋し今も見てしが山賤(やまがつ)の垣ほに咲ける大和撫子」（『古今集』恋四）。『古今六帖』（第六）、『和泉式部日記』なども「垣ほに咲ける」だが、「垣ほに生ふる」の異伝も『拾遺集』（恋三）、『和泉式部日記』（応永本）などに見える。

九 昨夜の顛末が女二の宮にとってお気の毒であったのに加えて、後朝の手紙までが中身のないものでは。

（狭衣）一〇 うたた寝をなかなか夢と思はばや
覚めてあはする人もありやと

などやうにて、ひき隠して、やがて〔そのまますぐ〕弘徽殿におはしぬ。

中納言の典侍の局に立ち寄りたまひて、音なひたまへば〔お声をかけられると〕、「けさの御供に候ひて、一一風のおこりはべりにけるにや〔風邪をひきましたものか〕、乱り心地例ならで〔たいへん気分が悪く〕、え起き上りはべらで〔起きることができませんで〕」とて、げにうちとけたる寝くたれ姿にて〔言葉どおりにしどけない寝乱れ姿で〕出で来たり。

「昨夜も訪ねきこえさせしかども〔お訪ねいたしましたが〕、本意なくて〔不本意にも〕こそは帰りはべりにしか。一二遠き人の代りには頼みきこえたれど〔九州へ下った乳母の代りにあなたを頼りにしておりますが〕、その後しもなかなかに〔かえって〕こそ見放ちたまへれ〔私をお見限りですね〕」とのたまへば〔［大将が］〕、（典侍）「一日、一三上の御前にのたまはすることの侍りしを〔帝の仰せになったことがございましたのを〕、告げまゐらせむとて御消息聞こえさせて侍りしなり〔お便りをさしあげた次第です〕。一四かの御事はいと近うなりにて侍るを〔近づいておりますのに〕、などかくおぼしめし立ちげも〔ご決心のほどをも〕見えさせたまはぬ〔態度にお示しにならないのですか〕。よろづ思ふさまに侍るべきことどこそ〔私などには万事理想的なご縁組と思われますが〕」と聞こゆれば、（狭衣）「いさや〔いやね〕、世の中に〔この世に〕在り果つまじき夢を見しか〔とどまり得ない夢を見たので〕

一〇 あの仮寝をかえって夢と思いたい。夢ならば目覚めたあとで、夢を合わせるのでなく、あなたに逢わせてくれる人もあるかと期待して。「あはする」は、夢を合わせる意と、あなたに逢わせる意との掛詞。

狭衣大将、弘徽殿に参り、まず中納言の典侍を訪ねてしばし雑談する

一一「かぜ」「かぜのやまひ（風病）」。風邪、感冒。ただし、この時代の「かぜ」は、熱があって苦痛を訴える病気なら、頭痛、腰痛、四肢痛などの神経痛様疾患から脳溢血、半身不随などの重症をも含んでいたらしい。ここは今日言う感冒の類であろう。

一二 九州へ下った大弐の乳母をさす。大弐の乳母と中納言の典侍は姉妹とあった（一三五頁）。

一三「上の御前」で主上（帝）の意。ただし、帝が典侍に直接言われたのではあるまい。帝が皇太后宮に言われているのを、典侍は傍に侍していて耳にしたのであろう。

一四 女二の宮のご降嫁の日取りなどを言う。

一　そのお方のおためにお気の毒なことであろうと。
二　身分は低くてもよいから長生きして、共白髪まで女二の宮にお仕え申せ。帝のご意向を臣下の立場から推量するのである。
三　「はかなくて雲となりぬるものならば霞まむ空をあはれとは見よ」（『小町集』）を引く表現。私と結婚してもすぐに未亡人となってしまい、亡き私を思って霞む空を眺めるだけを人生の思い出とするのでは、あまりにも気の毒な、という気持。
四　父堀川関白殿。
五　御父関白様にもはっきりとお気持を申しあげなさいませ。
六　女性関係にお弱い面がある。皇太后宮の狭衣評価である。噂や情報からの断定であろう。女二の宮の幸福を願う一心で、母宮の狭衣観察はきびしい。
七　納得のゆかない艶福家呼ばわりよ、の意。「あだ名」は、浮気の評判の意と実のない噂の意との掛詞。
八　神楽歌(かぐらうた)の『朝倉』や、「朝倉や木の丸どのにわが居れば名のりをしつつ行くは誰が子ぞ」（『新古今集』雑中、天智天皇）の和歌を利かせて、宮女の許に忍んで朝帰りする好色者と私（狭衣）を人違いしておられるのではないか、というのである。
九　結婚後長い将来にわたっての女二の宮のお仕合せまでを配慮せず、自分が短命で姫宮の生涯を不幸に終らせるかも知れぬのに、その短期間だけでも結婚生活を楽しもうと、この縁談に飛びつくところだろう。

ば、もののみ心細くて、さやうのことをも思ひ絶えて侍るに、並々（結婚などということをも断念しておりますが　ご身分）ならざらむことは、人の御ためいとほしかりぬべきことを思ふなり。（ある女性との縁組などは　その点を案ずるのです）

あやしあやしながらもながらへて、仕うまつり果てよとこそおぼしめすらめ。（二　帝はお考えになっているのでしょう）かすまむ空の名残(なごり)ばかりにては心苦しくやと、人知れぬ（三）心のうちには思へど、とかく申すこともなきを、殿などはいかに心得させたまへるにか、（別に改まって口にしているわけでもないので　四　どのようにご理解になっているのか）『もの憂がるなめり』とて、さいなむこそわりなけれ」（億劫がっているようだ　見当違いに責め立てるのがどうにもつらくてね）とて涙ぐみたまへるを、「げに、いかなればかくのみおぼしのたまはむずらむ」（〔典侍は〕　どうしてこんな心細いことばかり）と心苦しくて、我も涙落ちぬ。（お気の毒に思って）

「いでや、いみじきことといふとも、ただ我が御心にこそ侍らめ。（（典侍）いえね　どんなに素晴らしいご縁談でも　最後はやはりご本人のお気持次第でございましょう）さらば殿にもさやうに聞こえたまへかし。（五）大宮は、『あだなる御心あり』とて、いみじくうしろめたげに聞こえさせたまふ」と聞こゆれば、（皇太后宮は　六　大将殿は移ろいやすいお心である　たいそう不安げに　お話になっておいでです）「あやしのあだ名や。木の丸(まろ)殿を聞き違(たが)へさせたまへるにや。（（狭衣）七　艶福家とは恐れ入る　八　〔誰かと〕　人違いされているのだろうか）この御事も、いかにぞや、世の人の心ならば、行末(ゆくすゑ)までの人の御上もたどらで、時の間(ま)にも見たてまつらむをうれしくこそ思はめ。法（今度のご縁談にしても　世間並みの男の気持なら　九　女二の宮のご将来までをも考えず　短い期間にせよ結婚できることをうれしく思うところだろう）

師などだにかかる心は難きにや〔こうした女色の心は免れがたいのか〕、『若無比丘』[一〇]と仏のせちに〔きびしく〕戒めたまへるよ。げにとこそ思ひあはせらるれ〔もっともなことと思いあたることです〕」と笑みたまへる御顔の、近くてはいと若くうつくしげにて、あやしげなる我が顔にも移りやすらむとおぼゆる御にほひ〔[一一]身分違いな自分の顔にも移り匂っているだろうかと思われる溢れるばかりの美しさは〕、[一二]げにいかならむ過ちをだにしたまふべきに、かうおぼしつつみ〔ここまでお心を鎮め〕、行末の短からむことをさへ〔余命いくばくもないかのようにまで〕のたまふも、「げに〔いかにも〕、世の人の聞こゆらむやうに〔世人がお噂申しあげているように〕、[一三]変化のものにや」とぞ[一四]おぼえたまふ。

〔(典侍)〕[一五]「いとあまりなる聖言葉な賜はせそ。さしも聞こえはべらぬことどもも侍るなり〔お言葉どおりには受け取れないこともいろいろ耳にしていますよ〕。宮の御有様はしも〔女二の宮のご様子はまた格別で〕ほのかに見たてまつらせたまひてば、えさしも心清からずやとこそ思ひたまふれ〔とても悟りきったようなお心ではいられまいと思いますよ〕」と笑へば、〔(狭衣)〕「せちにかく言ひおどしたまへば〔そのように執念深く私を説得されるので〕、心変りこそしはべりぬべけれ〔どうやら決心も変ってしまいそうです〕。[一六]外道のむすめにも仏ははかられたまはざりけるものを〔だまされたりはしなかったのにね〕」とて、[一七]ありつる〔先刻書いた〕文、懐より取り出でて取らせたまふ。

〔(狭衣)〕「あなかしこ〔けっして〕、宮などの御覧ぜむに〔皇太后宮などがご覧になるような折には〕、取り出でたまふなよ。[一八]ことご

狭衣、中納言の典侍に後朝の文を託し、典侍に不審がられつつ去る

一〇『法華経』安楽行品の句。「諸ノ婬女等ト　尽ク親近スルコト勿レ　独リ屛処ニテ　女ノ為ニ法ヲ説クコト莫レ　若シ法ヲ説カン時ニハ　戯笑ヲ得ルコト無カレ　里ニ入リテ乞食スルトキハ　一比丘ヲ将ヰヨ　若シ比丘無クンバ　一心ニ仏ヲ念ゼヨ」。

一一 このあたりの行文は、中納言の典侍の狭衣讃美の心に沿った地の文。典侍の心中表現と融け合っている。

一二 ほんにどんな色恋沙汰をひき起されても不思議はないほどなのに。「過ち」は女性関係の不始末。

一三 神仏などが仮に人間の姿となって現れるのを言う。ここは、巻一の天稚御子などと同類のものという気持であろう。

一四 思われなさる意で、主語は狭衣大将。思っているのは典侍ということになる。

一五 ほんにまあ、まるで悟りきったようなことをおっしゃって。「聖言葉」は、高徳の僧侶のような言葉。

一六「外道」は、仏教にはずれた教えを信奉する者。異端者、邪教徒。仏が成道のとき、外道の女が妨げようと誘惑したと言われる。

一七 それとなく、しかし熱心に女二の宮を勧める典侍の言葉をうまく利して、狭衣は女二の宮への文を託したのである。

一八 世間でおおげさに評判していると聞く私の筆跡も。

としきさまに言ひなすなる手も見おとさせたまはむ、いと恥づかしかりぬべし。かの御目一つには、一鳰(にほ)といふ鳥の跡も、むげに御覧ぜざらむは、あまりおぼつかなかりぬべければ」とのたまふを、（典侍）「それはなかなか参らすともかひあることは侍らじかし。大宮の御前(おまへ)などに取り出でて侍らむも、便(びん)なげにはよもと二こそ思ひたまへらるれ。上(うへ)の御前なども、『あやしく今まで音なきは、もの憂きにや』などこそ仰せらるれば、少し散らして侍らむも、などか」三など聞こゆれば、（狭衣）「あなわびし。あが君あが君、さることしたまふな。ただ一(ひと)所(ところ)に御覧ぜさせたまひて、やがて破(や)りたまへ」と、まめやかにわびたまふも、〔典侍は〕四「あまりあやし」と思ふに、（狭衣）「まことに、かく常にのたまふ御有様、少しけ近くて見せたまへ。さてや、げに、この世に留(と)まる心も出で来けると。五今宵(こよひ)なども便(びん)なかるまじくは」など、例ならず心に入れてのたまふを、（典侍心）「からうじて目やすき御心かな」とうれしけれど、（典侍）六「いで、あなうたて。七まだしきに目馴らしきこえたまは

実際にご覧になってがっかりされるのも　でも女二の宮のお目にだけは　人には秘したい悪筆も　全くご覧に入れない　というのでは　不本意に思われますので　それ　はかえってまずいのでは　姫宮にじかに差しあげても何のかいもありますまい　皇太后宮　持ち出してお目にかけたとしても　帝におかせられても　不審なくらい今まで大将から返事がないのは　気が進まぬというのか　おっしゃっておられる由　それは困る　姫君おひとりにご覧に入れて　そのまま　真顔で困っておられる　のも　真面目な話　あなたがいつもおっしゃる女二の宮のご様子を　そうすれば　いかにも　さしつかえなければすぐに　いつになく気を入れて　やれやれ一安心　やっと殿御らしいお心になられた　まあ　とんでもない

一 「鳥の跡」は、鳥の足跡を見て文字が考案されたという中国の故事から、文字や筆跡の意、また、乱れた筆跡、下手な字の意に用いる。ここは狭衣の謙辞で後者の意であろう。わざわざ「鳰といふ鳥の跡」と言ったのは、「君が名も我が名も立てじ池に棲(す)む鳰といふ鳥の下に通はむ」（『古今六帖』第三）を踏む表現。歌意はほぼ今の狭衣の心境に通じる。「鳰」は、かいつぶり。池沼に棲み、巧みに水に潜る。そこから人目に秘す意もにじむ。表には、人目に秘したい拙い筆跡の意を立て、ひそかに奥に『古今六帖』の引歌の心を踏まえ、人知れぬ狭衣の真意を吐露するのであろう。

二 不都合千万などというお叱りは、よもやあるまいと存じます。

三 むしろ少々、人目に触れるように仕向けますことも、どうして悪いことがありましょうか。

四 あまりに向きになってとめるのはおかしい。狭衣の度はずれた困り様を、典侍もさすがに気づくのである。

五 女二の宮への思慕にかけとどめられて、この世に生き長らえる執着も出てくるかも知れないと思うのだ。

六 中納言の典侍は、心（私情）と言葉（公(おおやけ)の立場）とを使い分ける。さすがに老練な宮仕え人である。

七 まだ結婚前、それも機の熟さないうちに姫宮のお姿を拝見なさろうというのは、あまりいただけませんね。

むこそあぢきなう侍らめ。おぼろけにては（並たいていのことでは）、さやうの御垣間見（かいまみ）など侍るべき御有様かは（できるようなご環境でしょうか）」と、ことのほかに言ふも（もってのほかのことに言うのも）をこがましけれど、[八]この人にも、[九][一〇]さやかなる気色（けしき）たちまちに見せて、[一一]かくあながちなる（きびしく見張る）関守（せきもり）を破らむもわづらはしくおぼえたまへば（面倒にお思いになるので）、こまかにも語らはぬ（話をせぬもの）ものから（の）、うつくしかりつる（可憐であった女二の宮の）御気配（けはひ）、有様は、面影におぼえぬにしもあらで（今も胸に焼きついていて）、「あなわりなのことや（（狭衣）きびしいねえ）。なほさりぬべきひまあらば（それでもやはり適当な機会があったらぜひ）」などのたまひて、嘆かしきものから（内心の嘆きは見せず）、

（狭衣）[一二]逢坂（あふさか）をなほ行き帰りまどへとや
関の戸ざしも難（かた）からなくに

と口ずさみて立ちたまひぬるを、〔典侍は〕「あやし」と心も得ねば（真意をつかみかねて）、御返り（御返歌も）も聞こえあへずなりぬ（申しあげずじまいになってしまった）。

〔典侍は〕この御文（ふみ）をひき隠して御前（おまへ）に参りたれば、宮は（母宮はすでに）起きさせたまひにけり。二の宮は（女二の宮は）御帳（みちやう）の内にぞいまだ大殿籠（おほとのごも）りわたりける（御寝になったままであった）。御帳の帷（かたびら）少し結（ゆ）ひ上げて、大宮[一三]床（ゆか）に押しかかりておはしますを、〔典侍が〕[一四]御帳のほこ

八 昨夜女二の宮方に忍び入った狭衣大将にしてみれば、中納言の典侍の垣間見不可能と説く言葉が空疎にひびき笑止千万に思われるけれども。

九 大弐の乳母の姉妹であり、親しくしている典侍であっても。

一〇 昨夜の女二の宮との件を、中納言の典侍にはっきりそれと悟れるよう、今すぐに態度に示して。

一一 典侍本人としては厳重に女二の宮を守っているつもりでいる。これをやや揶揄（やゆ）をこめて「あながちなる関守」と表現したもの。「関守」の比喩は「人しれぬわが通ひ路の関守はよひよひごとにうちも寝ななむ」（『古今集』恋三、業平。『伊勢物語』）などからの連想であろう。

一二 逢坂山――女二の宮に逢うか逢えぬかその境界を、今なお行きつ戻りつ苦しめというのだろうか。関の守りはあなたの言われるほど厳重でもないのに。「逢坂」と「関」は縁語。「逢坂の関」は、逢瀬の障害を意味する歌語として熟している。昨夜の件を知らぬ中納言の典侍にはこの歌の意味がわからないので返歌もできない。むしろ実質は狭衣の独り言であり独詠歌である。

中納言の典侍、ご寝所に参り母宮皇太后の悲嘆を目にし、事情を察する

一三 御帳台の浜床。上に畳などを敷き寝所や居所とする台。

一四 帳台の垂れ幕の縫い目と縫い目の間。

ろびより見まゐらすれば、男の一畳紙(たたうがみ)をうち返しうち返し〔何度もひっくり返して〕御覧じて、御袖を顔に押しあてていみじう泣かせたまふ。「あないみじ〔あら大変〕。いかなることぞ〔何事ぞ〕」と思ひつづくるに〔はっと思いをめぐらせば〕、「など〔大将殿がなぜ〕、この御文の〔このお手紙を〕、今朝(けさ)しも急ぎておぼし立ちつらむ〔今朝に限って急に思い立たれたのだろう〕」と思ふに〔と気づくにつけ〕、二ありつる関の戸ざし〔先刻のあのお歌の意味が〕、今思ひあはするに〔今考え合せると〕、心一つにいとおぼつかなく〔むやみに気にかかって〕、この御文いみじうゆかしけれど〔託されたこのお手紙の中身が無性に知りたく思われるが〕、いかでかは〔どうして〕開(あ)けむとする〔開封できようか〕。「（典侍心）げに、三これをばおほかたに取り出でてば〔うかつに取り出しなどしたら〕、いと便(びん)なかりけり〔大変な事になる所だった〕。四もしさることもあらば、五我(わ)がしたるとこそ〔私が手引きしたと〕誰(たれ)もおぼしめさめ〔誰だってお思いになろう〕」など思ふに、いとわづらはしくなりて〔ひどく厄介なことに思われてきて〕、取りも出でず、六なほ隠しもちて。

大宮もよろづに〔一方母宮のほうも万事〕紛(まぎ)らはさせたまひて〔お取りつくろいになって〕、「七昨夜(よべ)まではさる気色ももの せさせたまはざりしかば〔姫宮は別に加減の悪い様子もお見せにならなかったので〕、上(うへ)にものぼりにしを〔清涼殿にもあがったのだが〕、俄(にはか)にいかなる御心地にか」と、なほ嘆きたまひて、まづ我が方に渡らせたまひぬる〔ともかくもご自身のお部屋に行かれようとする〕。「八いつもいつも〔乳母はいつもこうなのだ〕。何事にてか夜々苦しうすらむ〔どこが悪くて毎夜苦しんでいるのだろう〕。よろしくはのぼれ〔快方に向ったら姫宮のお側にあがるように〕」などのたまひて、今ぞ御方に渡らせたまひぬる。

一 昨夜狭衣の残した男持ちの懐紙。

二 さきの狭衣の歌（一五一頁）をさす。当然、昨夜の女二の宮の部屋の戸締りが気にかかることになる。

三 「これ」は、狭衣に託された女二の宮への手紙。

四 私が推測しているような事実があったら。

五 私が大将殿を手引きして女二の宮のお部屋に入れたと、誰でもそうお思いあそばすに違いない。「おぼしめす」の敬語で、「誰も」と言いながら、女二の宮本人と母宮皇太后とを念頭に置いて考えていることがわかる。典侍は、自分が狭衣大将に近い筋と目されていることを自覚しているのである。

六 そのまま隠し持ったままで……。下に脱落あるかとする説もあるが、「て」止めの余情表現とみる。

七 母宮は、女二の宮を病気と称して、周囲の人々の目を取り繕うのである。もちろん、参上した中納言の典侍の目を特に意識している。

八 母宮の心にも、昨夜の戸締りはどうしたのだ、乳母たちは何をしていたのだ、という煮えくり返えるような思いがある。乳母は持病がおこって局に下がっている（一三九頁）。母宮は、周囲の迂闊さへの怒りを、乳母の病気を口にすることによってわずかに抑えているのである。周囲に侍る者たちに向っての言葉である。

中納言の典侍、狭衣の文を女二の宮に渡し、今後の成り行きを気に病む

中納言の典侍(すけ)、〔女二の宮の〕近う参りて、「いかにおぼしめさるるぞ」(ご気分はいかがですか)など聞こえさすれど、〔女二の宮は〕もののたまはず、ただ九御枕の下は海人(あま)も釣(つり)するばかりにぞ流れ出(い)でて臥(ふ)させたまへる。「ただなりや」(たしかに事があったのだ)と心得はてぬるに、(典侍心)「むげに知る人なくては、(全く手引きする者なしでは)いかでかさることあらむ。(どうしてこんな事がおころうか)また(と言ってまた)さるにては、(手引きの者がいるなら)この御文(ふみ)を得させたまふべきことかは。(私に託されるはずがない)いかなりつることにか」(いったいこれはどうしたことか)と、我も胸ふたがりて、(典侍自身も胸がつまって)一〇おぼつかなくあさましければ、とばかりものも言はれで、(しばらくは口を利くこともできずに)つくづくと見たてまつるに、(じっと女二の宮のご様子を見申しあげるにつけ)一一大宮の御心のうちぞいとほしき。(典侍心)一二「この御方人(かたうど)におぼしのたまふは、必ずおぼし疑ふらむかし」と、一三あぢきなく苦しけれど、「とてもかくても、(どうあろうと)今はいとどのがれがたき御仲にこそは。(こうなった今はいよいよ結婚せざるを得ないお二人の仲なのだ)つひには聞かせたまひてむ」(母宮もしまいには事情を耳にされるに違いない)と思ふぞ頼もしかりける。(典侍の心の支えであった)

この御文、(大将殿のお手紙は)いかにもひきこめてやむべきならねば、(どうにも引っこめたままで済むわけではないので)「今朝(けさ)、大将殿の『参らせよ』(差しあげよ)とて、一四これを心づかひにてものしたまへれば、(この手紙を気持を伝える使者としてお託しになったので)えこそいなみはべらざりつれ。(とてもお断りできませんでした)また、大宮なども、ことのほかには、(もってのほかのこととして)

九 御枕の下は涙で一杯だ、の意。『源氏物語』(宿木)にも「御前駆(さき)の声の遠くなるままに、海人(あま)も釣すばかりになるも」、『夜の寝覚』にも「枕のしたは、海人も釣すばかりに浮び明して」とある。『伊行釈』に、「恋をして音をのみ泣けばしきたへの枕の下に海人ぞ釣する」を引歌とするが出典は未詳。

一〇 不審に耐えない思いと事の意外さに驚きあきれる気持とが交錯するのである。

一一 なんといっても、この事態にお気づきになった母宮のお心がお気の毒でならない。

一二 日ごろ皇太后宮は私のことを大将殿のお味方と思っておられるし、お口にもされているから、今回のことは中納言の典侍の手引きときっと疑っておいでになるだろう。

一三 自分の立場に思いいたって、詮なく苦しい思いをするが。

一四 「心づかひ」は、心遣いであり、何かと相手に気を遣うことであるが、一方に、「心の使者」の意をもこめている。

よも、便(び)なしなどは仰せられじと思ひたまふれば」とてうち置くを、宮はあるかなきかの御心地にも、「これをさへ散らして、大宮の見たまはむこと」とおぼすに、いとど[一]死に果つる心地せさせたまへば、「ひき隠してよ」と言はまほしけれど、残りなく[二]言ひ知らせつらむも恥づかしくて、えさものたまはず、いとど堰(せ)きやるかたもなげなる御気色(けしき)なるを、「ことわりかな。よき人[三]と申すなかにも、心深げなる御有様に、いちじるきしるしをさへ落しおきたまひて、大宮の『いかなりつることぞ』とおぼしあわてたまへる御気色は、いかば[四]かりかはおぼさるらむ」と、心苦しきこと限りなし。

「この御文(ふみ)を大宮に御覧ぜさせたらばしも、誰(たれ)ならむと、行方(ゆくへ)なくおぼしこがるることはあらじかし。『同じくは[五]、あはあはしからぬさまにてこそは』などおぼさむことは[六]口惜しからめ」と思へど、「あなかしこ、あなかしこ」とのたまはせつる御気色も、「なほおぼすやうあることにこそあめれ」など、一方(ひとかた)[七]にしも寄る心ならねば、

（傍注）
まさか／不都合千万などとは仰せになるまいと私自身判断いたしまして
女二の宮は／この手紙まで人目に触れさせて　母宮がご覧に
なったら大変／いよいよ絶望のあまり
手紙を隠して／言いたいのだが
ない／お口になさることもできず／ますます　止めどなく流れる涙に任すほか
（典侍心）もっともなこと／抜きん出て
思慮深いご様子なのに／はっきりそれとわかる証拠をまで
ご様子をば
（典侍心）／いっそのこと母宮にお目にかけたら／あてど
なく焦りいらだってお心を苦しめることもあるまいに
〔大将殿の〕
決して見せないでくれ／など思うと／やはりお考え
があってのことのようだ／一方にだけ肩を持つ心もないので

一　昨夜の件で自らが大きい打撃を受けただけでなく、母宮に気づかれたことにも苦慮して絶え入るばかりであったところへ、狭衣からの手紙を典侍から渡されていよいよ。
二　手紙を託す以上は、大将殿は中納言の典侍に何から何まで話し聞かせているに違いないと思うと恥ずかしくて。
三　大将殿は、ご立派な殿方と申しあげてよい方々のなかでも。「よき人」は、性格教養など申し分なく、もののあわれを解する人。
四　女二の宮様はどんなにか辛い思いでご覧になっていることだろう。
五　同じく結婚させるにしても慎重に、軽々しいやり方は慎んで、などと母宮がお考えになっていることから言えば、この手紙をお見せするのは拙いことだろうが。皇太后宮はもともと女二の宮のご降嫁には消極的である。もし同意したとしても、結婚の当日までは互に慎重でありたいと思うにきまっている。そうした母宮の日ごろの信条から察して、今狭衣大将の後朝の文を見せることは得策でない、と典侍は考えるのである。
六　本文不整。「おぼさむこそは口惜しからめ」ならば一応落ち着くが、文意から見てなお誤脱があるかも知れない。
七　皇太后宮の苦悩を減じるためだけでなく、狭衣にも肩入れしている典侍の心だから。典侍の心は二つの立場の間に挟まれて動きがつかないのである。

悔恨と愛着に狭衣大将は苦悩し、思い余って中納言の典侍へ手紙を書く

我が過ち(あやま)のやうにいと嘆かしくて、つくづくと見たてまつる。

大将は出(い)でたまひて、起き臥しおぼしつづくるに、「かけても思ひ寄らず、かごとばかりを聞くだにもむつかしうわづらはしかりつる御あたりに、いかに尋(たづ)ね寄りつる八夢の浮橋(うきはし)ぞ」と、九現(うつつ)のことどだにおぼされず、「心ながら、かうのがれがたかりけりとても、ひとへに、さらばと一〇世に従ひて定めむことは、なほいと口惜しかりぬべし。さりとてまた一一萩(はぎ)の上の露ばかりにては、いかでかは」などおぼしつづくるに、人やりならず涙もこぼれて心苦しきに、いとど物思はしさぞ、一二信太(しのだ)の杜(もり)の千枝(ちえ)はものにもあらずなりたまひにけり。

日一日(ひひとひ)嘆き暮したまふにも、我が心は返す返すもどかしう心づきなきものから、いといみじかりつる御気色は、一三「いかが人も見たてまつりつらむ」と、おぼつかなさもゆかしさもやるかたなければ、中納言の典侍(すけ)のもとに文(ふみ)書きたまふ。

「今朝(けさ)のものはいかがしなしたまへる。一四今日はまことに一つ心に

（傍注）
まるで自分の過失のように／〔泣き臥す姫宮を〕／全く関心がなく／ちらりとその名を聞くだけでも／煩わしく厄介に思われていた女二の宮のお側に／(狭衣心) 自分の心の弱さから ここまで抜き差しならなくなったのだとしても／現実のことと さえ／周囲の意向のままに正妻を定めるのは いっぺんに それではと／といってまた／女二の宮のことを他事に考えて／どうして過せようか／自分で自分が口惜しく／大将の物思いは いよいよ繁く／物の数でもないほどになってしまった／昨夜のわが心はどう考えても非難される我ながら気に食わぬものではあるが／ひたすら悲嘆にくれていた女二の宮のご様子は／気がかりでもあり知りたくもあって押えることができずに／お願いした手紙はどうなさってくださったか／心底からこのことだけを祈

八 まるで夢のなかで浮橋を渡るようにふらふらと、どうして自分から尋ね近づいたのであろうか。「夢の浮橋」は歌語。『源氏物語』の最後の帖名であるほか、薄雲巻には「夢のわたりの浮橋か、とのみうち嘆かれて」などとある。「浮」には「憂き」を利かせ、世のはかなさをも表すが、ここは男女の仲の危うさを言っている。

九 昨夜女二の宮に逢ったことが、狭衣大将には現実と思えないのである。直接、前の心中表現を承ける。

一〇「世に従ひて」と言っても、結局は、帝の要請や父の勧めなどが中心である。

一一「鳴きわたる雁の涙や落ちつらむ物思ふ宿の萩の上の露」（『古今集』秋上）を踏まえた表現。源氏の宮への思慕に苦しむ狭衣だが、その苦悩の涙の一滴がたまたま女二の宮に落ちたなどとよそごとには、女二の宮のことを考えられない、の気持。

一二「わが思ふ事のしげきにくらぶれば信太の杜の千枝はものかは」（『詞花集』雑下、増基法師）を引く表現。

一三 どんなにか周囲の人も不審に思って見申しあげていることだろう。

一四 狭衣は中納言の典侍相手だと道心めいた言い方になるようである。先にも「聖言葉」を冷やかされていた。

かけて暮しはべりつれば、今宵(こよひ)は、一などてかはその光も難(かた)うは、〔念して〕

など頼もしきを、いかが。しるし見せたまはずは、かひなくこそ〔期待されますが〕〔よいお知らせをいただきませんと〕〔祈念の甲斐もないこと〕

侍るべけれ」〔とになりましょう〕

とのたまへるを、二「つれなの御心構へや」と思ふも、憎くはあらで〔(典侍心)〕〔よくもまあ知らぬ顔をなさってと思うものの〕〔憎い気持はしないで〕

うち笑(ゑ)まれけり。

御返りには、〔ご返事には〕

「今朝のは参らせはべりぬれど、いさや、三心得はべらぬことども〔(典侍文)〕〔たしかに差しあげましたが〕〔さあどうも〕

に思ひ乱れてなむ。四うしろめたき御心のほどこそ、五懈怠(けだい)なからむ〔思いわずらっております〕

御行(おこな)ひのしるしもかひなくやと見えはべれ。さても、〔甲斐がないのではないかとお見受けします〕〔それにしても〕

六恋の道知らずと言ひし人やさは

逢坂(あふさか)までも尋ね入りけむ」

とあるを、ひとり笑みせられたまふものから、七「いと罪得がましき〔狭衣は思わず笑みを浮べられるものの〕〔全く仏罰を蒙っても仕方〕

ことのさまかな」とひとりごち返して、八「当来世々(たうらいせぜ)の転法輪(てんぽふりん)の縁(えん)」〔のないところだ〕〔独り言につぶやき答えて〕

とうち誦(ずん)じたまふ御声のいとおもしろう。〔たいそう澄んですばらしく……〕

一 一心不乱に祈念して一日を送ったから、どうしてその証果としての仏の御光によるご加護もないことがあろうかと。「光」は、仏の救済加護による光明。例の「聖言葉」を連ねている。表向きはどこまでも、差しあげたお手紙の首尾はいかにと問うかたちである。

二 昨夜の件を察知している中納言の典侍には、狭衣の改まった表向きの文面が笑止なのである。

三 納得のいかないことがいくつかございまして。中納言の典侍は、女二の宮側の今朝の異常を、また昨夜の狭衣の行動を察知していることを、漠然とほのめかすのである。

四 何か気にかかる大将様のお心の中(うち)を考えますと。

五 一心に祈念して怠ることがなかったとかおっしゃる御勤行の効果も。「懈怠」は怠ること。「行ひ」は、仏の前での勤行、仏道修行。典侍も、狭衣の「聖言葉」を承けて、やや冷やかし気味に応じている。

六 道心一途、色恋の道は知らぬとおっしゃったそのお方が、なんと、もうお逢いするところまで深入りなさったというわけなのでしょうか。「逢坂」に「逢ふ」を利かせ、「道」「逢坂」「尋ね入り」の縁語構成。「心得はべらぬことども」とほのめかした中心点を、ずばりと和歌で指摘したのである。

七 「罪」は仏の罪、仏罰。現在立たされている内心の苦境を、ひき続き「聖言葉」でつぶやいている。

八 来世には生れ変り、迷いを破り正道を開く縁としよう。白楽天の「香山寺白氏洛中集記」(『白氏文集』

巻七十一。『和漢朗詠集』仏事）に「願ハクハ　今生世俗文字ノ業　狂言綺語ノ誤リヲ以テ　翻（かへ）シテ　当来世々讃仏乗ノ因　転法輪ノ縁ト為ム」とある。狭衣はこの一節を省略ぎ（せ）みに吟じたものか、あるいは誤脱か。

九　それでも女二の宮のご返事がぜひほしいなどとも。

一〇「夕ぐれは雲のはたてに物ぞ思ふ天つ空なる人を恋ふとて」（『古今集』恋一、『古今六帖』第一）に拠り、宮中の女二の宮を「天つ空なる人」に重ねる。

一一　以下、狭衣の心の迷い。「まし」はためらう気持。

一二　源氏の宮をわが妻と固く決めていることを言う。

一三　それでは仕方ない、源氏の宮を諦めよう、という心にはとてもなれない。

一四　事実上女二の宮と他人でなくなった今となっては、なおのこと、ただ一夜慕い寄って逢ったそれだけの関係に終らせるとしたら、畏れ多い面もいじらしいと思う気持もいかばかり。

一五「なべてなるさま」は、並一通りの女性関係を言う。「思ひ過ぐす」は、そのまま過す、忘れる意。

一六　女二の宮が妻と決り、生活をともにするのを言う。

一七「…口惜しう」のあたりで、心中表現が地の文に融け込んでいる。

一八　飛鳥井女君の詠をそのまま引く（七六頁）。

一九　飛鳥井女君と比較にならぬ高貴な姫君たち。

狭衣大将、源氏の宮と女二の宮とに苦悩しつつも飛鳥井女君を忘れ得ず

「いかなることのありけるにか」（弘徽殿にどんなことがあったのか）と思ふもわづらはしくて（想像なさるのも気づまりで）、「なほ」[九]などもえ言ひやりたまはぬものから（重ねて強く言ってやることはおできになれないが）、日の暮るるままに心は空にて（うわの空で）、[一〇]雲のはたてに物思はしさもまめやかにわりなければ（自分でもどうしようもないほどなので）、「[一一]いかにせまし。[一二]ひとかたに思ひそめにしことは（わが妻にはこの人と一途に心に決めた）、月日に添へていとありがたげになりゆくめれど（実現しにくくなっていくようだが）、さりとて（だからといって）[一三]いかがはせむと思ひなるべき心地もせず。この御事は（女二の宮のご降嫁の件は）、よろづに目やすかるべきことと（どこから見ても無難な縁談と）月ごろ思はざりつるにはあらねど（思わないわけではないが）、[一四]今はいとど、かばかりにて止（や）みなば、かたじけなきかたも心苦しさも、[一五]なべてなるさまに思ひ過ぐして（並の女性関係のように割り切り）止みぬべき心地もせねど（そのまま終ってしまう気持もしないが）、さりとても、今ゆくりなく[一六]定まりゐたまはむこと（今直ちに心の準備もなく）の[一七]口惜しう」おぼさるるは、返す返す我が心づきなかるべき心のすさみ（どう思い返しても自分で自分が許せない薄っぺらな好き心には）、いとど物懲（ご）りし果てたまふべし（いよいよ懲り懲りなさることだろう）。

さても、[一八]かの安積（あさか）の沼の水絶えなむことを忍びあへざりしあはれ（二人の愛の不安に耐えず歌に訴えてきた飛鳥井の女君の悲しい心情を）は、さらに忘れたまはず（狭衣は決してお忘れにならない）。[一九]思ひよそへむこともあらぬ人の御有様など（高貴な姫君たちを拝見するにつけ）につけても、少し下（くだ）れる際（きは）など（また少々下の階級の女などに）、おのづから見つくしたまふたびご（自然経験を深められるたびに）

真先に飛鳥井の女君を　入水を知って報告して以来
とには、まづおぼし出でられぬ折(をり)なし。道季[一]が思ひ寄りしことの後(のち)
は、底の藻屑(もくづ)[二]まで尋ねまほしき御心絶えざるべし。

（狭衣）[三]
思ひやる心ぞいとど迷ひぬる
海山とだに知らぬ別れに

このように思い出すのも　かえってひときわ強烈な印象をとどめていった
思ひ出づるは、なかなかこよなうめざましかりける道芝[四]の露の名残(なごり)
なめりかし。

はからずも一夜を共にした女二の宮は　狭衣自身のお心の中には思いの消えるときなく
逢坂山(あふさか)[五]のさねかづらは、人知れぬ御心ばかりにはおぼし絶えず、
以前のように　なんとかこの人との結婚は避けたいものよ
ありしやうに、ひたすら、「いかさまにしてのがるるわざもがな」
とお思いになるのではなく　どうしたらよいのか　と思わず嘆息されるのだったが
とはおぼされず、「いかにせまし」と嘆かれたまふに、中納言の典(す)
お耳に入れたので
侍(け)、かの落しおきたまひし懐紙(ふところがみ)のことを聞こえ出でたるに、胸つぶ
私の不注意から気の毒なことをした　母宮がそこまで
れたまひて、「心後(おく)れ[六]ていとほしかりけることかな。さばかり気色(けしき)
お察しになった以上　姫宮との結婚は免れそうもないということか　やはり億劫な気持が先立ち
とりたまひては、のがれがたきことにや」など、なほわづらはしく
ご自分の気持に任せて典侍をご督促にもなれない
て、思ふままに[七]もえ責めたまはず。
ただあの夜と同様に　無理な隙間に人目を忍ぶまるで夢の様な　恋路にあわただ
ただありしやうにてわりなきひまなどに見る夢の直路(ただぢ)[八]にまどひた

一　狭衣のお側去らずの従者。一二八頁注六。

二　巻一末の飛鳥井女君入水の際の詠「底の藻屑となりにき」をさりげなく利かした表現（一二二頁）。狭衣はまだ遺品の扇を見ていない。歌そのものは知らないのである。作中歌語の方法に注意。

三　あの人が思われてならない。海に没したか山へ入ったかさえ分らぬ別れのはかなさに、私のあの人を思う心はますます強く迷いの深みにひきこまれていく。

四　行きずりの路傍の草に置く露のようにはかない、それだけにきらりと純粋に美しい強い印象の女。狭衣の心を占めている飛鳥井女君の位置が察せられる。巻二巻頭の狭衣の詠に拠る表現（一二七頁）。

狭衣の女二の宮への思いも募り、あやにくな逢瀬のなかに苦悩を深める

五　「名にし負はば逢坂山のさねかづら人に知られでくるよしもがな」（『後撰集』恋三、三条右大臣）に拠る表現。狭衣の「逢坂をなほ行き返りまどへとや」（一五一頁）や典侍の「逢坂までも尋ね入りけむ」（一五六頁）から、女二の宮をさす。

六　「心後る」は、心が劣る意。自分の失態から女二の宮に気の毒なことをしてしまったと、悔いる心。

七　女二の宮に人知れず逢いたいという欲望のままに、中納言の典侍に手引きを頼むこともためらわれると言うのである。

八　「恋ひわびてうちぬるなかに行き通ふ夢の直路はうつつならなむ」（『古今集』恋二、藤原敏行。『古今

六帖』第四にも）に拠る表現。どんな無理算段をしたものか、狭衣はその後も女二の宮に逢っているというのである。状況から見て無理な設定。

九 女二の宮がごく普通の身分の女性であったとしても、その場合でさえ。

一〇 お手紙なども、たまたま人目に触れたりすることがはばかられて。

一一「おぼろけならでは」は、よくよくの事情の時でなければ、の意。儀礼上どうしても差しあげないわけにいかない時などを言う。手紙の内容もごく普通の、差し障りのないものになろう。

一二「恋ひわびぬ音をだに泣かむ声立てていづこなるらむ音無しの滝」（『拾遺集』恋二）を利かせた表現。

一三 かねて苦悩せざるを得ない源氏の宮への恋に加えて、表沙汰にはけっしてしたくない女二の宮への情炎までが、夜ごとに全身を責めつける今日この頃のせつなさよ。「枕より跡より恋の責めくればせむ方なみぞ床なかにをる」（『古今集』誹諧歌）を踏む。「思ひ」の「ひ（火）」と「消ち」は縁語。

衝撃の夜より女二の宮臥したまま
母宮は運命を嘆き父帝は容態を憂う

一四 寝込んだまま枕もあげ得ないでおられるのを。

一五 母宮皇太后宮の信条では、皇女たるものはみだりに結婚することとさえ慮外の事であった。誰とも知れぬ男と通じてしまった女二の宮の運命を嘆くのである。

まふ折々、ほのかなるたびごとには、いとど心苦しうおぼし侘(わ)びたるさまなど、ただ世[九]の常の人にてだにおろかに思ふべき心地もしたまはず。まいて、「何事にてかは、少しもなのめには思ひきこゆべきぞ」とおぼしながら、御文(ふみ)[一〇]なども、おのづから落ち散らむこともつつましくて、[一一]おぼろけならでは参らせたまはず。音(ね)[一二]をだに高く泣かぬ嘆き、夜もまどろむこともなく、このごろはおぼし明かしたまひて、

（狭衣）[一三]人知らば消(け)ちもしつべき思ひさへ
跡枕(あとまくら)とも責むるころかな

と、人やりならぬ嘆きをぞ、げに添へたまひける。

女宮も、ありし後(のち)、起き上(あが)りて母宮にもあきらかに見あはせたてまつりたまはず、ものをのみおぼしくづほれて、臥(ふ)[一四]し沈(しづ)みたまへるを、大宮もことわりにいみじくおぼしながら、「思はずに口惜しかりける御宿世(すくせ)[一五]も、心憂く」などおぼされて、いたうも慰めたまはず、

（傍訳）しく逢われる時々／それもかすかな逢瀬のたびごとには／女二の宮のご様子などは／いい加減に思うようなお気持にもなれない／皇女という高貴なお方をどうして／ほんの少しでも疎略に思い申しあげてよいものか／はばかられて／よほどの時でないとお差しあげにならない／悩み明かしなさって／我と我が身から招いた嘆きを／まことに／女二の宮も／あの夜以来／皇太后宮／面と向ってお顔を合わせようともなさらず／物思いにふさぎこんでばかりおられて／さらず／道理よとひどく胸痛む思いでおられるが／思いも寄らず不仕合せだった／女二の宮の

見入れぬさまにて〔一 見て見ぬふりの態度で〕過(す)ぐさせたまふを、候(さぶら)ふ人々なども〔女房たちなども〕、「あやし」と見たてまつるに〔不審に思っておられる〕、上(うへ)の御前(おまへ)ぞ〔父帝は〕、「いかなれば、かくのみは〔二 どうしていつまでもご回復がないのか〕」とあやしがらせたまひける。

「御いそぎもいと近くなりぬるを〔(帝)ご婚儀もごく間近に迫ったというのに〕、おぼし急がぬこと〔支度をお急ぎにならぬとは〕」など、大宮をも〔母宮に対しても〕いとものしげに聞こえさせたまふも〔ひどく不機嫌にお口にされるにつけても〕、御胸騒ぎまさりて〔母宮はいよいよ不安が募って〕、「あないみじや〔なんと情けないこと〕。さばかり恥づかしげなる人に〔三 あれほどご立派な大将殿に〕心置かれたまふやうもや〔娘は隔意を持たれることになりはしまいか〕」とおぼすに〔ご心配になるにつけ〕、「いかさまにして〔なんとかして〕、このことのがるるわざもがな〔このご婚儀を避ける手立てはないものか〕。誰(たれ)とだに知らばや〔四〕。かかりとても〔娘に疵がついたとしても〕、いかがはせむとて〔仕方がないと諦めて〕、世の常の生(なま)上達部(かんだちめ)、殿上人(てんじやうびと)などを〔五〕思ひ許すべきにはあらずかし〔婿として認めるわけにはいかないのだ〕。いでや〔いやはや〕、かばかりの人の〔皇女ともあろう者が〕、かく行方(ゆくへ)なくあさましき宿世のあるやうやある〔六〕。あな心憂〔ああ情けない〕」とおぼすに、涙ぞほろほろとこぼれたまふを、「かく例ならぬ御有様をおぼし嘆きたる〔女二の宮のお加減の悪いのをお嘆きになっている〕」と上は御覧じて、「かく月ごろになるまで〔七 一月以上になるまで〕見入れたてまつらざりけること〔ご病気をそのままに放置しておいたことよ〕」などおぼし騒ぎたり。

このことの後(のち)は〔八〕、「おのづから気色見ゆることもや〔(母宮心)ひょっとして男の様子がわかるかもしれない〕」と、目をつ

一 注視しながら何も見ていないふりをしているのである。「見入る」は、注意を払って見る意。

二 何も事情をご存じない父帝は、女二の宮は病気とばかり思っておられるのである。

三 「恥づかしげなる人」は、こちらが恥ずかしくなるくらい立派な人の意。狭衣大将をさす。「心置く」は、隔意を持つ意。結婚後、女二の宮が処女でなかったと知ったら、狭衣大将は心を許さぬのではないかと、母宮はおそれている。

四 せめて相手の男がどこの誰とだけでも知りたい。

五 平凡な家柄の、やっと上達部、殿上人になっている若輩の男などを。「生」は接頭語。未熟、若輩の意を添える。

六 このように、誰ともわからぬ男に踏みにじられるといった、将来をめちゃめちゃにされる呆れるばかりの運命にもてあそばれるようなことがあってよいものだろうか。「行方なく」は、誰とも知れぬ男に通じてしまった口惜しさを利かせた表現。

七 月余にわたる女二の宮の容態を放置しておいたことを父帝は反省している。同時に、母宮皇太后に対する苦情でもある。もっと加持祈禱に努めるべきであったと言うのである。

八 女二の宮の部屋へ男が忍び入ったと知って以来。

九 男が通う証拠と思われる何か書いた紙きれの一片さえ。狭衣からの手紙の類などをさす。「反故(ほうぐ)」は「ほご」「ほうご」とも。使用済みの書類、不用の書類を言う。

一〇 母宮ばかりか帝までが看病に付き添っておられる状況では、めったに隙間などあるわけがなく、どんな機会にか、せめてお手紙だけでも差しあげることができよう。

一一 春から夏へ。女二の宮の容態は回復せぬまま、病人には耐えがたい暑い季節にまでなってしまったと言うのである。

一二 一三七頁注一四参照。

一三 一五一頁注一三参照。

一四 緋色のお茵(しとね)だけを敷いて。「日の御座」でなく、「緋の御座」と見る。「御座」は、寝たり坐ったりするとき下に敷く茵。敷物。

一五 紅色の薄い紗(しゃ)や絽(ろ)の織物の単衣。

母宮、看護のうちに女二の宮の妊娠を知り驚愕　善後策に心を砕く

一六 「生絹」は、生糸で織る軽くて薄い絹布。

一七 お召しになって。「奉る」は、衣類を身につける意の尊敬の動詞。

一八 『源氏物語』(総角)にも「うたた寝の御様のいとらうたげにて、腕を枕にて寝たまへるに、御髪(みぐし)のたまりたる程などありがたう美しげなるを」などとある。

けさせたまへれど、かごとばかりも〔ほんの僅かばかりも〕そのしるしと見ゆる[九]反故(ほうぐ)の端(はし)だに落ち散らぬは、なほ、「いかなりしことぞ」〔いったいどういうことだったのか〕とおぼつかなくゆかしきに〔気がかりで事実が知りたいのだが〕、三月(やよひ)ばかりよりは、まことしく苦しげにしたまひて〔女二の宮は本当に苦しげな様子をなさって〕、日に添へて〔日一日と〕頼もしげなきさまにならせたまへば〔回復もおぼつかないほど容態が悪くおなりになるので〕、よろづも忘れて〔母宮は何もかも忘れて〕、「いかなるべき御有様にか」とおぼし嘆くに、帝(みかど)、まいていみじき御思ひにおはしませば〔女二の宮をたいへん可愛がっておられたから〕、ただこの御方にのみおはしまし暮して〔ただもう一日中弘徽殿にばかりいらっしゃって〕、おぼし嘆かせたまふこと限りなし、と聞きたまへば〔大将はお聞きになるので〕、いとどかの人知れぬ〔いよいよ人に言えぬ〕御心のうちは言ふかたなけれど〔恋慕の情は熱くお心のなかはどうしようもないほどだが〕、[一〇]いづれのひまにかは御消息(せうそく)をだに聞こえたまはむ。

[一一]やうやう暑きほどにさへなるままに〔そのうえ次第に暑い季節にむかってしまい〕、消え入りぬべき御有様を〔ほとんど息も絶え絶えの女二の宮のご容態を〕、誰(たれ)も誰も〔父帝も母宮も〕嘆かせたまふこと限りなし。常よりも暑き昼つかた、御帳(みちやう)[一二]の帷(かたびら)少し結(ゆ)ひ上げて、床(ゆか)[一三]の上にて、緋(ひ)[一四]の御座(おまし)ばかりを敷きて、紅(くれなゐ)[一五]の羅(うすもの)の単衣(ひとへ)、生絹(すずし)[一六]の御袴(はかま)ばかりを奉りて[一七]、腕(かひな)[一八]を枕にて寝入らせたまへるに、御髪(みぐし)の久しくけづりなどもせさせたまはねど〔長い病床にあってお櫛を入れることもなさらないけれど〕、つゆばかり〔ほんの一筋も〕

迷ふ筋(すぢ)〔乱れがなく〕なく、つやつやとして〔黒々と光るまま無造作に置かれているのだが〕うちやられたるに、[一] こぼれかからせた〔[二] 額髪がお顔の辺りに垂れかかっている映りとか〕まへる色あひ、面(つら)つき〔頬の辺りなどが〕などの、かく久しき御悩み〔ご病気に〕に、つゆばかりも〔少しも〕衰へず、いとどなまめかしく〔いよいよ気品を漂わして〕見えさせたまふを、大宮つくづくと見たてまつらせたまふに、「腕(かひな)[三] たゆきも知らせたまはぬにこそ」と心苦しう悲しくて〔痛わしくも悲しくも思われて〕、涙のほろほろとこぼれさせたまふ。

〔女二の宮は僅かに身体を動かして〕うちみじろきて、「いと苦し」とおぼされたるを、近う寄りて〔母宮が側近く寄って〕うちあふがせたまふに〔扇で風をお送りになるときに〕、単衣(ひとへ)の御衣(おんぞ)の胸少しあきたるより、御乳(ち)[四] の例ならず黒う見ゆるに、心騒ぎしながら〔どきっと胸騒ぎして〕目とどめさせたまへば〔よくご覧になると〕、隠れなき御単衣にて〔隠れようもない御単衣のことではあり〕、いとしるかりけり〔紛れもない徴候なのだった〕。（母宮心）「いかなることならむと〔事実はどうなのかと〕、なほおぼつかなかりつるを〔真相が今一つはっきりしなかったが〕、こはいかなることぞ〔これはまたなんとしたこと〕」と目もくれまどひて〔目の前もまっくらになり〕、[五] ものもおぼされず〔頭が凍りつく御思いである〕。「まことに憂かりける御有様かな〔情けないとも何とも言いようもない御有様よ〕。[六] いかさまにしないたてまつるべきぞ〔どのように処置して差しあげればよいのか〕」とおぼしくだくること限りなし〔きりもなくお心を砕いておられる〕。

月ごろ〔この数カ月〕は、乳母(めのと)たちにも、[七]「かかることのあるは、いかなること

一「うちやられたるに」の下の本文やや不整。「こぼれかからせたまへる色あひ」の主語が曖昧であり、脱文があろう。諸本の異同が大きい。あえて底本のまま（古活字本、整版本も同じ）とする。

二「こぼれかからせたまへる」の主語を額髪と考えておく。病臥の横に「うちやられたる」のは病人の御髪（垂髪）であり、「こぼれかか」るのは顔のあたりの額髪と見るのである。「額髪のことさらにひねりかけたらんやうに」（深川本）のように明示する諸本もある。

三 腕などを枕になさって腕のだるさをも意識されておられないのだろう。「よもすがら物思ふときの頬杖(つらづゑ)はかひなたるさぞ知られざりける」（『伊勢集』）を踏む表現か。

四 御乳首が何時に似ず黒みを帯びて見えるのを。乳首の黒ずむのは懐妊の徴候。

五 女二の宮の妊娠の驚愕だけが頭を占めて一切の思考が停止するのを言う。

六 母宮は、誰とも知れない男の胤を宿したと思っている。この妊娠の事実をどう拾収すべきか。母宮の心は善後策を模索して必死である。

七 女二の宮のご寝所に男用の懐紙が落ちていた事実をさす。

ぞ」などものたまはず、御心一つにおぼし嘆きつるを（母宮のお心一つに嘆いておられたのだが）、（母宮心）八「かかることのありけるを、今は我ひとりしては（自分一人で隠そうと努めても）、もて隠すべきにもあらざりけり（とても隠しきれるものでもない）。また、この人々のなかに（女二の宮の乳母たちの中に）、知りたるもあらむ（事情を知っている者もあろう）。さりとも（いくらなんでも）九、かくおはするまでその気色（けしき）知る人なきやうはあらじ」などおぼしなりて（ご判断になって）、一〇出雲（いづも）・大和（やまと）などいふ御乳母たちを、忍びたるかたに（人目のない部屋に）召し寄せて、とみにもえのたまひ出（い）でず（すぐにはお口にすることともできず）、むせかへらせたまへるを（涙にむせんでおられるのを）、〔乳母たちは〕「いかなることぞ」と、みな思ひ騒ぐ。

からうじて（やっとのことで）、「一一かかることのおはしけるを、誰（たれ）も知らぬやうはあらじ。などか今まで知らせざりける（どうして今まで私に知らせてくれなかったのか）。一二いかなりしことぞなどだに知りてしが（せめてどんな事情であったとだけでも知りたい）」などのたまはせやらぬを（涙ながらのお言葉も途切れがちなのを）一三、うち聞く心地いかがはありけむ。ある限り（乳母たちはみな）あきれまどひて、ものもえ申さず、頭（かしら）を集（つど）へて泣くよりほかのことなし。

（乳母たち）「月ごろも（この幾月か）、あやしう心得ぬ御有様を（どうにも腑に落ちぬご容態を）、一四御物気（もののけ）にやなど見たてまつり嘆くよりほかに、またいかにもいかにも見たてまつり知ることも（どう考えましても全く見知っております事実もございません）

八 女二の宮が懐妊している事実をさす。

九 男が忍んで来るばかりか、女二の宮が懐妊して数カ月になっておられるのに、この時期になるまでこの事情を知る者が一人も居ないはずはない。

一〇 ともに女二の宮の乳母たちの召名（めしな）。父兄や夫の任国に由来しよう。召名に国の名をつけるのは中臈以下の女房に普通である。

一一 母宮が乳母たちに女二の宮の身体の変調まで語ったのである。

一二 どんな経緯で、どこの誰が相手の男なのか、など、せめて事実だけでもはっきりさせたい。

一三 乳母たちにとっては寝耳に水、まさに青天の霹靂である。しかも、姫宮について微細にわたって知っていなければならないのが乳母の責任である。乳母たちの驚きと茫然自失は当然であろう。

一四 物気（もののけ）が女二の宮に取り憑（つ）いたせいであろうかと見申しあげて嘆息するほかなく。「御物気」の「御」は、取り憑かれた女二の宮への敬意。「物気」は、人に取り憑いて病気にしたり死に至らしめたりする死霊、生霊の類。

[一]候(さぶら)はず。[二]例せさせたまふことも〔月々おありになるものも〕、常にさのみおはしませば〔平素からあのように不順でいらっしゃるので〕、あやし〔変だ〕と見おどろくべきにも侍らでこそ〔と驚くほどのこととも拝見いたしませんでした〕。さりとも〔それにしても〕、[三]事の有様は、しるべ〔手引きする者〕侍らむかし〔があるに違いありません〕。昔物語にも、心幼き〔思慮の浅い〕侍ひ人(さぶらびと)につけてこそかかることも侍りけれ〔侍女がいた場合にこんな事態がおこっておりました〕。[四]うち代(かは)り、誰(たれ)も見たてまつらぬ折(をり)も侍らぬを、なほいつのひまにか〔いったいどんな隙に〕、さることのおはしまさむ〔そんなことがおありになりましょうか〕。[五]御ひが目にや候(さぶら)ふらむ」と言へば、(母宮)[六]「いでや、何か。誰もむげに知らぬやうはあらじ〔誰もが全く知らぬということはあるまい〕。とてもかくても同じ憂さとはいひながら〔どの道つらさ情けなさは同じことと思うけれども〕、その人とだに知らぬよ〔相手の男が誰とさえわからぬ口惜しさよ〕。[七]かばかりの御身のほどに、かかることの類(たぐひ)あらじかし。候ふ人々のほどにてだに〔女房風情の女の場合であっても〕、いとかうあはあはしく〔ほんにこうまで軽々しく〕、飛び交(か)ふ虫鳥のやうに〔まるで飛びちがう虫か鳥かのように〕、[八]ゆきずりの宿世(すくせ)ある人やはありけむ。[九]ただささばかりの夢にてだにあらで、こ〔子までは宿すとはいったいどうしたらよいのか〕はいかにすべき忘れ形見ぞ」と押しあてさせたまへる袖の雫(しづく)、ことわりに〔道理よ〕、いみじとも世の常なり〔痛わしやと同情したところで何の慰めにもならない〕。

(乳母たち)「今は、いかで〔なんとか〕上(うへ)の見つけさせたまはぬさきに〔帝がお気づきにならぬ前に〕出(いだ)したてまつりてむ〔宮中からお出し申しあげよう〕。[一〇]神事(かみわざ)などもしげう侍るめるに、[一一]いとど恐ろしく侍る〔なおのこと恐ろしく思われます〕」と聞こゆれば、

一 乳母たちの母皇太后宮への言葉には、丁寧語として「候ふ」と「侍り」とが併用されている。
二 女性の月々のもの。月経。
三 女二の宮をめぐる諸状況は。
四 私どもは交替で侍(はべ)っておりまして、誰もお側に付き添っていない時などもありませんのに。
五 畏れ多い申し分ながら、皇太后宮様のお見間違いではございませんでしょうか。
六 とんでもないこと、なんで私に見誤りがあろうか。
七 内親王という御身分の高さを思えば、こんな情けない例はないに違いない。
八 通り魔に襲われたように突然運命を狂わせられた女がかつてあっただろうか。「ゆきずりの宿世」は、突然通りすがりに運命を変えられることに、行きずりの男と関係してしまった運命とを重ねて表現している。
九 「ゆきずりの宿世」ならそれなりに、せめて一夜の悪夢として忘れてしまいたいのに、さらに追い打ちのように。
一〇 六月には宮中に神事が多い。神事には穢れを忌むのである。
一一 神の祟りが恐ろしいと言うのである。

（母宮心）それにしても　最終的にはどう処置したものか
「さても、つひにはいかがすべからむ」と、「世の例(ためし)になりたまひぬ
最後までお見とどけ申さぬ前に　私自身がどうぞして死んでしまいた
べき御有様を見たてまつり果てぬさきに、我が身いかで世になくな
いものよ　一二　まことにもっともで
りなむ」と、片時のほどに思ひくだけさせたまへるさま、げに、
一三 誰一人善後策など頭に浮ぶ者はあるまい　一四 お見受けする困難な状況であった
誰(たれ)も誰もはかばかしきことあらじかしと見えたまへり。

帝は女二の宮の秘密を知る由もなくひたすら病状の悪化を憂慮する

額を寄せてひそひそ相談するときに　一五　帝がお越しにな
かく言ひささめくほどに、「筵道(えんだう)参れ」など言ふは、「渡らせたま
るのであろうと母宮はお聞きになり　さらにお気持が動転して　女二の宮のお部屋にお
ふべし」と聞きたまふに、いま少し心地もまどひて、渡らせたまひ
いでになりご様子を拝見なさったところ　女二の宮はまさか妊娠などという大事とまでは
て見きこえさせたまへば、いとかういみじきことまではおぼし寄ら
暑さを持て余しておられる様子なのも
ぬにや、いと心苦しげにて、暑さをもて扱ひたまへる気色(けしき)なるも、
一六 ひどく気にかかって
いとうしろめたければ、少し厚き御単衣(ひとへ)などにひき替へて、「まだ、
ほんとうに驚かねばならない御事もおありになるのに　お気づきにならぬのか　気をつけて
いとあさましき御事もありけるを、おぼしも寄らぬにや。心して上(うへ)
父帝にもお目通りなさるように　女二の宮は
にも見えたてまつりたまへ」と聞こえたまふに、宮、「またいかな
一七 そのまま息も絶えてしまう気がして　精一杯できるのはこれだけと　衣を
ることぞ」と、やがて消え果つる心地して、たけきこととは、ひき
帝が　ご気分
被(かづ)きて泣き入りたまへるに、上渡らせたまひて、「今のほどはいか
はどうか　一八 暑さまでがあいにくな年ではある　この暑さではなおのこと
にぞ。暑ささへあやにくなる年かな。いとどいかに苦しくおぼさる

一二 思い悩んでは、善後策どころか、すぐに最悪の事態が頭に浮び、ご自身の死と結びつけてしまうお心の乱れようは。

一三 皇太后宮をはじめ乳母たちもみな。

一四 「誰も誰も」には皇太后宮をも含むから、「見えさせたまへり」とありたいところである。

一五 「筵道」は、帝など貴人の通行の時、衣服の裾が汚れないように道に敷く筵(むしろ)。「筵道をお敷きせよ」との声がするのは、帝のお成りを告げる予告でもある。

一六 暑さに単衣も苦しく、ややもすれば肌もあらわな女二の宮の様子に、帝に黒ずんだ乳首を見られるのではないかと、母宮は気にかかってならないのである。

一七 あの夜以来の苦悩と羞恥に加えて、さらに母宮の「いとあさましき御事もあり」との言葉に、女二の宮の衝撃はもはや身に耐えられない。

一八 お加減が悪いところへ猛暑までが加わって、の気持。帝はどこまでも女二の宮は普通の病気と思っておられる。

らむ」とて寄らせたまへるに、（女二の宮がこのようにひどく苦しそうなご様子である上に）かくいみじげなる御気色なるに、母宮もいみじう泣きたまへるさまなれば、〔帝は〕いとどおどろかせたまひて、「今朝(けさ)のほどに苦しげさこそまさらせたまひにけれ。（お加減がひどく悪くおなりになったのですね）など、（どうして）かくと（こんなに重く）ものたまはざりつらむ。（なったとも知らせてくれなかったのです）[一]祈りなどをも思ひ寄らぬことなくすれども、しるしもなくて、（効験もなくて）かくまさるさまにのみなりたまふは、（重くなる一方の病状におなりになるのは）いかなるべき御事にか」と、いみじくおぼし嘆きて、「をかしかりつる御髪(みぐし)などを[二]人に見せまほしかりつるものを。（あの大将に見せてやりたかったのに）いと口惜しう落ちたまひなむことよ」（この容態では遺憾ながら脱け落ちてしまうことだろうよ）とて、[三]掻(か)き出(い)でてうちやらせたまへるに、迷ふ筋(すぢ)なくて、[四]袿(うちき)の裾(すそ)ばかりにやと見ゆる裾のをかしさなど、（髪の末の揃った美しさなどは）げに、類(たぐひ)なしなどはこれを言ふべきにや、と見えさせたまへり。（お見えになるのだった）

（帝）「長さなどは、これこそなべてのことなれ、（なるほどこれくらいが普通だが）筋のをかしさ、つや、[五]下(さが)り端(ば)などは、類あらじかし」とて、いとめでたうかなしと（ほんとうに素晴らしいかわいい）見たてまつらせたまへるを御覧ずるにも、（ご覧になるにつけても）大宮は[六]心騒ぎのみせさせたまひて、（母宮心）「あはれ、（ああ）かばかりおぼしたる御心にも、（ほんにこれほどまでいとしく思って下さるお心なのに）[七]いつかかることを聞

一 さきに「月ごろになるまで見入れたてまつらざりける事」（一六〇頁）とあった。以後、高僧を召したり諸寺に命じたりして、加持祈禱に奔走されたことが、この帝の言葉でわかる。

二 「人」は、帝が女二の宮と結婚させたいと望んでいた狭衣大将をさして言う。

三 御帳台の内、女二の宮の側に置かれていた長い髪を、帝が手にとって外にまで押し出してご覧になったのであろう。

四 長さは袿(うちき)の裾ぐらいではなかろうかと見える髪の切り揃えられた先端の美しさなどは。「袿」は、貴婦人の平常には上着に当る。何枚も重ねて着る。晴の衣裳では、この上に唐衣(からぎぬ)を着る。

五 髪の垂れさがった端(はし)。

六 女二の宮の妊娠に帝が何時気づかれるか、何時言い出されるか、不安と緊張に母宮の胸の中は早鐘のように激しく鼓動している。

七 何時この事実（女二の宮の妊娠）を帝がお耳にされて、慮外な娘よと嫌われ遠ざけられることになるのだろうか。

八「よろしき人」は、並一通りの身分の人。「よろし」は、まあ良い、悪くない、の意。「よし」が文句なく良い意であるのに比し、水準を保つ程度を言う。

九「なんでふ」は、「何といふ」の約。なにほどの、の意。

一〇「思ひたまへる」は、「思ひたまふる」の誤写か。ここは下二段の「たまふ」で、母宮の帝に対する丁寧、謙譲の意に取りたいところ。四段の尊敬の「たまふ」のままでは女二の宮が「思ふ」主体となるが無理であろう。

一一 宮中にとどまっているのは畏れ多いなどと非難する人もおりましょうに。病者は宮中に置かず、里に下がって治療するのが例であった。枕もあがらぬ重病の女二の宮を何時までも宮中にとどめておくのを非難する者もあろうと、母宮は尤もな口実をもうけたのである。

母宮、女二の宮の病気退出を願い出る　憂慮しつつも帝これを許可する

一二 女二の宮が弘徽殿に臥していて、日々見舞うことができる今でさえ。

一三 姫宮にしても頼りになる人まで無いことになり。皇太后宮、女二の宮の係累は少ない（一三二頁）。外に出れば世話する者があるまいと帝は心配するのである。

一四「宮司」は、中宮職、春宮坊（とうぐう）、斎宮、斎院などの職員。ここは皇太后宮関係の職員であろう。

かせたまひて、おぼしうとまれたまはむとすらむ」と、ただ、「よ八ろしき人の上（うへ）にてだに、かばかり憂きことやはあるべき」とおぼさるるに、涙もつつみあへずこぼれさせたまへば、例の袖を押しあてて、もののたまはぬを、ただ、「この御心地のこと」とのみ心得させたまへれば、「さりとも、九なんでふことかおはせむ。ここらの祈りのしるしものしたまはざらむやは」とて、我もうち泣かせたまひぬ。「かうのみ日に添へて頼もしげなくなりたまへるを、心やすき所にて御祈りなどもせばや、と思ひたまへる一〇。かばかりまでものしたまへるを、もどかしなど思ふ人も侍らむかし一一」と聞こえたまへば、「いさや、かくてだに夜の間（ま）のおぼつかなさを一二、まいて見たてまつらざらむがいといぶせきに、頼もしき人さへなく一三、心細かりぬべきこと」などのたまはすれど、「げに、さりとても、かう頼もしげなうなりゆく御有様を、さのみやは」など聞こえさせたまへば、さるべき一四宮司（みやづかさ）など召して、御祈りのことなどこまかにおきてさせて、出（い）

ただもう　場合でさえ　かくも情けない悲運などあるはずもないだろう　母宮はいつものように　とばかり考えておられるので　帝はただ　女二の宮のご病気のせい　（帝）回復が遅くても　なにもご心配はあるまい　数多くの加持祈禱の　効果がおありにならないはずがない　帝ご自身も　（母宮）日増しに　回復の見込みもなく　退出して気の置けない所でご祈禱などもしたい　こうまで重くなられているのに　（帝）さあどうかな　ましてお顔も拝見できぬとすればひどく気がかりに思われるが　心細く思われるに違いない　（母宮）仰せのとおりですが　しかし　いつまでも宮中にとどめておくわけにはまいりません　［帝は］　こと細かに指図させなさって

一 女二の宮が重態であり、帝も不安に耐えぬ心を洩らされた今だけでなく、平素から。
二 まったくお痛わしい御事態よと。
三 いい加減な態度でなしに。心底お逢いしたい気持を顔にあらわして真剣に。「なほざり」は、本気でないこと。
四 どうして女二の宮のご寝所へなどご案内できましょうか。
五 そこまでお会いしたいと思い詰めておられるのならば。
六 皇太后宮は、ご容態だけでなく、相手の男が誰かということをも悩んでおいでのようですから。「おぼいためる」は、「おぼしたるめる」の音便。「おぼし」のイ音便、「たる」の撥音便「たん」の「ん」無表記。
七 女二の宮の相手の男はじつは私なのだということを、それとなく母宮に気づかれるようになさるのがよろしいでしょう。皇太后宮に姫宮の相手は自分と気づかれることが、結局は女二の宮に逢える早道と勧めるのである。
八 狭衣大将は、やはりそこまで積極的には出られず、曖昧に言葉をにごし紛らわしながら。

でさせたまふべきにもなりぬ。（女二の宮がご退出になることに決定した）〔帝は〕返す返すもおぼつかなかるべきことをおぼしめしのたまはせて、（女二の宮のご容態が心配でならないお胸のうちをお口に出されて）殿にも（堀川関白殿にも）聞こえさせたまひければ、[一]さらぬ折（をり）だに、はかなきことの折折、（何か機会のある折には）まづとぶらひまうしたまへば、（真先にお見舞申しておられたので）[二]「いと心苦しき御事」と（帝のお言葉に）おどろきたまひて、さまざまの御祈り始めさせ、よろづにぞ扱ひきこえたまひける。（万端にわたってお世話申されるのだった）

狭衣切に女二の宮を思うも、関係を秘しつづけ、典侍はこれを不審がる

〔女二の宮が〕かくいと重くなりて出（い）でさせたまひぬるを、（宮中を退出されたのを）大将殿聞きたまふに、人知れずおぼし嘆くことおろかならず。（独りわがお心のなかでお嘆きになること並一通りでない）典侍（ないしのすけ）にも、常に会ひたまひつつ、（狭衣）「さるべきひまあらば、（適当な機会があったなら）少し近くて見たてまつらむ」と、（もう少しお側近くてお逢い申しあげたい）[三]なほざりの気色（けしき）にはあらず責めわたりたまへば、（何度も強くご催促になるので）（典侍）「今はあるにもあらぬさまにならせたまへれば、（女二の宮は現在お命もおぼつかない重態でいらっしゃるので）夜昼（よるひる）大宮添ひおはしますには、（付ききりで看病されている以上）[四]いかでかは。[五]さらば、[六]おぼつかなきことをさへおぼいためるに、[七]さやうにほのめかさせたまへかし」と聞こえさするを、（お勧め申しあげるのを）[八]さすがにあきらかにもあらず言ひなしつつ、思ひ嘆きたまへる気色はおろかならぬを、（ひたすら嘆いておられる様子が尋常でないので）

「いとあやし」と見思ひけり。

（狭衣心）九「明日はありとも思ふべうもあらぬ世に、いま一度見たてまつらでや」とおぼすはいと忍びがたきに、涙は堰きもあへずこぼれながら、言に出でて「いみじや、かなしや」とも泣きこがれたまはずながら、いと心深げにおぼし乱れたる気色など、一〇「おろかにはあらぬ御心にこそは」と見るも、一一心得ねば、（典侍）「この御心地も、一二物思ひにかくまでもならせたまひぬるにこそ侍るめれ。一三ただ人知れぬ御事にてだに、一四さばかり心深き御心ばへに、おろかにおぼさるべきにもあらぬを、まいて、大宮のおぼし嘆くめる御心を御覧ずるに、一五いかでかはおろかにおぼしめされむ。一六いでや、いとけしからぬ御心づかひぞと思ひはべれば、いと心憂くぞ侍るや。ただ、御文などをや散らしてまし、と思ひたまふるを」と言へば、（狭衣）一七「われさへかくのたまふこそ心憂けれ。誰が上をも知らぬやうに、ひとへにな憎みたまひそ。いと一八わりなし」とて、一九「ありのままには知らせじ」とおぼすなるべし、

九 狭衣は明日にも出家遁世したい願望を心の底に抱えている。この遁世願望の心情からの発想である。

一〇 中納言の典侍も、大将殿の女二の宮への愛情は並一通りのものではないと理解できるのである。

一一 それにつけても、大将殿の事態処理の決断の無さ、自己の行為を表沙汰にすることを拒む消極性が、典侍にはなんとも理解に苦しむところである。

一二 お心の苦悩からこんなにまでご重態におなりあそばしたのでございましょう。

一三 突然わが身に降ってわいたような狭衣との関係を言う。

一四 平素から女二の宮は物事を深く思い詰める性質だから。女二の宮に親しく伺候する典侍は、よく姫宮の性質を知っているのであろう。

一五 どうして深刻にお悩みにならぬはずがありましょうか。

一六 それにつけても、いやもう、何ともわけのわからないあなた様（大将殿）のお心の用い方よ。「心づかひ」は、配慮、用心の意。ここは、女二の宮の相手の男が自分であるとほのめかすのをまで拒もうとする狭衣の考え方、心の動き方を言う。

一七「われ」は「汝（なれ）」に同じ。対称。

一八「わりなし」は、無理だ、どうしようもない、の意。

一九「とおぼすなるべし」までは、狭衣の心を推測説明する挿入句（はさみこみ）。狭衣は、何と言われようと、中納言の典侍にも真相を告げようとはしない。

「あが君（ああ典侍よ）、[一]なほこの文散らさむことな好みたまひそとよ。何事を（皇太后宮に何をどうお知らせすればよいというのか）いかに知らせたてまつるべきぞ。[二]あやしかりけむしるしをおぼし疑ふ（お疑いになっているのであろう）にこそあらめ。[三]そがいとほしきぞ。なほざりの（何気ない）垣間見（かいばみ）は、[四]あながち（さして）に便（びん）なかるべしとも思はで（不都合もないだろうぐらいにも考えず）、近きほどに（女二の宮のお側近い辺りに）参り寄りたりしに、落ちけむよ（落ちたのだろうよ）。[五]誰（たれ）がならむとおぼつかなくおぼすらむよりも、かくと聞かせたまはば、いま少し心づきなしとこそおぼしめさめ。[六]行末（ゆくすゑ）の頼み、あぢきなきことにや。さらずとも、[七]岩にも松は生（お）ふなるものを」と[八]て、なほ、「我とは知られたてまつらじ（相手の男が私とは知られまい）」とおぼしたれば、〔典侍には益々〕「いとあやしく（異様で）、心得ぬ御心かな（測りかねるお心よ）」とおぼえけり。

母宮計って女二の宮を里に移すが、心痛の果て倒れ姫宮と枕を並べ臥す

宮は（皇太后宮は）、久しく御覧ぜざりつる[九]古里（ふるさと）に立ち出（い）でさせたまへるに、[一〇]いと荒れまさりて（手も入れぬままに）、もの旧（ふ）りにける山の（年月を経た築山の）気色（けしき）もものの恐ろしげにて、[一一]池の水も水草（みくさ）ゐて（繁茂して）昔の影も（面影も）留（と）まらぬに（留めないのだが）、蛙（かはづ）の声ばかり頼もしき（勢いよく）しるべにて（親しげで）、言問（こととひ）ひまゐる人も（お訪ねする人も）なきままに、起き臥しつくづくとおぼし嘆くこと限りなし。

一　なんとしても私の手紙を人目に晒すような無茶なことはなさらないでおくれ。「な…そ」は願望をこめた禁止、「とよ」は、感動、念押しの気持。
二　皇太后宮は不審なあの懐紙のことを。
三　迂闊にもあの懐紙を落したことが女二の宮に気の毒なのだ。
四　「あながち」は、打消を伴って、何も、必ずしも。
五　皇太后宮はこの懐紙を誰のだろうとご心痛になっているだろうが、私が落したものとお聞きになったら、今以上に私のことをもう少し不愉快にお思いになることだろう。
六　そうなれば、女二の宮との縁談も先行きおぼつかなく、つまらないことになるのではないか。
七　気長に真心こめて求愛し続ければ、どんなに難しい恋も成就するというではないか。「種しあれば岩にも松は生ひにけり恋をし恋ひば逢はざらめやは」（『古今集』恋一。『古今六帖』第五にも。ただし小異）を引く表現。
八　どこまでも白（しら）をお切りになって、といったニュアンスであろう。
九　「古里」は実家の意。皇太后宮は女二の宮とともに宮中を下り、自宅で善後策を構えようとする。
一〇　もともと頼る縁者が少ない皇太后宮には邸宅の管理がままならない。そのうえ長い間宮中におられたので、なおのこと。

一一 このあたりの描写は、女の一人住まいのわびしさを写す『枕草子』の文章が参考になる。「女のひとり住む所はいたくあばれて築地なども全からず、池などある所も水草ゐ、庭なども蓬に茂りなどこそせねども、所々砂子の中より青き草うち見え、淋しげなるこそあはれなれ」(「女のひとり住む所は」の段)。
一二「なやまし」は、病気などで気分の悪い意。
一三 全く食欲がなく、橘などのような果物をさえも召しあがろうとなさらないのである。
一四「同じさま」は、女二の宮と同様の病状を言うが、あとの妊娠すり替え策を可能にする前提として利いている。
一五 母宮がこうもお身体を損われてしまったことよ。
一六 女二の宮の心の痛みはいよいよ深刻である。
一七 女二の宮もすでに我が身の変調の理由を知っている。出産時を頭に置いて考えるのである。
一八 皇太后宮から善後策につき相談にあずかった乳母たち。出雲が代表格なのであろう。
一九 御子をもうけることなど全く念頭になかったと言うのである。
二〇 はっきりしたご妊娠の徴候。

窮余の奇策――乳母たち偽りすり替えて、皇太后宮のご懐妊と奏上する

月日の過ぐるままには、「いかさまにして憂き名をもて隠して、（（母宮心）なんとかして女二の宮の汚名をひた隠して）明け暮れ候ふ人々にも（女房たちにも）この気色を見せ知らせぬわざもがな」（妊娠の気配を気づかせない手立てがないものか）とおぼすに、我が御心地もいとなやましくなりて、（母宮ご自身のご気分も）橘などをだに見入れさせたまはず、（目もお向けにならず）ただ同じさまにて臥し沈ませたまへるを、（女二の宮と同様のご病状ですっかり寝込んでおられるのを）姫宮も見たてまつらせたまふに、「憂き身一つのゆゑに、（情けない我が身一人のせいで）かくさへならせたまひぬる」とおぼすに、いかでかは世の常の心地せさせたまはむ。（どうして尋常一様のお気持でおられようか）

「今日明日にても、まづ先立ちきこえて、（〔あの世に〕）恥づかしくいみじからむ有様を見えたてまつらぬわざもがな」（なんともみっともない有様を母宮にお見せしないで済むようにできたら）とおぼせば、いとど沈み入らせたまひて、げにいと頼もしげなき御有様どもなれば、（本当に母娘ともどもひどく心配なご容態なので）候ふ人々も、「一所の御事をだに思ひ嘆くに、（女二の宮のご病気だけでも嘆かわしいのに）また、かくさへおはしますこと」（母宮様までがご重態であられることよ）と嘆かしきものから、（嘆かわしく思うものの）出雲の乳母など心かしこき人にて、「姫宮の（女二の宮の）御ため聞きにくきこと、（御ために聞きにくい風聞が）世に漏り出でむよりは」など言ひあはせて、（相談しあって）「大宮の、（（乳母たち））今はとおぼし絶えて、（今はまるでご念頭になく）咎めさせたまはざりけるなむ、（うっかりあそばしておられましたが）出でさせたまひて、（宮中をお下りになってから）いちじるき御有様に見なしまゐらせつる」（はっきりおめでたのご様子とお見受けいたしました）など内裏にも奏してければ、（帝）「げに、思ひかけずもありける御事かな」と（いかにも ご懐妊とは思いがけないことよ）ばかりぞ聞かせたまひける。（なんのお疑いもなくお信じになられた）

一なべての人のあることもとどまりてほど経させたまひにければ、（皇太后宮は誰にもあるものもとまって 何年にもおなりになっていたので）二何事にかおぼしも咎めむ。「老子は人の大事なること」と聞かせたまへば、（高い年齢での出産は難事 帝もご存じであったから）「さて、げに苦しうせさせたまふ」とぞ聞かせたまひける。（それで なるほど病気のようにお苦しみになるのだ ご納得なさるのだった）世の中の人も、あやしう、「三ありありて、なかなかめづらしき御事かな」とぞ聞きおどろきける。（耳を疑って 長い間を置いて ご慶事）〔皇太后宮は〕今年ぞ四十五六になりたまへば、四などかさしもしたまはざらむ。（どうしてご懐妊がないときまっていようか）まいて、御みめなどは三十ばかりにて、（お顔立ちなどは）いときよげにぞおはしましける。（たいそう美しく）

五我まづ先にと、いづれも同じさまにて頼もしげなき御有様なれば、明け暮れ見たてまつる人々だに何事かは思はむ。（看病申しあげる女房たちでさえ何をどう不審に思う暇もない）六「内裏などに、かくと聞かせたまひてけるを、七同じくは、げに、八いかでいちじるからぬさまにもてなして、この御憂き名を隠すわざもがな」（同じことなら 本当に なんとか目立たぬように扱って無事出産にこぎつけ 女二の宮の御名が傷つかぬよう隠し通したいものよ）と大宮はおぼし念ずるけにや、（ひたすら祈念なさるせいか）九ただ同じさまにて夏、秋も過ぎつつ、冬の初め（お二人のご容態もただもう同じように経過して）

一 月経をさす。
二 皇太后宮ご自身ご懐妊にお気づきにならなかったとしても何の不思議もない。
三 以前、姫宮たちをご出産になってから長い年月を隔てて。
四 年齢から見れば、まだまだご懐妊の可能性がないとは言えぬ、しかも、お年よりは若く美しくおいでだ、と言うのである。
五 私が先に死にたいものと、母宮も女二の宮もともに思い、ご病状がまたどちらも同じように重い御有様だから。
六 禁中などにおいても、皇太后宮久々のご懐妊と、こちらの奏上どおりにご理解になっているからには。「内裏などに……」以下、皇太后宮の心中表現と見る。

母宮、姫宮を救う一念から、偽妊娠ながら女二の宮同様の容態で経過す

七 乳母たちの計らい（妊娠すり替え）がここまで成功した以上、の気持。
八 女二の宮の出産までの扱い方を言っている。
九 妊娠中の女二の宮の容態と同様な経過を母宮もたどるというのである。母宮の祈念が、自らを妊娠中と見せるのに成功したかたちである。

にもなりぬれば、一〇たしかなることは知らねど（確実な日取りはわからないが）、一一ありし懐紙(ふところがみ)のほどを（あの落ちていた日を）おぼしめし出(い)でて、乳母(めのと)たちにもさやうに（出産のおおまかな予定日を）言ひ知らせたまひければ、一二物問(ものと)ひ何やかやと（占いやら何やら）、心知るどちはやすき空なく（事情を知る乳母たちは心やすまる時とてなく）、胸心(むねこころ)をつぶしつつ（不安におびえつつ）、うとき人々をばいづれの御前(おまへ)にも（事情を知らぬ女房たちをばお二方の）近うは参らせず、ただ、一三「このこと助けたまへ」と、仏神を念じたてまつる。

姫宮は（女二の宮は）、一四おほかたの御心地などは、なかなかこのほどとなりては（かえって出産間近の近頃となっては）、いと苦しくもおぼえさせたまはねど、一五御身のありしにもあらずところせくなりゆくままに（お身体が以前とうって変ってふくらかに窮屈なまでになっていくので）、恥づかしう（恥ずかしく）いみじからむほどの有様を（ひどく苦しむにちがいない出産の際のわが身を）、「つひにいかにもてなさむ」（とどのつまり皆はどう扱うのだろう）とおぼすに、いといみじきに（極度の不安にかられて）、人々の（世話する人が落ち着きなく）安げなくとやかくやと言ひ構ふる有様どもの（話し合ってはつくり事をしている様子で）、心づくしに思ひ扱ふも（気を遣い心を痛めて扱うのも）、一六「いついかなることを取り出(い)でて（いつどんなことを迂闊に表に出して）、あぢきなき心構へのあさましさなどをさへ（つまらない企み事の浅はかさなどまで）、世の言草(ことぐさ)に言ひ伝へ（話の種に伝えられ）、上(うへ)聞かせたまはむ」（父帝もお耳にされることだろう）など、人知れずおぼさるるに、一七「ただかくながら（ただもう出産の前に）、今の間(ま)に消え入りなばや」とおぼし入るけにや（思いつめておられるせいか）、常よりもいとなやましく暮れゆくを（日ごろよりも悪いご容態でその日も暮れてゆくのだが）、一八羊

一〇 出産予定日を算出したいのである。
一一 女二の宮の側に懐紙の落ちていた日を思い出されて。出産予定日算出の基礎とするのである。
一二 「物問ひ」は、吉凶の判断をすること。占い。安産を願うためである。
一三 女二の宮の無事出産と、これを母宮の出産に装う策略の成功とを祈念するのである。
一四 ご気分なども全体としては。「おほかたの」とことわるのは、精神的な苦悩を別にすれば、の気持。
一五 お腹の大きくなったのを言う。

女二の宮は心身の苦悩から世をはかなみ、母宮は相手の男の薄情を恨む

一六 女二の宮ご自身の出産が世に知れわたるばかりか、母宮の出産に見せかける欺瞞策までを。
一七 出産の際のみじめさに耐えず、ひたすら今のままこの世から消え失せてしまいたい、というのである。
一八 屠所に引かれてゆく羊のように一歩一歩死に近づく気持がして。『涅槃経』（巻三十八）に、人命の短さを「亦朝露ノ如ク、勢久シクハ停ラザルコト、囚ノ市ニ趣キテ歩々死ニ近ヅクガ如ク、牛羊ヲ牽イテ屠所ニ詣(イタ)ルガ如シ」、『摩訶摩耶経』（偈）に「羊ヲ駈リテ屠所ニ至ルニ、歩々死地ニ近ヅクガ如シ」など、仏典から出た譬え。『源氏物語』（浮舟）にも「明けたてば、川の方を見やりつつ、羊の歩みよりも程なき心地す」とある。

の歩みの心地して、さすがにもの心細くおぼさるるを、木(こ)の下はら〔枯葉を吹き払う〕ふ風の音いとど身にしむやうなるに、一頭(かしら)もたげて見出(いだ)したまへれば、色々に散りまがひて〔落葉が色とりどりに散り乱れて〕、木末(こずゑ)あらはになりにけり。

（女二の宮）二 吹きはらふ四方(よも)の木枯(こがら)し心あらば
　憂き名を隠す隈(くま)もあらせよ

とて、いと弱げに泣き入りたまへるを、大宮〔皇太后宮は〕は少し寝入らせたまへれど、三心とけてまどろむともなければ、聞かせたまふに〔姫宮の口ずさむお歌をお耳にされて〕、我もいとど消え入る心地して、（母宮心）「あはれ、四いかなる人〔どんなに酷い男が〕、いとかばかりものを〔全くこれほどまでに苦痛を〕思はせたてまつりて〔与え申して〕知らず顔にて過ぐすらむ〔知らぬ振りをしたままでいるのだろう〕。五昔の世に何の契りにて、かかることのありそめけむ〔こんな事態が起ったのだろうか〕。六いとかく思へば〔ここまで苦しんでいるのだから〕、夢にも見ゆらむかし。七かかる御事をも知らぬにや〔男は知らぬのだろうか〕。八身はいたづらになるとも、九いかなる武士(もののふ)なりとも〔いくら何でも〕、少しあはれとだに思ひきこえば〔せめて少々でも姫宮をいとおしいとぐらい思ったならば〕、さりとも忍びあへぬ〔隠しきれぬ〕気色(けしき)漏り出でぬやうあらじやは〔表に出ないはずはないのに〕」とて、あさましくつらくおぼさるる〔なんとも情けなく辛く思っておられる〕折(をり)しも〔折も折〕、一〇前駆(さき)の声いとおどろおどろしくて〔ものものしく〕参りたまふ

一 女二の宮は枕から頭をあげて外に御目をお向けになると。
二 木々の梢を吹き払って丸坊主にしてしまう四方の木枯しよ、もしもお前に心があるなら、私の浮名を隠す葉陰ぐらいは残しておくれ。「四方の」は、方角もなく吹き荒れることを言う。
三 心痛から心が昂ぶり、ぐっすりと寝入ることとてないので。
四 どんな酷い心の持主が。女二の宮に妊娠させた相手の男を言う。
五 前世においてどんな因縁があって。
六 姫宮にせよ私にせよ、ここまで苦しみ悩んでいるのだから、男は夢にだって見ていることだろうよ。恋にせよ恨みにせよ、こちらの思い詰めている気持は相手の夢に現れるという考え方である。
七 女二の宮が出産も間近いという事実をさす。
八 男の一生が台無しになるにしても。皇女を犯した罪に問われるのを怖れて知らぬ振りをしているのかも知れないと推測して言うのである。
九 いかに冷酷無情な武士のような心の持主でも。「武士」は、情を解さぬ譬えによく引かれる。『源氏物語』（桐壺）にも「いみじき武士、仇敵(あたかたき)なりとも、見てはうち笑まれぬべき様のしたまへれば」などとある。
一〇 貴人通行の際、通行の人々を制する先払いの声。

折から狭衣大将見舞に参上する場所から理想的な容姿いよいよ映える

人あり。

かかる御心地のほどとても（このような皇太后宮御不例の場合でも）、[一一]さるべき大夫・宮司などよりほかには、ことに参りとぶらふ人もなく心細きに（特にお見舞にうかがう人もなく心細く感じられる折から）、[一二]候ふ人も立ち騒ぎて、[一三]御随身の声づかひも御門のあたりことごとしきを（ご門のあたりで大仰に響くのを）、人々（乳母以下）端近くて（縁先近く出て）、「誰ならむ。めづらしくもあるかな」など言ひて見るに、[一四]東の対に続きたる渡殿より歩み出でたまへるを見れば、左大将殿（狭衣）におはしけり。

[一五]宮の侍して、〔狭衣が〕「中納言の内侍や候ひたまふ（出仕しておられるか）」と尋ねたまへるを、大宮聞かせたまひて、いと心細くかすかなる（ものさびしい）御里居のほどにも（御里住みの間にも）、大殿の御心のあはれにまめやかなるを（堀川関白殿がまことに実のこもったお心遣いを示されるのを）、おろかならずおぼし知らるれば（肝に銘じて感謝しておられるので）、近き御簾の前に[一六]褥さし出でて、「こなたに」と聞こえさせたまへり。

〔狭衣が〕参りて居たまふ有様（お坐りになる容姿や）、うち振舞ひたまふ用意などよりはじめ（ちょっとした動作にも示される嗜みの深さなどを初めとして）、例の「あなめでた（なんと素晴らしい）」とのみ見えさせたまふに、[一七]うちにほひたる御薫り（馥郁と漂っているお召物の芳）

一一　当然役目として奉仕すべき皇太后宮職の職員をさす。「大夫」はその長官。「宮司」は職員。

一二　宮司たちを中心に言う。

一三　随身の敬称。主人への敬称である。随身は、高官の外出に随従した近衛府などの舎人。摂政、関白には十人、大臣や大将には八人など、弓矢、刀剣を帯して護衛した。

一四　皇太后宮の実家は寝殿造りの邸宅であろう。狭衣は、寝殿（正殿）と東の対屋とを結ぶ渡殿を通って、お二方の病臥する寝殿に向ったものであろう。

一五　皇太后宮に仕える宮司のしかるべき者を介して。

一六　座布団の類。

一七　狭衣のお召物に焚き染めてある薫香が周囲に漂うのである。「あやしきまで」は、この世のものとも思われない芳香の素晴らしさを言う。『源氏物語』（匂宮）でも薫君が「香のかうばしさぞ、この世の匂ひならず、あやしきまで、うちふるまひたまへるあたり、遠く隔たるほどの追風も、まことに百歩の外もかをりぬべき心地しける」などとあった。

も、あやしきまで人には似ずぞ見えたまふ。一色々の紅葉襲の上に、紅の擣ちたるが、色もつやもなべてならず、こぼるばかりなるに、二竜胆の二重織物の御指貫の、枝差、花のにほひ、ただ折りて見るやうに織り浮かされたる、目も輝くばかり見ゆるは、三かつは着なしたまへる人がらなるや。立田姫四の人別きなどしたるにはあらじと見ゆる。もてなし、気配はあくまで気高う恥づかしげになまめかしくて、御顔はこまかにうつくしげに、五らうらうじく愛敬づきたまへるにほひはまことにはなばなとあたりまでにほひみちたまへるなど、六所かへて見たてまつるはまた光ことにめでたく見えたまふに、かばかり思ふことしげき宮の内の人、名残なくうち笑まれけり。

香も　この世のものかと驚かれるまでに
色といい艶といい一種独得で　辺りに溢れ出るほどの美しさで
文様の色艶は　本物を手折って目に近く見るように浮き出して織られているのが
着こなしておられるご本人の素晴らしさによるのだろう
特に念入りに整えたというわけでもあるまいと思われる
物腰や　風情は　見る者が恥ずかしさを覚えるまでに優しく
お顔立ちはきわめて端正で美しく　心の深さが窺われ　親しみをたたえた魅力は
光り輝く美しさが格別で理想的にお見えになるので　これほど
苦労の多い皇太后宮家の人々も　憂いを忘れて思わず　笑顔になっていた

狭衣大将、典侍を介し見舞の挨拶言上　皇太后宮は堀川関白一家に感謝

［母宮は］中納言の典侍召して、御心地どもの有様などこまかに聞こゆれば、「大臣は常に参るべきやうにのたまはすれど、いかなるにか心地例ならず思ひたまへられて、七心ざしのほどよりも怠りはべりけるを、内裏にてうけたまはりつれば、『頼もしげなきさまになむ』と

典侍から母宮と二の宮お二人のご病気の様子などを申しあげると
（狭衣）父関白は私にいつもこちらに参上するように仰せになるのですが　気分がすぐれないように思われまして
どうも回復もおぼつかない容態なのだ

一 色とりどりの袙を重ねた紅葉襲の上に、直衣は紅で砧でよく打ってあるのが。ここは狭衣の直衣姿の描出だから、「紅葉襲」は青紅葉、櫨紅葉、紅紅葉など色々の色目の袙を重ね着ることらしい。その上に砧でよく打って光沢を出した紅の直衣を着用しているのであろう。

二 「竜胆」は襲色目としては表薄蘇枋、裏青だが、ここは織物で、経赤緯青の紫色。「二重織物」は、竜胆の織物に、さらに竜胆の枝花が浮き織りにされているのを言う。「指貫」はくくり袴。直衣のとき着用。

三 お召物の見事さはさることながら、一方ではなんといっても。

四 染織の女神が狭衣大将を愛でて、ほかの人のお召物と区別して。「立田姫」は、立田山（奈良県生駒郡）を神格化したもの。秋の女神であり染色を特技とする。立田山は紅葉の名所だが、立田姫が木々を染めあげて紅葉するといわれる。また、染織の技術者のことをも言うようになった。「見ゆる」は連体止め。

五 洗練された深い心がにじみ出ていると同時に、すこしも親しさ、なつかしさを失わない魅力、美しさ。

六 いつもの宮廷と違って、こうしたくつろいだ私邸で拝見するのは。

七 お見舞申しあげたいと心には思いながら怠ってお

りましたが。「心ざし」は、心を寄せる気持、誠意。
八 御出産までのご容態と、大事は大事として心の安まる面もございますが。
九 私の独断でご返事申しあげるのはいかが。行き届いたお見舞のお言葉いたみ入ります、早速お取次申しあげます、と言うのである。
一〇 姫宮と枕を並べて病んで、なんとか姫宮を助けたい、死ぬなら私が先にと。
一一 どういうわけか、このように露と消えるのを争うようなはかない状態で今日まで生命をながらえておりますにつけても。「道芝の露に争ふ我が身かないづれかまづは消えむとすらむ」(『新古今集』雑下、清慎公)などを踏む表現。
一二 前斎宮である堀川の上をさす。
一三 もしも私が死んで、生れる子どもが生き残りでもしましたら。先の「露に争ふ」の「露」を承けて、「留まる草葉」と縁語で表現したもの。
一四 「よすが」は縁者の意。皇太后宮は源氏の宮の母(故中納言の御息所)の同腹の姉妹で、源氏の宮は堀川関白夫妻の養女のかたちになっているから、間接的ではあるが縁つづきではある。
一五 直接うけたまわる中納言の典侍の心も。
一六 典侍を介して母宮の言葉を伝え聞く狭衣大将の心は、なおのこと涙にくれて。

狭衣、御簾の内の女二の宮を恋い和歌を詠む　出雲の乳母これを悟る

て、〔帝が〕いみじうおぼしめし嘆かせたまへるに、おどろきながらなむ。（驚きまして急ぎお見舞にあがった次第です）大宮の御心地はことわりなる御事におはしますなれば、（御不快はご懐妊によるやむを得ないこととうけたまわりますので）慰め[八]どころも侍るを、姫宮の御心地こそ聞こえさせやるかたなく侍れ。（ご容態には何ともお見舞の言葉もございません）上(うへ)も（帝も）いみじう嘆ききこえさせたまふめる」（たいそうご心痛のご様子に拝見しております）などのたまへば、(典侍)「私(わたくし)[九]にのみはいかでかは」（ないほどなのだが）とて参りて大宮に啓すれば、（申しあげたところ）〔母宮は〕いと苦しくてものも言はれたまはねど、（口もおききになれないほどなのだが）かく参りたまへるもおろかならずおぼしめされて、（並々ならぬご厚志と感謝されて）「まづ先にとは急がれはべれど、（一〇 死ぬなら私が先にと気持はせかれるのですが）[一一]いかなるにか、かくのみ露に争ふさまにて今までながらへはべるにも、ありがたき御心ばへを知らず顔にて過ぎはべりぬべきをなむ思ひ残しはべりぬる。（堀川関白殿の世にも稀なご厚意に対して全く感謝の気持を伝え得ぬままあの世に行くことを心残りに思っておりました）宮[一二]には、『[一三]もし留(と)まる草葉も侍らば、（あとに子どもが残りましたら）[一四]よすがとは必ず尋ねさせたまへ』（ご縁につながる者としてぜひお世話下さい）と聞こえさせまほしかりつるに、（お願い申しあげたく思っておりましたところで）うれしく立ち寄らせたまへる」なども、（などとご挨拶になるが）はかばかしく続けやらせたまはぬを、（それもはっきりとは言葉をお続けになれないのを）[一五]うけたまはる心地もいとど堪へがたきに、[一六]伝へ聞きたまふは、袖にも余りたまひぬべし。（お痛わしさに涙は袖にも余るほどであろう）
(狭衣心)「かたみに（お二方とも）苦しき御心地どもに、げにいかにおぼさるらむ。（本当にどれほどお心細いことか）さばか（あれほど）

り心苦しくあえかなりし御有様に（お気の毒なまでに華奢であったご様子に加えて）、ここらの日ごろ（多くの月日を）わづらひたまひて一うち臥したまへらむ有様」など思ひやらるるに、やがて（そのまますぐに）この御簾（みす）の内にも這ひ入りぬべくゆかしうあはれにおぼえたまへば（すべり入ってしまいたいまでに見たくいとおしくお思いになるままに）、心にもあらず（思わず知らず）、「二小野の篠原」と口ずさみて涙ぐみたまへる気色、言ひ知らずなつかしうあはれなるを、げに大空も思ふ心を見知るにや（狭衣大将の心を見知るのか）、俄（にはか）に曇りてしぐるるに、木枯（こがら）しの荒々しく吹きまよふにつけても、色色の紅葉散りかかりつつ、いたく濡れたまへば、三乱れたる扇の隠れなきをさし隠して（さっと書き流して世にも名高い麗筆の扇をかざして）、

（狭衣）四
人知れずおさふる袖もしぼるまで
時雨（しぐれ）とともに降る涙かな

聞き分くべうもなくひとりごちたまふを（聞き取れぬほどの小声で独りつぶやかれるのを）、中納言の典侍（すけ）の耳癖（みみぐせ）五に、

（典侍）六
心からいつも時雨のもる山に
濡るるは人のさかとこそ見れ

と言ふを、七出雲（いづも）の乳母（めのと）少し近く居て聞くに（聞くままに）、耳留まりけり（はっと耳にとめたのだった）。

一 狭衣の心中表現が、「うち臥したまへらむ有様」のあたりで地の文に融け入っている。

二 「浅茅生（あさぢふ）の小野の篠原忍ぶとも人知るらめや言ふ人なしに」（『古今集』恋一）、「浅茅生の小野の篠原忍ぶれどあまりてなどか人の恋しき」（『後撰集』恋一、源等）。

三 多くの諸本にも「乱れたる扇」とあるが、意通じにくい。「乱る」は他動詞四段だから、扇の模様なり字なりをさっと書き流しているのを「乱れたる」と言ったのではなかろうか。狭衣は名筆をうたわれているので、ここは狭衣自身の染筆による扇と考えておく。狭衣が扇をかざして顔を隠したのは、時雨を避けるとともに、涙をまぎらわしたのである。

四 人知れず顔をおおっている袖も絞らねばならぬほどに、時雨といっしょになって降り注ぐわが涙よ。「降る」は、時雨が降る意と涙が落ち注ぐ意の掛詞。

五 典侍は、日ごろ狭衣の声を聞き慣れているうえに、事情を知るだけに今日の狭衣の皇太后宮と女二の宮へのお見舞参上には緊張もし神経質にもなっている。それでよく狭衣の独詠を聞き取ったのである。

六 何もかもご自分のお心柄のせいで、いつも涙を見せてばかりおられると、見守る人はそうかと気づいてしまいますよ。狭衣の歌詞「時雨」を表に立てながら、「漏る山」に「守る山」（人の見守る意）を掛け、「人のさか」には「人の性質（さが）」に、そうかと気づく意の「さか」が隠されている。典侍の、狭衣にだけ通じ

るよう苦心した詠である。

七「心かしこき人」（一七一頁）と言われた乳母たちの代表格。

八 御簾の内部には枕を並べて病臥する母宮はもとより、女二の宮のお側に女房たちの気配もするので。

九「たをたを」は、柔らかくしなやかな様。「なまめかし」は、みずみずしく優雅である意。

一〇 風に吹かれて赤らんでいらっしゃるお顔の様子は。

一一「纓」は、冠の一部で、巾子（こじ）（髻（もとどり）を収める中心部分）の根本を結びとめる紐の結び余りが装飾化したもの。通常は後ろに垂らすが、喪の時は巻く。また、文官は垂纓、五位以上の武官は巻纓、六位以下の武官は細纓などの別があったとも言われる。狭衣は左近衛大将（武官）だが、通常時の垂纓である。

その夜、女二の宮男児を出産　乳母たち、母宮の出産を装い心を尽す

一二 あまりに度はずれてご立派で、人の心を迷わす端緒になられるというのも、かえって不吉に感じられることよ。

一三 女二の宮に陣痛が始まったのである。それと同時に大宮も苦しみはじめたと言うのである。

一四 結局姫宮の出産の秘密を私の手で隠しおおせないままで、私のほうが先に死んでしまうことだ。

語らはまほしきことども数知らねども、[八]人近なる気配（けはひ）なれば、言（こと）少（ずく）なにて泣く泣く立ちたまひぬるを、飽かずのみ思ひきこゆるに、名残（なごり）のにほひはなほくゆり満ちたる心地するを、若き人々はせちにぞ聞こゆるを、さし歩みたまへる腰つき、指貫（さしぬき）の裾などたをたをと[九]なまめかしきに、[一〇]風に吹き赤められたまへる面（つら）つきぞ、紅葉の錦（にしき）にもややたちまさりたるにほひにて、[一一]冠（かうぶり）の纓（えい）の、風にしたがひて吹きかけられたまへるなど、[一二]あまり人の心を乱るつまとなりたまへるも忌々（いまいま）しうや、と見えたまひけり。

日の暮るるままに[一三]大宮もいと苦しうせさせたまひておぼされければ、「これや限りならむ。[一四]つひにこのことをもて隠さでやみぬること」と、限りあらむ命のほども口惜しう、消えかへりつつ、あるかなきかの御有様にて、夜中にもなりぬ。

姫宮は、「片時のほども先立ちきこえずやなりなむ」と泣きこがれさせたまふさま、まことに限りなめりと見えたまへば、見たてま

狭衣は女二の宮に話したいことが数限りなくあるが
人々は飽き足りなく残念な思いでいっぱいで
芳香が大将の立ち去ったあとになお一面に漂っている気持がして
若い女房たちは夢中になってお名残を惜しむ中を
大将殿の物腰といい
裾捌きといい
いかにもしなやかで優雅であり
美しさで
風のまにまに
吹かれては揺れているご様子など
その日の日暮れ時から
女二の宮が苦しみ始めるとともに母宮も
これで命も終るのだろう
たびたび意識不明に陥って
生死の間をさまようご重態のまま
女二の宮は
ほんの僅かな時間でも母宮に先立って死ぬことも叶わないのだろうか
こちらもまたお命の尽きるご様子にお見えになるので

つる人々の心地（乳母や女房たちの気持）一、ゆゆしういみじ。内裏（うち）より御使（みつかひ）二参り違ひ、大殿（おほとの）よりも立ち返りあはれに聞こえさせたまふ（何度も何度もお心をこめてお見舞申される）騒がしき紛れに（あわただしさの最中に）、姫宮まづ（女二の宮が先に）消え入らせたまふにやと見ゆるに（ご臨終ではないかとお見受けするので）、御乳母（めのと）たち泣きまどひて抱（かか）へ（抱き）たてまつりたるに（かかえ申したところ）、児（ちご）のうち泣きたまへるは（赤子が泣声をあげられたのには）、いま少し心まどひして（一段とあわてうろたえて）、三うとき人々は寄らず（事情にうとい女房たちは近寄らず）、ただ、四大宮のせさせたまひつると知らせたり。

五後（のち）の御事など、六ここら立て重ねつる（多く何度も重ねてかけた）大願（たいぐわん）のしるしにや（効験だろうか）、いと疾（と）うなり果てぬれば（すっかり治まったので）、心地少し鎮（しづ）めて（乳母たちもやや落ち着いて）、あるにもあらで（人事不省の状態で）臥させたまへる大宮を子持ちのやうによろづにし臥せたてまつりて（産婦のように何やかやと取りつくろってお寝かせ申しあげて）、七姫宮をば、「苦しうせさせたまふ（ご重態であらせられる）」とて、八いと奥深うおはしまさせて、御乳母（めのと）たちばかりぞ参り寄りける。

児（ちご）の御有様（赤子のご立派なことは）、さらにも言はず（言うまでもないこと）、世にめづらしきさまなる男にてぞおはしける（世にも稀なかわいらしい男の子でいらっしゃった）。九内裏（うち）の御使（みつかひ）など帰り参りて、「かく」と奏すれば、平（たひ）らかにせさせたまひてける（無事安産であられたのを）をうれしく〔帝は〕聞かせたまひて、一〇御佩刀（みはかし）など例の作法（さほふ）どもありけり。

一 お二方がともにご重態という事態に、不吉な思いで暗澹となっている。

二 次々と勅使が差し向けられ、大宮邸のあたりで復命に帰参する使と、これからお見舞にあがる使とが、何度もすれ違うのを言う。

三 「寄らず」は、「寄せず」とあったほうが、下の「知らせたり」と呼応して乳母たちの主導性が明瞭になる。

四 皇太后宮がご出産になったと披露した。

五 後産を言う。

六 帝をはじめ、堀川関白なども皇太后宮安産の祈願を盛大に諸社寺に依頼していた。

七 出産のご当人である女二の宮をば。

八 乳母たちの産婦すり替え策はさらに続けられるのである。

九 無事分娩を確認した御使が大宮邸から宮中に帰参して。

一〇 皇子誕生の祝いに、守り刀として帝から御佩刀を賜る儀式。そのほか、御湯殿の儀、読書、鳴弦などの諸儀式がある。皇子誕生の折のこれらの儀式、作法については『紫式部日記』などにくわしい。

御子の顔は狭衣大将に酷似　皇太后宮は相手の男を狭衣と知り嘆き恨む

後(のち)は知らず(先のことはともかく)、ただ今はまづ月ごろ思ひくづほれつる胸ども明きて(この幾月もの間すっかり落ちこんでいた乳母たちの気持も晴れて)、うれしくいみじきに、大宮もこよなく(母宮も格段と)力出で来る心地せさせたまへば(気力が湧くお気持になられたので)、めづらしき人(生れた御子を)まづ見たてまつらせたまふに、ただ大将の御同じ顔にて(ただもう左大将殿そっくりのお顔で)、まことにうつくしき(かわいらしい)御様(さま)なるを(御様子なので)、「こはいづくなりし人ぞ。[一一] あなあさまし(驚き入ったことよ)」とおぼさるるに、涙のほろほろとこぼれかかりたまふも、[一二] かばかり憂くゆゆしく月ごろ思はせたまへる人ともおぼされず(こんなにまでつらく酷い思いをこの月ごろご自分にお強いになった当人ともお思いになれず)、[一三] 忌々(いまいま)しくて、せちに払ひ隠させたまふにも(しいて涙を押えお隠しになるにつけても)、「かかる人の有様を(生れた子がこんなに可愛いのを)見ず知らず顔にて過(す)ぐすらむ〔冷酷な〕[一四] 人〔相手の男を〕よ」と、つらう心憂くおぼされけり。

（母宮）[一五]
雲居まで生(お)ひのぼらなむ種まきし
　人も尋ねぬ峰の若松

とのたまはする気色(けしき)も、いとあはれげなり。

出雲(いづも)の乳母(めのと)、[一六] かのありし日の御口ずさみを語りきこえさせて、「この御顔の違(たが)ふ所なきに(大将殿そっくりなので)、いとどこそ思ひたまへあはすれ(なおのこと間違いないと思い合せられます)」と啓

一一　この子のお顔はいったいどこの誰から来たのか。左大将の顔そのままではないか、の気持。

一二　この子が生れるばかりにこの一年近くここまで心身を労し苦しんできた、私たちの苦悩の因はこの赤子と、恨みつらみをぶつけたい心も、あまりの可愛さに拭い去られると言うのである。

一三「忌々し」は、忌むべきであるの意。前の「涙のほろほろとこぼれかかりたまふも」を承けて、御子誕生の慶事に涙を見せるのは縁起でもないと自制するのである。

一四「人」は女二の宮の相手の男をさす。母宮は赤子が狭衣に酷似するのに不審を感じつつも、ここではなお、男を特定していない。

一五　雲居に届くまでも――帝位に即くまでに――ぐんぐん成長して昇りつめて欲しいものよ、あわれにも種を蒔いた人――実の父親――も顧みてくれない峰の若松は。

一六　狭衣大将が見舞った折に独り言のようにつぶやいた「人知れずおさふる袖も」の歌をさす（一七八頁）。

すれば、（母宮心）[一]「中納言の典侍がしわざにや。さらば、[二]こと人よりも目やすかりぬべきものを、つれなき気色ならむは、[三]頼むべきほどにはあらぬにこそはあらめ。上の御気色などをも、ことにうけひかぬにやなど聞きつるは、[四]かうにこそはありけれ」と、「この御事をも知りたらむを。[五]かかる心構へなどをいかに聞くらむ」とおぼすに、いと恥づかしうおぼしながら、「[六]行末に宮たちにておはせむも、むげにことのほかならざりけり」とおぼしつづくるに、月ごろは「うれし」と思ひつる御あたりともおぼえず、違ふ所なき顔つきに、つらく心憂くぞおぼしなりぬる。

中納言の典侍もまた、すべての事情を明察し、狭衣のために慨嘆する

中納言の典侍、「[七]あやし、あやし」と月ごろ目留まること、耳に立つこと多かりつれど、我が心の癖にやと思ひ消ちつるを、この「[八]峰の若松」の御ひとりごとをほの聞きけるに、いとど、「[九]さればよ、さればよ」と思ひあはせて、（典侍心）[一〇]「あはれなりける御宿世を、いかなることにおぼし定めて、かく忍び過ぐさせたまふらむ。[一一]かばかりうつ

左大将ならば　他の男と違ってそれほど角は立たぬはずなのに　知らぬ振りをきめこんでいるのは　帝のご意向などをも　頑固に承諾しないらしいなどと聞いていたが　こうしたわけだったのだ　姫宮のご懐妊の事実をも知っているだろうに　私の出産に見せかけたことなどをなんと聞いていることか　堀川関白ご一家なのに一転して　大将にそっくりな赤子の顔立ちに　堀川ご一家に対してつらくうとましく思われるようになった　おかしい　変だ　自分の疑い深い性質のせいかと打ち消していたのだが　私が思ったとおりだ　どのようにお心をお決めになって　このようにご自分の行為を隠してお過しになっているのだろう

一 女二の宮と狭衣大将を結びつけたのは中納言の典侍の仕出かしたことだろうか。

二 女二の宮の相手の男が左大将だとしたら、もともと縁談が進行中の人ではあり、他の男性と違って、誰の目にもそれほど不埒な事とは映らないはずなのに。

三 こちらが頼みにしてよいほどには女二の宮のご降嫁に乗り気でないのであろう。

四 「かう」は「かく」のウ音便。狭衣が女二の宮に関係しておきながら正式に妻とする道を選ばない心情をさす。

五 女二の宮のために出産を母宮にすり替える苦肉の策を言う。

六 将来この御子が親王としていらっしゃることも、左大将がその父親ならば、まったく論外というわけでもなかったのだ。皇太后宮が、帝と自分との間の子に装う以上、将来の帝位を目ざすことは先の詠（一八一頁）からも明らかで、その子の実父が狭衣なら、皇室の血を引くことではあり、そう不釣合ではない、と考えるのである。

七 中納言の典侍には、不思議な事ばかりである。女二の宮の相手の男は狭衣と確信しているがなかなか言質は得られず、一方皇太后宮側を考えても母宮ご出産に至る経緯が腑に落ちない。これら両面の不審を言う。

八 皇太后宮の「雲居まで」の詠（一八一頁）をさす。

九 典侍はいよいよ、狭衣と女二の宮の実事と、皇太后宮ご出産と披露された御子が女二の宮から生れた事とを確信するのである。
一〇 左大将殿は、御子をもうけられるまでに深い女二の宮とのご因縁を。
一一 これほどかわいらしい愛の結晶である御子を、雲居はるかな帝の皇子になさってしまおうとされていることよ。「公物」は、朝廷の所有物。ここは、皇太后宮所生の皇子として認められ、実父たる狭衣の立場が消滅するのを言う。
一二 狭衣の父、堀川関白殿。
一三 まして女二の宮との間に生れた御子と知ったら、どんなにおよろこびになることだろうか。
一四 大将殿も、女二の宮のご出産であり、生れたのはわが子とご存じになったならば。
一五 「御湯」は、出産直後の産湯（うぶゆ）のことか、儀式としての御湯殿の儀か、はっきりしない書き方である。
一六 狭衣の乳母。典侍の姉。現在大弐の北の方として九州にいる。
一七 「かなしがる」は、心にしみていとおしく思う意、「うつくしむ」は、かわいがる意。
一八 妹である典侍自身の目にも、御子がたいへん可愛らしく思われなさるので。「たまひ」は御子への敬語。
一九 ましてご同族であられるので、そうお感じになるのでしょう。帝と堀川関白とは兄弟。狭衣は帝の甥。

くしき人の御有様を、公物（おほやけもの）になしたてまつりたまはむずるよ。[一二]大殿（おほとの）の、『言ひ知らぬ賤（しづ）の男（を）のもとにも、この御子と名乗らむは、いかばかりうれしからむ』と明け暮れのたまはすなるものを、まいて[一三]いかにおぼし喜ばまし。[一四]大将もかくと知りたまひなましかば、さりともえ忍びあへたまはざらましものを。口惜しきことなりや」と返す返す嘆かれけり。

[一五]御湯よりのぼりて臥したまへる御顔、ただかの御子のほどとおぼえたまへるを見るにも、[一六]「大弐（だいに）の乳母（めのと）にこれを見せたらば、いかに言ひ知らずかなしがり[一七]うつくしみたてまつらむ」と見るに、[一八]我だにいみじううらうたくおぼえたまひて、「いかで疾（と）く見せたてまつらむ」と思ひあまりて、出雲（いづも）の乳母（めのと）にぞ、「そら目かとよ、ただその御顔とこそ見えさせたまへれ」と言ふを、「いでや、知らぬやうあらじ」とつらければ、「さしも見えさせたまはず。よき人どちは、よしなきだに似るものなれば、まいて[一九]同じ御ゆかりなればにこそは。され

言いようもない　下賤の男の手許に育っても　わが息子の御子と名乗り出るような者があったらどんなに嬉しいことかと口癖のようにおっしゃっていると伺っているのに　いくら何でも知らぬ振りで押し通すことはおできにならないだろうに　なんとも残念なめぐり合せよ
赤子の御顔が　全く狭衣大将の赤子の頃のお顔そのままに拝見するにつけても　（典侍は）　どんなにか夢中になって　いとおしみかわいがることであろう　何とかして　早く大将殿にお見せしたいもの
見間違いかも知れませんが　大将殿そっくりのお顔にお見受けします　（出雲心）白々しい　事情を知らぬはずはあるまい　反発を感じて　それほど似ておいでともお見えになりません　ご身分のあるお方々は　別にご関係がなくても　でも何と

一 並の御子と違って、今から帝王の気高さを備えているご様子です。

二 たがいに心の内を見せずに相手の心を探り合う言葉の遣り取りがおもしろかった。

七夜過ぎ、女二の宮快癒に向うも
皇太后宮の容態悪化、崩御される

三 お七夜（しちや）。子が生れて七日目の夜。お祝いをする。

四 今はもう生き長らえるほかはないのだ。

五 世間に知れわたるかも知れない浮名の心配だけが気がかりでいらっしゃるのだが。

六 女二の宮のご出産祝いの日々の間は。「産（うぶ）や」は「産養（うぶやしな）ひ」のこと。誕生後、三日、五日、七日、九日目の夜に行う祝宴を言う。親族縁者から産児の衣服や調度などのお祝いが贈られる。『紫式部日記』などにくわしい。

七 今までどうにか母宮がご存命だったのは、なるほど姫宮のご出産の首尾始末をお見届けしようと一心に祈念しておられたからであったよ。皇太后宮の薨去を悼む乳母たちの心。事情を知るだけに悲しみも大きい。

八 気も転倒して思い乱れておられるのはまことにもっともな次第ながら、生き死にばかりはどうにも心にかなわぬこと、ひたすらお嘆きになるほかはなかった。このあたり本文やや不整。「おぼしまどへる」は連体中止。「おぼしまどへど」とする諸本も多い。

九 以下、皇太后宮崩御を悼む帝のご心中を地の文と

ど［いっても］、これは［この御子様は］今より様（さま）[一]ことに、王気（わうけ）ぞつかせたまへる御気色（けしき）にぞ」と言ふもをかしかりけり。[二]

[三]七日も過ぎぬれば、姫宮は［女二の宮は］、心よりほかに［意志に反して］生き留（と）まりぬるを、「口惜しう、恥づかし」とおぼせど、げに限りあるわざにや［なるほど人には定まった寿命があるということか］、やうやうさはやかになりて［ご気分もすっきりして］、「今はかうにこそは」[四]と、流れての名[五]のうしろめたさをのみおぼすに、大宮の［母宮が］、この御産（うぶ）や[六]のほどは、こよなう［格段と快方に］よろしきさまにならせたまへりつれば［向っておられたので］、日ごろよろづに思ひ屈（く）したりつる人々も［長い間日々心をわずらわし疲れきっていた乳母たちも］、うち休みて心ゆるびしたる夕暮れのほどに［気を許していたそんな夕暮れどきに］、ただはかなう消え入らせたまひぬるを［まことにあっけなくお亡くなりになってしまわれたのを］、「げに[七]、見たてまつらむとおぼし念じけるにこそは」と悲しういみじきに、姫宮は、「さらに［母宮とご一緒に］後（おく）れたてまつらじ［死んでしまいたい］」とおぼしまどへる[八]、げに心にかなはぬことなりければ。

内裏（うち）にも聞かせたまひて［帝も皇太后宮崩御をお聞きになって］、[九]人より先に参りたまひて［他の后たちより早く入内されて］、あまたの宮たち[一〇]おはしませば、睦ましうやむごとなきかたには思ひきこえさせたまへるを［お親しくもお感じになり尊ぶべき方面としても重んじてもおられたのに］、何ばかりのほどの御齢（よはひ）にもあらで［まだお亡くなりになるほどの御年齢でもないのに］、かく別れさせたまひ［こうして死別されてしま］

ぬるを（ったことを）、一一いかでかはよろしくもおぼしめされむ。姫宮さへ（女二の宮までと）留まらせたまふべうもおはしまさざなるを（母宮のあとを追って行かれそうなご容態をお聞きになって）、いと心苦しくて（大変お心を痛められて）、「（帝）一二一人の御事をのみやはおぼしめさるべき。いまいくばくも侍るまじきを、『いま一度（いちど）見む』（早く回復して父帝に会おう）ともおぼさぬにや。一三幼き人々の留まりて（残されているのに）侍らむも、なほもろともにこそ御覧じ扱はめ」（この私と一緒になってお世話なさるがよい）と、返す返す恨みきこえさせたまひて、「［女二の宮を］慰め申せ」とて、さるべき人々など（しかるべき女房たちなどを）奉らせたまへれど（お差し向けになるが）、一四我ゆゑつひにかくなりたまひぬるに（母宮は私のせいでとうとうこのようにお亡くなりになったのに）、片時にてもながらへて（生き永らえて）、一五一人まどひたまふらむ道の行方も知らざらむは、いみじう悲しかるべきをおぼしこがるれど（なんと悲しいことだろうと亡き母宮を慕い焦がれるけれども）、げに一六憂きに堪（た）へたる御身にや（我が御身は生き残られて）、一七煙（けぶり）の雲となりたまふにもつひに立ち後れたまひて、一八七日七日の果てかたにもやうやうなりぬ。

狭衣大将弔問に参上　典侍に会い若宮の我が子なるを知らされ驚愕する

御とぶらひに（ご弔問に）大将（狭衣）の参りたまへるに、中納言の典侍（すけ）対面して、一九かの「峰の若松」とありし［故母宮の］ひとりごとを語り出（い）でたるに、二〇御顔はいみじう赤くなりて、「あさましういみじ」（驚いた　思いも寄らなかった）とおぼしたり。

して述べている。

一〇 帝と故皇太后宮との間には、皇女がお三方（斎院、女二の宮、女三の宮）あり、今また表向きには皇子誕生ということになっている。

一一 どうして尋常一様の悲しみにお思いになれようか。「よろし」は、ここは死を悼む悲しみの普通の度合。

一二 母宮お一人を慕われるとは何事か。この私（父）とて、あとどれほど生きられるかわからないのに。

一三 妹の女三の宮と今生れた若宮を言うのであろう。帝の当然の励ましであるが、若宮のことを言われれば、女二の宮にとっては辛い思いが加わるはず。

一四 以下、女二の宮の心中を地の文として述べている。

一五 母宮がお一人であてどもなく迷っておられる冥途の道筋をもまるで知らぬ顔のままで生きているのは。

一六 どんな苦悩にもお身体のほうは耐えるのだろうか。「思ひ出でて誰をか人の尋ねまし憂きに堪へたる命ならずは」（『千載集』恋四、小式部）などもある。

一七 故母宮が荼毘（だび）に付され、煙となり雲と化すること。

一八 初七日から七日ごとに営む追善供養の最後の四十九日近くに。

一九 一八一頁の母宮の歌。

二〇 狭衣は深い衝撃を受ける。ここまで女二の宮の懐妊を知らず、皇太后宮の出産とのみ思っていたから。

一 どんな折にでも自然に、女二の宮の懐妊の様子はあなたもご覧になっていたであろうに。
二 よもやこのように若宮を他人として手放してしまうようなお扱いはしなかったであろうに。
三 亡くなられた皇太后宮にとっても、女二の宮ご自身にとっても、生れた若宮にとっても。
四 あれを思いこれを考えますと、あなた様（狭衣）というお方はほんとうに情けないお心でいらっしゃること。典侍は率直に、狭衣への日ごろの不満をもらす。
五 まるで第三者のような冷たい指摘だ。日ごろ親しく相談相手になってもらっているそなたから、こんな批判的な言い方をされるとは思っていなかった。狭衣はどこまでも親身になってもらいたい甘えがある。
六 その事にしても、皇太后宮も女二の宮ご降嫁の件に別にご反対ではないと、もしも聞いたのだったら。
七 明日をも知れぬ我が身、何時出家遁世するかわからぬ身だからと躊躇していた気持を振り捨てても、の気持。
八 「思ひぐまなし」は、思慮分別がない意。「心焦られ」は、心がいらだつこと。ここは、女二の宮を求めて焦慮するのを言う。
九 そなたが私の願いを受け入れて、時々、私の申しあげるままに、女二の宮に逢わせてくれていたら。

〔(狭衣) どうして今まで意地悪くそれを教えて下さらなかったのか〕「など今まで心憂く告げたまはざりつらむ。[一]おのづから何事につけても気色(けしき)は見たまへらむものを。〔もしも女二の宮ご妊娠と聞いていたならば〕『かくなむ』と聞かましかば、[二]いとかくよそのものにはなしたてまつらざらまし」と、いとあはれげに口惜しとおぼしたれば、〔(典侍) いやもう〕「いでや、〔なんともご自分の勝手な情けないお心のせいで〕いとけしからず心憂き御心から、[三]〔どなたにとってもお気の毒なことになってしまったのです〕誰(た)が御ためもいとほしう侍るにこそ。まことに〔心労から死にいたるものとは〕物思ひに死にするものとは、〔現実に皇太后宮のご様子で見たことでございました〕この御有様にてぞ見はべりぬる。姫宮も、〔とても〕さらに〔この世におとどまりになれそうもなくお見受けいたします〕留(と)まらせたまふべうもおはしまさざめり。[四]まめやかに心憂き心にぞおはします」とてうち泣けば、〔(狭衣) そなたのお言葉とも思われないおっしゃりようだね〕「[五]こと人の言はむやうにものたまふかな」とて、〔(狭衣) 本当に〕「げに、〔身の程をわきまえず女二の宮に近づいた厚かましい私の心は咎められても仕方がない〕身のほど知らぬ心のほどのおほけなさこそ罪には侍れ。[六]それも、ことのほかに人ものたまはずと聞かましかば、〔たとえ私の身がどうなろうとも〕[七]身をも無くなすとも、〔女二の宮のご将来を台無しにし申しあげるはずがありましょうか〕人をばいたづらにないたてまつるべきことかは。[八]〔思慮なく思われる〕思ひぐまなきやうなる〔身勝手なあせりの不快さは〕心焦(い)られの心づきなさは、〔当人である私自身にも身にしみてわかっていたことで〕みづからだに思ひ知られたれば、〔帝のお耳に達した時いかにもご無礼に当ると考えたので〕まいて内裏(うち)などの聞こしめさむところのなめげなれば、〔皇太后宮のお許しが出てから何もかもと〕御許しなからむほどはと思ひはべりつるぞかし。〔その間にも〕そのほども時々[九]聞

一〇 それなのにそなたは私の頼みを聞き入れてくれず、まるで赤の他人のように冷たくていらっしゃることだ。
一一 自分自身の冷たさは棚にあげて。当時の諺などであろう。
一二 まだ若宮のお生れになる前に、の気持。
一三 今おっしゃったように姫宮に逢わせよと私をお責めになるのでしたら。まだ事態拾収の道（若宮を我が子として慈しむ方途）もあったかも知れないのに、の気持。

一四 ご降嫁は実現し、晴れてご夫妻として、女二の宮も大将殿と一心同体で、と言うのであろう。
一五 さあどうかな、結婚できたとしても、くやしいことに、かえって辛い割り切れぬ問題が残るようだ。若宮はすでに帝の皇子として披露されてしまっている。夫婦の子でありながら父母の子として認めねばならない複雑な事情にあることなどを思うのである。狭衣の、半ば典侍に答え、半ば独り考えるつぶやき。
一六 退出時と同様に、母宮が私をお連れになって参内なさるのであったならば。「うち具しきこえたまひて」の「きこえ」は帝に対する間接尊敬、「たまひ」は母宮への尊敬。母宮を主体に表現している。

故母宮を慕い女二の宮の心は深刻　死を願い、果せぬ時は出家を心ざす

こゆるに従ひたまはましかば、見知ることもありなまし。一〇よその人のやうに情(なさけ)なくぞおはする」と、ただ恨みに恨みたまへば、（典侍）「一一『おのれつらくて』とはまことにこそ侍りけれ。一二過ぎにしかた、一三かやうに恨みさせたまはましかば」とて、うち笑ひぬれば、いみじうものあはれとおぼしたる気色(けしき)にて、ことにものものたまはず涙ぐみたまへれば、（典侍心）「なほ、いとおろかなる御心にはあらぬなるべし」と心苦しくて、（典侍）「大宮さへかくならせたまひぬれば、いとど何事にかは内裏にはおぼし変はらせたまはむ。御心地だに少しよろしくならせたまひなば、一四同じ心に若宮をも見たてまつらせたまはむ」と聞こえ慰むれど、「一五いでや、それにつけても、口惜しう、なかなかにこそあるべけれ」とて、いみじうおぼし入りたり。

はかなく月日も過ぎて、御四十九日(ななぬか)なども果てぬれば、内裏(うち)よりは、「疾く参らせたまへ」とのみうしろめたがり聞こえたまへど、（女二の宮心）「一六同じさまにうち具しきこえたまひて参りたまはましかば、何事も

ご懐妊だって気づくこともあったろうに
逆
恨みとはよく言ったものでございます
今すこし以前に
「狭衣大将は」
もはやお言葉もなく
それほどいい加減なお気持ではないようだ
お気の毒に
ご降嫁に消極的だった母宮もお亡くなりになったことですから　なおのことどんな理由で帝のご意向の変ることがありましょう
女二の宮もご病気さえ
大将殿と同じお気持で若宮をもお慈しみになることでしょう
すっかり考え込んでしまわれた
父帝から女二の宮に　はやく参内するように
ご心配のお心からお勧めがあるが

[一]心よりほかなるさまにて、心憂く恥づかしき有様ももて隠されたてまつらましを、何事に思ひ慰めてかは、[二]憂きを知らぬさまにて、恥に死にせぬ身をながらへむ」などおぼし沈めば、起きだに上(あが)らせたまはぬに、〔帝は〕[三]大将の御事も「年返らむままに」と急がせたまひて、乳母(めのと)たちのもとに用意すべきことどもなど仰せられたるを、うれしきことに誰(たれ)も思ひ急ぐを聞かせたまふにも、[四]おぼつかなきことをさへおぼしこがれて絶え果てたまひにし、[五]海人(あま)の刈るてふ心強さは、「世に知らずつらう心憂し」と、人知れずおぼし知らるるに、「心よりほかならむ[六]藻塩の煙は、[七]あさましかりし幻(まぼろし)のしるべならでは、また夢にだにいかで見じ」とおぼさるるを、「[八]いかにして、さることのなからむさきに命絶えずは、身をあらぬさまになしてばや。さばかり思ひつつ消えたまひにし御身の苦しさなどを、知らず顔にてはいかでか過(す)ぐさむ。[九]身の上よりほかにこの世におぼしむすぼほるることはなかりしものを」など、[一〇]つくづくと、過ぐる日数(ひかず)ごとにおぼ

つらく恥ずかしい我が身の有様もうまく隠していただけたであろうに
母宮亡き今いったい何を慰めとして
いけしゃあしゃあと
これほどの恥にも死なぬ身を生き永らえておれようか
新春になったらすぐに
ご準備あそばして
女二の宮はお耳にされるにつけ
大将殿の隠し通そうとする非情さは
たとえようもなくつらく情けない
独り心のなかで骨身にしみておられるので
心に染まぬ
恋の悶えなどは
夢であっても二度と見たくない
思っておられるのに
なんとかして
大将殿との婚儀が行われない前に寿命があって死ねないとしたら
尼に身を変えてしまいたいものだ
ご心痛のうちにお亡くなりになった母宮の冥途のお苦しみを
私の一身上の事以外母宮が
深刻に

一 自分の耐えられぬ思いなどとは頓着なく。
二 苦悩を感じないずうずうしい態度で。
三 狭衣大将とのご結婚のご慶事をも。
四 母宮が、私の妊娠の衝撃ばかりか、相手の男を誰とも知れないことまでもご心痛になられて、ついには命を落とされてしまった。
五 つまりは母宮の崩御の一因である左大将（狭衣）の、あくまで自らの行為を隠し切ろうとする非情な心は。「海人の刈るてふ」は引歌があろうが未詳。しかし、本歌は「名のりそ」の歌句を持ったであろう。「なのりそ」は海藻のほんだわらの意と、どこまでも名告るな、の意の掛詞。巻三の「浦通ふみるめは常に変らじを海人の刈るてふ名のりせずとも」にも関わるであろう。
六 「藻塩の煙」は男になびき燃えたつ恋を譬えて言う。五一頁注一九参照。
七 ただただ茫然自失のほかなかった、まるで幻術士に催眠術をかけられたかのようなあの時のほかは。狭衣大将に忍び入られた時のことを言う。
八 「いかにして」は、下の「身をあらぬさまになしてばや」にかかる。尼になってしまいたいと言うのである。
九 私の一身上の事を除いたら、母宮がこの世で苦しみ悩まねばならぬことなど何一つなかったのに。
一〇 「つくづくと」は、深刻に思い詰める気持。下の「おぼしつづくれど」にかかる。

しつづくれど、[一一]さすがに我が御心一つにてはすべきやうもなく、人にのたまはせむも、[一二]ただ今は「よきこと」と言ふべきならねば、ただたけきこととは[一三]御湯などをだに見入れたまはで、「[一四]さばかりおぼし入りたりし身を、今まで後らかしたまへるが心憂きこと」と、「あはれともおぼし出でば、[一五]今日明日迎へさせたまへ」とのみおぼしこがるればにや、げに日に添へて頼もしげなきさまにぞなりたまひける。

女二の宮の出家――病状日に日に悪化し、父帝もやむなく許可する

内裏よりは、「いま一度見むとはおぼされぬか」と、かつは恨み、慰めきこえたまふこと、日にいくたびとなく、御使立ち替りつつ参れど、何のかひもなくて、限りとおぼさるる夕つかた、内裏より参りたる[一六]少将の内侍を召し寄せて、「[一七]さかしきやうにや」と恥づかしくおぼさるれど、暗きに紛らはして、「日ごろは、よろしくもやと待ちつるに、今日などは留まるべき心地もせぬを、[一八]仏の御しるしもやと試みまほしくなむ。『[一九]いかなりともしばし見むとおぼしめさば、

一一「さすがに」は、どんなに出家したいと望んでも、の気持。
一二 ご降嫁の慶事がさしせまっている今、誰もそれは結構なお覚悟と言うはずもないので。
一三 御薬湯などをさえ見向きもなさらないで。
一四 ひたすら亡き母宮を慕い嘆き、心の中で訴え口説きつづけるのである。
一五 今日明日のうちにも私を母宮のおられる冥途にお迎えになってください。
一六 父帝から差し向けられた御使の一人である。帝付きの女房であろう。「内侍」は「掌侍」。内侍所に勤務する女官で、尚侍、典侍の下の三等官。
一七 こんなことを言い出すのは、賢女ぶるように見られはしないかと。かねて念願の剃髪出家の事を依頼したいのだが、公の勅使を召して直接自分の口から切り出すことに気を遣うのである。
一八 出家入道すれば仏様のご霊験により命が救われることがあるかも知れないので、この際剃髪したく思う、の意。
一九 たとえ剃髪入道の変り果てた姿であっても、しばらくでもこの世に在る私を見ようとお思いあそばすならば、今夜のうちにも私を出家させてください。父帝へ許しを請う伝言である。

今宵のほどにも』と奏して、案内言へ」[一]とのたまはすれば、泣く泣く参りて、「かくなむ」と奏すれば、とばかりものもえのたまはせず。

「限りに見なしきこえさすとも、さばかり惜しげなる御髪を、いかでか言ふかひなくなしたてまつらむ」とて、[二]あるまじきことにおぼしめされて、「変らぬさまにて見えむとこそおぼさめ。いと心憂きこと」とのみ聞こえさせたまへれば、[三]「げにさぞおぼしめさるらむかし。[四]さらばいかがは」など、口惜しうおぼし入るに、またの日などは、まことに消え果てさせたまふさまながらも、[五]「少しあはれと思ふ人あらば、かうながらは、さりとも見ましや」と、稀々は息の下にのたまはするを、乳母たちなどは、[六]「きろきろとなしたてまつりても、時の間の御命を助けたてまつりて見たてまつらむ」と臥しまろび泣きこがれて、たびたび、[七]「かくなむ」と内裏へ奏してければ、「げに限りあらむ御命のほどを、せちに[八]やつしがたう思ひきこ

一　「案内」は、先方に依頼する、先方に事情などを問い合せる意。ここは、父帝のご意向をうかがうこと。つまりは、父帝から出家の許しを得ることになる。

二　帝は女二の宮の剃髪出家をもってのほかのこととお考えになって。

三　父親の情として、出家を許してくださらないのは当然のことよ。しかし、女二の宮には父帝のお心は理解できるのである。しかし、自分の意志はもはや曲げられない。

四　それではどうしようもない。「いかがはせむ」などを言いさした言い方。

五　少しでもこの私を不憫と思ってくれる人があったら、尼にもさせず俗体のままで、いくらなんでも見捨ててはおかないだろうにねえ。「かうながらは」は、現在の状態のままに。剃髪受戒を許さぬままを言う。

六　尼削ぎどころか丸坊主にみぐしを剃り落し申してでも。貴婦人が病気などで剃髪する場合、いわゆる尼削ぎと言って、長い黒髪を背中のあたりで切り揃えるのが普通。「きろきろ」はくりくり坊主に剃る様。

七　女二の宮の今はの望みを伝え、出家入道のご許可を願い出ることを言う。

八　「やつす」は、姿を変える意。俗体から尼姿に変えるのを言う。

九 女二の宮の出家の願いを遂げさせないのも、来世の妨げになるのではないか。
一〇 女二の宮の御叔父に当る横川の僧都。「この宮」は女二の宮をさす。したがって、故母宮（皇太后宮）や故中納言の御息所（源氏の宮の母）にとっては兄妹ということになる。横川は比叡山の東塔、西塔と並んで三塔の一。最も奥にあり、楞厳院（りょうごんいん）を中堂とする。僧都は、僧正の下位、律師の上位。
一一 女二の宮の出家受戒のためのもろもろの法式を行って。
一二 乳母たちの前言（一九〇頁一一～一二行）を要約ぎみに繰り返している。
一三 女二の宮のような高貴など身分でない普通の女性の出家の場合でさえ。
一四 美しい黒髪を保ったまま横たわっておられる御亡骸（なきがら）を見申しあげるような場合以上に。女二の宮の尼姿という悲しい現実に乳母たちは耐えられないのである。
一五「いたはり」は、哀れみ、恵み。この世の哀歓に関心を持つこと。ここは、女二の宮や周囲の者の悲しみに心を動かすこと。
一六 いきなりご薨去という報告をお受けなさった場合の衝撃にも劣らず。

出家受戒によるか、女二の宮の容態ようやく危機を脱し、命を永らえる

えて、九かの本意（ほい）を違（たが）へむも、後（のち）の世のためいかが」とおぼしなりて、一〇この宮の御叔父の横川（よかは）の僧都（そうづ）に仰（おほ）せ言（ごと）あれば、うけたまはりたまひて、一一その作法（さほふ）どもして鉦（かね）打ち鳴らしたまへるを、聞く人々泣きあひたるさま、大宮の失せたまへりしよりもなかなか心あわたたしういみじげなり。

乳母（めのと）たちの、「一二なしたてまつりても、平（たひ）らかにだにおはしまさば」とさかしう言ひつれど、御髪（みぐし）掻き出（い）でて削（そ）ぐを見るは、一三ただの人のだに目もくれまどふを、まして明（あ）け暮（く）れなでつくろひたてまつりたるかひありて、かばかりの類（たぐひ）あらじと見えさせたまふを、かくしなしたてまつるは、なかなか一四むなしきさまにて見たてまつりたらむにもまさりて、心もをさめられあへず臥しまろぶさまなるを、一五何のいたはりなき僧都の御心地にも、ことわりに悲しくおぼされて、涙押し拭（のご）ひつつ、とみにもえ削ぎやりたまはざりけり。

内裏（うち）にも「かくなむ」と聞かせたまふに、一六ひとへにむなしく聞き

（傍注）嫌って／お気持を固められて／ご依頼があったので／故母宮が　お亡くなりになった時よりもかえって／ひどい動揺ぶりである／尼姿におさせしても　お命さえおありになるならば／気丈に言ったけれども／切り落すのを見るのは／目の前がまっくらになる思いだが／お世話万般親しくお仕え申しあげた甲斐あって／これほど見事な／黒髪はあるまい／このように切り落してしまいになるのは／かえって／激しい悲しみを抑えきれず／この世の哀歓を捨てきった／もっともなことと／ただちに黒髪を削ぎ落すこともためらわれたことだった／髪をおろされてしまった

一 「忌むこと」は、仏の禁戒の意。ここは受戒したことを言う。
二 今は何とかしてしばらく生き永らえて、勤行(ごんぎょう)もしたいものだ。「行ひ」は、仏道修行、仏前の勤行の意。
三 「こよなく」は、出家前にくらべて格段と、の意。「おぼし強(つよ)る」は「思ひ強る」の尊敬体。お心を強く持つ意。生きたいという意志を持ったのである。
四 「口惜しい、悲しい」といった平凡な表現ではとても言い表せない深刻なお心であった、の気持。
五 狭衣大将にとって女二の宮は、それほど愛情が薄かったわけでもなく、いやもう結構とお気持が離れておられたわけでもない。「あらず」の打消は、上の「おろかに」をも規制する。並列の文脈で、下の「おろかにもあらず」を省略したかたち。

狭衣、女二の宮の出家を聞き愕然とする　自責と未練に心を苦しめる

六 源氏の宮への思慕、執着を言う。
七 現に、女二の宮を出家に至らしめたほか、多くの人々の運命を破局に導き申してしまったことは。
八 どうして並はずれた苦悩に苛まれずにおられよう。以下、「世の常」でない狭衣の苦悩が細叙される。
九 源氏の宮への恋を言う。
一〇 「世」は、狭衣自身をめぐる周囲の状況(特に女性関係を中心に)をさす。
一一 女二の宮に対しても、人知れずそっとお逢いしよ

なさせたまはむにも劣らず、飽(あ)かず口惜しくぞおぼされける。されど、一げに忌(い)むことのしるしにや、かくて後(のち)は、やうやう消え入りたまふことどもなどよろしくならせたまへば、我が御心地にも、二「今はいかでしばしながらへて、行(おこな)ひもせばや」と三こよなくおぼし強りつつ、御湯などばかりあながちにして召しなどすれば、あるかなきかなる御様(さま)ながらも過ぐさせたまひけり。

大将、かかることを聞きたまふに、四口惜しく悲しとも世の常なり。ことのほかに心づきなうなどおぼえたまはむだに、人の御程、事の有様などを聞きおぼさむに、いかでかおろかにおぼされむ。まいて、五さまでおろかに、「いでや」と思ひきこえたまふにもあらず、六あながちなる心のすさみに、七あまたの人をいたづらになしきこえつるは、人にこそのたまはね、ひとかたならず、八いかでかは世の常におぼされむ。

「人知れず九思ふことかなひなばなど、一〇世の気色見果つるほどは、忍

(傍注)
残念で諦めきれないお気持でおられた
一 受戒の効験であろうか　出家後は　次第に　人事不省におちいられるような症状などもあまりなくなり小康を得られたので
女二の宮ご自身のお心にも
格段と気力がわいてこられて
御薬湯などだけは無理にもお飲みになりなどするので
なお楽観は許されない　ご容態ながらなんとかお命を永らえたのだった
狭衣　女二の宮ご出家の事を
仮りに女二の宮を格別気に入らぬなどとお思いになっていたとしても　ご身分の高さ　ご出家の様子
耳にされたら　どうしていい加減にお聞き流しになれようか　まして
あの
一途な思いの昂進のままに
人にこそおっしゃらないが　心のうちは尋常一様のはずはなく
(狭衣心)　一人心に願っている事が叶うならばなどと　身辺の状況をすっかり見届けるまでは

び忍びにも見たてまつりてむなど(お逢い申しあげようなどと)[一一]、[一二]あまり心のどかに思ひつるほどに。げに、人はいかにおろかにつらきものと(女二の宮は自分のことをどんなにか薄情で恨めしい男と)[一三]おぼしつらむ」。夜目にもしるく(はっきりと感じられる)、さばかりをかしげなりし御有様(〔女二の宮の〕)、髪の手あたりなども(黒髪の感触なども)、今も思ひ出でられて(今も自然とよみがえってきて)、惜しう悲しきに、(狭衣心)「いま一度(いちど)、変はらぬ(出家前の)御有様を、などてあながちにても見たてまつらずなりにけむ(どうして無理にも見申しあげないままにしてしまったのか)」と口惜しきに、臥しまろび泣きこがれたまへどかひなし。

(狭衣心)「過ぎにしかた(ご出家の前に)、いとかばかりおぼえましかば(全くこのように強く女二の宮を思うのだったら)、[一四]誰(た)がためにも目やすからまし(誰にとってもよかったのに)、と思ふは(と今にして思われることよ)。さしも(それほど)偲(しの)びどころなき人だにもあはれなるべきわざなるを(印象に残らない女の場合でさえ尼になったと聞けば悲しく思われるものだが)、[一五]まいて」つくづくと思ひ出できこえたまふに(〔女二の宮を〕)、

[一六]「何事を飽(あ)かず思ひて、かくしなしたてまつりて、さばかりうつくしかりし人を(あれほど愛らしかった人を)、[一七]よそのものになしつるぞ(手の届かぬ存在にしてしまったのか)」と思ひつづけたまふに、「苦しう悲しとは、これを言ふにや」と思ひつづけられて、[一八]袖の氷とけず明かしたまふ夜な夜なは、[一九]今はじめて別れたてまつりたらむ床(とこ)の心地して、さびしさも恋しさも類(たぐひ)なかりけり。

う。源氏の宮との事が結着つくまでは、女二の宮との関係を表沙汰にしたくない狭衣の心である。

一二 あまりにも身勝手に考えていた間にこんなことになって……。「思ひつるほどに」の下に、女二の宮を出家させてしまったことを悔む心がにじむと見る。途中で言いさした表現。

一三 「おぼしつらむ」までは狭衣の心中表現。次の「夜目にもしるく」からは地の文に移っている。

一四 女二の宮本人のためにはもとより、皇太后宮にも帝にも、そして、狭衣の父関白などすべての人にとって、の気持。

一五 まして女二の宮の出家は……。「まいて」のあたりで狭衣の心中表現が地の文に融け移っている。

一六 ああ我ながら、いったい何を不満に思って女二の宮を出家にまで至らせてしまい。

一七 「よそのもの」は、狭衣の手の届かぬ存在。仏に仕える身になってしまったことをさす。

一八 袖の涙も凍りついたまま解けることなく明かす夜な夜な。「思ひつつ寝なくに明くる冬の夜の袖の氷はとけずもあるかな」（『後撰集』冬）をはじめ、「袖の氷とけず」といった表現は和歌にも多く、物語類にも『宇津保物語』『源氏物語』『夜の寝覚』などに活用されている。

一九 逢い初めの翌朝、はじめての別れの際に経験する辛さのような気持がして。後朝(きぬぎぬ)の別れに似た辛さと未練を今になって毎夜毎夜味わうと言うのである。

師走の夜、狭衣、女二の宮を思い心落ち着かず秘かに故母宮邸を訪ねる

一「師走の月」「冬の月」を興趣がないとする感覚は古くからあったらしい。『篁物語』に「十二月のもちごろ、月いとあかきに物語しけるを、人見て、『誰ぞ。あなすさまじ。師走の月夜ともあるかな』といひければ」、『源氏物語』（朝顔）に「冬の夜の澄める月に雪の光りあひたる空こそ、あやしう色なきものの、身にしみて、この世の外のことまで思ひ流され、おもしろさもあはれも残らぬをりなれ。すさまじき例に言ひおきけむ人の心浅さよ」、『更級日記』に「冬の夜の月は、昔よりすさまじきもののためしに引かれて侍りけるに」など。

二 前注の『源氏物語』の例にも見るように、月と雪との共存の美も平安時代の人々に好まれた。

三 千鳥までが妻を呼び求めて夜空を鳴き渡るのを。

四「思ひかね妹がり行けば冬の夜の川風寒み千鳥鳴くなり」（『拾遺集』冬、貫之）。

五 大弐の乳母の三男。一二八頁参照。

六 故皇太后宮の里邸。

七 冬にも葉の落ちぬ鬱蒼とした樹木がつづいて、あたりも暗く奥深く感じられるのを、わざわざ尋ね求めて吹き寄るのであろうか、四方から吹きつける強風も。

八 底本及び古活字本、整板本ともに「人目も」の下すぐに「見えず、いとど心細さも」と続き、間を脱している。上文の「庭の面は」の続きから見て明らかな

げに、[一]すさまじきものに言ひおきたる師走の月も、見る人からにや、[二]宵過ぎて出づる影さやかに澄みわたりて、雪少し降りたる空の気色の冴えわたりたるも、言ひ知らず心細げなるに、[三]小夜千鳥さへ妻呼び渡るに、[四]貫之が「妹がり行けば」と詠みけむもうらやましく、ながめ侘びたまふに、心もあくがれまどひて、例の御[五]乳母子の道季ばかり御供にて、[六]かの宮におはしたれば、御門などもわざとしたたむる人もなきにや、入りて見渡したまふに、[七]時分かぬ深山木どもの木暗くもの深きを尋ね寄るにや、四方の嵐もほかよりはもの恐ろしげに吹き迷ひて、雪もかきくらし降り積る庭の面は、[八]人目も草もかれはてて、同じ都のうちとも見えず、いとど心細さもまさるに、起きたる人の気配もせねば、[九]わざともえおどろかしたまはで、[一〇]中門に続きたる廊の前につくづくとながめゐたまへり。見たてまつりそめし夜の有様よりうち始め、あさましうはかなかりける契りのほどは、我が御心にだに思ひ過ぐしがたきを、「まい

見る人によるのか／荒涼として興ざめなものと言い古されている／月光が凍りつくように冷たく輝いて／きびしく張りつめているにつけ／狭衣には羨ましく／思いに耽れば女二の宮のことばかり／どうにも落ち着かず／いつものように／しっかりと管理する／者もないのだろうか／よそと違って／特にお声をかけて案内を請うこともなさらず／立ちつくしたままぼんやりと思いに沈んでおられた／初めて女二の宮のお顔を拝見したあの夜の光景を始めとして／夢のように頼りなかった二人の契りのいきさつは／狭衣自らのお心にさえ忘れ難いのに／（狭衣心）まし

て世をおぼし離れぬるもことわりぞかし。あはれ、いかばかりものをおぼしつらむ。今とても、ひとへに世をえおぼし離れじかし」など、「一一いはけなからむ人の御有様につけても、一二我が身を『憂し、つらし』とおぼし怠ることはあらじかし。あはれ、ただ今も寝覚めてやおぼし出づらむ。また、一三いとかばかり思ひ嘆くも、夢にや見たまふらむ。さまで思ふらむなど知りたまはじかし」など思ひつづけたまふに、袖もしぼるばかりになりぬ。

一四池に立ち居る鴛鴦の音なひも、同じ心におぼされて、

（狭衣）一五
我ばかり思ひしもせじ冬の夜に
つがはぬ鴛鴦の浮寝なりとも

と言ふも、聞く人なければ、口惜しさに、「もし寝覚めしたる人やある」と、試みに近う寄りて聞きたまへど、音する人なくて、格子どもの風に吹き鳴らさるるぞ心ときめきせらるる。一六かひなくとも近き御気配をだに聞かまほしく、若宮の御事も、

（傍訳）
て女二の宮が世をお捨てになってしまうのも道理よ　ああ　どのくらい苦しんでおられることだろう　尼になった今とても　ひたすら俗念を捨てきることもおできにはなるまいよ
私のことを　酷い　つらい　お恨みになる心がゆるむ時とてあるまい　ああ　こうしている今も　眠れぬままに思い出されていることだろう　〔私が〕　それほどまで私が女二の宮を思っているなどとはご存じないだろうよ
ひょっとして目の覚めている人がいるか　人の物音か風の音かと思わず胸を躍らせていた　無駄かも知れぬがせめて女二の宮のお気配を身辺に聞きたく

誤脱であろう。今、深川本などに拠って補った。なお、「人目も草もかれはてて」は、「山里は冬ぞさびしさまさりける人目も草もかれぬと思へば」（『古今集』冬、源宗于）に拠る表現。

九「おどろかす」は、目を覚まさせる、起す意。声をかけて案内を請い寝ている邸内の人々を起すのを言う。

一〇 東西の対屋から泉殿、釣殿に通じる長い廊の中程にある門。客はここで案内を請うのである。

一一 女二の宮は、頑是ない若宮をご覧になるにつけ。

一二 私のことを、酷い人、辛い男と恨みつづけているに違いない、と推察するのである。「おぼし怠る」は、いつも思いつづけている心がゆるむ意。

一三 ほんとうに私がこれほど嘆き苦しんでいることも、女二の宮は夢に見ておられるだろうか。もし夢にご覧になったとしても、私が女二の宮の御夢に見えるまでに嘆いているとはお気づきになるまいよ。その人をあまりに思い詰めているのでその人の夢に現れるという考え方である。

一四 池で泳いだり浮んだりしているおし鳥の水音も、狭衣には、我と同じ恋に嘆く心騒ぎかと思われて。

一五 私ほど辛い物思いはしていないだろう、たとえこの冬の夜寒に番いを離れたおし鳥の嘆きの浮寝であっても。「浮寝」は「憂き寝」を掛けている。

一六 女二の宮の近くに行きたいという無意識の願望からである。

「いかがおぼしたる」と御気色（けしき）もゆかしきを、一今夜（こよひ）過ぐさむことの心もとなければ、しるべする人もなくてはむげにおぼつかなきを、二いづれともなからむ御中に入り立ちて、三玉藻刈る海人（あま）尋ねむも、今さらにいかがとつつましけれど、ただかうながらは立ち帰るべき心地もしたまはねば、とかう探（さぐ）りたまふに、四離るる所もありけり。

（女二の宮はどう考えておられるか　お気持も知りたくて　手引きする人もない以上全くの不案内ではあり　どなたがどこやらさっぱりわからぬご寝所に入り込んで　女二の宮を捜し求めても　今さらどんなものかと気おくれがするけれども　もはやこのままでは　あれこれと　錠の鎖していない所もあった）

狭衣屋内に入りご寝所を探り当てるも、女二の宮一瞬はやく逃れ出る

風の迷ひにやをら押し五あけて見たまふに、御殿油（とのあぶら）ほのかにて、ものの見分くべうもなけれど、六「さにや」と見ゆる方（かた）ざまに伝ひ寄りたまふにほひの、人よりはことに、七さとにほひたるを、八おぼしやりつるもしるく、姫宮はいつも解けて寝させたまふこともなかりければ、「あやし」とおぼして少し見やりたまへるに、九あさましく思ひかけざりし夜な夜なに変はらねば、その折（をり）よりもいま少し心騒ぎせられて、一〇萎（な）えたる御単衣（ひとへ）を奉りて、御帳（みちやう）の後（うしろ）にすべり下（お）りたまふも、わたわたとわななかれて、とみにも動かれたまはざりけり。

男君も、一一「さなめり」とおぼゆる御気配（けはひ）に、我もえ忍びあへず、

（風の音に紛らしてそっと　〔屋内は〕灯もほの暗く　ものの見分けもつきそうにない暗さだが　こちらではないか　辿り寄ってこられる狭衣大将の衣の香りが　この人独自の芳しさで　大将殿のご推察通り　女二の宮はいつとても　くつろいでおやすみになることがなかったから　わなわなと　お気持ばかりが先に立ち急には身動きもできぬ有様であった　狭衣大将も　もはやご自身も心をおさえかねて）

一 今夜を逃しては二度と機会がないかも知れないと不安なので。下の「とかう探りたまふ」にかかる。

二 「いづれともなからむ御中」とは、女二の宮のほかに女三の宮なども同じご寝所で寝ておられるかも知れないことを頭に置いた言い方。

三 「玉藻刈る」は「海人（あま）」の枕詞。「海人」に「尼」を掛ける。すなわち女二の宮を譬えて言うのである。

四 「離るる所」は、施錠のはずれている所の意であろう。

五 「押しあげて」ならば蔀格子（しとみごうし）を上げる意だが、ここは妻戸（つまど）などの開き戸と考えて「押しあけて」と読んでおく。

六 女二の宮のご寝所をめざして言うのである。

七 「さとにほひたるを」は、下の「『あやし』とおぼして……」につづく。

八 狭衣大将がご推察なさっていた通り。先の狭衣の心中表現「あはれ、ただ今も寝覚めてやおぼし出づらむ」（一九五頁）を承ける。

九 驚きのあまり茫然とするほかなかったあの幾夜かに変らぬ事態だから。女二の宮は、忘れようにも忘られないあの夜（狭衣が初めて忍び入った）以来の幾夜かの事が、とっさによみがえるのである。

一〇 とっさに着馴れた単衣を身にまとわれると。「萎

引きとどむると思へど、[一二] あまたある御衣(おんぞ)どものうはべばかりぞ残りたる。「口惜しう、心憂しとも世の常のことをこそ言へ。いとかばかりまで見ま憂きものにおぼしおかれにける」と思へば、[一三] 身よりほかにつらき人なう、悔(くや)しくいみじきに、[一四] 御衾(ふすま)も衣(きぬ)もさながら押しやられて、ありしながらのにほひばかり留まりたるに、よもすがら泣き明かしたまひける[一五] 涙に浮きたる枕の探(さぐ)りつけられたるなど、[一六] いとかばかりおぼえたまふことはなかりつるを、[一七] 悲しなども世の常なり。[一八] 海人(あま)も釣するばかりになりにけるも、「ただ我が身の上にこそはあらめ。ここらの月ごろを知らず顔にて、心解(と)けて明かす夜な夜なもありけるは、[一九] 我ながらだに恨めしくいみじきに。ただかうながら死ぬるわざもがな」とおぼされて、このとどめおきたまへる御衣(おんぞ)をひき被(かづ)きて、よよとぞ泣かれたまふ。

(狭衣)[二〇] 片敷きにいく夜な夜なを明かすらむ
寝覚(ねざめ)の床(とこ)の枕浮くまで

お召物を摑んで引き留めるつもりが　表着だけが手に残されていた
(狭衣心) 残念とも　無念とも　そんな平凡な言葉では言いあらわせない　全くここまで　見るのもいやな奴と姫宮に嫌われぬいていたのだ
まさに臍をかむ思いだが
かつての夜と同じ女二の宮の移り香だけがと　残っていて　夜通し女二の宮が
何気なく手に探り当るなどは
お枕の辺りがこんなにまでひどく濡れたというのも　ひとえに私の態度を恨んでのことであろう
幾月もの間　知らぬ顔をきめこんで　気楽に寝入る夜々もあったとは
私自身が考えてもまったくの薄情で恨めしい　ただもうこのまま
死んでしまいたい　女二の宮が残しておかれたお召物を

ゆ」は、着馴染んで着物の糊気が落ち柔らかくなるのを言う。「奉る」は、お召しになる意の尊敬語。

一一 女二の宮はお逃げになるようだ。

一二 単衣だけを身に着けた女二の宮が滑り下りたあとに、お着物が沢山重ね置かれたままになっている、その一番上の表着が狭衣の手に残った、と言うのであろう。

一三 恨むにも自分自身を恨むほかなく。

一四 もぬけの殻の御帳の内には、女二の宮の御夜具もお着物もそっくりそのまま押しやられてあって。

一五 とめどなく涙の流れる意の形容。「人やりならず枕も浮きぬべし」(四〇頁)、「枕も浮きぬばかりになりぬ」(一〇一頁)、「しきたへの枕も浮きて流れぬる」(一一七頁)などもあった。

一六 ほんとうにこれほどまで辛い、悲しいとお思いになることはいまだかつてなかったのに。

一七 悲しいなどという世の常の言葉ではとても言いあらわせない。

一八 漁夫も釣ができるほど涙が一杯に。涙の溢れている形容。前出一五三頁注九。

一九 「いみじきに」の下に、女二の宮が恨むのは道理よの気持がこもる。

二〇 女二の宮は独り寝の袖を片敷いて幾夜泣き明かされていることだろう、寝つけぬ涙に床の枕が浮きあがるまでに。

女二の宮を偲び若宮を思って感無量 狭衣大将、心むなしく宮邸を去る

と、[一]いとど流し添へたまふ気配(けはひ)のいみじきを、〔女二の宮は〕遠くもえ退(の)きたまはず、まろび出でたまへれど、ただ御帳(みちやう)の帷(かたびら)にまとはれて、「探(さぐ)りやつけられむ」とおぼすに恐ろしくて、わたわたと震(ふる)はれながら、近(すぐ)きほどの御気配に、いとどもよほさるるつらさにや、薄き御衣(おんぞ)一重(ひとへ)は、やがてしぼるばかりに濡れにけり。

「夜もやうやう明けやしぬらむ」と思ふまで、〔狭衣大将は〕起き出づべき心地もしたまはねど、若宮の寝おびれたまひて俄(にはか)に泣きたまふに、人々も起くる気配して、「風の荒きに、御殿油(おんとのあぶら)も消えにけり。[二]紙燭(しそく)持て参れ」など言ふなるにも、ただかうにて、[三]伏籠(ふせご)の少将のやうになりなまほしけれど、かひなきものから、「隠れゐて、いかに侘し、いみじとおぼすらむ」と推し量るも、「[四]今はさらに。ただ、いかにも御心に違はぬをだに人知れぬ心ざしには」と、せちに思ひおこして立ち出でたまふに、[五]奥のかたには三の宮臥したまへるなるべし、御髪(みぐし)の手あたりつややかに長う探られて、今ぞうちみじろきたまふ気色(けしき)

（傍注）転がるように出られたことは出られたが／探り／あてられはしまいか／近くらしい大将殿の御気配に／ますます募る苦悩からか／すぐに／夜もどうやら明けてきているだろうか／と思う時分まで／若宮が何に怯えたのか目を覚まされ／女房たちも／風が強くて／声がするにつけても／ただこのまま／身を隠して／女二の宮を待ちたい思いで／所詮思いは届かぬものの／姫宮は隠れ潜んでいて／どんなにか悲しいつらいとお思いになっているだろう／何であれ女二の宮のお心に背かぬことをせめてもの私なりの愛情としよう／強いて気持を取り直してお立ち去りになるときに／寝ておられるのであろう／何心なく今になってふと動かれる

一 女二の宮の流した涙に添えてさらに涙を流しておられる狭衣大将の切なげな気配がはっきりと感じられて。

二 室内移動用の照明具。松の木を長さ一尺五寸（四十五センチ）、直径三分（一センチ）ほどの棒に削り、先端を焦がして油を塗り、もとの部分を紙で巻いたもの。

三 当時読まれた物語の名。すでに散佚(さんいつ)している。衣類に薫香をたきしめる時、薫炉の上に被せて、その上に着物を被い掛ける金属製の籠を「伏籠」と言うから、この物語の人物「少将」が女に逢うのに、伏籠の中に身を隠して人目を避けるとか、伏籠といっしょに衣類を引き被って身を隠すような場面があったものであろう。

四 今はもう諦めよう。これからは女二の宮にせまったり未練を残したりはすまい、の気持。

五 「奥のかたには……なるべし」は挿入句（はさみこみ）。文意は下につづく。

六 「昔の心」は、苦(にが)い体験を刻んだ現在の心境以前の狭衣の心。情熱に任せた無茶な行為がどんなに女性を傷つけるか、身をもって思い知らされた今以前の自分であったら。

七 「総角」は男女が契りを結ぶ意。催馬楽(さいばら)『総角』の「総角や、とうとう、尋(ひろ)ばかりや、とうとう、離(さか)り

て寝たれども、転(まろ)びあひけり、とうとう、か寄りあひけり、とうとう」による表現。『源氏物語』(総角)に「総角に長き契りを結びこめおなじ所に寄りもあはなむ」「総角を戯れにとりなししも、心もて尋ばかりの隔てにても対面しつるとや……」などとあり、『夜の寝覚』(巻三)にも「なぞの御対面ぞ。もし、総角か」「うたて、総角までは」など同趣の表現が見えている。

八 狭衣は、はじめて女二の宮に忍んだ夜、ともに居た女三の宮をも見ている(一三七頁)。

九 さすがに狭衣は実父である。血を分けたわが子若宮の泣き声に感無量。すぐに立ち去ることもならず、しばしわが子の泣き声に聞き入るのである。

一〇 迂闊にわが子と知らなかったばかりに、自分の心の迷いの中に臣下として生れたこの子の声を、はるか雲の上の帝の子としてよそに聞くほかはないのか。

一一 女二の宮のご妊娠をご自身の懐妊に見せかけ、みごと若宮誕生までに漕ぎつけた、皇太后宮の類い稀な理想的なご配慮の深さも。

一二 自分と女二の宮の関係が世間に知れれば、故皇太后宮のご配慮もすべて無になる、と狭衣は思うのである。

〔(狭衣心)〕なるを、「〔六 もとの私の心だったら〕昔の心ならましかば、七総角(あげまき)もいかがあらまし〔この妹宮にも無関心ではおれまい〕」と、さすがに〔愛らしかった女三の宮の〕うつくしかりし御灯影(ほかげ)は八おぼし出でらるれど、今はかやうのか〔女性に手を出す〕たまこと〔ことは真実〕に懲(こ)り果てぬる心地したまひて〔懲り懲りの気持がなさって〕、風の音に紛(まぎ)らはして出でたまひぬるに、若宮の御声のなほ聞こえて、九とみにもえ立ち退(の)きたまはず。

〔(狭衣)〕一〇 知らざりし葦(あし)の迷ひの鶴(たづ)の音(ね)を
　雲の上にや聞きわたるべき

とて、まことに過ぎがたけれど〔行き過ぎにくい思いだが〕、咎むべき人目もなき所といひながら〔目をつける人とていない閑静な邸内であっても〕、あまり長居(ながゐ)せば、一一さばかりありがたう〔たぐい稀で〕めでたかりける御心の深さも〔見事だった故皇太后宮の〕、一二今さらに浅はかにや見なされたまはむと〔今更のように悪あがきのご浅慮と取沙汰されてしまうだろうと〕、あぢきなければ〔索漠とした思いになり〕、明け暗(く)れのほどに〔夜明けの薄暗がりの中を〕出でたまひぬれど、かの御枕の雫(しづく)〔あの女二の宮の涙〕のみ心にかかりて寝られたまはねば、御手水(てうづ)召して〔お手を清め〕、行(おこな)ひしつつ紛らはしたまふ〔勤行されてはお気持を鎮めておられる〕。

雪の朝、狭衣大将、雪山に興じる源氏の宮を隙見し、益々恋慕の情深し

源氏の宮の御方にも、常よりは疾(と)く人々起きたる声して、よもすがら積りたる雪〔夜通し降り積った雪を〕見るなるべし。〔[狭衣大将は]〕たたずみたまふままに、渡殿(わたどの)の戸より見通したまへば、若き侍どものきたなげなき〔見栄えのするのが〕、色々〔色とりどりの〕の狩衣[一]、指貫などきよげにて、五六人雪まろばし[二]するを見るとて、宿直姿[三]なる童べ、若き人々〔若い女房たちなどが〕など出でゐたる姿ども、いづれとなくをかしげにて〔いずれ劣らず可愛らしくて〕、「踏ままく惜しきものを〔足跡をつけたら惜しいわ〕」[四]など言へば、御簾の内なる人、「同じくは、富士の山にこそ作らめ〔同じ雪まろげをするなら富士の山を作るがよい〕」など言へば、「越[五]の白山にこそあめれ」と言ふなり〔言う声もする〕。

「御前には起きさせたまひてにや〔源氏の宮はお起きになっているかな〕」とゆかしければ〔知りたくて〕、隅[六]の間の御障子の細めにあきたるより、やをら〔そっと〕見たてまつりたまへば、母屋の際なる御几帳どもも押しやられて、常よりもはればれしくて〔いつもより室内が明るい感じで〕、側の柱のつらに〔傍らの柱の近くで〕脇息[七]に押しかかりて見出ださせたまへり〔雪遊びをご覧になっておられた〕。皇太后宮の御形[八]見の色にやつれさせたまへるころにて、このごろの枯野[九]の色したる御衣どもの、濃く薄くすぎすぎなるに〔濃い色薄い色を次々に重ねた袿に〕、同じ色の擣ちたる[一〇]、われもかう[一一]の織物の重なりたるなど、こと人の着たらばものすさまじかりぬべきを〔他の女性が着たら地味すぎて寒々と見栄えのしないところだが〕、春の花、秋の紅葉よりも、なかなかなまめかしう見ゆるは〔かえって気品をただよわせて見えるのは〕、

一「狩衣」は、もと鷹狩り用の衣服で、両脇の下を縫いつけず、袖にくくりがあり、身軽な略装。下には指貫（括り袴）をはく。

二 雪丸げ。雪を転がして大きくする遊び。『源氏物語』（朝顔）にも「わらはべおろして雪まろばしせさせたまふ」以下、雪遊びのよく似た描写がある。

三 宿直用の衣服を着ている女の童。女性の宿直姿は白い袿、あるいは衵だけの略装であった。『源氏物語』（朝顔）に「様々の衵みだれ着、帯しどけなき宿直姿なまめいたるに」とある。

四「待つ人の今も来たらばいかがせん踏ままく惜しき庭の雪かな」（『和泉式部集』、三奏本『金葉集』冬、『詞花集』冬）。

五 いや、北陸の白山のようにしたい。「越」は北陸道の古称。「白山」は「立山」と並んで古来霊山、名山として有名。

六 狭衣は、渡殿から源氏の宮の対屋まで足を運び、隅の柱と柱の間の襖障子の細めにあいた隙間から、そっとご覧になると。「間」は柱と柱の間を言う。

七「脇息」は、坐るとき、ひじを掛けて体を楽にするための調度。小さい机代りに利用することもあった。

八 故皇太后宮の喪に服して、喪服をお召しになっておられる折とて。源氏の宮は皇太后宮の姪。「やつる」は、服装などを目立たぬ地味なものにする意だが、こ

（源氏の宮の美しさのせいであろう　とりたてて念入りにお櫛を入れられたわけでもない寝起きのみ）
人がらなめりかし。わざとひきもつくろはせたまはぬ寝くれの御
（御髪が豊かに垂れかかる肩のあたりなどは　格別美しくお見えになる）
髪（ぐし）のこぼれかかりたる肩のわたりなど、様（さま）ことに見えさせたまふ。

（遊びたわむれるのを）
人々の遊びそぼるるを御覧じて、笑ひなどせさせたまへる愛敬（あいぎやう）[一二]な
（隅々まで明るい　一段と引き立ちあそばして）
ど、曇りなき雪の光にもてはやされたまひて、まことにあたりまで
（（狭衣心）何が素晴らしいといって）
光るやうに見えさせたまふ。「なほ、いみじと言へど、かばかりな
（今に限らずお姿を拝見する度に　狭衣大将の心は激しく燃え立ち源）
る人はあらじかし」と、見たてまつるたびごとには、ひとかたの心
（氏の宮ただ一人を恋慕してやまないので　全く　源氏の宮に心奪われて多くの人々をも運命を狂）
まどひのみせらるれば、「いでや、かかればあまたの人をもいたづ
（わせてしまったのだ　どのみち終りには私自身とて碌なこともあるまいよ）
らになしつるぞかし。つひには我が身もはかばかしきこともあるま
（例によって）
じきぞかし」と思へば、涙は例のこぼれたまひぬ。

富士の山いと大きに作り立てて、煙（けぶり）立てたるは、げにいとをかし
う見やられたまふ。宮、[一三]

（源氏の宮）[一四]

いつまでか消えずもあらむ淡雪（あはゆき）の
煙は富士の山と見ゆとも

とのたまはすれば、御前（おまへ）なる人々、[一五]心々に言ふこともあるべし。

このように喪服を着る意にも使われる。なお、母方の伯叔母の服喪は一カ月（『拾芥抄』服紀部）だから、十月の皇太后宮崩御、源氏の宮十二月の現在服喪中は不審とする指摘がある。

九　「枯野」は襲（かさね）の色目。表は黄、裏は薄青。表香、裏青とも。

一〇　同じ枯野襲でよく砧で打って光沢を出した上着。

一一　その上に「われもかうの織物」の小袿（こうちき）が羽織られているお姿などは。ここは小袿姿の描写と見られるが、「われもかうの織物」は、「われもかう」（吾木香。ばら科の植物。秋、暗紅紫色の小さな花が咲く）の紋様を織り出した織物の小袿なのか、「われもかう」を襲の色目（表白裏緑）と見て、縦白横緑の織物の小袿なのかは不明。

一二　優しく魅力のあること。

一三　源氏の宮。

一四　煙立つ様はほんに富士山と見えても、所詮は淡雪の山、いつまで消えずに残っていることだろうか。「富士の山」は「不死の山」を利かせ、「消え」「淡（泡）」に対置する。

一五　女房たちは思い思いに趣向をこらして、雪山を題材に和歌を披露したことでもあろう。「言ふ」は歌を詠む意。

折から東宮より源氏の宮に御文あり　狭衣大将、内心の動揺を鎮め得ない

〔狭衣は源氏の宮を〕つくづくと見たてまつるにも、一なかなか心のみ騒ぎまさりて、い（かえって心は激しく燃えさかるばかりで）
とかくしも作りおきこえさせけむ二産霊（むすぶ）の神さへ恨めしければ、や（全くこうまで美しく形づくってこの世に誕生させた）（静かに）
をら立ち退きたまひて、

（狭衣）三 燃えわたる我が身ぞ富士の山よただ
　雪積れども煙（けぶり）立ちつつ

など思ひつづくるほどは、行ひも懈怠（けだい）するは、思へばいと心憂くて、（などと感傷にひたるがその間は）（勤行も）（怠るのをひどく情けないことに反省されて）
四「南無平等大慧一乗妙法（なむびやうどうだいゑいちじようめうほふ）」と忍びやかにのたまへる、なべてならず（並々ならず）
尊（たふと）く聞こゆるに、人々、「この渡殿（わたどの）の御障子（みさうじ）より御覧じけるにこそ（源氏の宮の女房たちは）（ご覧になっていたご様子）
あめれ。五あさましげなる朝顔を」と侘（わ）びあひたり。おとなしき人々（ひどい寝起きの顔なのに）（こぼし合っている）（年輩の女房たちは）
は、「六『煙も今は』と言ふべくもあらず、をかしき御気配かな」と賞（め）（もはや情熱などはと諦めてなどいられないくらい）（何とも魅力的なご様子よ）
できこえて、御心のうちは知る人なし。（感嘆するばかりで）（狭衣大将のご心中は誰にもわかっていない）

「七春宮（とうぐう）の御使（つかひ）参りぬ」と聞きたまへれば、例の心やましくて、八御（お）（お耳にされると）（狭衣はいつものことに心ねたましく）
前（まへ）に参りて見たまへば、九母宮もこの御方にて、御文（ふみ）御覧ず。御使は（源氏の宮の御方におられて）（東宮の御使者）
一〇やがて宮の亮（すけ）なりけり。女房の袖口なべてならず、出（い）でゐつつもの（応対の女房の袖口の美しさは並々でなく）（端近に坐して）

一 源氏の宮の理想的な美しさを霊妙な神の所産と考え、完璧な神の造型がかえって恨めしいと、狭衣は思うのである。

二 天地万物を生み出す神秘的な霊力を持つ神。造物主。「君見れば産霊の神ぞ恨めしきつれなき人を何作りけむ」（『拾遺集』雑恋）、「心さへ産霊の神や作りけむ解くるけしきも見えぬ君かな」（『詞花集』恋上、能因法師）。

三 そなたを慕って心の燃えさかる私こそまさに富士の山よ。どんなに雪が積っても、この通り、思いは消えず、煙となって立ち昇りつづけている。

四 『法華経』を讃え、帰依する意の称え言葉。「南無」は信順帰命の意。「平等大慧」は、衆生が等しく仏の智慧を授かる意で『法華経』を讃える言葉。「一乗妙法」も『法華経』を言い、人が涅槃に至る唯一の乗物、唯一の教えこそ『法華経』の説くところと讃える。

五 化粧前の寝起きのままの顔を見られたと辛く思うのである。「朝顔」は、朝起きたばかりの顔。

六 「煙も今は」は引歌があるかも知れないが未詳。雪山の遊びの縁で（作意的には源氏の宮、狭衣の詠の連鎖で）出て来た言葉。いくら狭衣大将を思っても噂にすらならぬ意に解する。

七 東宮の源氏の宮へのご執心は以前からのこと。ここは雪のお見舞を兼ねてお便りしたものであろう。

八 ここで正式に（いつもの兄の立場で）源氏の宮の御前に赴くのである。
九 狭衣大将の母、堀川の上。故先帝の妹で前斎宮。
一〇 ほかでもない東宮坊の次官であった。東宮関係の役所を東宮坊と言い、長官は大夫、次官は亮、三等官は大進である。東宮のお側近くに仕える亮がみずから使者に立ったのである。
一一 東宮のお手紙は。「氷襲」は元来襲（かさね）の色目。表は白瑩（はくえい）（磨いた白）、裏白。ここは唐紙の薄様二枚の配色に適用したもの。唐紙は中国からの舶来紙。「薄様」は、薄く漉いた料紙で、裏には文字を書かない。
一二 風情ある雪の朝などのお手紙には、の気持。
一三 ご返歌などお考えにもなっていないので。
一四 源氏の宮のご筆蹟は大概の達筆の人など恥じ入るほどですよ。「少々の人」は、多少達筆だと自認するほどの人々。
一五 今日はまして、ほかならぬ東宮へのご返事ゆえ、さぞかし見事でございましょう。
一六 そんなことを言われては、益々恥ずかしくて書きにくくお思いになるだろうに。
一七 東宮入内を私に期待させながらどれだけ長い期間がたっていることでしょう。この呉竹の葉に降り積る白雪のように、凍りつく悲しみに閉ざされながら消え入るばかりの私です。「頼めつつ」は、頼みに思わせながら。「世」に、竹の節と節の間の意の「よ」を掛け、「降る」に「経る」を利かせる。

言ふめり。一一御文（ふみ）は氷襲（こほりがさね）の唐の薄様（うすやう）にて、雪いたう積り、えもいはず〔えも言えぬ趣きで〕しみこほりたる〔凍りついている〕呉竹（くれたけ）の枝につけさせたまへり。

大宮〔堀川の上〕、「いとをかしき〔なんとも素晴らしいお手紙だこと〕御文かな。一二かやうの折（をり）は、御みづからも聞こえさせたまへかし〔源氏の宮ご自身でご返歌を差しあげなさったら〕」とのたまはするを、大将〔狭衣〕は、「などかくせちに〔なぜこんなに熱心に〕聞こえさせたまふらむ〔お勧め申されているのだろう〕」と、ふさはしからず聞きたまひて〔当を得ないお勧めよとお聞きになって〕、うち見やりたてまつりたまへば〔源氏の宮のお顔を〕、いとつつましくて〔ご本人は大層ご遠慮になっていて〕、一三おぼしもかけねば、母宮、「めづらしげなき古めかしさは〔またいつもの変りばえのしない古風な代筆では〕、いかに見所なうおぼさるらむ〔東宮がどんなにか見る甲斐なくお思いになっていることか〕」など持てなやませたまへば〔などと扱いかねておられるので〕、大将の君、「一四少々（せうせう）の人恥づかしげなる御手ぞかし。一五今日（けふ）はまいて見所侍らむかし」とゆかしげに〔いかにも見たげに〕おぼしたれば、「いとあるまじきことにおぼしたるに〔（堀川の上）ご本人がもってのほかとお思いになっているところに〕、一六いとどかう申したまふ」と笑はせたまひて、「やがて〔いっそのこと〕、この御返りは教へきこえさせたまへ〔そなたからお教え申しあげなさい〕」とて、御文も賜はせたれば〔東宮のお手紙をも大将に下されたので〕、見たまふ。

（東宮）一七
頼めつつ幾世経ぬらむ竹の葉に
降る白雪の消えかへりつつ

狭衣、周囲の目を憚りつつ胸の思いを訴えるも、源氏の宮は取り合わず

[一]硯(すずり)の水もいたうこほりけると見えて、筆涸(か)れ[二]に書きなされたる、文字様(もじやう)などこそこまかにをかしげならねど、筆の流れなどはいとあてに、「をかしき御手なりかし」（含蓄のあるご筆蹟よ）と見たまふ（狭衣はご覧になる）。「げにいとほしく候ふめるを、聞こえそこなひては口惜しくや」（いかにも東宮のお心がお気の毒に感じられますが　[三]下手な代詠ではぶち壊しではないでしょうか）と［東宮のお手紙を］うち置きたまへば、「[四]まいてそこなはぬやうはあらじ」（まして古めかしい私の代詠では仕損うに違いないのだから）とのたまはすれど、「さりとては」（いつまでもご返歌せぬのは失礼に当る）とて、

（狭衣）[五]末の世も何頼むらむ竹の葉に
　かかれる雪の消えも果てなで

と書かせたてまつらせたまへば（と代詠して源氏の宮に書き写させなさるので）、「いと苦し」とおぼしながらも（源氏の宮は心ではつらいとお思いになりながらも）、「[六]いかが」などもえ聞こえさせたまはで（おことわりになることもできずに）、うちそばみて（狭衣からお顔をそむけて）書かせたまふ手つきなどのうつくしげさ類(たぐひ)なし。雪の光に朝日さへさし添ひて、御かたち、有様けざやかに見えたまへば（くっきりと映えてお見えになるので）、例の心のうちは鎮(しづ)めがた（狭衣大将は騒ぐ内心を抑えかね）うわりなし（どうしようもない）。

[七]御使(つかひ)の被物(かづけもの)どもあまた取り出(い)で、「これは、かれは」など、おと（堀川の上）

一　東宮のお心の問え（「頼めつつ」の贈歌の心）同様に、硯の水もひどく凍ったと見えて。

二　うまく墨つきの掠(かす)れを生かした筆勢で書かれてあるが、その書体などは繊細な趣にこそ乏しいが、運筆の流れるような線などはたいそう気品があり。

三　私のような者が代詠して仕損ってしまったら、せっかくの東宮とのお話がぶち壊しになるのではないか、と言うのである。

四　堀川の上の言葉と解する。まして古めかしい私が代詠したのでは仕損うにきまっている、だからやはりそなたに頼む、の気持。源氏の宮の言葉として、せっかく代作していただいても書き写す私の字が下手だから、と解する説もある。

五　これから先も期待なさらないでください。くださった呉竹の葉にかかった雪が今もなお消え残っているように、私を思って消え返るとおっしゃるお言葉とてどこまで信じてよろしいのやら。

六　いやです、どうして私に書けましょうか。恥ずかしさのあまりに言う源氏の宮の言葉。

七　東宮の使者に授ける禄の品々。「被物」は、労をねぎらう褒美の品物。もともと肩に掛けて与える品の意で、特に衣類を言う場合が多い。

なしき人々して定めさせたまふ紛れに、〔狭衣大将は〕御硯の筆を取りて、ありつる御文の端に、手習したまふやうにて、

(狭衣)八「そよさらに頼むにもあらぬ小笹さへ
　末葉の雪の消えも果てぬよ

九短き葦の節の間も」など書きすさみて見たまふにも、我ながらこよなく見所あるを、一〇何事にも及ぶまではなかりける身ながら、いま一際劣りきこえさせけむ前の世の行ひのほど、口惜しきなかにも、心にまかせて書き交はし、「つひには」とおぼしたる気色のうらやましさは、妬かりけり。

(狭衣)「ことわりといひながら、かばかりのことさへもこよなく候ふものかな。いかが御覧ずる」とて参らせたまふを、近く候ふ人々、一一「いとしたり顔なる御気色かな」とて笑へば、我もうちほほゑみつつ、一二「まことにも、え候ふまじや。いかに、いかに」とせちに申したまへば、見るともなくてうちそばみて置かせたまへば、「あな、おぼつ

八 その通りよ。全く期待できない呉竹ならぬ小笹でさえ——取るにも足りぬ私でさえ、はかない願いにわずかに支えられて、こうして消えもしないで生き永らえていることだ。

九 ほんの一刻の短い逢瀬もかなわぬのか。「難波潟短き葦の節の間も逢はでこの世を過ぐしてよとや」(『伊勢集』。『新古今集』恋一)。

一〇 何事につけても、もともとぎりぎりの限界点に到達するまでには至らない身ではあるが。文脈からは、やや不審。「なに事も及ぶまじき際にはなかりける身ながら」(深川本)などのように、何事をも思ってかなわないご身分ではなかったが、の意のほうが通りがよい。

一一 まあ、いかにも自信ありげなご様子ですこと。女房たちには、自分の心の内を源氏の宮に伝えたい狭衣大将のさりげない演技がわからない。東宮の筆蹟には劣ると言いつつも御文(端に書き添えた自らの戯れ書きこそお目にかけたい)を源氏の宮に手渡す狭衣に、言葉とは裏腹の自信満々な態度を見たのである。

一二 女房たちに笑みを向けつつも、狭衣の心は真剣そのものである。

かなのわざや（ないことよ）」とてひき破りたまふを、大納言の君といふ人、「賜（私に）はせよ（ください）。見くらべはべらむ（見比べてみましょう）」と聞こゆれば、「いでや（〔狭衣〕いやいや）、すげなげなめれば。まいてはかばかしう見ないたまはじ（日頃から東宮贔屓でとても私の字をしっかりと見ては下さらないだろう）」とて、こまごまと破りたまひつ。

からのみひとへに〔狭衣大将は〕明け暮れ見たてまつりたまふ〔源氏の宮を〕ままに、心肝をのみくだきつつ、言ひ知らぬ言の葉（言葉をも）、気色をも（態度をも）、一所の御目にも耳にも、見知らせきこえたまへど（お気つきになるようお示しになるのだが）、その気色を夢にも思ひ寄るべくもあらずもてなしたまへり（源氏の宮は狭衣のそうした態度を夢にもお気づきにならぬていに振舞っておられた）。さすがに、「あながちなるさまにて見たてまつらむ（無理を通してでも源氏の宮を妻にお迎えしたい）」とおぼさば（と狭衣がお思いならば）、端山の繁り難かるべきにもあらず（思いを遂げるのもそれほど困難なわけではない）。されど、殿などのおぼさむことも（父上などがお嘆きになることを思えば）、いとうたて思ひやりなき心地のみして（我ながら心の染まぬ無分別なやり方という気持ばかりがして）、思ふままにも乱れたまはぬままに、ただ心一つにのみくだけつつ（ご自身のお心一つに悩み嘆きながら）、つれなく過ぐしたまふなるべし（表面は何気なく装ってお過しになっておられるようだ）。

ありし寝覚の床の浮き枕の後は、片つかたの物思ひもまさりて（もう一人のお方への思慕も）、あはれにいみじくのみ（ひとえに胸熱く燃え立つばかりに）思ひやられたまひつつ、「いかで、変りたま

女二の宮出家後も狭衣の慕情やまず
今更の熱意に典侍も嘆息のほかなし

一 端に書きつけたご自身の戯れ書きの個所を破り捨てたのであろう。女房たちに見られないための用意であるが、同時に、狭衣の激した内心が思わず表に露呈した一瞬でもある。
二 源氏の宮に仕える女房の一人であろう。
三 あなた達は私に冷たいようだからね。「すげなげなり」は「すげなし」の形容動詞化。そっけない、無情だ、の意。
四 心を乱し魂を尽して。「心肝」は、心、魂。
五 人知れぬよう、しかも内心の苦悩を的確に伝達する苦心の表現を言う。
六 源氏の宮ただお一人の御目に、御耳に。
七 なんといっても、幼少の時から兄妹のように一緒に過してきたお二人のこと。
八 「筑波山端山繁山繁けれど思ひ入るには障らざりけり」（『源重之集』。『新古今集』恋一）。
九 師走の寒夜、故皇太后宮の里邸に女二の宮を訪ねて以来。狭衣の歌「片敷きにいく夜な夜なを明かすらむ寝覚の床の枕浮くまで」（一九七頁）に拠る表現。
一〇 尼になった女二の宮をさす。源氏の宮に対し「片つかた」と言ったもの。
一一 どうかして、尼姿におなりになっているお姿なりと。

へらむさまをだに、け近き〔お側近くで〕ほどにて、いま一度(ひとたび)見たてまつらむ〔お会い申しあげたいものだ〕。[一二]あさましういぶせき心のうちも、人づてならで〔他人を介さず直接申しあげてわかっていただきたい〕聞こえ知らせむ」などぞ心にかかりたまへれば〔いつも心にかかっておられるので〕、中納言の典侍(すけ)にもこまやかに〔ねんごろに〕語らひ歩(あり)きたまふさま、〔(典侍心)〕「[一三]過ぎにしかた、かからましかば」と恨めしくおぼえたまへば〔恨めしく思われてならないお態度なので〕、「いでや、[一四]ためこそ人の」と心憂がるを〔典侍がつらがるのを〕、「例の〔例によって〕、心憂くよそ人のやうにのたまふこそ〔冷たく他人のようにおっしゃるのがどうも〕。[一五]大弐(だいに)[一六]が心ならましかば」と恨めしげにのたまふも、「げに[一七]」と思ひ知らる。

式部大夫道成上京　狭衣、飛鳥井女君入水の状況を聞き哀惜の情に浸る

筑紫(つくし)へ下(くだ)りにし式部大夫(しきぶのたいふ)〔道成〕は、今年三河(みかは)になるべきぞかし〔三河守に任官する筈である〕。正月(むつき)にのぼりたり〔上京した〕。かのおぼつかなく聞きし〔狭衣大将は心もとなく人伝てに聞いた〕人のこと、[一八]「まことにや」〔入水は事実だろうか〕と聞かまほしくおぼすに〔聞きたくお思いになるが〕、参りて〔その道成が参上して〕、道のほどの有様〔往復の道中の様子やら〕、国のことなど〔任国でのことなどを〕聞こえさす〔報告申しあげる〕。

国々の野山、浦々、磯々の、をかしかりし所々など〔風光明媚な所々などを〕、海の底まで残りなく語りきこえさせて、〔(道成)〕「あさましき道の空にて〔とんでもない旅の途中で〕、俄(にはか)に悲しき〔突然悲しい〕目を見たまへしかば〔目に会いましたことで〕、よろづかひなく〔何事も張り合いがなくなりまして〕候ひて、やがてまかりのぼり〔そのまま京へ戻ってしまおう〕

一二 あきれるばかり鬱積している自分の心の中をも。「いぶせし」は、心がめいって晴れない様。若宮が自分の子と知らなかったこと、女二の宮を尼にいたらしめたことなど、狭衣の苦い思いの積み重なりをさす。

一三 若宮のご誕生や母宮の崩御、女二の宮の出家以前に、こうした熱意がおありだったら。

一四 「恋ひ死なむ後は何せむ生ける日のためこそ人は見まくほしけれ」(『拾遺集』恋一、大伴百世)を引く表現。今になって熱心になられてもどうにもならない、の気持。

一五 「つらけれ」などの結びを言いさしたのである。

一六 そなたがあの大弐の乳母のような心ならば、決してそんな冷たいことは言うまい。「大弐」は大弐の乳母のこと。中納言の典侍の姉。

一七 ほんに、それはおっしゃる通りに違いない。

一八 「人」は、飛鳥井女君をさす。

〔かと存じましたが〕なむと思うたまへしかども、大弐[一]〔強く誘いましてそれで思いとどまった次第でした〕のせちにいざなひはべりてなむ。〔本日ただ今まで気持が晴れようもなく〕今日(けふ)今に慰むかたなく思うたまふれば、司(つかさ)[二]賜はらむことも、〔どうも心が沈んでなりません〕もの憂くなりにて候ふ」など、涙ぐみて聞こえさすれば、（狭衣）[三]「さては、いと ど、行(ゆ)[四]かぬ三河の八橋(やつはし)はいかがあらむ。[五]〔それにしてもお前の妻はどんな気持で〕さても、いかなる心にて、〔突然入水などしたのか〕俄(にはか)にさはありけるにか」とのたまへば、（道成）[六]〔都でさえ〕「さらでだに蜘蛛手(くもで)に〔拾収できぬ思いでおりますのに〕おぼえさぶらふに、〔三河に下っても何で落ち着けましょう〕都離れても何しにかは」[七]と物思ひすがたなる気色(けしき)も、げに生公達(なまきんだち)[八]よりは〔風采があがっていて感じがよいのを〕きらきらしげに目やすきを見たまふにも、〔狭衣大将は〕[九]「まことにさもやありけむ」とおぼすに、〔そうと知らなかったとしても〕それと知らざりけるにても、〔なんとなく不愉快な男という思いを禁じ得ず〕な(なん)ま心づきなくおぼされて、〔特に親しくお相手もなさらぬのだが〕いたくもあひしらひたまはねど、〔道成は妻を見初めたそもそもの始まりから〕見そめし有様より始め、〔乳母が同意して女君を欺き連れ出した次第〕乳母(めのと)の心あはせて盗ませしほど、[一〇]〔船旅の間〕「道すがら泣きこがれ、〔強情に私をば近くへも寄せつけず〕心強く近うも寄せず、〔命もわからぬ容態になってしまったので〕限りのさまになりにしかば、〔気長に回復を待つ心づもりになりまして〕心のどかに思ひたまへて、〔女の身辺にも近寄らず〕寄りもつかず、〔つい油断しておりました隙に〕うちたゆみて侍りしほどに、唐(から)[一一]泊(どまり)と申す所にて〔妻が消え失せてしまった様子で〕消え失せにし有様、海に落ち入りたるとなむ見たまへし。扇(あふぎ)[一二]を取らせてなむ候(さぶら)ひしに、しかじかなむ汚(けが)して候ひし。〔何を〕い

一 道成の父。狭衣大将の乳母の夫。

二 三河守に任官することをさす。

三 それほど気を落していたのでは。妻を伴わぬ悲しみに加えて、本人までが赴任を渋ってはなおのこと。

四 新任国司の心が進まぬ三河の国はいったいどうなるのかね。「行かぬ三河の八橋」を引歌表現とみれば、「もろともにゆかぬ三河の八橋は恋しとのみや思ひわたらむ」（『拾遺集』別）を踏まえていることになる。妻を伴わぬ思いを利かせたもの。歌枕「三河の八橋」を重視すれば「恋せむとなれる三河の八橋の蜘蛛手に物を思ふ頃かな」（『古今六帖』第二、田舎）が本歌となる。道成は明らかに後者と受けとめている。今、狭衣は前者のつもりで言い、道成は後者と受け止めたと見ておく。

五 狭衣の心は飛鳥井女君で一杯である。道成妻入水の真相がはやく知りたいのである。

六 注四参照。

七 「物思ひすがたなる気色も」不整。誤脱あるか。古活字本、整版本も同じ。「物思ひ入りたる気色も」「物思ひたる姿・気色も」などの誤写かと見る説もあるが未詳。

八 なるほど、生半可な若貴公子たちよりは。「公達」は、上達部（三位以上）などの子息を言う。

九 彼が強引に迎えた妻が、事もあろうに主家筋の私の愛人ということを、ほんとうに知らなかったのだろうか。

かに思ひけるにか〔どう思ったものでしょうか〕。一三ただにも侍らで、七月八月（ななつきやつき）ばかりに侍りけるは〔すでに七、八か月でしたが〕、なにがしの少将にや侍りけむ〔相手の男はあの何とかいう少将だったのでしょうか〕」と語るを聞きたまふに、一四「さはまことなりけり」とおぼすに、「気色も変るらむかし〔顔色が変っているに違いない〕」とおぼゆるまで〔と自分でもわかるまでに〕、いみじくおぼゆれど〔激しくお心は揺れ動くけれども〕、つれなくもてなしたまひて〔表面は何気なくお振舞いになって〕、一五「げにおほけなく心深かりける人かな。一六かへりてはうとましきまでこそおぼゆれ」など、言少（ことずく）なにて入りたまひぬ〔そのままお部屋に入ってしまわれた〕。

一七「折（をり）しも心づきなかりし物忌（ものいみ）よ。夢語（ゆめがた）りのついでには〔夢見の文をやった時〕、おのづから問ひあはせてましを〔当然懐妊かどうか尋ねて見ればよかったのに〕。一八若宮の御様（さま）にて、うつくしうてあらましかば〔可愛い子であったならば〕、人知れぬさまにてはあらせず〔日蔭者扱いなどはせずに〕、大殿（おほとの）には預けたてまつりてまし〔父殿にお預けして大切に育てたであろうに〕」とおぼすに、口惜しう悲しきこと限りなし。一九さまざまにつけつつ、かかりける人々をいたづらになしてけるも〔自分にかかわったあの人この人を台なしにしてしまったにつけても〕、昔の世の契り心憂くおぼしつづけられて〔前世の因縁のつたなさが悲しくつらく思いつづけられて〕、いとど袖のひまなし〔ますます涙の乾く間とてない〕。つゆばかりそれと知りてしたることにはあらねど〔道成にしても女が私の思い人とはほんの少しも知ってやったことではないが〕、人しもこそあれ〔人もあろうに飛鳥井の女君に〕、かかる過（あやま）ちをして、我が心をからまでまどはすも〔苦しめるのも〕、罪重き心地して、過ぎにしかたのやうに〔これまで親しんできたようにも〕

一〇 道成の語る事実経過、このあたりで地の文から道成自身の直接の会話に移っている。

一一 播磨国（今の兵庫県）印南郡的形村大字福泊の旧称と言われる。飛鳥井女君入水の場所は、巻一には虫明の瀬戸近くとあった（一二一頁本文、注一二）。虫明の瀬戸は播磨と備前の境の海駅であり、ここはより京都に近い唐泊を道成は口にしたものであろう。

一二 大将殿（狭衣）から餞別に賜りました扇を与えてあったのですが、女が辞世のつもりか和歌などを書いて汚しておりました。

一三 ただの身体でもありませんで。妊娠中であったことを言う。

一四 狭衣大将は、それでは飛鳥井女君の入水は本当であったのかとお悟りになると。

一五 なるほど話の様子では、身の程をわきまえない情の強い人だったのだね。「おほけなし」は、身分不相応な様。「心深し」は、ここは深く思い詰める様に解する。

一六 いくら情が強いといっても、入水するにいたっては極端で、かえってうとましく思われるくらいだ。

一七 あの時はちょうど、不本意至極の物忌の折だった。狭衣は、女君妊娠の夢を見た時のことを思い出しているのである（九六頁）。

一八 生れた子が男の子で、女二の宮の若宮のお顔そっくりで。

一九 以下、狭衣の心中に沿った地の文。

も隔てなくはえおぼすまじかりけり。

またの日、道季して、「そのありけむ扇(あふぎ)おこせよ。『伝へよ』とありけむも、いとゆかしくなむ」とのたまはせたれば、すなはち持て参りて、「これは長き世の形見と思うたまふれば、久しく賜はらむ」と申すを、例のつれなくもてなしたまひて、「聞くやうなるうとうとしさならば、形見などあながちに偲ばでもありなむかし。せめてあらぬさまに言ひなさるるほどの虚言(そらごと)か」などのたまへば、いみじき誓言(ちかごと)どもを立てて、「『生けて見むと思はば』と泣き侘(わ)びさぶらひしかば、すべてただまろ寝にてこそ、夜昼(よるひる)扱ひて候ひしか」とせめてあらがふもあやしけれど、いたうもあひしらひたまはで、他事(ことごと)に言ひ紛(まぎ)らはしてやみたまひぬ。

人々まかでなどして日も暮れぬるに、この扇(あふぎ)の疾(と)くゆかしければ、端つかたに出(い)でて、急ぎ見たまふに、空いたうかすみわたりて、はかばかしくも見えず。げに洗ひける涙の気色しるく、あるかなきか

うちとけた気持にはなれそうもないのだった
翌日狭衣大将は 一 道季を通じて 女が残した 持ってこい 二 道成はすぐに持参して
(道成) この扇は生涯の形見と思っておりますので 末長く頂戴いたしたく存じます
例のごとく表向きは何気なく装われて (狭衣) お前の話のようにまだ夫婦とも言えぬ間柄ならば 形見だなどと無理にその女を思い偲ばずともよいではないか 三 それとも強いて無関係に取り繕うためについ口にした 偽りか 四 嘆願しましたので
(道成) 五 泣いて 六 看病しておりました 七 むきになって言い訳するのもあやしい気がするが 八 狭衣大将は強くも受け答えはなさらずに 話をそらしておしまいになった
辞去しなどして [狭衣大将は] 一刻も早く見たいので 縁先に出て はっきりとは文字もたどれない まことに 九 涙が洗い落した跡は歴然として あるかないかの薄い

一 道成の弟。狭衣のお側去らずの近習。
二 女が「吹きも伝へよ」と書きつけたというが、その歌にひどく心惹かれるから。飛鳥井女君の「はやき瀬の底の藻くづとなりにきと扇の風よ吹きもつたへよ」の歌（一二二頁）をさす。

狭衣、飛鳥井女君の辞世の扇を取り寄せ、むりやり道成から取りあげる

三 狭衣は、道成と女君とに本当に男女関係がなかったかどうかが、もっとも知りたいところである。いわば誘導尋問のかたちながら、狭衣の本音でもあろう。
四 道成は、けっして嘘偽りはございませんと、何度も固い誓いを立てて。
五 女君が「もしも私を死なさずに末長く世話をしようと思うのだったら、私に触らないでください」と。
六 帯を解かずに着物を着たまま寝ること。ごろ寝。
七 「せめて」は、強いて。ここは、本気になって、むきになって。「あらがふ」は、争う、弁解する。
八 「あひしらふ」は、応対する、応答する意。

狭衣、扇に残る飛鳥井女君の筆跡に感無量　女を不幸にする宿命に泣く

九 扇の面を。

なるをたどり見たまへば（墨の跡をたどってご覧になると）、違(たが)ふ[一〇]所なき水茎(みづくき)の跡は、やがてさし向(むか)ひたる心地して（じかに女君と向き合っている気持がして）、今はとて落ち入りけむほどの有様など（もはやこれまでと海に飛び込んだ時の姿などを）、ただ今見る心地して（ただ目の前に見る思いで）、悲しなども世の常なり。「誘ふ[一一]水だに」と涙ぐみたりし気色も、面影におぼし出でらるるに（浮んでくるにつけて）、「かかる跡をつてに見てやむべきこととは（このような辞世の筆の跡を人づてに見て終るような二人の仲とは）、かけて思はざりきかし（思ってもみないことだった）」とおぼしつづくるに、いといと忍びがたくいみじくて（全く耐えがたい悲しみに悶えるばかり）、その[一二]同じ水脈(みを)にも流れ出(い)でぬべくおぼさる。

（狭衣）[一三]唐泊(からどまり)底の水屑(みくづ)と流れしを
　　　瀬々(せぜ)の岩波尋ねてしがな

「[一四]かひなくとも、かの跡の白波をだに見るわざもがな」とおぼせど、都の内の御歩(あり)きをだにも御心に任せたまはず（ご外出でさえ狭衣ご自身のお心のままにはならぬ）、ところせくわりなき御もてなしなれば（窮屈で身動きもできないご両親のお扱いだから）、まいておぼしかくべきことにもあらねば（まして瀬戸内海に出向くお許しなど思いも寄らぬことなので）、いと口惜しくおぼしつづけらるるに（念頭を去らぬにつけて）、かの[一五]光源氏の、須磨の浦にしほたれ侘(わ)びたまひけむ住居(すまひ)さへぞ（流寓の苦悩に泣きぬれた侘住居までが）、うらやましくおぼされける。

一〇 紛うかたなき飛鳥井女君の筆の跡は。

一一 あの、去就に迷いつつも狭衣を慕い、小町の歌に託した飛鳥井女君のものあわれな表情も。九一頁。

一二 女君を呑み込んだその同じ潮の流れに身を投げて流れ出ていってしまいたいとまでお思いになる。「水脈」は、河や海の、水が深く流れをなしているところ。船の往来する水路でもある。

一三 飛鳥井女君は唐泊で海底の水屑となって流れたのだが、私も同じ水脈(みお)に身を投げて、彼女がどんな岩陰に身を横たえて眠っているか瀬々の岩波を探し求めたいものだ。「瀬」は水の流れの速いところ。「てしがな」は願望。

一四 たとえ何の甲斐もないとしても、せめて女君が投身したあたりの白波なりと見たいものよ。「世の中を何に譬へむ朝ぼらけ漕ぎゆく船の跡の白波」（『拾遺集』哀傷。『和漢朗詠集』無常）を踏まえた表現。

一五 『源氏物語』（須磨）における光源氏の須磨のわび住まい（流寓）を引き、両親の過剰な世話に束縛され京から出られぬ身には、それすら羨ましいと言うのである。

（狭衣）一 あさりする海人（あま）ともがなやわたつ海の

底の玉藻もかづき見るべく

二 なげのあはれをかけむ人にてだに、この御扇（あふぎ）を見たまはむは、浅

三 果てしない悲恋のお嘆きのあまりの深さに　余事は一切

かるべくもおぼさぬに、限りなき御嘆きの杜の繁さに、何事も思ひ

念頭にない状態なので　取るにも足らぬ身分の女のことは　まして狭衣大将はお

消（け）ちたまへれば、やごとなからぬほどのことは、まいておぼし消ち

心にかけておられなかった　従って飛鳥井女君のことも忘れるわけではないが　行方不明になった当

しにこそはありしか。忘るとなけれど、いとすなはちのやうなる心

時のあの衝撃の深さは　何とか鎮めていたのであったが　夜通し

まどひは、おぼしのどめてありつるを、今宵（こよひ）はよもすがら泣き明か

翌朝も　お目覚めになるや否や扇をご覧になると　飛鳥井女君が顔に押し当

したまひて、つとめても、いつしかと見たまふに、顔に当てて泣き

てて泣き入った　はっきりと残っていて　涙に洗われて消えているその上に　狭衣も

入りし涙の跡はいとしるく、絵どもも洗はれ落ちたるを、また我も

さらに涙を

いとど流し添へたまふ。

（狭衣）四 涙川流るる跡はそれながら

しがらみ留（と）むる面影ぞなき

など書きつけて、五 この扇（あふぎ）は返したまはず。式部大夫（しきぶのたいふ）は、このたびの

道成は　今回上京してか

らは　大将殿が以前のようにもお目をかけて下さらず　何か不快そうな

ぼりては、ありしやうにもおぼしたらず、ものしげなる御気色（けしき）なれ

一 いっそのこと海に出て働く漁夫になりたいものだ。大海原の底に揺れなびく玉藻――黒髪をなびかせて横たわる飛鳥井女君をも海中に潜って見つけだせるように。

二 飛鳥井女君がたとえ、ほんの行きずりの憐れみをかけるに過ぎない女であったとしても、その場合でさえ、この御扇をご覧になったら、深い感動にうたれるであろうに。まして狭衣には忘れられず、つねに心にかかる女君なのだから、この扇を手にして深く心を動かされざるを得ない、の気持。「なげのあはれ」は、深い心ともみえないかりそめの愛、の意。

三 源氏の宮思慕の深さを言う。「嘆き」を「木」にとりなし、それがいっぱい生い繁る森と表現したもの。「祈ぎ言（ねぎごと）をさのみ聞きけむ社（やしろ）こそ果ては嘆きの杜（もり）となるらめ」（『古今集』雑体、讃岐）などがある。

四 扇の面の、川となって流れる涙の跡、筆の跡はまさに飛鳥井女君のものに間違いないが、残されているのはそれだけで、彼女の面影はどうとどめようとしても、もはやとどめるすべのないことだ。

五 扇に直接書きつけたのであろう。

ば、「あやしう心得ずも（何とも合点がゆかぬわからない）」と思ひ嘆きける。

六まこと（ほんにそうそう）、かの若宮の七御五十日（いか）八にもなりぬるを、「かかるほどとても（母宮の喪中とはいえ）、いかでかは（若宮のお祝いはしなければならぬ）」とて、内裏（うち）よりぞよろづおぼし扱ひける（帝から万事ご指示がありお祝いを賜った）。類（たぐひ）なき御うつくしさと聞かせたまへば（比類のないお可愛らしさとお聞きになっているので）、「九かかるついでに（この機会に）いつしか見たてまつらせたまはむ（早くお会い申しあげたいもの）」とて（とお思いになって）、その夜、内裏（うち）にも女三の宮ぞ具したてまつらせたまひて（若宮は宮中にも女三の宮がお付き添いになって）入りたまひけるを（参内されたのを）、〔帝は〕御覧ずるにつけても、「あまたひき具したてまつらせたまはましものを（故皇太后宮がご存命で多くのお供を連れてのご参内ならば 一〇 どんなにかよかったのに）」とおぼしめすに、「『一一亡きが多くも』とは、げにこれにや（まさにこのことか）」と、言忌（ことい）み一二もしあへさせたまはず。

〔帝が〕若宮を見たてまつらせたまふに、いとかうまではおぼしめされざりつるに（全くこうまで可愛らしいとはご想像もなさらなかったのに）、いとあまりなる御顔つきの（まことに期待以上の愛らしいお顔立ちで）、行末（ゆくすゑ）推し量（はか）られて、「かかる児（ちご）もありけり（こんな素晴らしい赤子もいたのだね）」と、ゆゆしきまで御覧ぜらる（空恐ろしいまでにご覧になる）。一三中宮の若宮の御うつくしさを（お可愛らしさを）類（たぐひ）なきものに思ひきこえさせたまへるに（思い申しあげておられたのに）、かく様ことにめづらしき御有様なれば（今見る若宮は桁はずれに世にも稀な）、いとあはれなる私物（わたくしもの）に（いとしの秘蔵っ子よと）おぼしめすも（思われるにつけても）、我が御世も（ご自身の御在世）今日明日（けふあす）とのみうしろめたく（長くないとしきりに不安を感じられるご心境から）おぼえさせたまふには、この（この若宮の）

若宮、五十日の祝いに参内して帝と対面　帝、若宮の将来に心を痛める

六「まこと」は、しばらく離れていた話題なり人なりを、再び前面にクローズアップさせるときの発語。

七 女二の宮所生の若宮。表向きは故皇太后宮の子。

八 子どもが誕生して五十日目の祝い。父や外祖父などが、重湯の中に入れた餅を、赤子の口に含ませる儀式などがあった。

九「ついで」は、折、機会。「いつしか」は、下の「む」（意志）と結んで、一刻も早くの意。「見たてまつらせたまはむ」の「せたまは」は自敬表現。帝の心中表現「見たてまつらむ」を語り手（作者）の立場から「せたまは」の最高尊敬を添えて表現したもの。

一〇「まし」は不可能の希望をあらわす。

一一「世の中にあらましかばと思ふ人なきが多くもなりにけるかな」（『拾遺集』哀傷、藤原為頼）。「亡きが多くも」の帝の感慨には、皇太后宮が亡くなったことだけでなく、女二の宮が出家して参内しないことも含まれている。

一二 五十日の祝儀のようにめでたい時には縁起の悪い言葉は口にしないのが通例。それを敢えて破りかねないと言うのである。「言忌」は、縁起の悪い言葉を忌み避けること。

一三 中宮は、堀川関白の娘、坊門の上所生。若宮は第一皇子。

狭衣も初めて若宮を見る　帝の瓜二つとの評に、心の内に思い乱れる

安心してお任せになれるような縁者もなく
一御方様と見置かせたまふべきよすがもなく、心細き御有様なるを、
女二の宮が私のはからったとおりに結婚して　狭衣大将に連れ添っておられたら
「二の宮おぼしおきてし有様にて、大将にうち具してものしたまは
二 そのまま若宮を託したであろうのに　何度も何度も残念なお気持を
ましかば、やがて譲らせたまひてまし」など、返す返す口惜しきこ
三 女三の宮のご将来をもやはり大将に頼んだものだろうか
とを嘆かせたまひて、「三の宮の御事をやなほさやうにも言はまし」
その方向にお考えが傾くのであった
などぞ、四懲りずまにおぼし寄りける。

餅をお含ませになる頃に　若宮はお目覚めになり　帝とお
五時なりて餅参らせたまふに、目覚まして、御殿油の明きに見あ
顔を見合せ申しあげなさって　元気なお声で何かお話しになっては　にこにこされる
はせきこえさせたまひて、物語高やかにしつつ、うち笑はせたまへ
空恐ろしいまでに可愛らしくて　狭衣
る御顔のにほひ、六愛敬の、ゆゆしきまでうつくしうて、左大将の御
瓜二つに似ていらっしゃるのを
顔に違ふ所なく似させたまへるに、七「ことのほかなるべき御仲なら
帝はご得心になるにつけても　見飽きることなくいとおしく
ねばにこそは」と御覧じなすも、飽かずうつくしうおぼされて、
大将の声がしたね　狭衣大将をお召しになり　この子の顔立ちをどうご覧になる
「大将の声しつるは」と召し寄せて、「この顔つきはいかが見たまふ。
そなただけを　比類のない光と思っておられるが　このようにそなたそっくり
八大臣の、そこをのみ類なき光と思ひたまへるに、かく違はぬさまな
の子も　誕生したのだよ　若宮を狭衣のそばにお寄せになったところ
る人も出で来けるものを」とて、さし寄せきこえたまへるに、九ふと
ほんとうにこのお顔に似申しているとしたらそのわが顔は
見あはせて笑みたまへるは、まことに似たてまつりたらむ我が顔、

一 親身にお世話をする後見役。
二 「譲らせたまひてまし」の「せたまひ」は自敬表現。帝の心中表現に作者の立場からの最高尊敬を添えたもの。
三 女二の宮に代って女三の宮を狭衣のもとに降嫁させたら、と帝は思い迷うのである。女三の宮降嫁の場合にも、若宮の後見役として狭衣に依頼できると帝は考えるのであろう。「まし」は、ためらいの気持。
四 女二の宮のご降嫁の挫折にもめげず。「懲りずまに」は、前の失敗にも懲りない、の意。
五 定めの時刻がきて。「御五十日の餅」の祝儀が始められるのである。
六 「にほひ」は、ほんのりとした色合いの美しさ、「愛敬」は、親しみのある優しい魅力。
七 若宮が狭衣大将に似ているのは、根っからの他人というわけでなく、縁つづきの間柄だからなのであろう。狭衣の父堀川関白は帝と兄弟である。
八 堀川関白（狭衣の父）が。
九 若宮は何心なくふと顔を見合せて。実の父子のはじめての対面ではある。狭衣の内心は感無量。
一〇 わけもなく涙がこぼれるので。わが子を見る喜び

常の御心おごりよりもまさりて、いみじうおぼし知らるるものから、（どれほど素晴らしいものかと日頃の自信を上回って　身にしみて感じられはするが）一〇何となく涙こぼるれば、かしこまりたるさまに紛らはして候ひたまふ。（恐懼の体に装って涙を隠して　控えておられる）

内裏御覧じくらべて、「一一武蔵野のもとの根ざしは、かくしも尋ねぬもあるものを。あやしきまで違ふ所なくもおはするかな」とのたまふに、（血筋から見ればどちらも明々白々　似ていてもこのように詮索の余地のない場合もあるのにね　それにしても不思議なくらい瓜二つでいらっしゃることよ）いとど「一二聞かせたまひたることもや」といとわりなければ、（お耳にされているところがあるのではないか　狭衣の内心の動揺は激しく）立ち退きたまひぬれど、まことに、「一三袖の中にや」と飽かずうつくしき御顔つきを、（お前をおさがりになったのだったが　まさに　魂も奪われるばかりに　〔若宮の〕）「我がものにて、明け暮れ見ましものを」とおぼすに、口惜しういみじとも世の常なり。（我が子として　世話できればよかったのに）

一四事ども果てて、人々みなまかでたまへど、例の御癖なれば、ありつる御面影のみ恋しくて、立ちも出でられたまはず、（宮中をご退出になるが狭衣大将は　先刻対面した若宮の　ご退出にもなれないで）よろづに、何につけても袖に一五涙のかかりける御身の物思はしさを、契り恨めしくおぼしつづけられて、やがて明かしたまひてける。（ご自身の苦悩の多さを　前世からの因縁の拙なさが恨めしく　そのまま宮中で夜を明かしておしまいになった）

この後は常にゆかしく思ひきこえさせたまへど、いかでかは思ふ（狭衣大将は常に見たいと若宮を思い申しあげておられたが　どうしてご自身の意の）

とわが子と呼べぬ苦しみの交錯が、不覚の涙となってこぼれ落ちるのである。

一一 若宮は私（帝）の子、大将（狭衣）は堀川関白の子、私と堀川は実の兄弟だから、血縁から言えば二人が似るのも当然、と言うのである。帝がわざわざ何の詮索の余地もないと言うのは、その当然を超えるものを感じているからである。表現には一連の「武蔵野」の和歌を利かせ、「武蔵野の向ひの岡の草なれば根を尋ねてもあはれとぞ思ふ」（『小町集』）や「武蔵野は袖ひづばかり分けしかど若紫は尋ね侘びにき」（『後撰集』雑二）などを踏まえて、「武蔵野の紫の根を尋ねる」（血筋を詮索する）場合も多いが、若宮と狭衣には全く不要、いわば「紫の一本ゆゑに武蔵野の草はみながらあはれとぞ思ふ」（『古今集』雑上）、「知らねども武蔵野といへばかこたれぬよしやさこそは紫のゆゑ」（『古今六帖』第五）の立場から、二人の酷似を当然視する気持を表明したもの。帝は若宮の出生をすこしも疑っていない。しかし、狭衣の内心にはずしりとこたえるのである。

一二 狭衣は、わが子（若宮）との対面に初めから動揺している。帝のお言葉でいよいよ心乱れるのである。

一三 「飽かざりし袖の中にや入りにけむ我が魂のなき心ちする」（『古今集』雑下、陸奥）。

一四 御五十日の祝儀の数々がすべて終って。

一五 「長けくも頼みけるかな世の中を袖に涙のかかる身をもて」（『大和物語』藤原公平女の歌）。

ままにお会いすることができようか　以前にもまして物思いに沈んで　お心
ままにも見たてまつりたまはむ。人知れずいとどものあはれに、お
一つに余っては　女二の宮に宛てて言葉の限りを尽して苦衷のほどをこまごまと
ぼしあまりては、言ひ知らぬことどもをこまごまと書きつづけつつ、
を介してたいそう人目を忍び忍び差しあげるけれども
中納言の典侍(すけ)していみじう忍びつつ参らせたまへど、一まいて今さら
ご返事など　書き交わされるはずもないので　狭衣大将の御文の手応えは
に御返りなど書き交(か)はさせたまふべきならねば、そのしるしつゆば
まるでない
かりもなし。
大将殿の縁故の人とお思いになる
「二かかること見ず知らざらむ所もがな」と、この人のゆかりとおぼ
ので　典侍をまで不快に感じておられるから　典侍はひどく困惑して
しめせば、典侍をさへものしうおぼしたれば、いと苦しくて、三「か
と間に立つ苦衷を大将殿に訴えるが　大将は頭では確かにご
くなむ」と聞こえさすれど、四「ことわりぞかし」とは思ひ知られた
自覚になるが　五　お構いなく涙は傍目も不体裁に　なんとしても
まへど、知らぬ涙は人わろくこぼれたまひつつ、「いかにしても、
六　お側近くで　女二の宮がひたすら酷い人と思い込んでおられた私の罪深さをも謝しつつ
近きほどにて、ひたすらにつらきものにおぼししみけむ罪の重さも、
お話し申しあげるすべがないものか　さらに典侍にご依頼になるのだった
聞こえ知らするわざもがな」とぞ語らひたまひける。
(狭衣心)七
「一方こそかく思ひのほかになりたまはめ、八この底の藻屑(もくづ)だにあら
九　可愛がったであろうのに
ましかば、あなづらはしき私物(わたくしもの)にて、常に抱(いだ)きうつくしみてましも
今さら愚痴を言っても始まらないが……　一〇誰の妻になろうと何になろうと
のを。言ふかひなきわざなりや。いかなるさまにても、在りと聞か

一 女二の宮は、出家した現在なおのこと。
二 女二の宮はこんなお便りを見ないですむ所に身を隠してしまいたいと願い。「かかること」は、狭衣大将が何度となくこまごまと心の内を書き綴った手紙。若宮を見て以来、狭衣はなおのこと、すでに出家を果している女二の宮への思いが深まり、諦めきれない。それをまた女二の宮はいとわしく思うのである。
三 女二の宮が狭衣からの御文を快く思っておられないこと、間に立つ自分(典侍)まで嫌われていることなどをさす。
四 女二の宮が快く思われないのも道理よ。

狭衣、女二の宮になお思いやまず　頻りに文を送るも、入道の宮顧みず

五「知らぬ涙」は「ことわりを知らぬ涙」。自覚しながらも不覚にこぼす涙。巻四に若宮の「ことわりも知らぬ涙やいかならむ我よりほかの人を思はば」の詠があり、「この『知らぬ涙』ぞあはれに」の本文もあるから、「ことわり」と「知らぬ涙」を結んだ引歌が考えられるところ。「人わろく」は、はた目にも不体裁に、の気持。中納言の典侍の目を意識した言い方。
六「近きほどにて」は、下の「聞こえ知らするわざもがな」にかかる。

女二の宮を思い飛鳥井女君を思って　狭衣の心慰まず、涙の日々を過す

七 お一方(ひとかた)こそ帝の御子という思いも寄らぬお立場にたたれてしまったが。「一方」は、女二の宮所生のわ

が子、若宮を言う。
八 あの、飛鳥井女君のお腹の子なりと、もし生れていたら。
九 気の置けない自分の子として。「あなづらはし」は、遠慮がいらない、気の置けない意。
一〇 飛鳥井女君が道成の妻になろうと何になろうと、もしも生きていると聞いたのであったら。ここは女君についての反実仮想である。
一一 きっと生んだに違いない女君の子どもをば。下の「尋ねとるやうもありなましを」にかかる。「忍ぶ草」は、思い出の種、昔を懐かしむよすが。ここは、飛鳥井女君を思いおこすよすがの気持。
一二「いかがはせむ」まで挿入句（はさみこみ）。
一三 女君は一途に思いつめてお腹の子もろともに入水を決意したのだろうが、ほんとうに惜しいことよ。
一四 帝は前にも「我が御世も今日明日とのみ」（二一三頁）と不安を感じておられた。ここに退位を決意されるのである。
一五 帝は後院（譲位後の御所）として嵯峨野に御堂などを建立していたのである。嵯峨野は、京都西郊の景勝の地。古来貴紳の隠棲の地として名高い。光源氏も『夜の寝覚』の入道太政大臣も嵯峨野に隠棲している。

帝ご不例により出家を思い立ち、中宮への愛著を断って決意を固める

ましかば、忍ぶ草一人をば、ものねぢけたりともいかがはせむ、尋ねとるやうもありなましを。ひたすらさしも思ひなりけむよ。時々ものの見しに、思ひとるかたは少なく、ものはかなげに若びたる人様なりしかば、世にながらへて聞こえむことのいみじうおぼえけるにこそは」とおぼしつづくるにも、うとましかりける心のほどとはおぼえず、我がためのあはれはいとど深うのみおぼされつつ、こなたかなた、このごろはいとど乾く世なき御袖のひまなさなめり。

その夏ころより、帝、御心地例ならずおぼされて、「いかで静かなるさまになりて、行ひをのどかにせばや」とおぼしめして、嵯峨野のわたりに、いかめしき御堂など造らせたまへり。世を知らせたまひて二十年にもならせたまひぬ。一の親王おはしませば、飽かぬことなき御身なれど、世をおぼしめし捨ててむことを、大殿などはいと口惜しく惜しみきこえさせたまひけり。さるべき御仲といひながら、いとありがたうなつかしき御心ばへ、有様なれば、千年も変

引き取り方にどんな無理があろうと仕方ないこと 尋ね出して引き取るすべもあったであろうに 女君はあの当時もちょっと逢った時の感じでは 思慮深いというほうではなく どこか頼りなげに子供っぽい 生き永らえて私に知られた時のことが無性に恥ずかしく思われたのであろう 自分への思いが薄い女の心であったとはとても思われず それどころか自分に操を立て通してくれた感動はますます深く心にしみて 女二の宮といい飛鳥井女君といい このところ狭衣大将のお袖はますます乾くいとまとてないご様子である

御気分がすぐれず病を自覚されて どうか静かな環境に落ち着いて 仏道勤行に努めたいものだ 荘厳な 御仏堂など 帝として世をお治めになって 中宮との間に 第一皇子がおられるので 何の不足もない ご退位になって仏門に帰依なさってしまうことを 堀川関白などはたいそう残念なことと ご兄弟の御仲だから惜しむのは当然といえ 帝はほんとうに世にも稀なお優しいご性質であり ご態度であるので

一「なやましげ」は、いかにも気分が悪く苦しそうな状態。
二 堀川関白の坊門の上腹。第一皇子の母。
三 いつかは迎えねばならない死別の御時の際にも。
四 まして、どんなに病気が重くなっても少しでも意識がおありになり息がおありになるその日までは。生のある限り、死を迎える最後の最後まで、の気持。
五「公」は、第一皇子（やがて東宮になろう）の母であること、「私」は父堀川関白という有力な後見のあること。ともに中宮の今後の盛運を意味する。
六 どうしてそのようなことができよう。たとえ最後まで離れずにいたところで、自分には冥途への障りとなり、中宮には身も世もない悲嘆におちいらせるばかり、と言うのである。
七 今のうちに出家を果して、中宮と別居してこそ。
八 死別の悲嘆が薄らぐはずもないが、帝の出家別居のご経験からいくらかなりともお覚悟ができているだろう、の気持。
九 帝の姫宮たち。女一の宮は斎院、女二の宮は出家、女三の宮はいまだ幼い。

らで見たてまつらまほしきも、ことわりなりかし。（帝として仰ぎ見申しあげたく思うのも　まことにもっともであった）

されども、七月よりは、まことしうなやましげにて、もの心細げなる御気色を、中宮はいと忍びがたげにおぼし嘆きたるも、いと心苦しくて、限りあらむ御別れのほども、ひきとどめられさせたまひぬべうおぼしめさるれば、まいて少しも現し心通はせたまはむ日までは、片時も立ち退きこえさせたまひぬべくもあらねど、「公私につけても、よろづに頼もしき御行末に、かう今日とも知らぬ有様にて、さのみ『思ひ離れきこえじ』とても、いかがは。さてこそは、限りの別れのほども、少し面馴れたまはめ」など、せめておぼし捨てて、御出家の本意遂げさせたまひぬべき御心まうけなどせさせたまふを、宮は年ごろの御ならひの名残なう、悲しういみじくおぼしめされて、嵯峨の宮にもろともに渡らせたまふべきさまにぞ、おぼしめし急ぎける。

（〔秋に入って〕　一 ほんとうに苦しそうなご病状になり／二 中宮が傍の見る目もお痛わしいほどお嘆きになっているのも　帝はひどく／不憫に思し召して　三 中宮の悲嘆が冥途への障りとなりそうな／ほどいとおしくお思いになられるので　四／一瞬も中宮からのお離れになるなどできそうにもお思いになれないが　五（帝心）／中宮は何一つ不安のない　なのに　私がこのように今日果てる／かも知れぬ重病の身で　強いて最後まで離れずに愛し合おうとしたところで　六　七／最後の別れの際にも中宮は幾分なりと　八　お心を奮って／未練を断ち切られ　お心用意を整えていらっしゃるのを／中宮は長年の仲睦まじいご生活が崩れ去る思いで　ご悲嘆に耐えず／帝の隠棲される嵯峨の後院にもご一緒にお移りになるおつもりで／そのご準備をお急ぎになるのだった）

帝、女宮たちの将来を懸念して堀川関白に後事を託す　関白尽力を誓う

よろづよりも女宮たちの御事をぞ、あはれにうしろめたう思ひき

（帝は何事よりも　九 ご将来をば　いたわしく気がかりに）

こえさせたまひて、大殿にも返す返す聞こえさせ置かせたまひける。「二の宮の、今はひとへにこの世のことおぼし捨ててけるも、思へば一〇なかなかいとよかりけり。一一斎院もおとなびて、年ごろ一二誰(たれ)にも目ならしたまはぬならひに、一三さしも世の中変るけぢめも知られたまはじかし。三の宮などこそいと心苦しきを、さ思ひそめし心ざしも侍り、一四
一五なほ、大将に若宮をもろともに思ひうしろむべき様(さま)になむ預けむと思ひはべる。一六今より様(さま)ことなる生(お)ひ先は、いとゆかしげなるを、何一七となき生孫王(なまそんわう)にて、いと寄せなからむよりは、ただ我がものに思ひてものせよかし。一八思ふ心ことなめるひとり住みなめりとわづらはしけれど、そのうちうちの心ざしをば知らず、かかる遺言を、さりともことのほかには違(たが)へたまはじと、ひとへに頼むなり」などのたまはせて、うち泣かせたまふを、大臣(おとど)はいみじうあはれに見たてまつりたまひて、「一日(ひとひ)にても、世の中に立ちとまりさぶらはむかぎりは、一九いづれの御事をも、いかでかは見放ちきこえさせむ。二〇女子(をんなご)も持

堀川関白殿にも　後々のことをお託しになっておかれた
(帝)女二の宮が　ひたすらこの世の俗念をお捨てになってしまったことも　考えてみれば　かえって大変よいことであったよ　成人したことだし　長年　誰の目にも触れず神域でひっそりお暮しだから　それほど御代がわりの影響もお気づきになれないであろうよ　女三の宮などこそまだ幼いゆえ大層痛わしいのだが
やはり　狭衣大将に若宮と一緒に後見者というかたちで
ひどく知りたい思いがするが
たいした後楯もない状態でいるのよりは　ただもう大将の子と思って育ててほしいのだが
大将が独身でいるのは考えがあってのことのようだと思うと気がひけるが　彼が誰を思っているのかその心の内は心の内として　私のこの切実な遺言を　いくら何でも期待を無視して　背くことはなさるまいと　ひたすら頼むのだ
堀川関白はしみじみと感に打たれて
(関白)たとえわずか一日でも　私が世に残っております限りは
どうしてお世話申しあげないことなどございましょう

一〇 帝が出家した場合、女二の宮も尼の身だから、同じ遁世者として共に勤行の生活ができるからである。
一一 帝の女一の宮。
一二 斎院は男子禁制の神域であり、未婚をとおされていることを言う。
一三 父帝が退位されれば斎院も交替するのが例である。女一の宮も常の内親王生活に戻ることになろう。環境は一変するわけであるが、もともとひっそりと暮していた習慣で、父帝出家の淋しさにも耐えられようと言うのである。
一四 これは考えついたら頭から離れない期待でもあるのだが。挿入句(はさみこみ)。狭衣を女三の宮の婿にと帝は考えているのである(二一四頁)。
一五 下の「預けむ」にかかる。
一六 若宮の今から際立っている洋々たる将来は。
一七 ぱっとしない只の皇胤として。「孫王」は、帝の孫、皇子の子。ここは退位した帝(上皇)の子になるから、皇胤ぐらいの意に漠然と言ったのであろう。
一八 狭衣が独身を通しているのは何かわけがあるからだろう、心に決めている女性がいるからだろう、の気持。
一九 帝の三人の女宮のことを言う。
二〇 現在可愛い女の子が身辺にいない意か、あるいは女の子を多くは持っていない意であろう。堀川関白の子として中宮があり、また源氏の宮を引き取ってもおり、文字通りには解し得ない。

女三の宮降嫁の要請に狭衣苦悩し、出家遁世を志すも若宮の為に果せず

ちはべらず、あやしき窓の内のかしづきものにも、命の限りはつかうまつりはべりなむ。大将の朝臣(あそん)は、いかに侍るべきにか、明け暮れ思ひあくがれたるやうにて、いとひがひがしくあやしき心ざまにのみ侍れば、うちうちにも思ひたまへ嘆くを役にてなむ。さりとも、かかる仰(おほ)せ言(ごと)うけたまはりなば、いかでかおろかには」など、かたみにあはれなることも、頼もしげに聞こえさせたまふ。

うちかはりかくのみのたまはするを、我さへ聞き忍びつつ、さのみ過ぐしたまはむもあるまじきことなれば、大将の御気色(けしき)も知らず顔にて、「嵯峨野の御渡りのこなたに三の宮迎へきこえさせてむ」とおぼし立ちて、院のおはしましつるかたをいとど磨き添へさせたまふを、大将、「かのありし夜目(よめ)にもしるく、こよなく劣りたまへりしものを。さばかり飽(あ)かぬことなく、何事もこれこそは道理のままの限りなる人の御有様なめれと、心のうちにもおろかに思ひきこゆべきこともなかりしをだに、心深くしみにしかたのなのめなら

（傍注）女三の宮は至らぬ拙宅ながら大切にお守りすべきお方として　お仕え　申しあげましょう　一　どういうわけでございましょうか　魂でも抜け出したかのような状態で　二　何とも常識はずれで理解できぬ気持でばかりおり　まして　三　私どもでも嘆きますことがまるで毎日の仕事になってしまって　とは言え　お言葉を賜りましては　四　五　お互いにかかえているご心配なことをも　励ましあうように力強く希望を持ってお話しになる　六　関白ご自身までが聞き過して　空しく　日を費やされるというのも恐れ多いことなので　［堀川関白は］　帝が嵯峨野にお移りになる前に　我が家にお迎え申しあげよう　七　狭衣　八　あの晩　はっきりと　九　格段と劣っておられたのに　あれほど　欠点ひとつなく　何から何まで　もっとも　至極　気高い皇女にふさわしいお姿とお見受けすると　心底からおろそかに思い申しあげるところのなかった女二の宮をさえ　一〇　刻みこまれたあの方の比類のない美しさ

一　わが子ながら狭衣大将は。「朝臣」は、五位以上の廷臣に対する敬称だが、廷臣同士で相手を呼ぶ敬称としても用いられる。

二　「ひがひがし」は、性質がまともでない様。ひねくれている様。

三　「たまへ」は、下二段活用の丁寧、自卑の助動詞。

四　なんでおろそかには思いましょうか。恐懼感激してお言葉をお受けいたすことと思います、の気持。「おろか」は「疎か」、疎略な様。

五　帝はお三方の女宮たちの事、堀川関白は理解しかねる息子（狭衣）の事、ご兄弟がたがいに抱えている心配事をも。

六　女二の宮にかわって今は女三の宮ご降嫁のことを、帝がこのように引き続き狭衣大将を見込んで懇望されるのを。

七　底本「院」は不審。古活字本、整板本は「斎院」。これなら帝の女一の宮の斎院になる前に住んでいた建物となり、女三の宮ご降嫁前の新居の意か。ただし場所が不明。深川本などには「斎宮」とあるが、これなら堀川の上をさし、堀川二町、堀川関白邸敷地内となる。堀川の上が以前住んでいた建物の意であり、堀川関白の「三の宮迎へきこえさせむ」の決意に最もよく合致する。

八　狭衣が弘徽殿に忍び、はじめて女二の宮に逢った夜を言う（一三七頁以下）。

九 女二の宮に比して女三の宮は。
一〇 源氏の宮をさす。
一一 無情な心の動き。女二の宮に対して心ない態度に終始した自分を反省的に言っている。
一二 女二の宮との間に生れた子（若宮）を言う。
一三 わが子（若宮）を恋い焦がれる意であるが、当然その子の母女二の宮への未練を重ねている。
一四 「世」は二人の仲、男女の仲の意。煩悩に苦しむ狭衣の側から見る二人の仲が「この世」である。彼岸（「あの世」）を願う女二の宮の心とは対立する。
一五 「いづれの折にか胸少しひまありて聞こえたてまつらむ」「いづれの折にかさやうに世の常の有様をして聞こえたてまつらむ」を並立連結した表現と見る。常に苦悩に満ち、とても結婚などするつもりはない、の気持が奥に通っている。「さやうに」は、帝や父関白に要請されている女三の宮の婿になることをさす。「世の常の有様」は、通常の結婚生活を言う。狭衣は感慨の最後になって、やっと現実の問題に触れたわけである。
一六 女三の宮が、女二の宮のすぐ下の妹であると強調。
一七 「立ち寄れば袖にそよめく風の音の近くは聞けど逢ひも見ぬかな」（『貫之集』）。
一八 「世の憂き目見えぬ山路へ入らむには思ふ人こそほだしなりけれ」（『古今集』雑下、物部良名（もののべのよしな））。

帝、譲位即出家　嵯峨の院で女宮たちを教訓　女二の宮と勤行に徹する

ぬ目移しには、我ながらもあさましく、一一情（なさけ）なき心ばへを見えたてまつりて、一二さばかり契りことに、あはれなりける人をも、雲のよそに見なして、悔（くや）しく悲しと明け暮れ思ひ一三こがるる心のうちをだに、夢ばかり言ひ知らせたてまつらでやみぬべき一四この世の悲しさは、一五いづれの折にか胸少しひまありて、さやうに世の常の有様をして聞こえたてまつらむ。一六さし離れたるあたりにだにあらで、一七袖にそよめくばかりにて、心よりほかに我も人もさぞかしと見聞かれたてまつらむよ」などおぼしつづくるに、すべて、今ぞ、一八世に見えぬ山路（やまぢ）も求め出づべき月日来にける心地したまひける。

「心よりほかに、この世に変らぬさまながら、もしながらふとも、『さてこそあなれ』とも、在処（ありか）定めては聞かれたてまつらじ。若宮をば、げにさやうに得たてまつらばや」など、この御事にのみぞ、さまざまに憂き世もひとへにえおぼし捨つまじかりける。

八月十余日（とをかよひ）になれば、嵯峨の院の御堂（みだう）急ぎ造り出（いだ）させたまひて、

に見馴れた目には物足らず／驚くばかりに／お見せする結果になって／あれほど深い因縁に恵まれて／愛らしかった二人の間の子をも／雲居のかなたに手離して／後悔と悲嘆に／恋い焦がれてやまない胸のうちをさえ／これっぽっちもお伝えできぬまま終ってしまうほかはない／悲しい定めの二人の仲を／一体いつ私自身落ちついてお話し申しあげる時があろう／帝や父が勧める結婚などしておめおめお話し申しあげる時があろう／それも無関係の女性でさえなくて事もあろうに／すぐ下の妹宮を妻にして／心外にも夫婦仲が円満のようだと女二の宮からそんな風に見たり聞いたりされるのは／まっぴらだ／まさに／今こそ／出家遁世の時が／（狭衣心）意志に反して／俗世に出家せぬままで／もし生き永らえるとしても／結婚して円満に暮しているそうだ／身持ちを固めたようには／〔ただ〕／帝のお言葉どおりに自分の手許でお世話したいものだ／この若宮の御事一つのために／一途にお見捨てになるわけにはいかないのであった

おりさせたまふ[一]ままに、御髪おろさせたまふ。悲しなど今始めたらぬことなれど、あやしき人の上にてだに、なほ見るも聞くも心騒がぬやうはなきを、まいて中宮などのおぼしたるさまの心苦しきを、大殿は聞こえ慰めさせたまふ。春宮[二]の居させたまふなどは、限りなくめでたき御有様なれど、みづからの御心のうちには、変はりたる[三]御すみかのみあはれに思ひやりきこえさせたまひけり。かやうのこ[四]とどもさしあひつつ、三の宮の御渡りも延びぬるを、大将は人知れず「いとうれし」とおぼしけり。

嵯峨の院には御心地もよろしくならせたまひて、宮たち迎へたてまつらせたまひて見たてまつらせたまふに、かたみにいと悲しくおぼしめされけり。なかにも入道[五]の宮は、さまざまおぼしつづくることさへ多かる御身の有様なれば、御袖もえひき放たぬ御気色あはれなり。いづれも、「今はかくて[六]見たてまつらむをだに慰めに」とおぼしのたまはするも、ことわり[七]に心苦しけれど、「さのみ[八]ひき続き

ご退位あそばされるとそのまま　（御髪：みぐし）ご剃髪になる　かかる折の悲しさは今に始まったことではないが　帝どころか身分もない人の場合でさえ出家といえば　やはり
まして帝の御出家には中宮などのご悲嘆がことにおいたわしいのを
父親の関白殿が　（春宮：とうぐう）新東宮がお立ちになるなど　母中宮にはこの上なく慶賀すべきご状況なのだが　中宮ご自身の
嵯峨院のお住まいにだけ悲しく思いを馳せておられるのであった　御代がわりの
諸行事が立てこむままに　女三の宮のご降嫁の件も　狭衣は心の中で
御病気もいくらか回復にむかわれて　女宮方をお迎えあそばされて　お会いあそばされたのであるが　院も女宮方も互いに
ご自身種々お心を痛めつづけることまで多いお身の上なので　出家の父院を拝しては溢れ出る涙でお袖も放せぬご様子がお気の毒である
女宮たちはみな　このままお側でお元気なお姿を拝するだけを慰めに　お思いにもなりお口にもされるのを

一　ご退位により嵯峨院の上皇、剃髪により法皇となられたわけである。
二　中宮腹の第一皇子が新東宮になられたことなどは。
三　宮中とは一変した嵯峨院のお住まいばかりを。
四　御譲位、御即位の儀式を中心に、新東宮の立太子の儀、嵯峨院の出家隠棲など。
五　女二の宮を言う。
六　「かくて」は、私たち（女一の宮、女三の宮）も女二の宮同様に尼になって、の気持であろう。
七　嵯峨院は、女宮たちが出家して側に居たい気持をもっともだと思い、胸をしめつけられるようだが。女宮たちは母皇太后宮に死別したばかりであり、今、父院にも見捨てられた。女宮たちの心細さは院には痛いほど理解できるのである。
八　とは言え、そう女宮たち誰もがひき続いて出家するというのも、それでは親子が嵯峨院に集まってしまうことになり、この世を捨てるという私の素志に反することになるのではないか。

たらむも、思ひ入りしさまには違(たが)ひてや」とおぼしめせば、あるべきさま〔今後取るべき生活の方針〕など聞こえさせたまひて〔などをお教えになってお二方はお帰しになり〕、入道の宮ばかりぞ留まらせたまふ〔嵯峨の院におとどめになる〕。

嵯峨野をやがて〔そのまま〕御前(おまへ)の庭にて〔として〕、大井川[九]もほどなく見やらるるに〔間近に見渡されるうえに〕、[一〇]小倉(をぐら)の山の篠薄(しのすすき)もほのかに見えて、鹿の音(ね)[一一]と同じ心に泣きつくしたまひつつ行ひたまへるさま〔同じく甲斐なしと限りなく涙をお流しになりながら仏前でお勤めになる様〕、げに後の世は頼もしげなり〔いかにも入道の宮の後生は頼もしそうである〕。院もやうやう御心地よろしくならせたまひて、宵(よひ)、暁(あかつき)の念仏、懈怠(けだい)なく〔怠ることなく〕行ひ勤めさせたまひつつ、「後の世も必ず同じ所に」〔来世も一蓮托生 必ずや極楽に〕と語らひきこえさせたまへる、あはれに頼もしげなり。

京には、大嘗会(だいじやうゑ)[一二]など近うなりぬれば、「源氏の宮は女御代(にようごだい)[一三]したまひて、やがて参りたまふべし」とあるを〔そのまま女御として入内なさるだろうと取沙汰されるのを〕、[一四]今はじめて聞こゆることにはあらねど〔耳にする噂ではない〕、大将の御心のうち思ひやるべし〔狭衣大将のご心中がいかばかりであるかは推察できよう〕。「今はかうにこそは」〔いよいよ事は決ったのだ〕と数へられて[一五]、我が身も憂き世を思ひ離れぬる日数(ひかず)も残りなきやうにおぼさるるには〔その日こそ自らの出家遁世の日と思えば素志とは言え出家までの日数も残り少なに思われてきて〕、さすがなること多くて〔断ちきれない思いが去来して〕、年ごろ〔年来〕よろづにありがたく〔万事たぐい稀なまでに耐えこらえ〕、思ひ忍び紛らはしつる心のうちも〔表面に出さず紛らわしてきた源氏の宮への思いも〕、ややもせば、我が身[一六]

九 「大堰川」とも。上流は保津川、下流は桂川。小倉山、嵐山の麓の間を流れるあたりを言う。

一〇 「小倉山ふもとの野辺の花薄ほのかに見ゆる秋の夕ぐれ」（『古今六帖』第六、『和漢朗詠集』秋晩）を踏む。「花薄」を「篠薄」にかえているが、「篠(しの)」に辛さを忍ぶ意の「しの」を掛けたとする説がある。「小倉」には「小暗」を利かし、「ほのか」と呼応する。

一一 「秋山につまなき鹿の年を経てなぞや生きてのかひよとぞ鳴く」（『古今六帖』第二）のごとく、鹿は「かひよ」と鳴くと言われる。つまり、「鹿の音と同じ心」は、この世に生きて甲斐なしの心となる。

一二 帝の即位後初めての新嘗祭の祭儀。新帝がその年の新穀をみずから神々に供える一代一度の大礼。

一三 大嘗会の祭儀には、帝が賀茂川原に行幸し御禊の神事があるが、その御禊の時、臨時に選定される女御。

大嘗会を機会に源氏の宮、新帝女御として入内の取沙汰　狭衣大将憂愁

一四 新帝の源氏の宮へのご執心は東宮時代からのことであった。ご即位を機会に后に迎えようというのである。

一五 入内の日までを、わずかな日数を惜しむかのように数えずにはいられず。

一六 もう私もあの人もどうなっても構わない。源氏の宮入内前に無理にも思いを遂げたい、の気持。

も人の御身もいかならむと乱れまさりて、「一敷島の大和（やまと）にはあらぬ」〔今すぐ逢えぬものか〕と、立居（たちゐ）におぼし侘びけり。〔居ても立ってもいられない思いにかられるのだった〕

されど、かけても知る人なき御心のうちなれば、〔誰一人さらさら気づく者のない大将の〕誰（たれ）も二急ぎ立たせたまへり。年ごろおぼしおきてつることとなれば、〔堀川関白は何年も前からお決めになっていたことではあり〕何事もなのめならむやは。〔支度万端お気の入れようは並一通りではない〕常の事に事を添へて、今行末（ゆくすゑ）の例（ためし）にもなるばかりと、〔まこと結構至極の〕御心とどめておぼしおきてたるは、〔周到にお指図になりお取り決めになっているので〕げにいとめでたき御いそぎなり。〔お輿入れ支度である〕

源氏の宮入内近し　狭衣悲嘆を隠して参り、琵琶を弾き胸の思いを託す

九月も晦日（つごもり）になりぬれば、（狭衣心）「三ただ今日明日（けふあす）ばかりこそは」と、四いと吹きそふ木枯（こがら）しも身にしみまさりて、もの心細くながめ臥したまへるに、寝殿のかたに宮〔源氏の宮〕の五琴（きん）の声の忍びやかに聞こゆるに、〔狭衣大将は〕いと忍びがたくて、笛を同じ声に〔同じ調べに〕吹き合はせつつ参りたまへれば、〔寝殿へ〕六おほかたはいともの騒がしく忙しげなるころなれど、この御方には〔源氏の宮の御殿のあたりは〕のどのどとして、〔のどやかで〕なべてならぬ人々五六人ばかり〔選り抜きの女房たちが〕御前（おまへ）に近くて、〔ご本人は〕七廂（ひさし）の御（お）座（まし）におはしまして、若き人々、童（わらは）べなど、〔若い女房たちや女童などが〕池の舟に乗りて漕ぎ返り遊ぶを八御覧ずるなりけり。〔ご覧になっているところなのであった〕

一　「敷島（しきしま）の大和にはあらぬ唐衣ころも経ずして逢ふよしもがな」（『古今集』恋四、貫之）を引く表現。すぐにも逢いたい気持。

二　一家をあげて源氏の宮ご入内のお支度に専念しておられた。

三　大嘗会の期日の迫ったことを慨嘆する気持。

四　「いとど」は、下の「しみまさりて」にかかる。

五　「琴（きん）の琴（こと）」とも。中国渡来の七絃無柱（むじ）の琴（こと）。史実としては、村上天皇の御代まで上流貴族の教養として重んじられたが、その後衰え、一条天皇の正暦の頃にはすでに廃れていたと言われる。

六　堀川関白邸内の雰囲気は、源氏の宮の入内の支度にたいそうあわただしく多忙な折からではあるが。

七　廂の間のご座所に。「廂」は、寝殿造りの家屋で、母屋（もや）の外側、簀子（すのこ）の内側の細長い部屋。「御座」は、貴人のご座所やご寝所などを言う。

八　「なりけり」は、狭衣が参上してみたところ、これこれの状況であることがわかった、の気持。

九　寝殿造りの家屋の簀子の四隅に取り付けた欄干。

一〇　源氏の宮に、そのまま琴を弾き続けるようおすすめになるが。「そそのかす」は、すすめる意。

一一　幼時から狭衣と一緒に琴を学んだことを言う。

一二　これ以上お聞かせにはなるまいというおつもり

我も高欄に押しかかりて、笛を吹きつつ、そそのかしきこえさせたまへど、「同じ筋を習ひしかど、ことのほかに劣りたらむ」と、なかなか耳慣らさせたまはじとにや、弾きすさみさせたまひて、「さらばこれを同じくは」とて、大納言の君して琴をさしやらせたまへれば、常よりも心やすく引き寄せたまふままに、

忍ぶるを音に立てよとや今宵さは
　　秋のしらべの声の限りに

と言はるるを、「人もこそ耳とどむれ。げに現し心もなくなりぬるにや」と、我ながらもどかしくて、言ひ紛らはして、琴を手まさぐりにしたまひつつ、空をつくづくとながめ入りたまへるに、きりふたがりて月もさやかならぬしも、いとどものあはれなるに、かの天降りたまひし御子の御かたち、気配、ふと思ひ出でられて、いみじう恋しきに、「なぞや、憂き世に留まりけむことぞ。いといと悔しきや。またや」と試みまほしけれど、麓よりだにこそ帰るなれ、本

か。「たまふ」は源氏の宮への敬語。地の文。

一三 「弾きすさみさせたまひて」不審。「すさむ」に上二段活用はないはず。「弾きすさめ…」（「すさむ」下二段）とありたい。古活字本は底本と同じ。板本は「引すさびさせ給ひて」。深川本「ひきすさみて」、蓮空本「ひきすさませ給て」などならば通る。「すさむ」「すさぶ」には、盛んになる、衰える、の正反対の両義があるが、ここは後者。

一四 同じ弾くならお兄様がこの琴をお弾きになって。

一五 前出（二〇六頁）。

一六 いつもよりも気安く。別離間近の感慨からだろう。

一七 私が心に秘めて耐えてきたそなたへの思いを琴の音に立てよと言われるのか。では、今夜は思いきり秋の調べを高らかに演奏しよう。「秋のしらべ」は平調。「九月晦日」ではあり、ゆく秋を惜しみ、源氏の宮との別離を悲しむ心をこめる。

一八 天稚御子の天降った時のことを言う（三二～三三頁）。

一九 もう一度天稚御子が天降って誘ってくれるかどうか、技倆の限りを尽して演奏してみよう。

二〇 思う人と一緒でなければ、死出の山の麓まで行っていても引き返すと聞いているものを。「死出の山ふもとを見てぞ帰りにしつらき人よりまづ越えじとて」（『古今集』恋五、兵衛）に拠る表現。

二一 源氏の宮の入内を見届けたうえで出家遁世という狭衣大将みずからの素志を果さず、今すぐに。

意のままに見置ききこえさせで雲路にまじらむも、なほ心やましければ、御簾を引き上げたまひて、長押に押しかかりて、「この御琴は、弾かせたまふばかりなつかしうはいかでか。なほ参らせむ」とてせちに奉りたまひて、琵琶を引き寄せて、「衣更へ」をひとわたり落して、「萩が花ずり」と謡ひすさみて、少し心に入れて弾きたまへる、例の言ひ知らず心細くあはれなるに、掻き返さるる撥の音、おもしろう愛敬づきて、雲居はるかにひびきのぼる心地するを、「隠れ蓑の中納言の二の舞にやならむ」とむつかしければ、撥つい さしたまへるを、人々も宮も飽かずおぼしめしたり。

夕霧絶え間なきに、時雨だちて、折々うち暗がりたる空の気色ものむつかしければ、入らせたまひて、「御格子まゐれ」などあれど、つくづくとながめたまひて、「宮漏正に長し、空階に雨滴る」と忍びやかに誦したまへる御声、常のことなれど、なほ聞くごとにめづらしくめでたければ、若き人々などは、奥へもえ入り果てず、賞で

一 昇天してしまうのも。天稚御子に誘われて雲の中にまじり消えるというのも、の気持。
二 催馬楽の曲名。歌詞は「衣更へ せんや さ公達や わが衣は 野原篠原 萩の花摺りや さ公達や」。「九月晦日」の衣更えの季に合わせてこの曲を選んだのであろう。
三 催馬楽「衣更へ」の中の一句（前注）。
四 下の絃から上の絃に掻き返す撥の音。
五 『隠れ蓑物語』（一九頁注一一）の作中人物「中納言」。この中納言が惹き起した事件の二の舞になるのを怖れるのである。同様な状況下に名演奏をして何か事件の起きる場面があったものであろう。
六 弾くのをやめて撥を挿しておしまいになったのを。
七 源氏の宮に合わせて敬語が付されている。
八 以下の気味悪い雰囲気が「隠れ蓑の中納言」が演じた事件とかかわっているのであろう。
九 寝殿造りの建具の一。細い角材を一定の間隔に縦横に組んで作った戸。建物の四面の柱と柱の間に掛ける。一間ごとに上下二枚、上は外部に釣り上げ、下は掛け金で留めて立てる。
一〇 張読の『愁賦』「三秋ニシテ宮漏正ニ長シ 空階ニ雨滴ル 万里ニシテ郷園何クンカ在ル 落葉窓深シ」（『和漢朗詠集』秋、落葉）を朗詠したのである。「宮漏」は宮中の漏刻（水時計による時刻）、「空階」は人気のないさびしい階段。

新帝の父一条院にわかに崩御　大嘗会の慶事などみな止まる　世は諒闇

入りて群れゐつつ、（女房たち）「このごろこそいみじうものおぼしたる気色なれ。何事ならむ」なども言ひあはすべし。

（大将殿はひどくもの思いに耽っておられるご様子）（たがいに話し合うことだろう）

かくいふほどに、[一二]一条の院の日ごろ例ならぬさまにおぼしめされけれど、[一三]折節便なければ、「風にや」など忍び過ぐさせたまへるを、折々御胸をさへなやませたまひて、俄に限りのさまに見えさせたまふに、内裏のおぼしめし嘆くさま、世の常ならず。されど、「物の始めに、かかる折、[一四]行幸はいかが」など誰も制しきこえさせたまへば、[一五]おぼつかなきことをさへにおぼしめすに、ほどもなく亡せさせたまひぬれば、[一六]あへなしとも世の常なり。内裏には、見たてまつらせたまはざりつることをさへ、[一七]飽かず悲しとも世の常なり。さらになべての世の例ともおぼしめされざりけり。[一八]世の中の御いそぎもみなうち止みて、なべて黒みわたりぬるもいとほしげなり。

（ここ数日ご気分がすぐれぬようにお感じになっていたが）（風邪であろうかなどと我慢して過しておられたところ）（呼吸困難にまでおなりになって）（ご危篤の状態にお見えになるので）（新帝のお嘆きあそばすご様子は）（並一通りではない）（ご即位早々）（大嘗会を間近に）（どなたも帝の行幸をおとめ申しあげるので）（幾ばくもなく）（崩御あそばされてしまったので）（帝は）（御臨終にも枕頭に侍することさえ果せなかったことまでお嘆きになるが）（全く父との死別は世の常とお諦めになることがおできにならなかった）（国中すべて黒一色服喪の姿となったのも哀愁深いなりゆきである）

皇太后宮の斎院の御代りには、[一九]一条院の后宮の姫宮ぞ居させたまひにしが、[二〇]大膳に渡らせたまひにしを、還らせたまひて、斎宮もお

（嵯峨院の女一の宮が斎院を退下された後任には）（おなりになっていたのが）（既に大膳職にお移りになっていたところ）（服喪でお戻りになり）（伊勢の斎宮）

一一　すっかり感動して、三々五々かたまって坐し。

一二　新帝の父上皇。先々帝。嵯峨法皇や堀川関白の兄。

一三　大嘗会の大礼間近にご病気というのも具合悪く。

一四　病気見舞に一条院に行幸するのはどんなものか。

一五　帝は父上皇のご容態が心配なうえに、お見舞もできず、ご自身で病状を確かめることもできないことまでが気がかりでならない、と言うのである。

一六　あっけないとも何とも言いようがない。「あへなし」は、緊張の糸がぷつりと切れる状態。

一七　そのご心中は、残念とも悲しいとも言いようがない。

一八　大嘗会をはじめ、新帝ご即位の諸慶事が一切中止されたのを言う。源氏の宮の女御代、それに続いての入内の準備も中止されたわけである。

一九　一条院の、皇后宮から生れた姫宮。一品の宮。後に狭衣の正室となる女性。

二〇　「大膳」は、大膳職。宮中の食物を掌り、主として饗膳の事に当る役所。待賢門の内で、大炊寮の北、主水司の東にあった。斎院に選ばれた女宮はまず大膳職に入って二年余りの潔斎生活を送り、それから紫野の斎院に入るのである。

源氏の宮凶夢続き、堀川関白の夢に源氏の宮を斎院とすべき神託を受く

りさせたまひぬる代りに、居させたまふべき女宮たち、このごろおはしまさざりけり。「源氏の宮の御内裏(うち)参りやいかなるべきことにか」[一]と、世の人々やうやう言ひ出づるを、殿にも聞かせたまひて、「あなあぢきなや。まだ二葉(ふたば)よりただ人にならせたまひにしかば、今さらに神も公(おほやけ)も知りきこえさせたまふべきにあらず」[二]とて、おぼしもかけたらず。候(さぶら)ふ人々も、内裏わたりの今めかしさを、いつしかと心もとながり思ふべし。

宮の御かたち、このごろはいとど盛りに整ほりまさらせたまうて、まことに、光るとはこれを言ふべきにやと見えさせたまふを、「帝(みかど)[三]と申すとも、かかる人世にはおはしましけりと、さはいふとも御目[四]はおどろかせたまひなむかし」と、見たてまつるかぎりは言ひあはせつつ心もとながるに、宮の御夢に、あやしう心得ずもの恐ろしきさまに、うちしきり見えさせたまふを、「いかになりぬべきにか」と人知れず心細くおぼしめさるれど、「かうこそ」なども母宮[五]にも

もご退下になった後任として　選ばれるにふさわしい内親王がたが　現在のところお
いでにならないのであった
源氏の宮のことが次第に世人の口の端にのぼるのを　堀川関白殿も
つまらぬことを言うものだ　耳を傾
神様も朝廷も関知なさるはずはない
けようともなさらない　お仕えする女房たちも　宮中生活の華やかさに憧れて　一刻も早く
と源氏の宮のご入内を心待ちにしている様子である
源氏の宮のご容姿は　最も美しい年頃を迎えていよいよ
お見えになるのを　(人々)
この様に素晴らしい女性がこの世におられたのだったと　きっと
驚嘆あそばすに違いない　源氏の宮のお側近くの女房たちは皆
入内の日を待ち遠しがるのだが　なんとも不可解で恐ろしい様相ばかり
何度も連続してご覧になるのを　(源氏の宮)　これはいったいどうなることか
これこれ　などとも　堀川の上

一 斎院、斎宮に卜せられる内親王がたがいらっしゃらないとすると、源氏の宮が有力候補ではないか。女御として入内するのは、さあどんなものか。

二 源氏の宮はまだ幼い頃から私どもが引き取って臣籍に下られてしまったのだから。

三 たとい帝であっても。日ごろ美しい女性に目が肥えている帝であっても、の気持。

四 実際に源氏の宮をご覧になれば、どんなにお目が肥えておられたところで。どんなに源氏の宮の評判を耳にしていたとしても、の意とする説もある。

五 堀川の上は元斎宮、「故先帝の御妹」(一二頁)。しばしば「宮」と言われる。

六 「おびたたし」は、程度のはなはだしい様、重大である、大変である意。天変地異や凶夢などにより、

聞こえさせたまはで（お打ち明けにならぬまま）過（す）ぐさせたまふに、殿の内に（堀川邸内に）おびたたしきもののさとし（六 大変な凶兆があって）のあるを、物問はせたまへば（陰陽師などに占なわせられたところ）、源氏の宮の御年あたらせまひて（七 厄年に当っておられて）、重くつつしませたまふべきよしを（堅く御身を慎まねばならないということを）、あまた申したるを（どの陰陽師も皆）、〔堀川関白は〕いと恐ろしうおぼしめしおどろきて、さまざまの御祈りども、心ことに始めなどせさせたまふに（格別心をこめて）、殿の（関白殿の）御夢にも、「賀茂より[八]」とて、禰（ね）宜（ぎ）[九]とおぼしき人参りて、榊（さかき）にさしたる文（ふみ）を源氏の宮の御方に参らするを、我あけて御覧ずれば（関白殿ご自身が開けてご覧になると）、

（神託）[一〇]「神代（かみよ）より標（しめ）引きそめし榊葉（さかきば）を
　我よりほかに誰（たれ）か折るべき

[一一]よし試みたまへ。さてはいと便（びん）なかりなむ」とたしかに書かれたり（はっきりと記されてあるとご覧になって）と見たまひて、うちおどろきたまへる心地（はっとお目が覚めたお気持は）、いともの恐ろしくおぼされて（ぞっと背筋が寒くなるように感じられて）、母宮、大将などに語りきこえさせたまふを（堀川の上や狭衣大将などにお話しになるのだが）、聞きたまふ心地（一二 お聞きになる大将のお気持は）、なかなか心やすくうれしくぞなりたまひぬる（かえってほっと気が楽になり思わず頬がゆるむのであった）。

年ごろも、（狭衣心）[一三]「とやかくやと身一つを思ひくだけながら、さすがに

大凶事が予告されるのが「もののさとし」。神仏のお告げ、前兆などの意。「いとおどろおどろしきもののさとししたり」（『夜の寝覚』巻二）などとも言う。

七 源氏の宮は当年十七、八歳だが、通常の厄年ならばあらかじめわかっているはず。特に占なわせたのだから、源氏の宮にとっての個人的な厄年を言うのであろう。

八 賀茂の御社（みやしろ）からの御文であると言って。

九 神官と思われる人が。「禰宜」は、神職の一。神主の下位。また一般には神職の総称に呼ばれる。

一〇 はるか神代の昔から神聖な注連縄（しめなわ）を引きめぐらしておいた榊の葉を、私のほかに誰が手折れようぞ。源氏の宮を「榊葉」に譬え、初めから神域の人として大切に見守ってきたのであるから、斎院とするように、という賀茂の社の要請である。

一一 敢えて源氏の宮の入内を強行するなら強行してご覧。そうしたならば、大変厄介なことになるだろう。

一二 源氏の宮入内に苦しみ抜いていた狭衣の心は、女御の件が解消する、それだけの思いで、一瞬緊張が解け心が晴れるように感じたのである。

一三 ああもしようかこうもしようかと、源氏の宮を思っては我が身一つに懊悩し尽しながらも、それでもさすがに。

賀茂の神託に狭衣の感慨尽きず　帝も女御を諦め源氏の宮の斎院定まる

一 なまじっかな忍び逢いがかえって懊悩を深くして、心はいよいよ乱れに乱れるに違いない。
二 まことにあのご神託の歌のとおり、源氏の宮は。
三 それにしても、これから後、自分の心をどう決めて、どう嘆けばよいのか。
四 生きてさえいれば、いつかは源氏の宮と逢う時がくるというあてさえもなく。「いかにしてしばし忘れむ命だにあらば逢ふ世のありもこそすれ」(『拾遺集』恋一)に拠る表現。
五 これまでのご心中とはまた違ったたいへん苦しい胸のうちである。源氏の宮入内中止の趨勢に、一瞬晴れ晴れとした狭衣の心は、神域の女性としていつその任が解けるかその期も知らぬことを思えば、再び憂愁に閉ざされるのである。
六 源氏の宮を斎院とすべしという、先の神託に近い内容の夢を見た、というのであろう。
七 「御心のうちども」は、帝と堀川関白二人の胸中。源氏の宮を迎えることは帝にとって東宮時代以来の懇望であり、堀川関白年来の希望であった。
八 夢解(ゆめとき)によって吉凶を占なったのであろう。帝の御夢を占なうので「御占」と言ったもの。
九 ここは、皇室を言う。
一〇 堀川関白家。
一一 御夢に従って源氏の宮を斎院に定めれば、子々孫々まで繁栄すること間違いなしとばかり、占いの結果が出たので。

我がものにひき忍びとり隠しきこえて、ひたすら深き山里などにもてさすらはむも、あるかひなかるべし。さりとて、親たちのおぼし寄らぬ有様にて、ほのかに見たてまつりそめても、一なかなかなる心まどひは、いやまさりにこそはあらめ。『さらばさてもあれ』とは、必ずおぼし許さぬやうはよにあらじ。さりとも御心のうちどもには、『思はずにもあるかな』と、事にふれつつ、明け暮れおぼし乱れむが、いといとほしう心苦しきぞかし」など思ひ嘆かれたまへるを、二げに神代(かみよ)より筋ことなりける御宿世(すくせ)なりければ、今はなかなか心やすくて、「明け暮れ妬(ねた)う心やましき心のうちはあらじ」と胸あきぬる心地したまひながら、「三いかに定めて、いかに嘆くにか。四あらば逢ふ世の限りだになく、ここらの年ごろ我が思ひくだけつる筋(すぢ)は、はるかなるにこそは」とうち思ふは、また五様(さま)ことにいみじき心のうちなり。

内裏(うち)の御夢などにも、六さだかに御覧ずることありて、おぼしおど

源氏の宮を密かに我が妻とし人目を避けてお隠しして／しゃにむに／二人
でさまよい歩くのも／この世に生きる甲斐のないことであろう／お気づき
にならぬ程度に／逢いはじめ申しあげたとしても
そうなった以上仕方があるまいというふうに
両親が絶対にお許しにならぬわけではまさかあるまい／お許しになるにしても父母のお心の中では
心外な事の成り行きよ／何かにつけて／お苦しみになるとし
たら　それがまことにお痛わしくお気の毒なのだ／思い嘆いておられたのに
神に奉仕する特別な運命を／背負っておられたので
いつも帝への　嫉妬に苛まれる苦しさからは免れるだろう／晴れ晴れとし
た気持にはおなりになるが
長い年月苦悩した我が恋の成就は
果てしなく遠くなってしまったことよと気づくにつけて
帝の／はっきりとご覧になることがあって／お驚きになり

ろくに、大殿（おほとの）（堀川関白殿とご相談になり）に語りあはせきこえたまひて、[七]御心のうちどもはいと口惜しけれど、[八]御占（うら）などあるに、[九]公（おほやけ）をはじめたてまつり、[一〇]殿の御ためにも、[一一]行末遠（ゆくすゑ）くめでたかるべきやうにのみ占（うらな）ひ申しければ、とか（もはや）う誰もおぼし定むべきことならで定まりたまひぬるを（どなたもご決定になれる余地はなく源氏の宮の賀茂斎院がお決りになったのを）、[一二]世の中には（世間では）思ひかけずあさましきことにぞ言ひける（予想外で驚いたことに言うのであった）。

斎宮には嵯峨院女三の宮卜定　狭衣嵯峨院の姫宮たちとの因縁を嘆ずる

斎宮には（伊勢の斎宮には）[一三]嵯峨野の宮ぞ居させたまひにけるも（お決りになったのにつけても）、[一四]大将の御心の世の常のさまならましかば、斎宮、斎院（斎宮や斎院になり得るお方は）、世に絶えたまひてやあらまし（いらっしゃらなくなったであろう）とぞ（にと［狭衣自身は］）、人知れずおぼしける。[一五]鈴鹿（すずか）川の波のよそになりたまひぬれば（こうして女三の宮が斎宮として伊勢に赴かれたので）、[一六]さばかりの御心には何とおぼさるまじけれど、かうと聞きたまふは（さすがにお耳にされた時は）、ただならず（感慨が深い）。「（狭衣心）つひにいかなる宿世のあるにか（私は結局どんな運命を辿るというのか）。かうまでも目やすかるべきことどもは（こんなにまで帝にも親にも勧められた縁談が皆）、さまざまもて離れゆくよ（或いは尼に或いは斎宮となり解消することだ）。もし（もしかして）[一七]唐国（からくに）の中将のやうに、子持聖（こもちひじり）やまうけむとすらむ（子連れの尼を妻にしようとするのか）」と、我ながら稀々（まれまれ）ひとり笑（ゑ）みせられたまひけり（苦笑を浮べられるのであった）。

源氏の宮の斎院準備の日々、堀川の上は娘との別離を前に悲嘆にくれる

三月になりぬれば、[一八]下りにし大弐（だいに）の家に、斎院（源氏の宮が斎院の準備に）の渡らせたまふべ

一二 先に「『源氏の宮の御内裏参りやいかなるべきことにか』と、世の人々やうやう言ひ出づるを」（二二八頁）とあったのとやや齟齬する。その「世の人々」はいわば皇室の内情に通じた一部の人々であり、今の「世の中」は世間一般か。

一三 嵯峨法皇の女三の宮。

一四 狭衣大将のご性質が世間一般の男性のように女性と見ればすぐにものにしようとかかるのだったら、今度斎宮に卜された嵯峨院女三の宮も、斎院に定まった源氏の宮も、とっくに大将の妻になっていたはずだから、未婚の皇女はおられなくなり、斎宮、斎院におなりになるお方がなくなっていただろう、の意。このあたりの行文も、狭衣の心中表現を地の文に移したかたち。心中表現と地の文との距離が少ない。

一五 伊勢神宮の神域を流れて伊勢湾に注ぐ。

一六 源氏の宮一辺倒の狭衣大将のお気持には女三の宮の斎宮赴任など何ともお思いにならぬはずだが。

一七 「唐国（からくに）」は散佚物語の名。「中将」は主人公か。子持ちの尼と夫婦になる話があったらしい。

一八 筑紫に下って留守になっている大弐の家に。

きことなど、今ひきかへて急がせたまふ。（急遽入内支度に変えて準備をお急ぎになる）母宮は[一]いにしへの御有様などおぼし出づるに、今さへ（今に及んで）神の斎垣に立ち添はせたまはむことは[二]、（斎院の母としてお世話せねばならぬことを）いと口惜しくおぼされて、かつ見るだに飽かぬ御有様を[三]、「いかに（どんなにか気がかりな月日を）おぼつかなき月日、おのづから隔たらむ」（お会いできぬまま無為に過すことだろう）とおぼし嘆きたまへるを、院[四]は、「いかでかさは[五]」とのみ、恨めしげに恨みきこえさせたまへるを、ことわりに心苦しくて、（それも道理と痛わしく思って（堀川の上））「尼にならざらむかぎりは、いかでかおぼつかなきほどにはなしはべらむ[六]。（私が尼にならない限りは どうしてあなたに心細い思いをさせるまで逢わないなどということがありましょう）行末のことを思ふこそ、口惜しうは」（ずっと先々のことを考えて 残念に思うのです）など聞こえなぐさめさせたまひながらも、（堀川の上心）「今はとならむ命のほども、見たてまつるまじきぞかし[七]」とおぼすは、いと忍びがたう、今よりおぼされけり。（なんとも堪えられぬ思いで 一緒に暮している今から嘆いておられた）

大将は、（狭衣は）御内裏参りの今日明日になりたりしに、おぼしとまりし（源氏の宮のご入内が今日明日に迫っていたところを 帝がご断念になった）一節こそ、（点だけは）神の御方様[八]うれしうおぼされしかど、様ことに定まり果てたまひぬれば[九]、なほ[一〇]、むげに（まるっきり）「標のほかにかけ離れぬるぞかし」（禁制の世界の彼方に離れ去ってしまったのだ）と思ひとぢむる、（と得心して諦めるのは）いとやらむかたなかりけり。（どうにもやりきれない思いであった）

源氏の宮の運命の急転に、狭衣大将の心もまた激しく揺れ動く

一 堀川の上は、ご自分がかつて斎宮であられた当時のことなどを。

二 「立ち添ふ」と言っても、賀茂の社に付き添って一緒に暮すことではない。斎院として神域の人となる源氏の宮の諸準備に立ち会い、別れねばならないことが口惜しいのである。

三 毎日ずっと見ていてさえ飽きることのない源氏の宮の美しいお姿を。「かつ」は、すぐに、次から次へと、の意。

四 斎院。源氏の宮。

五 どうしてそんなに長い月日をお会いしないままで過せようか。

六 源氏の宮の心細さをいたわり慰めて言うが、堀川の上の本心は後生を願い、出家を思っている。仏事を忌む斎院に出入りすることはむずかしいと考えている。

七 もはや私の臨終の際にも、源氏の宮が斎院である限り、お会いするわけにはいかないのだ。

八 賀茂の御社の方角に手を合わせてお礼を申しあげたいほどうれしくお思いになったが。

九 斎院という「神の斎垣」の人（神に奉仕する聖域の人）に決定してしまったので。

一〇 「なほ」は、下の「いとやらむかたなかりけり」にかかり、「むげに」は「思ひとぢむる」にかかる。

「(狭衣心)思ひあまる折々(をりをり)は、け近きほどにて、心のうちをもうちかすめ、忍ばぬ涙を洩(も)らし出づるに、慰むとはなかりつれど、よろづにありがたき御有様に目馴(めな)るるに、多くの物思ひの紛れともなりつるを、時々など参りて、いと神々(かうがう)しくよそよそしからむ御もてなしにては、いかでかは限りあらむ命もながらへやるべからむ」と、いみじう心細くて、このごろはただこの御方に居暮(ゐくら)したまひつつ、人間(ひとま)には言ひ知らぬ御気色(けしき)などの漏り出づるを、御覧ずるままに、いとうとましく心憂きにも、神の斎垣にのみぞ急がれたまふ。

お側近くにいて / ほのめかしたり / 押えかねる / つい見せたりして / それで心がやすらぐわけではなかったが / すべてに整って / 世にも稀なご容姿を / 身近に拝見していることで / 数々の心の悩みも紛れたりしたのだったが / 時には斎院に参上しても / 御扱いを受けるとしたら / もともと限りある命をどうしておめおめと生き永らえておれようか / 源氏の宮のご殿 / 源氏の宮はご覧になるにつけて / 斎院に移ることばかりが

狭衣思い余り縷々口説くも、源氏の宮の心動かず神の斎垣をのみ急ぐ

つゆばかりも知らぬさまにもてなさせたまへる、あまりいとつらう、思ひあまりたまひて、「ここらの年ごろ、思ひくだくる心のうちをもつれなく思ひかへして、いかでけざやかに思ふさまに見たてまつり過(す)ぐさむと、我が身にも替へてこそ念じ過ぐしはべりつるを、などか、むげに見ず知らざらむ人のやうにおぼしめしたるにか。むげにさばかりのこととおぼし知るまじきほどにもおはしまさぬを」と、

狭衣大将は源氏の宮が自分の心を少しも気づかぬように振舞っておられるのが / 言いようもなくつらく / 耐えきれなくおなりになって / (狭衣)この何年もの間 / せつなく思い乱れる胸のうちをも強いて自省に努めて / 自分を捨てて耐えこらえて過してきましたのに / そなたはどうして / まるで見も知らぬ他人であるかのように冷たくお思いになっているのですか

一二 今までは、源氏の宮思慕の情に耐えない時々は。

一三 これからは。源氏の宮が斎院にはいられた時を予想して言う。

一三 周囲に人の居ない隙を見はからっては、耐えがたい恋慕のご様子などが表にちらつくのを。

一四 「うとまし」は、いやだ、いとわしい、の意。「心憂し」は、つらい。源氏の宮にとっては、狭衣がいつも信頼できる兄であってほしいのである。

一五 何とかして仲のよい兄妹の間柄のまま、できるかぎりお世話申しあげて清く過そうと。「けざやかに」は、明瞭な様。すっきりとした関係を言う。「思ふさまに」は、妹を思う兄として存分に。

一六 それくらいのことがまるでおわかりにならないお年でもないのに。「さばかりのこと」は、狭衣の源氏の宮を恋慕し、しかも表に出さぬ苦衷をさす。「ほど」は年齢を言う。

歯噛みしたくなるようなこれまでの悔しさを我慢しきれなくおなりになって
過ぎにしかた悔しきさまを忍びやりたまはで、
(狭衣)一
「神山の椎柴隠れ忍べばぞ
木綿をも掛くる賀茂の瑞垣
いくらなんでも　私の気持はおわかりのことと思っておりましたのに　驚くばかりに冷たいそ
さりとも、おぼし知らむとこそ思ひはべりつるを、あさましかりけ
なたのお心により　私はもうめちゃめちゃになってしまいそうです
る御心ばへにこそ、身もいたづらになりぬべけれ」とて、二堰きもや
〔源氏の宮は〕　無茶なお言葉よ
らぬ涙に、「いと恐ろしうわりなし」とおぼして、うち泣きたまへ
いよいよ　後先の　分別も消え果てて
る気配などの三近まさりには、いとど来しかた行末のたどりも失せて、
(狭衣)今はもう何も申しあげるまい　何度も繰り返しこらえてはきましたが
『今はかうだに聞こえじ』と、いくかへり思ひ念じはべりつれど、
ほんとうなのですね　正気もなくなっ
四物思ふに魂もあくがるるとはまことにこそ。今は現し心もなき心地
た感じで　今になってまた一層嫌われるなんて我ながらどうかしているのでしょう　いやもう
して、今さらにいとどおぼしめしうとまれにけるにこそ。いでや、
今は何がどうでも　五私自身こんな状態のままで世を過す気にもなれませんから
今はとてもかくても、同じさまにて世に侍るべきにもあらねば、六見
人知れぬ山奥にでも　ご一緒にお連れしたらと思う気持になっています
えぬ山路にも、もろともにやとこそ思ひなりにて侍れ」とさへのた
源氏の宮はいよいよ恐ろしさ悲しさにお心を乱して
まふに、いとどゆゆしうおぼしまどはれて、御汗も涙も一つに流れ
かろうじて精一杯の気持をこめて　お見せにならないで下さい
まさりて、たけきこととは、「いとかく侘しき目な見せたまうそ」

一 私があなたを恋い慕う心を抑えて耐え忍んできたからこそ、あなたは賀茂の御社にかしずく斎院の御身となり得たのです。「神山」は神の鎮座する神聖な山。特に賀茂社頭をさす。「椎柴」は椎の木、また、椎の群がり生えている場所を言う。「隠れ」は、「椎柴に隠れ」と「隠れ忍べば」の両意。「木綿」は楮の皮をはぎ、裂いて糸としたもの。榊などに掛けて幣とする。下句は、源氏の宮が賀茂斎院になったことを言う。

二 狭衣大将がとめどなく流される涙に。

三 間近で見る目には一段と可憐で。「近まさり」は、近寄って見ると、遠目に見ていた以上に優れて見えること。

四 物思う人の魂は身から離れ出るとは、当時の人の考え方であり、俗信であろう。「物思へば沢の蛍もわが身よりあくがれ出づる魂かとぞ見る」(『和泉式部集』、『後拾遺集』雑六)をはじめ、「物思ふ人の魂はげにあくがるるものになむありける」(『源氏物語』葵)、「げにあくがるる魂や行き通ふらむ」(同、柏木)、「たましひのあくがるるばかり昔より憂けれど物を思ひやはする」(『夜の寝覚』巻四)など、類例の考え方が多い。

五 源氏の宮が去る以上、このまま関白家の御曹子として安穏に世を送る気持はない、と言うのである。

六 二二一頁にも。同頁注一八も参照。

と言われたまま思い詰めておられるご様子のお気の毒さは
とおぼし入りたる御気色の心苦しさは、神[七]もいかでかおろかに御覧

その霊験のせいか　差し上げに　女房たちが
ぜられむと見ゆるしるしにや、夜さり[八]の御膳(おもの)参らせに人々参れば、

狭衣大将はそれでも何気ないふうを装って
さすがにつれなくもてなして、泣く泣く立ち退(の)きたまふほどの心地、

秘めて過したこれまでの苦悩など　問題にならぬほどであった
心に籠(こ)めて過ぐししは、ものにもあらざりけり。

全くこれほどの執着が残っているままでは　大将はこの世が過せそうにもなく
いとかばかりの心地ながらは、過ぐすべきやうもなきに、我なが

胸中をまでわが身にひき比べてご想像になるが
ら慰めかねたまひて、大津の皇子[九](おほつのわうじ)の心のうちをさへぞおぼしやるに、

皇子の場合は念願が叶い程なくお気持も慰められたわけだが　大将の場合は　ご生涯の終りにさえ
秋の月はほどなくこそ慰めたまへれ、これは、御命の限りにさへ、

酬いられることない情けない我が身となりそうな将来は
「[一〇]生ける我が身」と言ひ顔なる行末は、なほ例(ためし)なくぞ思ひこがれたまふ。

もうお一方の　思い返せばご自身のお心から招いたこととはいいながら
いま片[一一]つかたの、侘しき床[一二](とこ)にまどはしたまひし夜のつらさも恋しさも、思へば心づからのわざとはいひながら、いとさしもおぼし離[一三]

（狭衣心）全くもうこうした女性関係に苦悩しなければならぬ　前世　からの定めなのであろうか　他のお二方と　同列に思い出すべき身分の女
れにしも、「ただかかるかたにつけてものを思ふべかりける前(さき)の世の契りにこそは」[一四]と。[一五]かの道芝(みちしば)の露も、この列(つら)に思ひ出づべきには

ではないが（狭衣心）二度と見ることのない渚に果てるとは思いも寄らなかった　物思いに沈む
あらねど、「見るめなぎさには思ひやはかけし」[一六]など、物思ひのつ

七 賀茂の神もどうしておろそかにご覧になれようか。きっとご照覧あるに違いない、の気持。
八 晩のご食膳。
九 「大津の皇子」は、散佚物語の名であり、主人公の名でもあろう。悲劇の皇子大津の皇子の短い生涯を物語化したものか。皇子は、天武帝の御子、帝の崩御の後、謀叛の罪で死を賜ったが、一目姉の大伯(おおく)皇女に逢いたいと伊勢に下り、姉斎宮と再会、涙の別れをしたことは『万葉集』の贈答で名高い。その場面が『狭衣物語』の本文に関連するらしい。「秋の月」は不詳だが、あるいは大津の皇子が秋の月を仰いで姉斎宮を恋うる場面などが『大津の皇子物語』にあったものか。
一〇 「逢ひ見むと思ふ心を命にて生ける我が身の頼もしげなき」（『貫之集』）に拠る表現。
一一 嵯峨院の入道の宮。女二の宮。
一二 もぬけの殻の床で大将をお悩ませになったあの夜の。一九七頁参照。
一三 狭衣を強く拒み、尼になるまでに彼を厭い離れて行かれたのも。
一四 と思い知るほかはない、の心。「と」の下脱落か。
一五 飛鳥井女君を言う。一二七頁参照。
一六 海藻の「海松布(みるめ)」と「見る目」、「渚」の「なぎ」と「無き」の掛詞。「海松布」「渚」の縁語で女君入水の事を利かせている。

絶望的な狭衣大将の心境に、入道の宮と飛鳥井女君への悔いが重なる

いでにはなほおぼし出でらるるにや、その扇（あふぎ）を取り出でて見たまふも、一げにぞ千年（ちとせ）の形見なりけるも、なかなかのもよほしなり。いづれも限りだになき御物思ひは、いとど口惜しく慰めどころだになし。

（狭衣）二我が恋のひとかたならず悲しきは

逢ふを限りの頼みだになし

三「ゆくへも知らず」と詠（よ）みけむさへ、うらやましうおぼされけり。

四斎院の御渡りの日になりぬれば、つとめてより上達部（かんだちめ）、親王（みこ）たちよりはじめ、世にあるかぎりの人参り集まりて、いとどもの騒がし。女房なども、あるかぎり参り集（つど）ひたる、かたち、有様、衣（きぬ）の色、擣（うち）五目（め）、重なり六も、なべてならずめでたくて群れゐたるは、いづれとなくあなめでたと見えて、内裏（うち）七わたりの御交（まじ）らひのほど、いかにめでたからましと見えて、口惜しう見渡さるるに、御前（おまへ）に、八桜の織物の御衣（おんぞ）どもの、表（うへ）九少しにほひて裏は色々に、うち重ねたる上に、紅（くれなゐ）一〇の擣（う）ちたる、桜萌黄（もえぎ）一一の細長（ほそなが）、山吹の二重（ふたへ）一二織物の小袿（こうちき）などの、ところせ

〔傍注〕折には／本当に／となったのも／かえって涙を誘う種である／どのお方もいつ逢えるとも望めぬだけに大将殿の懊悩は　なおのこと深刻でいささかなりとも慰めようがない／早朝から／世に時めいている人々はすべて／顔立ちや／容姿／並々でなく結構至極で／集まり控えている様子は／残念なことと見渡されるのだが／色とりどりに／艶を出した／窮屈なまでに

一 「かひなしと思ひな消ちそ水茎の跡ぞ千年の形見ともなる」（『古今六帖』第五）を踏む表現。『源氏物語』（幻）にも「ただ今のやうなる墨つきなど、げに千年の形見にしつべかりけるを」とある。

二 私の恋の痛手が複雑であり深刻なのは、古歌に言うように「行方も知らず果てもな」いばかりか、逢うという恋の終息点さえ全く期待できないからだ。「わが恋は行方も知らず果てもなし逢ふを限りと思ふばかりぞ」（『古今集』恋二、躬恒）に拠る。

三 前注の躬恒の歌を言う。

四 潔斎所として新装成った「大弐の家」（二三二頁）に斎院がお移りになる日、の意であろう。いきなり宮中の初斎院（しょさいいん）に入るのではあるまい。賀茂斎院に卜定されると、まず潔斎所に入って清浄な日々を送り、それから宮中の初斎院（大膳職を使用することが多かった。二二七頁注二〇）に入る。そこで二年余り潔斎の生活を経て、はじめて賀茂神社に参り、ついで紫野の斎院（野宮）に入るのである。

斎院、潔斎所に移る当日　いよいよ光る美貌に狭衣大将の心乱れに乱る

五 砧で打った色艶。

六 衣装の重ね着の様子。襟元や袖口に見える重なり。

七 これが斎院になられたのでなくご入内であったなら、女御としての華やかな宮中生活がどんなにか素晴らしかったであろうに、と思われて。

八 以下、斎院の衣装の説明。「桜」は襲（かさね）の色目とし

ては表白、裏紅または紫を言うが、ここは織物。経が白、緯が紅または紫で織った織り布、または桜色の模様を織り出した織物。

九 染色や重ね衣の「にほひ」は、色合が上を濃く下を次第に薄くぼかした染め方や着方を言う。ここも、表の色が下方へややぼかしぎみになっていると見る。

一〇 砧でよく打って艶のある袿を言うのであろう。袿は、重ね袿の最も上に着る表着をさす場合と、内着としての重ね袿をさす場合とがあるが、ここは前者。

一一「桜萌黄」は、表薄紅、裏萌黄。「細長」は、上着として着る、身幅が狭く丈の長い着物。袿に似るが大領がない。普通、小袿の上に着る。

一二「山吹」は、表薄朽葉、裏黄。「二重織物」は一七六頁注二参照。「小袿」は、唐衣、裳の代りに表着の上にかけて着る通常の礼服。

一三 堀川関白邸内は一家中をあげて、源氏の宮の斎院としての出発のご移転も何もすっかり忘れて、狭衣大将の病気平癒のため大騒ぎするであろうが。

一四 成仏のための唯一最高の法門に入る場合にあっても、狭衣のお気の毒さを見捨ててはとても入りにくいほどだが。「一乗」は成仏のための唯一真実の法。

一五 斎院が宮中の初斎院に入る前に、賀茂川の水で禊をする例であった。「御手洗川」は、神社の側を流れ、参拝者が手を清め口をすすぐ聖なる川。

狭衣、斎院源氏の宮を捉えて声涙ともに下るも甲斐なし　斎院心揺がず

う、ものこはごはしげなるを（こわばって堅苦しい感じのはずであるのに）、いかなるにか、たをたをとあてになまめかしく（しなやかに気品あふれ優雅に）着なさせたまひて（着こなしておいでで）、人々の参り集まりたるを、御几帳のほころびより（縫い目の隙間から）のぞかせたまひなどする［斎院の］御有様、かたちなど、なほ世の常のことをこそいへ（世間並の形容ではとても言い尽せず）、まことにゆゆしきまで見えさせたまふを（あまりの美しさに何か不吉な思いを感じてしまうほどにお見えになるのを）、「神もいかがは見放ちきこえさせたまはむ」（賀茂の神様もどうしてこの美しさをお見逃しになろう）と見ゆれば（と思われるくらいだから）、まいて大将の御心のうちはことわりなり（無念やるかたないご心中はもっともである）。

心地もいとどあやしう（当日の大将は気分も一層すぐれず）、現し心もなきやうなれば（魂も抜け出たような状態なので）、起き上るべくもおぼされねど（起き上れそうにもお思いになれぬが）、さて臥したらば（寝たままでいれば）、誰もさすがによろづを捨てておぼし騒がむも[一三]（一家中が斎院のお移りも何も捨てて）むつかしければ（狭衣にはそれが厄介なので）、我にもあらず（茫然と）、落つる涙を拭ひ隠しつつ歩きたまふ気色、一乗の門をだに見捨てては行き離れがたき御様なれど[一四]（ほどだが）、院は（斎院）ただ、「いかでもかかること見ざらむ所もがな」（どうぞお兄様のこのお態度を見ないですむ場所があってほしい）と急がれさせたまへば、御手洗川に禊せさせたまはむことをのみ[一五]、心もとなくおぼさる（待ち遠にお思いになる）。

時なりて（定めの時刻が来て）御車寄せつれば、またも見たてまつるまじき人のやう（狭衣は二度と再びお会いできぬ人であるかのように）

に、限りの心地したまひて〔これが最後のお気持になって〕、あまた立ち重なりたる御几帳(みきちやう)に紛(まぎ)れ寄りて、〔斎院の〕御衣(おんぞ)の裾を引きとめたまへり。一いとど重くて、とみにもえ動かれさせたまはぬに〔すぐにはお動きになることができずに〕、「あやし〔おやおかしい〕」と見返らせたまへれば〔後をお振り向きになったところ〕、やがて〔そのまま〕引かれて〔引っ張られて〕、心にもあらず近う引き寄せられたまへるに〔心にもなく狭衣大将の側近くに引き寄せられておしまいになったときに〕、

（狭衣）二
今日やさはかけ離れぬる木綿襷(ゆふだすき)
　　などそのかみに別れざりけむ

とて、扇(あふぎ)を持たせたまへる御手をとらへて泣きたまふさまいみじげなり。

（狭衣）三「よし御覧ぜよ。四この同じさまにてや世に過(す)ぐしはべりける〔私が今のこのままの姿で世を送りますかどうかを〕。とかう見たてまつり果つるまでと〔あなたの御身の振り方を見届けるまではと〕あながちに念じかへしはべりつるを〔無理にも出家を思い返してきた私ですから〕、五また御覧ぜられぬやうも侍らむを〔二度と私を顧みることのおありにならぬ今〕、この世の〔現世の〕思ひ出(い)でにもしはべるばかり〔思い出になる程度でもよい〕、あはれとだにのたまはせよ〔せめて可哀想とぐらいおっしゃって下さい〕」とむせかへりたまふを〔涙にむせかえっておられるのを〕、六げにいみじき心まどひと見ゆるを、（斎院心）七「さりとも、今よりはかかる心も見じとするぞかし」とおぼすは〔とお思いになるにつけて〕、さきざきのやうなる御心騒ぎにはあ〔これまでのようなお気持の動揺とは違うものの〕

一 斎院（源氏の宮）はただでさえお召物が重いうえに、狭衣大将に裾を引きとめられたので。

二 今日はそれではお別れなのですね。あなたが斎院になる前に、どうして私のほうから別れてしまわなかったのか、悔まれてなりません。「木綿襷」は、神事に用いる木綿（二三四頁注一）で作った襷で、源氏の宮が斎院となって離れるのを言う。「掛け」「襷」は縁語。「そのかみ」は昔の意だが、「かみ」には「紙」（「木綿」は楮(こうぞ)で作る）、「神」を利かせている。あなたが神に奉仕する御身となる前に、早く私のほうが出家遁世して別れてしまえばよかった、の意。

三 よろしい、ご覧になってください。

四 今からでも出家遁世するから見ていてほしい、と言うのである。

五 源氏の宮は斎院で仏教を忌む立場になり、狭衣は出家して神に奉仕する人とは隔絶する。完全に離反する二人を言う。

六 狭衣大将の心はもはや全くの惑乱状態におち入っておられると見えるのだが。

七 いかに私をお恨みになっても、これからはお兄様のこうしたご執心をも見ないで済むのだ。

らねど、いとからうけ近きほどにては、いとど言ひ出ださせたまふべき言の葉もおぼえたまはねば、ただ、「いかでか、かううとましき心をやめて、いにしへのやうに隔てなく思ひ交はして見聞こえばや」と、例の神の御しるしを念ぜさせたまふに、殿の御声にて、「いづら、遅しや。大将はなど見えたまはぬ」とのたまはすれば、[八]立ち退きたまふ心地、まことに我にもあらず、「[九]死に果てぬるを」とおぼされながら、なほさすがに心強く御供に参りたまひぬ。[一〇]例の作法のことども思ひやるべし。

[一一]宮司参りて、[一二]御祓つかうまつりて、榊青やかに挿しつるに、いと神々しげなるを見るにも、心まどひして、うち休まむともおぼえず、やがて[一三]見えぬ山路へもあくがれなまほしきに、[一四]「いづくをか、大将の宿直所に。常に候はれむこそよからめ」など殿ののたまはするを聞くにも、「かかる心のうちは知りたまはで、あるべきものとおぼしたるこそ。あはれ、いかばかりおぼしまどはむとすらむ。[一五]限

八 斎院の傍からお立ち去りになる大将のお気持は。

九 すっかり死んでしまったような気がして、潔斎所までのお供には耐えがたいとはお思いになりながら。

一〇 潔斎所に移る際の行列の次第や、潔斎所に着いてからの勅使や宮司の派遣、榊を立てる儀式などを言う。

狭衣、潔斎所まで供奉し出家を決意するも、父関白殿を思い、ためらう

一一 一七五頁注一一。ここは賀茂斎院の宮司。

一二 潔斎所にお祓いをして要所要所に榊を青々と挿すのである。

一三 引歌、前出二二一頁注一八。

一四 どの部屋を大将の宿直所にしたらよかろうか。常に伺候なさるがよかろう。「れ」は軽い尊敬。「よからめ」の「め」は勧誘、軽い命令。

一五 ご寿命などにも障るのではなかろうか。

源氏の宮斎院として潔斎所に入ってより、狭衣の出家の意志更に固まる

りあらむ御命などもいかが」と思ひつづけたまふには、[一]またひきかへしやつしがたし。[二]ひとかたならず悲しくて、[三]「心こそ野にも山にも」と言はれたまふは（思わず口にされるのだが）、いかなるべき御有様にか（さて一体狭衣大将のこれからはどうなってゆくのだろう）。

〔狭衣は〕その後（のち）は、「[四]今日（けふ）や明日（あす）や」とのみ、人知れず山のあなたに[五]御心（源氏の宮が）はあくがれて、いづくも心のどかにはおはせず（どこにおられてもくつろぐお気持になれない）。[六]殿にても、常に居させたまひし御方を見たまふに（日々住まっておられたご殿をご覧になるにつけ）、[七]ゆゆしきまで（不吉なまでに）恋しう悲しくのみおぼさるれば、内裏（うち）にもさらに（宮中にも一向に）参り寄りたまはず。[八]院に（斎院に）参りたまひても、こよなくけ遠くて（斎院はこれまで以上によそよそしく）、わざとさし出で見えさせたまはむとしもおぼしめしたらず（特に狭衣を迎えてお目にかかろうとのおつもりはさらになく）、〔ご身辺を〕御几帳（みきちやう）引き寄せなどしておはしませば、（狭衣心）「こよなくおぼしうとみたるなめり（私のことを格段とうとんじておられるご様子だ）」と、つらく口惜しき。心のうちには（狭衣のご心中では）、「神もいかに御覧ずらむ（賀茂の神もどうご覧になっていることか）。[九]かうのみおぼえば、[一〇]我が身はかばかしからじ（ろくなことではあるまい）」と、みづからだにことわりにおぼされて（ご自分でさえ自らの理不尽を認めざるを得ず）、いと心細し（なんとも心細く思われる）。

[一一]大宮はそのままにおはしまして（堀川の上はそのまま潔斎所におとどまりになって）、とみにもえ帰らせたまはぬを（すぐには堀川邸にお戻りになれないのを）、殿は（堀川関白殿は）、「さのみもいかがは（いつまでも滞在されるのはいかがなものか）」といざなひきこえさせたまふを（と帰邸を促されるのだが）、院は（斎院が）

一 また出家の意志が動揺して僧形に姿を変えにくい。

二 出家遁世すべきか、俗世にとどまるべきか、両極に揺れる思いに苦しみ嘆いて。

三 「いづくにか世をば厭はむ心こそ野にも山にもまどふべらなれ」（『古今集』雑下、素性）に拠る。和歌は、真実世を厭う心からは、ありきたりの野でも山でも俗界に見えて、身を捨てる場所に迷う意だが、狭衣は出家すべきか世に残るべきかの心の迷いを託している。

四 今日出家しようか、明日世を捨てようか。

五 「み吉野の山のあなたに宿もがな世の憂き時の隠（かく）れ家（が）にせむ」（『古今集』雑下）を踏む表現。

六 堀川関白邸。

七 何か悪いことが起るのではないかと気がかりなまでに。

八 斎院。ここは潔斎所を言う。大弐の留守宅。

九 すでに賀茂に奉仕する清浄な身となっている源氏の宮に、こうまで執着し未練を抱きつづけるというのでは。

一〇 賀茂大神の神罰を蒙るだろう、の気持。

一一 斎院に付き添って行かれたままご滞在になるのである。

一二「ゆるす」は、緩める、認める、手元から放す意。
一三 堀川関白殿もまた、いつも斎院のお住まい（潔斎所）におられることが多いので。源氏の宮が放さぬので母堀川の上が帰邸できない、いきおい堀川関白殿も院がちであると言うのである。
一四 政務事務の決定執行には帝と関白の決裁が必要である。公卿殿上人たちは禁中と関白殿のおられる斎院（潔斎所）の間を往復せざるを得ないのである。潔斎所、すなわち大弐留守邸は、下鴨に近く一条通りの東に在ったのであろう。

堀川の上、我が子狭衣の物思わしげな独り住みを憂え、様々に意見する

一五 そなたがこのように独身を通して落ち着かない状態でばかりおられるので。私たちは心配が絶えないのです、の気持を言いさしたもの。
一六 やはり身を固めることを真剣に考えて、しかるべき結婚をなさるよう分別してください。
一七 そなたが何を考えているのか、さっぱりわからない。狭衣大将に対する母宮の嘆きの声である。
一八 中国の伝説上の山。東方の海中にあり、不老不死の仙人が住む理想郷。仙女でも妻にしようか、と言うのである。

いと心細げにおぼしめして、[一二]さらにゆるしきこえさせたまはぬほどに、[一三]ただ常に院がちにおはしませば、上達部（かんだちめ）、殿上人（てんじやうびと）など、ただ明け暮れ[一四]大宮一条わたりをゆきかへりつつ、そのわたりもの騒がしきまでなりにけり。

（一向に母宮をお返しにならないから）（禁中と潔斎所との間は喧騒なまでに交通が頻繁になってしまった）

かかる御いそぎなどに添へても、母宮などは、大将の御ひとり住みをおぼし嘆かぬ折（をり）なし。このごろとなりて物思はしげなる御気色（けしき）にていたく痩せたまへる、「いかなるにか」と見おどろかせたまひて、常よりも御祈りどもこちたくせさせたまふ。

（こうした斎院入りのご準備などにつけても）（堀川の上）（狭衣）（最近に至っては大将が何か物思いに沈んでおられる）（ひどくお痩せになっているのを）（どうなさったのか）（ご祈禱どもを煩わしいまでに多くおさせになる）

「[一五]かくのみあくがれたまへれば。もの心細くおぼさるらむ。[一六]なほさるべからむさまに、おとなしう思ひ定めたまへ。かくのみもの憂がりたまふほどに、いと目やすかりつることどもも違（たが）ひ果てぬれば。[一七]あやしきわざかな」と母宮も聞こえて嘆かせたまへば、うちほほゑみて、「昔の世にも契りける人の侍らざりけるにこそ。今さりとも、[一八]蓬萊（ほうらい）の山も尋ね試みはべらむ」とのたまへば、「いで、常にたはぶ

（そなただって心細く思っておられるでしょう）（このようにそなたが乗気でいらっしゃらないばかりに大変結構な縁談がどれもみな不首尾に終ってしまったのだから……）（そなたの気持がわからない）（ご意見申しあげてはお嘆きになるので狭衣大将は）（前世にも約束を交わした女性がいなかったということでしょうか）（でもまあそのうち）（蓬萊山をでも探し回ってみましょうよ）（（堀川の上）いやもう いつも冗談ばか）

れにのみ言ひないたまふこそ見ぐるしけれ《り言われて話を紛らすのはあなたの悪い癖です》。かばかりになりぬる人《そなたほどの年齢 立場の人で》の、かうものはかなくただよひたるやはあるとよ《このようにいつまでも妻もなくふらふらしている例がありますか》。[一]今は、いとど《なおのこと》、この院の《斎院の》御有様の心細さに《心もとなくて》一所《ひとところ》にもあらねば《そなたと一緒に暮してもいないので》、いとうしろめたうおぼえたまふや《大層気がかりに思われるのですよ》。二の宮の御事の口惜しき代りに《女二の宮とのご縁談が残念な結果だった代りに》、[二]前斎院《さきのさいゐん》はいかがおぼすらむ《そなたはどう思っておられるか》」とのたまへば、(狭衣)[三]「さのみやうのものと厭《いと》はれたてまつらむこそ、世の音聞《おとぎ》きも恥づかしう侍るべけれ《世間体もみっともないことでございましょう》。あまりにやむごとなからぬ人は侍りなむや《そんなに尊いご身分ではない女性はおりませんか》」と申したまへば、(堀川の上)「げにこそ《ほんに》、[四]みな心にくき《どなたも奥床しい》御宿世《すくせ》どもなりけれ《ご運勢でしたね》。[五]母宮の御物言ひの、などさしもと聞きしにこそ違《たが》ひたまはざりけれ。目やすく」などのたまはするにも、〔狭衣は〕[六]若宮の御うつくしき有様は《お可愛らしいご様子をば》、まづ思ひ出《い》でられたまひて、(狭衣心)「聞かせたてまつりたらば《母宮に事実をお話し申しあげたら》、[七]いかばかりおぼさむ《どんなにかお喜びになるだろう》」と、我が御心にも《大将ご自身でも》、[八]こればかりは悔しうあはれにおぼされて、〔若宮を〕恋しくおぼえさせたまふ折々《をりをり》は、常に《その都度》[九]参りたまひつつ見たてまつりたまふに、〔若宮は〕日に添へては、光るやうにのみなりまさりたまふ。

一 「今は」「いとど」は、下の「いとうしろめたうおぼえたまふや」にかかる。「おぼえたまふ」の「たまふ」は丁寧、謙譲の助動詞(下二段型活用)の終止形と認めたい。『夜の寝覚』にも終止形の例がある。

二 嵯峨院の女一の宮。院の帝在位中の斎院(三四頁)、今は退下されている(二二七頁)。

三 そのようにいつも嵯峨院のご姉妹の宮ばかりを求めて、いつも同じように嫌われ申すとしたら。

四 嵯峨院の三姉妹の宮が、女一の宮が前斎院、女二の宮は出家、女三の宮も新斎宮として、いかにも皇女らしく、これまで結婚などしていないことを「心にくし」と言ったのであろう。母皇太后宮は、皇女はみだりに結婚すべきでないとの信念を持っていた(一四五頁)。

五 亡き母皇太后宮のおっしゃり方があまりに気位高く姫宮たちのご結婚を渋っておられるのを、まさかそんなわけにもいくまいと聞いていたのでしたが、まさにお言葉通りで、お三方とも奥ゆかしい人生をお選びになっていますね。すがすがしい思いがします。

六 入道の宮(女二の宮)所生。狭衣大将の子。

七 母宮(堀川の上)は、可愛い孫の出現にどんなに驚喜することだろう、の気持。

八 せっかく女二の宮との間に子を儲けながら、手許で育て得ず、嵯峨院の御子になっていることをさす。

九 若宮は、斎院を退下された女一の宮、斎宮として赴任前の女三の宮とともに故皇太后宮のご殿に住んでおられることになろう。巻三にいたって「一条の宮」と明示される。

狭衣大将、我が子若宮への愛にひかれ、出家遁世の意志を遂げ得ない

一〇 やるせない次第だ。実の子を可愛がるのに人目を忍ばねばならない辛さを言う。

一一 若宮のほかには、女一の宮、女三の宮しか住まっていない邸内であり、乳母たちは心細い思いでお仕えしているのである。

一二 出家隠棲された嵯峨先帝。わが子と信じる院は、この幼い若宮の将来を深く気づかっている。

一三 「女宮たち」は、女一の宮と女三の宮をさす。

一四 現在は故皇太后宮の里邸（一条の宮）に、女一の宮、若宮と暮しておられるが、秋には斎宮として初斎院に移らねばならないのである。斎宮の場合も斎院とほぼ同じ順序を踏む。禁中に初斎院を設け、そこで潔斎して翌年七月まで住み、八月上旬に禊（みそぎ）をして野宮に移る。野宮でさらに一年の潔斎の後、九月群行と称して行列をつくって伊勢に赴くことになるのである。

一五 女三の宮がよそに行かれたら、ここは全く寂しくなってしまい、若宮はどうしてお過しになられよう。

一六 狭衣大将が前斎院女一の宮と結婚してくれて、ともども若宮を育ててくれたら、どんなに安心できることか。嵯峨院の心を堀川の上が伝えるのである。

若宮はこよなく見つきたまひて（狭衣大将に格別おなつきになって）、馴れ睦びたまふに、いとどあはれにて（大将はいよいよ可愛くて）、見たてまつりたまふたびごとに涙もこぼれぬべきを、（狭衣心）「あまりなりと人や見む」（あまりにも可愛がり過ぎると人も見よう）と紛（まぎ）らはしたまふもわりなし。一〇 乳母（めのと）たちなどは、なつかしきさまに語らひたまへば（大将が何かと親しくお話をされるので）、一一 みな頼みきこえたるさまにぞほのめかし聞こえける（大将殿をお頼り申しあげている気持をそれとなく申しあげるのだった）。一二 かの院にも、かくと聞かせたまひて、いとうれしうおぼしめしけり。一三 女宮たちにも（嵯峨院は姫宮たちにも）、睦ましうおぼしのたまはすべきさまにぞ（若宮を可愛がり仲よくなさるように）聞こえ知らせたまひける（お諭しになるのであった）。

入道の宮（女二の宮）は嵯峨にのみおはしまして（父法皇とともに嵯峨院にばかりお暮しで）、この若宮の御事もさらに知りきこえさせたまはねば（お世話も全く関知しておられなかったので）、ただ三の宮のみぞあはれには思ひきこえさせたまへるを（若宮のことを心から可愛がりお世話申されておられたのだが）、一四 秋はほかへ渡らせたまひぬべければ（斎宮としてよそにお移りになる予定なので）、いと心苦しう（狭衣大将は大層胸を痛め）、一五「かくては、〔若宮は〕いかでかおはしまさむ。〔堀川邸に〕迎へたてまつりて、殿に（父関白殿に）預けたてまつりてむ」とのたまふを、（堀川の上）「院はなほ（嵯峨院はやはり）、前斎院（さきのさいゐん）のひとり（女一の宮が）心細くて残りたまへるに（お独りで心細い思いで残っておられるから）、一六『同じくは（できることなら）、さてもやがてものしたまはむは、目やすかりなむかし』となむおぼしたる（お思いになっておられるのに）」と聞こえたまへど、

一 どんな機会でもあったら出家したい。

二 「心ばかりは」は、今すぐ出家遁世はできぬにせよ、狭衣大将の心の中だけでは、の気持。「西の山もと」は、西方浄土のこと。

三 前出（二四三頁）の乳母たちなどであろう。

四 ほんとうに女一の宮を大将殿の妻にしてさしあげたい。

五 若宮のこの可愛らしさはどうだ。そうか、これがこの世の絆——私をこの世にかけとどめる手かせ足かせとして仏などが仕組んでおかれたことなのか。

六 出家遁世を果せず、若宮への愛着からこの世にとどまっておられるのは、これぞまさしくご両親堀川関白夫妻の並一通りではないご祈願の効験と言うべきだろう。本文にやや飛躍がある。

七 高野山金剛峯寺(こうやさんこんごうぶじ)。和歌山県伊都郡高野町にある高野山真言宗の総本山。空海弘法大師の開創した真言宗の道場であり、また空海入定の地である。弘仁七年（八一六）、中国から帰朝し真言宗を開いた空海が嵯峨帝に上表して入定の地を請い、金剛峯寺を開創、承和二年（八三五）、入定の七日前に自ら遺告し、その通り三月二十一日寅の刻に、奥の院に入定したと伝えられる。

世はいとありがたくのみおぼえまさりたまひて、「一いかならむひまにも」と、二心ばかりは西の山もとにあくがれ果てにたれば、まいて(まして)、いとしもすぐれてと聞かざりし御有様の、やうやう盛り過ぎたまへらむは、さらにゆかしからぬに、三御後見(うしろみ)たちは、「四げにさもあらせたてまつらばや」と思ひ寄りて、参りたまふたびごとには、「もし(ひょっとし)さやうなることや申させたまふ」と心づかひして待ちわたるに、ただいとすくよかにて、若宮のやうやう歩(あり)きたまふうつくしさの、見るたびごとに、この世のものとも見えたまはずうつくしきを、「五これやさは、この世の絆(ほだし)にと、仏などのし置きたまへることにや」とおぼし知られて、かなしういみじうおぼえたまふ。見たてまつる人人も、かかる御気色をうれしく頼もしきものに思ひきこえたり。かくのみ世の中をかりそめにおぼしながらも、六げにおぼろけならぬ御祈りのしるしなるべし。

今の狭衣にとって結婚などは全く遠い世界のことと思う気持が募るばかりで　心だけはひたすら西方浄土にあこがれていたので　それほど優れているとも聞いていなかった女一の宮のご容色が　次第に盛りを過ぎておられるとしたらなおのこと一向に惹かれるお気持がないのだが　〔大将殿が〕　て大将殿がそのようなご意向を洩らされるのではないかと心待ちして気を使っているのだが　狭衣大将は節度ある態度を崩さずに　愛らしさが　（狭衣心）　お考えになって　たまらなく可愛いと　お世話する乳母たちも　大将殿のこうしたお慈しみを　狭衣大将はこのように俗世を仮の世とばかりお考えになりながらも

狭衣大将、煩悶を払うべく高野粉河参詣を思い立ち、父殿の許しを得る

「かくのみものむつかしきを慰めがてら、七弘法大師の御すみか見た

（狭衣心）このように鬱積する心を慰めながら　高野山を参詣申しあげて

てまつりて、なほ[八]この世のがれなば、弥勒[九]の御世にだに、少し思ふことなき身とならばや」などおぼしたちて、さるべき人々の親しき、御供に候ふべきよしなど、忍びてのたまはす。寺の僧どもに賜はすべき法服[一〇]ども、あまたまうけさせたまひける。

「明日ばかり」とおぼす日、殿の御前にて、「乱り心地の例ならず思うたまへらるるを、もしさてもやなほりはべると、高野、粉河[一一]などに詣でむとなむ思ひたまふる。俄なるやうに候へど、明日など日[一二]よろしく侍るなれば、忍びてとなむ思ひはべる」と申したまへば、我もさのみ例ならぬ御気色と御覧ずるに、俄なる御出立は、「いか[一三]におぼすにか」と御胸騒がせたまひて、まづただ御涙のこぼれ落ちぬるは、「いかにおぼしめすにか」と心苦しうて、「かねてよりことごとしくなりはべらば、殿上人なども我も我もと出で立ちはべらむに、世のいそぎになりて、もの騒がしくなりはべらむも、所に違ひてむつかしう候ひぬべければ、ただ[一四]それがしかれがし」など、親

少しでも煩悩に苦しまぬ身に生れ代りたいものだ　思い立たれて　しかるべき家臣たちで親しい者に　他の人々には内緒でお命じになる　多く用意おさせになった　明日ぐらいに出立　父関白殿　(狭衣)気分がすぐれず病気ではないかと思われるのですが　もしかして参拝にでも出れば治るのではないかと　思っております　突然のようではありますが　日柄も悪くないと承りますので　内輪にそっと出立したいと思います　父関白殿も大将のご健康が普通でないとご覧になるにつけ　不安で胸騒ぎをなすって　どうお考えなのか　言葉より先にただもうお涙がこぼれ落ちるご様子でそれがまた狭衣には父殿がどれほどご心痛のことかと　(狭衣)あまり前から大袈裟になりますと　一緒に旅立つことになりましょうが　それでは世を挙げての大ごとになって　大騒ぎになりますのも　目的地が目的地だけに具合が悪うございますから　同行するのは誰と彼と　親し

八 遁れがたい絆に束縛されている身であるが、それを敢えて振り捨てて、もし出家の素志を果したら。「なほ」は、前段の「この世の絆」、両親の「御祈り」の重さを承ける。

九 せめて弥勒菩薩が出現される未来の御世になりと。弥勒菩薩は、釈迦仏入滅後五十六億余年の後に、弥勒仏としてこの世に出現し、人々を救済すると言われる。弘法大師も弥勒を信仰し、弥勒仏出現の世には再びこの世に生れ出ることをご遺告の中で約されたと言う。このご遺告を踏まえた表現。

一〇 袈裟、衣の類。

一一 風猛山粉河寺。補陀洛山施音寺とも称する。和歌山県那賀郡粉河町にある。もと天台宗に属したが、現在は粉河観音宗の本山。宝亀元年(七七〇)、大伴孔子古という猟師が殺生を悔い発願して建立したと伝えられる。

一二 当時の旅立ちの門出には吉日を選ぶ必要があった。日柄の吉凶を調べるのである。「なれ」は伝聞。

一三 狭衣の突然の申し出に出家遁世でもする気ではないかと、父堀川関白は案じるのである。

一四 同行の人数の少ないことを言う。実際には代表格の家臣の名を挙げたのであろうが、「それがしかれがし」(誰それと彼それ)と表現したのは、読者向けの間接話法的な表現。

しき人々十人ばかりをぞ、聞こえさせたまふ。「一夜ばかり候ふべき」と聞こえさせたまへば、（堀川関白）「同じ都の内にもあらず、大事にこそあんなれ。はかばかしき人も具せで、たちまちにはいかに思ひたちたまふぞ」とて、いとうしろめたげにはおぼしたれど、また御心よりほかに留まりたまはむをも、「いかが思ひたまはむ」と心苦しければ、えとどめきこえたまはで、さるべき人々のうしろめたかるまじきをぞ、あまた参るべきよし仰せられける。紀伊守には、舟のまうけ心ことにまうくべきやうなど仰せらるれど、かねてさやうのこともみなのたまはせてければ、心もとなきことなし。

今日になりてぞ、かくとあまた人々聞きて、我も我もと「出で立ち参らむ」と騒げど、（狭衣）「俄にはいかでか。ことさらに忍びてなむ。精進などせざらむ人は便なく」などのたまふを、（人々）「かねて仰せ言なかりけること」と口惜しがり嘆けど、これだに「いと思はずに人がちにむつかし」とおぼせど、殿のあながちに添へさせたまふ人々は、

い家来たち十人ほどをお挙げになって　ご許可を請われる　一晩だけお籠りいたすつもりです　しっかりした人も連れないで　突然にどうしてそんなことを思い立たれたのか　とおっしゃって　たいへん不安にお感じになったが　どんなに心外にお思いになることかと気の毒にもなって　父関白殿はとても制止することがおできになれず　適当な人物で安心できる家来たちを　数多くお供申しあげるよう　お命じになった　準備を格別念入りに用意すべき旨などご下命になるが　前もって大将ご自身がそのような手配もみな申しつけておられたので　何の心配もない　出立当日になって　お供して参詣しよう　今回は特に目立たぬよう行きたいのだ　精進潔斎していない人は　具合が悪い　お断りになるのを　あらかじめ　お言葉がなかったとは　気持に添わぬほど多くて煩わしいと思っておられるくらいだが

一 一口に参籠と言っても同じ京の中でもなく、高野といい粉河といいなかなかの遠路、簡単に言われるがこれは大ごとのようだよ。狭衣大将の言葉を直接承ける「あんなれ」。「なれ」は伝聞推定の助動詞。「そなたの今の話は……のようだ」の気持。

二 狭衣大将が挙げた人々の中には、堀川関白の考える「はかばかしき人」――地位も身分もある相当な人物――が入っておらず、不安なのであろう。

三 むりにお止めして、ご自身のお心に反して旅立ちを中止されるとしたら、それも。

四 狭衣大将が高野粉河の参籠に今日出発されると。

五 急に同道したいと言われても、それは無理だ。寺社に参籠するには、事前に相当の期間身を清めて精進潔斎の生活を送るのが慣習であった。

六 大将が前もって決めた人数だけでも。

七 当日になっての駆け込み参加はともかく、父堀川関白殿がむりにお加えになった人々は、狭衣としてもどうにもお断りになることがおできにならぬようだ。

微行を旨として多くの参加希望を許さず　親しい三位中将の同行は許す

八 天稚御子の天降った夜の殿上の遊びの折、笙の笛を賜った人物（二七頁）。ここに改めて登場。

九 嵯峨院の中宮。堀川関白女。坊門の上腹。

一〇 故式部卿の宮の御子。後の式部卿の宮。坊門の上

えとどめたまはざるべし。

中務(なかつかさ)の宮の少将[8]といひしは、今は三位(さんみ)中将。このころの殿上人(てんじやうびと)のうちには、何事にもすぐれて、世の人にも知られたる、中宮の御叔(を)[9]父(ぢ)[10]の式部卿の宮の御ゆかりに、[11]この御方々にも人よりは睦ましう馴れきこえたまひて、[12]大将の御有様をもなづさはまほしう思ひきこえたるなどばかりぞ、えり捨てたまはざりける。

（世間でも評判の人で／ご親戚として／堀川関白家のご家族たちにも他の人々より親しく／お近づきになっていて／狭衣大将の御事をもいつもお側にあって親しみたいと慕っておられるお方だが　この三位中将だけは　人選からおはずしになるわけにはいかなかった）

霜月の十余日(とをかよひ)なれば、紅葉(もみぢ)も散りはてて、山も見所なく、雪かき暮し降りつつ、もの心細くて、いとど思ふこと積りぬべし。[13]吉野川の渡り舟、いとをかしきさまにてあまた候はせければ、乗りたまひ[14]て流れ行くに、岩波高く寄せかくれど、水際(みぎは)は氷いたく閉ぢこめて、浅瀬は舟もえ行きやらず。棹さしわぶるを見たまひて、

（荒寥とした風光になお一層／渡し舟／たいそう装いをこらして／多く用意してあったので／岩をかむ波は高く押し寄せるが／氷が固く閉ざしていて／舟も滞って進むことができない　船頭が棹をさすのに難儀しているのをご覧になって）

(狭衣)[15]
吉野川浅瀬しらなみたどりわび
　渡らぬなかとなりにしものを

[16]おぼしよそふることやあるらむ。

（ご自分の思いと重ねるところがおありなのであろう）

の兄弟。

一一 中宮、坊門の上をはじめ、堀川の上、洞院の上などにも。

一二 「なづさふ」は、馴れ親しんで側を離れない意。中務の宮の少将、今の三位中将の、改めての紹介には理由がありげである。ただし、以後の物語の展開にどこまでの役割を担うか。

一三 狭衣一行はすでに吉野川（紀の川）に達している。当時の貴紳の高野詣(もうで)の道順から見て、京、宇治、奈良を経て三日がかりで紀の川岸に到達したものであろう。紀伊国伊都郡橋本（現、和歌山県橋本市）のあたりで渡船したと思われる。

憂愁の道行――荒寥の吉野川を渡り離れ去った女君たちを頻りに思う

一四 流れに逆らわぬよう舟を進めるのであろう。整板本「漕ぎ行く」。わざわざ「流れ行く」と表現するのは、「流れ」に「泣かれ」をひびかせるか。

一五 この吉野川は浅瀬がどこにあるかも知れず、川中には白波が高く、舟は漕ぎ悩んでなかなか対岸に渡れないが、同様にあの人（源氏の宮）とはついに逢い悩む仲となってしまったことよ。上の句は「渡らぬなか」を導く有心の序。「白波」に「知らなみ」、「なか」は川中の「中」と男女の「仲」を掛ける。

一六 吉野川渡船の状況と狭衣の心中の苦悩とが似通っていると言うのである。「よそふ（寄そふ、比ふ）」は他のものとひき比べる、なぞらえる意。

一 妹背山(いもせ)の近きは〔付近では〕、二 なほ過ぎがたき御心を酌むにや〔妹源氏の宮を思って通過しがたい大将のお心を察してか〕、御舟も出で行きやらず〔お乗りの舟も進もうとはしない〕。

(狭衣)三 「沸きかへり氷の下にむせびつつ
　　さも侘(わ)びさする吉野川かな

四 上はつれなく」〔川の面は何事もなげに……〕など口ずさみつつ、からうじて〔やっと水量が増し〕漲(みなぎ)り渡るに〔一面に水が張る時〕、五 かの底の水屑(みくづ)もおぼし出でられて〔思わず心に甦ってきて〕、(狭衣心)「ただかばかりの深きにだに思ひ入りがたげなるに〔ただもうこれだけの深さでさえ思いきって飛び込むのは難かしいのに〕、いかばかり思ひて」〔女君はどれほど思いつめてか……〕など、さし向かひたりし有様の〔かつて向いあっていた女君の態度が〕、もの深くなどはなう〔考え深い性質などではなく〕六 あはれげなりしを〔ただ可憐であったのを〕、「さしも思ひ沈みけむよ」〔入水するまでに思いつめたとは〕七 などうとましきかたにはおぼされず〔薄気味悪さを感じるようなお気持は全くなく〕、ただ今見る心地したまひて〔可憐なままの女君を目前に見る思いをされて〕、涙のこぼるるを紛(まぎ)らはして、面杖(つらづゑ)をつきて〔頬杖をついて〕、つくづくと底深くながめ入りたまへる〔思いに沈み川底を見入っておられるのだが〕、まみよりはじめ〔その目もとを始め〕、御数珠(ずず)八 にもてはやされたる腕(かひな)つきなどの、九 世に人のなべて持たらぬものにもあらねど、めづらしくうつくしげなり。隈(くま)なき水の上に〔遮るもののない水の面に〕、いとど光ことに見えたまふ〔狭衣大将の美しさは益々格別にお見えになる〕。

(狭衣)一〇 「浮舟(うきふね)の便りに行(ゆ)かむわたつ海の

一 この「妹背山」は、上流の妹背山(奈良県吉野郡)ではなく、下流紀の川の両岸に対峙する妹背山。右岸に背の山、左岸に妹山。両山の間は両岸の迫る勝景の地で、夫婦の山として名高い。ただし、ここは高野と粉河の間であり、狭衣一行はすでに高野詣を終え、粉河に向う途上にあることになる。

二 「妹背山」と聞けば狭衣の心は感なきを得ない。夫婦となり得ない兄と妹(源氏の宮)の運命。狭衣は通り過ぎがたい感慨に耽って「妹背」の山を眺める。その気持を表現したものであろう。

三 川中で激しく波立ちながら汀の氷の下で咽(むせ)び呻(うめ)く吉野川よ、源氏の宮を心底で思慕しつつ表には出せぬ私そっくりの流れ(泣かれ)を見せて、私をさらに苦しめないでおくれ。

四 「日を寒み氷もとけぬ池水や上はつれなく深きわが恋」(『源順集』)を踏んで、「わが恋」——斎院源氏の宮への思慕——をこめる。

五 「底の水屑」は飛鳥井女君をさす。

六 「……あはれげなりしを」は、下の「ただ今見る心地したまひて」にかかる。

七 ひたすら可憐にみえた女君が入水するまでに思い詰める意志と実行力の持主であったことにつながらず、気味悪く感じることにもなるはずなのに、狭衣大将はすこしもその方向には考えが向かずに、の気持。

八 お数珠を持つことで一段と引き立って見えるお手つきなどが。「……腕つきなどの」は、下の「めづらしくうつくしげなり」の主語。「もてはやす」は、美しく見せる、引き立てる意。「れ」は受身の助動詞。『源氏物語』(須磨)にも「うちながめたまひて、涙のこぼるるをかき払ひたまへる御手つき黒き御数珠に映えたまへる」とある。

九 そのお数珠にしても世間の人が一般に持っていない特別に美しいものというわけでもないが。

一〇 舟に乗ったこの機会に行って弔いたいものだ。舟の跡に立つ白波よ、大海原のそこが飛鳥井女君の眠る地点と教えておくれ。「そこ」は「其処(そこ)」と「底」との掛詞。

一一 『法華経』普賢菩薩勧発品(第二十八)の句。「是(コ)ノ人ハ命終シテ当(マサ)ニ忉利天ノ上ニ生(ウマ)ルベシ」。『法華経』を書写したのちに生れ変るときは、忉利天(天界)の人となり、天女たちに迎えられて福徳を受ける意。狭衣は、「是ノ人」に飛鳥井女君を重ねて誦している。

一二 前頁の「妹背山の近きは」により、到着したのは粉河寺となる。

一三 石光山石山寺。真言宗東寺派の別格本山。滋賀県大津市石山、瀬田川に沿った景勝地にある。天平勝宝元年(七四九)、良弁僧正開基の勅願寺。

一四 『法華経』法師品(第十)の句。「薬王ヨ、汝ハ当ニ知ルベシ、是(カク)ノ如キ諸(モロモロ)ノ人等(ラ)ニシテ」。『法華経』を聞かざれば仏の智を去ること甚だ遠きなり、と続く。

粉河寺に到着、参籠　狭衣大将、心澄み、夜もすがら法華経を読誦する

そこと教へよ跡の白波

あはれ」とひとりごちたまひて、「一一是人命終当生忉利天上(ぜにんみやうじゆうたうしやうたうりてんじやう)」とう〔朗々〕ちあげたまへる〔と誦せられたお声〕は、「四方(よも)の山〔四周の山〕の鳥獣(けだもの)も耳立つらむかし〔感動して聞き入るに違いないと思われる〕」と尊くいみじき〔ほど尊いので〕に、三位(さんみ)中将物めでする人〔元来感受性こまやかな性分〕にて、涙をほろほろとぞこぼし〔感動のあまり〕ける。

一二まうで着きたまへれば、御前(おまへ)の松山の景色、谷の下水(したみづ)の流れなど、ただ〔全く〕一三石山とぞおぼゆる〔石山寺そのままに思われる〕。寺の堂僧(だうそう)、修行者(すぎやうざ)どもの、よろしきもいや〔やや身分のある者も身〕しきほどのなども〔分のない者も〕、あまた籠りたり〔大勢参籠している〕。心細げに〔静寂のなかで〕うち行(おこな)ひ勤めたる〔勤行している〕気配(けはひ)ども、何事を思ふらむとうらやましげなり〔煩悩を消し去っていることだろうと羨ましく感じられる〕。

うちもまどろまれたまはず〔狭衣大将はいささかもお休みになれず〕、よもすがら行ひ明かしたまふも〔一晩中お勤めになるままに夜を明かされるにつけても〕、ひとかたにもあらず〔思いは幾重にもかさなって〕、心のうちは乱れぬべくて〔ともすれば心は乱れやすくて〕、「いとかう思ふこと〔ほんにここまで私の思慕が〕かなふまじくは〔次々と閉ざされる以上〕、ひたすらこの世を思ひ離るるしるべしたまへ〔一切を捨ててこの世の苦悩から遁れるようお導きください〕」などおぼし入りつつ、「一四薬王汝当知如是諸人等(やくわうにょたうちにょぜしょにんとう)」といふわたりを心細〔心にし〕くうちあげつつ〔み入るばかりに〕読みたまふに、深山颪(みやまおろし)さへ荒々しく吹き迷ひつつ〔山から吹きおろす風までが激しく吹き荒れ〕、我が御心のうちにも（大将ご自身のお心の中も）心細く悲しきこと限りなし。「我爾時為現清浄光明身」など心にまかせて読みながしたまへる（お気持の向くにまかせて読みつづけられたところ）に、聞くかぎりの人々、何事も聞き知らぬあやしき修行者まで（全く経典の聴聞など経験したことのない無知な修行者まで感動の）涙を流したる（涙を流すその様は）、釈迦仏の説きたまひけむその庭にだに（釈迦がお説法なさったその場においてさえ）笑ひ紛らはしけむ（嘲り笑ったとか伝えられる）、提婆達多、外道などいふらむものだに、今宵の御声には（［大将殿の］ご誦経の声には）みな囲繞すらむとおぼゆるに（感動して集まり囲むことと思われる程で）、まいて、「身をつづめて」とある御誓ひは違ふべきならねば（実現しないはずがないので）、御明のいとほのかなるに（ご燈明の光がひどくほのかで）、御前の暗がりたるに（ご仏前の暗いあたりに）、普賢の御光いとけざやかに見えたまひて、ほどなく失せたまひぬる（間もなくお姿が見えなくなってしまわれたが）、尊く悲しともおろかなりや。

恒順衆生の御願ひ（ご誓願も）いとど（いよいよ）頼もしく、人天涅槃の上大をかいせむことも疑ひなく、この世も（現世にも）後の世も（来世にも）人には異なりける身ながら（人よりすぐれた身を受けながら）、心のうちの（内心の）物思はしさは（煩悶苦悩の深刻なことは）、人よりけに口惜しかりける契りと思ひ知らるる（人に比べて際立って口惜しい前世の因縁と狭衣は身にしみて思われる）。「さらば（そうかそれなら）、これや（この私の不幸こそ）げに何事も人より少しまさりたりけるものに思はれたりける代り（代償というわけか）ならむ」と、我ながら思ひ知られたまふ。

一 同じく『法華経』法師品（第十）の句。「我爾ノ時為ニ清浄ナル光明ノ身ヲ現サン」。もし法を説く人が空閑寂寞の時に法華経を読誦するならば、私はその時清浄光明の身を現そうとの意。

二 釈尊が霊鷲山で説法した時、反逆する提婆達多ら異端者五百人が釈尊を嘲って席を立ったことを言う。

三 釈尊の従弟だが、常に反抗的で独立教団をつくり、釈尊を害そうとした。生きながら地獄に堕ちたと言われる。

四 異端者。仏道にはずれた教えを信奉する者。ここは、提婆達多を信奉する仲間たち。

五 普賢菩薩がその量り知れない御身を小さくして、白象に乗って教化救済のため、この娑婆世界に出現なさるというご誓言は。『仏説観普賢菩薩行法経』に、「普賢菩薩ハ身量無辺、音声無辺、色像無辺ナリ。此ノ国ニ来ラント欲シテ、自在神通ニ入リ、身ヲ促メテ小ナラシム。閻浮提（娑婆世界）ノ人ハ三障重キガ故ナリ。智恵力ヲ以テ、化シテ白象ニ乗レリ」とある。

六 普賢菩薩の光り輝くお姿がたいそうはっきりと出現なさって。奇蹟が現実にあらわれたのである。

七 普賢菩薩が衆生の教化救済の功徳を成就するための十大行願の一。恒に衆生に随順して彼等を救済する意。

八 下の「上大をかいせむ」は解しがたい（古活字本、板本も同じ）。深川本などは「さうろをかいしせん」とあり、これに拠れば「人天涅槃の正路を開示せん」

三昧堂に千手経を読む片目の僧あり　声に魅せられ狭衣一行その僧を呼ぶ

いとど心も澄みわたりて、うち休まむともおぼされねば、やがて「作礼而去」まで通し果てたまふに、御堂の内しづしづとしてのどかなるに、行ひの声もやめ、おのおの所作どもうち忘れつつ聞き入りたるに、暁かたにもなりぬ。

千手陀羅尼忍びやかに読みたまひて時々眠りたまへるほどを、うち休みたまふと思ふにや、三昧堂のかたに、千手経をぞいみじく功入りたる声の尊きにて読むなる。「菩提の因とならむ」といふ所、なかにも耳とどまりたまふに、中将いみじくあはれがりて、「いかやうなる僧ぞ」と見せにやりたまへば、「片目悪しき僧の、いみじくあはれげなるに候ふ」と申せば、呼びにやらせたまへり。

暁月夜のさやかなるに、紙衣のいと薄きに、麻袈裟といふものを着てうちさらぼひたるほど、さすがにいとうとましげなるほどとは見えで、わりなく寒げにあはれげなり。中将、「いみじくあはれなりつる御声を聞き過ぐされでなむ。いま少し読みたまへ」と言へど、

誦経のうちにいよいよ　そのまま　法華経を終りまで読み通されたところ　ひっそりと静まり落ち着いた雰囲気に包まれて　人々は読経の声を止め　なすべき勤行の　動作を忘れて大将のご誦経の声に聞き入るうちに　小声で　〔狭衣大将は〕　すっかり　お休みになったと思ったのであろうか　年功を積んだ尊い声で読誦するのが聞える　三位中将がたいへん感動して　調べに誰かをおやりになったところ　不自由な僧で　心惹かれる様子の僧で　〔狭衣大将はその僧を〕　さやかな光に見ると　骨もあらわに痩せてはいるが　さすが修行の鍛えかひどくいやな感じを与えるほどではなく　ただむやみに寒そうで気の毒である　三位中将　たいへん心打たれる御坊の　ご誦経のお声を聞き過せなくてね　お続けください

と読める。普賢菩薩が人間界天上界すべての衆生を悟りの境地に達する正しい道に導いてくださることは疑いない意となろう。もとより狭衣が正しく涅槃に導かれることを強調する。

九『法華経』の最後の句。『法華経』巻八の最後品「普賢菩薩勧発品第二十八」の終りは「仏、是ノ経ヲ説キタマヒシ時、普賢等ノ諸ノ菩薩ト舎利弗等ノ諸ノ声聞ト及ビ諸ノ天、竜、人、非人等ノ一切ノ大会ハ皆、大イニ歓喜シ、仏ノ語ヲ受持シテ礼ヲ作シテ去レリ」。

一〇『千手千眼観世音菩薩広大円満無礙大悲心陀羅尼経』の略。『千手経』とも言う。千手観音の功徳を称える根本の陀羅尼。「陀羅尼」は、梵文の長い句で、梵音のまま読誦する。

一一 三昧（専心修行）に入るために設けられた仏堂。

一二 注一〇と同じ。

一三『千手経』の句。「咒ニ於テ疑ヲ生ズル者、乃至小罪軽業モ亦滅スルコトヲ得ズ。何ゾ況ンヤ重罪ヲヤ。重罪ヲ即滅セズト雖モ、猶能ク遠ク菩提ノ因ト作ラン」。

一四 紙子とも。和紙を揉み柔らげて製した僧衣。

一五 真袈裟とも。山伏などの着る結い袈裟。麻製か。

「かやうの御前などにて聞かせたまふべくも候はぬものを」と言へども、忍びやかに読みたる、奥のかたになるままに尊くあはれなり。大将殿は少し奥のかたに入りて聞きたまふ。「[一]非想摩尼の天は、いかにしてさしもかたはになりにけむ。何事も前の世の宿世などいふらむことはまことにや。我が身には[二]随心自在陀羅尼といふ御誓ひ違はぬかし」など、かうあさましきかたはにさへ、我が御身をおぼしよそへらる。

狭衣、僧の話から、飛鳥井女君が僧の妹であり彼女の生存の事実を知る

「この御寺に住みたまふか」など問はせたまへば、「かくて[三]百日ばかりと思ひて候ふなり。親などいふもの、昔は候ひしかど、死にはべりし後、ただかやうに行き寄る山の末、鳥の声も聞こえぬ木の空洞などにて、[四]苔の筵を敷き、松の葉を食べて、虎、狼といふものを友と見慣らひて過ぐしさぶらふ」と聞こゆれば、人々いみじうあはれがりて、「さても親は何人とか聞こえし。いつまでかかくては」とせめて問はれて、「[五]帥の平中納言といふ人侍りけり。幼くてかた

一 清浄この上ない如意宝珠のような世界に生きることの僧侶が。「非想摩尼の天」は、仏教の三界（欲界、色界、無色界）の中の最高世界。すなわち、物質を超越した無色界の第四天を言い、その塵垢を離れた清浄な境界を「摩尼」（梵語。如意宝珠のこと）の徳になぞらえて名づけられている。有頂天とも。

二 「千手陀羅尼」の異称の一。千手千眼観世音菩薩の衆生を加持する随心自在な妙力の意。『千手経』に「阿難仏ニ白シテ言フ、世尊此ノ咒ノ名ヲ何トカ云ヒ、何ヲカ受持スルト。仏阿難ニ告グ、是ノ如キノ神咒ニ種々ノ名有リ、（中略）一ニ随心自在陀羅尼ト名ヅク」とある。

三 百日間ぐらい、この三昧堂で懺悔滅罪の勤行をしたいと思って。あとに「残りの日数いまいくばくも候はず」（二五五頁）とあるので、すでにかなりの日数勤行を続けていることがわかる。

四 苔を筵の代りに敷き。

五 「帥の中納言」として既出（六六頁）。飛鳥井女君の父。

はものになりはべりにければ、『法師になして比叡(ひえ)の山に行(おこな)ひして
あらせむ』など申ししほどに、うち続き、筑紫にて親たちのかくれ
はべりて後(のち)は、安楽寺(あんらくじ)[六]といふ所になむまかりて侍りし。妹(いもうと)[七]一人、
乳母(めのと)などいふものも候ひしかど、ゆくへも知らずなりはべりにし
を、比叡の山拝みたてまつらむの心深くて、一年(ひととせ)なむ、長門守(ながとのかみ)[八]の北
の方は離れぬゆかりと聞きはべりて、それにつきて都のかたにまう
で来しなり。さてなむ妹などのことほのぼのうけたまはりしに、な
かなか夢のやうにあはれなることどもの侍りしかば、夜をだに明か[九]
さで、土左(とさ)[一〇]の室戸(むろと)といふ所に、この二三年侍りつる」と言ふに、
「さらば、この底の藻屑(もくづ)のゆかりなりけり」と、いみじうあはれに
て、大将殿さし出でたまひて、近う召し寄せて、「さてその人はい[一一]
かが聞きないたまひし。ここにもほのかに聞きし人のことなれば、
耳とどまりて」などのたまふ御かたちの、言ひ知らずきよらに見え[一二]
たまふを、さる山伏(やまぶし)[一三]の目にもめでたくて、うちかしこまりて、「そ

（傍訳）目を失いましたので　(父中納言)　修行し　て過させよう　申しておりました間に　父も母も亡くなりまし　た後は　行っておりました　おりましたが　行方も知れぬままになっておりましたところ　[拙僧は]　という願いが強く　先年　血のつながる縁者と　その人に頼って　のぼっ　て来たのでした　そこで　おぼろげながらお聞きしたのでしたが　とて　も夢としか考えられない悲しい出来事を数々耳にいたしましたので　(狭衣)それでは　あの　飛鳥井女君の兄であったのだ　何とも言えぬ感動にかられ　て　狭衣　その場に乗り出されて　[修行僧を]　それでその妹君のこ　とはどうお聞きになったのか　この私もかすかに耳にした人のことなので　気になってね　ご容姿が　すっかり恐縮し背を正して　(僧)妹

六　筑前国大宰府庁の郭外東北方、菅原道真の聖廟のあった寺。この寺内に天満宮が建立され今日に至る。明治以後、寺号は廃された。
七　飛鳥井女君は、この修行僧の妹と判明。
八　常盤の尼君（一〇一頁注一二）を言う。平中納言の妹、修行僧の叔母にあたる。
九　明けるのをも待たず、その夜のうちに京を離れ。
一〇　今の高知県室戸市。ここには弘法大師が修行道場として創建した最御崎寺(ほつみさきじ)（東寺）と金剛頂寺（西寺）がある。この修行僧の住したのもこの二寺のどちらかであろう。
一一　「聞きない」は「聞きなし」のイ音便。
一二　言うに言われぬ美しさにお見えになるので。「きよら」は、輝き匂う美しさ、最高美を言う。
一三　人の容姿などに無頓着な修行僧の目にも。「山伏」は、山に伏し野に臥して修行をする僧のこと。

の人とばかりは見たまへしかど、身を厭(いと)ふ心深くて見たまへしかば。
[一]髪なども削(そ)ぎやつしはべりてなむ」とて、人々の聞くに、「残りな
くは言はじ」と、さすがに思ひたる気色(けしき)を、我もゆかしういみじと
いひながら、中将の向かひゐたれば、ただ、「いかにもいかにも、
海には落ち入らずなりにけるなめり」と聞きたまふに、あさましう
うれしく心やすくて、[あ]「在り所は知りたまふらむな。幼き人や具し
たりし」と、せめてゆかしうおぼされて、忍びて問ひたまへど、そ
のことは聞こえ果てず、[二]「なかなか、おぼつかなくて別れさぶらひ
にし年ごろよりも、あはれなること多くてなむ」とばかり言ひ消ち
て、「懈怠(けだい)になりさぶらひぬ」とて立つ。
[三]透(す)き影(かげ)隠れもなくて、風とまるべきさまにも[四]あらぬを、いとあは
れと御覧じて、あまた持たせたまへる法服(ほふぶく)どももことごとしきやう
なれば、我が着たまひたる白き御衣(おんぞ)の、なつかしう着なしたまへる、
移(うつ)り香ところせきまで薫り満ちたるを脱(ぬ)ぎたまひて、「山颪(やまおろし)もいと

であるとだけは確認しましたのですが　深くわが身を　うとましく思う様子に見えましたので
何もかも　一行の人々が聞く所ではあり
話すわけにはいかない　狭衣大将もまた詳しく聞きたいの
はやまやまだが　三位中将が同座しているので　ただもう心の中で　そうだったか何はともあれ
入水して果てたのではなかったようだ　と思いつつお聞きになり　我ながら呆れる
ばかり心躍り安堵の思いで　(狭衣)　妹君の住所はご存じでしょうね　子どもを連れていま
したか　無性に知りたい思いにかられて　小声で　妹君
についてはもはや詳しく申しあげず　(僧)
言葉を濁して
お勧めを怠ってしまいました
しみじみ気の
毒と　多く用意させてこられた　僧服の類を与えるのも仰々しいよう
なので　御自分が　日ごろ着なじんでおられるお着物で
あたり一面に　(狭衣)

一　髪なども切り尼姿になっております。飛鳥井女君は生存している、出家して尼になっていると言う。はじめて聞く新情報である。躍り上がらんばかりの狭衣の心が察せられる。物語も新局面を開くか、どうか。

二　心にかかったまま別れ別れでおりました長い年月よりも、なまじっか再会できた現在のほうが、心の痛むことが多うございまして。「なかなか」は、下の「あはれなること多くてなむ」にかかる。

狭衣、飛鳥井女君生存に歓喜、詳報を得べく兄の僧との再会を期する

三　衣が薄いので、痩せた身体が透けて見えるのである。

四　同じく衣の薄い様。衣が風を防ぐ役目を果さず、そのまま衣を吹き通してしまいそうだ、と言うのである。

五「荒けなげ」は、「荒けなし」の形容動詞化。荒々しい、乱暴だ、の意。「なし」は、はなはだしい意。
六 物事を考える分別が出てきて以後は。出家してから後の気持であろう。
七 木の葉のような粗末な僧衣のほか身につけた習慣のないことを言う。強調した表現。
八 僧侶や隠者の衣。仏道三昧に樹下石上の修行のうち、衣も苔のように古くなるところから言う。
九 慎重に考えてから事を決しようとしているうちに。「おぼろけならず」は、並一通りにでなく、の意。
一〇 ご坊にお会いしたのは、前世の因縁ではないかと思われて。
一一 狭衣は、はやく再会したい思いで一杯である。飛鳥井女君の詳報を得たいのである。
一二「見たまふべし」の「たまふ」は丁寧、自卑の助動詞(下二段型活用)の終止形の例。「思ひたまへ」の「たまへ」も同じ(未然形)。
一三 琵琶湖の北方にある小島。島には都久夫須麻神社のほか、行基の開いた弁天堂や観音堂、法華三昧堂などがある。法華三昧堂は越前掾出雲真行が延長八年(九三〇)に建立と言われる。片目の修行僧は、この三昧堂をめざすか。
一四 この僧を全くの行方知れずのように行かせてしまっては、かえって飛鳥井女君に何らの手がかりを得なかったこれまでの年月以上に切ない思いをすることになるので。

[五]荒けなげなめるを〔激しいようだから〕、防ぎたまへ〔これでしのぎなさい〕」とて賜はすれば〔お与えになると〕、(僧)「もの覚えて後(のち)、[六]木の葉よりほかに身にも寄せ慣らひはべらねば、かかるものは〔このような立派なお召物は〕苔(こけ)[八]の衣(ころも)に重ねさぶらはむも〔重ねて着たとしたら〕、いとかたじけなく侍るべし〔たいへん恐れ多いことと存じます〕」とて、さらに手もふれぬを、なほ〔狭衣大将は重ねて〕、「あが君あが君〔ご坊よ　ねえあなた〕、また対面するまでの形見にもしたまへ〔再会するときまでの記念にでも受け取っておいてください〕。世を背きなむの本意(ほい)いと深くて〔私は出家遁世の念願を深く抱いたまま〕、いと年ごろになりぬるを〔長い年月を過してきたが〕、絆(ほだし)などのあながちなるもなきものから〔係累など特に妨げとなるものもないものの〕、さりぬべき所などなきを〔私の遁世にふさわしい場所などが見当らず〕、[九]おぼろけならず思ひ定むるほどに、月日のみ過ぎゆくを、[一〇]さるべきにや、弟子にもしたまへと聞こえまほしくなむ〔ご坊の弟子にもしていただきたいとお願いする次第です〕。されど〔とはいえ〕、このたびは〔今回はあまり出し抜けで〕うちつけにもの騒がしきやうなれば〔あわただしいようですから〕、よろづ心に籠めてなむ〔何事も胸に納めておくことにします〕。[一一]京にはものしたまひなむや〔ご上京の予定はありませんか〕。いつまでかくてはおはすべきぞ〔この三昧堂にはいつまでご修行になられるか〕」などのたまへば、(僧)「都のかたは、[一二]今は見たまふべしと思ひたまへでなむ〔もはや行きたいとも存じておりません〕。残りの日数(ひかず)いまいくばくも候(さぶら)はず〔百日の勤行は　もうそれほどは〕。このほど過ぐしては〔三昧堂での修行が終りましたら〕、竹(ちく)[一三]生島(ぶしま)になむまたしばし候ふべき〔またしばらく籠ろうと存じますと答えるにつけても〕」と言ふも、[一四]いとゆくへなきやうにてまどはしてむは、なかなか年ごろよりもいみじかるべければ、

「さらば、ただ、いましばしそのわたりにものしたまへ。後夜(ごや)[一]のほど過ぐしてぞ出(い)ではべるべき。それに聞こえさせむ」と語らひたまふさまのなつかしさは、げに[二]さばかり直々(なほなほ)しき心にもえ立ちやらず。
「出でさせたまはむに、かの[三]御堂(みだう)のかたに尋ねさせたまへ」とて往(い)[四]ぬる名残(なごり)も、[五]胸ひしげたるやうにて、いとおぼつかなう、残りゆか[六]しとも世の常なれば、仏にも、「[七]このゆくへたしかに聞かせたまへ」と数珠(ずず)押し磨(す)りたまふ。[八]しるしいかがとぞ。

(狭衣)それでは　必ず　今しばらく　その三昧堂にお籠りになっていて下さい
私もここを出ようと思います　その折にまたお話がしたいと話しかけられる大
将殿のいかにも親しみ深い物腰には　すぐには立ち去りかねている
(僧)それではここをお出になる時に　お立ち寄りください
狭衣は強い衝撃から立ち直れず
はっきりとお聞かせください
さあ　この祈願の霊験が果してどうあらわれることか

一　後夜の勤行を済ませて。「後夜」は六時の一。一昼夜を六分して、晨朝(じんじょう)、日中、日没、初夜(そや)、中夜、後夜と言う。この時刻に読経などの勤行をする。
二　ほんとうに、身分もなくものの美しさなども弁えない修行僧の心にも。「直々し」は、平凡な様、卑しい様。
三　三昧堂をさす。
四　修行僧が立ち去った後も、しばらくの間。
五　「胸ひしげたるやう」は、胸がつぶれたよう。強い衝撃を受けて茫然とする様を言う。
六　話の先が聞きたいと言えば、世間普通の表現になるが、一刻も早く知りたい思いにかられて。
七　飛鳥井女君の行方を。
八　巻二末尾の技巧。巻三への興味をつなぐ。

解説

鈴木一雄

一 『狭衣物語』の評価

平安時代の物語文学は、十一世紀の初頭、『源氏物語』の出現によって一挙に絶頂に登りつめた。しかし、なお『源氏物語』以後しばらくの間、摂関貴族社会の女性たちを中心に、物語繁栄の時代がつづく。

『源氏物語』を直接承(う)ける物語繁栄の時期は、おそらく十一世紀末に近く、白河院政前後あたりが下限であろうが、そこでは、『源氏物語』の輝かしい達成に魅せられ、刺激を受けて、女性社会の物語愛好熱はいよいよ高まり、『源氏物語』愛読によって育った女性たちの手になる新しい物語作品がつぎつぎと作られていった。

『夜の寝覚』や『浜松中納言物語』などもこの時期に生れている。『堤中納言物語』の短篇物語の多くもこの時代の所産である。そして、『狭衣物語』こそ、この物語繁栄時代の代表作品であり、時には『源氏』『狭衣』と併称されるまでに、特に世評の高かった物語なのである。

この物語繁栄の時代は、『源氏物語』を親しく同時代文学として愛読できた読者たちの時代という意味をも含めて注目されるが、早く、この時代に言及しているのは、鎌倉初期の物語評論『無名草子(むみょうぞうし)』

である。十三世紀初頭の時点の「眼」で、『源氏物語』以下、当代に至る数多くの物語を展望しているが、論評する物語群をおおよそ「古きもの」「古物語」と、「今の世の物語」「今様(いまやう)の物語」とに区別しているのである。『無名草子』に言う「古きもの」「古物語」のグループこそ、『源氏物語』を直接継承する物語繁栄の時代の物語、――いわば、十一世紀圏内の物語文学に当るであろう。

たとえば、

> むげにこのごろ出で来たるもの、あまた見えしこそ、なかなか古きものよりは、言葉遣ひ、有様などいみじげなるも侍るめれど、なほ、『寝覚』『狭衣』『浜松』ばかりなるこそ、え見はべらね。

などの評言にも、物語に「古」と「今」との別を認め、『寝覚』『狭衣』『浜松』を「古」の時代の代表作、『源氏物語』につづく古き良き時代の物語と見るだけでなく、以後の「今様の物語」――おそらく十二世紀に入ってからの物語文学――の評価の基準としていることがうかがえるであろう。

その『無名草子』に、『源氏物語』の次に採りあげられて、

> 『狭衣』こそ、『源氏』に次ぎてはようおぼえはべれ。

と賞められていることは、『狭衣物語』にとっての名誉であろう。「ようおぼえはべれ」は誤写か何かの誤りで、「よおぼえ（世覚え）侍れ」が正しいとする説もあるのだが、著者その人の称賛、評価であるかないかはともかくとして、『無名草子』の時代に、『源氏物語』に次いで評判の高い物語であったことは明らかであろう。

つづく『狭衣』総評も見事である。簡にして要を得ている。

「少年の春は」とうちはじめたるより、言葉遣ひ何となく艶に、いみじく上衆めかしくなどあれど、さしてそのふしと取り立てて心にしむばかりの所などは、いと見えず。また、さらでもありなむとおぼゆることども、いと多かり。

起筆、冒頭の冴えた技巧を始め、文章表現の優艶、洗練を長所とし、心にしみ入るような感動的な迫力に乏しい点、不自然非現実的な事象の数々ある点を短所としているが、鋭い指摘ではある。たしかに、『狭衣物語』の特色も問題点も、多くこの指摘に吸収される。藤原定家も『明月記』(貞永二年、三月二〇日の条)に、「歌ニ於テハ抜群、他事ハ然ルベカラズト雖モ……」と言及しているが、まさに同趣の意見と言えるであろう。

『無名草子』の『狭衣物語』評は以下各論に移り、作中人物論や「さらでもありぬべきことども」の具体的批判がつづくが、それはさて措き、ここでは『狭衣物語』全般にかかわる特色や持ち味について、右の『無名草子』の総評をも見合わせながら、いささか述べておきたい。

二 『狭衣物語』の表現と和歌

『無名草子』や藤原定家が指摘するとおり、『狭衣物語』の特色の第一は、その洗練された文章力、表現力であり、和歌や和歌的表現の多様多彩な駆使であろう。作中には、主人公狭衣大将の独詠歌を中心に二百首に余る和歌が織り込まれ、地の文には随所に引歌(ひきうた)や歌語が鏤(ちりば)められている。特に畳みかけるように連続する引歌や歌語による情趣的な美文体が際立つ。それぞれの巻の巻頭や改まった場面転換などにそれがいちじるしいことは、容易に気づかれるであろう。

引歌や歌語の活用は、もとより、『蜻蛉日記(かげろう)』などに始まり『源氏物語』によって極まった仮名文章の特色ではあるが、『狭衣物語』では、もはや爛熟(らんじゅく)と言ってもよいほどに、その文章表現の中核に据えられているのである。

引歌を例にとっても、その引くところは『古今和歌集』の六十余首をはじめ、『後撰』十数首、『拾遺』二十数首など三代集はもとより、『拾遺』時代ぐらいまでの歌人の詠ならば八代集全域にわたり、『古今六帖』や『伊勢集』『貫之集』などの私家集の類、神楽歌(かぐら)、催馬楽(さいばら)、朗詠などにまで広く及んでいる。『源氏物語』に共通する引歌も五十首ほどあり、『狭衣物語』の引歌の三分の一近くを占めるが、その引き方には特徴があり、歌語中心に引く特色を持っている。

作中和歌や引歌、歌語の類は、織り込まれ鏤められて際立つばかりではない。その引歌が、その歌語が、すでに担(にな)う伝統的な意味を集合して、物語の文章表現に深い情趣を添えるとともに、物語内部で新しい独自な意義を帯びて、作中人物の心情や行動、場面の象徴として生かされていく。それはまた、物語内の和歌(作中和歌)による引歌、物語内の歌語(作中歌語)の重用につながる。『源氏物語』に学んだ引歌技法を最大限に生かし、積極的に推進し、和歌や和歌的表現を直接に物語の進行に参与させているのである。『狭衣物語』は筋組みが堅牢である、構想にまとまりがある、とよく言われるが、和歌や和歌的表現の効果的な活用に負うところがきわめて大きい。
『『少年の春は』とうちはじめたるより』と、『無名草子』に称賛された起筆にも、これらの特徴は顕著であろう。もとより白楽天の「背燭共憐深夜月　踏花同惜少年春」を引用しているが、堂々と漢詩句を引く書き出しは、物語文学はじまって以来の新しい試みであった。『源氏物語』桐壺巻が、同じく白楽天の『長恨歌』の冒頭句をひそかに下敷にしているが、その「いづれの御時にか……」の起筆の工夫と意義をはっきりと知ったうえで、新たに、あらわに打ち出した意図的なものと言えよう。

起筆を含む冒頭場面がまた画期的な新形式であった。春弥生のころの、藤や山吹の花盛りを背景に、男主人公が女主人公を訪れる美しい場面がまず描かれる。今日の口絵添加やテレビの一齣紹介にも似た趣だが、「昔」「今は昔」の常套的な起筆、主人公や女主人公の両親から書き始める物語の約束は完全に破られている。この印象的な冒頭の場面描写のあと、ようやく本来の起筆部に当る主人公の両親の紹介に転じるが、それも、

このころ、堀川の大臣（おとど）と聞こえて関白したまふは、……（一二頁）

なのである。「昔」「今は昔」の物語ではない。「このころ」は現代の物語という意識をうかがわせる。新しい現代の物語を作ろうとしているのである。

構想や場面の構成に深く参与する『狭衣物語』の文章表現の用意は、この起筆の新しさ、冒頭場面描写の新工夫からも明瞭にうかがえるだろう。この斬新な起筆、冒頭描写の新機軸がいかに物語読者に歓迎されたかは、後続の物語作品、特に鎌倉時代の物語類に大きい影響を与えて同趣の起筆が続出

しているところからも十分に想像できるのである。

『狭衣』、あるいは『狭衣物語』という題名についても同様なことが言える。心の内奥に、源氏の宮ひとりへの愛を抱きつづける主人公の、

色々にかさねては着じ人知れず思ひそめてし夜はの狭衣（巻一、四一頁）

の詠に由来する題名だが、この歌意は、すなわち物語の主題を明示している。妻を暗示する歌語「夜はの狭衣」は、物語の主題の象徴となっているのである。作中和歌の一歌句が全篇の主題を担っている。ここにも和歌と和歌的表現を重んじる作者の志向が端的に示されていると見てよいであろう。この和歌を詠んだ主人公が、読者たちに親しまれて「狭衣の中将」「狭衣の大将」などと呼ばれるようになり、やがては主人公の通称として定着していった事情も首肯できるのである。

「夜はの狭衣」のように主題を象徴し、題名にまでは昇華していないにせよ、作中和歌や引歌、歌語の重視の傾向は枚挙にいとまがないほどである。特に物語の展開や場面の引き締めに有効に働き、情趣を深めつつ筋の進行を促す例を二、三挙げれば、「夜はの狭衣」同様、主人公の人知れぬ懊悩を意味する「室の八島の煙」（初出、巻一、一一頁）が全篇一貫して用いられ、はからずも女二の宮の寝所に忍ぶ主人公の行為には、思慕やら後悔の念やらを交錯させつつ「槇の戸」（同、巻二、一四三頁）や「関の戸ざし」（同、巻二、一五一頁）の歌語に託してつないでいくのである。

飛鳥井姫君の受難悲劇を思い起こさせる作中歌語としては、主人公との出会い、馴れ初め、入水直前、失踪後など、その時々の二人の交渉過程の強い印象をいとおしむかのように、それぞれの時点に

おける贈答歌を軸にして、「飛鳥井の宿り」(巻一、六四頁)、「あさかの沼」(同、七四頁)、「底の藻くづ」(同、一二二頁)、「道芝の露」(巻二、一二七頁)などと、作中の歌語を使い分けてさえいるのである。

引歌や歌語を畳みかけるように連続する、改まった美文調の修飾的な表現は、巻々の巻頭や場面転換の変化に用いられるのは自然だが、やはり、構想や場面のそれぞれの基調に応じて自在に生かされてもいる。クローズ・アップされる人物関係に深くかかわるのである。巻一を例にすると、源氏の宮の物語の場面場面と、今姫君を中心とする物語の場面とでは、別人の筆致かと思わせるほどに意識的に文体を変えている。王朝物語の正系ともいうべき上流中の上流の物語として源氏の宮関係はきわめて端麗、引歌の連続畳みかけ、多彩な歌語、あの美文調の修飾文体は存分に効果を発揮するのである。敬語表現も純正に整っている。

これに反して今姫君とその周辺の場面では、たちまち修飾的要素は影をひそめ、生き生きと行動を描く活気ある文体が中心となる。同情すべき滑稽女性今姫君への興味をいやが上にも高めるべく、説話的語彙やら擬声語・擬態語やらを連発して読者サービスに努めている。あたかも説話文学の生気と行動の世界に、ひとり物語文学の主人公として所在なく坐しているような狭衣大将の印象でもある。

飛鳥井姫君を中心とする物語では、その中間ということになる。飛鳥井姫君と狭衣大将の二人だけの場面は、引歌や歌語的表現が単発的になる傾向があるにせよ、上流中の上流の源氏の宮関係の静謐に似た情趣を失わないが、ひとたび周辺の人々や式部大夫(道成)など、中の品の人物たちが加わると、たちまち文章表現は今姫君中心の物語の文体に傾く。敬語表現もまた、対する人次第といった揺れを見せるのである。達者な作者と思わずにはいられない。

作中和歌二百余首の織り込みにもさまざまな配慮が見られる。主人公狭衣の独詠歌が際立つのも、物語の憂愁哀艶な基調にひびき合って『狭衣物語』の特徴的な傾向であるが、独詠歌が独詠歌で終らず、おのずからひそやかな贈答歌に移行したり、二首独詠の重い思いが、それとは知らぬ相手方のこれまた二首独詠の嘆きに、はるかに場面を隔てて照応したりする。例を掲げる余裕を失ったが、主人公狭衣の和歌について、いちはやく、彼の理想的な能筆に比して、

御歌どもぞ、なべての人の口つきにてだにをかしとも見えぬは、あしう人のまねびためるにや。

（巻一、一三三頁）

と、謙辞を呈して韜晦（とうかい）をはかっているのは、かえって作者の並々ならぬ和歌への関心と努力を示す証とも見ることができるのである。

『狭衣物語』の和歌や和歌的表現は、定家に抜群と称され、『物語百番歌合』に『源氏物語』の和歌と対峙（たいじ）させられたが、定家の父俊成もまた若き日の詠にすでに『狭衣物語』の影響がうかがわれる。『新古今和歌集』の時代には、歌人の必読書、作歌用意の書として『源氏物語』に並んでいる。『狭衣物語』の名誉は、まさに、和歌と和歌的表現の巧緻（こうち）に負うところが大きいと言えるであろう。

三　『狭衣物語』の方法と特色

『無名草子』は、『狭衣物語』の欠点として、心にしみ入るような感動的な迫力に乏しい点と、不自然非現実的な要素が多い点とを挙げていた。真先に掲げた『源氏物語』論では、有名な、

さても、この『源氏』作り出でたることこそ、思へど思へど、この世一つならずめづらかに思ほゆれ。まことに、仏に申し請ひたりける験にや、とこそおぼゆれ。それよりのちの物語は、思へばいとやすかりぬべきものなり。かれを才覚にて作らむに、『源氏』にまさりたらむことを作りいだす人ありなむ。わづかに『宇津保』『竹取』『住吉』などばかりを、物語とて見けむ心地に、さばかりに作り出でけむ、凡夫のしわざともおぼえぬことなり。

という絶賛の尊敬をはじめ、巻々の論、女性論、男性論、ふしぶしの論を繰り拡げているから、『狭衣物語』などはもはや段違いの存在であり、比較の対象にもならぬことになろう。それにしても、「それよりのちの物語は、思へばいとやすかりぬべきものなり」とは、真実、その通りと納得できるだけに、『狭衣物語』にとっては手痛い言葉である。『無名草子』評のように『源氏物語』のようには感動できぬと極め付けられれば、それまでなのである。しかしながら、『狭衣物語』のねらったところが、まったく『源氏物語』と同じなのかどうか。『源氏物語』に学びながらも、どこかに新生面、あるいは独自領域を持つものなのか、やはり弁護してやりたい気持にかられる。

同じく『源氏物語』を直接承ける物語として、この手痛い批評を分ち合う『夜の寝覚』などは、

『寝覚』こそ、取り立てていみじきふしもなく、また、さしてめでたしと言ふべき所なけれども、

はじめよりただ人ひとりのことにて、散る心もなくしめじめとあはれに、心入りて作り出でけむほど思ひやられて、あはれにありがたきものにて侍れ。

という総評を受けている。扱いは、『狭衣物語』とほぼ同格である。ただし、長所短所の指摘は正反対と言えよう。『狭衣』は文章表現を賞められながら、「心にしむばかりの所などは、いと見えず」——感動的な迫力なし——と批判され、『寝覚』は、文章表現への言及はなく、「はじめよりただひとりのことにて、散る心もなくしめじめとあはれに」作っている点を賞められるのである。両者は好敵手である。たがいに比較の対象となり得る。『狭衣物語』の面白さ、持ち味もまた、『夜の寝覚』との比較から明らかになるところが多いであろう。

事実、『夜の寝覚』は、女主人公ただひとりの生涯をひたすら追っている。「心入りて作り出でけむ」と思わずにはいられないほど、女主人公の心の内部に執着しているのである。構想はむしろ単純であり、文章表現もけっして優れているとまでは言えない。巻三以降などは晦渋（かいじゅう）ですらある。ただし、女主人公寝覚の上の心、——意志を持ち責任に生きようと努める女の生きざまを、どこまでも内面的に、その成長、成熟の過程をまで掘り起そうとする。事件の中でいかに女の心が揺れ、いかに決意し、いかに崩れ、それをいかに反省していったか、に関心が集中しているのである。危機の局面を設定し、繰り返し女主人公を追い詰めていくうちに、次第に心の深部を探り当てていくのが『夜の寝覚』の方法と言えるであろう。

これに対して『狭衣物語』は、前述の優れた表現力、和歌や和歌的表現を駆使した文章力で、できる限り視野広く先行の文学を見合わせ、あるいは仏典関係までも積極的に取り込みながら、物語を興味深く豊かなものにしようと努めている。手際よくまとめあげる構想力、構成力に第二の特色を持つのである。構想に工夫をこらし、緊密で弛みのない物語の進行を心がける目配りの良さとその力量とは、とうてい『夜の寝覚』の及ぶところではない。一方、ひとりの人間の成熟の過程を追ったり、内面世界に深く入り立ったりする気組みは稀薄である。主人公狭衣大将は、源氏の宮思慕と両親への孝心から、出家遁世の意志を持ちながらこの世の執着に苦しむ男、源氏の宮は、兄として狭衣に親しみ、異性としての彼を受け入れる心のない女性、純情可憐で内気一方でありながら一途に思い詰め、愛に生き愛に死ぬ飛鳥井姫君、誇りに生きた母宮皇太后に殉じ、恥の心を崩すことのない女二の宮、愛のない結婚を嫌悪し、けっして狭衣を許すことなく死に至る一品の宮、源氏の宮の形代、ゆかりの存在として終始する宰相中将妹君。主人公をはじめとし、彼をめぐる五人の女性たちの性格は、はっきりと描きわけられているし、それぞれに興味深い。しかし、はじめから性格がしっかりと定められているのである。すでにできあがった人格として登場し、その性格の人として行動して揺れるところがない。『夜の寝覚』の書き方とは対蹠的なのである。『狭衣物語』の構成力の優位がうかがわれるであろう。

『狭衣物語』の人物は、『源氏物語』の諸人物を合成したところが多いとよく言われる。たしかに主人公狭衣は、光源氏の後身であり、同時に性格的には薫大将に似ている。「すべてよからぬわが心の何事にも後悔しきぞかし」（巻三）の反省を繰り返す「過ぎぬる方悔しき御癖」（同）は、まさに薫大将の血を引くと言ってよい。飛鳥井姫君には夕顔の面影とともに、浮舟の入水が重なり合い、女二の宮は、宇治の大君の性格の強さを持つ女三の宮といった感が深い。狭衣大将の永遠の女性源氏の宮が藤壺の役割を負い、宰相中将妹君がそのゆかりとしての紫の上、一品の宮が葵の上に近いのは、合成とは言えないが、今姫君の存在などは、明らかに近江の君と末摘花の合成であろう。

『源氏物語』の影響については別に述べたいが、『源氏物語』の諸人物の合成という面に限って言えば、『狭衣物語』の場合、登場人物の数を減じて印象の拡散、稀薄化を防いでいる点、一人一人の性格を複雑にして物語を面白くしている点など、構想の緊密化に役立っているのだが、同時に、人々の性格が『源氏物語』の人物と重なり合っているだけに、あまりに型にはまり、人物の性格の固定化を促進させてしまっていることにもなる。『狭衣物語』の人物造型の方法がほの見えるところであり、『夜の寝覚』とは全く趣を異にする物語作法に立つことが、ここからもうかがえるであろう。

『夜の寝覚』では、寝覚の上が、自己の自覚を超える心の深層にまで気づかせられている。これを「心のほかの心」(巻四)と表現していた。どこまでも女主人公の心の内部に目を向けているのである。『狭衣物語』にも、「心より外に」といった表現がしばしば見られるが、それは自らの「心のほかの心」に向かうことがない。狭衣大将や女二の宮などの、自分の心に添わぬ心外な人間関係や、意志に反する事態の成り行きに対する嘆きに用いられることがほとんどである。外側に目が向いているのである。狭衣自身の心の内部には、「身に従はぬ心の悔しさ」(巻三)を繰り返す段階にとどまったままである。こんなところにも『狭衣物語』がめざす方向が暗示されていると言えるであろう。『狭衣物語』の構成力——人間関係の緊密さや事件の連鎖といった外側への「目」の持ち味を抜きにして、心にしみ入る感動に乏しいという面だけを責めるのは酷である。

先述の、和歌や和歌的表現の多様多彩、特に畳みかけるように並べる引歌や歌語の修辞表現にもすでに見たように、『狭衣物語』には、先行の良きもの、伝統的に価値ある興味深いものを、できるかぎり物語内に取り込もう、構想や筋組みの緊密を崩さぬ範囲で、より豊富な内容にしようとする傾向が強い。これはこの物語の大きい特色なのである。

『狭衣物語』の伝本関係ははなはだ複雑で、諸本に本文の異同が多いことで知られるが、こうした本文の異同の激しさも、筋組みにかかわらぬところで引歌や歌語を数多く並べたり、他の物語の人物や表現を引き合いに出したりするあたりに一因があるように思われる。そのあたりの本文の加除あるいは変更などが原因で、筋は変らずに表現を異にする本文の変動が始まる。そんなことを考えさせるほど、『狭衣物語』の先行文学取り込みは積極的である。

当然、『源氏物語』摂取も旺盛である。影響を受けると言うよりも、まさに意欲的な取り込みと考えるべきであろう。その積極的な姿勢は、『狭衣物語』の構想や先述の人物造型、場面から文章、語句の細部にわたって『源氏物語』を学んでいるばかりでなく、あからさまに光源氏や夕霧などを名指しで引き合いに出しているところからも知られるであろう。

かの光源氏の、須磨の浦にしほたれ侘(わ)びたまひけむ住居(すまひ)さへぞ、うらやましくおぼされける。(巻二)

「これや昔の跡ならむ。『見れば悲し』とかや、光源氏ののたまひけるものを」とはのたまはすれど……(巻四)

「まめ人の大将（夕霧のこと）はおはせずやは侍りける。さらばしも、花の散るも惜しからじかし」（同）

などがその例であるが、伝本によってはなお多くの例を加えることができる。同じく『源氏物語』の影響を受ける『夜の寝覚』などには、わざわざ名を挙げて読者に須磨巻やら幻巻やらを想起させて自作の場面に重ね合せ、自らの構想や場面の裏打ちにして趣を加えようとする積極性はない。

『狭衣物語』の先行文学取り込みは『源氏物語』ばかりではない。『竹取物語』『伊勢物語（在五中将の日記）』『宇津保物語』『枕草子』などのほか、現在では散佚している『隠れ蓑』『みづからくゆる』『伏籠の少将』『唐国』『大津の皇子』『芹摘みし』『葦火焚く屋』『夢のしるべ』『袖ぬらす』『おほゐの物語』『玉の緒の姫君』『かはほりの宮』などの名を拾うことができるのである。物語名やらその人物名やらを、これほど名を挙げて自作に取り込む例は、他には見られない。『夜の寝覚』では『竹取』が引かれるのみで、あとは『隠れ蓑』と関係があるかも知れない語句など、一、二、暗示的な表現があるばかりである。『浜松中納言物語』でも、『竹取』『宇津保』が引かれるほかは、『唐国』『大井の物語』『おほくの皇子』を挙げ得るに過ぎない。『狭衣物語』の、『源氏物語』にとどまらない積極的な取り込みの態度と、先行物語全般への関心の高さや広範な知識を称えるべきであろう。当時の読者たちもこれを喜び歓迎したのではなかろうか。

今一つ、『無名草子』が短所として指摘するのは、『狭衣物語』には不自然非現実的な事象があまりにも露骨であり、かつ多すぎるという点であった。具体的には、大将の笛の音賞でて、天人の天降りたること。
粉河にて普賢のあらはれ給へる。
源氏の宮の御もと、賀茂大明神の、御懸想文つかはしたること。
斎院の御神殿鳴りたること。
何事よりも何事よりも、大将の、帝になられたること。

などが、「さらでもありぬべきことども」として、強く非難されている。

総じて『無名草子』の著者は、物語の超自然超現実的な事象を好まぬらしく、これに類する批判は『狭衣物語』に限ったわけではないが、それにしても『狭衣』に対しては、特に激しい非難が集中しているのである。それだけに、これを逆転して、かえって『狭衣物語』の特色を示すものと考えることができる。超自然非現実的な要素が多く、際立つというのも、じつは、先に見た和歌や引歌、歌語の盛り込みや『源氏物語』摂取、身近な物語群の旺盛な取り込みなどと同質の、あの貪婪な意欲、――先行の良きもの、価値あるもの、物語にとって興味深いものをできるかぎり取り込み、物語を盛りあげようとする作者の方法の一環として理解することもできるからである。

ここで、やや回り道にはなるが、物語文学の基本的な性質にいくらか立ち入っておきたい。物語文学の性質には、伝承性と現実性という相反する二面がある。伝承性は古伝承以来の語りの伝統に立つ古いものであり、超自然非現実的事象を伴う。現実性は平安時代の現代を写す新しいものであり、人と心を写実的に描く。神話や伝説の血筋を承ける物語文学は、物語であるかぎり伝承性を消去することができないし、平安時代の貴族社会に誕生した新ジャンルとして社会の現実を写すのは当然の使命であり責任なのである。伝承的話型の現実的な再粧（さいしょう）といったところから出発した物語文学は、やがて次第に現実性優位の方向をめざすようになるが、この対極的な性質である伝承性、現実性の二軸は、物語の歴史の最後まで切り結び、かかわり合っていくのである。

伝承性優位から現実性重視へ。この趨勢を決定的にしたのは、もとより『源氏物語』である。『源氏物語』でも、その基底には伝承性の根が深く、その血筋はけっして薄れていない。しかし、作者独自の内的欲求にもとづく巨大な虚構世界のなかに呑み込まれている。『源氏物語』がめざしたのは、壮大な虚構世界の構築であり、それによる現実の再現という難事業であった。蛍巻にも、虚構による現実の再現こそ、事実をただ記述する歴史以上に真実であると、堂々たる創作の信念を披瀝（ひれき）している。物語における現実性優位ははっきりと見定められている。しかし、『源氏物語』の伝承性は底に潜むばかりではない。虚構による現実の再現のために、みごとに吸収され生かされているのである。伝承性は生（なま）のかたちのままではなく、『源氏物語』そのものの独自な要請によって、物語内部における必然性と意義を担（にな）って新しく生きるのである。

十一世紀圏内の物語文学は、ひとしく現実性が優勢である。『狭衣物語』をはじめ、いずれも『源氏物語』の写実的現実的傾向を承けている。『源氏物語』は模範であり、基準であった。にも拘らず、超自然非現実的な事象が際立つとしたら、これはどういうことなのか。『源氏物語』を最高無比のものと絶対視するうえに、超自然非現実的要素を好まない『無名草子』の批判はともかくとして、この点に大きい特色を持つ『狭衣物語』のためにも考えたいところである。

現実性が大勢であれば、相反する伝承性はおのずから圧縮され稀薄化する。しかし、物語における伝承性は本来からのもの、けっして捨てることができない。圧縮、稀薄化のなかで固執すれば、当然、現実性の基調と摩擦を生じる。優勢な現実性との乖離が、伝承性の孤立化、断片化を際立たせている、とも言えよう。

『源氏物語』にあっても伝承性は薄れていなかったが、自己の虚構世界に生かし切り転換し切っていた。『源氏物語』以後の作品は、現実性と伝承性との、『源氏物語』におけるような、こよなき関係を見失っている。超自然非現実的要素は物語内部の必然において取り込まぬかぎり、現実的写実的な物語全体から見るとき、不協和音を生じるのだ、とも言えるだろう。

『源氏物語』がむしろ例外的な特別な作品なのだ。散佚した数多くの物語群をまで見渡せば、伝承性の濃厚な作品がいかに多いことか。古伝承以来の語り口、天人女房譚、貴種流離譚、音楽奇瑞出世譚、継子虐め譚などの伝承話型、禁忌、超人、奇蹟、予言、あるいは夢、もののけ、これらはいつの世にも人気のある最も物語らしいものだ。たとえ生のかたちであろうと、これらを手際よく盛り込むのが本来の物語というものである。初期物語の伝承性、伝奇性の復活、ないしは物語の正常への復帰——これこそ十一世紀圏内の物語の姿である、と開き直ることもできる。

それぞれに首肯できる理を持つ。しかし、そのどれか一つを正解とするわけにもいかないだろう。これらの考えをもっと総合し、複眼的に考えねばならないところである。『無名草子』のように『源氏物語』を高しとする見方からは、第一か第二の見解が正しいようにも思えるが、それでは第三の意見の方向が無視されることにもなる。第三の意見だけではまた、『狭衣物語』にとっては有利であり好ましい考え方だが、やや身贔屓に過ぎる感もある。文学史的評価や十一世紀圏内の物語状況の認識そのものに現在なお揺れが大きく、正解はさらに今後の研究の進捗(しんちょく)に俟(ま)たねばならないが、少なくとも、『無名草子』が「さらでもありぬべきことども」と非難する意見だけを鵜呑(う)みにする必要のないことは理解できるであろう。

ここで『狭衣物語』に立ち戻る。『無名草子』の見解はともかくとして、この物語に超自然非現実的要素が多いことは事実である。しかし、それは主人公狭衣大将の人生の岐路——プロットの転機——という重大局面、物語における山場に限ってあらわれるのである。『狭衣』作者が、初期物語の原点に戻ろうとか、物語の正常化とかを考えていたかどうかはわからぬが、伝承性という物語固有の性質を大切に扱い、奇蹟や予言や夢といった現象に大きい興味と関心を寄せていた証拠であるとは言えよう。

『狭衣物語』のこのような超自然非現実的な事象は、それぞれに先例を踏まえ、あるいは現実に起った事例にもとづくものと報告されてもいる。「天人の天降り」は『宇津保物語』に、「帝になられたること」は『源氏物語』の光源氏が准太上天皇になったことにもとづく着想であろうし、「御神殿鳴りたること」などは、『春日権現験記』や『扶桑略記』などに同類の事例の記録があるのである。やはり、先行の良きもの、物語にとって興味深いものは、できるかぎり取り込んでいこうとする精神のあらわれであり、これまで述べてきた和歌や引歌、歌語の活用や、旺盛な『源氏物語』摂取、あるいは身近な物語群の集大成的な取り込みと全く同様な特色を示しているのである。

『狭衣物語』は、主人公狭衣大将の不如意の生涯——ひとすじに源氏の宮を思慕しながら、その故にかえって女性たちを不幸に落し入れ、我が身は出家遁世を願いながら、ついに果し得ない悲嘆憂愁でつらぬかれた物語である。暗灰色の世界なのである。これを多彩、達者な文章力、表現力、構成力を駆使して、より面白く読めるよう苦心している。人間関係の扱いの手際の良さ、プロットの緻密な運び、場面転換の速度の速さと巧みさなど、存分に力量を発揮している。より興味深く味わえるよう、より豊かに読めるように、先行の良きもの、興味あるものの取り込みも怠らない。つまりは、物語はかくありたいと作者自身の信じるところを集大成的に生かしているのだが、作者の資質としてはエンターテーナー的な素質にも恵まれた女性（ひと）、あるいはそれを心がけた女性であったのかも知れない。

以上、『狭衣物語』の諸特徴を述べるとともに、『狭衣物語』が作られ、読まれ、愛された十一世紀後半の物語的状況の大略を辿（たど）った。ただし、『源氏物語』摂取――積極的な取り込み――については詳細を尽していない。しばしば言及しながら整理したかたちで示していないのが遺憾であるが、具体的には本書頭注欄に注意しているので、しばらくこれに拠られたい。その他、残された問題点とともに、本書下巻の解説で補完したい。

四　作者のこと　底本のこと

作者について簡単に触れておきたい。

『狭衣物語』の作者は、禖子（ばいし）内親王家に仕えて宣旨（せんじ）と呼ばれた女性と言われる。禖子内親王は、後朱（す）雀（じゃく）院第四皇女、御母は中宮嫄子（げんし）（敦康親王女、頼通養女）、長暦三年（一〇三九）八月十九日誕生、寛徳三年（一〇四六）三月二十四日、八歳で斎院に卜定され、六条斎院と号された方である。

禖子内親王（六条斎院）宣旨は源頼国女と伝えられる（『尊卑分脈』『勅撰作者部類』）。父頼国は多田満仲の孫、武人として有名な源頼光（治安元年＝一〇二一卒、『拾遺』『後拾遺』『金葉』『続詞花』に名を残す歌人でもある）の息である。頼国は美濃・三河・備前・摂津・但馬・伯耆・讃岐・紀伊などの国守や上総介を歴任、あるいは右馬権頭や皇太后宮大進、東宮大進、上東門院の別当などを勤めた（『尊卑分脈』『小右記』長元四・九・二五条＝一〇三一）。『狭衣物語』の作者が頼国女ならば、この物語にあらわれる諸国名が多く父の任国にかかわることになり、まことに好都合と言えるであろう。

頼国の男子には頼弘・頼資・頼実・実国・頼綱・国房・頼仲・師光・頼房・頼任・明円の十一人があり、なかで頼実は『後拾遺』『続詞花』『玉葉』『風雅』などに見える歌人で、和歌六人党のひとりとして家集も伝え、頼綱もまた『後拾遺』『金葉』『詞花』『続詞花』『続古今』等の歌人で、媞子内親王家歌合（永保三・一〇＝一〇八三）、六条斎院家歌合（題夏日・夜月・鵜川）、四条宮寛子皇后宮家扇合（寛治三・八・二三＝一〇八九）、高陽院歌合（寛治八）などにも出席、多田歌人といわれた人。頼資もまた頼資資成家歌合や六条斎院家歌合（題夏日・夜月・鵜川）にその歌が見え、師光は『後拾遺』に、明円は『玄々集』にその歌が載せられている。頼国の弟には和歌六人党のひとり頼家（延久元年＝一〇六九卒）もおり、『後拾遺』『金葉』『詞花』『続詞花』の歌人、越中守時代の頼家家歌合も伝わっていて、まず頼国一族の歌人的系譜をたどることができる。

これら男子らの母については、播磨守藤原信理女、備後守藤原師長女、尾張守藤原仲清女のほか、藤原興方女も三河守頼国室といわれている（『尊卑分脈』）。そのうちのいずれかに、宣旨の母があるかも知れない。頼国の女子も十一人（うち二人は重複とみられる）あったことが諸家によって考証され（『尊卑分脈』には明円のつぎに、「女子 六条斎院宣旨イ 後拾遺作者イ」とあるのみだが）、この九人の女子のいずれが六条斎院宣旨であるかについては、各説がある。記録に残る十一件の女子とは、知足院藤原師実妻（『尊卑分脈』『中右記』『栄花』布引滝）、勧修寺藤原為房妻（『尊卑分脈』『中右記』『弁官補任』）、藤原良綱妻（『尊卑分脈』）、藤原盛実妻（『尊卑分脈』）、源道時妻（『中右記』）、藤原顕家妻（『尊卑分脈』）、源朝任妻（『尊卑分脈』）、藤原盛綱妻（『尊卑分脈』）、宇治大納言源隆国妻（『栄花』布引滝）、藤原定輔妻（『尊卑分脈』。萩谷朴氏は前記隆国妻と同一人とする）、四条宮美濃（類聚歌合春秋歌合註記、三条西本栄花根合註記。前記師実妻のことである）である。このうち、禖子内親王家女房として年齢的にうちあう女子は宇治大納言源隆国妻と藤原定輔妻のふたりであり、『後拾遺』巻十八の詞書とあわせて定輔妻で高定母であった頼国女が宣旨であるとする三谷栄一氏説がまずすぐれているが、これを最有力とは認めながら、長久三年（一〇四二）高定が殺人を犯した事実から、それより四年にしかならぬ寛徳三年（一〇四六、六条斎院卜定時）に、その母が、宣旨という斎院にとっての中枢女房になりうるかどうかに疑いを残された堀部正二氏説もあった。萩谷朴氏は、定輔妻と伝えられる頼国女は実は定輔男の高定の妻であること、隆国妻も実は同一人であり、高定に別れて後、宇治大納言源隆国に再婚したこと、などを推定し、これが六条斎院宣旨であると説かれている。以上重要な説をあげたが、いずれもいまだ定説には至らず、複雑な問題を残している。

さて、禖子内親王はまことに好文雅趣の皇女で、幼くから和歌を好み、「幼くおはしませど歌をめでたく詠ませ給ふ。侍ふ人々も題をいだし歌合をし、朝夕に心をやりてすぐさせ給ふ」（『栄花』根合）

とあるように、斎院時代だけでも十五度の歌合が知られ（斎院自身、『詞花』『続古今』『新拾遺』に各一首のほか、歌合には宮殿または宮君として九回出場、十四首の詠が知られる）、大病を隔て治暦年間をやまに、延久、承暦ごろまでなお十度の歌合を催している。

六条斎院宣旨が『狭衣物語』の作者ならば、まことに恵まれた好文雅趣の環境にあったことになり、有名な天喜三年（一〇五五）五月三日庚申の六条斎院家物語合などから同宮家の物語文学に対する興味も知られるから、物語創作の人としてふさわしいばかりでなく、『狭衣物語』に、賀茂斎院に関する記述、描写の特に詳細な点も理解できることになるのである。

宣旨は、この禖子内親王関係二十五度の歌合中に、十六回出場、三十四首を残しているが、斎院卜定の寛徳三年（一〇四六）すでに老巧な女房として出仕したであろうことをも考えあわせ、『中右記』寛治六年（一〇九二）二月二十三日「去暁斎院宣旨頓滅云々」を死去の記事とすると、九十歳ぐらいまで生存したことになる。

物語作者としては、『狭衣物語』のほかに、前記の六条斎院家物語合では『玉藻に遊ぶ権大納言』を作っている。この「題物語歌合」の一番右に、

たまもにあそぶ権大納言　　せじ

ありあけの月まつさとはありやとてうきうきてもそらにいでにけるかな（ママ）

と詠んでいることが知られるのである。

散佚物語『玉藻に遊ぶ』は、「題物語歌合」の一首のほかに、『風葉集』に十三首を残し、『無名草子』

には『源氏』『狭衣』『寝覚』『浜松』についで評論の筆にのぼり、『明月記』（貞永二・三・二〇＝一二三三）にはいわゆる十物語のひとつに認められており、鎌倉時代には定評のあった作品である。それも相当の長さの物語であったことが知られる。それらの資料から構想をたどっても、十二人から十六人ぐらいの登場人物が知られ、物語中の時代が四代にわたり、相当の長年月を扱った作品とみられる証がある。しかし、それは完成体としての『玉藻』であり、「題物語歌合」当夜においては、あるいはその初巻のみが提出され、その後書きつがれて大作になっていったものであろうと考えられる。

勅撰入集歌は『後拾遺』二、『新勅撰』一、『玉葉』一の計四首に過ぎないが、歌人としての力量は、前記禖子内親王家歌合十六回出場、三十四首の詠が証明する。

なお、宣旨を『狭衣物語』の作者とする根拠は、定家『僻案抄（へきあんしょう）』（嘉禄二年＝一二二六頃成立）の「をかだまの木」を釈したなかに、

狭衣といふ物語に
谷ふかくたつをだまきは我なれやおもふおもひのくちてやみぬる
此物語禖子内親王前斎院宣旨つくりたりときこゆ

とある記事に拠る。定家自身「……ときこゆ」という伝聞形式の記載を用いている点が気がかりであるが、藤岡作太郎氏（『国文学全史 平安朝編』）の提唱以来有力となり、諸家の精力的な研究を経て近年ではほぼ通説をなすにいたっている。

なお、底本について一言しておく。

本書の底本には旧東京教育大学国語国文研究室蔵の四冊本（巻名は、春夏秋冬）を用いている。題名は『狭衣』。今、春夏秋冬を普通の巻数に直して示すと、巻一、巻四の表紙は紺地金泥の下絵に金切箔金砂子を刷（は）く当初からのもの、巻二、巻三は改装後のもの、綴葉装（てつようそう）の冊子で鳥の子紙に雲母（きら）を撒いた料紙。

当初からの表紙には題簽（だいせん）の跡のみだが、巻二、巻三は中央上方に「狭衣夏」「狭衣冬」と題簽がある（ただし冬は誤っている）。縦二四・一センチ、横一七・六センチ、墨付枚数は、巻一は一一一枚、巻二は一二八枚、巻三は一七二枚、巻四は一八一枚。奥書はない。室町時代末か下っても江戸時代初頭の書写と思われるが、巻一、巻三が同筆、巻二と巻四は別人の同筆、二人の書写にかかる。

本文は元和九年（一六二三）古活字本や、これを継承する承応三年（一六五四）整板本の系統――すなわち流布（るふ）本系統に属する。なかでも、古活字本に極めて近く、誤脱もかなりあるが、古活字本やさらに整板本の誤りを正すところも多い。古活字本と直接の親子、兄弟の関係にはないが、古活字本に並ぶ、あるいはやや前に位置する比較的善本と言えるであろう。古活字本の底本として紹巴（じょうは）本、京大久田本、藤浪本などが考えられているが、これら古活字本の周辺の写本との関係を調査すれば、もっとはっきりと位置づけることができると思われる。

本書の底本に旧教育大本を採用したのは、流布本系統であること、今日最も行われている古活字本、整板本の誤りを正すところの多いことに拠る。従来、読み継がれてきた流布本系統こそ、今日もなお最も多くの読者の要望に応え得ると信じるからである。

『狭衣物語』の諸本は、『国書総目録』に収載されるもの七十余伝本、実際には百数十本は現存すると言われる。しかも、本文の異同の甚だしさは物語類の伝本中でも類がないほどであり、その本文系統の整理は難事中の難事である。しかし、三谷栄一氏や中田剛直氏などの努力によってその困難は克服されつつあり、現在では、深川本などを中心とする第一系統、九条本などを含む第二系統、流布本系統である第三系統に分けるところまで進んでいる。第一系統本こそ最も原態に近いとする説が有力ではあるが、しかし、第三系統こそ原形に近いとする立場もあり、なお三系統間の先後優劣の問題は厳密には決着をみていない。

本書の立場は、『狭衣物語』の読者として、最も読み継がれてきた本文を基礎として繙(ひもと)こうとするに過ぎない。その意味で流布本系統を選び、そのうえで、すでに数種の刊行を見ている古活字本を避け、古活字本や整板本の誤りを正すところも多い流布本系統の善本として旧教育大本を取りあげたにとどまる。校訂に当って、特に故中田剛直氏の『校本狭衣物語』(巻一、巻二、巻三各一冊、全三冊)と、吉田幸一氏の『狭衣物語深川本』(上下二冊)及び『深川本狭衣物語とその研究』『さころも為家本』(上下二冊)に、多大な恩恵をたまわった。記して心から感謝の意を表したい。

付録

校訂付記

一、底本旧東京教育大学国語国文学研究室蔵本の原態に戻せることを目標として、底本を改めた個所を列挙した。校訂に際しては、底本と同系統である古活字本（古活と略記）と整板本（板と略記）に注意し、さらに他系統の諸本をも参照しているが、他系統本の場合、きわめて繁雑になるので、伝本名は省略した。

一、頁（漢数字）、行数（算用数字）の下に校訂本文および訂正の根拠を示し、――の下に底本本文を掲げた。

巻一

一〇　4　手まさぐり（他本）――手さまぐり
一一　11　さてもあれともよに（底のイ）――さてもあれとは（もイ）よも（にイ）
一五　8　いかなるにか御身（古活・板）――いかなるその御身
一六　2　近き程の（意改）――近きほの
二〇　2　御方には（底のイ）――御方にそ（はイ）
二四　13　朽ち果てねとや（古活・板）――くちはてぬとや
二九　12　かうと（判読）――「かうと」か「そうと」か不分明
三二　12　たまさかにも（意改）――たまさかに
三八　4　みな泣きたまひぬ――底本「みな」は見せ消ちのように見える
三九　11　我が御かた（古活・板）――我が方
四三　4　この御文を見て（古活・板）――この御ふみ□みて（□は一字分不明）
四五　3　とらへられたらむやうに（古活・板）――とらへられた□んやうに（□は一字分不明）
四八　9　心もとながらるる（意改）――心もとなからる
五四　5　あまた候ふなる（板）――あまたさふらなる
六二　1　堀川といづくとかや（底のイ）――堀川｜（とイ）いつくとかや
六四　6　馴れつらむかし（底のイ）――なれつらん｜（かしイ）
六六　3　心を尽くしたまふ（古活）――心をつくし
六七　4　人遣りたれど（古活・板）――人やたれと
六八　10　奥の佐官（古活）――おくのさうくん
六八　14　我が心にも（古活）――わが心も
七七　11　思ひたつかたのこととても（底のイ）――思ひたつ｜（かたの事とてイ）も
七九　14　母代にしたり（底のイ）――はゝしろに｜（したりイ）
八二　2　土なりけり（古活・板）――へ（「つ」を見せ消ち「へ」に訂正）ちなりけり

八四	9	答(たふ)には君なし（他本）	――たうしは君なし
八四	11	をかしきに死ぬべければ、立ち退きなむとするほどに（底のイ）	――（おかしきにしぬへけれは立のきなんとイ）する程に
八五	2	おぼし違へたるかとまで（他本）	――おほしたかへたるまで
八五	9	思ひたまふる（他本）	――思ひ給へる
八五	10	ものをこそ（意改）	――物のをこそ
八五	12	犬も解きてとかや（古活・板）	――犬もときてかや
九一	10	あらぬ気色なるを（他本）	――あらすけしきなるを
九二	7	大弐の北の方（古活・板）	――大弐の御方
九二	8	式部の大夫（古活・板）	――式部卿のたいふ
九二	10	妻(め)もなく（古活・板）	――め□（もカ）なく
九三	3	ふさはしからねば（板）	――ふさはかしからねは
九六	12	腹の（板）	――はゝの
一〇〇	3	思ひたらぬ気色（古活・板）	――思たえぬ気色
一〇二	1	思うたまふるに（意改）	――思給に
一〇三	7	ゆくへなくは（底のイ）	――行ゑなく――（はイ）
一〇四	10	渡らせたまひね（古活・板）	――はたらせたまひて
一〇四	11	急ぎたまへらむに（他本）	――いそきかへらんに
一〇六	1	おぼえねど、目は（古活・板）	――おぼえねととめは
一〇七	11	取りどころ（板）	――取とり所
一〇八	11	いとどらうたげに（意改）	――いとゝうたて
一〇九	14	心ことなるが（古活・板）	――心ことなるは
一一一	3	恋ひかなしまめ（意改）	――恋ひかなしめ
一一二	6	心憂し（古活・板）	――心憂しと
一一二	13	あはせでやみぬる（古活・板）	――あはせ――（てや）やみぬる
一一四	11	食はでは（板）	――くはへては
一一六	2	我が心と（古活・板）	――我心□（とカ）
一一六	5	我が心の（板）	――我心
一一九	11	沈みはてむ（板のイ）	――しつみいてむ
一二一	3	なるにまかせては見で（古活・板）	――なるにまかせては□て（□は不明）
一二一	4	憂きめをば（古活・板）	――うき□（めカ）をは
一二二	3	枕がみに（古活・板）	――まつらかみに
一二三	3	さはりたるも（古活・板）	――さはり□（□は不明）るも
一二三	4	まづ取りて（古活・板）	――□つとりて（□は不明）

巻二

一二七	6	尾花がもと（他本）	――おはなのもと
一二八	3	飛鳥井にも（古活・板）	――あすかゐ事も
一二八	4	しかじかこそ（古活・板）	――しか〳〵なとこそ
一二八	6	人をこそ（他本）	――人こそ
一二八	9	とぞ申し歩きける（意改）	――と申ありきける
一二九	14	太秦にて（古活・板）	――うつまさにて
一三〇	11	胸を（古活・板）胸をぞ（他本）	――むね
一三一	2	おはすれば（他本）	――おはすれ
一三一	5	御有様（他本）	――ありさま
一三一	7	ひろう（他本）	――心ひろう
一三一	7	ものしたまうて（意改）	――物し給ふて

一三二　2　見たまへば（古活・板）――の給へは
一三三　13　思ひたまふれば（他本）――思ひ給へれは
一三四　5　おはすれども（古活・板）――おはすれと
一三五　4　おぼえば（板）――おほくは
一三五　9　皇太后宮（他本）――皇太后
一三七　8　夜の（他本）――世の
一三八　10　聞きたてまつりつる（古活）――聞きたてまつる
一三八　12　わりなくて（古活・板）――わりなく
一三八　13　かの（他本）――この
一三九　5　宮殿（判読）――みやとの（「の」の右傍に「イ」とあり）
一三九　10　引き入れて（他本）――引
一三九　12　おぼしなりぬる（他本）――おぼえなりぬる
一四〇　11　苔の乱れ（他本）――こけも心のみたれ
一四二　1　御有様（古活・板）――御御有様
一四三　3　陣のにや（古活）――ちんの（「にや」を「イ」により補入）
一四六　4　うち笑はせたまへる（古活・板）――うちはらわせ給へる
一四六　13　おぼつかなくては（他本）――おほつかなくて
一四七　9　なかなかにこそ（他本）――なかなかに
一四八　3　仕うまつり果てよ（古活・板）――つかうまつはてよ
一五〇　7　などか（板）――なとる
一五〇　11　御有様（他本）――ありさま
一五一　10　立ちたまひぬるを（古活・板）――立ぬるを
一五二　9　隠しもちて（古活・板）――かくしもちゝ

一五三　9　苦しけれど、「とても（古活・板）――くるしけれとても
一五三　10　聞かせたまひてむ（板）――きかせ給ふてん
一五四　1　便（び）なし（他本）――みなし
一五五　1　嘆かしくて（古活・板）――なをかしくて
一五五　7　萩（他本）――おき
一五五　8　人やりならず（古活・板）――ひとやとりならす
一五六　9　御行ひのしるし（古活）――御おこなひしるし
一五七　6　目やすかるべきことと（古活・板）――めやすかるべき事
一五八　8　ありしやうに（板）――ありやうに
一五九　2　さま（古活・板）――なま
一五九　10　人やりならぬ（古活・板）――ひとりやりぬる
一六〇　6　やうもや（他本）――やうにや
一六一　7　限りなしと（古活・板）――かきりなし
一六一　8　御心のうち（古活・板）――御心中
一六一　8　ひまにかは（他本）――ひまかは
一六二　3　見えさせたまふを（他本）――見えさせたまふ
一六三　1　などものたまはず（他本）――なとのたまはす
一六三　7　みな思ひ騒ぐ（古活）――思ひさはく
一六四　6　誰も（古活）――誰にも
一六五　3　思ひくだけさせたまへる（古活）――おもひくだけたまへる
一六五　6　まどひて（他本）――まとふに
一六五　12　こととは（板）――事とそ
一六六　9　見ゆる（古活・板）――みゆるに

一六八　2　返す返すも（古活・板）――返ゝ
一六九　7　たまひぬるにこそ（古活・板）――給ぬるこそ
一七〇　12　池の水も（古活・板）――水も
一七二　1　御事（古活・板）――事
一七二　13　御憂き名（古活・板）――うきな
一七四　12　思ひきこえば（他本）――とひきこえは
一七五　2　立ち騒ぎて（古活・板）――たちはきて
一七五　10　おろかならず（古活・板）――おろかならす
一七五　13　参りて（古活・板）――まいて
一七五　13　用意（古活・板）――よそゐ
一七六　3　二重（ふたへ）織物（他本）――をりもの
一七六　3　折（を）りて（意改）――おりて
一七七　9　宮には（他本）――には
一七七　10　草葉も（古活・板）――草葉にも
一七八　1　こころの（他本）――心ちの
一七八　6　しぐるるに（古活・板）――時雨ゝ
一七八　9　おさふる（古活・板）――おそふる
一七八　13　人のさか（他本）――人のさも
一七九　1　数知らねども（古活・板）――数しらねと
一八一　1　胸ども（古活・板）――むれとも
一八一　6　憂くゆゆしく（古活）――うかゆく（ゆかくイ）
一八一　7　払ひ隠させ（他本）――わらひかくさせ
一八一　14　いとどこそ（古活・板）――いとゝうこそ
一八二　7　ことのほか（他本）――事の外に
一八二　12　御ひとりごとを（古活・板）――御ひとり事と
一八三　2　賤（しづ）の男（を）（古活・板）――しつお

一八三　4　大将（他本）――大殿
一八三　7　おぼえたまへる（板）――覚え給ふる
一八八　7　刈るてふ心強さは（底のイ）――かるもの（てふイ）心つきな（よイ）さは
一八八　8　人知れず（古活・板）――ナシ
一八八　8　おぼし知らるるに（他本）――覚ししるに
一八八　11　なしてばや（他本）――なして
一八九　3　おぼし入りたりし（古活・板）――ほし入たりし
一八九　5　おぼし出でば（他本）――おほしいてて
一八九　8　かつは恨み（他本）――かつうらみなく
一九〇　2　のたまはせず（古活・板）――のたまはす
一九〇　6　心憂きことのみ（古活・板）――心うき事のみ
一九四　9　人目も草もかれはてて、同じ都のうちとも見えず（他本）――人めもみえす
一九四　10　いとど（他本）――いと
一九六　3　今さらに（古活・板）――ナシ
一九六　5　したまはねば（古活・板）――したまはね
一九七　2　口惜しう（古活・板）――くちおし
一九七　7　悲しなども（古活・板）――かなしとも
一九七　9　月ごろを（古活・板）――月比は
一九七　10　いみじきに（他本）――いみしきか
一九八　12　心ざしにはと（古活・板）――こゝろさしとは
一九九　8　人目（古活・板）――人
二〇一　3　遊びそぼるる（他本）――あそひにをるゝ
二〇二　7　大慧（意改）――大会
二〇五　8　つひにはと（古活・板）――つゐには

二〇七　8　大夫(たいふ)（意改）――たいう
二〇七　10　聞かまほしく（古活・板）――きかましく
二〇九　7　物忌よ（古活・板）――物いみに
二〇九　9　大殿には（古活・板）――大殿は
二一〇　7　言ひなさるる（古活・板）――いひなさらるゝ
二一〇　8　生けて（板）――いまゝて
二一〇　11　やみたまひぬ（古活・板）――やみぬ
二一一　1　違(たが)ふ（他本）――たとる
二一一　5　かけて――かけて（イ）［「ちきり」本］
二一二　5　やごとなからぬ（古活・板）――やことならぬ
二一二　5　消ちしにこそ（古活・板）――けちしこそ
二一三　11　ゆゆしき（他本）――ゆかしき
二一四　4　御事をや（古活・板）――御事を
二一四　8　ゆゆしき（他本）――ゆかしき
二二四　10　参り（他本）――まいらせ
二二四　12　人々（底のイ）――人
二二六　12　空階(こうかい)（板）――くうかい
二二八　1　女宮（古活・板）――女御
二二九　14　とやかくや（古活・板）――とくかくや
二三一　5　あさましき（古活・板）――めさましき
二三五　3　立ち退(の)きたまふほどの心地、心に籠(こ)めて（底のイ）
　　立のきたまふこゝちとゝめて
二三五　13　この列(つら)に（古活・板）――このつらにと（イ）
二三六　6　ゆくへ（古活・板）――行末
二三七　4　ゆゆしき（他本）――床しき
二三七　5　見ゆれば（他本）――みれは

二三八　7　持たせ（他本）――もたけ
二三九　11　いづくをか（他本）――いつくにか
二四〇　6　ゆゆしき（他本）――ゆかしき
二四一　2　上達部（古活・板）――かんたちめめ
二四一　9　あくがれたまへれば（古活・板）――あくかれ給へは
二四五　1　なほこの世のがれなば（底のイ）――ナシ
二四五　5　乱り心地（他本）――みたれ心ち
二四五　7　思ひたまふる（他本）――思ひ給ふ
二四五　14　かれがし（他本）――ナシ
二四六　4　とて（古活・板）――ととて
二四六　8　かねて（古活・板）――ナシ
二四六　14　おぼせど（板）――おほせは
二四七　2　今は（古活・板）――今
二四九　14　深山颪(みやまおろし)（意改）――大山下風
二五〇　7　ほのかなるに（古活・板）――ほかなるに
二五〇　12　思ひ知らる（古活・板）――おもひしらるゝ
二五一　6　功(こう)（板）――くにう
二五二　2　奥のかたに（古活・板）――おくのかた
二五二　3　非想摩尼(ひさうまに)（古活・板）――ひさうま
二五二　10　鳥の声も（古活・板）――鳥の声
二五二　14　帥(そち)の（板）――その
二五三　3　侍りし（他本）――侍り
二五四　9　年ごろよりも（底のイ）――「よりも」ナシ

狭衣物語系図

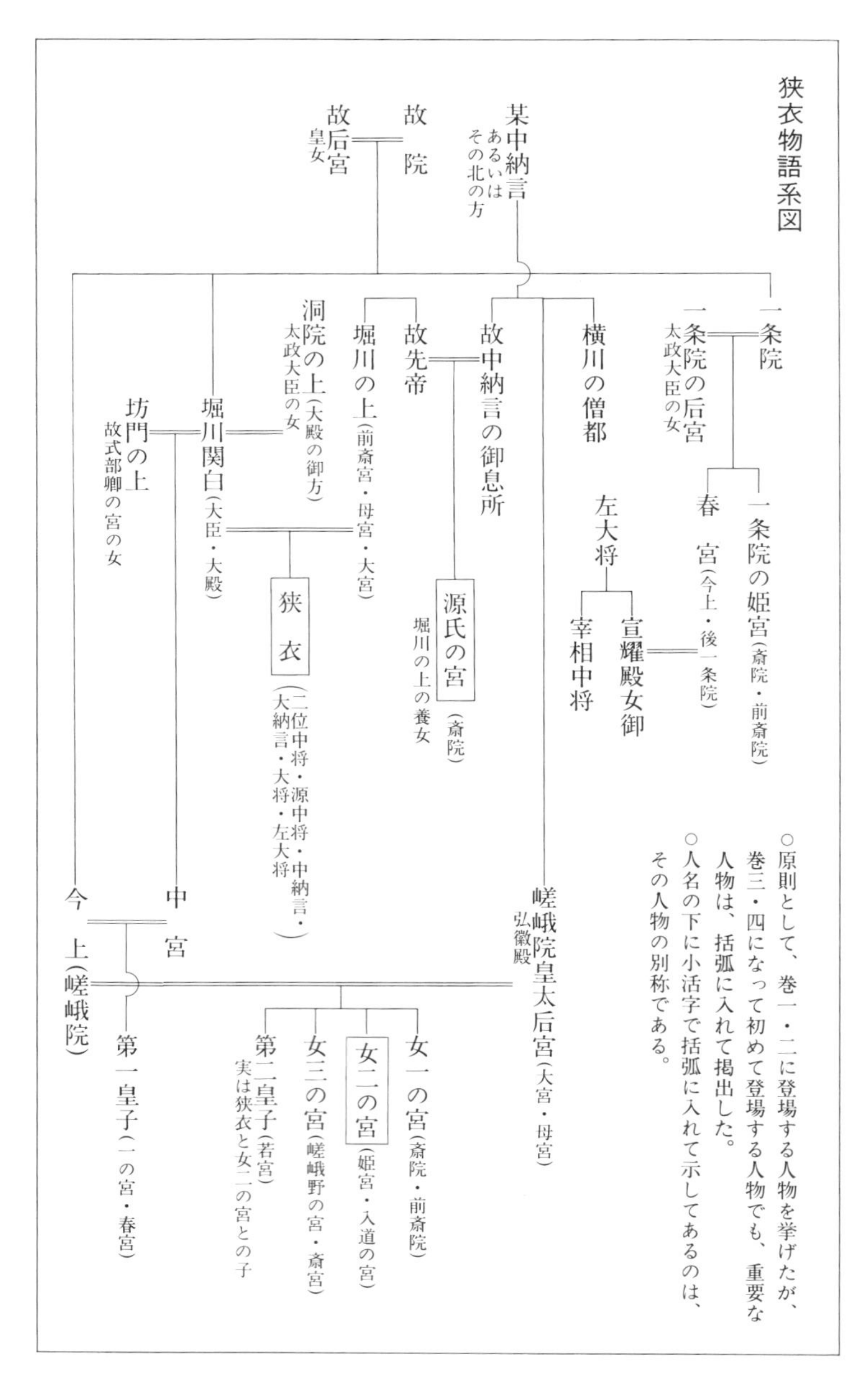

○原則として、巻一・二に登場する人物を挙げたが、巻三・四になって初めて登場する人物でも、重要な人物は、括弧に入れて掲出した。
○人名の下に小活字で括弧に入れて示してあるのは、その人物の別称である。

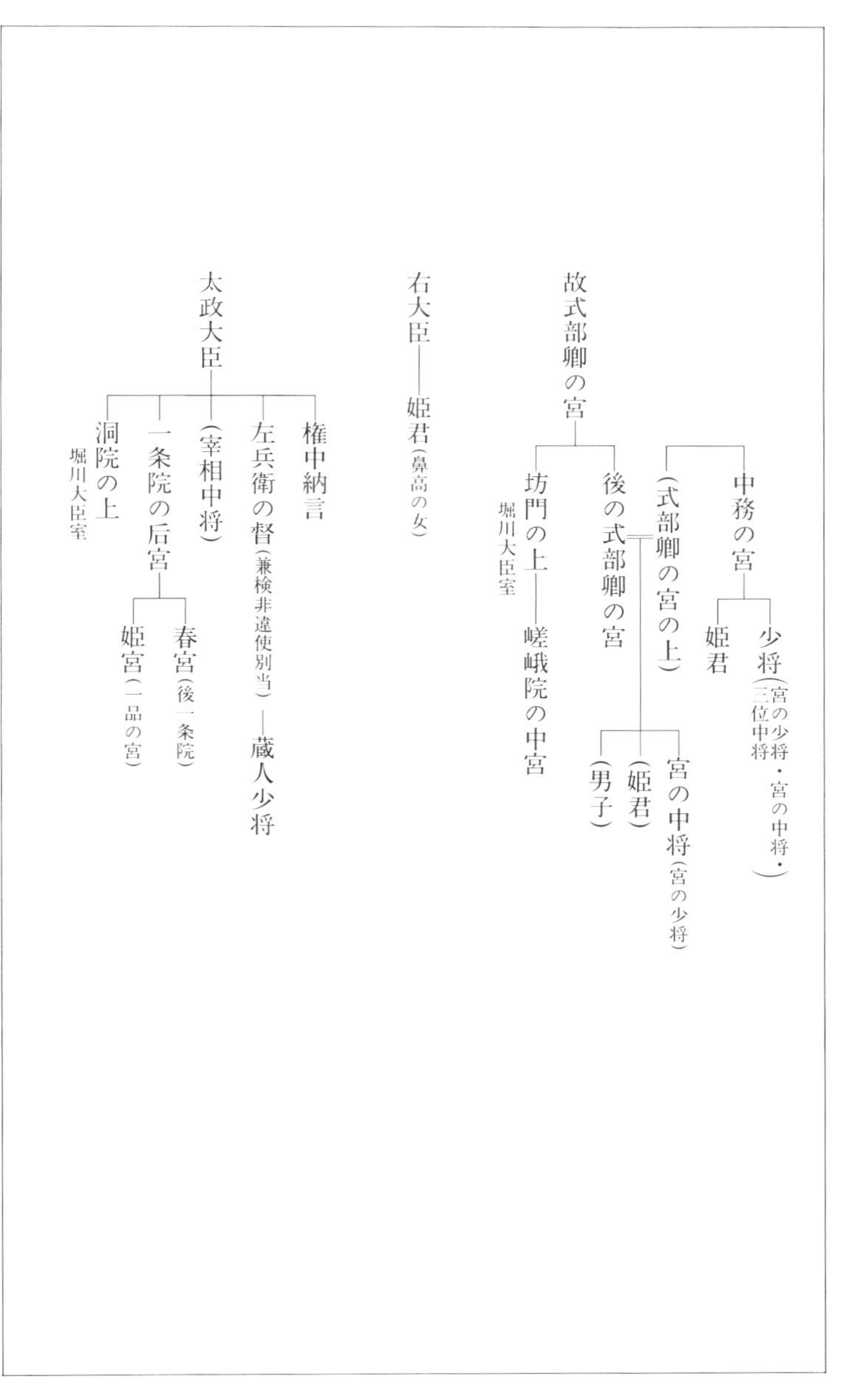
故式部卿の宮
中務の宮
少将（宮の少将・宮の中将・三位中将）
姫君
（式部卿の宮の上）
後の式部卿の宮
宮の中将（宮の少将）
（姫君）
（男子）
坊門の上
堀川大臣室
嵯峨院の中宮
右大臣
姫君（鼻高の女）
太政大臣
権中納言
左兵衛の督（兼検非違使別当）
蔵人少将
（宰相中将）
一条院の后宮
春宮（後一条院）
姫宮（一品の宮）
洞院の上
堀川大臣室

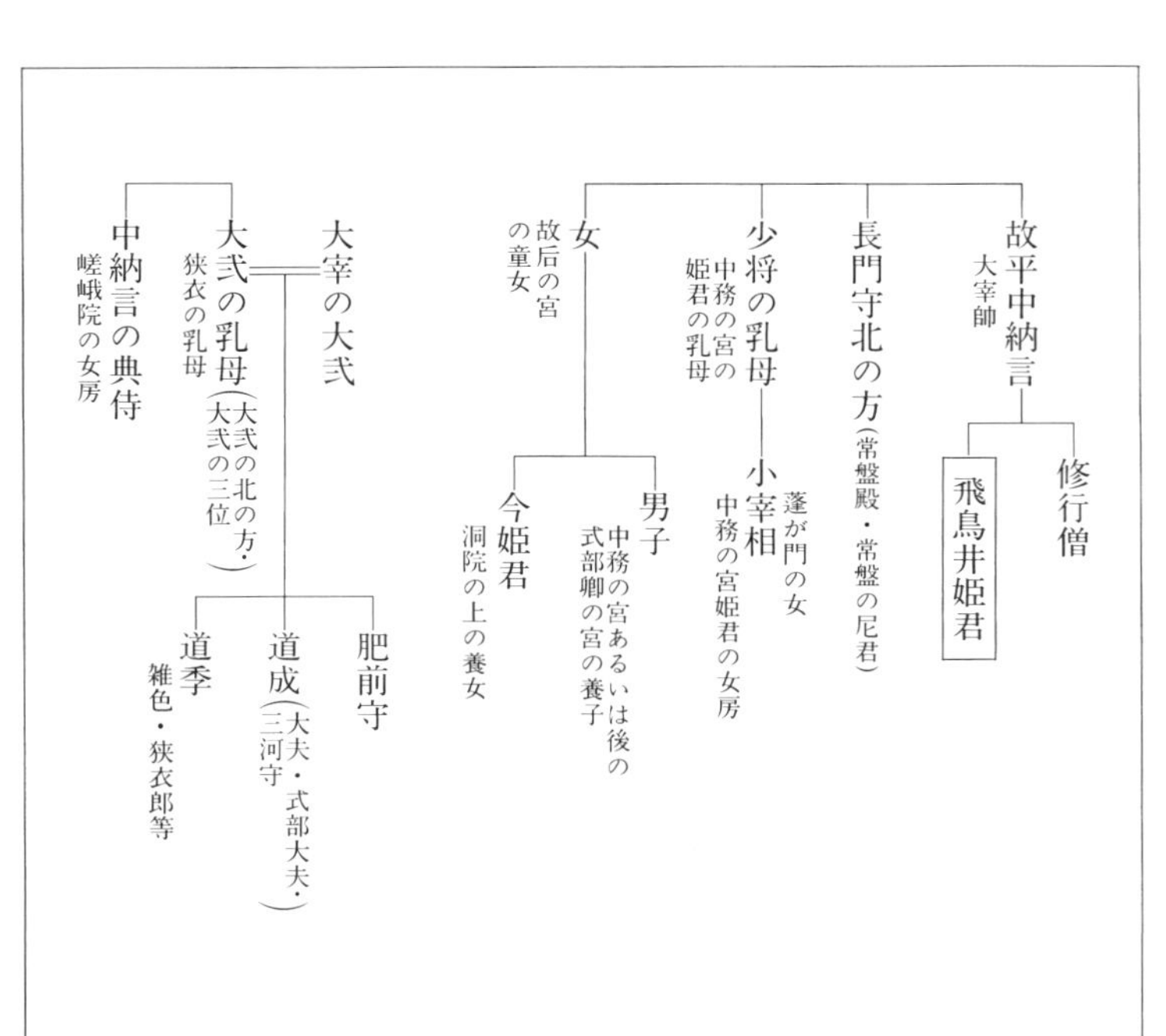

系図以外の人物

(一)女房・乳母

○今上（嵯峨院）方……三位（？）・少将の内侍　○一条院の后宮・姫宮方……少将の命婦　○嵯峨院皇太后宮・女二の宮方……侍従の内侍・宮殿・出雲の乳母・大和の乳母　○堀川の上方……中務　○源氏の宮方……中納言の君・中将の君・大納言の君　○飛鳥井姫君方……乳母（故主計頭の妻）・大輔の君

(二)その他

狭衣の侍童・随身　伊予守某朝臣　木幡の僧都　仁和寺某威儀師とその牛飼童　大納言（飛鳥井姫君の堀川の宿の隣人）　看督長　陸奥の佐官　今姫君の母代　駿河の妻（飛鳥井姫君の宿の隣人）　蔵人の少将の乳母　豊後（飛鳥井姫君の宿を買いとった人物）　夜居の僧　宮の亮（東宮亮）　紀伊守

新潮日本古典集成〈新装版〉

狭衣物語(さごろもものがたり) 上

令和 元 年十二月二十日 発行

校注者　鈴木一雄(すずきかずお)

発行者　佐藤隆信

発行所　株式会社 新潮社

〒一六二-八七一一 東京都新宿区矢来町七一
電話 〇三-三二六六-五四一一（編集部）
〇三-三二六六-五一一一（読者係）
https://www.shinchosha.co.jp

印刷所　大日本印刷株式会社

製本所　加藤製本株式会社

装画　佐多芳郎／装幀　新潮社装幀室

組版　株式会社ＤＮＰメディア・アート

乱丁・落丁本は、ご面倒ですが小社読者係宛お送り下さい。
送料小社負担にてお取替えいたします。
価格はカバーに表示してあります。

ISBN978-4-10-620828-7 C0393

新潮日本古典集成

古事記　西宮一民
萬葉集　一～五　青木生子・井手至・伊藤博・清水克彦・橋本四郎
日本霊異記　小泉道
竹取物語　野口元大
伊勢物語　渡辺実
古今和歌集　奥村恆哉
土佐日記　貫之集　木村正中
蜻蛉日記　犬養廉
落窪物語　稲賀敬二
枕草子　上・下　萩谷朴
和泉式部日記　和泉式部集　野村精一
紫式部日記　紫式部集　山本利達
源氏物語　一～八　石田穣二・清水好子
和漢朗詠集　大曽根章介・堀内秀晃
更級日記　秋山虔
狭衣物語　上・下　鈴木一雄
堤中納言物語　塚原鉄雄
大鏡　石川徹
今昔物語集　本朝世俗部　一～四　阪倉篤義・本田義憲・川端善明
梁塵秘抄　榎克朗
山家集　後藤重郎
無名草子　桑原博史
宇治拾遺物語　大島建彦
新古今和歌集　上・下　久保田淳
方丈記　発心集　三木紀人
平家物語　上・中・下　水原一
金槐和歌集　樋口芳麻呂
建礼門院右京大夫集　糸賀きみ江
古今著聞集　上・下　西尾光一・小林保治
歎異抄　三帖和讃　伊藤博之
とはずがたり　福田秀一
徒然草　木藤才蔵
太平記　一～五　山下宏明
謡曲集　上・中・下　伊藤正義
世阿弥芸術論集　田中裕
連歌集　島津忠夫
竹馬狂吟集　新撰犬筑波集　木村三四吾・井口壽
閑吟集　宗安小歌集　北川忠彦
御伽草子集　松本隆信
説経集　室木弥太郎
好色一代男　松田修
好色一代女　村田穆
日本永代蔵　村田穆
世間胸算用　金井寅之助・松原秀江
芭蕉句集　今栄蔵
芭蕉文集　富山奏
近松門左衛門集　信多純一
浄瑠璃集　土田衞
雨月物語　癇癖談　浅野三平
春雨物語　書初機嫌海　美山靖
與謝蕪村集　清水孝之
本居宣長集　日野龍夫
誹風柳多留　宮田正信
浮世床　四十八癖　本田康雄
東海道四谷怪談　郡司正勝
三人吉三廓初買　今尾哲也